HEYNE
BÜCHER

Vom gleichen Autor erschienen außerdem
als Heyne-Taschenbücher

Firefox · Band 01/6132
Jade-Tiger · Band 01/6210
Wolfsjagd · Band 01/6312
See-Leopard · Band 01/6496
Firefox Down · Band 01/6570

CRAIG THOMAS

SCHNEEFALKE

Roman

Deutsche Erstveröffentlichung

WILHELM HEYNE VERLAG
MÜNCHEN

HEYNE ALLGEMEINE REIHE
Nr. 01/6408

Titel der englischen Originalausgabe
SNOW FALCON
Deutsche Übersetzung von Dr. Albrecht Pabst

3. Auflage

Printed in Germany 1986
Umschlagfoto: Photodesign Mall, Stuttgart
Umschlaggestaltung: Atelier Ingrid Schütz, München
Satz: IBV Lichtsatz KG, Berlin
Druck und Bindung: Elsnerdruck, Berlin

ISBN 3-453-01968-7

Meiner Mutter und meinem Vater
und
in memoriam
John Knowler – einfach der Beste

»Die jetzige Situation ist derart, und die Wirtschaft der Sowjetunion ist so sehr auf Kriegführung ausgerichtet, daß selbst, wenn alle Mitglieder des Politbüros der einhelligen Meinung wären, keinen Krieg zu beginnen, dies nicht länger in ihrer Macht läge.«

Alexander Solschenizyn
1. März 1976

Danksagung

Ich möchte TRJ danken, der mich bei der Beschreibung der Hubschrauberunfälle unterstützte, und KPJ, der als Offizier diejenigen Einheiten der Roten Armee befehligte, die in dem Buch erwähnt werden.

Ich bin auch zahlreichen Veröffentlichungen verpflichtet, vor allem zwei Handbüchern, und zwar ›The Soviet War Machine‹, herausgegeben von Ray Bonds, und ›KGB‹ von John Barron, und dem unentbehrlichen Reiseführer ›The NAGEL Guide to the U.S.S.R.‹ Das Zitat auf Seite 353 stammt aus ›A Division of the Spoils‹ von Paul Scott, verlegt bei William Heinemann Ltd. und William Morrow Inc.

Danken möchte ich den Botschaften von Norwegen und Finnland für die Zeit und das Material, das sie mir während der Vorbereitung dieses Buches zur Verfügung stellten.

Schließlich möchte ich meinen Dank an den verstorbenen John Knowler aussprechen, der bis kurz vor seinem unverhofften Tod diesen Roman als Herausgeber betreute und der es mir überhaupt ermöglicht hat, Romanschriftsteller zu werden. Was ich ihm verdanke, hätte ich ihm nie wieder zurückgeben können, selbst wenn er noch lebte. Als Herausgeber, als Berater und als Freund ist er unersetzlich.

Craig Thomas,
Lichfield

Inhalt

Hauptpersonen

Die Briten

Kenneth de Vere Aubrey:	stellvertretender Leiter des SIS (Britische Abwehr)
Major Alan Waterford:	zugeteilter Ausbilder am 22 SAS
Alex Davenhill:	Sonderberater des Foreign Office beim SIS
Leutnant Allan Folley:	22 SAS, der britischen Abwehr zugeteilt
Philipson:	SIS-Stab, Helsinki

Die Amerikaner

Charles Buckholz:	stellv. Direktor des CIA
Anders:	sein Assistent
Präsident Joseph Wainwright	

Die Russen

Major Alexej K. Worontsjew:	Abteilung für Sonderermittlungen (SID), KGB
Fjodor Chamowkin:	Generalsekretär der KPdSU
Juri Andropow:	Vorsitzender des KGB
Kapustin:	stellv. Vorsitzender des KGB
Gromyko:	Außenminister der Sowjetunion
Michail Petrowitsch Groschenko:	stellv. Außenminister
Ilja: Maxim: Alewtina: Pjotr:	Jüngere Offiziere des SID

Marschall Praporowitsch:	Oberkommandierender der Sowjetischen Heeresgruppe Nord (SHGN)
Admiral Dolochow:	Rote Nordmeerflotte
Generaloberst Ossipow:	Oberkommandierender des Militärdistrikts Fernost
Generalleutnant Pnin:	SHGN
Hauptmann Nowetlin:	GRU (Militärische Abwehr)
Hauptmann Jewgenij Wrubel:	KGB Grenzschutz
Generalmajor Walenkow:	Kommandant der Moskauer Garnison:
Hauptmann Ilarion W. Galachkow:	GRU
Anna Dostojewna:	ehemalige Kulturministerin
Natalja Grasnetskaja:	Ehefrau von Worontsjew

Vorspiel

An der Grenze zwischen der Bundesrepublik und der DDR, westlich von Eisenach, endet die E63 als Autobahn und wird auf etwa sechzig Kilometer, vom Kaufunger-Meissner Wald bis Kassel, zu einer einfachen Bundesstraße. An einer bestimmten Stelle dieses kurvenreichen Abschnitts sollte sich ein Verkehrsunfall ereignen, hatte Kenneth Aubrey beschlossen, zwischen einem Sattelschlepper und drei Wagen – einem Mercedes und zwei Volkswagen.

Er stand unter dem Schutz dunkler Bäume oberhalb der Fahrbahn, und zwischen ihm und der Szene dort unten rauschte der Regen nieder. Links hinter ihm, auf einem Parkplatz, sah man die weißen Umrisse einer Ambulanz, die viel zu klein war für das inszenierte Blutbad, das er von seinem Jagdstuhl aus beobachten wollte. Sie wartete mit abgestelltem Motor, ihre Fenster waren von innen beschlagen.

Aubrey sah zu, wie der Kran die beiden zusammengedrückten Volkswagen geradezu gewissenhaft auf der Straßenmitte aufsetzte. Kleine nasse Gestalten huschten um sie herum. Sie plazierten die beiden Autowracks so, als ginge es darum, eine moderne Skulptur aufzubauen. So vergingen etwa zwanzig Minuten, während er sich vorstellte, wie die Nässe des mit Tannennadeln übersäten Bodens unter seinen Füßen langsam in seine Stiefel eindrang. Der Mercedes wurde jetzt von einem Abschleppwagen herangebracht, abgehängt und von den Männern zu den beiden Volkswagen geschoben. Aubrey hörte das Knirschen des aufreißenden Metalls, als der Wagen so auf die beiden anderen befördert wurde, daß ein groteskes sternenförmiges Gebilde entstand.

Der Deutsche neben ihm hustete. Aubrey blickte zur Seite, nahm den Feldstecher von den Augen und sagte auf deutsch:

»Ja, das können wir jetzt gut so lassen, Herr Goeßler.«

»Ich bin zufrieden, Herr Franklin«, antwortete der Deutsche, ohne eine Spur Humor oder Begeisterung. Steif und zurückhaltend, dachte Aubrey. Er lächelte darüber, daß der andere seinen Decknamen benutzt hatte. Albern – aber es war wieder so eine Vorschrift. Goeßler kannte ihn als Aubrey – hatte ihn seit Jahren so genannt.

Er wendete sich wieder der Straße zu, wo die gelben Kunststoffjacken und Kapuzen der Männer dort unten im Regen glänzten. Der Sattelschlepper, mit der Aufschrift SAUER AG in großen gelben Buchstaben auf dem Fahrerhaus und dem Container, wurde langsam an den Kran herangefahren, der wie ein drohender Geier über den Autowracks hing. Ein Mann in einem Regenumhang dirigierte den Fahrer mit präzisen Befehlen. Aubrey schaute auf die Uhr – noch eine Menge Zeit. Regen floß von seinem Hutrand, als er den Kopf nach vorn beugte, und seine Hose wurde an den Knien naß. Ärgerlich schnalzte er mit der Zunge.

Er beobachtete jetzt den Kran, wie dieser die Karosserie des Sattelzuges erst vorsichtig, dann langsam, als genieße er seine Riesenkräfte, emporhob, um ihn nun, als breche ein Tier seiner Beute das Genick, ruckartig auf die wartenden Autowracks herabzuwerfen.

Schrill ächzte das Metall. Aubrey zuckte zusammen, als wäre das Gewicht auf ihn selbst gefallen, wie in einem Traum. Als der große Schlepper schließlich still lag, nickte er befriedigt und sah wieder auf die Uhr. Es war später Nachmittag, eine Stunde müßten sie vielleicht noch warten, während der Tag sich langsam unter schweren, grauen Wolken neigte.

Der Wind blies jetzt aus einer anderen Richtung und trieb ihm den Regen ins Gesicht. Er wischte sich die Nässe ab.

»Wirkt sehr überzeugend«, fing er an.

Goeßler sagte: »Besser geht es nicht – wenn man die Fahrzeuge nicht mit voller Wucht aufeinanderfährt.«

»Ein glaubhaftes Modell genügt mir«, erwiderte Aubrey muffig.

Er sah zu, wie der Kran wegfuhr und die regennassen Männer die Straße sorgfältig räumten und sich dann zu der fahrbaren Kantine aufmachten, die er zu diesem Zweck hatte kommen lassen. Beim Anblick ihrer gebeugten Schultern und geduckten Köpfe überkam ihn etwas wie Dankbarkeit.

Dann war die Straße plötzlich wie ausgestorben. In Richtung Kassel stand ein Umleitungsschild, und im Osten, drei Kilometer weiter, befand sich ein weiteres, das den Verkehr auf die B487 umleitete. Dieses Schild würde man jetzt bald entfernen, wenn es an der Zeit war. Ganz schwach hörte er den Hubschrauber, der Ausschau für sie hielt. Die Sicht war, weiß Gott, nicht gerade die beste, aber er mußte darauf vertrauen...

Er konzentrierte seinen Blick auf eine Straßenkurve, knapp fünfzig Meter entfernt, nach Osten. Von dort aus...

Es fehlte weniger als eine Stunde.

Der Fahrer des Sattelschleppers, der mit einer Ladung Kameras und Kamerateilen von den Zeisswerken in Jena aus nach Westen fuhr, in die Bundesrepublik, wollte gerade eine Bemerkung über den ausbleibenden Verkehr auf diesem Abschnitt der E63 an den Mann richten, der neben ihm saß – und der wohl eine Spur zu alt war, um überzeugend als Beifahrer zu gelten –, als sein Wagen um die Kurve fuhr, auf die Aubrey seinen Feldstecher gerichtet hatte.

Hoch reckten sich die Trümmer vor ihm auf, wie ein Scheiterhaufen für ein Sonnwendfeuer. Er trat voll auf die Bremse und umklammerte das Lenkrad, als er spürte, wie der Schlepper zu rutschen begann. Er ließ die Bremse nach, trat wieder aufs Pedal – aber die Zeit war zu kurz und der Weg auch, und er wußte es.

»Hände vors Gesicht!« schrie er noch, und dann zerbarst die Windschutzscheibe, und der ungeheure Haufen Blech und Stahl schob sich in das Fahrerhaus hinein und drückte es bis zur Unkenntlichkeit zusammen.

Aubrey beobachtete, wie die Wagentrümmer durch den Aufprall weggeschoben wurden, als sei der herankommende Schlepper ein Bulldozer. Das Krachen überfiel ihn, die schrillen, zerreißenden Geräusche, die nichts Lebendiges an sich hatten.

Dieser ganze Berg Metall, dem er jetzt noch etwa hundertfünfzig Kilogramm Menschengewicht hinzugefügt hatte, schob sich langsam über die Straße, fast bis in den Graben unterhalb von ihm.

Dann kam alles zum Stehen. Stille trat ein. Er war froh darüber. Instinktiv ahnte er, daß Goeßler bei dem Aufprall neben ihm in Deckung gegangen war. Ein Pfeifsignal ertönte, und Goeßlers Männer traten in Aktion.

Die Ambulanz, mit eingeschalteten Scheinwerfern, blinkendem Blaulicht und lautem Martinshorn, fuhr jetzt vom Straßenrand heran. Ein Polizeiwagen erschien um die Kurve und parkte quer, um den herannahenden Verkehr zu stoppen. Sein Rotlicht flammte in kurzen Abständen über die ganze Straßenbreite. Aus dem Wald tauchte ein Feuerwehrwagen auf, als hätte er sich verirrt, und fuhr dann neben den Sattelschlepper.

Die Tür des Fahrerhauses mußte mit Schweißbrennern geöffnet werden, die glühenden Metallfunken flogen auf die Straße, das reinste Feuerwerk. Als der erste der beiden Männer, der Fahrer, aus dem Gewirr verbogenen Metalls geborgen wurde, war er offensichtlich tot. Aubrey konnte auf das blaß gewordene Gesicht eines der Männer verzichten, als dieser zu ihnen aufschaute und den Kopf schüttelte.

»Warum haben sie sich um den Fahrer gekümmert?« fragte Aubrey bissig. Dann rief er laut: »Der andere – um den geht's. Lebt er noch?«

Ein Feuerwehrmann war in das Fahrerhaus geklettert; jetzt erschien er wieder und hielt die Hand hoch. Aubrey konnte klar den erhobenen Daumen im Feldstecher erkennen. Der Mann lebte. Für einen Augenblick überkam ihn ein Schauer von Erfolg, auch von Erleichterung.

»Wir gehen jetzt runter, Herr Franklin«, bemerkte Goeßler, mit dem ersten Anzeichen von Eile an diesem Nachmittag.

Aubrey stand von seinem Jagdstuhl auf und ließ den Feldstecher am Riemen baumeln.

Er ärgerte sich, daß er sich an Goeßlers Arm festhalten mußte, während sie den schlammigen Abhang hinunterstiegen.

Für den zweiten Mann, den Beifahrer, brauchte man eine halbe Stunde. Seine Beine waren bei dem Aufprall offenbar gebrochen, und der deutsche Arzt schüttelte immer wieder den Kopf. Er gab ihm Morphium, um ihn nicht zu Bewußtsein kommen zu lassen. Als er schließlich auf eine Tragbahre gelegt und die schwarzen Luftsäcke zur Abstützung der gebrochenen Beine aufgeblasen waren, starrte der Arzt Aubrey mit einem Blick an, in dem dieser Abscheu, für einen Augenblick sogar Haß zu sehen glaubte.

»Verschwenden Sie nicht Ihre Sympathie, Herr Doktor«, warf ihm Aubrey über die Tragbahre, die roten Decken und das blasse, verzerrte Gesicht hinweg zu. »Dieser Mann ist ein hoher russischer Panzeroffizier. *Kein* Deutscher, wie Sie genau wissen. Lassen Sie ihn jetzt zur Ambulanz bringen.«

Nachdem man den Verletzten eingeladen hatte, kletterte Aubrey in das Heck der Ambulanz, und Goeßler folgte ihm. Er schlug die Türen hinter ihnen zu. Eine Krankenschwester begann, während das von ihrem Umhang fließende Wasser mit dem von Aubreys zusammengefaltetem Schirm herabrinnende eine Lache bildete, dem bewußtlos daliegenden Mann eine Transfusion zu geben.

Als Aubrey zusah, wie sich der Schlauch der Länge nach rot färbte und den Arm erreichte, rasch, wie eine rote Schlange, und sich die Flasche allmählich leerte, bekam er plötzlich Angst. Es war, als hätte eine Hand das Kartenhaus zum Einstürzen gebracht, das er aufgebaut hatte, oder als habe jemand über etwas gelacht, was er heimlich gedacht, geschrieben oder sich vorgestellt hatte.

»Wie schlecht geht es ihm?« fragte er den Arzt, der neben dem Patienten saß.

»Schlecht.«

Aubrey klopfte mit dem Fuß auf den Boden der Ambulanz, und diese setzte sich ruckartig in Bewegung, mit eingeschaltetem Martinshorn, um nach Kassel zu fahren. Von seinem Schirm spritzten Wassertropfen auf seine Hosenbeine.

»Er muß am Leben bleiben«, sagte er. »Es ist unbedingt nötig, daß dieser Mann sich *ausreichend* erholt.« Seine Stimme hatte etwas Zischendes, eine Eindringlichkeit, die fast drohend wirkte. Der Arzt schien eher beschwichtigend als ärgerlich.

»Der Mann muß am Leben bleiben – er muß *unbedingt* leben.«

Die ›Kasseler Zeitung‹ brachte eine Nachricht über den Unfall mit exklusiven Fotos. Über die Bergung und die Witterungsverhältnisse wurde anschaulich berichtet. Der Hauptteno des Artikels schien aber der Versuch zu sein, die Diskussion über die Verlängerung der E63-Autobahn von Eisenach nach Kassel durch den Kaufunger-Meissner Wald aufzufrischen, nachdem diese Strecke sich wieder einmal für das derzeitige Verkehrsaufkommen als völlig unzureichend erwiesen hatte.

In einem weiteren Artikel wurde den Lesern der Tod des Beifahrers berichtet, eines gewissen Hans Grosch aus Stadtroda bei Jena, nach einer erfolglos verlaufenen Operation im Kasseler Stadtkrankenhaus. Seine Leiche, hatten die Behörden die ›Kasseler Zeitung‹ wissen lassen, würde selbstverständlich zu gegebener Zeit der DDR zum Begräbnis übergeben.

An jenem Abend, sechsundzwanzig Stunden nach dem Unfall, stieg eine RAF-Hercules von einem Flugplatz außerhalb Hannovers auf. Als sie auf dem RAF-Flugplatz Brize Norton landete, wartete ein Krankenwagen auf einen ihrer Passagiere, der dann in eine kleine Privatklinik außerhalb von Cheltenham gebracht wurde.

Cunningham sah auf den roten Aktendeckel vor sich auf dem Tisch, dann in Aubreys für gewöhnlich unschuldige blaue Augen. Das Gesicht, das diese Augen umgab, früher einmal kindlich und junggeblieben, wirkte jetzt angespannt und hager. Das Alter, dachte Cunningham, steht Aubrey nicht. Es schien mehr an ihm gezehrt zu haben als an anderen. Es sei denn, man könnte die Ermüdung und die gespannte Haut einzig auf sein Verhör von Smoktunowski zurückführen.

»Sehr schade, daß der Mann gestorben ist«, bemerkte er. Es war keine Kritik.

Aubrey sah über Cunninghams Schulter hinweg in den hellen Wintertag in Queen Anne's Gate hinaus.

»Das finde ich auch.«

Es war eine dumpfe, trockene Wärme in dem Raum, im

Gegensatz zu dem Wetter draußen, dessen wohltuende Schärfe Aubrey an diesem Morgen veranlaßt hatte, einen Teil seines Weges zum Büro zu Fuß zu gehen. »Vielleicht aber doch zweckmäßig, da seine Leiche jetzt an die DDR zurückgegeben werden kann, um dem offiziellen Antrag der Familie Grosch zu entsprechen.« Er lächelte dünn. »Oberst Smoktunowski von der Deutschlandgruppe der Sowjetischen Streitkräfte – ich frage mich, wie gern er die Rolle des Beifahrers wohl gespielt hat? Ich habe ganz vergessen, ihn danach zu fragen.« Er schlug die Akte auf. Aubrey war nach einem langen Verhör immer bitter, als ob er etwas in sich haßte.

»Zufrieden – ganz allgemein, Kenneth?«

»Ich denke ja. Ganz allgemein. Oberst Smoktunowski wußte eine ganze Menge.«

»Falscher Alarm also?«

»Ich glaube, ja. Die militärischen Sachverständigen brauchen noch eine Weile, um zu dem gleichen Ergebnis zu kommen – aber ich denke, sie werden hinfinden. Daß man den vielleicht ranghöchsten Panzeroffizier überhaupt in die Bundesrepublik eingeschleust hat, um seine eigene Routineaufklärung durchzuführen, war, nun ja, ein aufwendiger Luxus, oder einfach Großtuerei. Ein altes Kriegsroß, das der Hafer sticht...?«

»Für ihn war es wohl eher eine aufwendige Spritzfahrt, oder?«

»Sicher. Nein, ich glaube nicht, daß wir uns Sorgen darüber machen müssen, daß die DGSS den nächsten Krieg anfängt, unmittelbar bevor diese Sache in Helsinki ihr großartiges Finale findet. Aber wenn Smoktunowski herkommt, um als Beifahrer von unscheinbarer Herkunft das Straßennetz der Bundesrepublik unter die Lupe zu nehmen – da dürfen wir einfach kein Risiko eingehen.«

»Und das Aufbauen deiner Falle hat dir Spaß gemacht?«

»Es war ein Erfolg, zugegeben.« Aubrey nickte. Die Geste wirkte fast scheinheilig, etwas Selbstgefälliges lag darin; und doch konnte Cunningham für einen kurzen Augenblick noch etwas anderes wahrnehmen, was ihm fast wie Ekel vor sich selbst erschien. »Immerhin, vielleicht siehst du dir einmal

Seite sechsunddreißig des Verhörprotokolls an. Ich habe den Absatz angestrichen.«

Cunningham nahm die Brille aus seiner Brusttasche und blätterte die maschinengeschriebenen Seiten durch. Es war sorgfältig getippt, wie alles von Aubrey, auf einer alten mechanischen Maschine.

Hier auf diesen Seiten hatte ein Russe gelebt, war darin gestorben – wobei Aubrey sein einziger Trost und Beichtvater gewesen war, vielleicht der erfolgreichste und erbarmungsloseste Vernehmungsbeamte, den Cunningham kannte. Die weiten Abstände zwischen den Zeilen ließen nichts von der verkrampften, engen Intensität der Tage und Stunden des Verhörs erkennen.

Als lese er in Cunninghams Gesicht, sagte Aubrey: »Ich könnte sogar zugeben, daß die ganze Angelegenheit ziemlich beschissen war, wenn du das hören willst.« Cunningham blickte scharf auf. »Aber das ist jetzt abgeschlossen. Und irgend etwas darin könnte von Interesse für uns sein.« Er nickte zu dem Manuskript hin und, als sei er darum gebeten worden, begann Cunningham in ihm zu lesen. Als er geendet hatte, sah er wieder auf.

»Mhm. Was soll ich damit anfangen?« Es klang, als meinte er, Aubrey würde sich, müde wie er war, ein falsches Urteil erlauben.

»Ich bin nicht so müde, Richard«, sagte Aubrey sanft. »Wenn du mehr darüber weißt, wirst du es besser verstehen. Smoktunowski war mit ziemlicher Sicherheit vom GRU, der Militärischen Abwehr, und außerdem ein hoher Panzertechniker der DGSS. Sein Dienstgrad, mit zweiundfünfzig, war eine Heuchelei. Als solcher war er nicht leicht zu knacken, trotz seiner Verletzungen und seiner schwachen Moral. Was ich unterstrichen habe, kam erst am Ende heraus, als er fast ganz zusammengebrochen war, unzusammenhängend redete und versuchte, Spuren zu verwischen, diese ganze Sache. Trotzdem bemühte er sich, das vor mir zu verbergen. Ich hatte den klaren sicheren Eindruck, daß er glaubte, ich sei gerade hinter diesen Angaben her, und er rückte sie erst nach heftigsten Kämpfen heraus.«

»Nämlich?«

»Geheimzahlen – Codewörter. Sonst nur wenig. Wenn ich auch nur eine Ahnung davon gehabt hätte, wäre ich darauf ausgewesen – aber so...« Er hob die Hände und zuckte mit den Achseln. »Trotzdem, was Smoktunowski *auf jeden Fall* verbergen wollte, war in jenen Sätzen und jener Codezahl enthalten: *Gruppe 1917 – Finnland-Station* und der *Vierundzwanzigste*. Das letztere ist vermutlich ein Datum, kann aber auch etwas anderes bedeuten. Ich bin überzeugt, daß es für ihn äußerst wichtig und streng geheim war.«

Cunningham schwieg für einen Augenblick, während er die unterstrichenen Sätze noch einmal las. Als er wieder zu Aubrey aufblickte, war ihm seine Skepsis anzusehen. In seinen Augen lag gerade noch so viel Sympathie, wie er für Aubreys Müdigkeit aufbrachte.

»Hat der Mann nicht einfach drauflosgeredet – mechanisch, wie einen Rosenkranz...?«

»Daran habe ich gedacht. Nein, das tat er zu einem späteren Zeitpunkt – seine verstorbene Frau, das bekam ich mit, Söhne, sein eigener Vater. Sein ganzes Reden über sich war persönlich, nicht politisch.«

»Und du willst...?«

Aubrey rieb sich die Augen, als würde ihn wieder die Ermüdung des Verhörs überfallen. Für einen Moment sah er seinen Verdacht mit Cunninghams Augen.

»Ich... glaube, ich muß meine Gefühle darüber verdeutlichen, Richard. Ich will mir nicht nachsagen lassen, ich sei hier mit weiblicher Intuition vorgegangen.« Aubrey lächelte kurz. »Es geht um die Sprache, die verwendet wurde, die ganze *revolutionäre* Beschwörung...«

Cunningham lächelte.

»Ich verstehe. Es ist also eine semantische Intuition. Es geht uns also um die Sprache, um Bedeutungen?«

»Du lehnst das Ganze ab. Aber du warst nicht dabei, nicht bei ihm. Er war ganz in sich verkrampft, versuchte, mir durch Schreien zu entkommen, Richard!« Aubrey fröstelte, als spüre er einen kalten Luftzug. »Nein, du warst nicht da. Das war für ihn *derart* wichtig, daß er es verbergen mußte. Wainwright und der Parteisekretär der Sowjetunion sollten das SALT 3-Abkommen Anfang des nächsten Jahres unterzeichnen. Wir sind sicher, daß die Rote Armee dem Politbüro wegen des ganzen Pakets größten Widerstand entgegengesetzt hat, sie ist sogar soweit gegangen, in der Zeitung eine *Erhöhung* der Verteidigungsausgaben zu fordern.«

Seine Worte überschlugen sich jetzt, als löse sich eine schmerzhafte Zurückhaltung in seinem Gedächtnis. Die letzten Stunden mit Smoktunowski waren verzweifelt gewesen, aufreibend; vielleicht hatte er das Leben des Russen um einen Tag verkürzt, weil er ihm keine Ruhe gegönnt hatte. Am Schluß hatte er die Ärzte aussperren müssen, um dahinterzukommen, was der sich auflösende Verstand ihm noch vorenthalten wollte.

Cunningham schüttelte den Kopf.

»Widerstand, ja. Damit war zu rechnen...«

»Richard, ich habe mir Smoktunowski geholt, weil wir Angst davor hatten, welche Bedeutung Manöver ›1812‹ für die Mittelfront der NATO haben könnte. Es stellte sich als falscher Alarm heraus. Aber wir sind nur darauf gekommen, weil wir einen begründeten Verdacht hatten, daß die Rote Armee und der Kreml sich in den Haaren lagen. Smoktunowski hat mir nicht gesagt, daß sie das Ganze nur angesetzt und dann wieder abgeblasen haben.«

Cunningham rieb sich eine Weile das Kinn und nickte dann. »Das alles kommt mir recht dünn vor, Kenneth. Vielleicht warst du zu lange mit ihm allein...« Aubreys alte blaue Augen bekamen einen stechenden Glanz. »Nein, ich nehme das zurück. Also gut – rede mit ein paar Leuten, schick einen Mann vor, wenn du willst. Wo würdest zu anfangen?«

»Ich werde mit einigen Leuten vom MOD sprechen, die aufgeschlossen sind. Ein Einschleusungsauftrag – ich gebe zu, daß ich nicht weiß, wohin ich jetzt jemanden ordern soll. Aber die Rote Armee wird sich nicht einfach hinlegen und von Chamowkin und dem übrigen Politbüro kastrieren lassen. Da bin ich ganz sicher.«

»Ich hoffe, Kenneth, du irrst dich da.«

»Das ist genau meine Meinung. Ganz genau.«

»Also gut, spielen Sie es zurück. Wenn etwas Gutes dabei herauskommt, schicken wir es nach oben zur Untersuchung.« Der Tonbandtechniker wollte gerade das Band auf dem Gerät zurückspulen, als ihn sein Gruppenleiter unterbrach. »Wer, sagten Sie, sei dieser alte Mann?«

»Er heißt Fedachin – Büro für Politische Verwaltung der Armee.«

»Sind wir aus irgendeinem Grund an ihm interessiert?«

»Nein. Er benutzte einfach ein Telefon des Sekretariats, das ist alles. Er hatte wohl nicht damit gerechnet, daß das Gespräch abgehört würde, aber das wurde es. Ich hörte gerade die Aufnahmen von gestern nacht ab, nachdem ich zurückgekommen war, und bekam es mit. Er spricht verschlüsselt.«

»Gut, Mischa, Sie sind dran. Ich höre.«

»Jawohl, Herr Hauptmann.«

Der jüngere Mann schaltete den Rücklauf ein, und sie sahen zu, wie die Spulen ihren Umfang veränderten und die Zahlen rasch zurückliefen. Mischa stoppte das Band, verglich die Zahl mit einer Liste an seinem Ellbogen und ließ das Band weiter zurücklaufen. Dann schaltete er den schweren alten deutschen Recorder auf ›Abspielen‹.

Der Hauptmann bemerkte, daß Vorrichtung und Tonqualität viel zu wünschen übrigließen, wie bei allen routinemäßigen Bandabhörungen. Die Stimme klang blechern, unwirklich und weit entfernt.

»Unser Mann für *Gruppe 1917* ist eingetroffen«, sagte die alte Stimme.

»Gut, aber Sie hätten nicht anrufen sollen.«

»Es tut mir leid. Die Krankheit eines alten Mannes mag dies entschuldigen.«

»Also gut.«

»Machen Sie sich wegen *Finnland-Station* keine Gedanken, mein Freund. Hinsichtlich des Personals ist alles in Ordnung, sie kann jetzt zufriedenstellend operieren. Ich werde in der Lage sein, einen glücklichen Mann zu pensionieren, und den großen Tag erwarten.«

Die Nase des Hauptmanns kräuselte sich beim Anhören dieses Klischees, und er warf den Kopf zurück, während es Mischa überlassen blieb, seiner Verachtung beizupflichten. Er wußte mit Sicherheit, daß Verachtung für den alten Kerl auf dem Band ohnehin sinnlos war, aber es war ihm gleichgültig. Alte Leute – sein Schwiegervater – redeten endlos von *Großen Tagen*, von *glücklicher Pensionierung* und *Goldenen Zeiten*. Sonst noch was!

»Danke, mein Alter. Paß gut auf dich auf.«

Mischa ließ das Band für einige Sekunden weiterlaufen und schaltete dann ab. Er sah wieder eifrig in das breite Gesicht des Hauptmanns, so daß dieser sich verpflichtet fühlte, Interesse zu zeigen.

»Nun, Herr Hauptmann?«

»Ja, sagen Sie mir: Wer war der andere Mann?«

»Nicht identifiziert.«

»Welche Nummer wurde gewählt?«

»Falscher Abhörvorgang – es gibt keine Aufzeichnung.«

»Wurde nach einem Namen gefragt?«

»Nein, aber ich spiele es ab, wenn Sie wollen...«

Der Hauptmann schüttelte den Kopf und zündete sich eine Zigarette an. »Nur eine Nebenstelle. Es hätte irgend jemand sein können.«

»Also – worin besteht die wesentliche Bedeutung von all dem, Mischa?«

»Ich weiß nicht, Herr Hauptmann. Aber sicher ist, daß er verschlüsselt sprach – und das tut man nur, wenn man etwas zu verbergen hat, oder?«

Stille trat ein. Dann sagte der Hauptmann: »Im allgemeinen, ja.«

»Stig, alter Junge – du bist es!«

Der kräftig gebaute, blühende Engländer, der niemals Finnisch sprach, wenn er es vermeiden konnte, sah von der Zeitung auf, die er gerade las, erkannte seinen Besucher – was nicht überraschte, da er seit einer halben Stunde in der Bar an der Mannerheimintie auf ihn wartete – und winkte ihn an seinen Tisch. Der Finne, mit Brille und Pelzmütze, setzte sich, den Aktenkoffer auf den eng zusammengepreßten Knien. Der Engländer sah, wie er nervös in die weniger gut beleuchteten Ecken der Bar schaute – ein nervöser Tick, den Stig schon immer, bei jedem Treffen, hatte –, und so sahen sie sich jetzt nach fünf Jahren wieder. Mit seinem Vorgänger, Henderson, hatte er wohl Schluß gemacht. Der arme kleine Gauner...

»Ich – suchen Sie sich immer diese öffentlichen Plätze aus, Luard? Müssen Sie das?«

Der Finne sprach ein ausgezeichnetes Englisch; im Unterschied zu Luard empfand er kein Mißtrauen gegenüber einer Fremdsprache, ja er beherrschte außer seiner eigenen noch vier weitere Sprachen.

Luards Finnisch klang zumindest unglaubwürdig, war Stigs Ansicht.

»Tut mit leid, alter Junge. Mach' ich schon immer so. Und keiner folgt dir, alter Junge. Hat noch niemand getan, seit Jahren...«

Luard schien plötzlich über seinen Begleiter verärgert. »Alle haben ihr Interesse an Ihnen verloren, Stig, seit Jahren schon. Es wäre ihnen egal, wenn sie wüßten, daß Sie mir inzwischen einiges zuliefern – ich denke, die finnische Abwehr *hofft*, daß es jemand tut, einfach für den Fall, daß sie irgend etwas Wichtiges herausbekommen.«

Stigs schmales, müdes Gesicht mit seinen schwammigen Zügen wurde plötzlich kantig, es zeigte jetzt lebhaften Ärger.

»Sie brauchen mich nicht zu beleidigen, Luard. Ich fragte einfach deswegen, weil ich etwas habe, das Sie sehen müssen – und hier ist nicht der Ort, um gerade Infrarot-Fotografien herumzuzeigen.«

Luards schmale Augen verschwanden hinter Speckfalten. Dann wurden seine Gesichtszüge weich, als der Ober erschien.

Stig ließ ein Bier kommen, Luard noch einen Scotch. Als die Getränke vor ihnen standen und Luard mit gönnerhafter Miene bezahlt hatte, sagte er: »Infrarot. Die müssen gut sein. Was ist drauf?«

»Finnisch-sowjetisches Grenzgebiet, südöstlich von Ivalo.«

»Ach so – die.« Stig wirkte erstaunt, verwirrt.

»Nehmt ihr die immer noch mit diesen hochfliegenden Eindeckern auf, damit die Russen nicht den Verdacht haben, sie täten etwas, was nach Meinung eurer Regierung unnötig ist?«

Luard lächelte breit, in seinem Gesicht schoben sich die Hängebacken so nach vorn, daß Nase und Augen fast verschwanden; es sah aus wie ein Kloß aus rosafarbenem Fleisch. Stig verabscheute ihn.

»Sie nehmen immer noch Privatflugzeuge, wenn Sie das meinen.«

Luard lachte, hob sein Glas, seine kleinen Augen blitzten, und er trank wahrscheinlich auf die Gesundheit der Cessnas und ihrer Piloten von der finnischen Abwehr. Er beobachtete, wie widerstreitende Empfindungen über die Gesichtszüge des Finnen huschten und beschloß, Stig zu schonen.

»In Ordnung, mein Lieber. Zeigen Sie mal her.«

»Hier?« Der Finne schien wütend, verletzt.

»Aber wir sitzen doch hier in einer Nische. Seien Sie doch nicht so prüde. Urlaubsbilder, ein paar Nacktfotos – was soll's. Da schaut doch keiner hin.«

»Vielleicht könnten Sie mir erklären, Shelley, warum mich das erst nach zwei Monaten erreicht?«

Kenneth Aubrey sah auf die Infrarot-Fotos, die da wie ein Fächer vor ihm ausgebreitet lagen, und blickte dann zu seinem Gehilfen auf.

Der junge Mann schien etwas fassungslos, aber eher verwirrt als beunruhigt.

»Sir, es ging routinemäßig durch meine Hände. Ich dachte nicht, daß Sie es sehen müßten.«

»Also gut.« Aubrey seufzte. »Zugegeben, daß ich ungewöhnlich neugierig war, als ich sie bei Ihnen liegen sah. Aber nachdem sie jetzt bei mir gelandet sind, klären Sie mich doch bitte auf.«

»Sie befanden sich in dem Umschlag aus Helsinki. Mit einer Notiz von Luard, daß sein üblicher Kontakt zustande gekommen war und er dies hier zur Verfügung stellte.«

»Und was soll darauf zu sehen sein?«

»Ich habe es mit Helsinki abgeklärt, weil die mitgelieferte Erklärung nicht eindeutig war.« Aubrey nickte beifällig.

»Offensichtlich ein Film von ihren geheimen Grenzkontrollen. Die späteren Filme, die sie auf der russischen Seite der Grenze gemacht haben, haben wir nicht. Der Posten hier war schon auf dem Weg zum Reißwolf, als unser Kontaktmann ihn abfing.«

»Was hat ihn dazu veranlaßt?« Aubrey nahm ein Bild und Shelley ein anderes, um Aubreys Aufmerksamkeit darauf zu lenken. Er wußte, daß sein Vorgesetzter es nicht leiden konnte, wenn jemand hinter ihm stand und ihn auf etwas hinwies, was er gerade untersuchte.

»Der Fleck aus Infrarotstrahlungen in der oberen linken Ecke ist Ivalo, der kalte Punkt jenseits davon ist der Inari-See – wie es aussieht.« Aubrey nickte, nach Shelleys Eindruck ungeduldig. »Da unten, der andere Fleck, das ist das Dorf Raja-Jooseppi. Das Rätsel ist anscheinend, daß weiter unten, zum rechten Rand hin, ein anderer kleinerer Fleck sein müßte. Ein Dorf namens Rontaluumi.«

»Und?«

»Der Film scheint in Ordnung zu sein – nur daß von dem Dorf keinerlei Wärmequelle zu erkennen ist.«

»So?«

»Die Vorgesetzten unseres Kontaktmanns behaupten, der Film sei teilweise beschädigt oder falsch entwickelt worden, und sie haben ihn deshalb abgelehnt. Der Rest des Films, also was sich jenseits der Grenze abspielte, war absolut einwandfrei.«

»Haben Sie eine andere Erklärung dafür?«

»Luard sagte, mit kaum verhohlener Verachtung, daß unser Kontaktmann zu Tode erschrocken war.«

»Gerät er so leicht in Panik?«

»Nein.«

»Wie erklärt er es sich dann?«

»Er sagt, wenn *keinerlei* Infraroteindruck entsteht, dann war das Dorf leer, ohne Leben – weder Menschen noch Tiere. Und zwar schon mehrere Tage, bevor die Aufnahmen gemacht wurden.«

»Sir, Brunton meldet sich nicht.«

»Wie lange ist er schon überfällig?«

Shelley wurde verlegen. Aubrey wußte es wahrscheinlich auf die Minute genau. Trotzdem sagte er: »Vier Tage, Sir – und ein paar Stunden.«

Eine lange Stille folgte, dann: »Schon seltsam, ein unbewohntes Dorf. Wie war das Wetter?«

»Nicht außergewöhnlich.«

Weitere Stille, die auf Shelley zu lasten schien, dann: »Also gut. Legen Sie seine Akte ab, und stellen Sie doch bitte eine Anweisung für die Pension aus.«

Shelley erkannte den plötzlichen Befehlston wieder, der für gewöhnlich die Betroffenheit seines Vorgesetzten kaschierte. Er sah, wie alt Aubrey auf einmal aussah, und er sah auch den Schimmer von Neugierde in seinen Augen, und wie sein Mund eine Vorahnung dessen verriet, was Shelley ihm mitzuteilen hatte. Irgendwie hatte Aubrey geahnt, daß Brunton nicht zurückkommen würde, daß es ein ziemlich großes Risiko gewesen war, den vermurksten Infrarotfilm aus Helsinki genau anzusehen.

Als er im Begriff war zu gehen, rief Aubrey noch über die Schulter: »Sorgen Sie dafür, daß Major Waterford so schnell wie möglich herkommt. Und geben Sie die Nachricht an Alex Davenhill vom Foreign Office weiter.«

»Jawohl.«

»Sie sind sich im klaren darüber, was das bedeuten kann – dieses ganze menschenleere Dorf und der verschwundene Agent?«

»Klären Sie mich auf, Herr Major.«

»Wenn die Rote Armee die einzige befahrbare Straße nach Ivalo benützen wollte – die *einzige Straße* überhaupt –, dann mußte sie die Dorfbewohner vorher entfernen, also bevor sie die Grenze überschritt.«

Aubrey suchte Waterfords Gesicht zu erforschen. Es war bezeichnenderweise ausdruckslos, nur Aufrichtigkeit ließ sich darin erkennen. Als Waterford dann sprach, konnte sein Gegenüber aus seinen Zügen schließen, daß er seine echte – und wahrscheinlich ehrliche – Meinung unmittelbar und unzweideutig äußerte.

»Also gut – nehmen wir an, daß ich diese Hypothese vorläufig aufrechterhalte. Ich würde einfach fragen: Warum? Warum sollten sie die einzige Straße nach Ivalo nehmen?«

Waterford schien ungeduldig. Als sei er gebeten worden, etwas zu wiederholen, was er längst auswendig wußte und was seinen Zuhörern mehr als vertraut war – selbst Aubrey vom SIS. Mechanisch begann er: »Die Russen haben die Beratung, Unterstützung und teilweise Finanzierung des finnischen Großstraßensystems übernommen. Finnland existiert überhaupt nur mit der Erlaubnis des Kremls...«

»Waterford, den politischen Hintergrund kenne ich. Die strategische Seite, bitte.«

»Wenn die Russen die Ostsee und Nordsee abriegeln wollten oder die Überwachungsstationen am Nordkap stillegen oder noch weitere eisfreie Tiefseehäfen und -ausgänge haben wollten – irgend etwas dieser Art, was plötzlich sehr wichtig für sie werden kann, dann würde dies die Annexion von Norwegen bedeuten. Und um nach Norwegen zu gelangen, müßte ein Teil der Truppen Finnland durchqueren. Durch bis Ivalo, dem ersten Halt. Von den Norwegern steht dort eine einzige vergrößerte Division, während die Russen zwanzig zur Verfügung haben – mit Flugzeugen von achtzehn Flughäfen, und außerdem die Rote Nordmeerflotte.«

»Aber gibt es denn irgendeinen Grund für die Invasion in Norwegen?« Aubrey wirkte beherrscht, gelassen und ruhig hinter seinem Tisch. »Um diese These zu stützen, kam dieser seltsame Aufklärungsfilm bis hierher zu uns.«

Waterford schüttelte den Kopf.

»Das glaube ich nicht. Und doch ist etwas dran an der Sache. Nur eine Theorie, verstehen Sie mich?«

»Schießen Sie los.«

»Die Theorie lautet, daß, wollte die Rote Armee der NATO ihren Marschbefehl mitteilen, sie dies nicht auf der Mittelfront tun würde – sie würde ihr Glück eher zunächst in Norwegen versuchen, nur um herauszufinden, ob wir zusammenhalten.«

»Sie nehmen diesen Film hier ernst?«

»Er bedeutet mir nichts. Aber wenn ich *Sie* wäre, würde ich ihn ernst nehmen. Ich würde ihn jemand anderem zeigen – bald.«

TEIL EINS

FINNLAND-STATION

15. bis 18. ... 19...

»Die Aufgaben der Partei sind ... vorsichtig zu sein und zu verhindern, daß unser Land in Konflikte verwickelt wird durch Kriegstreiber, die gewohnt sind, daß ihnen andere die Kastanien aus dem Feuer holen.«

STALIN

1. Der Falke

Die kurze Zeit des Tageslichts war schon wieder vorüber, der Himmel war von Sternen übersät. Ein brausender Wind wirbelte den Schnee auf, fegte ihn mit raschen Stößen vom Boden und trieb ihn gegen die Zeltwände. Folley wachte ausgeruht auf, mit steifen Gliedern und noch mit dem Bild des wegfliegenden Hubschraubers vor Augen, dessen Hecklicht ihm ein Lebewohl zublinkte.

Er öffnete die Augen, schüttelte sich und stieg aus dem Schlafsack.

Das leise nagende Geräusch des Schnees an seinem Zelt sagte ihm, daß das Wetter so bleiben würde. Er sah auf die Uhr und schnallte dann die Zeltklappe los. Kniend lauschte er mit seinem ganzen Körper, den Kopf auf die Seite gelegt.

Schließlich schien er befriedigt und trat ins Freie. Die kalte Luft fuhr ihm wie ein Stich tief in die Lungen. Er streckte sich, um wieder beweglich zu werden. Die Skifahrt während der vergangenen Nacht, nachdem er den Hubschrauber verlassen hatte, der unter dem Radarnetz hinweg nach Lappland geflogen war, hatte ihren Zoll gefordert – nicht an Kraft, aber an Jugendlichkeit. Er rieb die Rückseite seiner Oberschenkel und lockerte sie unter der weißen Tarnhose.

Dann beschloß er, daß ein weiterer Aufschub sinnlos sei, und während er jetzt das kleine weiße Zelt wieder einpackte, und selbst während er seine Rationen aß, überkam ihn eine gewisse Ratlosigkeit. Die Überlegung, Kaffee zu trinken, verwarf er sofort wegen der damit verbundenen Verzögerung.

Er befand sich weniger als dreißig Kilometer südöstlich von Ivalo, der lappländischen Stadt am unteren Ende des heiligen Inari-Sees. Er war noch ein gutes Stück von der einzigen Fernstraße aus Rovaniemi im Süden und von der Flugschneise zwischen diesen beiden Städten entfernt. Ein leichtes Flugzeug, dessen Lichter schon für den Anflug auf den Flughafen blinkten, war kurz nach seinem Absprung über ihn hinweggeflogen.

Die Schneewüste war trostlos, eine Mondlandschaft mit unwirklichen Formen und Umrissen, in ziemlicher Nähe der auslaufenden Hügel des Maanselka-Gebirges, das das finnische Lappland durchquert. Die ganze letzte Nacht war er nach Südosten durch diese geisterhafte Landschaft gefahren, und heute nacht würde es wieder so sein. Bei seinen Winterübungen nördlich des Polarkreises hatte er gelernt, was er hinsichtlich des Geländes zu erwarten hatte – allerdings hatten sie in Nordnorwegen stattgefunden, wo die Hänge messerscharf waren und den Blick auffingen und festhielten, wo die Fjorde den Schnee zerteilten wie Finger, die sich auf einem weißen Blatt Papier spreizten.

Er schüttelte die Erstarrung ab und machte sich klar, daß er hier weniger als dreißig Kilometer von der sowjetischen Grenze entfernt war.

Als er loszog, die Skistöcke tief in den Schnee stoßend, und seinen unförmig beladenen Körper in Bewegung brachte, war ihm bewußt, daß dieser erste Kilometer schon der letzte sein konnte, so wie jeder Kilometer, den er bisher zurückgelegt hatte, schon hätte zum Ziel führen können.

Die Finnlandkarte in großem Maßstab, die Waterford an die Wand seines engen Hotelzimmers in Hereford geheftet hatte, sah er noch klar vor seinen Augen. Er sah noch, wie Waterford vor vier Tagen die Landkarte an der Wand befestigt hatte und dann mit der Hand die finnisch-sowjetische Grenze entlanggefahren war. Waterford hatte betont, daß der Standort nicht genau angegeben werden könne.

Plötzlich überkam ihn ein Gefühl der Isolierung, der Einsamkeit. Waterfords Zimmer war davon genauso angefüllt gewesen wie diese Landschaft. Dies zu erleben war ernüchternd. Gleichzeitig wurde sein Bewußtsein während der Stunden auf den langen Überlandskiern wie durch eine Droge geschärft. Die Leere war in der schneebedeckten Tundra fast greifbar, die Spitzen der jungen Bäume ragten heraus wie die Finger begrabener Hände. Und dann der spärliche Tannenwald, der immer im Begriff war, unterzugehen oder zu verschwinden, und sich seinen Blicken immer weiter entzog, um sich dann an den fernen Hügeln ganz aufzulösen.

Er drang tiefer in die Nacht ein, und das einzige Geräusch

kam jetzt von dem ständigen Wind und dem unaufhörlichen, rhythmischen Zischen seiner langen Skier.

Unter der Polartarnung seines Winterkampfanzuges hatte er die Uniform eines Leutnants an, also seines eigenen Rangs, aber eines *Yliluutnantti* des Lappländischen Schützenbataillons. Er trug eine finnische Uniform mit einer russisch wirkenden Pelzmütze, die unter der Tarnhaube fest auf seinem blonden Haar saß. Die Dienstgradabzeichen auf seinem Kampfanzug stimmten. Über seinen Schultern, oberhalb des schweren Rucksacks, hing ein 7,62-mm-M/62-Sturmgewehr, die finnische Kopie der russischen Kalaschnikow; in einem Halfter eine 9-mm-Lahti-Pistole, die für finnische Offiziere vorgeschriebene Waffe. Dann führte er noch Dokumente mit falschen Identitätsangaben mit. Er hatte einen Ausdauer- und Überlebenstest in freiem Gelände absolviert, ein Teil seiner letzten Prüfung vor der Aufnahme in die exklusive und halbgeheime finnische Spezialeinheit – die der britischen SAS entsprach, zu der Folley gehörte.

Schließlich, schon tief in der Nacht, beschloß er keuchend, haltzumachen und sich auszuruhen. Er nahm den Rucksack und das Gewehr in der Segeltuchhülle ab und stellte den kleinen Gaskocher auf. Dann machte er Kaffee und hockte sich hinter eine kleine Bodenerhöhung. Die mit Schnee überlasteten Bäume bogen sich über den Rand des engen Tals, als blickte man durch eine Fischaugenoptik. Die Bäume in der Ebene und der wehende weiße Nebel im Wald boten ausreichend Schutz.

Er hielt den Becher in den behandschuhten Händen und trank den Kaffee schluckweise, dankbar für den starken Geschmack, der seinen Gaumen wie ein Schlag traf und seinen Geist wieder auftaute. Er konnte Waterford hören, wie er in seinem stahlharten, präzisen Ton sprach, das Abbild einer maskierten oder beherrschten Macht – vielleicht sogar das einer tiefsitzenden Verbitterung.

Er wußte einiges von Waterfords herrischer, wenn nicht brutaler Zeit in der Armee und von seinen wiederholten Verbindungen zum SIS. Er erlaubte sich ein Lachen, es klang in der Stille und der kalten Luft wie das knackende Brechen trokkenen Holzes, als er sich an die kleine, kindische Aufregung erinnerte, die er empfunden hatte, als die Einsatzbesprechung begann. Er hatte begriffen, daß sein Vorgesetzter sich die notwendigen Informationen in groben Zügen aus den Personalakten holte, war aber unfähig gewesen, die plötzliche Wärme in seinem Magen zu unterdrücken oder seinen flachen Atem unter Kontrolle zu bekommen, als die Worte ihn von den übrigen trennten und ihm bestätigten, er sei als einziger für die Operation *Schneefalke* ausersehen worden.

Das Skitraining in Schottland, die Turnstunden, die Schießübungen mit nicht vertrauten Waffen, die hektischen Finnisch-Lehrgänge – einen langen Monat hatte er damit gelebt. Und alles war ohne Erklärung geblieben bis zu jenem letzten Treffen in Waterfords Zimmer. Dann der Transport mit der Hercules zur NATO-Basis in Tromsø.

Er war durch die Tür des Wessex-Hubschraubers gestolpert, als dichter Schnee fiel, der ihn blendete, und der Hubschrauber war abgedreht und stark schwankend nach Norwegen zurückgeflogen.

»Was wir brauchen«, hatte Waterford gesagt, *»sind Beweise, und je eindeutiger, desto besser. Dafür haben Sie die Kamera. Und Sie sind abgeschrieben, Folley, ebenso wie der Auftrag in diesem Augenblick. Wir werden so viele Schneefalken losschicken, wie wir brauchen, um die Antwort zu finden.«* An dieser Stelle hatten sich die harten blauen Augen in die seinen gebohrt. *»Es handelt sich hier nicht einfach um einen Verdacht, oder darum, daß hier jemand herumfährt und versucht, alte Beziehungsmuster aufleben zu lassen oder regimefeindliche Aufstände in Osteuropa zu inszenieren. Es kann heute losgehen oder morgen. Seien Sie also nicht zu schnell überzeugt, und verpassen Sie nichts. Sie müssen herausfinden, ob es in Lappland noch etwas anderes zu sehen gibt als Rentiere und ein paar Lappländer in bunten Kleidern.«*

Jetzt hörte er diese Stimme wieder, sie klang eindringlich in seinem Ohr und weckte ihn aus der Betäubung seiner Ruhe und des Kaffees. Vielleicht war er schon nahe dran, und die leere Landschaft war möglicherweise gar nicht so leer, wie sie zu sein schien. Bald würde es wieder hell werden, die Zeit der Vorsicht würde beginnen. Er schüttete den Kaffeesatz weg und stand auf. Bis er sein Lager aufschlagen konnte, hatte er noch einige Kilometer hinter sich zu bringen.

Alexej Kyrilowitsch Worontsjew schob die Akten weg, lehnte sich augenreibend in seinem Sessel zurück, und der hartnäckige Alptraum zuckte erneut vor seine Lider, im selben Augenblick, da er die Augen schloß. Seine Frau – Natalja Grasnetskaja, Mezzosopran am Bolschoi-Theater, ein aufsteigender Stern am Opernhimmel. Er konnte sie klar erkennen, als sei sie in seinem Büro am Frunse-Kai, oberhalb der Bibliothek. Er wollte seine langen Finger von den Augen nehmen, tat es aber nicht. Sie faszinierte ihn noch immer, selbst nach den Jahren ihrer Untreue. Er konnte sich von der bohrenden Leidenschaft für sie nicht lösen, sogar nachdem ihr Körper in den Besitz anderer übergegangen war, und sie ihn, wie er glaubte, vor dem großen und privilegierten Kreis seiner Bekannten ziemlich lächerlich gemacht hatte.

Mit Mühe zog er seine Hände weg und blinzelte in die grelle Deckenbeleuchtung. Er stand hinter seinem Schreibtisch auf, von irgendeinem Gedankengang plötzlich wie elektrisiert, und ging zum Fenster. Vom dritten Stockwerk blickte er auf den fast ausgestorbenen Frunse-Kai hinab, während die Doppelverglasung und die Zentralheizung den kalten Moskauer Abend draußen hielten.

Er war sechsunddreißig. Er klimperte mit den Münzen in seiner Tasche, ein angenehmes kleines Geräusch, das sich zwischen seine Bewußtheit und seine Selbstvorwürfe zu stellen schien. Er hatte einen Majorsrang im KGB. Mehr als das, er war vor fünf Jahren, als er dreißig war, vom 2. Hauptdirektorat herübergewechselt. Ein meteorhafter Aufstieg, so früh schon zum Mitglied des SID, der Sonderabteilung für Ermittlungen, zu werden, aus der Zentrale in der Dscherschinskij-Straße in diese verschwiegeneren Amtsräume überzusiedeln.

Ein hohler Erfolg.

Diese Abteilung war die exklusivste und mächtigste innerhalb des Sicherheitsapparats. Sie überwachte das Politbüro, die Streitkräfte, selbst den KGB – falls und wann immer dies notwendig wurde.

In den letzten paar Wochen hatte er gesellschaftliche Ereignisse gemieden. Es war ihm unerklärlich, weshalb der Druck auf sein Ego, sein Selbstvertrauen, im Laufe dieser Zeit so plötzlich und schmerzhaft zugenommen hatte. Aber genau das war geschehen. Es kam soweit, daß er damit rechnete, seine teuren ausländischen Anzüge würden ihm nicht passen, wenn er sie morgens anzog. Es war dieses körperliche Gefühl, *kleiner*, gemindert zu sein. Und er konnte mit niemandem darüber sprechen.

Nur Michail Petrowitsch könnte das verstehen – aber selbst er würde keine Sympathie für ihn aufbringen, würde ihn eher verachten. Er würde die Lippe hochziehen und sein Auge diesen starren Blick bekommen. Auch seinem Stiefvater konnte er es nicht sagen – obwohl dem Stellvertretenden Außenminister der ganze Umfang der Entfremdung zweifellos schon bekannt sein mußte.

Sein Magen verkrampfte sich, wenn er daran dachte, und sein Körper bäumte sich gegen die Flut von Gedanken und Fantasien auf. Er war ganz einfach machtlos; diese Frau beherrschte ihn, demütigte ihn, behandelte ihn mit Verachtung – lebte seit einiger Zeit von ihm getrennt, zeigte sich mit ihren Liebhabern in der Öffentlichkeit, und er war machtlos.

Manchmal glaubte er, er werde den Verstand verlieren. Es war, als könne er auf ihrer Haut den Geruch anderer Männer wahrnehmen, wenn sie nach Hause kam. Und wenn er ihre Haut jetzt schmecken würde, würde er dort andere Münder schmecken, die sie genossen hatten, die jede heimliche Stelle berührt hatten, die er früher einmal allein zu besitzen glaubte.

Die Vorstellung ihres Körpers quälte ihn – das war es genau: eine Qual. Er sehnte sich immer noch nach ihr.

Unmöglich.

An seine eigenen Seitensprünge konnte er nur mit Abscheu denken. Er war erstaunt darüber, daß er immer noch das Gefühl hatte, sie zu betrügen und seine heimlichen, amtlich allerdings nicht geforderten Gelübde zu brechen. Seine Mutter hatte behauptet, daß der Vater, den er nie gekannt hatte, solche Gelübde ausgesprochen habe. Er hätte sich seinerseits nicht anders verhalten können.

Er trat vom Fenster zurück. Jenseits der Tür zu seinem Amtszimmer war Stille. Seine Sekretärin dürfte schon gegangen sein, und die anderen auf seinem Stockwerk hatten ihre Räume wohl auch schon verlassen. Er drehte die Akten auf seinem Schreibtisch mit der Hand um, schaltete die Tonbandspulen ein und wieder aus. Bevor er die aufgezeichneten Berichte ablegte, hatte er sie auf Kassetten aufgenommen. Und dann war da noch das Gutachten über die in dieser Woche geführten Nachweise, für seine Vorgesetzten. Ein Gutachten, das direkt an den Stellvertretenden Vorsitzenden des KGB weiterzuleiten war.

Das würde er für morgen lassen. Die Agentenberichte schienen nicht viel zu versprechen. Die Tätigkeiten eines Generalobersten der Roten Armee während eines viertägigen Urlaubs in Moskau erschienen unbedeutend. Schließlich würde der Mann am nächsten Morgen wieder zu seinem Dienst im Hauptquartier, Militärbereich Fernost, zurückkehren. Der Stellvertretende Vorsitzende Kapustin hatte zwar betont, wie wichtig es sei, aber es war doch wohl kaum mehr als die übliche Routine.

Er gähnte, eine nervöse Reaktion. Er konnte wahrnehmen, wie ihm die Einzelheiten entglitten, selbst wenn er sich intensiv mit der Sache beschäftigte.

Er ging noch einmal kurz zum Fenster zurück. Die Natriumdampflampen, die den Kai säumten, bildeten verschwommene Lichtkugeln. Über dem Fluß begann sich ein eisiger Nebel zu bilden. Die Moskwa floß darunter hin, und die Lichter aus dem Gorki-Park am gegenüberliegenden Ufer glitzerten darin. Hinter diesem dunklen Streifen konnte er die geraden Lichterketten entlang des Lenin-Prospekts erkennen.

Er seufzte, packte die Tonbänder und Akten in seinen Schreibtisch und verschloß die Schublade. Dann verließ er vorsichtig das Büro, als hätte er sich dort aus unehrenhaften Gründen aufgehalten, wobei sein Körper unwillkürlich eine gedemütigte Haltung einnahm – feige. Als befürchte er, in dem dunklen Korridor ausgelacht zu werden.

Das Kreml-Büro des Ersten Sekretärs der Kommunistischen Partei der Sowjetunion war ein großer, etwas kahler Raum. Es wurde von dem Regierungsapparat durch zwei Außenbüros abgeschirmt.

Als er an der letzten Tür haltmachte und die Hand zu einem mechanischen Klopfen erhob – der Nachtsicherheitsdienst hatte den Parteisekretär über sein Eintreffen informiert –, konnte der Vorsitzende des Ausschusses für Staatssicherheit, Juri Andropow, den Raum schon betrachten. Dieser hatte nichts mehr von der Trostlosigkeit des Büros der Stalinära, als die Räume genausogut zu einer Kathedrale wie zu einem Hochofen gehören konnten, je nach der Laune des Despoten und der Vorstellungskraft des Besuchers. Dies hier war einfach ein großes Zimmer mit einem gewaltigen Tisch am hinteren Ende. Jetzt dämpfte ein Teppich die Schritte derjenigen, die sich dem Parteisekretär näherten, und es gab einige Armsessel und Tische – eine sichtbare Konzession an dieses Jahrzehnt und an die Persönlichkeit des Mannes, der ihn nun erwartete.

Er öffnete die Tür. Parteisekretär Chamowkin wandte sich von dem hohen geschnitzten Kamin, in dem ein Stapel Holzscheite lichterloh brannte, ihm zu, und Andropow bemerkte das Glas in seiner Hand. Auch für ihn gab es Scotch in einem schweren Glas, das auf einem der kleinen Tische stand. Die beiden Männer schüttelten sich herzlich die Hände, und Chamowkin lud Andropow mit einer kurzen Handbewegung zum Sitzen ein. Er selbst ließ sich etwas schwerfällig nieder, mit aufgeknöpftem Doppelreiher, wodurch sein Bauch unter dem gestreiften Hemd massig hervortrat. Als er Andropows Augen auf sich spürte, lächelte Chamowkin müde, hob sein Glas und trank Andropow zu.

Bei dieser Gelegenheit stellte sich zwangsläufig eine Förmlichkeit ein, wie immer, wenn die beiden Männer zusammentrafen. Es war, als würde sich ihr Geist vorsichtig um die Hindernisse, die im Raum waren, herumtasten und sich einen Weg durch das Dickicht bahnen, das ihre weitverzweigten Verantwortungsbereiche und ihr öffentliches Leben bildeten.

Plötzlich konzentrierte Chamowkin seinen Blick und sagte scharf: »Bin ich – zu mißtrauisch, Juri?«

Andropow blieb eine ganze Weile still. Wenn er in diesem Augenblick die richtige Antwort geben würde, würde die Sache in der Versenkung verschwinden, niemand würde beschuldigt und die ganze Angelegenheit würde in Vergessenheit geraten.

»Nein«, sagte er schließlich. »Das wäre ein einfacher Ausweg für uns beide. Meinst du nicht auch?«

Erleichterung – und Bedauern. Der Parteisekretär rieb seine wie ein Schiffsbug vorspringende Nase mit Daumen und Zeigefinger. Er starrte in sein Glas und sah dann auf.

»Ich glaube nicht. So leicht entkommt man nicht, was?« Er lachte. Die Flammen des Kaminfeuers glitzerten auf dem Stahlgestell der Brille des Vorsitzenden und ließen die beiden Brillengläser für einen Augenblick zu Spiegelflächen werden. Dann sah Chamowkin die Entschlossenheit in dessen Augen, als er den Kopf leicht drehte.

»Wir – müssen es ernst nehmen, nicht wahr, Fjodor? In neun Tagen unterzeichnest du in Helsinki ein Dokument, demzufolge die Sowjetunion vereinbart, ihr strategisches und taktisches Kernwaffenarsenal erheblich zu vermindern – und ihren konventionellen Streitkräften den Hals abzuschneiden. Wir wissen es, das Politbüro hat dem zugestimmt, und die Armee ist außer sich vor Wut.«

Chamowkin wunderte sich über diesen Ton. Seine Brauen zogen sich zusammen, und die Augenlider senkten sich. Andropow meinte, ein Tier zu sehen, das sich beim überraschenden Herannahen seiner Feinde auf seine Schlauheit zurückzieht.

»Du bist ein Mitglied des Politbüros – du warst damit einverstanden.«

»Natürlich. Wir haben doch keine Wahl. Zwei schlechte Ernten in drei Jahren, vom Verteidigungshaushalt lahmgelegt, China entschlossen, alles zu tun, um vom Westen mehr begünstigt zu werden als wir... Was bleibt uns anderes übrig als Präsident Wainwrights Grundsatz des geringsten Widerstands zu folgen?«

»Aber insgeheim stehst du nicht dahinter?«

»Muß ich denn? Schon gut, Fjodor, du mußt nicht ebenso denken wie ich. Die Armee haßt den KGB genauso wie das Politbüro.«

»Wenigstens darin sind wir uns einig, mein Lieber.« Er lächelte, aber sein Gesicht verdüsterte sich sofort. »Aber – nichts? Du weißt immer noch nichts, obgleich uns so wenig Zeit bleibt?«

Er erhob sich und stand plötzlich drohend neben Andropow. Dann nahm er die beiden Gläser, ging zu dem Schrank, füllte sie und setzte sich wieder. Er starrte in sein Glas, ins Feuer, dann in Andropows Augen.

»Wir können nicht offen dazu stehen, Fjodor. Wie viele von uns sind denn da? Selbst der ganze KGB... Das reicht nicht, wenn wir sie zu einem überstürzten Handeln veranlassen.«

»Wann werden sie ihren Zug tun – verdammt, *wann*? Du solltest das *wissen*!«

»Der geeignetste Zeitpunkt, Fjodor, scheint zu sein, während du im Begriff bist, deinen Staatsbesuch in Finnland zu machen, wenn du in drei Tagen Moskau verläßt.«

Chamowkin fühlte sich von dem versteckten Vorwurf getroffen. Seine Hände verkrallten sich im Stoff seiner Hose, drückten ihn zusammen, als müßten sie etwas Unsichtbares erdrosseln. Dann zwang er sich, sich in seinem Sessel zurückzulehnen, entspannt und sicher zu wirken.

»Du magst vielleicht recht haben. Ich – muß dorthin fahren. Also gut, Juri, ich werde ganz unbeteiligt sein, wenn irgend etwas – passieren sollte. Das gestehe ich zu. Aber man weiß, daß ich abreisen werde. Ich muß meinen Verpflichtungen nachkommen...« Er rang sich ein Lächeln ab. »Sich in Helsinki zu verstecken, gilt vielleicht noch als heldenhafter als in Moskau!«

»Kann sein. Aber gerade nach dem Vorwand könnten sie Ausschau halten. Das Oberkommando der Armee...« Andropow fuhr fort, indem er den Augenblick eines falschen Vertrauens wie einen Stock in seinen Händen zerbrach »...wird dies als eine Gelegenheit ansehen, die man nicht leichtsinnig vertun sollte. Das ist jedenfalls meine Meinung.«

»Dann mache sie ausfindig. Finde die Anführer – verhafte sie!«

»Um damit genau das auszulösen, was wir vermeiden wollen? Das Oberkommando ist gereizt – ich könnte sogar sagen: *verzweifelt* wegen dieses Abkommens in Helsinki. Ist es erst einmal unterschrieben, dann gibt es kein Zurück mehr für uns. Die Armee wird eingeschmolzen – Raketen werden zu Schrotflinten. So sehen sie das. Und Amerika wartet ab, ob wir mit unserem Versprechen ernst machen. Wir sitzen in der Klemme, Fjodor. Zumindest ich, wenn du nach Helsinki abgereist bist.«

»Dann spür sie auf. Finde einen Weg, um nachzuweisen, wer daran beteiligt ist – was sie genau vorhaben, und wann. Und dann – *liquidiere sie!*«

»Leicht gesagt«, war Andropows Antwort, als er an seinem Whisky nippte. »Leicht gesagt.«

Alex Davenhill stellte den Motor seines Porsche ab, und Aubrey war für die Stille dankbar. Das Zischen des Regens unter den Reifen, das rauhe Summen des Motors – sogar die Geschwindigkeit, mit der Davenhill fuhr – all das schien sich auf ihrer Fahrt nach Hereford verschworen zu haben, ihn zu reizen und zu deprimieren. Er litt darunter, daß er in Davenhills schnittigen, aufwendigen Wagen hatte steigen müssen, ebenso wie er unter dem ausgelassenen, überladenen Stil der Unterhaltung und dem Verhalten dieses Mannes litt. Es war ihm bewußt geworden, daß er sich heute abend alt fühlte – und er war entschlossen, sich aus seiner gereizten Verachtung über seinen Begleiter nicht aufrütteln zu lassen.

»Gut, Kenneth, wollen wir jetzt nach oben zu dem bösen Major Waterford gehen?«

»Ich weiß nicht, warum ich sonst zwei Stunden in diesem flügellosen Düsenjäger mitgefahren wäre.«

»Sei doch nicht so giftig, Kenneth«, lachte Davenhill, indem er die Tür öffnete und ausstieg. Das Prasseln des Regens hörte man jetzt deutlicher, und Aubrey fror. Davenhill kam um den Wagen herum und öffnete die Tür. Aubrey stellte sich an wie ein alter Mann, um aus dem niedrigen, bequemen Sitz herauszukommen, und Davenhill hielt ihn am Arm. »Komm schon raus, Onkelchen«, sagte er grinsend.

Aubrey reckte sich und schlug den Kragen seines dunklen Mantels hoch. Davenhill sah zu der Fassade des kleinen Hotels hinüber, das jenseits der Straße lag.

»Einverstanden«, sagte Aubrey, als würde er Gedanken lesen. »Nicht gerade überwältigend. Aber Major Waterford ist lieber hier als im SAS-Hauptquartier weiter oben an der Straße.«

»Der hat wohl was für Spukgeschichten übrig.«

»Bringst du bitte die Unterlagen vom Rücksitz mit, Alex?« antwortete Aubrey, indem er mit verblüffender Schnelligkeit zu der Hotelvorhalle rannte, um Schutz vor dem Regen zu suchen. Davenhill nahm einen Aktenkoffer heraus, verschloß den Wagen und ging hinter Aubrey über die mit Pfützen übersäte, schlecht beleuchtete Straße.

Sie stiegen die Treppe hoch, Aubrey immer noch vorneweg. Alex Davenhill knöpfte seinen Ledermantel auf und folgte ihm lächelnd. Aubrey zögerte vor einer Tür, die aus nichts anderem als einer mattglänzenden furnierten Hartfaserplatte bestand, und klopfte. Davenhill konnte in seinem Mundwinkel ein Zucken beobachten, das Interesse verriet, und gab sich selbst einen Ausdruck intelligenter Überlegenheit. Aubrey hatte ihn davor gewarnt, sich mit Waterford zu streiten, und Davenhill verdrängte seinen Groll gegen den Offizier.

Aubrey hörte eine undeutliche Stimme durch die Tür und drückte sie auf. Davenhill folgte ihm in den engen Raum mit den gräßlichen Tapeten: trompetenförmige purpurrote Blumen und zu Girlanden geflochtene Stengel auf einem gelben Grund. Schon der Anblick ließ ihn schaudern.

Waterford saß in einem Armsessel mit verschmutzten und verschlissenen losen Bezügen. Er stand nicht auf, als sie hereinkamen. Davenhill bemerkte, daß die elektrische Heizröhre offenbar noch schwächer war als seine Wagenheizung.

»Mr. Aubrey – Davenhill.« Aubrey setzte sich auf einen Stuhl, dem SAS-Ausbilder gegenüber. Alan Waterford war groß gewachsen, so daß der Sessel, in dem er saß, unter seinem Gewicht zusammenzubrechen drohte. Davenhill machte sich noch einmal klar, daß gerade diese Tatsache das vorrangigste Merkmal dieses Mannes war – *Bedrohung*. Eine kaum gebändigte Gewalttätigkeit. Sein Gesicht war, auch jetzt, wuterfüllt, mit einer Grimasse, die Mund, Augen und Kinn in Spannung hielt. Der Schnauzbart schien die beiden anzuspringen, als seien sie unbefugte Eindringlinge. Und doch stand auch Interesse in seinen grauen Augen. Davenhill ließ sich auf der Kante eines wackligen Schränkchens nieder und hielt den Aktenkoffer wie zum Schutz vor seine Brust.

»Was gibt's Neues?« Er zündete sich eine Zigarette an; jede Antwort schien ihm gleichgültig zu sein.

»Der Falke ist frei«, sagte Aubrey. Waterford nickte. »Kein Kontakt bis jetzt.«

»Dann geht's um diese Nacht.«

»Möglicherweise.«

Davenhill wunderte sich, warum sie hergekommen waren. Aubrey schien angespannt vor lauter Zweifel.

»Sind Sie überzeugt?« platzte er heraus.

»Wovon?« fragte Waterford, und sein Blick konzentrierte sich auf einen feuchten Fleck an der Decke. »Der verdammte Kerl da oben hat gerade ein Bad genommen«, bemerkte er und starrte plötzlich Davenhill an. »Überzeugt wovon?«

»Er wird zurückkommen«, sagte Aubrey, und es klang wie ein widerwilliges Bekenntnis.

»Nein. Was ist los – haben Sie die Nerven verloren?«

»Durchaus nicht. Aber – ich muß es wissen. Die Dinge können – dringender werden, als ich angenommen hatte. Ich brauche eindeutige Beweise, keine Spekulationen.«

»Dann muß Folley eben sehen, wie er sie bekommt, oder?«

Davenhill spürte plötzlich, wie Aubrey von einer Laune ergriffen wurde. Es war, als hätte er im selben Moment das wahre Alter dieses Mannes erkannt, das durch die Schatten der Lampe noch betont wurde. Aubrey *war* alt, und sie waren aus London hergekommen, weil er sich nicht mehr zu helfen wußte – vielleicht sogar das Gefühl hatte, sich absolut lächerlich zu machen. Und er wollte Waterford die Schuld dafür geben.

»Ich bin zu Ihnen und zu Pyott in Stratford-on-Avon gekommen«, begann Aubrey mit einer Drohung, die den Mangel an Vertrauen verbergen sollte, den Davenhill bemerkt hatte, »um Infrarot-Fotografien auszuwerten, die auf meinem Tisch gelandet sind. Sie – Sie beide – haben diesen Fotos eine derartige Bedeutung gegeben, daß ich mich veranlaßt sah, so vorzugehen, wie ich es jetzt getan habe.«

Davenhill konnte sehen, wie die Wut in Waterford hochstieg, und fragte sich, ob Aubrey sich dessen bewußt war. Er empfand eher Mitleid mit dem alten Mann und war enttäuscht.

»Wir sollten nicht den Gentleman vergessen, den Sie auf der Landstraße bei Kassel aufgelesen haben«, sagte er sanft. Beide Männer wendeten sich sofort ihm zu, als seien sie über seine Einmischung empört. »Sie können das nicht einfach übergehen...«

»Ich übergehe nichts!« sagte Aubrey bissig. »Ich will nichts anderes, als unseren Verdacht in dieser Angelegenheit bestätigen. Aber jetzt will ich Beweise haben – *unwiderlegbare Beweise.* Das müssen Sie beide verstehen. Vielleicht hat das Pentagon damit zu tun, und damit das Weiße Haus, und die müssen mit eindeutigen Beweisen überzeugt werden. Meine Damen und Herren, es besteht kein Grund zur Aufregung. Also – gibt es etwas oder nicht?«

Es war still. Dann sagte Waterford: »Es gibt – aber ja, es gibt Anlaß zur Aufregung. Machen Sie sich keine Sorgen, Mr. Aubrey. Folley wird schon etwas für Sie finden, das man denen unter die Nase halten kann.«

Es war tief in der Nacht, und Folley mußte regelmäßig aufstehen und sich bewegen, um wieder Wärme und Gefühl in seine steifen Glieder und Gelenke strömen zu lassen. Am Abend zuvor hatte er sich im Schutze einer Schlucht etwas oberhalb und in der Nähe des Dorfes Rontaluumi niedergelassen, etwa achthundert Meter von der sowjetischen Grenze entfernt. Unterhalb von ihm führte eine schmale Straße durch das Dorf und von dort nach Raja-Jooseppi und Ivalo.

Er hatte das Dorf seit Stunden beobachtet – es kam ihm unheimlich vor, weil sich dort unten nichts, aber auch gar nichts bewegte. Als die Nacht einbrach, keine Lichter; bei Tag kein Geräusch von Menschen, die sich bewegten, nicht einmal von Tieren. Schon seit Stunden hatte er es aufgegeben – jetzt wandte er seine Aufmerksamkeit der Grenze zu. *Klären Sie das auf, und zwar so gründlich wie möglich,* hatte Waterford gesagt. Nur: hier gab es verdammt wenig aufzuklären! Eine stinknormale Grenze – offenbar hält die Rote Armee ihren Winterschlaf, dachte er und lachte, durch die Langeweile amüsiert und auch, um überhaupt etwas zu hören – etwas anderes als das, was über die Grenze kam.

Vor sich, und durch das starke Nachtglas klar erkennbar, konnte er den russischen Wachtturm sehen, der die Straße überblickte. Da war ein hoher Stacheldrahtzaun, der aber offensichtlich schwach war, und jenseits von diesem ein hoher elektrifizierter Zaun: die russische Seite der Grenze. Über die wenigen hundert Meter hinweg, die ihn von dem russischen Wachtturm trennten, hörte er Radiomusik, irgendein europäisches Pop-Programm, das wohl die ganze Nacht gesendet wurde. Hin und wieder erschienen Schatten an den Fenstern des schlanken Turmes, und das Licht des Suchscheinwerfers zeichnete ein hungriges Muster auf den Schnee beiderseits der Grenze.

Schneller Blick zurück ins Dorf. Still, ausgestorben. Morgen früh, vielleicht auch schon vorher, mußte er hinuntergehen und alles aufklären – *gründlich.* Ganz schön schaurig, dachte er. Wirklich unheimlich – lieber beobachtete er die Grenze. Wo nur all die Rentiere hingekommen sind – und die Lappländer dazu? Und die Hühner und Schweine und Hunde?

Ihm war langweilig. Nachdem er jetzt wieder die Sowjetunion in seinem Nachtglas hatte, das die vergrößerten Sterne hart aufleuchten ließ, hatte die Gefahr ihre Schärfe verloren. Da war nichts anderes als die Routine der Grenzbewacher, die Harmlosigkeit der eingegrabenen Minen und der tote Draht. Es gab keinen Wachtturm zum Schutz der finnischen Grenze, nur den Zaun selbst, der vorgab, daß Finnland verteidigt werden konnte.

Er hörte jemanden husten, und da sich sein Gehör auf Entfernungen eingestellt hatte, wußte er, daß das Geräusch vom Turm kam. Schatten bewegten sich unförmig im Lichtschein über den Schnee, waren aber nicht bedrohlich. Er gähnte. Die Unvermeidlichkeit aller Routine hatte ihn ergriffen.

Er rutschte über den Rand seiner Schlucht zurück, wobei der Schnee unter ihm knirschte, und kochte sich Kaffee, im Schutz vor dem leichten Wind und außer Sicht. Während er ihn schlürfte, konnte er die Wärme bis zu seinem Magen verfolgen. Er begann sich über die Leere seiner eigenen Gedanken zu wundern – darüber zu lächeln, daß sich sein IQ mit jeder Stunde verminderte, die er an dieser Stelle zubrachte. Als ob sich sein Gehirn in der kalten Luft verflüchtigte.

Als er dann wieder über den Rand der Schlucht nach oben rutschte, um seine Stellung einzunehmen, hatte es schon angefangen.

Er nahm das Nachtglas auf und stellte es wieder scharf ein,

um überhaupt etwas zu tun, und sah dann, daß der Scheinwerfer nicht mehr über den Schnee strich. Und daß der Wachtturm dunkel war und still. Es war, als versage das Nachtglas seinen Dienst. Er konnte nichts sehen. Er suchte den Schnee ab, der jetzt geisterhaft erschien, um auch nur den Schein einer Bewegung, ein Licht, zu erkennen.

Dann sah er sie. Panzer. Einen Augenblick lang spürte er absoluten Zweifel; dann für einen Moment schiere Angst. Selbst während alles in ihm die Information zurückwies, die das Auge wahrnahm, begann er mit der antrainierten Identifizierung: T-72-Panzer, das neueste Modell. Er erkannte sie an der 115-mm-Kanone, den sechs Straßenrädern, der Ähnlichkeit des Drehturms mit dem älteren T-62-Modell.

Sie kamen durch die Grenzzaundrähte, die es nicht mehr gab – über ein Minenfeld, das aber doch da sein mußte. Er verstand überhaupt nichts mehr; die Kälte war in sein Gehirn eingedrungen und verstopfte es, zähflüssig wie Öl.

Die Panzer fuhren jetzt in einer Reihe, hintereinander, die schmale Straße hinunter, und überquerten die Grenze nach dem neutralen Finnland. Er weigerte sich zu glauben, was er sah. Er begann sie zu zählen, seine Gedanken versuchten, alte Instruktionen auszukramen, kalte Finger blätterten in den riesigen, schwerfälligen Seiten eines Handbuchs. Es fröstelte ihn. Das Dorf unterhalb von ihm war *evakuiert* worden – um das vorzubereiten, was er nun vor Augen hatte. Er konnte jetzt nicht den Sender betätigen, nicht jetzt. Er mußte sich mit der Rolle des Zuschauers begnügen. Der erste Panzer rollte unterhalb von ihm dahin, und irgendwie konnte er die Kamera mit dem Infrarot-Gerät, das wie ein Gewehrlauf aussah, auf ihn richten. Er begann zu fotografieren, wobei der Film automatisch leise weiterspulte. Er hielt den Atem an.

Er sah zu, wie die Panzer durch Rontaluumi weiterfuhren, und er wußte, daß kein Licht angezündet, keine Tür sich bei dem Geräusch der Motoren öffnen würde, bei dem seltsamen Quietschen der Panzerketten auf dem eisenharten Schnee.

Keine Lichter; das kleine Dorf war ausgestorben. Das trug noch dazu bei, die Szene wie einen Alptraum erscheinen zu lassen.

Er zählte ein ganzes Panzerregiment, und nachdem er die ersten Panzer fotografiert hatte, ließ er die Kamera sinken. Und dann, ganz eindeutig, ein motorisiertes Schützenbataillon, Nachschub für die Panzereinheit. In Finnland.

Seine Gedanken umkreisten das Undenkbare. *Invasion.*

Und dann, vielleicht nach einer, nach zwei Stunden – er hatte nicht einmal auf die Uhr geschaut und tat es auch jetzt nicht – war die Straße wieder leer. Er sah, wie die Lichter auf dem Wachtturm wieder angingen und wie das Scheinwerferlicht wieder begann, auf und ab zu wandern. Der Zaun auf der sowjetischen Seite wurde wieder geschlossen, ein langes Zaunstück schob sich wieder über die Straße – und auch der finnische Zaun schien wieder heil und unversehrt.

Es kostete ihn eine gewaltige Anstrengung, aufzustehen, die ihm fremd gewordenen Glieder zu bewegen, aufzubrechen. Mit bleiernen Händen, in dicken Handschuhen, führte er die Routineübung aus.

Er mußte ihnen folgen, mußte ihr Ziel ausfindig machen. Die Kolonne war jenseits des Dorfes in dem Tannenwald verschwunden und bewegte sich außer Sicht- und Hörweite auf der einzigen schmalen Straße. Er mußte ihr folgen.

Ein einziger Gedanke ließ ihn nicht los – das alles wirkte nicht wie eine Invasion. Ordentlich, zügig, leise: so war das Ganze abgelaufen – es war vielmehr ein... *Transport.* Ja, genau. Er hatte Truppenbewegungen beobachtet, und nur er wußte, daß es sich um Truppen der Roten Armee handelte und daß sie sich auf finnischem Gelände bewegten.

Ansonsten war alles normal. Einhundertzwanzig Panzer, BMP-Panzerwagen, Granatwerfer – und die Truppen, schweigend, in winterlichen Gefechtsanzügen, die die Panzer und Transportfahrzeuge fuhren. Es war keine Angriffsformation, es gab kein Anzeichen für einen Frontverlauf, dem die Einheit folgte und sich ausbreitete. Eine Bewegung zwischen zwei auf einer Landkarte markierten Punkten, die einzige mögliche Straße entlang. Niemand würde Finnland mit einem einzigen Panzerregiment und einem Nachschubbataillon angreifen.

Er packte seinen Rucksack wieder auf, stellte sich sicher und aufrecht auf seine langen Skier und fuhr dann vorsichtig davon. Er suchte sich seinen Weg sehr sorgfältig aus, den Abhang an der Schlucht entlang. Er mußte der Straße folgen und die Panzereinheit überholen, um ihre Absicht zu durchschauen.

2. *Beweise*

Ein bitterkalter Wintermorgen in Moskau. Die Moskwa floß glatt wie eine undurchsichtige Glasfläche dahin, unter einem Himmel, der noch mehr Schnee versprach. Erst am Vortag war der Frunse-Kai vom letzten Schneefall geräumt worden. Worontsjew stand wieder in seinem Büro am Fenster, in einer Stellung, die ihm schon zur Gewohnheit zu werden drohte. Mit dem Rücken zu den beiden anderen Männern im Raum, hörte er eine Tonbandaufzeichnung aus der Hotelsuite von Generaloberst Ossipow ab, die mit einem Abhörgerät aufgenommen und in einem Nebenzimmer aufgezeichnet worden war. Die beiden SID-Offiziere, die sich bei ihm aufhielten, waren für die Aufzeichnung verantwortlich. Ossipow hatte darauf bestanden, wie es ihm als Kommandant eines Militärdistrikts zukam, eine Suite ohne derartige Mikrofone zu bekommen; nur der SID war befugt, sich über ein solches Ersuchen hinwegzusetzen.

Es hörte sich eindeutig widerlich und bedrückend an, wie Ossipow versuchte, auf altmodische Weise ein Call-Girl zu verführen. Es paßte einfach nicht her, paßte nicht zu der Energie, aber auch Vulgarität, mit der er den Geschlechtsakt inszenierte.

Worontsjew drehte sich nicht um, als das Mädchen, entsprechend vorbereitet, seinen Höhepunkt in einem so genau berechneten Moment erreichte, daß es den ältlichen General geschmeichelt haben mußte; er wollte nicht in die Augen der beiden jungen Männer sehen, wollte nicht wissen, was sie von den tierischen Geräuschen hielten, die ihnen das Tonband vorspielte.

Gläser klangen, nach einer langen Stille, die immer noch von sexueller Entspannung gesättigt schien – Worontsjew konnte die Samenflüssigkeit förmlich riechen; das Mädchen hatte sich verrechnet, der General hatte vorzeitig ejakuliert... Worontsjew formulierte die pseudomedizinische Beschreibung des Fehlverhaltens des alten Mannes mit geradezu katzenhaftem Vergnügen. Das Mädchen hatte sich irgendwie entschuldigt, der General sich als Gentleman erwiesen. Die Szene, so schien es, war zur beiderseitigen Zufriedenheit ausgeklungen.

»Das war vor zwei Nächten«, sagte Worontsjew. »Gibt es noch mehr davon?«

»Sie glauben doch nicht, daß der General...?« Der Satz brach ab. Einer der Männer hatte den anderen angestoßen, hatte Worontsjews Stimmung schneller erfaßt. »Nein – er ist für den Rest der Nacht allein und wird wohl schlafen.«

»Gut.« Worontsjew drehte sich um, als er hörte, daß das Band abgeschaltet wurde. »Dann sehen wir uns mal die Bilder an.«

Maxim, der jüngere der beiden Offiziere, knipste das Licht aus und zog die Jalousie herunter. Pjotr betätigte den kleinen Projektor, der auf Worontsjews Schreibtisch stand, und auf dem Wandschirm, der in dem Büroraum aufgestellt war, erschien ein Schwarzweißbild des Generalobersten, wie er zusammen mit einem Mädchen einen Hotelflur entlangging. Worontsjew starrte gespannt auf das Mädchen, dann klickte das nächste Dia ein: das Mädchen betrat die Suite des Generals; neues Dia: wie es herauskam.

»Wir machten die Aufnahmen durch die Einwegscheibe«, sagte Pjotr, nur um etwas zu sagen. Worontsjew schüttelte den Kopf.

»Bieten Sie es Tretschikin unten an. Er sammelt solche Sachen, seit ihn seine Frau verlassen hat.« Er zuckte zusammen, als hätte seine Zunge einen eitrigen Zahn berührt. Er versuchte zu lächeln und fügte hinzu: »Schicken Sie die Auftragsgruppe von gestern herein – vielleicht haben sie irgend etwas, das wenigstens ein bißchen ungewöhnlicher ist.«

»Ich hatte gedacht, das hier sei doch ganz nett...«, begann Maxim, aber Pjotr gab ihm einen Rippenstoß mit dem Ellbogen. Sie nahmen die Diakassette und den Recorder mit.

Worontsjew kannte das Mädchen. Sie wurde häufig eingesetzt, um hochstehende Beamte oder Offiziere wie Ossipow zu unterhalten. Strenge medizinische und sicherheitstechnische Überprüfungen – eine aus dem kleinen, exklusiven Kreis professioneller Dirnen, ganz anders als so begeisterte Amateure wie etwa Natalja Grasnetskaja.

Die zweite Auftragsgruppe war ebenfalls jung – Ilja und Alewtina; alle seine Untergebenen nannte er beim Vornamen. Er hatte angefangen zu befürchten, daß sein Ton sich verändert habe, etwas Schmeichlerisches angenommen habe, daß der unterschiedliche Dienstgrad nicht mehr beibehalten wurde.

»Na?« sagte er kurz zu dem jungen Mann und dem Mädchen, die erst kürzlich zu ihm versetzt worden waren und sich vor ihrem neuen Machtzuwachs noch fürchteten. »Was haben Sie beide zu melden?«

Ilja schwenkte ein schwarzes Notizbuch. »Wollen Sie das Ganze, Herr Major – oder nur die Schlagzeilen?«

»*Gründlich,* was immer Sie tun.« Er wendete sich wieder dem Fenster zu.

»Der General verbrachte den Morgen im Puschkin-Museum für Schöne Künste«, faßte Ilja zusammen. »Wie Sie wissen, Herr Major, besitzt er eine eigene Sammlung kleiner Statuen aus Elfenbein und Jade – dieses Mal nahm er sich viel Zeit, um die ägyptische Sammlung in Augenschein zu nehmen...« Worontsjew nickte. »Er hat die Eremitage-Sammlung in Leningrad sehr oft besucht, bevor er in den Fernost-Distrikt versetzt wurde...«

»Ja. Machen Sie weiter.«

»Dieses Mal war er die ganze Zeit allein. Vor dem Mittagessen nahm er ein Taxi zu den Alexandrowski-Gärten – dort ging er im Sonnenschein spazieren, später aß er im Metropol am Swerdlow-Platz. Wir – haben eine Spesenrechnung...« schloß er etwas kleinlaut.

»Für Sie *beide*? War das nötig?«

»Nur für – einen...«

Worontsjew wußte, daß sie logen, aber es machte nichts. Sie würden noch lernen, daß es nicht so einfach war, sich Spesen vergüten zu lassen.

»Und am Nachmittag?« fragte er.

»Die Tretjakow-Galerie – den ganzen Nachmittag.« Der junge Mann klang gelangweilt.

»Sie müssen noch lernen, Ilja, daß nicht jeder so philisterhaft ist wie Sie. Ich bin sicher, daß Ihnen die Galerie gutgetan hat.«

»Ja, Herr Major.«

Alewtina fragte: »Sagen Sie – führt uns das alles irgendwohin?«

Worontsjew überlegte einen Augenblick lang. Er war nicht bereit, sein Gespräch mit dem Stellvertretenden Vorsitzenden von gestern nacht zu beschreiben. So antwortete er ganz einfach:

»Es kann von allergrößter Bedeutung sein. Sie müssen das immer so sehen, alle beide. Wir werden nicht eingesetzt, wenn es sich nicht um eine ernsthafte Angelegenheit handelt.« Er sah sie beide abwechselnd an, bis sie ihm ihr Verständnis mitgeteilt hatten. »Also gut. Dann sehen wir uns jetzt die Bilder an.«

Er zog die Jalousie herunter. Sein Interview mit dem Stellvertreter war dringend und kurz gewesen. Er *mußte* etwas finden – anscheinend war es etwas sehr Unangenehmes, und er mußte es finden – nein, man konnte ihm nicht sagen, wonach er suchen sollte – und dann wußte er, daß auch sie es nicht wußten; aber es *existierte,* und Ossipow war ein möglicher Verdächtiger. Das waren auch die anderen Offiziere, die sie während ihrer regelmäßigen Beurlaubungen in der Stadt beobachtet hatten. Männer aus jedem Militärdistrikt, und keiner von ihnen unter dem Rang eines Regimentskommandeurs.

Es wurde dunkel, und die Diakassette klickte. Aufnahmen von Ossipow huschten in rascher Folge über den Bildschirm. Wie er sich vornüberbeugte, um eine orientalische Statue zu betrachten, die Gier des Sammlers klar auf seinen weichen, vollen Gesichtszügen. In der Galerie, das Gesicht erhellt von der Beleuchtung oberhalb eines großen Gemäldes von Repin, dann gebückt vor einer Ikone, als betete er zu ihr.

Später in den Gärten, die Gesichtszüge in der Kälte zusammengekniffen, im blassen Schein der Sonne; mit dem Rücken zur Kamera, während er dastand, um mit einer Frau zu sprechen, seinen dunklen Hut zu ziehen...

Worontsjew sah zu Ilja hinüber, der seinen Kopf schüttelte. Er gab ein Handzeichen, und die eintönige Folge ging weiter. Sogar beim Betreten einer Herrentoilette im Metropol, nach dem Mittagessen.

»Haben Sie das nachgeprüft?«

»Er hat nur seinen Urin dagelassen«, antwortete Ilja mit sanfter Stimme. »Wollen Sie noch den Rest sehen?«

»Wenn nichts anderes kommt – nein.«

Der Lichtstrahl erlosch, und Worontsjew ließ die Jalousie wieder hochschnellen. Ilja wandte sich ihm zu.

»An welchen Amtshandlungen hat er in den letzten vier Tagen teilgenommen?«

»An keiner. Er ist beurlaubt.«

»Wie steht es mit dem Offiziersklub – und solchen Sachen?«

»Wir wären dort nur offiziell hineingekommen – und das hatten Sie nicht gewollt.«

»Nein, noch nicht.«

»Herr Major?«

»Ja?«

»Dieser Auftrag, Herr Major?«

»Ja, Ilja?«

»Ist er – sehen Sie, Herr Major, sind wir auf der Suche nach Beweisen, um ihn loszuwerden, oder gibt es wirklich etwas ganz *Bestimmtes*, das wir entdecken müssen?«

Worontsjew machte ein finsteres Gesicht, dann aber lächelte er und nickte.

»Sehr gut. Soweit ich es beurteilen kann, geht es hier nicht um die Sache selbst, wie sonst so oft. Er hat nichts ausgefressen. Nein, es liegt was ganz Akutes in der Luft, und wahrscheinlich geht es von der Armee aus, von denen ganz oben. Man erwartet, daß wir etwas herausfinden – ein Anhaltspunkt könnte schon genügen, ein paar Namen. Im Moment wissen wir noch nicht, wer oder was. Klar?«

Beide schienen erleichtert, als hätten sie noch einen Rest privater Gewissenhaftigkeit übrigbehalten, der noch beruhigt werden mußte.

Ilja sagte: »Danke, Herr Major.« Alewtina nickte einfach.

»Gut. Aber es wäre hilfreich herauszufinden, wen er getroffen hat, mit wem er gesprochen hat, in den Klubs. Haben Sie eine Liste?«

Alewtina reichte ihm ein Blatt Papier, auf dem in der Schrift des KGB-Mannes, der gleichzeitig als Kellner in dem wichtigsten Moskauer Offiziersklub arbeitete, die Namen der Männer standen, mit denen Ossipow gesprochen hatte. Worontsjew überflog die Liste. Ein oder zwei Generäle, alte Bekannte, die von anderen SID-Einheiten beschattet wurden, von einem oder zwei der Jüngeren, die jetzt oder früher unter ihm gearbeitet hatten.

»Wrubel? KGB-Grenzschutz – Finnlandgrenze. Sonderbar, oder nicht?«

»Wrubel. Wir haben uns gewundert, Herr Major. Wir haben es nachgeprüft. Während des Krieges war sein Vater Offizier, zusammen mit General Ossipow – er fiel bei Berlin, in den letzten Kriegstagen.« Das Mädchen konzentrierte sich auf die Gewissenhaftigkeit ihrer Aussage, ihres Tonfalls. Worontsjew hatte den Eindruck, als habe sie ihr Gefühl für Weiblichkeit in einer von Männern dominierten Elite noch nicht ganz verloren. Für ihn war sie eine seiner jüngeren Beamten.

»Ich verstehe. Ist Wrubel sehr oft in den Armeeklubs?«

»Das weiß ich nicht, Herr Major. Ich glaube, diesmal kam er auf Einladung des Generals dorthin.«

»Mhm. Lassen wir das vorläufig. Gab es noch irgendwelche anderen Kontakte?«

»Ein Vetter, Herr Major. Wladimir Ossipow, ein Beamter im Außenministerium. Keine wichtige Stellung. Er rief ihn und seine Familie an, gerade bevor wir gestern mit dem Dienst zu Ende waren. Dieser Wladimir ist ein fanatisches Parteimitglied.«

»Sehr gut. Gehen wir nochmals auf den Vortag zurück – und dann sehen wir uns das Ganze noch einmal an. Um etwas abzuwechseln, zeigen Sie mir die Bilder jetzt zuerst.«

Und wieder wurde die Jalousie heruntergezogen, und die Dias huschten über den Bildschirm. Er spürte keine Verärgerung darüber, daß die Beschattung so wenig Wesentliches gebracht hatte, kaum mehr als das automatische Überprüfen und Gegenprüfen. Die Routine hatte etwas Beruhigendes,

Erfrischendes. Selbst innerhalb des SID gab es das Summen einer gehorsamen, nicht-denkenden Maschinerie.

»Wer ist das?« fragte er. Den Hintergrund bildete das Revolutionsmuseum an der Gorki-Straße. Ossipow war in ein Gespräch mit einem Mann in dunklem Mantel und Hut vertieft.

Die Dias huschten weiter, der Projektor summte leise vor Wärme. Weitere Bilder der beiden Männer, immer noch im Gespräch.

»Niemand Besonderes. Ilja konnte zuhören. Es ging um Politik.«

»Politik?«

»Nichts Widersprüchliches. Ein Lob auf die sowjetischen Errungenschaften – vor allem der Revolution als solcher, und auf den Krieg.« Auch das Mädchen schien gelangweilt und antwortete jetzt für Ilja.

»Darum ging es?«

»Ja, Herr Major.«

»Also gut – weiter.«

Noch mehr Dias – im Freien aufgenommen. Schnee, der sich auf den Schultern des dunklen Mantels des Generals sammelte und die Klarheit der Bilder verschleierte. Worontsjew verdrehte die Augen.

»Und was ist das?«

»Nachdem er das Museum verlassen hatte – das ist der Puschkin-Platz. Ich habe hier ein Foto gemacht, weil er eine Weile wartete, als würde er jemanden treffen...«

»Und?«

»Nichts. Er nahm ein Taxi – und wir ein anderes, um ihm zu folgen.«

»Wohin?«

»Hotel – ein paar Drinks.«

Die Szenen huschten vorüber, als würden sie den Bericht begleiten. Der Rücken des Mannes, dann das Taxi, der Rükken des Mannes außerhalb des Moskwa-Hotels, wie er das Foyer betrat...

»Sind Sie ihm hineingefolgt?«

»Ja. Er stand an der Bar, ging dann zur Toilette, dann nahm er wieder ein Taxi...« Beide waren sie jetzt gelangweilt, ganz offensichtlich. Worontsjew wischte einen leichten Ärger beiseite und sah wieder auf den Bildschirm. Der Rücken des Mannes, wie er das Taxi bestieg.

»Wohin ging es dann?«

»Ins Kino. Am Marx-Prospekt. So ein epischer Film mit den üblichen Tugenden, Eisenstein-Schule. Handelte wohl vom Krieg, denke ich. Ich bin fast eingeschlafen.«

»Aber Sie haben ihn die ganze Zeit beobachtet?«

»Ja. Er ging wieder auf die Toilette – hat wohl Probleme mit der Blase, vielleicht war's auch die Kälte –, dann setzte er sich wieder hin, saß zwei Stunden lang alleine da, kam dann wieder heraus, ach so – dann noch mal auf die Toilette, dann nahm er ein Taxi ins Moskwa zurück, aß dort etwas Leichtes ...«

Dias. Rücken des Mannes, wie er das Kino betrat, von Schnee bestäubt, den Kopf gesenkt, den Hut auf dem Kopf. Rücken des Mannes, wie er das Kino verließ. Andere Leute.

»Zurück!«

»Wie bitte?«

»Zurück! Die Aufnahme, wie er hineinging – dann diese Aufnahme noch mal.«

»Ja.«

Worontsjew schaute, er fühlte, wie sich sein Unterleib anspannte, dann wieder locker wurde, als er einen Fehler entdeckte. Die beiden jungen Offiziere waren noch ganz in ihrer Trägheit befangen, nur das Mädchen machte Ilja leise auf die Uhrzeit aufmerksam.

»Nein ...« flüsterte Worontsjew. »Nein.«

»Soll ich weitermachen, Herr Major?«

»Ja. Wie nah waren Sie an ihm dran, als er ins Kino ging?«

»Etwas weiter zurück. Es kamen nicht viele Leute um diese Zeit.«

»Und er ging auf die Toilette?«

»Ja, Herr Major.«

»Sind Sie sicher? Als er *hinein*ging?«

Alewtina sah in ihre Notizen. »Als er hinausging ...«

»Aber Sie sagten, als er *hinein*ging!«

»Ich – nein, nur als er hinausging.«

»Schnell, zurück zum Moskwa-Hotel – zu dem Bild, wie er das Hotel verließ, das Taxi nahm. Schnell!«

Ilja fummelte mit der Kassette herum, stotternde Klickgeräusche, dann folgte der gleichmäßige Ton, als die Bilder in rascher Folge über den Bildschirm glitten.

Der Rücken des Mannes, als er das Taxi bestieg. Es war nicht überzeugend, erkannte Worontsjew, als hätte er sich etwas Eindeutigeres gewünscht. Und doch ahnte er instinktiv, wie es zustande gekommen sein könnte.

»Worum geht es, Herr Major?« fragte Alewtina, beugte sich weit nach vorn aus ihrem Stuhl und starrte auf den mit lauter Flocken bedeckten Mantel. Schnee, der flirrende Vorhang.

»Wo waren Sie, als er aus der Toilette kam – der Hoteltoilette?« fragte Worontsjew kurz.

»Nische im Foyer.«

»An der Bar«, fügte Ilja hinzu.

»Wo zog er seinen Mantel an?« Worontsjew sprach die Worte langsam, sorgfältig aus. Sie begriffen die Bedeutung ihrer Antwort. Ihre Gesichter drückten den Wunsch aus, helfen zu wollen.

»In – der Bar«, sagte Ilja schließlich.

Eifrig fügte das Mädchen hinzu: »Er trug ihn, als er durchs Foyer ging.«

»Und Sie waren die ganze Zeit *hinter* ihm, von dem Augenblick an, in dem er die Toilette verließ bis er ins Taxi stieg?«

»Ja.« In ihrer Stimme klang das Begreifen ihres Versagens mit, doch ihre Verwunderung war noch deutlicher herauszuhören.

»Das ist es also!«

»Was?«

»Das nächste Dia?« Worontsjew beruhigte sich, er fürchtete sich vor seinem Sprung in die Erkenntnis, in die Gewißheit des Verdachts. »*Vor* diesem Dia, meine ich.«

»Wie er das Hotel betritt – da.« Die Kassette klickt wie der Abzug eines Gewehrs, dachte Worontsjew, seine Fantasie war aufgeregt vor Anstrengung.

»Wieder zurück... wieder zurück... wieder zurück. Sehen Sie?« Die beiden Dias wechselten rasch miteinander ab – der Rücken des Mannes, mal so, mal so, komisch wie in einer Unterhaltungssendung. Hinein und hinaus durch die Drehtüren im Foyer des Moskwa-Hotels. Ein Fernsehtrick, dachte Alewtina und unterdrückte ein Lächeln.

»Was ist – Herr Major?«

Worontsjew, ungeduldig, aber doch glücklich über die Sicherheit seiner Erkenntnis, ging zur Wand, und sein Finger stieß, jetzt schwarzweiß gefleckt, auf die Rückseite des dunklen Mantels.

»Sehen Sie, wie die Schultern hier abfallen?« Seine Hand zappelte ungeduldig, und ein anderer Rücken erschien jetzt, der das Foyer verließ. »Und jetzt hier... Wenn Sie die Hand vergrößern...« Er schielte auf die Hand, die den dunklen Hut fest auf dem Kopf hielt – die Schneeflocken waren groß, wie störende Schmetterlinge auf einem Objektträger, die gewisse wissenschaftliche Daten verschleierten. »Wenn Sie die Hand vergrößern, bin ich sicher, daß Sie eine andere finden werden – fetter, mit kürzeren Fingern, oder kürzeren Nägeln.«

Er wendete sich ihnen zu, grinste, ging mit dramatischer Haltung zum Fenster hinüber und ließ die Jalousie hochschnellen. Das Morgenlicht war jetzt heller, nicht mehr so grau.

»Es ist nicht derselbe Mann. Der Mann, hinter dem Sie im Kino gesessen sind, war *nicht* der Generaloberst! Sie haben zwei Stunden damit verbracht, dem falschen Mann zu folgen.« Das Gefühl, recht zu haben, machte Worontsjew so viel Vergnügen, daß er auf Vorwürfe verzichtete. »Also – warum und wohin ist der General gegangen?«

»Aber wie konnte das geschehen, Herr Major?«

»Die Kinotoilette. Ich wette, Sie haben sich den Mann sehr gut ansehen können, als er aus dem Kino kam...« Alewtinas Gesicht drückte das kindliche Gefühl aus, von einem Erwachsenen für dumm verkauft zu werden. »Natürlich. Jetzt gehen wir noch einmal zurück zu dem Mann im Revolutions-Museum – dem in dem dunklen Mantel und Hut, etwa im Alter des Generals. Und dann könnt ihr wetten, Kinder – dann könnt ihr wetten!«

Mit Mühe und Not gelang es Folley, einen neuen Film in seine Kamera zu stecken, da seine Finger in der Kälte in den wenigen Sekunden, in denen er sie aus den Fäustlingen befreit hatte, steif und dick wurden. Sechs Filmrollen hatte er schon in seinen Taschen – die ersten zwei Infrarot, dann hatte er gewechselt, als die Morgendämmerung einsetzte, aber jetzt schien er besessen zu sein, alles aufzunehmen, was ihm vor die Kamera kam. Er war von den Beweisen überwältigt, aber ebenso von einer Ungläubigkeit, die ihn jeden Fetzen sammeln ließ, dessen er habhaft werden konnte; vielleicht hörte er schon Waterfords spöttisches Gerede, oder das von Davenhill, überheblich, unecht und heuchlerisch.

Er schloß die Rückseite der Kamera, hob sie ans Auge, stellte die Entfernung ein, prüfte die Belichtungszeit und betätigte dann den Auslöser. Und die Kamera begann, leise und automatisch, eine Gruppe Soldaten zu fotografieren, die ein Tarnnetz aufrichteten, unter dem sich schläfrig und bösartig drei T-72-Panzer ausruhten, die alle mit ihren Kanonen auf ihn zu zielen schienen.

Jetzt war er schon drei Stunden da, und er wußte, daß er sich schon längst hätte aus dem Staub machen müssen. Mit Glück, wenn überhaupt, konnte er kaum noch rechnen. Schon zweimal waren Patrouillen fast über ihn gestolpert, als er sich am Rand des Lagers aufhielt, unter dem Schutz der Bäume, während er seine Kamera neugierig auf alles richtete, was ihm ins Blickfeld kam – wie ein Kind in einer riesigen militärischen Ausstellung.

Die ganze Zeit schon spürte er einen nicht zu unterdrükkenden Drang, weiterzufotografieren – klick, klick, klick, weitergehen, klick, klick, weitergehen – und fragte sich, ob dieses Verhalten nur deshalb so übertrieben wirkte, weil er sich nicht über die Realität der Vorgänge klar werden wollte, die er hier ständig aufnahm.

Klick, klick, klick – Panzer, zwei Wachleute, die sich Zigaretten anzünden, Aufstellung einer Hütte für den Befehlsstand; klick, klick, klick, weitergehen – ein Mann pißte hinter einem Baum, wobei er die Ränder seines Wintermantels anhob, den Kopf unter der Pelzmütze in ehrwürdiger Andacht vornübergebeugt, motorisierte Transporte; Objektive wechseln, jetzt Tele-Objektive einsetzen; klick, klick, klick – die dunstige Entfernung löst sich auf, kommt näher, die langen Reihen der T-72-Panzer vermitteln einen Eindruck von der

Größe der Fläche, die sie einnehmen; er merkte, wie er sogar anfing, die einzelnen Aufnahmen mit Erklärungen zu versehen.

Stimmen. Er stolperte rückwärts, duckte sich hinter einen Baum, bemühte sich, ihre Richtung und Anzahl auszumachen. Drei, vier? Sie kamen näher, von links her, riefen sich einiges zu und mußten lauter sprechen, gingen wohl in einem gewissen Abstand voneinander. Er fühlte nichts, nichts anderes als Wachsamkeit gegenüber jedem noch so kleinen Geräusch einer Bewegung neben den klaren Stimmen. Er steckte die Kamera in eine tiefe Tasche seines Kampfanzugs, wobei das lange Objektiv sich fast schmerzhaft an seinen Schenkel preßte, und brachte das Gewehr langsam in eine Stellung, aus der er es durch die Segeltuchhülle abfeuern konnte. Er bewegte den kalten Zeigefinger hin und her.

Es waren vier. Suchpatrouille im Lagerumkreis. Eine von mehreren Gruppen, vielleicht sechs im ganzen. Sie kamen zusammen mit dem gefährlichen Morgen. Zwanzig Meter Abstand – er sah plötzlich ein weißeres, weniger rauchgraues Weiß als das der entfernteren schneebedeckten Bäume. Ein Wachsoldat, das Gewehr in lockerem Griff, aber schußbereit, suchte sich einen Weg durch die engstehenden Tannen.

Ein anderer, weiter rechts von ihm. Sie würden nah bei ihm vorbeikommen, wenn er hinter den Baum schlüpfen würde, nur knapp...

Fußstapfen. Tiefe Löcher in dem dicken Schnee. Seine eigenen Fußstapfen führten zu dem Baum, aus der Richtung, in die sie sich jetzt bewegten. Er konnte die Spuren nicht beseitigen. Er hob das Gewehr in Brusthöhe und griff mit der linken Hand nach dem Lauf.

Da war doch etwas bei einer der letzten Aufnahmen, vorhin – schnell, schnell, er zwang sein kaltes Hirn zum raschen Denken. Der fließende Urin, wie er in der eisigen Luft dampfte...

Er drehte den herannahenden Männern seinen Rücken zu, fummelte in seinen Überhosen herum, neigte den Kopf, sah das Bild vor sich, das er zuvor aufgenommen hatte. Er versuchte zu urinieren, sich zu konzentrieren, wollte kichern vor Nervosität und dem Zwang, echt zu erscheinen. Der dünne Strahl spritzte an den Baum und ließ geschmolzenen Schnee von dem Stamm herabfließen.

»Laß ihn nicht zu lange draußen, Alter«, rief ihm der Mann zu, der ihm am nächsten war. »Du wirst ihn vielleicht noch brauchen!« Jemand lachte. Auch er lachte, aber es klang lächerlich dünn und aufgesetzt in seinen Ohren.

»Danke für die Empfehlung«, rief er auf russisch zurück und blieb so stehen, alle Wachsamkeit jetzt in seinem Rücken konzentriert, die große weiße Fläche zwischen seinen Schultern – ein Ziel.

Dann wagte er, über die Schultern zu sehen. Mit dem Urinieren war er schon lange fertig, und ihn fror, das eisige Gefühl breitete sich in seinen Lenden aus, erreichte die Oberschenkel. Der nächste Mann war etwa drei Meter entfernt von ihm vorübergegangen und war noch zwischen den Bäumen zu sehen. Er hörte ihn lachen, etwas Ordinäres rufen – nicht zu ihm, sondern zu einem der anderen. Das Lachen klang wie das Gebell eines Tieres, das von einem anderen, zwischen den Bäumen Versteckten, beantwortet wurde.

Folley richtete das Gewehr, zog die Fäustlinge über und sah sich vorsichtig um. Er mußte jetzt verschwinden, und zwar schnell, bevor die nächste Patrouille ihn erreichte, die der letzten den Lagerrand entlang entgegen dem Uhrzeigersinn folgte. Er verließ den Baum und setzte die Füße vorsichtig in dem hohen Schnee auf, als gelte es, jeden Augenblick loszulaufen.

Etwas blieb ihm noch zu tun – ins Dorf zu gehen, Rontaluumi. Er wollte den fotografischen Beweis, daß es leer war.

Vom Lager entfernt und in der Nähe der Straße, von der sie abgewichen waren, um die Deckung des Waldes zu finden, stellte er sich wieder auf seine Skier. Als er sich dabei bückte, gab sein Körper plötzlich nach, und dann dauerte es lange, bevor er überhaupt wieder auf den Beinen stehen konnte, die auf einmal weich und kraftlos waren.

Schließlich fuhr er weg; nach und nach, indem er die Skistöcke tiefer in den Schnee stieß, gewann er wieder Kraft und fuhr schneller, jetzt auf das Dorf hin.

Alexej Worontsjew war müde, aber zufrieden. Angefüllt, so schien es ihm, wie nach einer reichhaltigen Mahlzeit und einem guten Schluck. Die Arbeit dieses Tages hatte sich als außerordentlich befriedigend erwiesen. Vergrößerungen der Dias hatten ergeben, daß Generaloberst Ossipow seit mehr als zwei Stunden spurlos verschwunden war und daß ihn ein Mann, den er im Revolutions-Museum getroffen hatte, ersetzt haben mußte. Worontsjew sah immer noch vor seinen Augen die riesigen Bilder von zwei Händen, jede leicht gekrümmt, um an den Rand eines dunklen Hutes zu fassen, die Bilder nebeneinander an die Wand seines Büros gehängt. Wie ihm ein fotografischer Experte bestätigt hatte, waren es nicht dieselben Hände. Und die *falsche* Hand gehörte zu dem Mann in dem Museum. Worontsjew hatte den Stellvertreter Kapustin informiert, und dieser hatte seine Arbeit gelobt. Andere Einheiten des SID, die ebenfalls auf die Sache angesetzt waren, hatten weniger Erfolg vorzuweisen, ihre Akten blieben leer. Aber mit seinem Vorsprung würden sie ihre Unterlagen noch einmal durchgehen, und Kapustin war überzeugt, daß irgend etwas wirklich Brauchbares zutage kommen würde.

Worontsjew legte den Gang ein und fuhr von der Verkehrsampel weg, bevor er in die Kalinin-Straße einbog, wo er zusammen mit seiner Frau ein Apartment bewohnt hatte. Auf der einen Seite der breiten Straße standen noch die alten Häuser, von denen viele jetzt als öffentliche Ämter dienten. Es gab aber auch neue Häuser mit Luxusapartments, mit schmucklosen Fassaden aus grauem Beton, nicht gerade schön, die aber einen gesellschaftlichen Rang ausstrahlten wie nur wenige der neueren Gebäude in Moskau.

Erst als er die Handbremse anzog, wurde ihm, als hätte ihn das Geräusch der Zahnstange aufgeweckt, bewußt, daß er in alter Gewohnheit dorthin gefahren war, wo er nicht mehr lebte. Er spürte einen scharfen, ekelerregenden Geschmack im Mund. Vor einigen Monaten war er ausgezogen, als die Anspannung des Lebens mit Nataljas Untreue, die von Mal zu Mal offensichtlicher wurde, ihm einfach über den Kopf gewachsen war. Am Schluß war es ihr sogar egal gewesen, ihn anzulügen. Er schloß wieder die Wagentür, und seine schlechte Laune löste sich auf.

Seine Arbeit erschien ihm jetzt unwesentlich, und die Stimme Kapustins klang in seiner Erinnerung dünn und unwirklich. Alles was er sah war das harte, selbstsichere, sorgfältig zurechtgemachte Gesicht seiner Frau, wie es ihn anlächelte. Und ihre Krone aus dunklem, gepflegtem Haar, die früher einmal, zusammen mit dem Rest von ihr, ihm gehört hatte. Er fuhr los und begab sich wieder in den Verkehrslärm, fuhr aus dem Moskauer Zentrum hinaus, in Richtung auf die Vorstädte im Nordwesten; er parkte den Wagen, ohne nachzudenken, wie immer gegenüber der Eingangstür zu dem Wohnhochhaus.

Eine Weile stand er an die Wagentür gelehnt und zündete sich eine Zigarette an. Trotz des kalten Windes machte es ihm nichts aus, keinen Mantel anzuhaben, und seine Hände zitterten, als er mit ihnen die Flamme des Feuerzeugs schützte. Als er den ersten Zug machte, lehnte er sich zurück und sah zu den erleuchteten Fenstern hinauf. Vierter Stock, fünfter – ja, sie war da.

Die Stimmung des Tages stieg wieder in ihm hoch – die Macht, die er ausgeübt hatte, um die Untersuchungen anzuordnen, war zu tief mit seiner Persönlichkeit verwoben, hing zu sehr wie ein Duft in seiner Kleidung oder auf seiner Haut, als daß er sie einfach loswerden konnte, indem er sein Gedächtnis betrog. Er konnte noch die Hände sehen, die an die Wand geheftet waren, die den Ersatzmann Ossipows, einen noch Unbekannten, verrieten – der aber fotografiert worden war und den man finden würde. Das Machtgefühl, geheime Kenntnis von Ossipow erlangt zu haben, machte ihn jetzt kühn. Er spürte den Wunsch, seine Frau zu konfrontieren – und jeden anderen, der jetzt bei ihr wäre.

Ihm war, als hätte er einen tüchtigen Schluck genommen, wie er da draußen in der Kälte stand, und sein Kopf drehte sich plötzlich – er hatte sein geprügeltes Ego zum Schweigen gebracht, hatte sich wieder erholt. Als seine Zigarette zu Ende war, ging er zur Eingangstür.

Den Portier kannte er nicht, ein neuer Mann. Er zeigte ihm seine blaue Kennkarte, die jede Erklärung überflüssig machte. Der Mann war wahrscheinlich sowieso ein Spitzel einer der Abteilungen innerhalb des 2. Hauptdirektorats, salutierte jetzt, offenbar von der Uniform beeindruckt, und verschwand hinter der Glasscheibe, die ihn von den Hausbewohnern trennte. Worontsjew ging zum Lift hinüber.

Er fuhr bis zum vierten Stock und ging dann langsam auf dem Läufer den Flur entlang. Am meisten befürchtete er in diesem Augenblick, von einem der Nachbarn gesehen zu werden, der ihn und seine Verhältnisse kannte.

Dann stand er vor der Tür, voller Verachtung über seine Schwäche und über das unwillkürliche Abstreifen seiner Hände am Mantel. Er zog seinen Schlüssel heraus, den er ihr damals nicht zurückgegeben hatte, und steckte ihn ins Schlüsselloch. Um ein neues Schloß hatte sie sich also nicht gekümmert.

Seine Zähne knirschten, als er die Tür öffnete und in den kleinen Vorraum trat. An der Tür zum Wohnzimmer, von dem aus man auf die Kalinin-Straße sehen konnte, hörte er ihre Stimme – ihr Lachen war wie Musik, aber unecht, wie in der Oper Worte verfälscht werden, um schön zu klingen. Die Stimme gab ihrem Lachen etwas Reizendes, Beglückendes – aber es schien nur so.

Er öffnete die Tür zum Wohnzimmer. Ein Mann stand in dem Raum. Sie sah ihm zu, wie er seine Uniform vom KGB-Grenzschutz mit den typischen Achselklappen anzog. Es entspricht ihrer Vulgarität, dachte er, daß sie von ihren Liebhabern erwartet, daß sie in Uniform zu ihr kommen. Der Mann schien verwirrt, nicht aber seine Frau. Sie war nur wütend.

»Alexej«, sagte sie, »was zum Teufel willst du hier?« Dann zog sie dramatisch an ihrer Zigarette und blies den Rauch hörbar in seine Richtung. Er stand an der Tür. Der KGB-Offizier machte jetzt ein unglückliches Gesicht – etwas Offizierhaftes und gleichzeitig Dümmliches war in seinem Ausdruck, bemerkte Worontsjew, voller Widerwillen gegen ihn. Natalja sagte: »Alexej – ich möchte dir gern Hauptmann Jewgenij Wrubel vorstellen, der von seinem Grenzdienst auf Urlaub ist. Jewgenij, das ist mein Mann Alexej.« Worontsjew bemerkte, bevor ihn der Name des anderen ganz erreichte, daß Natalja die Konfrontation plötzlich zu amüsieren schien.

Das kurze Tageslicht begann schon wieder zu schwinden, aber Folley blieb trotzdem noch in dem menschenleeren Rontaluumi. Aus einem unerklärlichen Grund hatte er die wenigen Stunden, in denen es hell war, ungenutzt verstreichen lassen, hatte sich verhalten, als sei er unfähig, die Panzer zu verkraften, die in der Dunkelheit über die Grenze gekommen waren, oder auch das Lager, das er fotografiert hatte, als könne er so dem kleineren Geheimnis besser beikommen. Was hatte man mit den Dorfbewohnern gemacht?

Er hatte jedes Haus, jeden Laden und jeden Stall durchsucht. Aber gefunden hatte er nichts, nicht einmal eine Katze oder einen Hund, noch sonst ein Lebenszeichen. Es war, als habe eine tückische Krankheit das Dorf heimgesucht und als seien danach alle Leichen sorgfältig entfernt worden. Leere Zimmer, leere Hühnerställe – das Futter noch aufgeschüttet, in den Schränken und auf den Regalen standen noch Büchsen und Töpfe. Immer verzweifelter suchte er nach einem Anhaltspunkt, und die Einsamkeit, die er dabei erlebte, bedrückte ihn stärker als die seiner ganzen Reise.

Schließlich ließ er sich in einen durchgesessenen Lehnstuhl fallen, der im Wohnzimmer des größten einstöckigen Hauses stand. Er behielt seinen weißen Kampfanzug an, das Gewehr lag auf seinen Knien. Von dem langen Suchen und Warten fühlte er sich angespannt und ausgelaugt. Er hatte genügend Beweise – aber er wollte mehr, eine Antwort auf dieses leere Dorf und seine bedrückende Stille.

Diese ganze Idee einer Invasion war lächerlich geworden – war verdrängt worden durch die Leere, die dem Dorf wie ein lähmendes Gas entströmte. Die Folgerungen aus dem, was er gesehen hatte, hatte er verdrängt – und er weigerte sich, auch nur eine von ihnen näher zu berücksichtigen.

Leere.

Dieser Raum – er hatte zwar das Gefühl, in fremdes Leben einzudringen, aber kein Gefühl für diejenigen, die hier gelebt hatten – und sich selbst; er konnte sich in einem halbblinden Spiegel über dem hohen Kamin erkennen. Er paßte hier nicht hinein, war ein Fremdkörper, ein Eindringling oder Plünderer. Er hatte nichts berührt, weil ihm sein Eindringen überdeutlich bewußt war. Was war mit den Menschen aus Rontaluumi geschehen? Es gab keinerlei Anzeichen von Gewaltanwendung.

Dann war er wohl eingenickt – ein trügerischer, leichter Schlaf.

Am Klang von Stimmen draußen wachte er auf und hörte Befehle rufen; ein bestimmter Ton erreichte ihn unmittelbar und riß ihn aus der Schläfrigkeit. Im selben Augenblick war er aus dem Sessel gesprungen, wobei ihm der Schlaf noch im Munde blieb, so daß er kurz ausspuckte, sich den Mund abwischte, mit den Augen zwinkerte und angespannt lauschte...

Als er zur Tür ging, wurde diese aufgestoßen. Im Türrahmen stand eine Gestalt in einem weißen Kampfanzug, die Schneehaube zurückgeschoben, eine russische Pelzmütze saß auf dem dunklen Haar. Ein vor Staunen zusammengekniffenes Gesicht, während sich die Hand zum Pistolenhalfter bewegte.

Folley schoß zweimal auf den Rotarmisten, das Gewehr immer noch an der Hüfte, und der plötzliche Knall dröhnte in dem niedrigen Raum und kam wie ein Echo zurück. Der Türrahmen war jetzt frei, wie leergefegt, als der Mann nach draußen in den Schnee fiel.

Einen kurzen Augenblick lang war sein Körper wie gefroren, eine Nachwirkung der Gewalt, auf die er nicht vorbereitet gewesen war. Ein Stiefel streckte sich über die Schwelle, er gehörte dem Toten – und das Echo der beiden Schüsse verebbte langsam. Dann nahm er seinen Rucksack auf, warf ihn über die Schulter und zog ihn zurecht, während er sich durch die enge Küchentür zwängte; er nahm die Skier, die er an die Tür zum Hof gelehnt hatte, und trat dann leise hinaus.

Hinter sich hörte er einen Schrei, Befehle wurden von fernen Stimmen gerufen, es klang wie das Gebell von Füchsen. Er schritt in den dunkelnden Abend hinein, wachsam auf die kleinste Bewegung.

Jenseits des Hügels fiel der Boden hinter dem Haus zu einem schmalen, zugefrorenen Fluß hin ab und war dicht mit dunklen Tannen bestanden, die in dem rasch schwindenden Licht bedrohlich wirkten. Er stieg den Hügel hinauf, blieb dann stehen, um sich die langen, schweren Skier anzuschnallen, und zog los. Hinter sich hörte er einen Ruf, dann den Knall eines Schusses. Etwas pfiff an seinem Kopf vorbei, dann wieder – ein scharfes, unwirklich knackendes Geräusch, als sei er über dünnes Eis gegangen. Dann war er durch den Hügel geschützt.

Jetzt stieß er sich ab, so daß der Schnee von seinen Skiern stob – und fing sich dann am Fuß des langen Abhangs gekonnt auf. Bäume waren nun zwischen ihm und seinen Verfolgern, und vor ihm lag der vereiste Fluß, auch die Uferböschung war stark vereist. Er schnallte die Skier ab, trat zur Seite und nahm sie auf die Schulter. Er schlidderte zum Ufer und verlor dabei fast das Gleichgewicht, als seine Stiefel das weichere Eis des Flusses berührten. Vorsichtig trat er auf und bewegte sich leicht und sicher, wobei die Dunkelheit ihn wie ein Mantel schützte; fast unhörbar kam er vorwärts. Weitere Schüsse ertönten, dann Stille. Er wußte, daß sie ihn jetzt verfolgten.

Er nahm an, daß die Panzereinheit eine Patrouille zurückgeschickt haben mußte, aus einem ihm unbekannten Grund. Es konnte nur sein, daß sie das Dorf als eine Art Brückenkopf halten sollte, weil in dieser Nacht noch weitere Einheiten erwartet würden. Vielleicht waren sie auch auf ihn angesetzt worden. Skispuren, die von dem Lager wegführten...

Während er den Abhang auf der anderen Seite des Flusses hinaufkletterte, verlor er keine Zeit damit, an seinen Tod zu denken. Am Leben lassen werden sie mich nicht, dachte er; aber jetzt hatte das eigene Überleben die höchste Priorität. Er mußte einen Bericht erstatten, nachweisen, was er gesehen hatte. Den Sender durfte er jetzt nicht benutzen, es sei denn im allergrößten Notfall. Das war ihm eingehämmert worden. Es wäre eine Verletzung der finnischen Neutralität gewesen.

Als er sich weiter oben am Rand des verharschten Schnees niederkauerte, während er sein Gewehr mit dem Nachtvisier über die jetzt schon glitzernde Eisdecke hinweg richtete, verzogen sich seine Lippen zu einem Lächeln. Waterford und Davenhill, und wer sonst hinter ihnen stand – sie würden wissen, daß irgend etwas nicht geklappt hatte, weil er weder Bericht erstattete noch zurückkehrte. Aber das Ausmaß kannten sie nicht!

Eine weißgekleidete Gestalt erschien, wie ein Geist, am anderen Flußufer. Er schoß. Die Gestalt fiel hin und verschmolz mit dem Schnee. Im Nachhall des Schusses hörte er ein Stöhnen, das die kalte Luft deutlich zu ihm herübertrug. Eine weitere Gestalt verschwand hinter einem dünnen Baumstumpf. Er feuerte zweimal und konnte im Visier die Einschläge auf dem Baumstumpf sehen. Er schoß noch zweimal, die Kugeln streiften einen anderen Baum. Nichts bewegte sich.

Dafür hatte er jetzt die Aufnahmen, die Filmrollen und sein Zählergebnis. Hundertzwanzig Panzer. Ein motorisiertes Schützenbataillon als Nachschub. In Finnland. Die ganze Ungeheuerlichkeit einfacher Statistik. Und sein Eindruck von dieser Panzereinheit in dem Durchgangslager. Das mußte berichtet werden.

Nach Ablauf eines Tages würde der Hubschrauber zu der Stelle zurückkehren, wo man ihn abgesetzt hatte, aber nicht auf ihn warten. Er würde nur noch einmal zurückkommen, in der darauffolgenden Nacht. Dann würde man davon ausgehen, daß er tot sei, und die Operation *Schneefalke* würde ohne ihn weitergehen.

Er fragte sich, ob Waterford schon wußte, was er herausgefunden hatte. Ob er wußte, daß es russische Panzer waren. Er konnte beweisen, daß die Russen in Finnland einfielen.

Er hatte *Beweise.* Er schoß wieder, und ein Mann stolperte hinter den Baumstumpf, der ihn verdeckt hatte. Verwundet, aber nicht mehr. Er feuerte von neuem, zweimal, zur Warnung. Dann kroch er zu den Skiern zurück. Der Vorsprung des Abhangs schützte ihn vor seinen Verfolgern, während er die Skier anschnallte, dann zog er leise davon. Die Skier auf dem festen Schnee wurden immer schneller, und der Wind begann in seinen Ohren zu singen.

Einen Augenblick lang spürte er, wie seine Knie weich wurden, einen Druck auf seinem Rücken, als hätte er den Rucksack viele Stunden lang getragen. Er stemmte die Skistöcke tiefer in den Schnee, bekam noch mehr Schwung, als der Boden ebener wurde, und schlängelte sich zwischen den dichteren Tannen hindurch, leise, wie ein Geist. Er schüttelte die Müdigkeit und die letzten Eindrücke ab. Inzwischen dürften sie den Fluß überquert und Verstärkung angefordert haben. Er kam sich vor wie ein Kometenschweif, der von ihnen wegzog, seine Masse aber beharrlich hinter sich behielt, und der eine saubere neue Spur zog, der sie nur zu folgen brauchten.

Er fuhr nach Südwesten, innerhalb des Waldteils, der gegenüber der Straße nach Ivalo lag, und folgte dem Flußlauf, wobei er darauf achtete, sich ganz im Schutz der Tannen zu halten. Als der Baumbestand aufhörte und der Boden wieder anstieg, schlug er eine westliche Richtung zu der von Norden nach Süden führenden Hauptstraße ein. Während sein Körper schmerzte und seine Beine ermüdeten, versuchte er sich mit dem Gedanken zu beruhigen, er würde um so sicherer, je weiter er nach Finnland hineinfuhr.

Es war ein schwacher Trost.

Natalja war in ihrem Schlafzimmer verschwunden, nachdem sie über Langeweile und Kopfschmerzen geklagt hatte. Auf der kleinen Uhr auf dem Wandbrett war es fast halb acht. Worontsjew schien es, als müsse Wrubels dunkles, sympathisches Gesicht vor Ärger platzen – und doch lag darin ein Zug Nervosität, da er Worontsjews Rang und Abteilung kannte. Worontsjew hatte die Verwirrung und die Furcht des jungen Mannes sichtlich genossen – nicht als etwas, das er gewohnt war, sondern woran er seine sexuelle Eifersucht weiden lassen konnte. Er war überzeugt, daß der KGB-Mann mit seiner Frau geschlafen hatte, und er setzte seine berufliche Überlegenheit ein, um den anderen in Unruhe zu versetzen.

Worontsjew rauchte eine amerikanische Zigarette – auch dem uniformierten Wrubel hatte er eine angeboten. Dieser hatte abgelehnt, rauchte statt dessen eine russische mit einem Pappmundstück. Der billige schwarze Tabak verbreitete einen stechenden Geruch in dem Zimmer.

»Warum sind Sie mit Generaloberst Ossipow im Offiziersklub zusammengetroffen, Hauptmann?« Ein routinemäßiger Ton war in der Stimme, die Emotionslosigkeit der Verhöre, die Auslassung des Namens, als sei der Mann schon eine Nummer, nicht mehr.

»Warum? Weil er mich dazu eingeladen hat, Herr Major. Er war ein Waffenkamerad meines Vaters – in Stalingrad. Er war immer freundschaftlich zu mir, seitdem mein Vater gefallen ist.« Worontsjew bemerkte den kühlen, furchtlosen Ton. Er führte ein Gespräch mit einem Manne, der einer besonderen Klasse, einer Elite angehörte, wie sie sich gerade in der Armee oft bildete. Und doch fiel ihm die Ähnlichkeit ihrer so verschiedenen Biographien auf – er selbst hatte in Michail Petrowitsch einen Beschützer, einen einflußreichen Elternersatz, wie ihn dieser junge Mann offenbar in Ossipow hatte.

Er schob den Gedanken von sich, um sich in keiner Weise mit Wrubel zu identifizieren.

»Worüber redeten Sie?«

»Die alte Zeit – die Zukunft. Worüber sich eben *Freunde* unterhalten.« Wrubel lächelte wieder, ganz ohne Angst. Erneut war Worontsjew von der Sicherheit beeindruckt, die Wrubel ausspielte. Zu erwarten war es nicht, trotz seines Rangs im KGB. Man trat SID-Offizieren nicht vertrauensvoll entgegen, nicht still vergnügt.

Er sagte: »Ich verstehe, was Sie mit Freunden meinen, Hauptmann.« Wrubels linkes Augenlid zuckte, als sei ein geheimer Nerv getroffen worden. Worontsjew ärgerte sich über das Lächeln auf den Lippen dieses Mannes. Die sexuelle Macht, die er während der letzten Stunde auf Natalja und ihren Liebhaber ausgeübt hatte, begann sich zu verflüchtigen, sie verschwand wie Dampf. Man machte sich wieder lustig über ihn.

»Natürlich, Herr Major.« Es klang herablassend.

»Sie haben den General wieder getroffen?« fragte er.

Wrubel schüttelte den Kopf. »Wir haben nicht den gleichen Geschmack, Herr Major. Der General geht gerne in Museen, liebt Kunst, Bildhauerei. Ich habe lieber...«, er spreizte die Hände auf den Knien, lächelte. »Andere Genüsse«, fügte er hinzu.

Worontsjew fühlte Kälte in sich aufsteigen. Er sah das intakte Ego dieses Mannes, die sexuelle Arroganz – und noch etwas anderes. Heimlichkeit, die Freude, etwas zu wissen und es für sich selbst zu behalten. Er erkannte, wie ihre Beziehung in diesen wenigen Minuten hin- und hergeschwungen war, wie ein Pendel. Er machte von seiner Einsicht Gebrauch.

»Ich verstehe«, sagte er und sah zu Boden. »Sie – wo haben Sie sich mit meiner Frau getroffen?«

»Wir wurden einander vorgestellt von – einem meiner Freunde. Einem gemeinsamen Freund.«

Er sagte es mit offensichtlichem Vergnügen.

»Wer war das?«

»Ein Mitglied des Bolschoi-Theaters – ein Tänzer.«

Wrubel log nicht – es war ihm anzusehen, wie sehr er es genoß, sich als den *macho* vom Bolschoi-Theater zu präsentieren und Natalja als eine billige Dirne.

»Verstehe.« Er blickte auf, dann sagte er knapp: »Wann werden Sie in Ihren Dienst zurückkehren, Hauptmann?«

»Leider morgen.« Er drückte seine Zigarette aus und blickte lange auf seine Uhr. Worontsjew sah, wie das Vertrauen dahinschwand, wie die Haut auf seinem Gesicht wieder weich wurde, die Spannung aus dem Blick verschwand. »Ich habe Karten für eine Aufführung – um acht«, sagte er betont.

Worontsjews Gesicht drückte jetzt den ganzen Ärger aus, den er fühlte.

»Natürlich.« Wie mechanisch stand er auf. »Dann sollte ich nicht länger Ihre kostbare Zeit in Anspruch nehmen! Ich gehe.« Er faltete die Hände. Wrubel blieb unbeeindruckt. »Sagen Sie bitte meiner Frau, es tue mir leid, Sie gestört zu haben.«

»Gerne.«

Worontsjew saß in seinem Wagen und versuchte, sein förmliches Gesicht wiederzufinden, das ihm im Aufzug abhanden gekommen war. Ein Augenblick reinster Wut hatte seine Kälte erstickt. Langsam fand er seine Fassung wieder. Er nahm das Mikrofon unter dem Armaturenbrett hervor.

»Hier Zentrale – Moskau Neun-Sechs-Vier, bitte kommen«, hörte er als Antwort auf sein Rufzeichen.

»Geben Sie mir mein Büro – Nachtdienst.«

Er wartete, dann erreichte ihn Iljas müde Stimme.

»Ja, Herr Major.« Keine Freude, nur übelgelaunte Unterwürfigkeit und frustrierte Langeweile. Wahrscheinlich hatte ihn jemand versetzt.

»Hängen Sie nicht so herum!« fuhr es ihm heraus. Dann

zögerte er. »Ich – ich bin im Apartment meiner Frau, in der Kalinin-Straße.«

»Ja, Herr Major?«

»Ein – Hauptmann Wrubel ist hier von ihr eingeladen worden...« Die Worte kamen langsam, zäh, und mit jedem ausgesprochenen löste sich angestaute Spannung, hörbar, schmerzhaft. »Ich will, daß man ihnen nachfährt – dem *Mann*, verstehen Sie?«

»Ja, Herr Major – aber ist das nicht...?«

»Das ist er. Ich brauche ein Team von euch und einen Wagen für mich. Meine Frau kennt den Wagen, mit dem ich jetzt fahre.«

»Wollen Sie selbst hinter ihnen herfahren, Herr Major?«

»Ja. Ist das gegen die Vorschriften?«

»Nein – Herr Major.«

»Also, gut! Haben Sie schon etwas über den Scheißkerl im schwarzen Mantel herausgefunden?« Er ließ das angestaute Gift in diese Frage fließen, als spucke er Schleim aus, der sich in seiner Kehle angesammelt hat. So wie er die Worte betonte, spuckte er Wrubel ins Gesicht.

»Nichts, Herr Major. Dem Computer ist er unbekannt. Jetzt warten wir, bis der Zentralcomputer frei ist.«

»Holen Sie alles raus! Ich habe keine Ahnung, was Wrubel weiß, aber er weiß etwas. Nur wird es nicht leicht sein, ihn zu verhören, zu brechen.« Es wurde ihm klar, wie er das Wort gewählt hatte – wie das persönliche Leben in den beruflichen Bereich eindrang. »Wir *müssen* den Mann finden, der Ossipow ersetzt hat. Er muß wissen, *warum* er das getan hat.«

»Ja, Herr Major.«

»Also schicken Sie die Wagen her. Die beiden gehen hier bald weg.«

»Schon unterwegs, Herr Major.«

Er hätte fast darum gebeten, daß Ilja Leute schicken solle, die bei der demütigenden Vorstellung nicht zu lachen anfingen, wie Major Worontsjew hinter seiner Frau und ihrem Liebhaber durch die Stadt fahren würde, in einem Wagen der Zentrale und mit eigens dazu angefordertem Personal. Statt dessen klemmte er das Mikrofon wieder unter das Armaturenbrett.

Er packte das Lenkrad und merkte dabei, daß er fror. Nachdem er einmal tief Luft geholt hatte, ließ er den Wagen an und fuhr auf der Nebenstraße zu den Wohngebäuden. Dort parkte er so, daß er die Eingangstür sehen konnte, und wartete darauf, daß seine Frau mit Hauptmann Wrubel herauskäme.

Folley duckte sich, ausgepumpt, hinter einer dünnen Kiefer, und seine Ohren lauschten angestrengt auf Geräusche seiner Verfolger. Nichts war zu hören. Für einige Momente war er in Sicherheit. Er sog die kalte Nachtluft in tiefen Atemzügen ein, und sein Körper begann unter der Anstrengung, die er ihm abverlangt hatte, zu zittern. Da war kein Gefühl von Einsamkeit, von Furcht oder Hoffnungslosigkeit. Nur der Körper sehnte sich schon jetzt danach, zur Ruhe zu kommen, in einen embryonalen Zustand zurückzukehren.

Er sah auf die Uhr. Vier Stunden war er jetzt unterwegs, mit zwei kurzen Pausen. Er befand sich genau am Rande des Tannenwalds, wo die Bäume kleinwüchsig, mißgestaltet und zwergenhaft wurden. Stetig und unermüdlich war er aus der Bodensenke heraufgestiegen, wo die Bäume dichter beieinander wuchsen, und stand nun auf der höhergelegenen baumlosen Fläche, über die er zur Straße nach Ivalo fahren würde.

Das Radio durfte er jetzt nicht benutzen; er würde sofort geortet, weil die ihm zugewiesene Frequenz diejenige des normalen NATO-Funkverkehrs war, der mit Sicherheit von den Russen überwacht wurde, und der Hubschrauber, der seine Berichte aufgreifen sollte, würde erst am Morgen in der Luft sein.

Er hatte das kurze, illusorische Gefühl verloren, es sei gut, weiter nach Finnland einzudringen – er war nicht sicher, konnte es auch gar nicht sein, so lange nicht der Hubschrauber mit finnischen Hoheitsabzeichen über die Finnmark geflogen war, mit dem Piloten in der finnischen Armeeuniform, um ihn aufzunehmen. Und das würde nur noch einmal stattfinden: genau vierundzwanzig Stunden später. Wäre er dann nicht zur Stelle, dann würde er für tot gehalten.

Oder gefangengenommen.

Folley fragte sich kraftlos, ob er der erste *Schneefalke* sei; ob es schon andere gegeben habe, wie es auch weitere geben würde, nach ihm, wenn er nicht zurückkam? Hatten andere vielleicht in Erfahrung gebracht, was er jetzt wußte? Klick, klick – und hatte man ihren Leichen auch die Bilder abgenommen?

Es wäre nicht schlimm, behaupteten seine Beine und Gelenke hartnäckig, wenn er in Gefangenschaft geriete; leg dich hin. Sie werden ohnehin bald da sein...

Er stemmte sich mit den Händen hoch, aber sein Körper weigerte sich, sich aus dem Schnee zu erheben. Alles außer seinem Geist schien wie Stroh zu sein, hölzern, selbst die Art, wie sich seine Beine wegstreckten, wie eine Vogelscheuche, zum Lachen.

Er kümmerte sich plötzlich um seinen Körper, als wolle er ihn mit der Schokolade aus dem Rucksack bestechen. Und er drückte den Segeltuchbezug des Gewehrs an sein Gesicht, wie eine Mahnung.

Bis jetzt – bis jetzt... Aus der Luft suchte man ihn nicht. Er hielt es nicht für wahrscheinlich, noch nicht. Aber er wußte, daß sie das versuchen würden, nach Tagesanbruch. Vielleicht würden sie Kamows oder MILs einsetzen, um ihn zu jagen – Truppen in seiner wahrscheinlichen und voraussehbaren Richtung vor ihm absetzen. Sie mußten davon ausgehen, daß er die Straße suchen, also nach Westen fahren würde.

Bilder von Erschöpfung, Angst und Verhaftung traten ihm vor Augen und ließen ihn nicht mehr los.

Er wußte, daß sie es tun würden, daß sie es tun mußten. Sie kannten die Bedeutung dessen, was er gesehen hatte. Er mußte abgefangen werden.

Sein linkes Bein schmerzte ihn. War es ein schwaches Aufbegehren gegen weitere Bewegung, oder ein Protest gegen die Vorstellung, die Flucht fortzusetzen?

Er war nicht sicher, ob er geschlafen hatte, aber der Geschmack des Schlafs war noch in seinem Mund; vielleicht waren es nur wenige Minuten gewesen. Er schreckte hoch, weil er in sich einen Ruf gehört hatte, wachsam zu sein. Etwas so Zwingendes wie ein Traum, in dem man fällt...

Der Ruf war wirklich zu hören gewesen, das wurde ihm

plötzlich mit einem stechenden Schmerz des Verratenseins und der Angst in seiner Brust klar. Eine Stimme hatte gesprochen, nur wenige russische Wörter, nachdem ihm bewußt wurde, daß er nicht geträumt hatte. Ganz nah.

Er rollte sich auf den Bauch. Es war so nah, als würde sich der Fuß beim nächsten Schritt auf seine Brust setzen, ihn erdrosseln... Er zog den Überzug von seinem Gewehr und zielte. In dem Zielfernrohr, das das schwache Licht der Sterne und des Schnees einsammelte, sah er den russischen Soldaten. Und er war ganz nah, so nah, wie es sein Körper wahrgenommen hatte, als er sich instinktiv bewegt hatte.

Das Gewehr dröhnte in seinen Ohren, zweimal, und der Russe stieß mit dem Baumstamm zusammen, den er vorsichtig umgangen hatte. Folley sah sogar, wie sich die Lippen verzogen, als die Backe die rauhe Rinde entlangrutschte – wobei der Körper eine unmögliche Hockstellung einnahm. Er rollte sich von dem Baum weg, feuerte dann noch einmal, nach hinten, als er sah, wie sich der zweite Mann ihm zuwandte, von dem plötzlichen Knall erschrocken. Er schoß, hatte aber schlecht gezielt; noch zwei Schüsse, und der Mann stolperte, wobei sich sein eigenes Gewehr, eine kurzläufige Kalaschnikow, in den Schnee entlud. Eine helle Flamme spritzte auf. Dann hörte man das dumpfe Fallen des weißbekleideten Körpers in den Schnee.

Er stand auf, ohne sich länger müde zu fühlen, hing sich die Skier über die Schulter und bewegte sich, indem er sich duckte, wie eine Krabbe über den unebenen Boden, weg von den Bäumen. Wieder hörte er Rufe hinter sich, aber keine Schüsse. Er nahm an, daß er in der Mitte einer auseinandergezogenen Kette gefaßt worden war, die sich jetzt wieder zusammenschloß, aber nicht zu schießen wagte, um nicht die eigenen Leute zu treffen. Doch sie würden seine allgemeine Richtung ausfindig machen.

Schnee stob von den Zweigen, und sein Gesicht wurde feucht. Die Bäume waren nicht höher als er selbst. Es kam ihm vor, als wate er aus tiefem Wasser ins Seichte, das ihn zur Zielscheibe machte. Schnee wirbelte von den buschigen Bäumen, wenn sie von seinem Rucksack gestreift wurden oder von seinen rudernden Armen, und fiel dick auf seinen weißen Anzug. Spärliche Bäume, ein Felsenstück, fast schneefrei, dann das Land, wie es sich unter dem Sternenhimmel in vermeintlichen Senken und Erhebungen hinzog, so weit der Blick reichte. Vor ihm lag ein leichter, langer Abhang. Er blieb stehen, außer Sicht hinter dem Felsstück, und schnallte die Skier an. Dann ging er noch einmal leicht in die Knie – stemmte die Skistöcke ein und fuhr davon.

Schüsse hinter ihm, aber weit entfernt, nicht einmal das Singen von Kugeln, die ihn verfehlten – nur der sausende Wind, die kalten Sterne und das Zischen der Skier, während er in ein tiefes Tal hinabzog.

Er stellte sich auf eine fast übernatürliche Art vor, wie auch sie jetzt die Skier anschnallen, sich abstemmen und ihn verfolgen würden. Er sah nicht hinter sich. Vor ihm lag die Nord-Süd-Straße in der Dunkelheit, wie die Grenze zu einem anderen Land.

Einen Augenblick lang meinte er, in der Ferne das Geräusch eines Hubschraubers zu hören.

3. *Verfolgungen*

»Sind Sie ganz sicher – wenigstens *dieser* Name sicher?«

Chamowkin schwenkte die Liste mit den Namen hin und her. Er hatte an seinem Tisch Platz genommen, von dem Kaminplatz entfernt, an dem er am vorigen Abend gesessen hatte, und Andropow hatte sich einen Stuhl zur anderen Seite des Tisches heranziehen müssen. Er verstand das Bedürfnis des Parteisekretärs, eine Aura des Selbstvertrauens aufzubauen, und ärgerte sich nicht über die Zurücksetzung. Er hatte an diesem Morgen schon das gleiche Spiel mit seinen drei Stellvertretern gespielt.

»Ich denke, ja – Mitglieder des Politbüros, die das Bestreben nach größerer Entspannung, die Verringerung des Waffenarsenals, konsequent untersützt haben – haben sich gegen Erhöhungen im Verteidigungshaushalt ausgesprochen...« Dann schien irgend etwas in ihm zu zerreißen, und die gespannte Ruhe verließ ihn. »Du kennst die meisten von ihnen – kennst sie seit Jahren –, Fjodor. *Du* kannst für ihre Loyalität bürgen.«

Chamowkin schien für einen Augenblick herausgefordert, dann lehnte er sich entspannt in seinem Sessel zurück.

»Vielleicht hast du recht. Ein Verfolgungswahn ist das letzte, was wir hier brauchen. Ja, ja...« Er legte die Liste beiseite. »Diese hier sollten uns wenigstens keinen Anlaß zur Besorgnis geben.«

»Gut.«

Chamowkin schien sich plötzlich zu entspannen. Er stand auf, ging zu dem Wandschrank und kam mit der Whisky-Flasche und zwei Gläsern zurück. Er goß großzügig ein und reichte Andropow ein Glas über den Tisch hinweg. Dieser besah es sich, als sei etwas Bedrohliches daran.

»Dann müssen wir eben abwarten. Ich denke, daß ich heute morgen einiges in Bewegung gebracht habe – ich *hatte* doch recht, meinst du nicht auch?«

»Per Saldo – ja. Auch wenn wir davon ausgehen, daß wir uns der Namen auf dieser Liste sicher sind – gibt es andere, deren Loyalität als suspekt bezeichnet werden könnte – die Verbindungen zum Oberkommando haben, die durch Sympathie oder Leistungen mit der Armee verbunden sind. Ja...« Andropow schlürfte seinen Drink. »Du hast sie aufgeschreckt. Einer von ihnen könnte sich hinreißen lassen, könnte sich vergessen.«

»Warum muß jemand im Politbüro gemeinsame Sache mit den Scheißkerlen im Oberkommando machen?«

Chamowkin nahm einen gierigen Schluck Whisky.

»Du meinst – warum nicht eine einfache Übernahme durch die Armee?« Andropow schüttelte den Kopf. »Nein. Das wäre *zu* einfach. Die *Gruppe 1917* ist *innerhalb* der Parteimaschine, muß es sein. Wenn so etwas wie ein vollständiger Staatsstreich geplant wird – gegen den Ausschuß für Staatssicherheit und gegen den Kreml –, dann geht das zum Beispiel nicht ohne die Beihilfe des GLAVPUR, innerhalb der Armee. Die Loyalität des Politischen Direktorats müßte beeinflußt oder umgangen werden. Ganz zu schweigen vom GRU und unserer sonstigen Kontrollinstanzen.«

Chamowkin nickte.

»Ich weiß, daß du recht hast. Es bliebe mir nichts anderes übrig, als sie auszuräuchern. Und doch – was für eine Farce. Ich dachte, ich müßte über einige der Dinge lachen, die ich da sagte – und über die Art, wie sie es aufnahmen!«

»Ja, du kannst sie eben führen. Sie rechnen noch nicht damit, daß du sie beschuldigst, Verrat begangen zu haben. Ich weiß nicht, warum du nicht einen Schuh ausgezogen und damit auf den Tisch geklopft hast.«

Ein kalter Lichtglanz lag auf der Brille des Vorsitzenden. Er schien zu lächeln. Chamowkin, immer noch von Zweifeln geplagt, wechselte seine Haltung.

»Was wird es nützen, Juri? Wenn wir sagen, daß wir Einzelheiten wissen, Geständnisse, die auf eine riesige Verschwörung gegen die Führung der Partei hindeuten...«

»Wenn sie wissen wollen, was wir wissen, dann müssen sie sich mehr zu erkennen geben. Vor allem, wenn sie so sehr daran beteiligt sind, wie wir es vermuten. Sie müssen eigene Nachforschungen anstellen.« Andropow spreizte seine Hände auf den Knien. »Panik? Nein, vielleicht werden sie nicht so heftig reagieren. Aber etwas könnte sichtbar werden – etwas könnte heraufbeschworen werden.«

»Das denke ich. Können wir dem SID vertrauen?«

»Wir können sonst niemandem Vertrauen schenken. Die haben wenigstens diesen Hoffnungsschimmer eingebracht – den Ersatzmann für General Ossipow. Etwas anderes als die Abteilung für Sondermitteilungen haben wir nicht.«

»Werden sie diesen – Ersatzmann finden? Jetzt, nachdem wir Ossipow in sein Versteck zurückkehren ließen, nach Khabarowsk, zehntausend Kilometer von hier entfernt?«

»Wir konnten einfach nichts gegen ihn unternehmen. Aber er hat uns geholfen. Wir können anfangen, jedes Stückchen Nachweismaterial für höhere Offiziere zu überprüfen – und über ihre Kontakte zu höheren Parteibeamten – während ihrer Urlaubstage in Moskau. Das ist schon etwas.«

»Nicht genug. Zu wenig, und wahrscheinlich zu spät.«

»Beruhige dich, Fjodor. Wenn sich der Apparat gegen uns wendet, sind wir geliefert. Wir müssen das akzeptieren, noch bevor wir anfangen. Wir müssen außerdem akzeptieren, daß der KGB ein Ermittlungsorgan und keine Armee ist.

Sie werden mit der Armee gegen uns angehen – mit welchem Teil der Armee oder mit der ganzen, spielt keine Rolle. Wir können uns nur verteidigen, wenn wir wissen, *wer* dahintersteckt. Das *Wie* ist unerheblich, um in Erfahrung zu bringen, *wer* es ist. Wenn die Drahtzieher stillgesetzt sind, werden keine Befehle mehr erteilt. Wenn nicht, dann...«, Andropow hob die Hände. Whisky tropfte von dem Glas auf die Hose seines grauen Anzugs. Er sah es und wischte es mit seinem seidenen Taschentuch ärgerlich weg.

»Deine These«, bemerkte Chamowkin, »ist genauso wenig haltbar, die Armee braucht nur eine Bewegung zu machen. Und dann fließt noch mehr, nämlich Blut. Vor allem unser eigenes.« Die zynische Überheblichkeit schwand aus seinem Gesicht, als er zum Kamin hinüberstarrte. »Wir haben nur noch ein paar *Tage*, Juri. Was zum Teufel können wir in diesen paar Tagen erreichen?«

Worontsjew saß alleine in dem Wagen, den man ihm gebracht hatte. Das zweite Auto befand sich auf der anderen Straßenseite. Sie waren Wrubel und Natalja nach der Aufführung irgendeiner armseligen Komödie am Mossowjet-Theater an der Bolschaja Sadowaja gefolgt – ein Schauspiel, das sich wohl ein Offizier gern ansieht, wenn er auf Urlaub von der finnischen Grenze ist, eine schwache Satire auf das Provinzleben in der Sowjetunion. Jetzt parkten die Wagen am Arbat-Platz, in geringer Entfernung von dem Apartment in der Kalinin-Straße. Wrubel und Natalja genossen ein spätes Abendessen im Café Praga. Es waren noch genug Menschen unterwegs, die ihn auf andere Gedanken brachten, während er ihre Gesichter beobachtete, die wie Fische in einem Aquarium beleuchtet wurden, wenn sie sich auf den schmalen Gehwegen vor den verdunkelten Schaufenstern drängten.

Aber seine Aufmerksamkeit kehrte immer wieder zu den Vorhängen an den Fenstern des Cafés zurück, auf der anderen Straßenseite, die von innen nur schwach erhellt waren. Der Anblick übte eine besondere Anziehung auf ihn aus, weil er und Natalja dort, in früheren Zeiten, oft gegessen und getrunken hatten, nach ihren Aufführungen mit dem Bolschoj-Chor. Seitdem war viel geschehen.

Wrubel hatte den Arbat-Platz offensichtlich wegen seiner Nähe zu Nataljas Apartment gewählt. Und jetzt mußte Worontsjew von seinem Wagen aus miterleben, wie die beiden lachend und selbstbewußt aus dem Café herauskamen, ein Taxi riefen, vielleicht durch das Rückfenster zusehen, wie ihre Köpfe zusammenkamen, schließlich das groteske Klischee von sich vereinigenden Schatten auf den zugezogenen Gardinen ihres Schlafzimmers.

Er hatte vergessen, daß er hier war, um sie zu überwachen; so sehr, daß er drauf und dran war, den anderen Überwachungswagen wieder wegzuschicken. Er ertrug den Gedanken nicht, daß andere Männer hier neben dem Wohnhochhaus auf der Kalinin-Straße saßen und demselben Schattentanz auf den Vorhängen zuschauten. Die Vorstellung hinterließ einen ekelhaften Geschmack in seinem Mund, und ein schleichendes Gefühl in seinen Genitalien, als würden sie durch Schmerz oder Verletzung bedroht. Er nahm das Sprechfunkgerät auf.

»Maxim«, sagte er.

»Ja, Herr Major.«

»Vergessen Sie's – fahren Sie heim.«

»Heim, Herr Major?«

»Ja, verdammt! Fahren Sie heim. Ich kümmere mich allein darum!«

Es folgte eine Pause, dann, in einem Ton, aus dem er Mitleid heraushörte: »Ja, Herr Major.« Daraufhin, formell: »Moskau-Einheit Sieben-Null-Vier-Sieben hat Einsatz am Arbat-Platz beendet. Kehren zur Zentralgarage zurück. Gute Nacht, Herr Major.«

»Gute Nacht.« Er drückte das Sprechgerät in seine Halterung unter dem Armaturenbrett und rieb sich das Kinn so fest, daß in dem Wagen ein kratzendes Geräusch hörbar war. Als würde er etwas sauberreiben. Dann sah er auf seine Hand, ob sie zitterte. Sie war ruhig, und er war froh darüber.

Sie kamen aus dem Café heraus, lachend, wie er es vermutet hatte – er konnte schon aus der schrägen Haltung ihres Körpers ablesen, aus der Art, wie sie ihren Pelzmantel trug, dem Druck ihres schlanken Körpers gegen Wrubels Uniform... sie lud ihn ein, ohne Worte. Es war, als hätte er gesehen, wie sie sich ihm hingab, hier in der kaum beleuchteten Straße, so nackt waren ihre Absichten. Als das Taxi davonfuhr, ließ er den Motor an und folgte ihnen auf eine gewisse Entfernung. Er brauchte nicht aufzupassen. Er kannte ihr Ziel bereits.

Er parkte leise, und zwar so, daß er ihr Schlafzimmerfenster sehen konnte, während das Taxi davonfuhr. Wrubels im voraus gegebenes Trinkgeld war zweifellos großzügig gewesen. Dann gingen sie hinein – in seiner Vorstellung betrat er den Lift mit ihnen zusammen. Er nahm das Sprechfunkgerät, rief die Zentrale und ließ sich zu den SID-Büros am Frunse-Kai durchstellen. Alle Verbindungen aus den fahrenden Einheiten wurden über den zentralen Kontrollraum in der Dscherschinskij-Straße geleitet. Schließlich meldete sich Ilja. Seine Stimme klang noch gelangweilter als vorhin. Während Worontsjew wartete, in Gedanken mit dem Ersatzmann für Ossipow beschäftigt, war er unfähig, seine Augen von dem Schlafzimmerfenster zu lösen. Das Licht war angeknipst worden, die Gardinen hingen übereinander. Es war, als wisse sie, daß er dort unten war...

»Worontsjew«, sagte er, und seine Stimme klang belegt und fremd.

»Ja, Herr Major.« Man gab sich Mühe hinzuhören, interessiert zu wirken.

Er sah die Gestalten, wie sie sich in dem uralten Tanz bewegten, gegen die beleuchteten Vorhänge. Er konnte ihren Körper fühlen...

»Gibt es schon etwas über diesen Scheißkerl?«

»Äh – nein, Herr Major. Noch nicht.«

»Warum nicht – verdammt noch mal? Sie müssen doch etwas haben!« Die beiden Körper schwangen – er konnte die unmerkliche Bewegung zum Bett hin erkennen. »Streck endlich deinen verdammten Finger raus, Ilja! Du vertrödelst die Zeit!« Er wollte weiter in das Gerät hineinschreien, Obszönitäten, seinen Untergebenen zur Schnecke machen, sich selbst reinigen. Seine Eifersucht steigerte sich zum Orgasmus, heiß stieg es ihm in die Kehle.

»Ja, Herr Major.« Ilja war verstört.

»Los – machen Sie doch endlich vorwärts damit. Bis morgen früh will ich etwas in der Hand haben. Etwas *Entscheidendes*!«

»Jawohl.«

Er schob das Sprechgerät unter den Sitz neben sich und stützte sich unbewußt darauf ab. Er zitterte, wie jetzt bald Wrubel zittern würde. Beim Ausholen zum letzten Stoß...

Er stieg aus. Er konnte das abgedunkelte Fenster nicht länger ansehen. Er holte tief Luft, aufatmend, und zwang sich zu ein paar Schritten. Auf und ab ging er, wie eine Wache vor Nataljas Untreue, die Hände tief in die Manteltaschen gedrückt, das Gesicht zu einer entschlossenen, grimmigen Maske erstarrt.

Schließlich kam Wrubel heraus und stieß fast mit ihm zusammen, kümmerte sich aber nicht um ihn, sondern murmelte nur eine Entschuldigung. Als Worontsjew aufsah, war nur noch der Rücken des sich rasch entfernenden Offiziers zu sehen – seine Uniform leuchtete für einen Augenblick blaurot unter der Straßenlampe, dann verschwand sie im Schatten. Haßerfüllt blickte er ihm nach.

Er war überrascht gewesen, daß Wrubel und Natalja ein Taxi genommen hatten, um vom Apartment zum Theater zu fahren, und fragte sich, warum Wrubel keinen Leihwagen genommen hatte. Jetzt sah er, wie Wrubel nach einem Schlüssel suchte, die Tür eines Zil öffnete, kurz in den Rückspiegel schaute und dann den Motor anließ – ein plötzlich lautes, hustendes Geräusch, das Worontsjew wieder zu sich brachte. Er sah auf die Uhr. Zwanzig Minuten – Wrubel war nur zwanzig Minuten lang bei seiner Frau gewesen.

Selbst als sein Lachen ihm sauer in der Kehle steckenblieb – die Vorstellung einer momentanen Impotenz zuckte wie eine Karikatur auf einer Toilettenwand durch sein Hirn –, ahnte er instinktiv, daß Wrubel mit einer bestimmten Absicht weggegangen war. Er war nicht davongelaufen, sondern hatte ein Ziel...

Er rannte zu seinem eigenen Wagen, sah dann, wie der andere aus der Nebenstraße abbog und nach Norden zu der breiten Hauptverkehrsstraße fuhr. Zum Arbat-Platz und dann vielleicht zur Sadowaja-Ringstraße. Sein eigener Motor sprang erst beim dritten Anlassen an, er schaltete die Scheinwerfer ein und fuhr mit quietschenden Reifen hinterher. Das Handeln befriedigte ihn, zum ersten Mal in dieser Nacht. Mit überhöhter Geschwindigkeit fuhr er über die Kalinin-Straße, schnitt ein Taxi, das hinter ihm herhupte – Worontsjew schloß lächelnd daraus, daß es sich um einen KGB-Mann handeln müsse, andernfalls hätte er sich mit seinem Protest gegen einen Wagen zurückgehalten, der so offensichtlich jemanden verfolgte.

Wrubels Wagen war ihm weit voraus, überquerte jetzt den Arbat-Platz – er sah ihn für einen Augenblick, als er aus einer Kolonne ausscherte und trotz eines entgegenkommenden Lastwagens drei Wagen überholte, bevor er sich wieder in den dichten Verkehr einordnete. Das Moskauer Nachtleben. Jetzt fuhr man nach Hause, in die neuen Vorstädte.

Er sah Wrubel erst wieder, als beide nach links in die Tschaikowski-Straße einbogen, dann rechts durch die Smolenskaja und plötzlich über die Borodino-Brücke fuhren, über träges Wasser, vielleicht schon mit Eis an den Ufern – er war sich nicht sicher; jedenfalls war es viel kälter geworden.

Als er über die Brücke fuhr, war ihm, als lasse er das Apartment hinter sich. Jetzt eilten die Gedanken nach vorn, schneller, als der Wagen, und er begann zu ahnen, daß er Wrubel ohne zu wollen einen Schrecken eingejagt hatte. Etwas, das mit dessen Besuch in dem Apartment zusammenhing, machte ihn mißtrauisch. Aber wohin fuhr er? Wollte er die Stadt ganz verlassen? Hatte er vielleicht ein Zusammentreffen geplant, weil er ahnte, daß der SID ihn verdächtigte?

Wrubels Zil fuhr westlich auf den Kutusow-Prospekt, und Worontsjew war jetzt nur noch zwei Wagen hinter ihm. Die Wohnhochhäuser mit hellroten Klinkerfassaden entlang der breiten Straße wirkten schmutzig und abweisend im Licht der Natriumdampflampen. Frost lag in der Luft; Worontsjew schaltete die Wagenheizung ein. Die Eisenbahnbrücke, dann der Zylinder aus Glas und Aluminium der U-Bahn-Station Kutusowskaja. Worontsjew fragte sich, da sie durch ein Viertel fuhren, in dem viele ausländische Diplomaten wohnten, ob Wrubel jemanden am Kutusow-Prospekt besuchen wolle. Er hielt sich weiter im Schutz der zwei Wagen hinter ihm.

Während sie durch die ruhigeren Vorstädte fuhren, schienen keine Straßen abzuzweigen. Wagen scherten aus der Kolonne, um zu parken, der Fahrzeugstrom wurde allmählich dünner, die Straßenbeleuchtung schwächer. Worontsjew, der selten Anlaß hatte oder Neigung verspürte, die Vorstädte aufzusuchen, sah sich wie in einem fremden Land. Jetzt war nur noch ein Wagen zwischen Wrubel und ihm. Er glaubte nicht, daß Wrubel annahm, er werde von ihm verfolgt – die Art, wie er das Apartment verlassen hatte, hatte nicht den Eindruck gemacht, daß er einen solchen Verdacht hegte –, aber er ging davon aus, daß der KGB-Offizier sich mit jemandem treffen wollte. Entweder hatte er etwas weiterzugeben, was er von Ossipow im Offiziersklub erhalten hatte – oder er wollte eine Art Rückversicherung für das scheinbare Interesse, das Worontsjew an ihm hatte.

Als die Straßenlampen aufhörten, schaltete Worontsjew die Scheinwerfer aus. Ihn fröstelte plötzlich, als die Straße zu Ende war und sie über das flache Land fuhren. Der Weg wurde langsam vereist, und die Sterne glitzerten am Nachthimmel. Nach und nach gewöhnte er sich an den schwachen Schimmer, der von dem noch auf den Feldern liegenden Schnee ausging. Und er folgte weiter dem Wagen vor ihm, der ihn immer noch vor Wrubels Blicken schützte.

Soweit Worontsjew es beurteilen konnte, waren sie zu einem Ausflugsziel namens Archangelskoe unterwegs; sie hatten die Straße nach Minsk eingeschlagen, die Fortsetzung des Kutusow-Prospekts, und waren dann nach rechts in die Rublewo-Straße abgebogen. Als sie wieder nach links fuhren, ging es in Richtung Ubenskoe weiter. Der zwischen dem Zil und Worontsjew fahrende Wagen bog an der Kreuzung rechts ab. Worontsjew wartete und fuhr kurz darauf weiter, immer noch mit ausgeschalteten Scheinwerfern. Dann beschleunigte der Zil, der Fahrer hatte also nicht Verdacht geschöpft.

Nach und nach erreichten sie eine Gegend, wo die Straße von schlanken Bäumen besäumt war, mit schneebedeckten, schimmernden Feldern. Worontsjew war von der Schönheit dieses Anblicks berührt. Sie überquerten die Moskwa in Richtung Südwesten, und dann bog der Zil von der Hauptstraße ab und fuhr zwischen Bäumen hindurch. Worontsjew hielt den Wagen an, besah sich die schmale, namenlose Seitenstraße und fuhr dann langsam in sie ein. Vor ihm blinkten die roten Lichter des Zil zwischen den Bäumen auf. Einen Augenblick lang fragte er sich, ob er in eine Falle gelockt worden sei. Dann merkte er, daß der Treffpunkt eine der vielen Holzdatschas war, die in dem Archangelskoe-Distrikt standen – Sommer- und Wochenendhäuschen für prominente Mitglieder der Partei und der Bürokratie. Er lächelte. Der SID hatte seinerzeit eine Anzahl besonderer Berichte über das gesellschaftliche und persönliche Leben in Datschas verfaßt, wie er sie jetzt zwischen den Bäumen sehen konnte.

Eine Datscha eignet sich für Verschwörungen genausogut wie für sexuelle Abenteuer, dachte er mit Genugtuung. Dann sah er, wie vor ihm die Bremslichter aufleuchteten, und stoppte seinen Wagen augenblicklich. Er kurbelte das Fenster herunter und lauschte. In der klaren, eisigen Luft hörte er das Zuschlagen der Wagentür wie einen Gewehrschuß. Vorsichtig stieg er aus, nicht ohne vorher die Makarow-Pistole aus dem Handschuhfach zu nehmen und einzustecken.

Der Boden war leicht mit Schnee bedeckt, der zwar den Schall dämpfte, aber ebenso auch jeden trockenen Zweig verdeckte, der verräterisch knacken könnte. Er trat vorsichtig auf, hielt sich im dunkleren Schatten der Baumstämme und ging zu der Stelle, wo der Zil stand.

Als er ihn erreichte, spürte er die Kälte durch die dünnen Schuhsohlen an seinen Füßen. Die Scheinwerfer waren abgeschaltet – und der Wagen war leer. Für einen Augenblick fragte er sich, ob er nicht doch in eine Falle geraten sei, und drehte sich mit vorgehaltener Pistole um – dann sah er einen Lichtschimmer durch die Vorhänge, etwas weiter vorn. Als seine Nachtblindheit nachließ, erkannte er vor sich eine kleine Lichtung und auf der anderen Seite eine niedrige Holzdatscha – ziemlich groß, wie er mit einer nicht unterdrückbaren Aufregung feststellte. Er genoß das Gefühl, sich zu dem Zil zurückzuschleichen und den Anlaß seiner Fahrt aus nur knappen dreißig Metern Entfernung weiter beobachten zu können. Jetzt spürte er keine Kälte mehr, nur noch ein stechendes Gefühl in seiner Nase.

Er ging um die Lichtung herum, um irgendeine Bewegung

an dem erleuchteten Fenster oder der fast unsichtbaren Tür am Eingang unter dem Dachvorsprung zu bemerken. Alles blieb still.

Die jüngeren Bäume standen dicht neben der Datscha. Er blieb eine Augenblick in ihrem Schutz, überprüfte die Makarow und schob einen Patronenrahmen hinein. Dann schritt er rasch über den vom Mondlicht erhellten Streifen, wobei seine Schuhe auf dem verharschten Schnee knirschten, hinüber zu dem Holzstoß unter dem Dachvorsprung. Er brachte den vom Sommer zurückgelassenen Schaukelstuhl zum Stehen, spürte dessen Feuchtigkeit mit seiner Hand, und bewegte sich dann schnell zur Tür, wobei er sich unter dem Fenster vorbeiduckte.

Zum ersten Mal holte er Luft, als er vor der Tür kurz anhielt – und spürte einen Moment lang Zweifel, das Gefühl von Fallen, die gelegt waren und jetzt hochgehen würden; wie viele würde es in der Datscha davon geben?

Die Tür war nicht verschlossen. Er drückte sie langsam auf. Ein niedriger Vorraum, ein Streifen verblichenen Teppichs, das Gefühl von rohem Holz an seiner Hand, die er in der Dunkelheit vor sich hielt. Vor ihm und links von ihm ein Lichtschimmer unter der Türritze. Er lauschte nach Stimmen, aber es war totenstill in dem Haus. Nichts, nicht einmal sein eigener Atem war zu hören.

Er trat einen Schritt von der Tür zurück, hob seinen Fuß und schlug ihn dann dagegen. Die dünnwandige Tür flog auf, wobei das Schloß aus der Füllung gerissen wurde, und als sie zu ihm zurückschwang, hielt er sie fest. Mit entsicherter Pistole schritt er hindurch. Niemand stand dahinter.

Der Raum war leer. Das schwache Licht, bemerkte er plötzlich, mußte eine Attrappe sein, und er drehte sich blitzschnell um, als stünde jemand hinter ihm. Wieder niemand. Vorsichtig verließ er den Raum und schloß die Tür, um keinen Schatten zu werfen; dann untersuchte er das andere Zimmer.

Die Leiche lag in einem der Schlafzimmer, an der Rückseite der Datscha; sie trug noch immer den feinen schwarzen Mantel, und er rechnete fast damit, daß auf dem Schrank der dazugehörige Homburg abgelegt sei. Jemand hatte ihr die Arme freundlich auf der Brust gekreuzt, und da konnte er den schwarzen Einschuß auf der weißen Stirn sehen, unterhalb des Haaransatzes. Weißes Haar. Das Gesicht starrte zur Decke hinauf, wirkte ruhig, noch immer ausdruckslos. Wie gemeißelt. Er trat näher heran.

In dem Haus lebte niemand. Jedenfalls nicht jetzt. Er blickte aus dem Fenster, sah aber nichts. Er lauschte auf das Anlaßgeräusch des Zil. Stille. Er sah sich die Leiche an.

Es war der Ersatzmann von Ossipow. Er war enttäuscht – in gewisser Hinsicht sogar betrogen. Das tote Gesicht konnte ihm keine Auskunft geben, es starrte blicklos zu ihm herauf und schien jetzt ärgerlich darüber zu sein, daß er sich zwischen die offenen Augen und die Decke geschoben hatte, auf die sie konzentriert waren.

Der Körper war klein, wie der von Ossipow. Die gespannte Haut wirkte unwirklich in dem fahlen Mondlicht, wie das Gesicht eines Schauspielers. Er sah überhaupt nicht wie Ossipow aus; wenn die Beschatter nur sein Gesicht gesehen hätten, hätten sie Alarm geschlagen. Die beiden hatten nur einen einzigen Fehler begangen – man hatte sie zusammen gesehen; nein, nicht einmal das – nur den Fehler, daß die Gestalt des Ersatzmannes im Museum registriert worden war.

Und dieser Fehler war hiermit berichtigt worden. Mit Abscheu berührte Worontsjew das Loch der Wunde. Trockenes Blut, oder was davon noch übrig war. Und eine kalte Haut. Der Mann war schon lange tot. Wie lange?

Er hob einen Arm. Steif. Er war vielleicht schon länger als vierundzwanzig Stunden tot. Nur, warum lag er hier?

Da ihm genau in diesem Augenblick das Gefühl einer Falle wieder in den Sinn kam, als er den dünnen kalten Draht spürte, der von der Hand zu dem Ärmel des schwarzen Mantels lief – verstand er den Grund.

Er drehte sich um und rannte aus dem Schlafzimmer, flog dabei gegen die Holzwand, so daß sie krachte, dann weiter, bis er durch die offenstehende Tür am Ende des Flurs den Himmel mit funkelnden Sternen sah...

Und schon explodierte die Bombe, die so sorgfältig an dem Körper befestigt worden war und die er durch das Heben des Arms ausgelöst hatte. Etwas drückte ihn nach hinten, durch den schwachen Holzzaun vor dem Eingang – er spürte, wie sich Metall gegen seine Schenkel preßte und wie er kippte und zu Boden fiel, zusammen mit dem Zaun. Schnee – er spürte ganz einfach Nässe in seinem Gesicht, das sich in den Boden drückte, und das Krachen und Knallen betäubte ihn; unter dem Schock bäumte sich sein Körper auf. Dann schwarze Totenstille, selbst als die Schmerzen begannen.

Das renovierte Haus lag an der Kropotkin-Straße und war für ein langjähriges und geachtetes Mitglied des Politbüros geräumig genug. Ilarion Wikentitsch Galachkow saß dem Mann gegenüber, der ihm als *Kutusow* bekannt war, und von dem er seine Befehle erhielt. Galachkow war mit dreiunddreißig Jahren Oberleutnant in der GRU, der Militärischen Abwehr. In diesem Rang hatte er zwar viele höherstehende Offiziere als Vorgesetzte, doch seit zwei Jahren hatte er insgeheim nur diesem Manne gehorcht, dem Leiter der *Gruppe 1917*. Ihm und denjenigen, die dieser zur Befehlsausgabe ermächtigt hatte. Einem von ihnen, Jewgenij Wrubel, hatte er früher an diesem Abend gehorcht, bis er herausfand, daß der Befehl nicht von *Kutusow* stammte, sondern die Maßnahme eines in Panik geratenen Wrubel darstellte.

Kutusow war ärgerlich, er konnte seine Wut über die Befehlsverweigerung, die untergrabene Autorität kaum verbergen; und unter der mühsam errungenen Beherrschung flakkerte der Haß eines Mannes, der eine Strategie aufs Spiel gesetzt hatte, deren Ausmaß Galachkow nur ahnen konnte. Er beobachtete den alten Mann sorgfältig, auch sein kräftiges Gesicht mit den tiefen Konzentrations- und Autoritätsfalten, und verfluchte Wrubel im stillen, weil er ihn dazu gebracht hatte, den Ersatzmann von Ossipow umzubringen und die Bombe zu montieren, durch die der SID-Major fast getötet worden wäre. Wie *Kutusow* erfahren hatte, daß Worontsjew noch am Leben war, das konnte er nicht ahnen; aber so war es.

»Wo ist Wrubel jetzt?«

»In Sicherheit.«

»Wissen Sie, wo?« Galachkow nickte. »Gut. Ilarion Wikentitsch – wir müssen unsere Verluste reduzieren. Schalten Sie Wrubel heute nacht aus, bevor Sie Moskau verlassen.« Er sagte es ohne Emotionen, als hätte die geplante Aktion den alten Mann von seinen Gefühlen gereinigt. Nur ein letztes Gemurmel folgte, als spreche er zu sich selbst: »Er hat versucht, den SID-Mann zu töten – um seine eigene Haut zu retten. Obwohl es nicht nötig war. Das ist unverzeihlich.«

»Jawohl«, bestätigte Galachkow ihm und fühlte sich im gleichen Augenblick von dem alten Mann scharf angesehen. Die mit Möbeln vollgestellte Diele, die nur von dem sanften Licht einer Stehlampe in einer Ecke beleuchtet wurde, schien ihn zu bedrohen.

»Also gut. Sie wurden enttäuscht, Ilarion Wikentitsch. Das akzeptiere ich.« Galachkow konnte den Ausdruck der Erleichterung nicht unterdrücken, der jetzt auf dem Gesicht erschien. Der alte Mann lächelte zufrieden. »Was Ihren Einsatz betrifft – es sind alle Vorkehrungen getroffen. Ihr Flug nach London ist gebucht, unter Ihrem neuen Decknamen. Sie wissen, was Sie in Heathrow zu tun haben – ich brauche das nicht zu wiederholen. Aber verstehen Sie mich bitte richtig: Sie *müssen* den Verräter Chamowkin in Helsinki töten. Es darf keinen Fehlschlag geben, keine Ausreden. Der derzeitige Erste Sekretär der Kommunistischen Partei der Sowjetunion darf nicht – *darf nicht* – unser Unternehmen überleben. Am 24. töten Sie ihn.«

Galachkow nickte.

»Jawohl. Es wird gemacht.«

»Gut. Also finden Sie jetzt Wrubel, und erledigen Sie ihn.«

Der MIL-Hubschrauber flog jetzt über ihm, tief genug, um ihn mit aufgewirbeltem Schnee aus den Tannenspitzen zu überschütten. Jetzt hatten sie doch einen Hubschrauber eingesetzt und waren seinen Skispuren in dem hellen Mondlicht so leicht gefolgt wie Straßenschildern. Es war ihm klar, daß er gar nichts tun konnte, außer darauf zu warten, daß der Hubschrauber endlich weiterfliegen würde, was dieser aber nicht tat, da man wußte, wo er sich ungefähr aufhielt und nur darauf wartete, bis er sich zeigte.

Folley war todmüde; erst als der Hubschrauber ein paar hundert Meter nach Westen weiterflog, merkte er, wie sehr er jetzt keuchte, und daß das Zittern in seinem Körper nichts mit den Propellerschlägen des Hubschraubers über ihm zu tun hatte.

Aufgeben würde er nicht. Aber weitergehen? Er sah keine Chance.

»Mein Gott!« murmelte er und hob sein Gesicht zu den Zweigen über sich, die jetzt, von der Schneelast befreit, dunkel über ihm hingen. Er konnte nichts tun, gar nichts.

Höchstens so lange weitergehen, bis sie ihn einholen und stellen würden. Er befand sich jetzt in einem Tannenwald, in einem tiefen Tal, und der Hubschrauber war blind. Seine Skispuren führten in den Wald und verschwanden dann. Sie konnten nur darauf warten, daß er irgendwo erscheinen würde. Es würde nicht mehr lange dauern, bis sie den Waldsaum abfliegen würden, um ihn ja nicht entwischen zu lassen, um zu verhindern, daß er einen Vorsprung vor seinen Verfolgern gewann.

Der Hubschrauber war jetzt zwecklos, sagte er sich. Zwecklos, zwecklos. Es ging nicht um die Glaubhaftigkeit dieser Vorstellung, ein letzter Halt für den erlahmten Körper, den ausgehöhlten Willen. Zwecklos. Um zu laufen, verblieb ihm noch der Rest der langen Nacht.

Das Geräusch des Hubschraubers verebbte, und damit verminderte sich seine Bedrohlichkeit. Man suchte ihn – eine Nadel im Heuhaufen, ein Spion im Wald, er war unauffindbar...

Stille. Er strengte sich an, etwas zu hören, irgend etwas. Nichts. Jetzt durfte er sich wieder bewegen. Er öffnete den Reißverschluß seines Kampfanzugs und holte eine mit einer Kunststoffolie abgedeckte Landkarte heraus. Dann knipste er eine kleine Taschenlampe an, konzentrierte den schmalen Lichtstrahl auf die Karte und nickte beifällig, als er die Umrisse des vor ihm liegenden Landes erkannte. Er kontrollierte den Kompaß an seinem Handgelenk, machte dann das Licht wieder aus und steckte Taschenlampe und Landkarte so schnell weg, als hätten sie seinen Standort schon verraten.

Es blieb ihm noch die ganze Nacht zum Laufen.

Er bewegte sich zwei Schritte von dem Baum weg, und ein Gewehrschuß ertönte links von ihm. Er spürte einen stechenden Schmerz quer über seine Rippen hinweg und stöhnte laut auf, unterdrückte den Ton aber ebenso schnell und hastete mit gesenktem Kopf zu den nächsten Bäumen, als zwei weitere Schüsse hinter ihm herbellten. Nachtglas, dachte er, indem er sein eigenes Gewehr nahm, den Segeltuchschutz abzog, während er seinen Arm im Schutze eines Baumes hob, flach atmete vor Angst und dem Schmerz seiner Fleischwunde. Dann rutschte er schnell um den Stamm herum und gab drei Schüsse in der ungefähren Richtung des Russen ab, der ihn gefunden hatte.

Wie viele? Vorsicht, *Vorsicht.* Er nahm das Gewehr in Anschlag und blickte angestrengt durch sein Nachtglas. Alles dunkel, wie durch ein schwaches Feuer aufgehellt. Nichts bewegte sich – und dann das schleichende Gefühl, daß jemand ihn beobachtete, ihn suchte, ebenfalls durch ein Nachtglas. Sein Finger krümmte sich um den Abzug, und er mußte sich bewußt zurückhalten, um keine weiteren verräterischen Schüsse abzugeben.

Dann die Stimme. Erst auf finnisch, das er kaum verstand. Kurz darauf, nach einer Pause, wie als Zugeständnis, auf englisch.

»Sie kommen nicht weiter. Geben Sie auf. Es bleibt Ihnen keine Möglichkeit.« Der Ton eines Lautsprechers, die metallene Stimme höhlte ihn aus mit ihrer übertriebenen Zuversicht. Er mußte sich zwingen, nicht zu schießen. »Geben Sie auf. Wir werden dafür sorgen, daß Ihre Wunde behandelt wird.«

Er zuckte zusammen bei dieser Ermahnung und wagte nicht, zur Seite zu sehen. Sie hatten ihn. Lauf im Zickzack, sagte er sich. Sie bluffen nur, kommen auch nicht vorwärts...

Er erkannte den Schatten einer Winteruniform, leicht rötlich im Nachtglas. Er drückte zweimal ab und zog sich dann hinter den Baum zurück, als das Feuer aus mindestens sechs Kalaschnikows erwidert wurde.

Alle Schüsse kamen aus derselben Richtung. Vielleicht bildeten sie einen Halbkreis, nur einen Halbkreis, also: *los!* Er löste sich von dem Baum, geduckt wie unter der Last der Skier und des Rucksacks, das Gewehr schlug gegen seinen

Schenkel, die linke Hand drückte jetzt zum ersten Mal auf die brennende Wunde. Verstreute Schüsse, die ihr Ziel suchten; er begann hin- und herzuspringen, immer noch geduckt, der Atem schmerzte, während er im Schnee weiterhüpfte, in großen Sprüngen wie ein wildes, aber matter werdendes Pferd.

Er drehte sich im Schutze eines Baumes um und hob das Gewehr. Er wartete auf die erste geisterhafte Gestalt, die sich in dem roten Kreis zeigen würde, bis das Fadenkreuz genau in die Mitte der sich vorsichtig vorbewegenden formlosen Winteruniform zielte – dann schoß er einmal, und sprang dann sofort nach links, als die Schüsse ertönten.

Mit abgerissenem Atem, die Wunde schmerzte jetzt wahnsinnig – über ihm das Geräusch des Hubschraubers, der aus dem Norden zurückkehrte –, die Kräfte verließen ihn, und er hatte den Tag erst noch vor sich. Er machte sich klar, daß es hoffnungslos war, während er noch weiterlief und wußte, daß er niemals jemandem erzählen würde, was er gesehen hatte, daß er schon versagt hatte.

Nachdem Galachkow ihn verlassen hatte, nahm der alte Mann seinen Hund auf einen Spaziergang in den kleinen dreieckigen Park mit, der früher einmal als ›Jungfrauenfeld‹ bekannt war. Auf der Ostseite des Parks kam er zu einer Büste von Frunse, dem Helden des Bürgerkriegs und einem der Gründer der Roten Armee, und hätte fast seinen Hut gelüftet, als er an dem ernst dreinblickenden Gesicht vorbeiging. Ein ungewöhnlich komisches Gefühl; vielleicht hatte sein Entschluß hinsichtlich Wrubel ihn etwas aufgelockert, dachte er. Er blieb einen Augenblick lang stehen, während sein Hund auf dem frostglitzernden Gras herumtollte, und sah auf die Frunse-Militärakademie zurück. Er konnte sogar das Hammer-und-Sichel-Emblem erkennen, das als Basrelief die schmucklose Betonfassade dekorierte; obwohl er nicht dazu neigte, nostalgische Gefühle in sich zuzulassen oder sich ihnen hinzugeben, gönnte er sich doch die Erinnerung an seine damalige Ausbildung hier, kurz nach ihrer Fertigstellung im Jahre 1936 – als überalterter Kadett, der dem politischen Leben vorübergehend entsagt hatte. Dann war der

Krieg gekommen – die ganze Zeit zog in kurzen, flackernden Bildern noch einmal an ihm vorüber.

Der Hund kam und rieb sich an seiner Hose, und seine Stimmung verschwand. Die Gesichtszüge verhärteten sich wieder und wurden ernst im Hinblick auf das, was getan werden mußte. Er hielt sich auf dem glitzernden Weg, seine Tritte tönten laut und knapp, während sein Stock fast rhythmisch auf den Boden schlug; die Geräusche des Hundes auf dem steifgefrorenen Gras waren das einzig Hörbare, als stünde der ganze Verkehr außerhalb des Parks still. Auch in dem Park selbst war niemand zu sehen.

Die Eigenheiten, die er seit Jahren kultiviert hatte, die scheinbare Harmlosigkeit und Genialität, die ihm das Alter zu verleihen schienen, kamen ihm jetzt zustatten; er war nicht von seinen Leuten beschattet worden, wie andere, offenbar weniger loyale Mitglieder des Politbüros, gestern nacht und in den Nächten davor mit Sicherheit beschattet worden waren.

In seinem Lächeln lag ein verächtliches Zucken. Aber das Lächeln verschwand, als er jetzt vor Merkurows gigantischer Bronzestatue von Tolstoi stand. Unvermittelt empfand er die Größe der Statue als Ausdruck von Macht – seiner eigenen, oder der Tolstois, da war er sich nicht sicher, es war auch unerheblich. Ihn fröstelte etwas, eher aus einer Vorahnung heraus als vor Kälte. Der Hund tollte immer noch herum, und seine Gedanken wurden plötzlich entschiedener, wie die eines jüngeren Mannes, und nicht der ehrbaren, vom Leben abtretenden Figur, die zu werden er sich vorgenommen hatte.

Ein Mann der Partei. Wenn man die Tünche wegnahm. Ein Mann der Partei. Ja, das war er; nur daß jetzt die Partei vom Abschaum der Revolution beherrscht wurde. Keine Männer der Partei. Kompromißler. Schulmeister, Wirtschaftsexperten, Bilanzfachleute – Männer, denen es nur um persönliche Macht ging. Chamowkin und seine Bande. Zorn durchlief seinen Körper, zog seine ganze Aufmerksamkeit auf sich, wurde zur Litanei.

Chamowkin, dieser Clown, hatte versucht, seinem unbekannten Feind einen Schrecken einzujagen, indem er auf der Versammlung des gesamten Politbüros vage Denunziationen äußerte. Chamowkin und seine Hyäne, Andropow, hatten gerüchtweise von der *Gruppe 1917* gehört, nicht mehr. Sie waren die eigentlich Erschrockenen. Er selbst dagegen war sicher – stand zweifellos auf der Liste der Sicheren, war unverdächtig.

Als er etwa zehn Minuten still vor der Statue gestanden hatte, wie in Ehrerbietung, sagte er mit sanfter, aber klarer Stimme: »Nun, mein Freund, was hast du mir zu sagen?«

Aus dem Schatten neben der Statue kam eine Stimme, voll widerwilligem Respekt und kalt: »Pnins Panzer sind gesehen worden.«

»Wie bitte?« Ihm wurde kalt, er war sofort auf der Hut. »Wie war das möglich?«

»Ein Agent, meint der General. Wahrscheinlich kein Finne.«

»Ist er tot?«

»Noch nicht – sie verfolgen ihn noch. Ich hörte, daß es erst wenige Stunden her ist.«

»Wer hat ihn geschickt?«

»Die Amerikaner – vielleicht die Engländer?«

»Verdammt!«

»General Pnin ist der Auffassung, daß Sie schlecht beraten waren, als Sie anordneten, das Überschreiten der Grenze in vollem Maßstab zu proben.«

»Der verdammte Pnin! Seine Sicherheit – *gibt es nicht.* Wie konnte der Mann so nah herankommen – was hat er gesehen?«

»Mit Sicherheit das Dorf – wahrscheinlich auch die Grenzüberschreitung.«

»Dann müssen sie ihn zu fassen kriegen.«

»General Pnin verbürgt sich...«

»Pnin ist ein Dummkopf.«

»Jawohl.«

Die jüngere Stimme kehrte in ihr Schweigen zurück. *Kutusow* starrte zu dem Gesicht aus Bronze hinauf und erkannte die frostigen Tropfen oberhalb des Bartes, die wie Augen glitzerten. Er versuchte sich Kraft von diesem Monument zu holen und seine Gedanken zu beruhigen.

»Die Engländer haben schon einen Mann geschickt – den

haben sie getötet, bevor er sprechen konnte. Pnin hätte einfach besser aufpassen müssen. Wrubel ist tot«, sagte er zu dem Kurier. »Er wird nächste Woche durch seinen Stellvertreter ersetzt werden müssen. Melden Sie das Praporowitsch.«

»Jawohl«, antwortete der Kurier.

»Wurden Maßnahmen getroffen, um diesen Agenten lebend zu ergreifen?«

»Der General ist sich der Bedeutung...«

»Das möchte ich ihm auch geraten haben. Hat man dafür gesorgt, daß ich auf dem laufenden gehalten werde, sobald ein – Ergebnis vorliegt?«

»Jawohl. Bis morgen abend werden Sie Bescheid erhalten.«

»Das muß dann also reichen. Melden Sie Praporowitsch, daß dem SID nichts bekannt ist – auch wenn Wrubel alles getan hat, um ihnen auf die Sprünge zu helfen. Und geben Sie an Pnin den Befehl, die Truppen zurückzuziehen – und zwar sofort. Sobald er den Agenten geschnappt hat.«

»Jawohl.«

»Wie steht es mit der Angriffseinheit Eins?«

»Bereit zum Vorstoß bis zur norwegischen Grenze am Tag X minus eins.«

»Gut. Dolochow und die Marine?«

»Sämtliche für die Operation *Nackenschlag* erforderlichen Schiffe sind auf See oder werden in Murmansk überholt; sie sind bereit, am Tag X minus eins Truppen an Bord zu nehmen.«

»*Sämtliche* – wenigstens jetzt?«

»Jawohl.«

»Also endlich bessere Nachrichten. Sehr gut. Wann fliegen Sie?«

»In zwei Stunden.«

»Ausgezeichnet. Melden Sie Praporowitsch, daß der Agent nach seiner Gefangennahme sofort in das Haus in Leningrad zu überführen und gründlich zu verhören ist. Wir müssen in Erfahrung bringen, was der Engländer weiß – wenn er überhaupt etwas weiß. Aber das darf nicht den Zeitplan durcheinanderbringen.«

»Marschall Praporowitsch bat um Bestätigung des Zeitplans von jetzt ab.«

»Wenn wir davon ausgehen, daß wir nach spätestens fünf Tagen von Ossipow hören?« Als spürte er die Erhabenheit des Augenblicks, stand der alte Mann aufrecht vor der Bronzestatue und starrte hinauf in Tolstois blindes Gesicht. »Ja. Ab heute in einer Woche. Tag X ist der 24.«

Als er in ein weites Tal der Gebirgskette von Maanselka hinabglitt, konnte er im Nordwesten den Gipfel des Kaunispaa erkennen; er befand sich nur etwa eineinhalb Kilometer von der Nord-Süd-Hauptstraße und dem Dorf Lannila entfernt. Wenn er die Straße erreichen würde, dann könnte er vielleicht noch einmal wählen – nach Norden in Richtung auf Ivalo, südlich nach Vuotso – nach Westen die Straße entlang nach Kuttura. Lauter Orte, die Ruhe bedeuteten und Hilfe, auch wenn sie illusorisch war.

Seine Seite schmerzte unerträglich, sein Körper beschwor ihn, endlich anzuhalten, Hunger und Anstrengung waren ihm seit langem schmerzhaft geworden – dennoch, die Nähe der Straße spornte ihn weiter an, das Ziel, das er während der ganzen Nacht und in der Morgendämmerung zu erreichen versuchte.

Der MIL-Hubschrauber, ein untersetzter, dröhnender Käfer, war dicht an dem Abhang entlanggeflogen und setzte jetzt plötzlich auf ihn an, als er gerade das Geräusch der Schraubenblätter hörte. Es war kaum hell, aber der Hubschrauber hob sich schwarz gegen den grauen Himmel ab. Er flog über ihn hinweg und stäubte dabei Schnee auf, flog niedriger und setzte auf. Er sah zu, wie weißgekleidete Soldaten aus seinem Rumpf sprangen und sich wie Minen auf seinem Weg vor ihm verteilten. Er versuchte stehenzubleiben, sprang dabei auf, so daß eine Schneewolke aufstieg. Der nächste Mann war keine hundert Meter von ihm entfernt, und das Geräusch des Hubschraubers, zusammen mit dem aufgepeitschten Schneeschleier, wirkte lähmend und abstumpfend.

Er sah sich um, und die Verfolger, genauso hundemüde wie er selbst, waren jetzt auf dem letzten Abhang stehend zu sehen, wie sie wieder die Skier anschnallten oder kurz pausierten. Einer von ihnen winkte, und Folley konnte einen dünnen Ruf hören.

Der Hubschrauber hob wieder ab und blieb jetzt über ihm stehen, so daß er das grinsende Gesicht des Piloten erkennen konnte. Sein Winken war eine Beleidigung, vielleicht erkannte er ihn sogar. Dann verschwand der Schatten und eine Lähmung überkam seine Glieder. Er nahm das Gewehr ab.

Die Männer vor ihm trugen Schneeschuhe und gingen unbeholfen, unerbittlich, langsam auf ihn zu. Jeder von ihnen trug eine Kalaschnikow. Und hinter ihm fuhren jetzt die ersten der müden Verfolger auf Skiern den langen Abhang hinab, nur wenige hundert Meter entfernt.

Er hätte durch ein Täuschungsmanöver fliehen können, einen Haken nach rechts oder links schlagen und dadurch den Männern auf den Schneeschuhen entkommen können. Offenbar wollten sie ihn eher lebendig als tot haben. Aber sein Körper bäumte sich dagegen auf, und seine Beine wurden auf einmal kraftlos, so daß ihm bewußt wurde, daß er sich nicht mehr bewegen würde.

Da erschien ein zweiter MIL über dem Abhang, hinter dem er und sein Geräusch bisher verborgen gewesen waren.

Er zielte mit dem Gewehr sinnlos auf den Boden, schwankte und fühlte dabei, daß er sich nicht mal mehr so lange auf den Beinen halten konnte, bis sie ihn erreicht hätten. Er drehte seinen Kopf hin und her, als sie bei ihm angelangt waren, und drehte ihn immer noch, als sie schließlich einen Ring um ihn bildeten. Einer von ihnen nahm das Gewehr weg und untersuchte es.

Er sah nicht in ihre Gesichter, sondern auf die roten Sterne auf den Pelzmützen, die sie unter ihren Tarnhauben trugen.

4. *Brückenkopf*

Kenneth de Vere Aubrey ließ sich in der schläfrigen, kontemplativen Stimmung nieder, die er in der Public Gallery des Unterhauses immer so genoß. Während er älter wurde, war ihm bewußt geworden, daß die von den Sitzen des Hauses aufsteigenden Geräusche, vor allem solche, wie sie jetzt durch eine schwach besuchte Fragestunde entstanden, ihn hellhöriger sich selbst gegenüber machten. Ein früher empfundenes jugendliches Gefühl für das, was sich auf Weltebene hier unten abspielte, war ihm fast ganz abhanden gekommen. Die Kammer war zum Klub geworden.

Nach dem Essen hatte er dem Minister des Auswärtigen über die Sicherheitsmaßnahmen berichtet, die vom SIS in Zusammenarbeit mit dem CIA und der finnischen Abwehr für die Höhepunkte der Konferenz über gegenseitige Abrüstung in Helsinki zu treffen waren, die in einer Woche stattfinden würde. Der Minister des Auswärtigen wollte selbst die Gruppe britischer Beobachter bei Unterzeichnung des Vertrages anführen; die NATO-Partner der Vereinigten Staaten sollten erst das Ergebnis des zweiten und ergänzenden Teils der Konferenz unterzeichnen, der im Herbst in Belgrad stattfinden würde.

Ein Sprecher der Opposition stand jetzt auf und forderte einen jüngeren Beamten des Auswärtigen Amts auf, ihm zu erklären, welche Sicherheiten der Regierung und dem Präsidenten der Vereinigten Staaten hinsichtlich der Aufrichtigkeit der Sowjetunion in Abrüstungsfragen geboten worden seien – ein verspäteter und reichlich naiver Versuch, Zweifel aufkommen zu lassen; vielleicht wollte der Sprecher eher die Aufmerksamkeit auf sich selbst lenken. Ein halbherziges, spöttisches Gemurmel von den Hinterbänken der Regierung war zu hören. Die Vorderbänke auf beiden Seiten des Hauses waren auffallend leer.

Aubrey kam jetzt, in den letzten Tagen seiner Tätigkeit beim SIS, öfter ins Unterhaus als in früheren Jahren. Es ärgerte ihn, daß er keine Erklärung dafür hatte; immerhin war es dort angenehm warm. Ein dumpfes Bedürfnis quälte ihn, seine Anwesenheit besser legitimieren zu sollen. Vielleicht war er enttäuscht gewesen, so lange zum Fußvolk gehört zu haben, und gab sich jetzt der Illusion hin, wenigstens hier auf einer höheren Stufe zu stehen. Das war wohl auch der Grund dafür, warum er sich immer weniger mit der technischen Seite des Sicherheitsdienstes abgab und sich lieber mit der Verwaltung und der Überwachung der Nachrichtentätigkeit beschäftigte.

Vielleicht wurde er langsam senil und sollte sich lieber dem Oberhaus zuwenden. Er setzte sich anders hin und fluchte über seinen schlechten Kreislauf, der ihn so rasch kalt und verkrampft werden ließ, wenn er längere Zeit stillsaß. Und da er nun schon beim Körperlichen war, dachte er an andere Männer, die sich stärkeren sinnlichen Lüsten hingaben als er; an ihre Angst vor der zunehmenden Unbeweglichkeit der Glieder, während ihre Sinnenlust noch unvermindert anhielt, mit dem zunehmenden Alter aber immer sinnloser und erniedrigender erschien.

Wegen der Pensionierung hatten sie noch nicht mit ihm gesprochen. Wenn es etwas gab, das seine allgemeine Selbstsicherheit trübte, dann der Gedanke, daß eines Tages das saubere, aufgeräumte Häuschen in Sussex Gardens zu einem leeren, unmöblierten Gehäuse werden würde, das mit wachsender Unzufriedenheit auf endlose Tage hin bewohnt werden müßte.

Er fragte sich, wie kalt es wohl in Finnland sei und ob er die Organisation nicht an einen seiner leitenden Assistenten delegieren solle – vielleicht sogar an Davenhill, der sich zur Zeit mit dem Minister ganz gut stand, auch wenn das nicht unbedingt so bleiben mußte. Und es würde dem jungen Mann ganz guttun.

Dann sah er Davenhill, noch in seinem Ledermantel, wie er sich auf der Galerie umschaute, und Aubrey spürte, daß er ihn suchte. Der Schnee ließ sein Haar und seine Schultern im Licht der Lampen aufglänzen. Er fühlte sich nicht irritiert – vielleicht war etwas an der Haltung des jungen Mannes, ein Eifer im Gesicht, in der Körperhaltung, das Aubrey verwirrte. Dann sah Davenhill zu ihm herüber, schwenkte die Zeitung in seiner Hand und kam mit raschen Schritten den Korridor entlang auf ihn zu.

»... die Möglichkeiten der gegenseitigen Kontrolle, sowohl durch Satelliten als auch durch militärische Delegationen, die in den Vertrag aufgenommen wurden, sind alles, was das Ehrenwerte Mitglied immerhin erwarten darf, selbst zu seiner eigenen Sicherheit...« dröhnte die Stimme des jungen Beamten durch das Haus. Davenhill, der äußerst ernst aussah, als er sich setzte, konnte ein Lächeln nicht unterdrücken.

Aubrey sah ihn für einen Augenblick prüfend von der Seite an und sagte dann: »Was ist los?«

»Folley...«

»Was ist mit Folley?« Aubrey machte es plötzlich Schwierigkeiten, sein Interesse unter Kontrolle zu halten; vielleicht sogar ein panisches Gefühl – und er merkte dabei, daß er älter wurde.

»Wir haben keinen Kontakt zu ihm.«

»Nein?« Etwas hatte seine Ruhe schon die ganze Zeit gestört – jetzt wußte er, was es war. Er hatte sich Sorgen gemacht, weil Folley sich nicht gemeldet hatte, seit er das Büro verlassen und ins Unterhaus gekommen war. Das hätte geschehen müssen – hätte... »Was sagt Waterford dazu?«

»Er wartet unten – wollen Sie ihn sprechen?«

»Ja, das muß ich. Kommen Sie.«

Aubrey warf einen raschen Blick hinunter zu den Abgeordneten, drehte sich dann um und verließ die Gallery.

Waterford erwartete sie nahe beim Eingang. Aubrey war auch jetzt wieder von seiner Haltung beeindruckt; trotz des Regenmantels und Schlapphuts, die der Offizier trug, wirkte er immer noch wie ein Preiskämpfer, der sich hinter der Maske eines pensionierten Soldaten versteckte, so aufragend stand er da, das Gesicht von härtesten Erfahrungen gezeichnet. Er war ein Berserker – deshalb hatten er und Davenhill gerade ihn ausgesucht. Waterford nickte Aubrey zu, als sie durch die Türen in den New Palace Yard geführt wurden.

Aubrey setzte seinen Hut auf und klappte den Kragen seines dunklen Mantels hoch. Es schneite immer noch, der Schnee blieb jetzt liegen. Davenhill schloß den Gürtel seines Ledermantels. Die Lampen auf dem Yard sandten einen blassen Lichtschein aus; der liegengebliebene Schnee dämpfte ihre Schritte.

Sie gingen den Yard einmal auf und ab. Aubrey fühlte sich irritiert von ihrer Stille, dem Gefühl, sie seien Maschinen, die erst auf seine Anweisung hin sprechen würden.

»Also, Waterford – was ist los mit ihm?«

»Er ist entweder tot – oder sie haben ihn geschnappt.«

»Wie können Sie das wissen?« Aubrey merkte, daß sein Protest zu vehement war, aber er spürte ein undeutliches Gefühl von Angst, von Bedrohung, das ihn frösteln machte. »Das Wetter?«

»Das kann ihm nichts anhaben.«

»Zeitverzug?«

»Er sollte sich melden, falls er mehr Zeit brauchte.«

»Sofern keine Gefahr dadurch für ihn besteht – soll der Hubschrauber heute nacht noch einmal zu ihm kommen, nicht wahr?«

»Ja, das soll er«, sagte Davenhill und unterbrach damit sein Schweigen. »Aber – sollten wir nicht einen Plan für Eventualitäten aufstellen?«

Aubrey war plötzlich zurückhaltend. Seine Vorstellung brachte das, was ihm gesagt und was vermutet wurde, in grellsten Gegensatz zu dem Bericht, den er noch diesen Nachmittag dem Minister des Auswärtigen vorgetragen hatte – selbst zu seinen jüngsten Gesprächen mit Buckholz, dem stellvertretenden Direktor des CIA, zu Gesprächen mit den Finnen – er merkte, daß ihn fröstelte, nicht vor Kälte, nicht wegen Folley, sondern weil er aus einem vagen, bedrückenden Gefühl heraus die Konferenz von Helsinki in einen direkten Zusammenhang zu dem möglichen Verschwinden Folleys brachte, bringen mußte, und ebenso zu dem Verschwinden Bruntons, und der Testrolle eines Infrarotfilms.

»Was haben Sie, Kenneth? Sie sehen nicht gut aus.« Davenhill nahm ihn am Ellbogen, und Aubrey richtete sich auf und sagte:

»Ein Plan für den Eventualfall. Sehr gut. Es gibt nur einen – keine Zeit, um neue Leute einzuweisen, auszubilden – Sie werden beide selbst gehen müssen.«

»Wie bitte?« Davenhill war entsetzt und schielte nervös zu Waterford hin.

Waterford nickte einfach und sagte dann: »Mit ihm? Das ist ein Risiko.«

»Kenneth – ich habe keine Erfahrung. Warum zum Teufel soll dann ich gehen?«

»Sie können – und Sie werden es. Verstehen Sie denn nicht – wenn wir Folley verlieren, dann haben wir es mit etwas äußerst Ernstem zu tun, so ernst, daß es nicht mehr ausreicht, nur einen Sonderberater des Außenministeriums hinzuschicken! Machen Sie sich also fertig, um noch heute abend abzureisen – wenn wir nicht einen Bericht von Folley erhalten, nachdem der Hubschrauber ein zweites Mal über Finnland geflogen ist.«

Er blieb stehen, sah die beiden an und blickte dann an der Fassade von Westminster Hall empor. Durch den rieselnden Schnee konnte er die Statuen englischer Könige an dem Gebäude nur umrißhaft erkennen. Auch die Lampen schienen jetzt weit entfernt. Ihn fröstelte wieder. Er sah zu Waterford hinüber und sagte dann:

»Also gut. Wenn Folley ausgefallen ist, dann will ich die Durchführbarkeit Ihrer Hypothese akzeptieren. Die Russen sind in Finnland, und wahrscheinlich mit starken Einheiten. Das zu beweisen ist jetzt Ihre Sache.«

Der Wagen hatte die Straße am nördlichen Ende der Ustinsky-Brücke verlassen, war durch die dünne Eisschicht am nördlichen Ufer der Moskwa gestürzt und in dem dunklen Wasser an jenem Morgen versunken. Die Bergeaktion war erst mittags in Gang gekommen; zwei rote Autokrane fuhren auf dem Kotelnicheskaja-Kai in Stellung, als Worontsjews Büro einen Prioritätsbefehl erhielt, der von dem Stellvertretenden Vorsitzenden Kapustin unterzeichnet war.

Die Froschmänner konnten nur in äußerst kurzen Abständen in das gefrierende dunkle Wasser tauchen, und die Arbeiten gingen mit aufreibender Langsamkeit vonstatten; sie wurden von Polizeiinspektor Tortjew, einem KGB-Mann, zwar nominell geführt, da er widerstrebend gezwungen worden war, die Autorität von Alewtina anzuerkennen, einem für den Polizisten viel zu jungen, noch dazu weiblichen SID-Offizier. Er war aber nicht bereit, sich über ihre verbriefte Vollmacht herumzustreiten; er befriedigte sein Untergebenheitsgefühl und seinen Neid über ihre Position mit der Genugtuung, daß sie sich die meiste Zeit nicht sehen ließ, hauptsächlich in ihrem Wagen saß oder sich bei dem Teewagen aufhielt, wo den von der Schicht zurückkehrenden Tauchern großzügig Wodka ausgeschenkt wurde.

Das Mädchen ahnte Tortjews mürrische Feindseligkeit ebenso wie das Staunen der übrigen Polizisten und freute sich über die Reaktionen, die sie hervorrief. Auf sich selbst wirkte sie wie eine kleine Person in Pelzmantel und Hut und langen Stiefeln, als sei sie ein Modell, das vor einem ungewöhnlichen Hintergrund der Industrie posierte. Und weil sie ihren Fähigkeiten und Ahnungen nur selten mißtraute, wußte sie, daß nicht irgendein Betrunkener die schwarze ZIL-Limousine in die Moskwa gefahren hatte, trotz des Eindrucks, den der einzige Zeuge geäußert hatte, ein Polizist, der zu Fuß die Kais entlangging, um nach Pennern oder Schwarzmarkthändlern Ausschau zu halten. Sie wußte, daß Wrubel in dem Wagen war, und daß man ihn schon tot hineingesetzt hatte. Auch wenn der Polizist nur einen Mann darin gesehen hatte, immerhin befand er sich unterhalb der Brücke auf dem Kai, hatte er gehört, wie der Wagen angefahren war und dann beschleunigt hatte. Alewtina wußte, daß man ein festgeklemmtes Gaspedal finden würde, wenn die schwarze Limousine aus dem Wasser gezogen wurde.

Der Spätnachmittag war bitter kalt. Sie wollte sich noch einen starken Tee holen, spürte aber, daß Tortjew, der den Kranführer neben dem Teewagen Instruktionen gab, jede ihrer Bewegungen falsch interpretieren würde, und zündete sich statt dessen noch eine Zigarette an. Der Aschenbecher im Wagen war voll von Stummeln, lange englische Filtermundstücke; sie rauchte niemals russischen Tabak. Major Worontsjew erhole sich in einem Krankenhaus, sagten sie; wenn der Wagen bald herausgeholt wäre, würde sie ihm am Abend noch persönlich Bericht erstatten. Sie glaubte den Ärzten, und, wie sie annahm, ihren grinsenden Kollegen, die wußten, daß sie sich Sorgen um ihren Chef machte, wenn sie ihr sagten, es ginge ihm gut; aber darum wollte sie sich lieber selbst kümmern.

Sie hatte die Zigarette halb zu Ende geraucht, als Tortjew zu ihrem Wagen kam, die Tür öffnete und sich auf den Beifahrersitz setzte, seine behandschuhten Hände rieb und betont gegen die Kälte anblies.

»Wir haben ihn jetzt. Die Taucher haben endlich das Krangeschirr befestigt. Sie können nicht sehen, daß jemand drinsitzt...«

»Wie bitte?« sagte sie scharf. »Sind die Türen offen?«

»Nein. Weder Türen noch Fenster. Er muß drin sein – wenn überhaupt jemand drin gewesen ist.«

Alewtina lächelte, als wisse sie es besser, und blies eine Rauchwolke aus, die sich unter dem Wagendach ausbreitete. »Warten wir's ab, Inspektor. Da ist sicher jemand drin.«

»Ich hoffe, Sie haben recht, verdammt – sonst wär's ein ganz schön teures Bergungsunternehmen gewesen, oder?«

Alewtinas Mund lächelte weiter, sie verstand, was sich hinter dem Kraftausdruck verbarg. Zweifellos hatte sich Tortjew schon vorgestellt, wie sie wohl im Bett wäre, und war entweder zu dem Schluß gekommen, daß sie auch nicht anders sei als die übrigen Schicksen, wenn man ihr die SID-Hosen ausziehen würde, oder aber ein kalter Fisch, der aus Angst vor Männern nur die Arbeit liebte. Die konventionellen Denkschablonen der meisten Männer, mit denen sie im KGB zusammenkam, amüsierten sie. Frauen waren entweder Lockvögel für Spione oder Sekretärinnen; etwas anderes kam für sie nicht in Frage, so dachte jedenfalls die Mehrzahl der ihr bekannten Offiziere. Sie war von dem übrigen Team unter Worontsjew, nach einer Anfangszeit sexueller Anzüglichkeiten und Anträge, als Polizeioffizier akzeptiert worden. Mehr wollte sie nicht; sie wußte, daß Worontsjew ihre Fähigkeiten anerkannte, das war ein Bonus für sie.

»Dann schauen wir uns die Sache doch mal an«, schlug sie vor und riß damit die Initiative wieder an sich. Sie stieg aus. Tortjew knallte seine Tür zu, als er draußen war. Alewtina fror leicht, trotz des Mantels und der Pelzmütze, und schob ihre Hände in die Taschen. Sie ging fast bis zu dem Steinhaufen am Ende des Kais und sah dann zu dem Kran auf, dessen Ausleger über dem Wasser hing wie einer dieser afrikanischen Vögel beim Trinken. Tortjew stand ein paar Meter von ihr entfernt, hob seine Hand und rief eine Anweisung. Der Kranführer hob seinen Daumen und setzte dann den Kran in Bewegung. Der zweite Kran war zurückgefahren, als wolle er mit dem ersten nicht rivalisieren.

Die schwarze Limousine, deren Verdeck an den Rücken eines Wals erinnerte, hob sich aus dem Wasser, schwankte hin und her über dem Fluß, wobei das Wasser aus den Ritzen und dem Boden quoll, die Räder dick verschlammt, dann wendete der Kran, so daß der tropfende Wagen einen Augenblick lang über dem Mädchen hing und es durchnäßte. Jemand lachte – Tortjew aber nicht, obwohl es zweifellos seine Idee gewesen sein mußte –, als sie so naß dastand. Dann wurde der Wagen hinter ihr auf dem Kai abgelassen. Sie blieb wütend stehen, mit dem Rücken zu den Polizisten und ihrem Gekicher, ihrem Grinsen, und nahm nicht einmal die Hände aus den Taschen. Als sie den Kopf neigte, floß schmutziges Flußwasser von ihrer Mütze in den See, der sich um ihre Füße bildete.

»Bring eine Taschenlampe her!« hörte sie Tortjew rufen, und bei diesem Ton war sie wieder zufrieden. Sie konnte warten – schließlich *wußte* sie es.

Sie hörte, wie der Schweißbrenner eine Weile zischte und wie dann das Metall der Tür in der Hitze langsam schmolz; die Tür wurde knirschend aufgerissen. Sie lauschte den Geräuschen der Männer, wie sie an irgend etwas im Innern des Wagens herumzerrten, wartete noch und drehte sich dann auf dem Absatz um, gerade als Tortjew im Begriff war, auf sie zuzugehen, ging zu dem Wagen und sah schnell auf das weiße, tote Gesicht, das blicklos durch die Windschutzscheibe starrte. Man hatte den Körper auf dem Fahrersitz aufgerichtet. Sie erkannte das Gesicht – es glich hinreichend demjenigen auf den Fotografien in ihrem Wagen.

»Er ist es. Lassen Sie ihn ins Leichenhaus bringen, Inspektor.«

Kaum war er wieder zu Bewußtsein gelangt, sagten ihm die Ärzte, daß er so, in seinen Wintermantel gehüllt, nicht erfroren wäre; in dem gleichen unbeteiligten Ton, mit dem er auch sonst informiert wurde, sagten sie ihm, daß er sich nichts gebrochen habe; nur das linke Handgelenk habe er sich recht übel verstaucht und Quetschungen am ganzen Körper davongetragen. Die Taubheit war etwas zurückgegangen, obwohl sie ein perforiertes Trommelfell diagnostizierten, und das Schädelbrummen und die Übelkeit verließen ihn noch am Nachmittag. Am Abend konnte er sich schon im Bett aufsetzen, in dem Privatzimmer des kleinen Hospitals in einem ländlichen Moskauer Vorort – einem herrschaftlichen Haus

aus alten Zeiten – und sich über das Glück freuen, noch einmal davongekommen zu sein.

Der Bombenleger hatte die Drähte so verlegt, daß die Explosion verzögert ausgelöst würde, wohl um sich selbst zu schützen, während er die Leiche auf dem Bett zurechtlegte. Diesem geradezu lächerlichen Umstand verdankte Worontsjew nun sein Leben; er konnte noch das Gefühl in seinen Fingerspitzen spüren, den dünnen feinen Draht, der ihn für einen Augenblick mit dem Tod verbunden hatte.

Während die Stunden verstrichen, kehrten seine Gedanken noch einmal zu seinem Aufenthalt in dem kleinen, kalten Schlafzimmer der Datscha zurück, und zu dem Gesicht des Ersatzmannes von Ossipow. Aufgefunden hatte ihn, mit dem Gesicht im Schmutz liegend, ein älteres Mitglied des Sekretariats des Zentralkomitees, der seine Datscha zusammen mit einer Frau bewohnte, mit der er nicht verheiratet war. Worontsjew behielt eine schwache Erinnerung zurück an einen Mann in Schlafanzug und Stiefeln, der in einen seidenen Morgenmantel gehüllt war – bevor er wegen der Schmerzen das Bewußtsein wieder verloren hatte.

Warum? Warum diese – *extremen* Maßnahmen? Woran war er so nah gekommen, daß eine Bombe eingesetzt werden mußte, um ihn davon fernzuhalten? Wrubel – den würden sie jetzt nicht wieder zu Gesicht bekommen, höchstens in der gleichen Verfassung wie den Ersatzmann von Ossipow. Nach Aussage von Natalja hatte Wrubel noch zwei Telefongespräche geführt, bevor er ihre Wohnung verlassen hatte. Keines von beiden hatte sie mitgehört. Wie viele Männer waren eigentlich notwendig gewesen, um den Einsatz so schnell vorzubereiten? Sicher eine ganze Anzahl – ausgebildete, hervorragende Männer. Die zerstörte Datscha gehörte einem unantastbaren Mitglied des Ministerrats. Absolut unmöglich, daß er daran beteiligt war. Übrigens war er zu diesem Zeitpunkt gar nicht in Moskau, sondern auf einer Handelskonferenz in Leipzig.

Worontsjew zündete sich eine der Zigaretten an, die auf seinem Nachttisch lagen, und mußte bei dem scharfen Rauch husten. Dann lag er lange Zeit auf dem Rücken und starrte zur Decke hinauf. Seine Gedanken machten sich zunehmend selbständig; er fiel fast in einen Halbschlaf. Eine Zigarette nach der anderen verschwand aus dem Päckchen, und seine einzige bewußte Handlung bestand darin, jeden Stummel in dem Aschenbecher auszudrücken, der irgendein abscheuliches Bier anpries.

Es war schon später Abend, als er einen Besucher empfing – den Stellvertretenden Vorsitzenden Kapustin. Der massige Mann mit dem breiten, ausdruckslosen Gesicht ließ sich auf einen Stuhl neben dem Bett fallen, ohne sich nach Worontsjews Gesundheitszustand zu erkundigen. Worontsjew versuchte, aufrechter dazusitzen; Kapustin schien seine Anstrengung nicht wahrzunehmen.

»Ich möchte Ihren – Unfall mit Ihnen besprechen, Herr Major«, sagte er. Worontsjew hörte den Druck heraus, unter dem Kapustin stand, die erteilten Anweisungen. Vielleicht sogar von Andropow? Er spürte, wie seine Gedanken schneller wurden, auch sein Herzschlag. »Ich muß völlig offen mit Ihnen sprechen«, fügte er hinzu, als bereite es ihm Widerwillen und als müsse er sich davon distanzieren.

»Ja, bitte?«

»Dem Bericht zufolge, den Sie heute morgen diktiert haben, haben Sie offenbar etwas ziemlich Übles und Weitreichendes entdeckt. Auch wenn Sie keine Ahnung haben, worum es sich dabei handelt.« Der letzte Satz troff von Überheblichkeit. Worontsjew hatte für Kapustin nichts übrig, war aber so sehr daran interessiert, etwas Neues zu erfahren, daß ihm die Nähe des Mannes nichts ausmachte. Ja, sagte er sich, er fühle sich geschmeichelt durch die Aussicht auf Enthüllungen, darauf, voll informiert zu werden.

»Ihre Untersuchungen«, fuhr Kapustin fort, während er seinen steifen Hut noch immer auf dem Knie ruhen ließ, den mit einem Pelzkragen besetzten Mantel aber aufgeknöpft hatte, »hatten den Zweck, unsere Kenntnisse der Reisen und Kontakte höherer Armeeoffiziere zu erweitern. Diese Überwachung wurde angeordnet durch...« Er hielt inne, als müsse er sich zwingen, das zu überwinden, was sich in vielen Jahren bei ihm eingeschliffen hatte, dann sagte er mit Mühe: »durch den Parteisekretär und den Vorsitzenden gemeinsam. Wie Sie wissen, wurde die gleiche Überwachung während des letzten Jahres bei einer Anzahl von Generälen und Befehlshabern von Militärdistrikten durchgeführt. Was Sie in Ihrer Abteilung des SID aber nicht wissen, ist, daß solche Überwachungen auch bei hochgestellten Mitgliedern des Politbüros, des Präsidiums, des Obersten Sowjet und des Sekretariats des Zentralkomitees vorgenommen wurden...«

Worontsjew war bestürzt. Er sagte: »Und alle aufgrund desselben – Verdachts?«

Kapustin nickte. Worontsjew zündete sich eine weitere Zigarette an und sah, wie seine Hand vor Erregung zitterte. Was auch stattfinden mochte, es war ungeheuer, es stand in keinem Verhältnis zu dem winzigen Einblick in das gesamte Geschehen, den er gewonnen hatte, der in sein Fleisch genauso sicher eingedrungen war wie ein Holzsplitter aus der zusammengebrochenen Datscha. Die Unterteilung sämtlicher Sicherheitsorgane erstreckte sich bis in den SID hinein. Er hatte keine Ahnung, ob nicht vielleicht die Hälfte der gesamten Mannschaft an demselben Einsatz beteiligt war wie er selbst und seine Gruppe.

Kapustin sagte: »Sie haben mit Wrubel gesprochen – welchen Eindruck haben Sie von ihm? Wußte er, wer Sie sind?«

Da er in Gedanken sämtliche Möglichkeiten in Windeseile erwog, überging Worontsjew seine private Demütigung und sagte sofort: »Er hielt mich für einen gehörnten Ehemann und fand das komisch...« Kapustin schwieg. »Aber er war keck, und das nicht nur, was Sex anging...« Worontsjew konzentrierte sich, sah das Gesicht des Mannes vor sich und hörte ihn sprechen. »Er wußte, wer ich war, und daß ich ihm Schwierigkeiten machen könnte, nur weil er sich mit meiner Frau eingelassen hatte. Aber es schien ihn nicht zu kümmern. Es stärkte eher noch sein Selbstvertrauen.«

»Was schließen Sie daraus, Herr Major?«

»Ich weiß nicht. Die ganze Zeit schon hatte ich einen Verdacht – daß er irgend etwas weiß oder besitzt, das ihn – *immun* macht?«

Kapustins Augen leuchteten auf. Er sagte: »Genau! Das ist es, was ich Ihrem Bericht entnommen habe. Sehr schade, daß Sie keine Leute mitgenommen haben...« Er schob den Protest beiseite und fuhr fort: »Wer auch dahinter stehen mag, sie sind grausam, erbarmungslos. Man müßte sie fast bewundern deswegen.«

»Was wissen wir? Bis jetzt?«

»Nun, ich habe die Erlaubnis, oder eigentlich den Befehl, Sie aufzuklären. Der erste Hinweis stammt aus einem angezapften Telefongespräch aus dem Büro der Politischen Verwaltung der Armee; ein leitender Mitarbeiter der Abteilung, der in Kürze pensioniert wird, nicht operierbarer Krebs. Vielleicht ließ er eine Bemerkung fallen, weil er alt war, oder krank – oder vertrauensselig. Jedenfalls benutzte er ein Telefon, von dem er nicht wußte, daß es abgehört wurde, aber er hätte Verdacht schöpfen müssen. Er hieß Fedachin. Offensichtlich sprach er in einem Geheimcode und gebrauchte zwei seltsame Ausdrücke: *Gruppe 1917* – und später in dem Gespräch – das war wohl sein Losungswort – erwähnte er eine *Finnland-Station*. Er war für den dortigen Grenzbereich verantwortlich, für den nordwestlichen Militärdistrikt. Offenbar gab es gute Fortschritte bei dieser *Finnland-Station*, und er freute sich, als glücklicher Mann pensioniert zu werden – den großen Tag zu erwarten, wie er sich ausdrückte.«

»Wrubel hat so etwas überhaupt nicht erwähnt«, murmelte Worontsjew etwas hilflos.

»Das hatte ich auch nicht erwartet«, sagte Kapustin. »Aber was könnten diese Begriffe bedeuten, was meinen Sie, Herr Major?«

Worontsjew zog die Augenbrauen zusammen, sah zu Kapustin hinüber und sagte: »Ich kann mir nicht vorstellen, was dahintersteckt – aber ich weiß, was sie bedeuten, nämlich das Datum der Revolution und das Ziel des Eisenbahnzuges aus der Schweiz...« Sein Mund blieb offen stehen. »Sie meinen doch nicht...?«

»Ich meine gar nichts. Was ich Ihnen mitteile, sind die Gedanken des Vorsitzenden Andropow.« Ein feierlicher Ernst lag in diesen Worten. »*Revolution?* Kaum zu glauben, oder?« Auf Kapustins Stirn sammelten sich kleine Schweißtröpfchen über den dicken Falten, die das Alter und das Amt gezogen hatten. »Ich möchte das lieber nicht glauben – aber ich muß es, und Sie auch.«

»Also gut, Genosse.« Worontsjew spürte, daß die Situation eine gewisse Formalität erforderte. »Was ist mit diesem Fedachin geschehen?«

»Gestorben. Offenbar war die Krankheit weiter fortgeschritten, als man angenommen hatte. Wir haben ihn unter strengste Bewachung gestellt, aber es hat kaum oder gar nichts genützt. Vermutlich hat man Verdacht geschöpft – jedenfalls traute sich niemand mehr in seine Nähe.«

»Aber – er hatte doch Kontakte. Was wissen wir über die?«

Beide Männer schienen das Einverständnis zu akzeptieren, das die Situation ihnen aufzwang. Beide gingen erleichtert auf die gespannte Zwanglosigkeit ihrer gemeinsamen Tätigkeit über. Kapustin sagte: »Nicht gerade viel. Die Partei bildete mal wieder den Hintergrund – so hielt er seine Nase sauber. Er war bereit, die Seite und die Loyalität zu wechseln, als Chruschtschow abgesetzt wurde; hatte sich nie mit dessen Regime identifiziert, wenn es nicht sein mußte. Soldat im Zweiten Weltkrieg, politische Schulung – dann kehrte er zu seinem Amt ins Sekretariat zurück. Saubere Vergangenheit – bis zu dieser zufälligen Abhörung.« Kapustin zuckte mit den Schultern. »Familie?«

»Mir nichts bekannt.«

Worontsjew insistierte, als würde er den Stellvertretenden Vorsitzenden verhören. Kapustin war einverstanden, es schien in dem ungelüfteten Raum jetzt noch heißer zu sein; als sei es für ihn leichter, ausgefragt zu werden, als freiwillig einen Untergebenen zu informieren – und dazu noch einen in einem Krankenbett.

»Was gibt es noch, Genosse Stellvertreter?« Worontsjew stellte seinen eigenen Eifer nicht in Frage – aus Rache, oder aber er begrub damit etwas Persönliches.

»Nicht sehr viel. An dem immensen Einsatz gemessen, wirklich sehr wenig. Wir haben Unterlagen ...« Er schlug mit der Hand auf die Aktentasche, die neben dem Stuhl stand und die er seit seiner Ankunft nicht erwähnt hatte, »von sämtlichen Reisen und Kontakten der im letzten Jahr beaufsichtigten Offiziere und Bürokraten. Alle Einsatzgruppen gehen sie jetzt durch, wie Sie es mit Ossipow gemacht haben, um nach einem neuen Hinweis oder irgendeinem Zusammenhang zu suchen.«

»Die – Verdächtigen? Wurden sie inzwischen bestätigt, oder nicht?«

»Nein. Sie sind ... *Jeder*, der die Macht oder den Einfluß haben könnte, wurde unter Aufsicht gestellt. Automatisch.«

»Macht, wofür?« fragte Worontsjew nach einer Weile.

»Revolution. Das ist die Gesamtvorstellung. Die Annahme, daß eine Revolution geplant wird ...«

»Das ist doch lächerlich!« platzte Worontsjew heraus. Dann hielt er inne, verlegen wegen seiner Indiskretion.

Statt ärgerlich zu sein, sagte Kapustin: »Ich würde Ihnen beipflichten, Herr Major. Wenn ich so wenig wüßte wie Sie. Aber – so fantastisch es klingt, ich muß diese Möglichkeit in Betracht ziehen. Und Sie auch.«

»Aber – warum? Und wie? Wenn das Komitee für Staatssicherheit so wirksam durchgreift. So etwas würde Unterstützung erfordern, Gefolgsleute – im Politbüro, im Oberkommando, im Präsidium, im Sekretariat, sogar im KGB.«

»Ich bin durchaus Ihrer Meinung. Zu dem Warum kann ich nichts sagen. Was das Wie betrifft – da könnten zehn Jahre für die Planung und Durchführung vergehen. Und man brauchte die Armee, vielleicht auch die Marine. Gewisse Elemente in sämtlichen Regierungs- und Kontrollorganen des Staates. Es wäre – ungeheuer.«

»Ich kann es einfach nicht glauben!«

»Vielleicht haben Sie recht. Aber – irgend etwas tut sich. Generäle brauchen nicht einfach Ersatzleute, um Prostituierte aufzusuchen. Von beiderlei Geschlecht. Und die Ersatzleute werden nicht schon auf den leisesten Verdacht hin umgebracht, daß sie kurz vor einer Entdeckung stehen! Denken Sie einmal daran, wenn Sie sich diese Akten hier ansehen ...« Wieder schlug er auf die Tasche, mit einer Hand, auf deren Rücken schwarzes gelocktes Haar sproßte – schwarz wie die Härchen, die aus seinen breiten Nasenlöchern quollen. »Und denken Sie auch daran: Wenn die Planung zehn Jahre dauern würde – und ›es‹ findet jetzt statt –, wo befinden wir uns in ihrem Zeitplan, zum jetzigen Zeitpunkt?«

Folley beobachtete die Wachen sorgfältig; es war ihm zur Gewohnheit geworden, so automatisch, wie man beim Fahren von Zeit zu Zeit in den Rückspiegel sieht, obgleich an eine Fluchtmöglichkeit gar nicht zu denken war. Die beiden jungen Rotarmisten, ein Korporal und ein Gemeiner, waren über seine Anwesenheit sichtlich zufrieden. Während der Stunden des kurzen Tages schienen sie entspannt, sogar ansprechbar – als hätten sie kein Verbrüderungsverbot bekommen. Folley machte sich klar, daß dieser Zustand illusorisch war und nur dazu diente, seinen Wachen die Aufgabe zu erleichtern.

Das kleine Zelt war kalt, aber ihm war immer noch warm in seinem Winterkampfanzug, in Stiefeln und Handschuhen – mit der finnischen Uniform darunter, die sie ihm nicht geglaubt hatten, vor allem, als sich bei einem Verhör durch einen finnisch sprechenden Oberleutnant herausstellte, daß er der Sprache kaum mächtig war; sie hatten ihm die Uniform überlassen, ebenso wie seine angebliche Identität. Nur die Papiere nicht, die waren verschwunden. Danach hatten sie auf englisch mit ihm gesprochen. Sein Schweigen galt als Zustimmung. Nach der Toilette, nach Essen und Trinken mußte er auf englisch fragen, bevor sie ihm antworteten. Geschlagen hatten sie ihn jedoch noch nicht.

Die drei saßen um den Ölofen herum und spürten dessen Wärme auf ihren Gesichtern sowie auf der Vorderseite ihrer Beine. Während der Stunden, in denen er in dem Lager festgehalten wurde, hatten sie kaum etwas anderes getan. Er hatte Körperübungen machen dürfen, natürlich.

Sie hatten ihn verhört, aber nicht durchsucht. Gesagt hatte er ihnen nichts, obwohl sein Alleingang Anlaß genug war, ihn zu verdächtigen.

Sie nahmen ihn nicht ernst. Diesen Eindruck hatte er von den Regimentskommandeuren, beides Oberste, und dasselbe empfand er bei dem kleinen, eleganten, exakten Mann mit dem großen Silberstern eines Generalmajors auf seinen Schulterstücken. Er war dem General nur einmal begegnet, als man ihn zum Verhör in die Holzhütte gebracht hatte, die als Hauptquartier für die höheren Offiziere diente.

Während der Nacht, in der man ihn verfolgte, war ein weiteres Regiment eingetroffen; diesmal ein motorisiertes Schützenregiment mit einem Panzerbataillon von vierzig älteren

T-62-Panzern, einer Kampfaufklärerkompanie, drei motorisierten Schützenbataillonen, deren Fahrzeuge im wesentlichen aus gepanzerten Mannschaftswagen der BMP- und BTR-60-Klasse bestanden; Feldartillerie und Flakbatterien; Sanis und technischen Hilfstruppen. Außerdem ein chemischer Zug und die dazugehörigen Fahrzeuge.

Folley fühlte sich durch letzteren mehr entmutigt als durch die versammelte Feuerkraft und die Truppen; dies hier war am klarsten zu erkennen, prägte sich der Vorstellung besonders stark ein. Noch viele Stunden danach war er sich nicht sicher, ob er es wirklich gesehen hatte. Er versuchte zwar, sich selbst davon zu überzeugen, daß es nicht stimmte; aber er hatte den wesentlichen Teil des Schützenregiments aus den Fahrzeugen, die er gesehen hatte, und den Truppen zusammengesetzt, und in diesem Gesamtbild hatte er zwar flüchtig, aber doch genau die leuchtend-gelben Wagen des chemischen Zuges wahrgenommen.

Niemand hatte die Anwesenheit russischer Panzer im Wald südöstlich von Ivalo erklärt. Und dieses Nichtwissen beruhigte ihn irgendwie – so lange, bis ihm einfiel, was er von Kriegsspielen wußte, bis die Gespräche mit einem Freund über die Kriegsstudiengruppe in Cranwell und sein eigenes taktisches Verstehen ihn davon überzeugten, daß er sich inmitten nur einer Speerspitze befand. Daß es noch weitere geben müsse, die sich auf einer oder beiden Seiten der sowjetischen Grenze mit Finnland versteckt hielten.

Der Hauptschlag der Panzereinheiten ging also nach Norden, entlang der einzigen Hauptstraße nach Kirkenes, nach Nordnorwegen hinein. Und diesem Schlag würde ein chemischer Angriff vorausgehen; dessen war er sich jetzt ganz sicher.

Die Finnmark war also das Ziel.

Rußland war im Begriff, den Krieg in Skandinavien zu beginnen. Das war die simple, brutale Sachlage.

Während er hier saß und die beiden Wachen betrachtete, fühlte er, daß er von dieser Tatsache immer noch benommen war; er hatte nicht mehr den dringenden Wunsch, nach Tromsø und dann zum MOD zurückzukehren, mit den Kenntnissen, die er jetzt hatte. Auf seltsame Weise begann er, sich mit dem, was hier geschah, zu identifizieren. Als seien es Vorfälle eines Alptraums, denen er weder ganz glauben, noch ihnen entrinnen könne. Der Alptraum war derart wirklich, wenn auch auf diese Waldfläche und getarnten Fahrzeuge und disziplinierten Truppen beschränkt, daß er jenseits davon nichts sehen konnte. Es war so viel einfacher, hier sitzen zu bleiben, die Stunden des Tages verrinnen zu lassen, die Nächte zu verschlafen. Seinen Körperfunktionen nachzugeben – seine Übungen zu machen, zu urinieren, den Darm zu entleeren, und die bedrückte, abwartende Haltung anzunehmen, die in dem Lager herrschte.

Er hatte gehört, wie sich entführte Flugzeugpassagiere mit ihren Entführern identifizierten, wie sie begannen, diejenigen zu hassen, die versuchten, ihnen zu helfen. Jetzt passierte es auch ihm. Bald war er schon selbst einer dieser Soldaten – die keine Fragen stellten, die einfach Befehlen gehorchten und das Kriegführen ihren Vorgesetzten überließen.

Er nahm an, daß diese Einheit den Auftrag hatte, Ivalo zu besetzen, und seinen Landeplatz, oder vielleicht auch, sich nach Norden durch Lappland bis nach Norwegen hinein durchzuschlagen. Soweit ihm sowjetische Taktiken bekannt waren, konnte er immer davon ausgehen, daß auf ausgewählte Ziele ein Luftlandeüberfall erfolgen würde – und das Ziel gehalten werden müsse, bis die Panzereinheiten eintrafen. Es konnte sogar sein, daß diese Männer den Auftrag hatten, Ivalo als vorgerückten Landeplatz für Truppentransporte nach Norwegen zu halten.

Wenn er jetzt einmal mit den Wachen sprach, schienen sie sich auf gleicher Ebene zu bewegen. Sie alle trugen Uniform, nur die besonderen Umstände hatten sie zusammengeführt. Er sagte: »Können wir ein bißchen gehen?«

Einer der beiden Männer sprach einigermaßen Englisch – der Korporal – und nickte: »Ich denke ja, ein Spaziergang, nicht wahr?«

»Ja.«

Der kurze Nachmittag ging zu Ende; das Wetter war jetzt grau, es war mit Schnee zu rechnen. Ihre Umgebung schien wie in leichten Rauch gehüllt, seltsam unwirklich. Die warme Atemluft der Leute umschwebte ihre Köpfe wie ein helles

Tuch. Fahrzeuge, mit Schnee bestäubt, standen ruhig und ohne bedrohlich zu wirken unter ihren Tarnnetzen. Folley tat die Friedlichkeit der Szenerie gut. Er fühlte sich von ihr aufgenommen und wurde etwas ruhiger. Einige der Soldaten sahen noch zu ihm hin, zwischen den Wachen hindurch, aber ihre neugierigen Blicke störten ihn kaum noch. Offenbar hatten sie sich schon an ihn gewöhnt.

Er stapfte durch den tiefen Schnee, der voller Spuren und Abdrücke war. Es gab wenig zu erklären, so schien es. Er war ganz einfach *da*. Ein zufälliger Gedanke daran, daß sie anfangs Wut über ihn empfunden haben könnten, wegen der Männer, die er mit seinen Schüssen getötet hatte, machte ihm jetzt zu schaffen, als sei er wegen einer gewissen Böswilligkeit angeklagt worden – oder als trüge er eine andere Hautfarbe.

Er sah den Ober-Sergeanten fast gleichgültig an, als dieser herankam, sich vor ihm aufstellte und auf russisch mit den beiden Wachen sprach. Sein eckiges Gesicht wurde von der hellen Haube des Kampfanzugs umrahmt, der Stern auf der Pelzmütze war kaum sichtbar. Folley verstand nur die Erwähnung der militärischen Ränge und nahm an, daß er wieder dem General vorgeführt werden solle. Sie folgten dem Sergeanten, dessen Stiefel laut auf dem von vielen Fahrzeugen zerfurchten Schnee knirschten.

Sie waren an nur etwa fünfzehn oder zwanzig der hundertsechzig Panzer vorbeigekommen, und an einigen der gepanzerten Mannschaftswagen, bevor sie die Stufen zu der hölzernen Hütte erreichten, einer niedrigen einstöckigen Baracke, die von der Mannschaft eines der Werkstattwagen errichtet worden war. Es gab natürlich die gleichen Anhängewagen für die Befehlsstäbe wie in seiner eigenen Armee – aber dieser General hatte sich wohl größere Ähnlichkeit mit einem Haus gewünscht. Folley rang mit der Vorstellung, daß dies etwas bedeuten müsse, daß es etwas zu tun haben könnte mit mangelnder Eile. Aber er verwarf diese Gedanken, als sie den äußeren Raum betraten.

Die Wachen salutierten vor dem Leutnant. Folley tat dasselbe; aufrecht, Gesicht geradeaus, die Augen über dem Kopf des Offiziers, den Blick auf das verschmutzte Fenster hinter ihm gerichtet, wobei der Reif auf dessen Außenseite die von innen angelaufenen Glasscheiben noch trüber machte. Es war ausreichend warm in der Stube.

Der Leutnant winkte die Wachen weg. Nachdem sie gegangen waren, stand er auf und bot Folley eine Zigarette an.

»Auch Leutnant?« fragte er, als er ihm sein Zigarettenetui hinhielt. Folley schüttelte den Kopf, und der junge Mann fügte hinzu: »Sie sind nicht so schlecht, wie Ihre Propaganda es behauptet, wissen Sie?« Folley sah sich zu einem Lächeln gezwungen, er war nicht auf der Hut, merkte kaum, daß ihm mit Absicht Hemmungen genommen wurden.

So stand er eine Weile da, und der Leutnant ging langsam um ihn herum, als wolle er seine Ausrüstung mustern. Folley überkam das Gefühl, sich wieder in der Grundausbildung zu befinden, damals, als er zum SAS stieß. Es war ihm unangenehm, weil es ihn daran erinnerte, daß sie im Grunde Gegner waren. Die Stille begann allmählich, ihn zu bedrohen.

»Wieviel wissen die anderen, Leutnant?« fragte ihn der Russe in einem zwar akzentuierten, aber sicheren Englisch. In seinem Ton schwang etwas mit, das Folley aufhorchen ließ. Als er den Mann jetzt zum ersten Mal bewußt ansah, bemerkte er, daß er nicht die Abzeichen der Panzerbrigade oder des Schützenbataillons auf seinen Achselklappen oder Aufschlägen trug. Das war neu. Die Wahrheit setzte sich nur langsam durch, so sehr hatte sich sein Hirn der Realität seiner Lage entzogen.

»Ich – mein Name ist...« begann er automatisch, mit ausdruckslosen Augen und mechanischer Stimme. Der russische Offizier traf ihn in der Magengrube, und als er gegen die Wand fiel, war dies das Signal für zwei andere Männer, zwei Unteroffiziere, die jetzt aus dem inneren Raum heraustraten. Erstaunt sah Folley zu ihnen hoch. Die beiden sahen zu ihrem Vorgesetzten hinüber, der sich jetzt über den Tisch beugte und rauchte. Während ihm nun langsam klar wurde, was man hier mit ihm spielte, als öffnete sich plötzlich eine fast hermetisch geschlossene Tür, begann Folley über die melodramatische Haltung des Offiziers zu lachen. Es war wie in einem dieser alten Filme.

Der größere der beiden Unteroffiziere gab ihm einen Fußtritt gegen den Oberschenkel, so daß er wegrollte und vor den Stiefel des anderen geriet, der sich dort aufgestellt hatte. Der Tritt traf ihn seitlich am Kopf, und der Schmerz zuckte durch seine Schläfe und seinen Nacken.

Der Leutnant, der zur GRU, der Militärischen Abwehr, gehörte, wie auch die beiden Unteroffiziere, sah leidenschaftslos zu, als die Schläge begannen.

Galachkow verabscheute Flickschusterei genauso wie übereiltes Vorgehen. Wrubels Tod, den er auf Befehl von *Kutusow* unverzüglich hatte vornehmen müssen, war eine solche Handlung. Nicht schwierig – aber einfach übereilt. Genau wie bei dem Spiegel über dem Handwaschbecken, in den er jetzt sah, der fast von der Wand fiel, nur weil jemand sich nicht die Mühe gemacht hatte, ihn ordentlich anzubringen. Die Schrauben fielen aus dem Gips heraus. Er schnalzte mißbilligend mit der Zunge.

Er musterte sich peinlich genau. Pelzmütze, Wollmantel, englische Schuhe, lederne Aktentasche, ein zerbeulter Koffer hinter ihm, auf dem gefliesten Boden. Ja, das reichte. Er gab sein Einverständnis, als stünde er vor seinem Schneider, und nickte seinem Spiegelbild freundlich zu. Jetzt sah er sich scharf in die Augen – das war schon besser. Da war etwas an seinen Augen – Wrubel hatte es gesehen, hatte nicht mit ihm kommen wollen, hatte von einem Verdacht abgebracht werden müssen. Das Töten selbst war einfach gewesen, und wie er Wrubel und seinen Wagen in die Moskwa gekippt hatte – vielleicht etwas tollkühn, vielleicht auch Ausdruck seines Ärgers über *Kutusow* wegen der Art, wie der alte Mann wohl annahm, daß man seine Wünsche ausführte, als genüge ein Kopfnicken oder ein Befehl, so wie man einen Hahn aufdreht. Laß den KGB die Leiche finden, geh lieber und suche den Mörder.

Er wandte sich um, nahm den Koffer auf und verließ den Waschraum in der Abflughalle des Scheremetjewo-Flughafens. Als er in die stickige Wärme der Wartehalle trat, hörte er, daß sein Flug gerade ausgerufen wurde, wie er es erwartet hatte. Ein Charterflug nach London, zusammen mit den letzten Wintertouristen aus Moskau. Hier würde er unbemerkt bleiben. Sein Englisch war ausgezeichnet, seine Papiere waren in Ordnung.

Er schnippte mit den Fingern – der Duty-free-Shop. Er brauchte noch eine Plastiktüte und ein paar Stangen Zigaretten oder eine Flasche Hochprozentigen. Die letzten Touristenrubel, die nicht mehr mitgenommen werden konnten, verschwanden hier, zur Zufriedenheit aller.

Während er über die Haupttreppe zu den Restaurants und dem Wartesaal kam, blickte er zu den zwei schweren KGB-Männern hinauf, die oben an der Treppe standen. Er lächelte, nicht zu ihnen hinüber, sondern weil er wußte, daß Parteisekretär Chamowkin noch am selben Abend, etwas später, in seiner Tupolew Tu-144 von Scheremetjewo nach Helsinki abfliegen würde.

Galachkow hoffte, morgen in Helsinki einzutreffen, als Mitglied des eigens hierzu ernannten Sicherheitsstabes, der den sowjetischen Führer zu umgeben hatte. Ohne sich aufzuhalten, ging er zum Duty-free-Shop hinüber.

Fjodor Chamowkin saß in einer Ecke des Wartesaals für Diplomaten und versuchte, seine Glieder in eine entspannte Lage zu bringen. Er war nervös, und seine Arme und Beine schienen irgendwie verkrampft, so daß es ihm schwerfiel, stillzusitzen, nicht ruhelos zu werden. Er sah, wie Andropow ihn beobachtete, während er sich mit jemandem aus der Gruppe unterhielt, die sich gebildet hatte, um entweder mit Chamowkin nach Helsinki zu fliegen oder bei seinem Abflug anwesend zu sein. Die meisten Mitglieder des Politbüros waren zugegen – und einer von ihnen war zumindest nicht traurig darüber, ihn abfliegen zu sehen.

Er versuchte seine Gedanken niederzudrücken wie einen Deckel auf eine übelriechende Mülltonne. Es schien aber keinen Druck in seinem Geist zu geben, der imstande wäre, den wachsenden Verdacht einzudämmen. Er kam immer wieder aufs Neue, wie Ringe, wie Stücke dunkler Mäntel, das Gewirr von Gelächter oder Gesprächsfetzen. Alles kleine Leute – nein, einige waren schon besser als andere –, alle ein Teil des Systems, dasselbe System wie sein eigenes, alle kannten die Fakten, keiner war blind...

Er suchte wieder eine neue Stellung in seinem Sessel, die Ruhelosigkeit seiner ohnmächtigen Wut ließ sich nicht länger unterdrücken. Als ob er ein Gefahrensignal erkennen würde, entschuldigte sich Andropow bei seinem Gesprächspartner Goroschenko, dem Stellvertretenden Außenminister, und ging zu ihm hinüber. Er winkte die beiden Sicherheitsbeamten auf zwei weitere Sessel, als er sich niedersetzte.

»Entspann dich, Fjodor«, murmelte er. »Du siehst viel zu nervös aus, um zu einem Staatsbesuch abzufliegen, der dich zum Höhepunkt deines größten politischen Triumphes bringen wird.«

Chamowkin blickte mißtrauisch zu ihm hinüber. »Dein Humor ist heute ziemlich ätzend, Juri.«

»Vielleicht ist es meine eigene nervöse Reaktion auf die Lage?«

»Hier wird nichts passieren...?« Der Gedanke hatte die Stimmbänder erreicht, noch bevor er sich dessen bewußt geworden war. *Bis jetzt hatte er nicht daran gedacht.* »Tut mir leid.«

»Macht nichts, Fjodor. Ich habe diese Leute ausgesucht, genauso wie ich den Sicherheitsstab ausgesucht habe, der dich begleiten wird. Ich gebe dir mein Wort – soweit ich sichergehen kann, und ich war *sehr gründlich* –, daß den Männern, die dich schützen werden, vertraut werden kann. Wo immer ich sie auch hergeholt habe.«

Chamowkin klopfte Andropow aufs Knie, eine Geste, die der Parteivorstand nicht allzu gerne sah.

»Danke, Juri.« Dann sah er in Andropows asketisches, emotionsloses Gesicht. »Jetzt hast *du* die eigentliche Verantwortung. Es ist deine Sache – diese Leute ausfindig zu machen.«

»Das war es schon immer, Fjodor«, antwortete Andropow scharf. »Mir ist klar, was hier auf dem Spiel steht. Aber ich kann nicht handeln, solange ich nicht mehr *weiß.*« Eine bisher geübte Zurückhaltung brach plötzlich in Andropow zusammen. So viele Jahre lang hatte er sich um Macht nicht gekümmert; seine Macht war offensichtlich gewesen, war nicht herausgefordert worden. Jetzt aber war er ohnmächtig, und er blickte in einen Spiegel der Ohnmacht, in Chamowkins Gesicht. Es war ein kurzer, aber visionärer Augenblick, den er haßte. »Ich *muß* es wissen«, fügte er jetzt etwas ruhiger hinzu. »Und deshalb muß ich einen kühlen Kopf behalten, Fjodor. Vielleicht ist es ganz gut, wenn du nicht hier bist – hm?«

Chamowkins Gesicht lief dunkel an, als hätte ihn die scharfe Äußerung verletzt. Seltsam genug, daß er jetzt nickte. »Vielleicht, vielleicht. Du schaffst es besser als ich, alles darauf ankommen zu lassen, Juri. Das gebe ich zu.«

Andropow neigte spöttisch den Kopf. »Es bleibt mir nichts anderes übrig.«

»Laß mich wissen, was du alles in Erfahrung bringst, laß es mich wissen.«

»Selbstverständlich. Meine Leute werden den Sender für dich aufstellen. Ich werde zur Verfügung stehen – entweder ich oder Kapustin, jederzeit. Du erhältst regelmäßig Berichte. Wenn es losgeht, wirst du es in den Nachrichten hören. Wenn nicht, dann von mir.«

Chamowkin nickte. Wieder diese Unruhe – aber jetzt schien noch eine andere Bewegung notwendig als das Entspannen verkrampfter Muskeln. Er stand auf und reckte sich. Wie jemand, der zur Exekution geht, dachte er und lächelte dann. Nein, eher wie jemand, der sich mit einem Täuschungsmanöver über eine Grenze begibt. Seinen Freund, aber *Untergebenen* zurücklassend, um sich dem Erschießungskommando zu stellen.

Er blickte zu den kleinen Gruppen dunkler Mäntel hinüber, zu den weißhaarigen oder haarlosen Köpfen – nur wenige darunter, die noch dunkelhaarig waren – und fragte sich, wer von ihnen es wohl sein könnte.

»Wer von diesen Schweinehunden ist es?« flüsterte er, und Andropow berührte warnend seinen Ellbogen. *Alte Männer,* dachte er mit einer Verachtung, die den Abscheu auch vor sich selbst nur schwer verbarg. Wir denken laut, sabbern im Schlaf, knacken in den Gelenken und brechen schließlich auseinander wie dürre Stecken. Ein Klüngel von alten Männern – altertümliche, zahnlose Gestalten, die das ganze Jahr lange Unterwäsche tragen müssen, und Westen und wollene Sachen – Politbüro, Oberkommando, Zentralkomitee, Sekretariat. Voll von alten Männern.

»Welcher von den Kerlen ist es?« fragte er wieder und

neigte sich leicht zu Andropow hinüber. »Finde ihn und bring ihn um – und dann bring die anderen um.«

Andropow berührte die Stirn mit einem spöttischen Gruß.

5. Erste Hinweise

Der OPKO-ORD-Tiefbunker der Sowjetischen Heeresgruppe Nord, in dem die Operationen koordiniert wurden, war erstaunlich unterbesetzt, zumindest war dies der Eindruck, den Dolochow, Admiral der Roten Nordmeerflotte, hatte, als Praporowitsch ihn hereinführte, so daß die beiden Männer von einer Tribüne aus auf den riesigen elektronischen Kartentisch hinabsahen. Nur wenige Stabsoffiziere bewegten sich aufgeregt um den Tisch, wie Billardspieler, die eine neue Stoßrichtung austüftelten. Er sah zu Praporowitsch hinüber, als wolle er eine Erklärung. Praporowitsch lächelte.

»Ziemlich leer, wie?« sagte er schroff. »Und das mit Absicht. Nicht nur, um zu zeigen, was passieren könnte, wenn...« Marschall Grigorij Iljitsch Praporowitsch, Befehlshaber der SHGN, unterbrach den Satz mit einer Willensanstrengung. Ein Augenblick der Stille folgte, in dem sich seine Gesichtszüge wieder beruhigten, dann: »Wir haben die normalen strategischen Übungen und Kriegsspiele nach OPKO-ORD ZWEI in Murmansk verlegt. Es gab hier mehrere Computerausfälle in letzter Zeit, die uns zu dieser Verlegung zwangen.«

Dolochow, der kleinere, elegantere von beiden, lächelte zu dem Marschall hin.

»Und diese Offiziere da unten – das ist wohl Ihr ›Nackenschlag-Team‹, oder?«

Praporowitsch nickte. »Sie alle sind *absolut* vertrauenswürdig, Herr Admiral.«

»Ich zweifle nicht daran.«

»Kommen Sie«, sagte Praporowitsch, wobei der Arm, den er um Dolochows Schulter legte, in seltsamem Widerspruch zu dem Befehlston stand, der in seiner Stimme lag. »Kommen Sie, und sehen Sie, was Sie sehen wollten.«

Er führte den Admiral die Tribüne entlang, wobei ihre Schuhe auf dem metallenen Laufsteg ein klingendes Geräusch erzeugten, und dann in einen vorn verglasten Aufsichtsraum, der bis auf zwei jüngere Offiziere leer war. Diese waren über die große Landkarte gebeugt, deren undurchsichtige, wie schieferartiges Glas wirkende Oberfläche nur die Deckenbeleuchtung des hohen Raumes auf eine diffuse Art widerspiegelte.

Die beiden Offiziere sprangen aus ihren Stühlen vor einem massiven Schaltpult auf, aber Praporowitsch winkte ihnen, sich wieder zu setzen. Er führte Dolochow zu dem Fenster und sagte dann:

»Also gut – fangen Sie an. Ausgangspunkt ist der 24., frühmorgens. Stellen Sie es ein.«

Dolochow konnte erkennen, wie die Signallampen auf dem Schaltpult hinter ihm aufleuchteten und erloschen, und bemerkte auch, daß die Stabsoffiziere dort unten Kopfhörer aufgesetzt hatten und Stichworte auffingen, so daß sie Billardspielern jetzt noch ähnlicher sahen. Auf der Fläche vor ihm spiegelten sich jetzt viel mehr Lichter, und er hörte die rasche Eingabe von Anweisungen in den Computer. Lampen blinkten.

»Pnin haben Sie also zurückgerufen?« sagte er, als wolle er mit Praporowitsch Konversation machen, wobei er grimmig auf den unbeleuchteten Tisch unter ihnen starrte.

»Ja. Es ist gelaufen. Heute nacht.«

»Sagen Sie mal – meinen Sie, daß *Kutusow* einen Fehler begangen hat?« Er wandte sich ab, als Praporowitsch ihn anstarrte.

»Nein, das glaube ich nicht. Es muß so stimmen. *Kutusow* wollte sichergehen, daß nichts fehlschlägt. Pnins Zeitpläne mußten abgestimmt werden. Das Ganze ist für uns unbekanntes Gelände – wortwörtlich. Die Invasion von Skandinavien wird nicht gerade oft geprobt, nicht einmal bei der SHGN!« Praporowitschs Lachen kam tief aus seiner Brust und war humorlos. »Der Zeitpunkt ist entscheidend – die Anlagen am Nordkap müssen ausgeschaltet werden, und die Alliierte Mobile Einsatzgruppe hat ihrerseits einen Zeitplan, dem wir unbedingt zuvorkommen müssen. *Kutusow* versteht das...« Dolochow überhörte die anklingende Geringschätzung. »Jetzt sind die Zeiten stimmig.«

Dolochow nickte. Unter ihm wurde der Tisch plötzlich lebendig – eine riesige Landkarte von Nord-Rußland und Nord-Skandinavien erschien, schmolz zu scharfen Konturen und wirkte durch das dicke Glas hindurch dreidimensional – braune Berge, grüne Wälder, blaues Meer. Es gefiel ihm gut, und er leugnete nicht die kindliche Freude, die in ihm aufstieg, wenn er sie auch aus Angst vor Praporowitsch nicht äußerte. Praporowitsch hielt ihn für ein schwaches Glied, für unaufrichtig, das wußte er. Vielleicht stimmte es sogar, dachte er.

In der Stille des Aufsichtsraumes des OPKO-ORD-Bunkers wirkte Praporowitschs Anwesenheit störend und beruhigend zugleich auf ihn, so daß er bereit war, bei aller Unaufrichtigkeit eine Gewißheit zuzulassen. Aber nur sich selbst gegenüber. Von dem neuen SALT-Abkommen wäre die Marine genauso einschneidend betroffen wie die Armee. Als mündlicher Gegner solcher Waffenreduzierungen würde er jedenfalls abgesetzt, und ein Jasager ernannt. Dolochow wußte schon den Namen des Mannes, der sein Nachfolger würde.

Aber das war es nicht, rief er sich innerlich zur Ordnung. Das nicht...

Während des größten Teils seines Lebens war er unsicher vorgegangen und hatte sich mit einem ängstlichen, unsteten Selbstbewußtsein durch das politische Dickicht geschlagen. Vom Matrosen zum Kommandanten, dann zur Verwaltung, schließlich als Flottenkommandeur – in diesen dreißig Jahren hatte er sich ständig gewundert, warum er nie das Wort Revolution, dieses Kernwort des Leninismus, hörte, außer in öffentlichen Verlautbarungen. Er hatte sich immer zurückgehalten, so daß man annehmen konnte, er mache sich keine Gedanken und habe nichts mitzuteilen – und doch: Seit dem Großen Vaterländischen Krieg, eine ganze Generation lang, hatte er auf einem wachsenden geistigen Boden gestanden und die Bewegung der Armeen beobachtet, die Ausbreitung der Weltanschauung im Auge behalten, der er sich verschrieben hatte. Aber von Revolution war nie die Rede gewesen.

Er konnte nicht für die Armee sprechen – nicht einmal für

den großen Mann hier neben sich – und für deren Motive. Und entgegen gewisser bedrückender Verdachtsmomente aufgrund einer abweichenden Sicht der Dinge hielt er an der Vorstellung fest, daß *Kutusow* so dachte wie er.

Unaufrichtigkeit war für ihn ein Bedürfnis, um zu überleben. Letztlich spielte er mit seiner Ideologie, seinem geheimen Selbst. Also, sei unaufrichtig – überlaß ihnen den Beweis, noch einmal.

Lampen leuchteten jetzt auf der Karte auf. Dolochow erkannte die Farben, die seine eigenen Schiffe kennzeichneten – rot für Unterseeboote, gelb für Zerstörer, grün für Kreuzer, weiß für Truppentransporter. Auf der Karte war die Nordmeerflotte bereits auf See und hatte ihre Stellungen eingenommen. Entlang der Nordküste Norwegens sollten Truppen an Land abgesetzt werden, die jeweils von roten Lampen, und diese von gelben oder grünen Lampen flankiert waren. Warangerfjord, Tanafjord, Laksefjord, Porsangenfjord, Altafjord – um jeden tiefen Einschnitt der Barents-See machte die einzige Hauptstraße, die von Kirkenes die Küste entlanglief, einen weiten Bogen. Und diese Straße mußte gehalten werden, damit der massive Panzervormarsch, dem der chemische Angriff vorausgehen würde, noch schlagkräftiger die Grenze nach Norwegen überschreiten und dann diese Straße entlang verlaufen könnte. Die Panzerverbände bildeten eine helle Gruppe an der Grenze und schienen bereits nach Norwegen einzusickern.

»Das ist im wesentlichen Ihre Aufstellung«, sagte Praporowitsch. Dolochow nickte.

»Vernünftigerweise könnte ich an der Küste kaum weiter nach Süden kommen, außer mit U-Booten«, sagte er. »Darüber wollte ich mit Ihnen sprechen. Ich finde, daß Ihre Ziele schlecht abgegrenzt, manchmal sogar falsch sind. Den Überwachungssystemen am Nordkap stimme ich zu. Ich muß die Flotteneinheiten *sehr* sorgfältig bewegen, solange wir diese Anlagen nicht ausgeschaltet haben. Aber was die Operation gegen die Fjordziele angeht, habe ich doch erhebliche Bedenken. Ich meine, wir sollten lieber die Ostsee abriegeln, *und* die Schiffahrtsstraßen im Nordatlantik...«

Praporowitsch schien überrascht, sogar irritiert, wie gegenüber einer hartnäckigen, aber unhaltbaren Forderung eines Kindes. Trotzdem klang seine Stimme betont freundlich, als er sagte: »Noch nicht – nur Skandinavien bedrohen wir direkt. Der Rest ist selbstverständlich. Wir haben das Thema doch schon oft besprochen, Herr Admiral. Da gibt es nichts Neues mehr zu sagen.«

Dolochow spürte keine Zurückhaltung bei Praporowitschs Ärger. Er hatte schon im voraus beschlossen, daß er ihm durch diese Herausforderung der *Gruppe 1917* seine Wichtigkeit klarmachen würde. Praporowitsch war zu vorsichtig, auch zu gründlich, um seine Meinungen niederzuwalzen oder sie als Unschlüssigkeiten eines Schwächeren abzutun.

»Also gut. Ich möchte die Gewißheit haben, daß Sie Tromsø und Bodø und Bardufoss noch während des Tageslichts am 24. erreichen können. Nur, die Straße können Sie nicht nehmen, und ich kann es auch nicht für Sie tun.«

»Zur Verfügung stehen mir – warten Sie!« Er wendete sich zu den beiden Offizieren am Pult und sagte knapp: »Bitte die Aufstellung für 24 Uhr am 24.«

Dolochow sah jetzt wieder durch das Fenster, wo die Leuchtlampen seiner Flotte in verschiedenen Stellungen aufblitzten und erloschen.

»Welche Variante?« hörte er einen der beiden jungen Leute fragen.

»Variante Vier«, antwortete Praporowitsch. Dann sagte er zu Dolochow: »Variante Vier rechnet mit dem größtmöglichen Widerstand und dem langsamsten Truppenaufbau auf unserer Seite. Sie geht davon aus, daß Einheiten der Alliierten Mobilen Einsatzgruppe eintreffen, um die Norweger zu unterstützen. Es ist äußerst unwahrscheinlich, daß sie den Widerstand derart steigern können, wie wir es hier vorausgesetzt haben. Zudem haben wir bei dieser Variante die schlechteste Witterung und schlimmsten Straßenverhältnisse angenommen, die es auf der ganzen Länge des Straßensystems gibt, das wir für die Finnen gebaut haben.«

Dolochow verbarg seine Befriedigung mit einem Kopfnikken. Das war es, weshalb er hergekommen war. Nach Monaten einer eher peripheren Sicht der Invasion – ja, natürlich hatten sie ihm die Einzelheiten über den Putsch gegen die

Chamowkin-Gruppe mitgeteilt, aber ihn selbst, und die Flotte, eher wie einen Hund behandelt, dem man Befehle erteilt, den man ausschickt, um Schafe einzutreiben, und der einem dann atemlos zu Füßen sitzt, bis man ihm den Kopf tätschelt. Jetzt war er endlich vollständig ins Bild gesetzt worden. Jetzt waren sie für ihn kein Geheimnis mehr – die Lämpchen auf dem Kartentisch, wie sie blinkten und dann aufleuchteten, sich um die Meeresseite der Fjorde drängten oder Tromsø und Hammerfest und Narvik und Bodø bedrohten, und in ständiger Beziehung zu den Lämpchen auf dem Landgebiet standen. Wie winzige Explosionen eines dunklen, purpurroten Lichts blühte es um Kirkenes, Tromsø und dazwischenliegende Punkte auf – eine Kette purpurroter Wolken –, bis sich der Computer auf den Zeitfaktor einstellte und das Rot sich zu einem undeutlichen Dunst ausbreitete. Die chemischen Angriffe, die vor der Hauptkolonne stattfanden, wurden nun von den Entgiftungseinheiten stabilisiert und für die Durchfahrt der Panzer gefahrlos gemacht.

»Sie haben mehr als hundertfünfzig Kilometer der Kirkenes-Straße eingenommen?« Praporowitsch nickte. »Und die übrigen Ziele – sind das Scheinmanöver?« Wieder nickte Praporowitsch, schwieg aber. Dolochow spürte, daß er Informationen nicht gerne weitergab. Vielleicht hatte die SHGN schon zu lange geschwiegen.

Während er zusah, eigentlich recht kindlich, als sei es ein Fest mit vielen bunten Lichtern, begann er – während er darauf achtete, daß sich seine Befriedigung nicht im Gesicht widerspiegelte – anzunehmen, daß es klappen würde. Ja – es konnte gelingen. Hier unten nahm es seinen Anfang, wo sich die Stabsoffiziere aufgeregt um ein Schachbrett mit farbigen Lampen bewegten.

Kirkenes hob sich jetzt auf der Landkarte als orangefarbenes Licht ab, genauso Bodø, und Bardufoss – und Ivalo, bemerkte Dolochow mit einem Blick, der sich von Norwegen weg nach Osten bewegte. Landeplätze, nahm er an, die eingenommen und benutzt wurden, um das Vorrücken der Nachschubtruppen zu beschleunigen. Oder um weitere Scheinmanöver in Richtung auf den Süden Finnlands und Norwegens zu starten.

»Sehen Sie...«, begann Dolochow, irritiert durch die Schweigsamkeit des Marschalls. Praporowitsch wendete sich ihm zu. »Ich akzeptiere alles, was Sie mir gezeigt haben – aber meine Schiffe sitzen diesen ganzen Tag über und während der kommenden Tage in den Fjorden fest. Welche Sicherheiten können Sie mir bieten?«

»Keine. Wir sind im Krieg.«

»Ich will wissen, wie es mit *Gegenschlägen* aussieht, verdammt!«

»Es gibt keine. Nicht, wenn wir nicht aufhören. Wir annektieren Finnland und Nordnorwegen. Das konsolidieren wir anschließend, und dann reden wir mit den Amerikanern.«

»Sie sind sich dieses Wainwright wohl sehr sicher.«

»Das sind wir. Er hat keine Zeit für einen flexiblen Gegenschlag und keine Zeit für einen Angriff mit konventionellen Streitkräften. Kernwaffen wird er nicht einsetzen. Wir auch nicht. Das ist unsere Sicherheitsleistung. Wenn wir an der Macht sind, wird er mit uns verhandeln, weil er das ganz einfach muß. Aber nach unseren Bedingungen...«

Während Dolochow seinen Gesprächspartner ansah, hörte er auf sonderbare Weise die Stimme und Person von *Kutusow* selbst – ein stiller, tiefgehender Fanatismus, eine anhaltende Selbstsicherheit, die in der Realität nur zu den Bedingungen bestand, die die Stimme beschrieb. Praporowitsch endete mit dem Satz: »Wir werden Erfolg haben, weil es zwingend ist. Es ist der letzte Wurf. *Das hier...*« er deutete zu der Landkarte hinunter, »das hier ist unsere Machtentfaltung, genauso wie die Festnahme und Verurteilung von Chamowkin und seiner Clique, wie die Ausmerzung dieser Schweinehunde, die im KGB sitzen.« Plötzlich wirkte er entspannt, fast als amüsiere er sich über die weittragende Bedeutung seiner eigenen Worte. »Kommen Sie, Herr Admiral, und sehen Sie sich das einmal genauer an. Und...«, Dolochow merkte, daß der Soldat seine Gedanken gelesen haben mußte, und zwar schon seit einigen Monaten. »Keine Geheimnisse jetzt, hm? Für Geheimnisse zwischen uns ist es jetzt zu spät.«

Wieder legte er seinen Arm um Dolochows Schulter, als er ihn auf die Tribüne hinausführte. Admiral Dolochow spürte kein Ressentiment, kein stolzes Gefühl verlangte nach erneuter Bestätigung. Der lange, hohe Raum, das Echo der Schritte, vor allem aber die Landkarte mit dem Aufleuchten der aber tausend Lämpchen gaben ihm das Gefühl einer unverbrüchlichen Gemeinschaft, als deren wesentliches Mitglied er sich fühlen durfte.

Die Bedeutung dieser Zurschaustellung war der Erfolg. Wenigstens hiervon war er überzeugt. Er befand sich unter Männern, die seine geheimen Träume teilten, und nicht unter Opportunisten, Lakaien, Egoisten und Revisionisten. Die Revolution war dabei, die Waffen in die Hand zu nehmen. *Dschihad*. Er wußte nicht, warum das arabische Wort ihm in den Sinn gekommen war, aber er lächelte darüber, wie sehr es stimmte. *Dschihad*, der Heilige Krieg.

Der beißend kalte Wind ließ Chamowkin frösteln, als er aus der behaglichen Wärme der Tupolew ins Freie trat. Der Wind schien auf ihn gewartet zu haben, denn er sah, wie schnell jeder seine Pelzmütze festhielt, und die plötzliche Unbehaglichkeit derjenigen, die auf der Rollbahn des Seutula-Flughafens auf ihn gewartet hatten. Zwei Sicherheitsbeamte stiegen vor ihm die Fahrtreppe hinunter und nahmen ihre Stellungen ein – er folgte ihnen widerwillig. Den Flug hatte er als Aufschub erlebt, fast als Gnadenfrist, mit dem Gefühl, die Grenze zu überschreiten, aber von einem fremden Land in ein anderes, das sicherer war. Jetzt jedoch war davon nichts mehr zu spüren – nur noch der eisige Wind, der ihn packte und sein Bedürfnis nach Sicherheit so zusammenschrumpfen ließ, daß er jeden Teil seines alten Körpers schmerzhaft spürte.

Hinter ihm flüsterte Gromyko einem Adjutanten etwas zu, und Chamowkin schritt nun voran, wobei er sich mit der behandschuhten Hand am Treppengeländer festhielt. In diesem Augenblick begann die finnische Militärkapelle die sowjetische Nationalhymne zu spielen. Die Töne klangen schwach und unwirklich in dem Wind, und die kleinen Gestalten des Präsidenten und des Premierministers von Finnland standen, ebenso wie die offizielle Empfangsdelegation, zu weit von ihm entfernt und wirkten recht unbedeutend. Es war, als drücke das ganze Gewicht der Sowjetunion gegen seinen Rücken, und er erinnerte sich an Andropows letzten spöttischen Blick und an die Vorstellung, daß er weggelaufen sei.

Er drückte Hände – noch mehr alte Männer, dachte er. Der Präsident begrüßte ihn, sie umarmten sich auf russische Art. Er fühlte eine alte, lederne Haut an seiner Backe. Dann schritt er wieder vor, nahm die Ehrenparade ab, während die Kälte sich in ihn hineinfraß, sah die Gesichter der finnischen Soldaten, weiß und steif, als seien es Puppen, während die schmalen Gewehre ihre aufrechten Gestalten in zwei Hälften teilten. Er wünschte, es wäre schon vorüber.

Ein roter Teppich, dessen Kanten vom Wind immer wieder aufgerichtet wurden, führte ihn zu dem Podium mit den Mikrofonen. Kameras blitzten auf; er erinnerte sich, daß er jetzt lächeln müsse, während er zu ihnen hinsah. Die westliche Presse, natürlich, alle untergebracht in bequemen Hotels in Helsinki, in Erwartung des 24. Er stieg die drei Stufen zu dem Podium vor dem finnischen Präsidenten hinauf und brachte seine Gesichtszüge in Ordnung, um der Begrüßungsrede zuzuhören. Er sah zu den Flughafengebäuden hinüber und konnte nur wenige Zuschauer erkennen, außerdem einige Sicherheitsbeamte, die alle seltsam regungslos dastanden. Und dann die Fernsehkameras – Bilder für Finnland, für Amerika über Satellit, und natürlich für Rußland.

Er war froh, als der Präsident mit der Zusage endete, daß einer Unterzeichnung des Abkommens nichts im Wege stehen werde, und stieg von dem Podest herab; der Wind schien jetzt noch stärker zu wehen, und er nahm rasch in der Limousine des Präsidenten Platz, die bis zu ihm vorgefahren war. Noch mehr Blitze aus den Kameras in dem jetzt heller werdenden Morgenlicht und dann die vielen Lichter und Gesichter, die an dem Fenster vorbeiglitten. Er war mit dem finnischen Präsidenten allein in dem Wagen, und beide rochen nach Kälte und nach schweren Wintermänteln. Er lehnte sich in dem lederbezogenen Sitz zurück und schloß die Augen. Der Präsident blickte streng geradeaus, als sei er davor gewarnt worden, dem anderen in die Augen zu sehen. Chamowkin war ihm dafür dankbar. Die Kälte, die sich in ihm angestaut hatte, wodurch ihm sein Körper auf so schmerzhafte Weise bewußt geworden war, verschwand jetzt, und er begann sich wohl zu fühlen.

In Heathrow ging Galachkow direkt durch den Korridor für diejenigen britischen Staatsbürger, die nichts zu verzollen hatten. Ein ereignisloser Flug in Gesellschaft einer bunten Gruppe britischer Touristen – ein halbstündiges langweiliges Gespräch mit einem Gewerkschaftler und dessen Frau über das gemütliche Rußland, das man ihnen gezeigt hatte, wobei sie sich auf ihrer Reise bis nach Nowosibirsk vorgewagt hatten. Und dann die Restaurierungen in Leningrad, und wie freundlich sie überall aufgenommen worden seien.

»Endlich können wir anfangen, uns ein richtiges Bild zu machen«, hatte der Mann gesagt. »Wenn dieses Abkommen unterzeichnet ist, dann kann doch niemand mehr behaupten, man müsse vor Rußland immer noch Angst haben, nicht wahr?« Er hatte darauf gelächelt, genickt und zugestimmt, und jener war so beeindruckt gewesen von allem, was er gesehen hatte, auch von den Frauen. Da aber seine eigene Frau neben ihm saß, hatte er sich nicht ganz so offenherzig geäußert.

Zwei Männer erwarteten ihn. Nachdem er die Zollschranke passiert hatte, nickte er ihnen zu, und sie gingen in die Cafeteria im Warteraum für Fluggäste. Für den Kaffee stand er an, setzte sich dann an einen freien Tisch und wartete. Durch das Fenster beobachtete er die Geschäftigkeit des Personals auf dem Flughafen und schlürfte langsam seinen Kaffee. Er sah oft auf seine englischen Schuhe und wunderte sich darüber, wie abgeschmackt langweilig die Sicherheitsvorschriften in Scheremetjewo waren, ebenso wie in Heathrow, und über die Tatsache, daß die Leute einem glaubten, was auf einem Stück Papier zwischen Aktendeckeln geschrieben stand.

Als er von seinen Füßen wieder aufsah, standen die beiden Männer vor ihm. Sie wirkten sehr viel englischer auf ihn als er sich selbst vorkam, in ihren teuren Anzügen unter den offenen Mänteln.

Ohne einen von ihnen anzusehen, sagte er leise: »Wir halten doch die Zeiten ein, nehme ich an?« Der Ton in seiner Stimme gab zu verstehen, daß es andernfalls ihre Schuld sei.

»Das tun wir.« Der größere der beiden, der eleganter und bemittelter wirkte, schien von dem Befehlston Galachkows unbeeindruckt. Seine Stimme ließ durchblicken, daß Galachkow jetzt in ihrer Hand sei, und daß sie über ihren Teil Bescheid wußten – Galachkow auch?

»Wo ist er jetzt?«

»Er kommt hierher – der Flug beginnt in zwei Stunden. Er hat die Botschaft vor kurzem verlassen und fährt gerade her. Unten steht ein Funkwagen, und er wird beschattet.« Die untergebene Rolle des vornehm gekleideten Mannes kam nur in der erschöpfenden Ausführlichkeit seines Berichtes zum Ausdruck.

Galachkow nickte. »Gut. Wo ist die Waffe?«

»In der Toilette versteckt – die dritte von der Tür aus. Aber ich halte einen Revolver immer noch für die falsche Methode...«

»*Sie* halten? Tun Sie, was ich Ihnen sage.«

Der große Mann schwieg. Dann bemerkte sein Begleiter, der den Wortwechsel sichtlich gelangweilt angehört hatte: »Das Blut auf dem Fußboden, *Genosse.*« Und Galachkow verstand, daß der untersetzte, dunkelhaarige, schlecht rasierte Mann tatsächlich mit diesem Teil des Einsatzes beauftragt war. Er ärgerte sich über dessen beleidigenden Ton, schwieg aber. »Wir wollen doch nichts erklären müssen, oder hinterher den Boden aufwischen. Sie machen sich auf und davon, *Genosse*, aber wir sind dann immer noch hier.«

»Was schlagen Sie also vor?«

»Das hier ist besser.« Galachkow zuckte bei dieser offensichtlichen Umkehrung der Rollen innerlich zusammen, während der Dunkelhaarige sie sichtlich genoß. Wieder eine von diesen Situationen, in denen er nichts anderes war als ein Handlanger, ein Werkzeug in den Händen kleiner Männer, denen die Haare aus Ohren und Nasenlöchern wuchsen, mit Fuchsgesichtern. Sie alle borgten sich eine vorübergehende Autorität von *Kutusow* aus. »Halten Sie sich an den ursprünglichen Plan, Galachkow. Sie haben eine wichtige Botschaft – locken Sie ihn in die Toilette, und töten Sie ihn dort, Sie haben doch zwei brauchbare Hände, wenn ich Ihren Akten noch glauben darf.«

Galachkow sah auf seine Hände, dann blickte er grinsend wieder auf.

»Ihr seid mir ein paar Scheißkerle, wißt ihr das?« bemerkte er, immer noch grinsend. Der größere Mann setzte eine beleidigte Miene auf, aber Galachkow nahm wahr, daß der Dunkelhaarige ihn jetzt respektvoller ansah. Dann nickte er.

»Also gut. Aber auf unsere Weise, ja?«

»Natürlich. Wo ist die Aktentasche?«

Der größere Mann gab sie ihm. Galachkow schaute hinein. Ein paar schmale Aktenordner und ein versiegeltes Kuvert mit dem Stempel der Handelsmission der Sowjetischen Botschaft in London. Das würde den Mann, den sie suchten, verlocken, ein ruhiges Örtchen aufzusuchen, um den Umschlag zu öffnen.

»Sie sagen ihm, daß eine Antwort erwartet wird.«

»Ja. Welche Deckung verwendet er? – Was wir erwarten?«

»Soviel wir wissen, ja. Sie werden ihn doch auch so erkennen, oder?« Galachkow nickte und stellte die Aktentasche neben seinen Sitz. »Er reist immer noch als Finne, der nach Helsinki zurückkehrt; Exportgeschäft mit Saunas.«

»Gut.« Galachkow sah auf seine Uhr und sagte dann zu dem größeren der beiden: »Geben Sie mir die Kleidung zum Wechseln und stellen Sie fest, wo er sich in diesem Augenblick aufhält.«

Dieser zögerte nur einen kleinen Augenblick und erhob sich dann, um in militärisch aufrechter Haltung die Cafeteria zu verlassen.

»Guter Mann an der Front«, murmelte Galachkows Begleiter. »Hat Jahre in England verbracht. Sie sollten ihn mal in 'ner Kneipe hören.«

»Wirklich?« bemerkte Galachkow. »Ich habe mich schon gefragt, ob er überhaupt etwas Sinnvolles tut?« Er sah auf seine Hände, nahm dann seine Kaffeetasse und hielt sie mit beiden umschlossen. Auch der Dunkelhaarige sah auf Galachkows Hände.

Folley war kaum in der Lage, Genaueres in seiner Umgebung wahrzunehmen. Nur das Gefühl der eigenen Bewegung, den Griff behandschuhter Hände an seinen Armen und dann ins Heck eines kleinen, engen Fahrzeugs, das mit Segeltuch abgedeckt war, geschoben zu werden. Er registrierte die veränderte Umgebung mit schmerzender Konzentration. Sein Körper versuchte erfolglos, sich den harten Kanten des kalten Metalls anzupassen. Dann Lampen. Er konnte sich an Lampen erinnern, und an den Lärm von Raupenfahrzeugen, die zur Abfahrt bereit waren. Abfahrt.

Er versuchte wahrzunehmen, Eindrücke aufzufangen und festzuhalten. Es war aber schwierig, wegen der starken Schmerzen infolge gebrochener Rippen und Quetschungen am ganzen Körper, die ihn immer noch überwältigten. Er gewann seine Wahrnehmungsfähigkeit und verlor sie wieder, als müsse er sich vor etwas verstecken. Aber eines Tages könnte er danach gefragt werden, deshalb versuchte er, wach zu bleiben.

Es schneite – der Schnee wurde in sein nach unten hängendes Gesicht geblasen, oder schlug wie Hagel gegen das Segeltuchverdeck. Zwei Männer auf den Vordersitzen.

Die geschwollene Zunge kratzte halb gefühllos an den abgebrochenen Zahnstümpfen. Das war die Realität.

Während er auf der Fahrt durchgeschüttelt wurde, hob er hin und wieder den Kopf, um hinauszusehen, wenn das Verdeck einmal hochflatterte; eine Reihe von Panzern fuhr hinter ihnen die Straße entlang und blieben hinter dem schnell fahrenden Wagen nicht zurück. Rasten sogar bei diesem Wetter. Eine Querrinne auf der Straße gab ihm einen Schlag, durch den er wieder nach unten fiel und die Besinnung verlor. Danach versuchte er es nicht wieder. Der Schnee machte ihn blind, wie ein Vorhang – orangefarbene Halos der Scheinwerfer irgendwo hinter ihm. Das war alles.

Weder konnte er sich die Uhrzeit vorstellen, noch die Richtung. Und schon gar nicht den Grund, weshalb die Einheit zur Grenze zurückfuhr. Er glaubte, ihnen nichts gesagt zu haben – aber als ihn die Schmerzen erneut wie Schläge überfielen, hatte er nur den einen Wunsch: anhalten, haltmachen, wenigstens für kurze Zeit. An das Verhör konnte er sich nur mit Mühe erinnern. Jedenfalls nicht an seinen Zweck.

Gefahren wurde ständig; nach unbestimmter Zeit gab es für ihn nur noch den nächsten Schlag, den nächsten Protest seines Körpers. Seine Aufmerksamkeit galt ausschließlich den kleinen Stellungswechseln, um unverletzte Teile seines Körpers zu finden, die die ständigen Stöße auffangen konnten, welche der Wagen auf der Straße nach Rontaluumi verursachte; es war auch kein Fahrzeug mehr für ihn, nur noch flatterndes Segeltuch oder quietschende Kettenräder oder harter Kunststoff, der gegen sein Gesicht schlug – nur noch das war seine Welt.

Das Bewußtsein hatte er dann noch einmal verloren, als der Verband begann, den Grenzzaun östlich des Dorfes zu durchfahren; sein Fahrzeug, mit Leutnant Schapkin vom GRU am Lenkrad, befand sich fast an der Spitze, hinter der motorisierten Aufklärungseinheit, da Befehl aus Leningrad eingetroffen war, der Engländer solle unverzüglich auf russischen Boden gebracht werden. General Pnin, der die Angriffseinheit von Ivalo ›Finnland-Station Sechs‹ befehligte, war jedem der von Praporowitsch über Leningrad an ihn ergangenen Befehle gefolgt, selbst demjenigen, der Folley betraf. Bis zum Morgen, der zusammen mit dem üblichen Sturm spät und dunkel anbrechen würde, wären dann die einzigen auf finnischem Boden verbleibenden Russen eine Nachhut, die das entvölkerte Dorf zu halten hätte.

Folley war fast während des gesamten Fluges mit dem Hubschrauber nach Leningrad bewußtlos. Der kurze und heftige Sturm war soweit abgeklungen, daß ein Hubschrauber aus dem dichten Waldgebiet, in dem sich die ›Finnland-Station Sechs‹ jetzt aufhielt, diesseits der Grenze also, aufsteigen konnte. Für ein paar Stunden hatte Folley in Ruhe in einer Holzhütte schlafen können, von der er außer den Brettern und der Wärme des Ofens nichts wahrgenommen hatte. Als sie ihn dann wieder weckten, es war noch dunkel, die Fenster dick verschneit, hatte er einmal aufgeschrien, als würde er beraubt, dann war er wieder bewußtlos geworden.

Galachkow wartete, bis der Finnair-Flug nach Helsinki aufgerufen wurde und sein Opfer sich auf seinem Sessel im Abflugwarteraum am Queen's Terminal zu rekeln begann, bevor er sich ihm näherte. Er brauchte das ablenkende Gefühl, daß Zeit verstrich, um dem Opfer jeden Verdacht zu nehmen. Er trug die Uniform eines Chauffeurs der Botschaft; auf diese Weise blieb sein ohnehin unbekanntes Gesicht unauffällig, trug aber zu dem Eindruck bei, daß er vom KGB war. Der größere Mann hatte den Koffer und seine Reisekleidung mitgenommen und war dann zurückgekehrt. Seine beiden Kontaktmänner saßen im Warteraum und warteten darauf, ihm und dem Opfer zu folgen.

Ozeroff, Militärattaché des GRU an der Sowjetischen Botschaft in London, durch Sonderauftrag des Vorsitzenden des KGB zu Sicherheitsaufgaben in Helsinki berufen, war gerade dabei, seinen Mantel und Koffer aufzunehmen, als ein Chauffeur vor ihn trat, Haltung annahm und salutierte.

»Sir...« begann der junge Mann, als Ozeroff ihn anfuhr: »Verdammter Dummkopf, lassen Sie das!«

»Entschuldigung, Sir«, murmelte der junge Mann, wobei seine stramme Haltung in sich zusammenfiel und er nervös zu zittern begann. »Eilige Mitteilung von der Zentrale in Moskau, Sir – ich hatte den Auftrag, Sie noch vor dem Abflug zu sprechen. Eine Antwort wird erwartet...«

»Verdammt!« Ozeroff sah in Richtung der Lautsprecher, dann zur Abflugzeittafel hinauf. »Wichtig, sagten Sie?«

»Ja, Sir.«

»Also gut, her damit.« Er machte eine Bewegung zu der Aktentasche hin, die der Chauffeur trug.

»Nicht hier, Sir...«, sagte der junge Mann respektvoll.

»Na gut – wo dann?« Er sah sich um. »Verdammt, dann die Toilette. Folgen Sie mir.«

Galachkow ging ihm nach, während die beiden ›Strohmänner‹, wie er sie zu deren Ärger nannte, Mühe hatten, ihnen durch das dichte Gedränge zu folgen. Ozeroff und überhaupt der ganze Einsatz waren jetzt in seiner Hand, und er freute sich darüber. Er hielt sich dicht hinter Ozeroff, der nur wenige Jahre älter, aber militärisch steif und förmlich war, und sehr selbstbewußt. Er war für den Sicherheitsstab Chamowkins wegen seiner fanatischen Treue zum Regime und zum KGB ernannt worden, für den er trotz seiner nominellen Zugehörigkeit zur Militärischen Abwehr gearbeitet hatte. Galachkow beobachtete seine Haltung genau, auf zwei Ebenen – um ihn erst nachzuahmen und dann zu überwältigen.

Er war leicht zu töten, auch ohne die Pistole, die der Dunkelhaarige bereits aus der Toilette entfernt hatte.

Ozeroff stieß die Tür zum Waschraum auf und ließ sie gegen den inzwischen vergessenen Galachkow zurückschlagen. Dieser fing sie vorsichtig auf und drückte sie dann nach vorn, als müsse er seine empfindlichen Hände schützen. Dann sah sich Ozeroff ihm gegenüber, ohne auf die anderen beiden sich waschenden Männer zu achten, von denen sich einer elektrisch rasierte – das Summen klang wie eine Warnung –, und streckte seine Hand nach einem Umschlag aus, den Galachkow aus der Aktentasche nahm. Einer der Männer trat zu dem Handtuchroller und begann, sein Gesicht abzutrocknen – ein Araber, der vor Kälte schnaufte und nervös vor sich hinbrummte, als müsse er eine verborgene Spannung loswerden. Der sich Rasierende, mit kariertem Hemd und gutsitzenden Jeans, er konnte Amerikaner oder auch Europäer sein, nahm ausschließlich sein Gesicht im Spiegel wahr. Galachkow ging weiter, zu einer der Toilettentüren. Keine schien besetzt – ja, nur die neben dem Araber war geschlossen. Er winkte mit dem Umschlag, und Ozeroff, der an nichts dachte als an Verzögerung und Zeitverlust, auch an mögliche Änderungen des Plans, nahm rasch den Umschlag und ging ebenfalls hinein. Während er schon die Tür schließen wollte, sah Galachkow, wie der Araber sich umwandte, sah den Rasierenden, wie er sein Kinn prüfte, daran rieb – dann verschwand auch er in dem kleinen Raum.

Der GRU-Offizier lehnte sich gegen den Wasserkasten zurück und hob erwartungsvoll die Augenbrauen. Galachkow legte einen Finger auf die Lippen, zog ein Notizbuch und Bleistift hervor und flüsterte: »Ihre Antwort, Sir.« Ozeroff nickte und versuchte, mit dem Chauffeur nicht in körperliche Berührung zu kommen. Und wie Galachkow es sich schon gedacht hatte, wandte er sich etwas ab von ihm, um sein Geheimnis für sich zu behalten. Galachkow lauschte. Der brummende Araber kam jetzt an der Tür vorbei, ging in die Toilette nebenan und bearbeitete sein Gesicht wieder mit dem Batterierasierer, noch lauter jetzt, als er an dichter behaarte Partien kam.

Galachkow hob die Hände über den Kopf und zog an der Lasche seiner Uhr, wobei sich der dünne Draht herauswand, bis er ihn mit beiden Händen hielt – seine Handschuhe waren gefüttert, um die Finger zu schonen –, und als Ozeroff sich herumdrehte, durch den gefälschten Brief in Verlegenheit gebracht...

Schlinge, zuziehen. Er stand etwas seitlich von dem Mann, so daß er ihm nicht das Knie in den Rücken drücken konnte und ihn wohl erdrosseln mußte. Der Brief flatterte zu Boden und rutschte unter die Tür, und Ozeroffs Hände versuchten, den in seinen Hals einschneidenden Draht zu fassen. Galachkow konnte seine Augen sehen, wie sie Fragen stellten, selbst als sie immer weiter hervortraten – die fleckige Haut wurde jetzt purpurrot, die Hände begannen zu zappeln, rissen die Haut am Hals auf, während Körper und Beine sich nicht wehrten, wehrlos und schlaffer wurden...

Sie wehren sich nie, dachte er. Zuviel Konzentration auf die betroffene Stelle, man kann nicht denken, wenn man zu Tode erdrosselt wird. Ozeroff griff mit einer Hand zur Wand, als wolle er sich aufrichten. Galachkow stützte Ozeroffs Körper schon langsam ab, während dessen Füße begannen nachzugeben, und er den Draht noch enger zusammenzog. Statt nach ihm zu schlagen, versuchten Ozeroffs Füße verzweifelt, das Gleichgewicht zu halten.

Die ganze Zeit über, jeden Augenblick, konnte Galachkow das Geräusch des Rasierens nebenan hören. Ozeroff gab keinen Laut von sich, er wurde zwischen Galachkow und die Wand gepreßt, bewegte sich nicht, atmete nicht. Als Galachkow den Draht losließ – er spürte Ozeroffs Körper zusammensacken und sah, wie sich die Augen unter den Lidern verdrehten – begann er, ohne Melodie zu pfeifen, so als störten ihn die lauten Rasiergeräusche von nebenan, die daraufhin kurz verstummten und dann wieder begannen. Galachkow beugte sich vor und führte Ozeroffs kraftlosen Arm mit seinem Ellbogen.

Die Wasserspülung wurde betätigt.

Galachkow drückte den Körper mit Hüfte und Bauch gegen die Wand und ließ ihn auf den Sitz ab. Dann lehnte er sich gegen die Wand; ihm war erstickend heiß. Er sah nicht in Ozeroffs Gesicht, sondern lauschte wieder. Das Rasiergeräusch hatte aufgehört. Noch war niemand in den Waschraum gekommen. Er sah auf seine Uhr, während er den Draht zurückwickelte. In zwei Minuten würden seine beiden ›Strohmänner‹ kommen, um die Reste wegzuschaffen.

»He – da drinnen.« Amerikanisch!

»J – ja? Was ist los?«

»Haben Sie einen Brief verloren, oder so was?«

»Ja – ja, einen Brief.«

»Auf russisch?«

»Ja.« Die ganze Zeit hatte Galachkow mit einem kräftigeren Akzent gesprochen, als er normalerweise Englisch sprach. »Geschäftlich – ich bin aus Finnland.« Er blickte in Ozeroffs totes Gesicht und lächelte.

»Klar, geht mich ja nichts an. Hier...«

Der Brief wurde unter der Tür hereingeschoben, zusammen mit dem Notizbuch und Bleistift, die er hatte fallenlassen – Galachkow fiel ein, daß er das Fallen nicht gehört hatte.

»Danke sehr – vielen Dank.«

Die Waschraumtür schloß sich hinter dem Amerikaner. Galachkow entspannte sich und starrte zu der hohen Decke empor, die Leiche auf dem Sitz schon ganz vergessen. Nun öffnete sich die Tür der besetzten Toilette. Wasserspülung, Hände wurden gewaschen, der Handtuchroller klickte – die Tür des Waschraums ging auf, schloß sich seufzend, dann wieder auf, die Schritte von zwei Männern.

Wasser lassen.

»Alles klar«, hörte er den größeren Mann in tadellosem Englisch sagen.

Er öffnete die Tür, sah den mit einem weißen Mantel bekleideten Mann und nahm den Koffer, der ihm gereicht wurde. Er zog sich in der Nebentoilette um und hörte gleichzeitig, wie Ozeroffs Körper in den fahrbaren Waschkorb gepackt und mit schmutziger Wäsche bedeckt wurde. Der andere Mann wechselte die Handtuchrollen.

Die beiden waren weg, noch bevor er fertig umgezogen war; sie nahmen den Koffer mit der Chauffeuruniform und ließen ihm Ozeroffs Koffer da, um ihn als Deckung zu verwenden.

Galachkow kam zum letzten Aufruf seines Fluges mit dem Finnair-Jet nach Helsinki. Es war der 18., abends.

TEIL ZWEI

HAUPTMACHT

18. bis 22. ... 19...

»Ein Bürgerkrieg ist unausweichlich. Aber wir müssen ihn so organisieren, daß er möglichst schmerzlos verläuft.«

TROTZKIJ

6. Zerfall

Während er jetzt auf der A40 fuhr, wobei der ständig heranwehende Schneeregen die Sicht behinderte und Lethargie aufkommen ließ, kannte er nur noch einen Wunsch, nämlich anzuhalten. Erst wenn der kleine Lieferwagen stoppen würde, käme er auf den Gedanken, zu trinken oder etwas zu essen. Er und der größere Mann hatten die Thermosflasche mit Kaffee leergetrunken, und er wußte, wenn er weiter aus der silbernen Flasche trinken würde, schliefe er bald ein.

Die M40 war schon schlimm gewesen – irrsinnige Fahrer, die sie überholt und die Windschutzscheibe mit nassem Schnee bespritzt hatten, den die langsamen Scheibenwischer nur mühevoll entfernten; aber die A40 war noch schlimmer. Er und der große Mann und Ozeroffs Leiche schienen auf endlose Zeit in dem Lieferwagen eingesperrt zu sein. Er war irritiert durch die Ermüdung, daß er seit langem seine Aufgabe erfüllt hatte und sich nicht davon erholen konnte. Nicht einmal an einer Pinte hatten sie gehalten; etwas Albernes, sogar Abergläubisches hatte sie davon abgehalten, Ozeroff auf dem Parkplatz stehenzulassen, während sie neben dem Kamin einen Whisky tranken. Er zuckte mit den Schultern, erstaunt über seine eigene Kapitulation an die Bedingungen dieses Nachspiels. Schließlich war das Signal unmittelbar an *Kutusow* abgegangen; sie hatten nichts anderes zu tun, als sich dieser Leiche innerhalb einer Woche zu entledigen. Bis dahin wäre alles vorüber – und sie wären sowieso außer Landes. Albern.

Kutusow, natürlich. Der Alte mit der magnetischen Ausstrahlung. Wenn er sagte, etwas sei wichtig – *lebensnotwendig* – dann tat man es, gleichgültig, wie sehr einem die Augen brannten oder der Magen sich dagegen aufbäumte.

Er sah zu seinem Begleiter hinüber, der unbequem auf dem engen Sitz hockte und zu dösen versuchte. Dann öffnete er seine Augen weit und konzentrierte sich auf den Schneeregen, die verschwommenen Scheinwerfer, das plötzliche Auftauchen anderer Scheinwerfer im Dunkel der Nacht.

Er sah die Leuchten vor sich, merkte, daß sie hoch oben angebracht waren, wie an einem Lastwagen, und wich seitlich aus. In den wenigen Sekunden, die ihm noch verblieben, hörte er ein Geräusch, als Ozeroff im Hintergrund wegrutschte, als sei etwas im Heck des Lieferwagens auferstanden, und seinen Begleiter, der durch die plötzliche Bewegung aufgewacht war und etwas mit dicker Zunge murmelte, das nach ›Besser Aufpassen‹ klang. Er war sich durchaus bewußt, daß er jetzt sterben werde, und daß der verräterische Ozeroff dort hinten wie zum Hohn lag – und er hoffte, daß die zuständige Polizei aus Schwachköpfen bestand.

Dann schwenkte der Autotransporter, nachdem er über die weiße Mittellinie gefahren war, weil der übermüdete Fahrer zu schnell fuhr, gegen den Lieferwagen und kippte ihn um, wie ein Kind eine Schildkröte mit einem Stecken umwirft.

Der Lieferwagen, offenbar von einem Handtuchwechseldienst, überschlug sich zweimal und blieb anschließend in dem Straßengraben neben der A40 liegen. Die Hecktüren sprangen auf und Ozeroffs Leiche wurde mit den Füßen zuerst auf das Bankett geschleudert. Der Fahrer wurde gegen das Lenkrad gedrückt – der Beifahrer flog durch die Windschutzscheibe. Der Fahrer des Transporters blieb unverletzt, aber ihm wurde übel, als er das Fahrzeugwrack und die drei Leichen sah. Dann rief er die Polizei in Oxford vom nächstgelegenen Telefonhäuschen an.

Kenneth Aubrey fror, er war wütend und fasziniert zugleich. Der Verkehr auf der A40 wurde über eine einzige Fahrbahn geleitet, und ein Segeltuchschutz war aufgestellt worden, um die Unfallstelle vor Neugierigen zu schützen. Dahinter brannten Scheinwerfer und beleuchteten die jetzt nebeneinander unter durchnäßten grauen Decken liegenden formlosen Bündel der Toten. Einige Polizisten leiteten die von Kneipen und Partys zurückkehrenden, langsam vorbeifahrenden Wagen um, andere nahmen den Hergang des Unfalls auf. Aubrey war wohl der einzige, der, nachdem er die drei Leichen zur Kenntnis genommen hatte, still und nachdenklich blieb.

»Die haben eine Menge dabeigehabt, Sir, wir haben Ihre Dienststelle informiert.«

»Gut, Inspektor. Vielen Dank für Ihren Einsatz«, antwortete Aubrey etwas steif, während sich der Inspektor nach vorn beugte, um unter Aubreys Schirm etwas zu sehen. Und *eine Menge* – das war eine Chauffeuruniform, ein britischer Paß für jemanden, dessen Gesicht unter den Toten nicht zu finden war, noch einmal Kleider zum Wechseln, und einer der Toten war mit einem zwar etwas veralteten, aber doch noch recht wirksamen KGB-Instrument getötet worden, dem Uhrendraht – Timex-Krawatten, so nannte man sie wohl in der Umgangssprache. Und es *war* vom KGB – diese überaus wirksame Sicherheits-Maschinerie, die immer noch solche kleinen Mordgeräte benutzte, Spielzeug, um zu töten.

Und Handtücher vom Flughafen – seltsam nur, daß sie sich ihrer nicht entledigt hatten, auch nicht der weißen Mäntel. Aubrey glaubte, er verstehe die Lethargie, zu der ein solches Nachspiel verleitete. Aber – wer war getötet worden, und von wem? Und zu wem – Aubrey konnte das schleichend nahende Vergnügen des Geheimnisvollen fast schmecken – gehörte das Gesicht auf dem britischen Paß?

»Inspektor?« rief er.

Der Polizist, mürrisch und durchnäßt, sah auf.

»Sir?«

»Ich muß einige Anweisungen durchgeben. Könnte ich Ihr Funkgerät benutzen?«

»Natürlich, Sir.«

»Und dann brauche ich Aufnahmen von den dreien hier – nicht so, sondern wenn sie sauber sind. So schnell wie möglich – Sie können sie jetzt wegschaffen lassen. Alle Papiere und was Sie sonst noch mitnehmen, wird für unsere eigene Untersuchung morgen früh gebraucht.«

»Ja, Sir.«

Während sie gebeugt unter dem Schirm gegen den daherwehenden Schneeregen gingen, wobei der Inspektor dankbar dafür war, daß Aubrey ihm den Schutz einer Schirmhälfte gewährte, erinnerte sich Aubrey plötzlich an den Zusammenstoß vor einigen Monaten, in der Nähe von Kassel. Und er empfand eine Erregung, die er sich nicht ganz erklären konnte, darüber, daß es hier etwas Übereinstimmendes gab, das in eine bestimmte Richtung wies. Unbewußt ging er jetzt etwas rascher zu dem Polizeiwagen.

»Wollen Sie es nach London durchgeben, Sir?«

»Ja, wählen Sie die Nummer, die Sie normalerweise verwenden – ich übernehme dann.«

In weniger als zwei Minuten war die Verbindung zu INTEL-CORD hergestellt, der Abteilung des SIS für Koordination und Auswertung, die sich am Queen Anne's Gate befand.

»Bitte, Sir.« Der Inspektor gab Aubrey das Mikrofon und schloß die Wagentür. Während das Fenster fast sofort anlief, fühlte Aubrey, wie ihn Ruhe überkam, Entspannung, obwohl in seiner Magengegend ein leichter Kitzel der Erregung spürbar war.

»Wer spricht da?«

»Callender, Sir.«

»Gut. Callender – schicken Sie jemanden her, um ein paar Aufnahmen zu machen und ein paar Leichen und Beweisstücke einzusammeln, ja? Einer Ihrer Kunden hat ein paar häßliche Stellen an seinem Hals, für die einer unserer ausländischen Kollegen verantwortlich sein dürfte. Die Abklärung wird eine Menge Zeit beanspruchen, Callender. Ich muß wissen, wer die Leute sind und wessen Bild ich in einem gefälschten Paß habe.«

»Sir, wir stecken mitten in Koordinationsarbeiten...«

»Nein, Callender, das tun Sie nicht. Nicht vor morgen früh. Also beeilen Sie sich bitte. Ende.«

Eine Weile blieb er in dem stickigen, nicht warmen, aber auch nicht kalten Wagen sitzen. Es war sehr ärgerlich, daß er einen Flug nach Helsinki für den Vormittag gebucht hatte, im Auftrag von Waterford und Davenhill, um zusammen mit dem CIA-Mann Buckholz die Sicherheitsmaßnahmen während der Abschlußsitzungen zu überwachen, wenn Chamowkin und Wainwright anwesend sein würden.

Sehr schade. Hier, am Rand dieser Straße in Oxfordshire, gab es ein echtes Geheimnis zu lüften – und mit einem Instinkt, dem er sich als jüngerer Mann niemals anvertraut hätte, wußte er, daß es sich um etwas Wichtiges handelte.

Galachkow wußte, daß man ihn mindestens zweimal fotografiert hatte, während er die Paßkontrolle und dann die Zollkontrolle des Seutula-Flughafens passiert hatte. Es konnte der CIA gewesen sein, die finnische Abwehr, vielleicht sogar der KGB. Es war ihm gleichgültig. Für jeden ausländischen Abwehrdienst war er einfach ein finnischer Bürger, der nach Helsinki zurückkehrte, um dann nach Norden weiterzureisen. Und für den KGB galt immerhin, daß er erwartet wurde. Und sie würden annehmen, daß Ozeroff wie *er* aussah, nicht wie die Leiche in der Toilette von Heathrow. Die Personalien waren geändert worden, die Computereingaben frisiert, alles Notwendige war bereits geschehen. Er passierte die Kontrollen daher mit Zuversicht, ging dann in den Aufenthaltsraum hinüber und wartete auf seine Kontaktperson.

Er konnte ein leises Gefühl von Aufregung in seiner Brust nicht unterdrücken, das ihn schneller atmen ließ. Im Flugzeug hatte es nur schwache Reaktionen auf die Ermordung von Ozeroff gegeben – er hatte ein paar Drinks zu sich genommen, das stimmte, aber nur, weil sie ihm schmeckten; und als er jetzt finnischen Boden betrat, wurde ihm deutlich bewußt, wie tief er bereits in der ganzen Sache steckte, und wie nah er der tatsächlichen Einfachheit seiner Aufgabe war. Das Vorspiel war fast zu Ende – bald ging es nur noch um Chamowkin und ihn. Alles, was er zu tun hatte, bestand in dem Interview mit dem Sicherheitsleiter, bei dem Chamowkin während seiner Anwesenheit untergebracht war, und dann seine Rolle zu spielen, bis Chamowkin nicht länger am Leben zu sein brauchte.

»Haben Sie Feuer?« fragte ihn eine Stimme an seiner Seite. Er wandte sich langsam um.

»Wie bitte?« fragte er auf finnisch. »Was wollen Sie?«

Verdutzt sagte der junge Mann: »Haben Sie Feuer?« Er sagte es auf finnisch.

»Ich bin Nichtraucher – verstehen Sie?« antwortete Galachkow gelangweilt, sogar amüsiert über die Plumpheit solcher Kontaktmanöver, die der KGB immer noch für sinnvoll hielt.

»Wo ist die Toilette, bitte?« fragte der junge Mann. Obwohl er auch diesmal finnisch sprach, hörte Galachkow das Wort nicht *toaletti* ausgesprochen, sondern auf russisch, *twaljet*. Er brach fast in Gelächter aus.

»Warten Sie, bis Sie zu Hause sind«, sagte Galachkow, und dann, als das Gesicht des jungen Mannes sich schmerzhaft verzog, fügte er hinzu: »Ich glaube, die Toilette ist im nächsten Stockwerk.«

Dem jungen Mann fiel es schwer, seine Zufriedenheit zu verbergen, bevor er wieder ein ausdrucksloses Gesicht aufsetzte, und er sagte: »Folgen Sie mir, bitte.« Er nahm Galachkows Koffer und ging durch die Glastüren zu dem Parkplatz. Galachkow konnte sehen, daß sogar sein Nacken rot geworden war, und obwohl er von Natur aus vorsichtig war und seinem Überheblichkeitsgefühl nicht immer nachgab, konnte er doch nicht umhin, sich zu beruhigen, wie einfach das Ganze ablaufen würde.

Worontsjew hatte eine kleine runde Stelle auf dem angelaufenen Fenster freigerieben und sah jetzt durch diese auf die Pjanitskaja-Straße hinunter. Die Menschen eilten zur Arbeit, in dicke Mäntel gehüllt. Es war ein bitterkalter Tag, der Frost glänzte auf der Straße und war von schwarzen Fahrspuren durchzogen.

An der Wand hing eine riesige Landkarte der Sowjetunion bis über den Schreibtisch hinunter, und auf einer anderen Wand hatte er ein Schema der staatlichen Ämter und der Regierung angebracht. Er wartete auf die Offiziere vom Dienst, die zu seiner Gruppe gehörten. Nach ihrer Einweisung durch ihn würde er sie ganz in sein Vertrauen ziehen können. Dann würde er mit Kapustin reden und Erlaubnis einholen, um zur finnischen Grenze zu fahren und festzustellen, was Wrubel getan hatte.

Er stellte sich ihre Gesichter vor und starrte sie an. Die meisten von ihnen waren alte Männer, die der Partei ausgesprochen loyal gegenüberstanden, denen man keine Fragen gestellt hatte, nicht einmal während des Chruschtschow-Regimes. Und doch, wenn sie schuldig geworden wären, dann genau während jener Zeit, in der sie die *Gruppe 1917* gebildet und deren Strategie ausgearbeitet hatten.

Er sah General Ossipow an. Es war ein älteres Foto als diejenigen, die er sich in seinem Büro betrachtet hatte, und der Mann trug einen hellen Anzug, es war Sommer gewesen in Odessa. Er kannte den Ort, hatte seinen Urlaub dort verbracht mit Goroschenko und dessen Frau, kurz bevor er sein Studium an der Lenin-Universität begonnen hatte.

Er ließ es nicht zu, daß seine Erinnerungen sich länger damit befaßten, auch wenn es ein angenehmes Gefühl auslöste. Marja Iljewna Goroschenka nahm in seinem Gedächtnis einen besonderen, vielleicht heiligen Platz ein.

Worontsjew lächelte über die Einfachheit seiner Auffassung – wie so viele andere Vereinfachungen oder unbedachten Äußerungen, die er in den vielen Jahren von sich gegeben hatte – um sich anzupassen, zu akzeptieren, Zugehörigkeit zu spüren; beide waren sie gute Menschen gewesen. Er hatte bei Marjas Begräbnis geweint, und oft waren ihm noch die Tränen in die Augen gestiegen, wenn er an sie dachte. Er hätte wohl auch ohne sie auskommen können, aber da sie selbst kinderlos geblieben und für diese Möglichkeit dankbar gewesen war, hatte sie ihm die Mutter ersetzt; seine eigene Mutter war kurz nach dem Krieg, nach dem Tod seines Vaters gestorben. In seiner Erinnerung erschien sie ihm als schattenhafte, unsaubere, knickerige Frau. Etwas, das in den Ecken hing und sich nicht entfernen ließ – wie ein Geist oder ein übriggebliebener Rest, den keiner wollte.

Er vertrieb diese Vorstellungen und konzentrierte sich wieder auf Ossipow. Warum der Ferne Osten? Und diese Erwähnung der *Finnland-Station,* wie er sich plötzlich erinnerte. War es ein Hinweis auf die Rückkehr Lenins nach Rußland, in dem plombierten Zug – ein Symbol dessen, was der Putsch in ideologischer Hinsicht erreichen wollte? Hatte ihn Wrubels Verbindung mit der finnischen Grenze in Verwirrung gebracht?

»Verdammter alter Fuchs«, sagte er leise zu dem Foto. »Wo bist du hingegangen? Und weshalb?«

Über dem Foto war ein anderes. Praporowitsch, Befehlshaber der Sowjetischen Heeresgruppe Nord, ein starker Mann, Kommunist im alten Stil; seine heftige, direkte Sprache brachte seinen Haß über den Westen zum Ausdruck, und seine Verpflichtung zur endgültigen, allerdings militärischen Ausbreitung des Kommunismus. Gab es überhaupt einen loyaleren Diener des Staates – auf den ersten Blick?

Worontsjew ging zu dem Sessel am Schreibtisch hinüber und zog die Akte Praporowitsch aus einem alten Ordner.

Er räumte einen Papierstoß von dem Armsessel und setzte sich hinein, dann öffnete er den Ordner auf seinen Knien. Er hatte keine feste Vorstellung – nur erschien es ihm logisch, ganz oben anzufangen. Der Marschall war der ranghöchste Mann an der Wand vor ihm. Also mußte zunächst er untersucht werden, was ihm ja auch zukam, dachte Worontsjew lächelnd.

Praporowitsch war Witwer und hatte zwei Söhne, beide in der Armee – Worontsjew suchte sie sofort heraus, indem er in den losen Blättern blätterte, bis er Fotokopien ihrer Dienstakten fand. Einer war Major in einer Luftlande-Division, der andere Oberst, der eine kleine Gruppe der Raketenkette im Norden befehligte – die ›Feuerkette‹. Das brachte wenig Neues. Er kehrte zu dem alten Mann zurück, dessen harte, eckige Gesichtszüge ihn verächtlich von der Wand herab ansahen – wie das Porträt eines alten und schrecklichen Zaren. Er zwinkerte dem Foto zu und wunderte sich, warum der Marschall nicht einmal in einer Gruppe lächeln konnte, die eine groß angelegte Militärübung in der DDR beobachtete. Vielleicht war ihm dieses steinerne Gesicht zur Gewohnheit geworden?

Der Marschall machte selten Urlaub – er hatte eine Datscha außerhalb von Leningrad und verbrachte einen großen Teil seiner freien Zeit hier, oder in seiner Suite in dem teuren Baltiskaja-Hotel. In beiden Wohnungen hatte er nur selten Damenbesuch, er bevorzugte seine riesige Sammlung von Schallplatten und Büchern – und sein Hobby, die Holzschnitzerei. Worontsjew prüfte kurz die Aufnahmen von zwei Statuetten aus poliertem Holz und schien damit in die Privatsphäre des Mannes einzudringen. Ein Junge und ein Mädchen – das Mädchen auf einem kleinen Pony sitzend.

Praporowitschs Reisen waren erschöpfend dokumentiert. Militärkonferenzen auf höchster Ebene in Moskau, Leningrad und in verschiedenen Hauptstädten des Warschauer Pakts – Prag, Berlin, Budapest, Warschau. Worontsjew fragte sich einen Augenblick lang, ob es genügend Bewegungsfreiheit gab...

Aber nein, sein eigener Kurier konnte er doch nicht sein. Er war bei den jährlichen Übungen der Sowjetischen Heeresgruppe Deutschland anwesend – wenn auch nicht bei den jüngsten Winterübungen, den größten der letzten fünf Jahre – ›1812‹!

Worontsjew fröstelte, als sei eine Tür aufgegangen, durch die aber kein Licht, sondern nur Kälte einströmte. Er blätterte zurück, mit ungelenken, steifen Fingern. Nein – Praporowitsch hatte nicht an *allen* Übungen in den letzten Jahren teilgenommen – sieben, acht, zehn Jahre lang; er überprüfte die schmutzige Fotokopie, die der Leningrader SID zusammengestellt hatte. Für gewöhnlich war er bei den Sommerübungen dabei – so bei der Übung, die 1968 zum Eingreifen gegen das Dubcek-Regime geführt hatte –, dafür aber auch bei... zwei, vier der letzten sieben Winterübungen in der DDR. Als Teil der Auflage aller Gruppenkommandeure, die Gesamtstrategie im Auge zu behalten. Bei Krankheit, Rücktritt, Tod – war eine Verlegung einfach.

Warum nicht?

War sein Stab dort gewesen?

Worontsjew kritzelte die Frage auf ein neues Blatt seines Notizbuchs. Das wäre jetzt nachzuprüfen. Er fragte sich, warum Praporowitsch bei ›1812‹ nicht dabei war. Sollte das etwa bedeuten...?

Er weigerte sich, die Vorstellung zu unterstützen, daß eine Beschleunigung eingetreten sei, daß es irgendeinen *entscheidenden* Grund gab, weshalb der Marschall in seinem Hauptquartier in der Sowjetunion geblieben war. Trotzdem zitterten seine Hände, als reagierten sie auf eine unbestimmte unterirdische Explosion. Die solide Konstruktion der Untersuchung schien auf einmal nachzugeben, zusammenzubrechen, um einer entsetzlichen Realität Platz zu machen.

Er machte Gegenkontrollen. Wie gut war Praporowitsch mit den anderen Gesichtern an der Wand bekannt?

Kurz nach neun klingelte es an der Tür. Er sah von den Papieren auf, die jetzt um ihn verstreut auf dem Boden lagen, streckte sich beim Aufstehen und stieg vorsichtig über die herumliegenden Akten. Er hatte etwas Entscheidendes getan: die Originaldokumente hatte er zerschnitten und die Ausschnitte so zusammengeklebt, daß sie die Beziehungen zwischen den Männern an der Wand eindeutig und sinnvoll erkennen ließen.

Es *war* aber auch interessant – wenn man nur weit genug zurückging. Es ist fast, dachte er, wie wenn man jemanden entdeckt, der seine Spuren sorgsam verwischt hat; aber zu dem fraglichen Zeitpunkt doch dabei oder in der Nähe gewesen ist – wie immer sein Alibi auch gelautet hat, wie gründlich er auch die Fingerabdrücke entfernt, die blutbefleckte Kleidung verbrannt hat...

Nein, seine Leute waren inzwischen eingetroffen. Er würde es ihnen zeigen und sie bitten, eine Entscheidung zu treffen, bevor er sich selbst zu etwas verpflichten würde...

Sein befriedigtes Lächeln erstarb, als er seine Frau an der Tür stehen sah, während ihr Gesicht zu einem arroganten Ausdruck gefror, als sie bemerkte, wie sich seine eigenen Gesichtszüge veränderten.

»Nun?« sagte er. Er hielt die Tür sinnloserweise weit offen; wie mein dummer Mund, dachte er, weit aufgesperrt.

»Ich – muß mit dir reden«, sagte sie und wollte wohl ihren Ärger, ihre Verlegenheit unterdrücken.

»Was gibt's denn – ich hab' zu tun«, sagte er knapp.

»Hast du – hast du deinen Vater gesehen?«

»Ja. Ich sagte, ich würde ihn anrufen.«

»Du hättest auch nein sagen können. Kann ich hereinkommen?«

Er sah auf seine Uhr.

»Ich habe zu tun«, sagte er, und dann: »Komm schon rein!« Es klang plump und mißgestimmt, und er ärgerte sich über seine unreife Reaktion. Er ahnte das befriedigte Lächeln auf ihrem Gesicht, als er sie in die Diele führte. Mit der Hand winkte er sie zum Sofa. Natalja zögerte und setzte sich dann.

Sie machte keine Anstalten, ihren Pelzmantel oder ihre kleine Pelzkappe abzulegen.

Er stand neben dem Kamin mit dem elektrischen Heizgerät und sah sie sich an. Ihre Wangen waren von der Kälte draußen leicht rosa getönt. Ihre pelzgefütterten Stiefel waren neu und die Sohlen noch nicht vom Trottoir verkratzt. Sie war mit einem Taxi gekommen.

Sie sagte: »Ich muß mit dir sprechen.« Es klang erstaunlich künstlich. Als Sängerin fehlte es ihr an schauspielerischem Talent, sie wirkte nur durch ihre Stimme. Er hatte den Eindruck, daß sie eine Schau abzog. Nur verstand er nicht, warum sie das nötig hatte.

»Worüber?«

»Über uns.«

»*Uns?* Es gibt kein uns, Natalja, das weißt du doch.« Selbst daß er ihren Namen erwähnte, war eine Konzession. Jetzt *wollte* er sie dahaben.

Sie öffnete ihren Mantel wie auf ein Stichwort. Es war lächerlich. Sie war zu elegant angezogen – dunkelgrüne Wolle, mit hohem Kragen und einer ausgezeichneten Paßform. Es mußte viel Geld gekostet haben – wahrscheinlich stammte es von einem Verehrer oder war auf einer Gastspielreise des Bolschoi-Theaters gekauft worden. Sie waren im Herbst in Paris gewesen. Ihre Geste wirkte so, als wolle sie sich nackt zeigen. Er haßte sie.

»Wirklich nicht?« sagte sie. »Wegen des Abends damals – es tat mir leid, daß es so passierte. Ich – ich habe mich geschämt...« Sie schlug die Augen nieder.

Er glaubte ihr nicht und wollte irgendein Gefühl von Überlegenheit wiederherstellen; seine Stimme klang laut, als er sagte: »Leid? Geschämt? Dein verdammter Liebhaber hat versucht, mich *umzubringen* – oder hat Michail Petrowitsch dir das etwa nicht gesagt?«

Sie sah ihn an, und da schien etwas Seltsames in ihren großen Bühnenaugen vorzugehen. Sie sprach zwar mit ihm, aber auch mit einem imaginären Publikum.

»Ich – er sagte nicht, daß...«

»Sagte er das nicht? Er hat dich verlassen, bevor du so richtig auf ihn klettern konntest, und hat mich in eine saubere kleine Falle geführt. Aus irgendeinem Grund wollte Wrubel mich um die Ecke bringen. Du weißt doch nicht etwa, warum?«

»Du meinst doch nicht...?« begann sie, und die Angst in ihrer Stimme klang echt. Als ob sie sich zum allerersten Mal allein mit ihm in diesem Zimmer fühlte.

»Wie zum Teufel soll ich das wissen? Du bist aber dazu fähig.« Sie schüttelte den Kopf. Er gab zu: »Vielleicht doch nicht.«

Stille folgte. Er wendete ihr den Rücken zu und zündete sich eine Zigarette aus einem neuen Päckchen an. Sie sagte: »Was ist mit uns, Alexej?« Es war das erste Mal, daß sie seinen Namen aussprach. Und der Klang war wie aus früherer Zeit, verzaubernd. Er wußte, daß es Berechnung war.

Er drehte sich um.

»Du bist doch hier, oder?« Er wollte weiterreden, verbittert, mit Gegenanklagen. Aber obwohl er sein Gefühl verachtete, konnte er es nicht einfach ignorieren. Zu oft hatte er sich diese Situation vorgestellt, und jetzt fühlte er sich hilflos vor der Realität. Er mußte Zugeständnisse machen; das stand schon fest, als er ihr die Tür aufmachte. »Was zum Teufel hast du mit mir vor, Natalja? Du hast schon einmal Schindluder getrieben mit mir! Willst du dir jetzt die Befriedigung holen, es wieder zu tun? Geht's dir darum?«

Sie schüttelte den Kopf. Er war froh, daß sie nicht versuchte, sich von dem schmierigen Sofa und seinem graubraunen Bezug zu erheben, er wollte ihr keinesfalls näher sein. Selbst auf diese Entfernung spürte er ihren Körper. Er löste ein Gefühl von Schmutz in ihm aus, wie ein Traum, in dem man uriniert. Er haßte das – sie als Kino, er als Publikum, ihr Körper zur Schau gestellt wie in einem billigen Porno-Film. Er versuchte, dieses Gefühl in Ärger zu verwandeln.

»Und wer zum Teufel hat dich hergeschickt? Michail Petrowitsch etwa?«

Erstaunt sah sie auf, als hätte er eben tief in sie hineingesehen, und sagte: »Er hat mir nur geholfen, mir klar darüber zu werden.«

»Verdammte Hure du! Ich bin kein Zuckerlutscher, verstehst du? Und ich brauch' auch nicht deine Bandagen, weil ich hier zu Bruch gehe! Wenn du nicht zurückkommen *willst*, dann raus mit dir – hau ab!«

Er wendete sich weg von ihr, um sie zum Gehen zu veranlassen, damit sie ihm nur nicht zu nahe kam. Er hörte, wie das Sofa leise ächzte, als sie aufstand.

An der Tür klingelte es wieder, wie um ihn zu befreien. Er drehte sich um und sah, daß sie ihm ihre Hand etwas entgegenstreckte. Er lächelte zufrieden.

»Arbeit«, sagte er.

»Also gehe ich jetzt.« Sie zögerte, dann: »Soll ich wiederkommen – später?«

Am liebsten hätte er sie geschlagen, sie zumindest aus der Wohnung gewiesen. Er nickte.

»Ja, wenn du willst...« Er bot ihr nicht an, zu der Wohnung in der Kalinin-Straße zu gehen – soviel war er sich schuldig. Sie nickte, hielt die Hand ein wenig weiter, als wollte sie ihn berühren, und ließ sie dann sinken.

»Später können wir in Ruhe reden«, sagte sie.

An der Tür läutete es erneut. Er nickte ihr zustimmend zu.

Für den Geschäftsführer der Matkailumaja-Turiststation, dem einzigen richtigen Hotel in Ivalo, kamen sie vom Zentralamt für Kraftwerke und untersuchten die hydroelektrischen Stromerzeugungsanlagen im Inari-Gebiet. Philipson, den das Konsulat in Helsinki ihnen zugeteilt hatte, sprach finnisch und sorgte für ihre Deckung. Das Personal des nahegelegenen Kraftwerks von Kirakkakoski lebte in einer eigenen Wohnanlage und kam nur an den Wochenenden nach Ivalo. Bis zum nächsten Wochenende wären Waterford und Davenhill schon lange weg, wahrscheinlich schon wieder in London.

Philipson hatte einen Jeep für sie besorgt und ihn mit Vorräten vollgestopft, war mit ihnen in nordöstlicher Richtung aus der Stadt gefahren und hatte ihnen dann nachgesehen, wie sie nach Südosten wendeten, Richtung Raja-Jooseppi. Dann hatte er seinen Pelzkragen hochgestellt und war nach Ivalo zurückgekehrt. Er hatte keine genaue Vorstellung von dem, was sie vorhatten, und auch keine große Lust, es zu wissen. Seine Aufgabe war, unbequeme Fragen über die Anwesenheit von zwei britischen Stromfachleuten in diesem Gebiet abzuwehren.

In der ersten Nacht kampierten sie neben der schmalen Straße, knapp südlich des Dorfes Ruohokangas. Davenhill hatte den Eindruck, als würde sich Waterford um die schneidende Kälte nur wenig kümmern, ebensowenig wie um die Beschwerden dieser Reise und des Kampierens, der unzulänglichen Ernährung, oder um sich selbst. Gleichzeitig ärgerte er sich, und zwar sehr, über die Entscheidung, die ihn hierher beordert hatte. Aubrey hatte ihn völlig eigenmächtig kaltgestellt, über ihn verfügt wie über einen Laufjungen.

Er fror in seinem Schlafsack, seine Zähne schlugen aufeinander, die Füße waren gefühllos. Er konnte das stetige Atmen des anderen Mannes hören, und er haßte ihn. Es war ihm immer schwergefallen, sich lange zu ärgern oder seine Befriedigung darin zu finden, Gegenanklagen zu erheben; doch konnte er, und er wußte das, anderen gegenüber ziemlich stachlig sein. Und dieses Gefühl, das er jetzt für Waterford empfand, wärmte ihn, und schließlich fiel er in Schlaf.

Am Morgen erwachte er mit vor Kälte schmerzenden Gliedern und steif wie ein Greis. Sein Körper protestierte bei jeder Bewegung. Er griff aus dem Schlafsack heraus, sein Haar war steifgefroren. Stöhnend setzte er sich auf. Vom offenen Zelteingang drang graues, abweisendes Licht zu ihm, und er sah Waterfords humorlos grinsendes Gesicht.

»Du bist heute dran mit Frühstückmachen.«

»Geh doch zum Teufel!« antwortete Davenhill, rollte den offenen Schlafsack von sich und stellte sich müde auf die Füße. »Du magst das, nicht wahr?« fragte er, als Waterford ihn aus dem Zelt ließ. »Dieses Hollywood-Getue – sehr männlich.« Seine Stimme war ätzend, aber es war noch eine schlechte Laune dabei, als seien sie sich auf unangenehme Weise körperlich zu nahegekommen.

Waterford sagte: »Ich dachte, du wärst hier derjenige, welcher.«

Davenhills zerknittertes Gesicht zog sich vor Wut zusammen. Dann schien er sich wieder in der Gewalt zu haben und sagte sanft: »Kommst du auf diese Art in Schwung? Mit dieser Überheblichkeit? Das ist immer ein Zeichen von Schwäche.«

Waterford ging weg. Er hatte den Primuskocher angezündet, und Davenhill ging zum Jeep hinüber und fischte sich die Vorratskiste heraus. Dann begann er, ohne Waterford noch eines Blickes zu würdigen, Frühstück zu machen. Später, beim Duft des Kaffees, schmolz das Eis in seinem Inneren.

Sie aßen schweigend, dann verstaute Waterford das Zelt, und sie fuhren auf der Straße weiter. In den letzten achtundvierzig Stunden hatte es stark geschneit und auf der schmalen Straße waren keine Fahrzeugspuren mehr zu sehen. Die Ketten an den Rädern rutschten anfangs durch, doch als sie in dichteren Wald hineinfuhren, griffen sie wieder; der Schnee lag leicht auf einem verharschten Untergrund. Waterford saß still konzentriert am Lenkrand; neben ihm sah Davenhill verärgert auf die dicht über die Straße hängenden schneebedeckten Tannen.

»Verdammt eintönig«, sagte er, nachdem einige Stunden vergangen waren.

Waterford schien die Bemerkung zu verdauen, als sei sie Bestandteil einer entscheidenden Information, und sagte nach einiger Zeit: »Hast du Vorschläge?«

Davenhills Verwunderung über den trockenen Ton nahm noch zu, als Waterford den Jeep anhielt. Dann sah er ihn an und fragte: »Also? Schlägst du etwas vor?« Wieder klang Verachtung heraus, aber sie war kontrolliert.

»Warum bleiben wir nicht stehen und halten Ausschau?«

»Das hier ist die einzige Straße, Davenhill. Ich will nicht gefaßt werden wie Folley. Bis jetzt hat noch kein größeres Fahrzeug diese Straße verlassen können. Das hier...« und er zeigte auf die eng nebeneinander stehenden Tannen, »das hier bietet keine Deckung, nicht genug jedenfalls...«

Davenhill sah zu den Bäumen am Straßenrand hinüber. Sie erschienen ihm dunkel und undurchdringlich.

»Mein Gott – es fällt schwer, hier draußen an Aubreys Idee zu glauben!«

»Es ist nicht Aubreys Idee, und es ist auch nicht schwer«, sagte Waterford trocken. »Es ist nur die Art, wie ihr Zivilisten gewohnt seid, diese Dinge zu sehen, die es euch schwermacht, daran zu glauben.« Sein Atem stand wie eine Dampfwolke vor seinem Gesicht. Groß und massig füllte er den Fahrersitz aus. Er flößte Davenhill immer noch Furcht ein, da er vom Foreign Office gewohnt war, daß einem die persönliche Zurückhaltung nicht mehr erlaubte als flüchtige, eher indiskrete Blicke in die Seele der anderen, so daß ihm Waterford besonders undurchdringlich erschien. Einem solchen Menschen war er bisher nicht begegnet, der sein Selbst unter einem Schleier verbarg, wie seine Augen.

»Also?«

»Was, also?«

»Werden wir etwas finden?«

»Wer weiß? Vielleicht wird *uns* jemand finden.«

»Das ist ein netter Gedanke, so früh am Tag. So – hatte ich das Ganze bis jetzt noch nicht gesehen.«

»Bestimmt nicht.«

Waterford ließ den Motor an, der die kalte Stille wie mit einem hustenden Schrei zerriß. Er ließ die Kupplung kommen und der Jeep rutschte durch, um dann sanft weiterzurollen, wobei die Räder jetzt fest auf der verharschten Fläche fuhren.

»Was suchen wir eigentlich?« fragte Davenhill nach einer Weile.

»Keine Fahrspuren – nur eine Lichtung, oder eine Spur. Beschädigte Bäume – irgend so etwas.«

»Gut.«

Es verging mehr als eine weitere Stunde, bevor Waterford den Jeep erneut anhielt, mit einem Ausdruck der Verärgerung.

»Du und deine verdammte Pinkelei!« sagte er bissig. »Davenhill lächelte entwaffnend und sprang aus dem Jeep. »Mein Gott!« sagte Waterford noch, als er wegging. »Wer sieht dich denn schon? Ich werd' schon nicht hinschaun!« Davehill war schon weg von der Straße und zwängte sich jetzt ungeschickt durch die Tannen und den tiefen Schnee.

Als er fertig war, kam er hinter dem Baum vor und kniete in dem Schnee. Grinsend machte er einen Schneeball, versicherte sich, daß Waterford nicht hersah, zielte und traf. Der

Schneeball spritzte auseinander wie eine reife Frucht, als er gegen die Seitenwand des Jeeps schlug. Waterford wischte sich den Schnee von der Stirn und warf den Kopf zurück. Er machte ein Gesicht, als hätte er Spaß daran gehabt. Davenhill ging auf ihn zu. Die weiße Höhlung in einem der Bäume wäre ihm fast entgangen.

Dann kehrte er zurück.

»Waterford«, rief er.

»Meine Mutter hat gesagt, ich darf nicht mitspielen«, antwortete Waterford.

»Sieh dir das doch mal an«, sagte Davenhill mit fester Stimme und ging zu einem anderen Baum. Ein Loch in dem Stamm; ein Stück Rinde war entfernt worden, zusammen mit etwas anderem. »Wo sind wir auf der Karte, Waterford?« fragte er, aber noch ohne daß sich seine Erregung in der Stimme äußerte. Er wußte nicht, was diese Markierungen zu bedeuten hatten, während er von Baum zu Baum ging. Aber sie waren mit Sicherheit von Menschen gemacht, und erst vor kurzer Zeit. Der Schnee war an den Stellen, wo ihn der Wind fest an den Stamm gedrückt hatte, wie von einem Handschuh weggewischt.

Waterford stand dicht neben ihm und sagte: »Der Wald ist jetzt dichter – er ist ab hier ein paar Kilometer breit, auf jeder Straßenseite, vielleicht auch breiter. Die Stämme sind hier auch dicker.«

»Was bedeutet das?« fragte Davenhill.

»Nicht viel«, antwortete Waterford ruhig. »Vielleicht haben sie Tarnnetze daran befestigt.«

Davenhill sah ihn an. »Wie bitte?«

»Vielleicht. Vielleicht aber auch keine russischen. Du weißt ja, die Finnen haben auch eine Armee.« Davenhill vermutete, daß jetzt wohl wieder Waterfords üblicher Sarkasmus durchkäme, doch sein Gesicht blieb ausdruckslos – mit Ausnahme eines nachdenklichen Stirnrunzelns, als er sich die Höhlung in einem der Bäume noch einmal ansah. Er hockte sich hin und wischte den Schnee weg.

Dann stand er wieder auf und schüttelte den Schnee von seinen Handschuhen.

»Was hast du gemacht?«

»Ich habe nach dem Stift gesucht, das war alles – aber sie haben ihn mitgenommen, wie alle guten Soldaten.«

Er ging zu einem anderen Baum, dann zu dem nächsten und stapfte wieder in einem Halbkreis zu Davenhill zurück, indem er jeden Stamm prüfte, vor dem er haltmachte.

»Also?« Davenhill wurde ungeduldig.

»Es stimmt schon, daß irgend etwas an diesen Bäumen befestigt wurde. Wahrscheinlich Netze – genug, um ein halbes Dutzend Fahrzeuge abzudecken.«

»Panzer?«

»Möglich. Mannschaftswagen, was auch immer.«

»Gott sei Dank.«

»Kein Grund zum Danken, bei dem Beweismaterial.«

»Was willst du eigentlich – ein Päckchen russische Zigaretten, eine Kalaschnikow etwa?«

»Mehr. Wir wollen doch mal sehen, an welcher Stelle diese Einheit, wenn's überhaupt eine war, die Straße verlassen hat.«

»Wolltest du denn keine Fotos machen?« Davenhill klang wie ein enttäuschtes Kind.

»Im Pentagon und bei der NATO mal so richtig Eindruck schinden, was?« sagte Waterford mit einem schwachen Lächeln. »Bitte, meine Herren, hier der schlüssige Beweis, daß die Rote Armee in Finnland eingedrungen ist: Aufnahmen von Nagellöchern in Bäumen!«

Während er zum Wagen zurückging, lachte er, und Davenhill hinter ihm ließ die Schultern vor Enttäuschung hängen. Erst jetzt war ihm aufgegangen, wie lächerlich er auf Waterford gewirkt haben mußte.

»Wie haben sie es nur geschafft, hier durchzukommen?« fragte er, als er in den Jeep stieg.

»Sie werden nicht weit gekommen sein, ohne Haare zu lassen. Alles andere als ein lauschiges Wäldchen.«

Er ließ den Motor an, und sie fuhren auf der Straße weiter, wobei Davenhill jetzt auf jede Baumlichtung besonders achtete.

Nach wenigen Minuten sagte Davenhill aufgeregt: »Hier!«

»Ich sehe.«

Waterford steuerte zum Straßenrand und stellte den Motor

ab. Zwischen den Bäumen war eine Lücke, offenbar waren im vergangenen Sommer hier einige Bäume gefällt worden. Sie ragte keilförmig in den Wald hinein.

Waterford stieg aus und sagte: »Bleib hier. Ich will jetzt nicht deine Fußstapfen hier sehen.«

»Warum nicht?«

»Weil ich etwas ganz Besonderes suche.«

Er ging weg, und Davenhill genoß den neuen Ton in ihrer Beziehung. Waterford war jetzt tatendurstig und daher zwangloser, nicht menschlicher oder gefühlsbetonter, aber die Bitterkeit war verschwunden, und seine Menschenverachtung.

Davenhill sah, wie er sich neben der Straße hinkniete und vorsichtig den stäubenden Schnee wegfegte, wobei die dünne verharschte Decke zerbrach. Der Himmel war jetzt hellblau, hoch und leer. Davenhill fiel auf, daß die Szenerie ihre Feindseligkeit verlor, er hätte sie jetzt fotografieren können.

»Was machst du da?« rief er.

Waterford fuhr fort, den Schnee über einen größeren Bereich wegzufegen, bis die darunterliegende Eisdecke frei war. Schließlich stand er auf.

»Bring doch bitte mal die Kamera her.«

Davenhill kam zu ihm. Waterford hatte die ausgefahrenen Spuren von Kettenfahrzeugen freigelegt, von Panzern oder Mannschaftswagen, als suche er die Fährte einer fremden, verschollenen Tierart.

»Gut gemacht«, bemerkte Davenhill, froh über den wärmeren Ton, den er sich jetzt anzuschlagen traute. »Wie viele?«

»Nur ein paar. Sozusagen die Vorhut.«

»Aber jetzt sind sie nicht da!« platzte Davenhill heraus, enttäuscht wie ein Kind.

»Das will ich hoffen! Und wenn, dann könnten da drinnen gut ein paar Regimenter, sogar ein paar Divisionen stehen.«

»Mhm.« Davenhill fotografierte die freigelegten Spuren und sagte dann: »Wie geht's jetzt weiter?«

»Hast du Lust zu einem Waldspaziergang?«

»Kommt darauf an. Was suchen wir?«

»Was wir finden. Komm, wir fahren den Jeep weg von der Straße und unter die Bäume, dann schwärmen wir ein bißchen aus.«

Über eine Stunde lang durchkämmten sie den Boden zwischen den Bäumen, wobei sie immer tiefer in den Wald eindrangen und jeden Zwischenraum beachteten, der breit genug war, um einen Panzer durchzulassen. Die Suche blieb erfolglos, und sie kehrten zum Jeep zurück. Davenhill war enttäuscht. Er verstand zwar, daß sie nur sehr wenig finden würden, vielleicht überhaupt nichts, aber das Knien in dem tiefen Schnee, die Schneedecke wegzufegen oder die Baumrinde nach irgendwelchen Spuren zu untersuchen, wirkte ermüdend und frustrierend.

»Wir müssen weiter nach Osten«, sagte Waterford und trank ein paar Schlucke aus einer kleinen Flasche, die er dann Davenhill reichte. Davenhill spürte den Brandy warm in seinem Magen.

Er sagte: »Was ist mit Folley passiert, Waterford?«

»Weiß der Himmel.« Waterford sah ihn an, als erwarte er eine Reaktion. »Wahrscheinlich ist er tot. *Wir* wissen jedenfalls, daß sie da waren. Auch er muß etwas gefunden haben. Und sie ihn – andernfalls würden wir jetzt alle in London sitzen und uns seinen Bericht anhören.« Er sah zu der Kamera, die noch um Davenhills Hals hing. »Scheiße«, sagte er sanft. »Wir haben nicht mehr als ein paar Kettenspuren. Ich frage mich, was er gesehen hat.« Er blickte zu den Bäumen hinüber, als könnte er dahinter die getarnten Fahrzeuge entdecken.

»Wo war das Gros? Wo haben sie sich konzentriert?«

»Östlich von hier.« Aus der Innentasche der Tür zog er eine gefaltete Karte heraus. Mit einem Finger zeigte er: »Hier kannst du sehen, der Wald ist wie ein Ypsilon geformt und erstreckt sich von hier aus nach Norden und nach Süden. In jedem dieser beiden Arme, könnte ich mir denken.«

»Und wo sind sie jetzt?«

»Vielleicht nach Hause gefahren?«

»Wegen Folley? Vielleicht haben sie die ganze Sache abgeblasen?« Es war kein ernsthafter Vorschlag.

Waterford sagte: »Das bezweifle ich. Ich glaube eher, daß sie einen Probemarsch gemacht haben. Dabei dürfte die Einhaltung des Zeitplans entscheidend für sie sein – nach Ivalo zu stoßen, dann nordöstlich weiter und sich mit einer Angriffsspitze zu verbinden.« Er zeichnete ihre Route in die Karte ein. Davenhill blickte ihm über die Schulter und nickte, als er sehen konnte, wie sich die Angriffslinie entfaltete. Waterford deutete auf Kirkenes in Norwegen und auf die Straße, die von der russischen Grenze kam. »Da dürften sie die Grenze überschreiten«, sagte er. »Hier unten käme dann die zweite Angriffsspitze, die sich mit der anderen verbinden würde – also da.« Sein Finger zeigte auf Lakselv am Porsangenfjord. »Aber wahrscheinlich werden sie die Straße mit Luftlandetruppen einnehmen, und dann Truppen mit Amphibienfahrzeugen in den Fjords absetzen.« Er sah Davenhill an. »Reiner Selbstmord, sie da aufhalten zu wollen«, fügte er unnötigerweise hinzu.

»Ein paar Aufnahmen von Spuren im Schnee würden sie wohl ebensowenig stoppen, oder?«

»Uns geht es um Folley«, gab Waterford zu. »Aber er dürfte sich kaum in sehr gutem Zustand befinden, falls wir ihn überhaupt finden.« Er warf die Landkarte in den Jeep. »Komm, wir fahren weiter.«

Eine Stunde später hielten sie zum fünften Male an. Bei jedem bisherigen Halt hatten sie breitere Lücken zwischen den Bäumen untersucht, die in den Wald hineinreichten. Ohne etwas zu entdecken. Davenhill fand es irgendwie geisterhaft, daß ein einfacher Schneesturm jede Spur der Truppen ausgelöscht haben sollte, von denen er jetzt wußte, daß sie finnischen Boden betreten hatten. Vielleicht vor nicht mehr als achtundvierzig Stunden. Folley – bei dem Gedanken an ihn durchzuckte ihn ein Schmerz, da er jetzt auf seiner Route war – mußte sie gefunden haben. Und wie Waterford gesagt hatte, hatten sie wiederum Folley entdeckt.

Widerstrebend kletterte er aus dem Jeep und folgte Waterford zu einer sternförmigen Verbreiterung der Straße, die offensichtlich für die Durchfahrt von Holzfällerwagen diente. Hier trafen mehrere Wege zusammen, es war wohl der Mittelpunkt der Waldarbeiten.

»Wie haben sie das nur ausfindig gemacht?« rief er aus, als ihn plötzlich ein Gedanke durchzuckte.

Über die Schulter sagte Waterford: »Tieffliegeraufnahmen – unter dem Radarnetz, klick, klick, und weg. Ganz einfach.«

»Verstehe.« Er schwieg wie Waterford. Vier Wege verliefen sich zwischen den Bäumen, die dicht und schneebeladen schweigend dastanden. »Hier?« fragte er.

»Ja, hier – wenn überhaupt«, antwortete Waterford. Dann wendete er sich zu Davenhill um, und der junge Mann sah in seinen Augen einen seltsamen Glanz. Er ist aufgeregt, dachte Davenhill. Dann wußte er es. Die Leidenschaft des Jägers, der die Beute aufgespürt hat. Die Fährte lag unter der dünnen Schneeschicht zu seinen Füßen. Er konnte sie spüren. Sie erregte ihn zwar nicht so wie Waterford, ließ aber so etwas wie Respekt in ihm entstehen, und er stellte sich ihm noch bereitwilliger zur Verfügung.

»Was machen wir jetzt?«

»Sieh mal. Wir werden den Jeep brauchen. Für jeden dieser Wege. Und – paß gut auf, ob irgendwo Holz gefällt wurde.«

Während sie zum Jeep zurückkehrten, sagte Davenhill: »Warum waren sie eigentlich hier, Waterford? Bei meiner Begeisterung, daran zu glauben, habe ich ganz vergessen zu fragen, warum?«

»Warum? Ich weiß es nicht.« Er startete den Jeep und fuhr von der Straße herunter auf den Weg, der zu der Straße nach Ivalo am ehesten parallel lief. Nach einer Weile sagte er: »Die Theorie lautet – mit hoher Geschwindigkeit Erfolge zu erzielen. Dazu gehören Luftlandeoperationen, Abwurf von Nachschub, solche Sachen. Also Transportflugzeuge. Und davon haben sie vielleicht nicht genug. In diesem Fall würde eine Panzereinheit Ivalo einnehmen, um auch den kleinsten Luftlandeangriff zu unterstützen. Ivalo wird dann gehalten, leichte Truppen weiter vorn aus der Luft abgesetzt und mit Panzern nachgestoßen. Panzer über diese Straße schikken…« er lächelte, als sie wieder ausstiegen. »Das wäre, als würde man einen Wasserfall durch einen Flaschenhals gießen. Den fehlenden Nachschub aus der Luft durch einen Schnelleinsatz von Panzern wettmachen. In diesem Fall hat wohl jemand erkannt, daß das geübt werden muß. Ein Probemarsch, wie ich schon sagte.«

»Also werden sie wiederkommen?«

»Was weiß ich.« Er verließ die Spur in diesem Augenblick und erreichte weicheren Schnee unter den Bäumen. »Ein schöner Tunnel«, sagte er geheimnisvoll. Fast unmittelbar danach kamen sie zu einer ziemlich kreisrunden Lichtung. Und die Bäume standen, ihre Zweige beraubt, als warteten sie auf den Frühling. »Da.«

Davenhill saß in dem Jeep und genoß den Anblick der unschuldigen Lichtung.

Waterford stieg aus und sah sich um. Er ging in dem umschriebenen Kreis so vorsichtig wie über eine dünne Eisdecke. Dann sah Davenhill, wie er sich über den Schnee beugte, ihn mit der Vorsicht eines Archäologen zur Seite wischte und dann seine Hand hob, um ihn herzuwinken.

Der Schnee unter der neuesten Decke war von Motorenöl verschmutzt.

»Da haben wir es«, sagte Waterford. Er stand auf und schwenkte die Arme um die Lichtung.

»Was ist da drunter?«

»Gold«, antwortete Waterford. »Laß uns graben.«

»Das war's also«, schloß Worontsjew, indem er Alewtina und die drei Männer ansah, die in dem engen, unordentlichen Zimmer zusammengekommen waren. Während er redete, hatten sie die Wände angeschaut, an denen die zusammengeklebten Ausschnitte hingen.

Die eingetretene Stille wirkte nicht entspannend, nicht lösend. Vielmehr schienen alle vier sichtlich entsetzt über das, was ihnen zur geistigen Verdauung zugemutet worden war.

»Chef?« sagte Maxim kleinlaut. Er zitterte vor Verlegenheit, dann räusperte er sich. »Wir müssen einfach noch mal auf diesen verdammten Wrubel zu sprechen kommen, und wer ihn umgebracht hat. Wissen wir noch irgend etwas anderes über ihn?«

Worontsjew ließ sich in dem einzigen Klappstuhl nieder – die Gruppe vor ihm saß steif und aufrecht auf Eßzimmerstühlen von nebenan. Er sagte: »Alewtina, was gibt's Neues?«

»Nichts, Genosse«, erwiderte das Mädchen korrekt, fast steif.

»Hast du die Rechnung für deinen Mantel an Tortjew geschickt?« fragte Ilja.

»Das habe ich«, sagte sie kurz. Dann zu Worontsjew, der lächelte: »Wir haben bei seinen Kontakten nichts Verdächtiges finden können – und niemand hat ihn in jener Nacht gesehen. Das ist eine Sackgasse, Genosse.«

»Natürlich. Er wurde nicht wegen seiner Brieftasche umgelegt. Also gut – seine Geschichte. Er war zwei, drei Jahre lang an der finnischen Grenze. Er war für einen Grenzabschnitt verantwortlich. Sicherheit über alles. Sie wissen ja, wie der Grenzschutz arbeitet – Abteilungen mit autonomer Führung, aber zentral koordiniert.«

»Wird er dann in seiner Eigenschaft als Grenzschutzoffizier eingesetzt, oder als etwas anderes?«

Pjotrs Gedankengänge schienen sich langsam zu klären, als er die Frage stellte. Er sah nur einen großen grauen Fleck vor sich.

»Als ein Grenzschützer – wofür?«

»Hängt das nicht davon ab, was diese *Finnland-Station* bedeuten soll?« bemerkte Alewtina. Worontsjew sah sie sorgfältig an. Das Mädchen schnitt nie ein anderes Thema an, nur um abzulenken.

»Was meinen Sie?«

»Was ich mich fragte, Genosse, war, ob es einfach sein eigener Code war, oder ein Code für etwas, das noch anderes bedeutete.«

»Anderes? Inwiefern?«

»Womit haben wir es zu tun, Genosse – mit Revolution, oder? Doch mit der Armee, nicht wahr?«

»Das stimmt. Aber wir haben uns hier mit dem revolutionären Aspekt zu beschäftigen – also wie paßt Wrubel in dieses ganze Konzept? Ich kann mir nicht vorstellen, daß ein Hauptmann vom Grenzschutz eine Revolution anfacht! Können Sie das?« Ilja schüttelte den Kopf. »Also. Jedenfalls werden wir unsere Kräfte jetzt aufteilen müssen. Wir müssen in Erfahrung bringen, wie das Ganze in seinem Bereich aufgebaut ist. Überhaupt alles. Über seine Leute, deren Einstellung, ihr Vorgehen und alles, was dazugehört.«

»Wissen Sie eigentlich, was Sie da sagen, Genosse?« fragte

Maxim. »Sie unterstellen, daß er an einer Art von Grenz*überschreitung* beteiligt ist...«

»Red doch keinen Quatsch!« platzte Pjotr heraus und sah dann Worontsjews ernstes Gesicht. »Entschuldigung.«

»Klingt komisch, nicht wahr?« sagte er. »Aber – ist es das auch? Ich will es *wissen*. Deshalb fahre ich morgen früh nach Finnland – jedenfalls bis zur Grenze. Genosse Kapustin hat dieses Team mit dem Fall Wrubel beauftragt – um alles herauszukriegen. Sie alle bleiben hier, um sich in den nächsten Tagen mal richtig hineinzuknien – gehen Sie *jeder* Spur nach, die sich durch seine Kontakte, sein Vorleben, seine Verhaltensweise ergibt.«

Kein einziger von ihnen murmelte einen hörbaren Protest. Dann sagte Pjotr: »Wir haben also jetzt Zutritt zu Ihrem Verbrecheralbum, Genosse?«

»Ja. Ich möchte, daß Sie sich auf Wrubel konzentrieren, aber eben auch auf die anderen, immer jeweils zwei zunächst. Wenn ich aus Finnland zurück bin, werde ich mir die anderen beiden selbst vornehmen – Ossipow und Praporowitsch.«

»Wir können davon ausgehen, daß Wrubel eine Menge gewußt hat – warum hätte man sonst versucht, Sie umzubringen, wenn Sie ihn beschattet haben?«

»Das ist vielleicht schon aufgeklärt – zum Beispiel durch die Leiche des alten Mannes im schwarzen Mantel. Vielleicht hat Wrubel mich schon die ganze Zeit über hintergangen. Ich habe nur keine Beweise. Wir gehen davon aus, daß sonst niemand etwas von unserem Verdacht weiß, daß Ossipow einen Doppelgänger hatte...«

»Hunderte wußten es, als wir anfingen, Fragen zu stellen. Wrubel war im KGB. Und soundsoviel andere auch, die ihm die Stange halten!« sagte Maxim, die Augen starr auf die Wand mit den Gesichtern und Namen gerichtet.

»Einverstanden. Es hätte irgend jemand sein können. Gerade deshalb müssen wir etwas herausfinden, und zwar bald. Einen gemeinsamen Nenner.«

»Wie weit hat sich die Sache ausgebreitet, Genosse?« fragte Ilja. »Ich meine, Sie brauchen nicht viel, um das Politbüro umzulegen, jedenfalls nicht, wenn Sie Panzer einsetzen.«

»Das stimmt. Der Moskauer Militärdistrikt kann mehr als genug liefern – sogar einen netten Luftlandeangriff auf den Kreml!«

»Das gäbe eine schöne Bescherung!«

Worontsjew lächelte dünn und fuhr dann fort: »Wir müssen uns also einen gewissen Einblick in den Moskauer Distrikt verschaffen, ohne Verdacht zu erregen. Aber: wenn sich die Sache in Moskau abspielt, dann frage ich mich, warum Ossipow? Er ist am anderen Ende der Welt! Und warum Wrubel? Er war Tausende von Kilometern entfernt eingesetzt! Und warum all die anderen? Was ist mit ihnen los?«

Er klatschte mit den Händen auf seine Schenkel, wodurch die plötzlich eingetretene Stille noch hörbarer wurde.

»Ich fürchte, wir werden eine Menge Staub aufwirbeln, wenn wir da rangehen, Genosse«, wandte Ilja etwas ungeschickt ein.

»Ich weiß. Halbheiten können wir uns zwar nicht leisten, aber wir müssen uns den Anschein einer kleinen und isolierten Gruppe geben, die ein paar Nachforschungen anstellt. Vergessen Sie das nicht. Wir können nicht riskieren, daß die Sache losgeht, die wir zu verhindern versuchen.«

»Aber, Genosse...«, sagte Ilja wieder. »Glauben Sie denn wirklich, daß sich eine *Revolution* anbahnt? Das ist doch einfach unmöglich!«

»Meinen Sie? Nicht, wenn sich die Armee dafür stark macht. Können Sie sich vorstellen, daß die Luftwaffe ihre Kameraden in den Panzern bombardiert, oder daß die Marine Moskau von der Ostsee aus beschießt? Da genügt doch nur ein kleiner Schubs – und was muß denn schon zu Fall gebracht werden? Das Politbüro, die Kreml-Clique – und wir selbst! Wollen Sie sich einem T-72 mit einer 9-mm-Pistole entgegenstellen, Ilja?«

»Ich verstehe.«

»Sie alle – verstehen Sie das auch? Man braucht nicht mehr zu tun, als das Zentrum einzunehmen und zu halten. Wenn sie sicher sind, von den übrigen Militärdistrikten genügend Armeenachschub zu bekommen, dann kann ihnen niemand mehr etwas anhaben. Der KGB wird weggefegt und durch irgendeine militärische Polizeiorganisation ersetzt, und der Kreml ist in der Hand der Marschälle. So einfach ist das – vorausgesetzt, es ist die Armee, die sich darum kümmert!«

Sein Gesicht glänzte vor Schweiß und Anstrengung. Er wollte das Beste aus ihnen herausholen. Sie waren jung, und das System war ihr sicherer, warmer Mutterschoß. Und doch mußte er ihnen zeigen, wie unsicher das alles war, wenn es durch eine Armee bedroht wurde. Die Rote Armee.

»Aber warum wollen sie es denn überhaupt tun?«

Worontsjew hielt inne, dann sah er in jedes Gesicht – jedes saubere, aufrichtige, vertrauensvolle Gesicht. Sie wirkten so jung und unfähig, verletzt zu werden, oder sich für sterblich zu halten. Und eine geistige Überlegung, die unter der bewußten Oberfläche hätte ablaufen können, schien zur Klärung beizutragen, zu einem Schluß zu gelangen. Diese Gesichter vor ihm, in diesem unaufgeräumten Raum, blendeten ihn geradezu durch ihre Einsicht.

»Sie vier – von Ihnen glaubt doch keiner an etwas, oder?« Sie schienen verwundert, ein Grinsen entstand und verging wieder, wie kleine Sonnenflecken. Alewtina sah spöttisch aus. »Sie lesen nicht Lenin, Sie erinnern sich nicht an Stalin oder an den Krieg gegen die Faschisten – Sie denken nicht an Berlin, an den Ort, wo man die benzingetränkten Leichen fand...« Er spürte, wie die Rhetorik mit ihm durchging, wie er sich Goroschenkos Erfahrungen zu eigen machte, und was er aus dem Leben seines Vaters wußte. Wenn er es auf einmal verstehen könnte, vielleicht würde es dann auch ihnen gelingen. »Oder als man die Tausende von kalkzersetzten Leichen in den Massengräbern fand – Babi Yar und all die anderen Orte, wo die SS gewesen ist. Gehen Sie mal weiter zurück, erinnern Sie sich an den Bürgerkrieg gegen die Weißen, den Hunger, die Millionen, die seit 1917 gestorben und umgekommen sind. Denken Sie einmal daran, wenn Sie sich Ihre nächste Flasche Malzwhisky in dem Laden im Zentrum kaufen, oder wenn Sie Ihr subventioniertes Frühstück in der Kantine essen, oder einen neuen Anzug aus importiertem italienischen Stoff bestellen. Seidenschals, Pelzmäntel...«, fügte er noch rasch hinzu, um das Mädchen nicht auszulassen. »Ein feines Leben, Genossen. Geschichtslos. Aber diese alten Knacker erinnern sich noch – und glauben vielleicht immer noch daran!

Vielleicht sind sie auch noch nicht bereit, sich ihre Rente zu holen oder ihr SS-22-Spielzeug wegzuwerfen, und ihre neuen Bomber und atomgetriebenen Flugzeugträger. Kommt es denn noch darauf an, ob sie ein Motiv haben oder keines? Vielleicht haben sie eins – und das ist dann alles, worüber wir uns Sorgen zu machen haben!«

Langsam sahen sie einander an, dann ihn. Jeder von ihnen, als ginge es um ein Ritual, nickte ihm zu. Erleichtert lehnte er sich zurück. Dann klingelte das Telefon in der Diele. Er hatte den Nebenapparat nicht durchgestellt. Ilja erhob sich und nahm den Anruf entgegen.

Die anderen standen auf, streckten sich und begannen, die Fotos an den Wänden zu betrachten. Worontsjew versuchte sich mit Hilfe des Gefühls seiner Autorität zu entspannen, aber es gelang ihm kaum. Was er ihnen gesagt hatte, was er betont hatte, das flößte auch ihm Angst ein. Es war nicht mehr so einfach, sich alles mit Hilfe von Wandbildern vorzustellen, von Aufnahmen, die unter dem Deckmantel geheimer Überwachung gemacht wurden. Wenn die Armee tatsächlich einen Putsch plante, dann war sie nicht aufzuhalten – schon gar nicht, wenn sie die Zustimmung, zumindest die Einwilligung der Mehrzahl der Oberkommandierenden hatte.

Moskau wäre nicht sicherer als Luanda oder Beirut. Nur daß der Kampf kurz wäre, und blutig – und die Armee durfte ihn nicht verlieren.

»Ich hol' mir diesen langnasigen Affen, Timoschenko!« sagte Maxim vergnügt und riß das Foto von der Wand. »Er hat meinen Vetter mal entlassen – ich bin ihm was schuldig!« Sein Enthusiasmus war unüberhörbar.

»Häng ihn auf«, lachte Pjotr.

»Brauch' ich gar nicht!«

In diesem Augenblick kam Ilja zurück. Worontsjew drehte sich zu ihm hin, um die Nachricht zu hören, und lachte noch über Maxims Ausgelassenheit, der jetzt nach Timoschenkos Akten suchte. Sein Lächeln verschwand, als er in Iljas blasses Gesicht blickte – als ob sich dieser der Gefahr erst jetzt richtig bewußt geworden sei, dachte er.

»Was gibt's, Ilja?«

»Genosse, dieser Bericht über Ossipow und seinen Stab vom KGB-Büro in Chabarowsk...«

»Ja?«

»Sie sind alle tot – das Büro wurde heute morgen in die Luft gejagt – wer nicht im Dienst war, bekam zu Hause seine Bombe...«

»Was?«

Die Stille in dem Raum nahm ihnen die Luft.

»Das Werk der Separatistenbewegung von Chabarowsk – sagen sie. Sie sind alle tot. Alle KGB-Offiziere in der Stadt.«

Und Worontsjew verstand.

Er würde selbst nach Chabarowsk gehen.

Ossipow hatte sie umbringen lassen.

7. *Winterreisen*

Weder die Orientteppiche noch die bestickten Sofas, nicht einmal die hohen Fenster, die vom dritten Stock aus den Dscherschinskij-Platz überblickten, konnten hinsichtlich der Eleganz der Räume die Geschäftsmäßigkeit von Andropows Büro verbergen. Das Mobiliar verriet den Kenner, verriet ihn als einen ungeheuer Privilegierten innerhalb seiner Gesellschaft – und die zahlreichen Telefone auf seinem riesigen Tisch verrieten seine Stellung als Vorsitzender des KGB. Die Wände mit Mahagoni verkleidet, die Vorhänge mit Brokat geschmückt – er saß da und sah sich für einige Augenblicke in dem Raum um, nachdem Kapustin ihn verlassen hatte, dann kehrte sein Blick zu den Telefonen zurück. Er schüttelte den Kopf, als gelte es, eine Realität zu akzeptieren.

Die Leitung zum Kreml, die Leitung zum Politbüro und den Mitgliedern des Zentralkomitees, dann die Leitungen, die ihn mit jedem KGB-Büro in der Sowjetunion verbanden. Er starrte das Bakelit an, das es ihm über Hochfrequenzstromkreise ermöglichte, seine Sicherheitsmaschinerie zu überwachen.

Chabarowsk wählen, und dann sehen, wer antwortet...

Er wünschte sich den Gedanken nicht, aber nachdem er sich nun einmal eingestellt hatte, spürte er Ärger in sich hochsteigen, der ein für starke Emotionen nicht vorbereitetes Gerüst ins Wanken brachte. Er verabscheute Emotionen – ja, er befürchtete sie, weil sie das Ungewohnte und Gefährliche einer Infektion bargen.

Natürlich war er einverstanden gewesen, daß Major Worontsjew mit einer Gruppe von Gerichtsbeamten nach Chabarowsk geschickt wurde. Die Annahme des Majors, daß Ossipow seine Leute hatte umbringen lassen, entbehrte nicht der Logik. Hier spürte er das Zentrum des kleinen Sturms. *Hier*. Nun gut, schon vorher waren in der Ukraine KGB-Leute in einsamen Alleen erstochen worden, waren sogar Bombenattentaten in ihren Autos zum Opfer gefallen; aber die ganze Gruppe umzulegen?

Da gab es noch etwas anderes. Es bedeutete, daß etwas kurz bevorstand. *Sie* jedenfalls hatten nichts zu befürchten.

Chamowkin ließ sich durch ihn vertreten. Der Staatsapparat war in die Dscherschinskij-Straße umgezogen, in die Zentrale. Andropow bemerkte keinerlei Ironie in dem Gedanken. Da ist also jetzt der Staat, dachte er. Hier. Weil es um nichts anderes ging als darum, daß sie den Feind finden, isolieren und ausschalten. Und nur er und sein Aufgebot waren dazu in der Lage.

Wirklich?

Er kramte auf seinem Schreibtisch und fühlte einen plötzlichen Krampf in den Beinen. Er sah zu ihnen hinunter, als hätten sie beschlossen, ihm nicht mehr zu gehorchen. Chamowkin gab er keine Schuld, das würde nur ein Dummkopf tun. Alles mußte ganz normal aussehen. Was eigentlich Anlaß zur Sorge war, das konnte man keinem sagen. Sie saßen mit dem Rest der Welt in einem Restaurant, aber nur sie wußten, daß da eine Bombe tickte – und der größte Teil der Angestellten war krank, oder nicht vertrauenswürdig, und nur einer oder zwei konnten hingeschickt werden, um sie ausfindig zu machen, zu entschärfen –

Dann verwarf er den Vergleich, der ihm zu real, zu fühlbar erschien. Fjodor hatte ihm die Regierungsgeschäfte übergeben.

Die Akte auf seinem Schreibtisch war in Leder gebunden. Ihr Inhalt war dem Material nicht unähnlich, das auf Worontsjews Fußboden herumlag und an seine Wände geheftet war. Material, das Andropow müde und wütend zugleich machte. Es war doch einfach lächerlich, keine eindeutig klare Vorstellung davon zu haben, wer daran beteiligt sein könnte – wer daran beteiligt sein *mußte* –, und es konnte einen rasend machen, nichts tun zu können. Ohnmacht konnte er nicht zulassen, nicht nach all den Jahren der Machtausübung. Aber er war sich bewußt, daß der Staat auf die Größe dieses Raumes zusammengeschrumpft war, und daß er die Dinge so wenig im Griff hatte wie die Verbindungen, die er durch das Wählen bestimmter Nummern an den Telefonen vor ihm herstellte.

Er stand auf und ging rasch, zielstrebig zu den Fenstern und sah hinunter. Der Platz vor seinem Dienstgebäude leuchtete in der Sonne. Die Moskauer waren aus ihren Häusern gekommen, in großer Zahl, wie immer, wenn es geschneit hatte oder wenn der Frost klirrte. Wintermenschen, diese Russen. Er konnte keine Beziehung zu ihnen finden, auch jetzt nicht. Er fühlte keinen Auftrag, keine Verpflichtung ihnen gegenüber.

Er kehrte an seinen Schreibtisch zurück und öffnete die Akte, blätterte dann rasch die mit Kunststoff bezogenen Seiten durch und ließ sich von den Gesichtern anstarren. Die Hauptverdächtigen. Praporowitsch, Ossipow, der Verteidigungsminister, Marschall Jaroslawitsch, Mitglieder des Politbüros, des Zentralkomitees.

Isolieren, dann vernichten.

Aber bevor er das tun konnte, mußte er die Kommandofolge entdecken, die Hierarchie des Putsches. Und die letzten zwölf Monate hatten nichts gebracht. Wenn, wenn, wenn – wer steckt dahinter, wer ist der Anführer, wer, *genau*, ist beteiligt, wie lauten die Befehle, der Plan – und *warum*? Sein Kopf schmerzte bei den unbeantwortete Fragen, sein Körper schmerzte bei dem Gefühl der Ohnmacht. Er hatte keine Angst, aber...

Hing denn *alles* von einem einzigen jungen Major im SID ab, und von seinem Flug nach Chabarowsk? Wie war das möglich? Und wieso nicht? Hatte das Büro in Chabarowsk etwas entdeckt, weswegen sie zum Schweigen gebracht werden mußten?

Das Telefon läutete, er schreckte auf.

»Ja?« Es war die *Kremlewka*, die direkte Leitung zum Kreml. Puschkin, der Premierminister. Die Regierungsgeschäfte. Er hörte zu und starrte dabei in den Raum. Hier sind sie, dachte er, die Regierungsgeschäfte. In diesem Raum.

Worontsjew wartete auf die Spezialisten, mit denen er nach Chabarowsk fliegen sollte. Nach einer Stunde würde er weiterfliegen, und er war eingetroffen, um Ilja und Maxim letzte Anweisungen zu geben, bevor sie das Flugzeug nach Leningrad bestiegen, auf dem Weg zu Wrubels Abschnitt des Grenzschutzes.

Alle drei saßen im Warteraum für Diplomaten, in der durch eine Glaswand abgetrennten Abteilung für den KGB. Während sie ihren Kaffee schlürften und zusahen, wie die Verkehrsflugzeuge hinter den doppelt verglasten Scheiben landeten und heranrollten, warnte Worontsjew sie mehrfach wegen der Gefahren ihrer Untersuchung.

Er wußte, daß er vorsichtig war, aber Vorsicht war auch geboten. Sie war wesentlich. Er fühlte sich alt, viel älter als sie, mürrisch und bedrückt im Gegensatz zu ihrem fast jugendlichen Elan. In jedem von ihnen nahm die Spannung fühlbar zu, und seine Nüchternheit machte sie ungeduldig. Und doch mußten sie Verständnis aufbringen. Er sah, wie Maxims Augen der TWA-Boeing folgten, als diese an den Fenstern vorbeirollte, und sagte knapp:

»Es geht mir nicht etwa um meine Gesundheit, wissen Sie!«

»Entschuldigen Sie, Genosse«, sagte Maxim und zwang sich, seinen Begleiter nicht anzusehen.

»Sie haben eine *gewöhnliche* Untersuchung in Angriff zu nehmen – verstanden? Sie müssen jeden davon überzeugen, daß Sie einen Polizeiauftrag ausführen, weil Hauptmann Wrubel ermordet wurde. Seine Freundin hat sein Verschwinden gemeldet...« Er senkte seine Augen für einen Augenblick. Der Name, der auf der amtlichen Meldung vermißter

Personen eingetragen war, war derjenige seiner Frau – ihr Geburtsname und ihre Berufsbezeichnung. Diese Angaben stimmten, denn man mußte damit rechnen, daß auch die Nachprüfer überprüft wurden.

Seine eigene Erregung war seit langem verschwunden, als er die doppelte Untersuchung ansetzte – Maxim und Ilja nach Finnland, er selbst in den Fernen Osten. Kapustin hatte zugestimmt, daß die Aktion der Separatistenbewegung in Chabarowsk unerwartet, ja verdächtig gewesen war. Und er hatte ihm gestattet, die Bombenattentate selbst zu untersuchen, zusammen mit einem Team vom SID, das die juristischen Aspekte prüfen sollte. Worontsjews Ziel war Ossipow und die militärische Wahrheit, da er Kapustin und vermutlich sogar Andropow hatte davon überzeugen können, daß Ossipow möglicherweise das wichtigste Einzelglied einer Kette sei, die sie nicht sehen konnten. Er war wie ein verdächtiger Korken an die Oberfläche gekommen; mehr noch: der Tod der ganzen KGB-Gruppe war zu zufällig, um als Unfall zu gelten.

Worontsjew hatte wenig geschlafen, und die steigende Anspannung drückte nicht nur auf seinen Magen, sondern ließ auch seine Gedanken immer schneller kreisen. Er sagte, vielleicht zum drittenmal seit ihrer Ankunft am Flughafen: »Wir dürfen nicht das auslösen, was wir zu verhindern versuchen.« Er wußte, daß sein ernstes Gesicht auf sie eher wie das eines langweiligen Onkels wirkte, dem es darum ging, jugendliches Ungestüm in seine Schranken zu weisen. Er spürte die Notwendigkeit, mit ihnen zu kommunizieren, und gleichzeitig, wie schwer dies war. Sie wurden mit einer Untersuchung beauftragt, die er selbst in die Hand genommen hätte, und sie verstanden den Ernst, die Bedeutung. Aber sie *fühlten* nicht wie er.

»Wir werden vorsichtig sein, Herr Major«, sagte Ilja. »Wir wissen, was auf dem Spiel steht.«

»Gut. Dann also, nur Wrubel. Erwecken Sie so wenig Verdacht wie möglich. Handeln Sie *normal*, bitte! Sie sind im SID, und das sollte die Leute schon genug in Angst versetzen. Trotzdem keine Untertreibungen.«

»Nein, Herr Major.«

Er gab es auf. Es war, als ließe man Kinder eine Lektion wiederholen. Papageienhaft wiederholten sie, was er ihnen beigebracht hatte, aber sie verstanden es nicht. Eine schlimme Ahnung überkam ihn plötzlich.

Während der letzten Minuten saßen sie schweigend, dann wurde ihr Flug nach Leningrad aufgerufen, und er stand mit ihnen auf und gab ihnen die Hand. Sein Mut sank, als er ihnen nachblickte, wie sie durch den Tunnel zu dem Flugzeug gingen. Er befürchtete, daß ihnen etwas fehlen würde, etwas Wichtiges. Er hätte doch lieber selbst fliegen sollen.

Er holte sich noch einen Kaffee aus der Maschine, zuckte bei dessen bitterem Geschmack zusammen und zündete sich eine Zigarette an. Er nahm die *Prawda* von der Plastikbank und überflog die Seiten. Dem amtlichen Bericht über die Explosionen in Chabarowsk zufolge war die Schuld bei denen zu suchen, die sie schon am Telefon übernommen hatten – den Separatisten.

Er faltete die Zeitung zusammen und schob sie zur Seite.

Kapustin hatte sich nicht zu einer vorzeitigen Stellungnahme hinreißen lassen. Er hatte nicht Worontsjews Inspiration geteilt, als Ilja die Telefonmeldung wiederholt hatte. Kapustin, auch Andropow, sahen den größeren Rahmen, und das Bild blieb weitgehend grau und formlos. Kapustin wollte wissen, *warum* Ossipow beteiligt war, und er konnte es ihm nicht sagen. Er konnte sich nicht einmal eine plausible Erklärung vorstellen. Statt dessen klammerte er sich an die Tatsache, daß Ossipow einen Doppelgänger gebraucht hatte, um der Beschattung zu entgehen. Um jemanden zu treffen, um Befehle zu empfangen.

Eine andere Einheit des SID hatte damit begonnen, die Hierarchie des Moskauer Militärdistriktes zu durchleuchten. Der Vorwand bestand in einer abgekarteten Bestechungsanklage gegen höhere Offiziere – vielleicht war es auch Unterschlagung von militärischen Ausrüstungsgegenständen, er konnte sich nicht erinnern. Er war nur davon überzeugt, daß sie nichts finden würden, was mit der *Gruppe 1917* zusammenhing.

Wieder spürte er, wie ein Drang sich seiner bemächtigte, ihn zu ersticken drohte, während seine Muskeln und sein

Hirn wie unter elektrischen Impulsen zusammenzuckten, ein Drang, zu handeln.

Er blickte auf, und Natalja stand neben ihm. Ihr Erscheinen war so unerwartet, daß er für einen Augenblick verwirrt war. Die Szene stammte aus der Vergangenheit, vor allem das sorgfältige Lächeln, und es paßte, daß sie jetzt erschien.

Dann sagte er: »Was, zum Teufel, machst du hier?«

Erneut wurde ihm bewußt, in welcher Weise ihr Lächeln über ihre Lippen zuckte, so als würde die Stromzufuhr immer wieder unterbrochen, um dann wieder einzusetzen. Sie hatte sich vorgenommen, sich nicht ärgern oder hinausschikken zu lassen. Er fragte sich, ob das etwa Buße sein sollte.

»Ich kam, um dich zu sehen«, sagte sie. »Du hast nicht angerufen.«

Plötzlich wurde er mißtrauisch.

»Woher wußtest du, daß ich hier bin?«

»Michail Petrowitsch sagte es mir.«

»*Sagte* es dir – wann?«

»Mach kein Verhör mit mir!« brauste sie auf, und ihre plötzliche, ihm so wohlbekannte Stimmung verriet ihm, daß er keinen Grund hatte, mißtrauisch zu sein.

»Er weiß gar nicht, daß ich hier bin«, sagte er, als wolle er einlenken, und fiel dabei in diese trotzige Haltung und den Gesichtsausdruck, den sie so verabscheute.

Sie glättete ihre Gesichtszüge, bevor er wieder zu ihr hinsah, und sagte: »Er war mit – ach so, Kapustin, glaube ich, heute morgen zusammen. Er sagte es ihm.«

»So. Und jetzt?«

»Ich komme mit – ich habe ein paar Tage frei, bevor wir mit den Proben für *Cosi* anfangen –, Michail sagte mir, glaube ich, damit ich mich darauf einstellen könne ... Wenn ich nicht frei hätte, hätte er's mir sicher vorgeschlagen!« Sie lachte. Es war falsch, klang aber schauspielerisch reizvoll. Allerdings war ihr Lachen wohl das Unnatürlichste an ihr.

»Ich hab' zu tun!« sagte er knapp, spürte aber seine eigene Ohnmächtigkeit wie bei einer beginnenden Erkältung. Sie brachte sein Denken durcheinander, irgend etwas *überschattete* ihn. Es war nicht unheimlich – irgendwann hatte er es sogar einmal genossen. Es mußte wohl mit seiner Kindheit zusammenhängen, dachte er. Das Bedürfnis, dominiert zu werden – Mutterfixierung ...«

»Was, zum Teufel ...?« sagte er laut. Ihr Gesicht wurde schmal, dann fügte er hinzu: »Also gut, setz dich hin – aber komm mir nicht in die Quere!«

»Gerne, Alexej – ganz sicher, Alexej!« sagte sie in singendem Ton, jetzt ganz unterwürfige, pflichtbewußte Ehefrau, wie in den ersten Tagen ihrer Ehe. Er konnte ein Lächeln nicht unterdrücken, obwohl er an dem plötzlichen Gefühl der Einsamkeit fast erstickte, das in seine Erinnerung trat; und er verachtete für einen Augenblick die Abhängigkeit, die er jetzt demonstrierte.

Sie schob den kleinen Lederkoffer zur Seite, strich die Falten ihres langen Lederrockes glatt und streckte ihre in Stiefeln steckenden Beine aus. Sie ist auch jetzt noch attraktiv, dachte er. Aber er sagte: »Hauptsache ist, du störst mich nicht bei der Arbeit.«

»Ich werde es nicht tun. Aber du wirst doch wohl nicht die ganze Zeit arbeiten, oder? Wir haben doch noch ein paar Minuten – um einiges zu besprechen?« Die Zweideutigkeit ihres Tones konnte er nicht zulassen.

»Ich denke, ja.«

Mit Erleichterung sah er die herannahende Gestalt von Blinn, dem Stellvertretenden Gerichtsoffizier des SID; schlank, groß, ein Galgenstrick. Er sah aus wie dieser amerikanische Filmschauspieler – wie hieß er doch? Matthau. Walter Matthau. Ja. Er hatte ihn in einem Film gesehen, schon vor ein paar Jahren, im Dom-Kino, dank seiner bevorzugten Stellung. Hinter Blinn kamen noch zwei andere. In wenigen Minuten wurde ihr Flug ausgerufen. Seine Gedanken kehrten nach Chabarowsk zurück, und zu sieben toten Männern.

Jetzt schon – und gerade die Kürze der Zeit ließ ihn erschrekken – wurde es für Folley zunehmend schwer, sich an irgendeine Erfahrung zu halten. Obwohl man ihn nicht mehr geschlagen hatte, seit er in diesem Haus eingetroffen war, in dem man ihn jetzt festhielt, waren seine Augen verbunden, seine Ohren mit Wachs verstopft, und an den Händen trug er dicke Handschuhe. Er stellte sich vor, in einem Keller zu sein, weil er Stufen emporstieg, wenn sie mit ihm reden wollten.

Was man jetzt mit ihm machte, hatte er selbst schon getan – sich die Ohren verstopft, sich anbinden lassen, sich am Schlafen gehindert, er war in der Lage, das auszuhalten. Das waren ja nur die im ersten Stadium der Verhöre von Provokateuren verwendeten Methoden, und er war trainiert worden, sie auszuhalten.

Aber jetzt war niemand da. Kein Schwein interessierte sich für ihn. Sie waren bekannte Flure entlanggegangen, in bekannte Zimmer eingetreten, bevor die Sitzungen begannen. Darauf war er nicht eingestellt, überhaupt nicht.

Er wußte nicht, wo er sich befand – eben irgendwo in der Sowjetunion. Das wiederum war eher lächerlich, sagte er sich, und alles andere als beruhigend. Aber die Besorgnis lag tiefer. Von den Verhören wurde er weder gestört noch verwirrt. Den beiden Offizieren, die sie mit Zuckerbrot und Peitsche geleitet hatten, war es nicht gelungen, ihm die gewünschten Informationen zu entreißen, und obwohl ihre endlosen Fragen stundenlang in seinem Kopf wie gefrorene Funken umherwirbelten und er, wie ihm schien, seit Tagen nicht geschlafen hatte, hatte er nicht nachgegeben. Und er glaubte auch nicht, daß es soweit kommen würde.

Mit Ausnahme der ständigen Aushöhlung seiner Entschlußkraft, tief in ihm drinnen, die wie das Wegbröckeln eines Felsenriffs wirkte, oder das allmähliche Einstürzen eines großen Gebäudes. Denn *niemand,* nicht einmal er selbst, wußte, wo er sich befand; London mußte ihn schon aufgegeben haben. *Aufgebraucht.* Waterfords Ausdruck für ihn. Und seine Botschaft würde er nur noch vom Himmel aus mitteilen können.

Es war hart und wurde mit der Zeit immer härter, dem Gefühl der Vernichtung zu widerstehen, das immer näher auf ihn zukroch, ihn dazu brachte, sich auf dem schmalen Bett in dem Keller zusammenzurollen, als fürchte er sich vor der Dunkelheit. Er hatte Angst davor bekommen, ins Bett zu machen, und er wollte an seinem Daumen lutschen – oder nach dem Wachmann rufen, der gar kein so schlechter Kerl war.

Nein, dachte er, eindeutig und mit Willensanstrengung.

Es ist gar nicht einmal so schlecht. Da war dieser Alptraum gewesen, letzte Nacht. *Nacht?* Die letzte kurze Schlafperiode, korrigierte er sich. Mit der Kapuze über dem Kopf verließ er den Keller, wenn sie mit ihm reden wollten, tastete sich durch blinde Flure mit verschlossenen Türen und blanken Fußböden, bis er einen Raum erreichte, dessen Vorhänge stets ganz zugezogen waren. Einmal hatten sie ihn sehen lassen. Und er hatte das Gefühl, wenn er sich bewegt hätte, um die Vorhänge aufzuziehen, hätten sie ihn erschossen.

Nur ein Alptraum. Aber er wußte, daß sie die Geräusche gehört hätten – wahrscheinlich befühlten sie jetzt auch den rauhen Stoff seiner Bettwäsche, um festzustellen, ob er geschwitzt oder uriniert hatte.

Einmal hatte er ejakuliert – wann war das gewesen? Er hatte sich geschämt, daß die Samenflüssigkeit das Bettuch und seine Hose befleckt hatte. Es war eine Schwäche, auch wenn sie ihnen nichts genützt hatte. Ja, doch, verbesserte er sich, es hatte ihnen geholfen – sie wußten jetzt, daß er unter der hilflosen Oberfläche versuchte zu entkommen.

Diesmal war es Nowetlin, der Zuckermann mit der modulierten Stimme eines Schauspielers oder eines Verrückten. Einschmeichelnd, voll russischer Versprechungen... Er hatte Mühe, sich diesen albernen Witz auszudenken, und lachte laut unter der Kapuze, die zu dick war, um irgendein Licht hereinzulassen. Seine verletzte Lippe, die nur langsam heilte, platzte wieder auf, und er fühlte, wie das warme Blut an seinem Kinn heruntertröpfelte.

Er wollte weinen, wollte mit einem Taschentuch vorsichtig daran reiben. Alles brauchte Zuversicht und mußte mit einem Rest an Härte umgeben sein. Er mußte sich den Glauben erhalten, daß er durchkam, daß er gewinnen würde.

Er sagte: »Ich möchte eine Frage stellen. Zu welcher Abteilung gehören Sie?«

»Abteilung?«

Er hörte rasche Schritte und krümmte sich zusammen, wie vor Stockschlägen, dann wurde die Kapuze grob von seinem Kopf weggezogen. Nowetlins Gesicht war ganz nahe bei seinem, und es lächelte. Folley blinzelte in dem schwachen Licht und war dankbar. Er betupfte seine aufgesprungene

Lippe. Nowetlin setzte sich hinter seinen Tisch. Er zündete eine Zigarette an und legte eine weitere auf das andere Tischende, vor Folley, damit er sie nur zu nehmen und zu rauchen brauchte, wenn er das Gefühl hatte, genug Widerstand geleistet zu haben. Nowetlin lächelte, um ihm Mut zu machen, und wartete auf eine Erklärung.

»Sie wissen doch, was ich meine? Ihr Partner, seine Uniform ist vom GRU, auch ein Oberst.« Folley saß wie auf einer Tretmühle, sein Gegenüber sah ihn spöttisch an. »Aber Sie nicht. Guter italienischer Anzug – dürfte ganz schön was kosten in dem KGB-Laden, das wette ich.« Er lächelte höhnisch. Durch die Grimasse begann seine Lippe wieder zu bluten. Er wischte wütend daran herum mit seinem schmutzigen Taschentuch.

»Ach, und es würde Ihnen helfen, wenn Sie das wüßten? Ja, wahrscheinlich. Und deshalb werde ich ein Geheimnis für Sie bleiben.« Er sog den Rauch ein, blies ihn dann zur Decke und sagte: »Kommen Sie, wir unterhalten uns lieber. Ich unterhalte mich gerne mit Ihnen.«

»Leck mich...!«

»Ein englischer Ausdruck?«

Folley preßte sein Taschentuch gegen seine Leisten, bis es schmerzte, um sich zurückzuhalten. Es machte einen fertig – diese ständige *Überlegenheit* des Vernehmers. Immer, wenn sie redeten, und dann, wenn der eigene Wille zusammenbrach, wenn man allein war.

Er hielt seine Gedanken an. Er stellte sich vor, auf einer Straße zu sein, langsamer zu werden – einfach zu gehen. Spazierenzugehen. Stehenzubleiben.

»Fertig?« sagte Nowetlin.

Es war, als merke dieser Scheißkerl genau, wie weit er war. Folley hob den Blick und sah das Lächeln auf Nowetlins glattrasiertem, gepflegtem Gesicht. Die blaue Krawatte mit dem silbernen Muster, der leichte Anzug, als sei jetzt Sommer. Sogar die Wildlederhandschuhe stammten aus dem Westen.

»Sie sind noch ein größerer Scheißer als der andere!«

»Aber, kommen Sie – haben Sie seinen Namen schon vergessen?« Nowetlin freute sich sichtlich über die neue Situation.

Hinter ihm waren die zugezogenen Vorhänge. Ein etwas eigenwilliges Muster aus Braun und Orange, das einen verwirrte und doch nicht losließ. Es gab nichts anderes in dem Zimmer, auf das man den Blick richten konnte. Nur den kahlen Tisch, und dahinter Nowetlin. Der Bodenbelag war neutral, die Tapete eintönig.

Folley nahm die Zigarette. Nowetlin hatte sein Feuerzeug absichtlich daneben liegenlassen. Folley versuchte, den Rauch nicht allzu gierig zu verschlingen.

»Verstehen Sie doch«, sagte Nowetlin, wobei er die langen Finger beider Hände turmartig zusammenlegte, »wir hatten keine Möglichkeit, mit dem Mann zu reden, der vor Ihnen herkam.« Er lächelte. »Wir wissen nicht einmal, wie er heißt. Er war ungeschickt und wurde gefaßt, und irgend jemand mit zuviel Begeisterung und zuwenig im Kopf hat ihn dann erschossen. Nicht wie Sie – er hat seine Sache ganz gut gemacht, mehr wie ein Profi – verstehen Sie?«

»Alle ›Strohmänner‹ in London werden trainiert, mit diesem Gewehr umzugehen – und in Karate«, sagte Folley.

»Ah, der Humor kehrt zurück – ausgezeichnet. Nein, nein. Wir sind sicher, daß Sie kein ›Strohmann‹ sind – vielleicht ein anderer Agent?« Sein Englisch war fast akzentfrei. »Wir denken an das SAS – mit dem Sitz in Hereford.« Er hatte das Regiment noch nie erwähnt. Folley drückte das Taschentuch in seiner Faust zusammen und preßte es gegen seinen Schenkel.

»Wer? SAS? Sie schicken keine vom SAS aus für so etwas.«

»Ich bin sicher, daß der Sultan von Oman enttäuscht wäre, wenn Sie recht hätten«, bemerkte Nowetlin trocken. »Aber Ihre Einheit ist uns nicht so wichtig. Was wir wissen wollen, ist, ob noch ein anderer kommen wird, und dann wieder einer. Verstehen Sie – wir wollen ganz einfach vorbereitet sein.«

»Wann werden Sie anfangen, mich zu bestechen?«

»Wenn Sie dazu bereit sind«, fuhr ihn Nowetlin an, »und das ist wohl noch nicht soweit, denke ich.«

Die plötzliche Erkenntnis traf Folley wie ein Schlag. Sie *wußten* es! Sie konnten hören, wie sein Selbst in der totalen Isolation, die wie das Meer auf ihn wartete, in sich zusammenbrach. »Ich weiß *überhaupt nichts*!« sagte er.

»Wer hat Sie geschickt? Gaveston vom SO-I? Das Verteidigungsministerium? Nein, das glaube ich nicht. Wer dann? Wie viele sind an Ihnen interessiert, und an dem, was Sie vielleicht herausbekommen haben?«

Der Nachdruck war nur als leiser Unterton bemerkbar. Folley stellte sich andere vor, draußen, die Nowetlin unter Druck setzten und Ergebnisse haben wollten. Aber dieser Mann hier haßte die Drängelei. Folley klammerte sich an die winzige Hoffnung, daß die Zeit begrenzt war, unabhängig davon, was herauskam.

»Eine Menge Leute! Also lassen Sie mich lieber laufen, bevor mein großer Bruder kommt und mich hier findet. Er ist ein Polizist.«

»Bei uns ist jeder große Bruder ein Polizist – und ihre kleinen Brüder sind in der Armee«, sagte Nowetlin.

»Abwechslung ist das Salz in der Suppe.«

Nowetlin runzelte die Stirn, als spüre er, daß ihm die Initiative entglitt, und sagte: »Niemand kommt, um Sie zu suchen.«

»Hau ab!« antwortete Folley und schluckte das Gefühl der Einsamkeit herunter, das bitter in seinem Hals hochstieg. »Das wissen Sie nicht – Sie wissen *überhaupt nichts*!« Er versuchte noch einmal, aber vergeblich, einen kindischen Spott in seine Stimme zu legen.

»Aber wir werden es – und Sie wissen, daß wir es werden. Wenn ich Ihnen sagen würde, welche Fortschritte wir gemacht haben, und welche *Rückschritte Sie* gemacht haben – in der kurzen Zeit –, wenn ich Ihnen sage, wie kurz Sie erst hier sind, wäre Ihnen klar, daß wir sehr bald alles wissen werden, was Sie wissen.«

»Sie haben heute wohl den Schrieb von Oberst Krapalot vor sich?«

Nowetlin lächelte.

»Es ist noch gar nicht heute. Aber ich werde ihm seinen neuen Spitznamen nicht sagen – er paßt ganz gut, übrigens. Er ist ein Scheißer, wenn er nicht verhört.«

»Und Sie auch.«

»Also gut – zurück in den Stall, und in die fötale Stellung, die Sie mehr und mehr einnehmen, und sicher auch den

Daumen in den Mund. Machen Sie nicht das Bett naß. Ihre Wache könnte Sie auslachen.«

Er drückte auf den Summer unter dem Tisch, um den Wachmann kommen zu lassen.

Chamowkin ließ sich in den Sessel fallen und goß sich einen großen Whisky ein. Er verschüttete etwas davon auf seine Weste und murmelte einen Fluch, dann vergaß er die Flekken, während sie langsam trockneten. Er war so erschöpft von diesem Tag, daß deren symbolische Bedeutung ihm nichts sagte.

Der Flug mit dem Hubschrauber über die hundert Kilometer vom Zentrum in Helsinki aus war einfach ermüdend gewesen, nach all den anderen Ereignissen dieses Tages – ein gnadenlos hämmernder Metallkasten, in dem er saß, von zwei weiteren Hubschraubern begleitet, von den ständigen Patrouillen am Boden und in der Luft ganz abgesehen. Er war so erschöpft, daß ein Adjutant hinter seinem Rücken mit einem der Sicherheitsbeamten über seinen Gesundheitszustand sprach.

Jetzt waren nicht einmal die Mauern von Lahtilinna – dem Schloß aus dem sechzehnten Jahrhundert, in das man gerne prominente Politiker auf ihrem Besuch in Finnland einlud, vor allem aber für Zusammenkünfte ausländischer Regierungschefs mit dem Präsidenten und dem Premierminister benutzte – in der Lage, ihm den notwendigen Schutz zu bieten, ihm das Gefühl zu nehmen, sich zu *exponieren*, hilflos zu sein, das ihn den ganzen Tag begleitet hatte.

Das Schloß überragte den Vesijaarvi-See, einige Kilometer außerhalb von Lahti. Es war immer noch eine Festung, nur nicht für ihn.

Er konnte sich kaum noch an den begeisterten Beifall erinnern, mit dem seine Ansprache an das finnische Parlament begrüßt worden war. Politisch gesehen war sie, an diesem ohnehin erfolgreichen Tag, ein Höhepunkt gewesen. Das Frühstück mit dem Präsidenten, wobei auch der Premierminister und das Kabinett anwesend waren, dann die Fahrt durch die Stadt – hier hatte er sich höflich, aber mit Nachdruck, geweigert, auszusteigen und die vielen Hände zu schütteln – immerhin waren die Menschen in Massen gekommen, und eher begeistert als neugierig. Ja, es tat gut, das zu sehen. Und überall die Kameras, die Blitzlichter, das Geschnatter der Reporter.

Ein kleiner dicker Mann in einem kleinen Zimmer. Seine Vorstellung kreiste um dieses Bild, und um die Verwundbarkeit des Körpers und des Titels und der Macht. Alles war verwundbar.

Ein dechiffrierter Bericht von Andropow lag auf dem Schreibtisch aus dem achtzehnten Jahrhundert, hinter ihm. Er hatte kurz daraufgeschaut, konnte aber nicht einmal die erste Seite umblättern, so als würde ihn das Papier verbrennen. Nichts, und noch mehr Nichts. Und doch war die Bedrohung drückend nähergekommen – ein KGB-Büro war irgendwo durch angebliche Dissidenten in die Luft gesprengt worden.

Es klopfte an der Tür. Lächle, lächle, dachte er – dann kam ein Augenblick der Furcht, Mißtrauen gegenüber der eigenen Stimme, noch ein Schluck Whisky, um die Stimmbänder zu lockern.

»Ja?«

»Ein Sicherheitsbericht, Genosse Generalsekretär.«

»Von wem?«

»Hauptmann Ozeroff, Genosse.«

»Kommen Sie herein.«

Galachkow öffnete die Tür und sah Chamowkin an dem Schreibtisch sitzen, mit dem Rücken zu ihm. Er wußte, daß es nicht echt war, er sah, daß der Mann tief in dem Sessel saß. Chamowkin hatte Angst, hatte den ganzen Tag lang Angst gehabt, seit ihn die Sicherungsgruppe nach Helsinki begleitet hatte. Er schloß die Tür und nahm Haltung an. Chamowkin las weiter, drehte sich dann um. Galachkow bewunderte die Kraft, die in dem eckigen Gesicht zum Ausdruck kam, und die Röte, ein Zeichen gewohnter Machtausübung.

»Was gibt es, Hauptmann?«

»Ihr täglicher Sicherheitsbericht, Genosse.« Er hielt ihm die Akte hin.

»Danke.« Chamowkin zeigte auf einen niedrigen Tisch vor dem Kamin, auf dem Galachkow den Ordner ablegte. »Ich –

werde später wohl ein bißchen um den See gehen, Hauptmann. Bitte berücksichtigen Sie das bei Ihren – Sicherheitsmaßnahmen.«

»Jawohl.«

»Ich habe gehört, daß es hier sehr schön sein soll.«

»Jawohl – aber man sieht nicht viel davon, wenn man im Dienst ist.«

»Ich habe auch nicht viel davon, junger Mann.« Chamowkins Blick schien ihn zu durchdringen, zu fragen, zu verstehen – aber nur für einen Augenblick. Dann verschwand der Blick, und Galachkow sah nur noch die geröteten Augen eines alten Mannes, mit müden, schlaffen Hautfalten darunter. »Danke, Hauptmann. Sie können gehen.«

»Jawohl.«

Galachkow grinste, als er die Tür hinter sich schloß. Der diensttuende Offizier an einem Tisch in dem eiskalten Flur sah auf und sagte: »Ist der Alte immer noch so nervös?«

»Ich habe nichts bemerkt. Ich glaube, hier drin fühlt er sich sicherer.«

»Gut.« Der Mann sah auf seine Uhr. »In einer Stunde bin ich frei. Treffen wir uns in der Bar? Dort können Sie mir alles über London erzählen. Ich war seit Jahren nicht mehr da.«

»Klar«, antwortete Galachkow und ging den Flur hinunter.

Das KGB-Büro in Chabarowsk war eine zerfetzte Lücke zwischen den grauen Fassaden am Komsomolskaja-Platz. Ein bitterkalter Wind blies Schneeregen in Worontsjews frierendes Gesicht und legte einen weißen Schleier über die verkohlten und geborstenen Trümmer dessen, was früher ein vierstöckiges Versandhaus gewesen war, in dessen zweitem und dritten Stock sich das Sicherheitshauptquartier befunden hatte.

Der Wind drang durch Worontsjews dicken Wollmantel, hinter den hochgestellten Kragen, und die Feuchtigkeit des Bodens war selbst durch die Pelzstiefel zu spüren. Er vertrat sich die Füße, und Glasscherben zerknirschten unter seinen Stiefeln. Der Brand, den die Bomben verursacht hatten, hatte sich gelegt, nicht einmal eine Rauchwolke war mehr zu sehen, um anzudeuten, daß sich hier vor kurzem überhaupt etwas ereignet hatte. Die Trümmer wirkten alt, wie schwarze Zahnstümpfe in einem alten Kiefer.

Die Explosion hatte auch die Seitenwände der beiden angrenzenden Gebäude erfaßt. Er sah hinauf, und die Augen schmerzten ihn, als er sie bei dem eisigen Wind öffnete. Dort oben hing ein Bürotisch halb in der Luft, wie an einem Galgen, an dem noch vor kurzem eine Sekretärin gesessen haben mußte. Umherfliegende Glasscheiben hatten ihr den Kopf abgerissen. Er hatte die Leiche nicht gesehen.

Neben ihm stand, respektvoll und schweigend, Inspektor Serischew von der Chabarowsker Polizei. Er trug einen Uniformmantel und eine Dienstkappe, und seine Ohren waren rot vor Kälte, ebenso wie seine Nase. Von Zeit zu Zeit murmelte er etwas, ehrerbietig und so, als befürchte er zu husten, und trat mit seinen Stiefeln hin und her. Er war ein Mann in den mittleren Jahren, der sich auf seine Rente und einen schönen Lebensabend freute. Er wußte, daß der jüngere Mann ein Major im SID war und daß er neben Worontsjew stehenzubleiben hatte, solange dieser stand.

Worontsjew wendete ihm sein Gesicht zu, so daß es von dem blinkenden Rotlicht auf dem Polizeiwagen immer wieder überstrahlt wurde, und sagte: »Warum, zum Teufel, waren nur sieben Leute von der KGB-Gruppe hier?«

Serischew zuckte mit den Schultern, ohne die Hände aus den Taschen zu ziehen.

»Die Antwort darauf müßten eigentlich Sie wissen, Herr Major.« Er hielt Abstand, weil er spürte, daß Worontsjew auf Unterwürfigkeit eher negativ reagieren würde, aber auch, weil er die Angst nicht ganz überwinden konnte, die ihm der KGB selbst zehntausend Kilometer von Moskau entfernt noch einflößte.

»Ich weiß es nicht! Diese Stadt hat fast eine halbe Million Einwohner, um die sich nicht mehr als sieben KGB-Leute kümmern.«

»Vergessen Sie nicht, daß wir auch hier sind«, sagte Serischew.

»Wie sieht das denn im Sommer aus – Touristen?«

»Der KGB kommt zusammen mit den Intourist-Führern. Dann sind natürlich mehr von ihnen da. Ohne sie ist es schon verdammt unbequem. Das hier ist ja auch ein Militärdistrikt – und die GRU macht die Abwesenheit Ihrer Leute mehr als wett.«

»Wirklich?« sagte Worontsjew nachdenklich, und Serischew beschloß, nicht darauf einzugehen. »Wie ist das mit den Separatisten. Was für Informationen haben Sie über sie?« Er blickte den Polizisten scharf an, als erwarte er, belogen oder mit Ausflüchten abgespeist zu werden. Sein Gesicht war von der Kälte und vom Ärger angespannt. Ob er etwas befürchtet? dachte Serischew, obwohl er so ein Gefühl nicht verstehen konnte.

Serischew sah zu den Gerichtsbeamten hinüber, die in den Trümmern herumstiegen, während er antwortete. Zweihundert Kilo Sprengstoff – soviel mußte es wohl gewesen sein. Er schüttelte den Kopf. Eigentlich müßten unter den Trümmern noch ein paar Leichen sein, oder Teile davon.

»In letzter Zeit war es ziemlich ruhig«, sagte er. »Vor anderthalb Jahren gab es ein oder zwei kleine Zwischenfälle.«

»Auch mit Bomben?«

»Einen. Ein Wagen wurde gesprengt. Keine Verletzten.«

»Was noch?«

»Einige Drohungen, ohne Namen – Flugblätter, Fahnen. Eine oder zwei Verhaftungen.«

»Haben Sie Namen? Wie sieht ihr System aus?« Trotz seiner Gleichgültigkeit gegenüber Serischew fühlte Worontsjew Ärger in sich hochsteigen, dem er nicht beikommen konnte und der ihm den Hals zuschnürte. Es war, als spürte er plötzlich den Abstand zwischen sich und Moskau, als sei er selbst einer der Männer, die ihr Leben lassen mußten. Sicher war er ihretwegen wütend.

»Nein«, antwortete Serischew schwerfällig und emotionslos. »Nur Studenten. Es gab harte Urteile, natürlich, um andere zu entmutigen. Aber keine weiterführenden Spuren. Keine Erwartung, daß etwas passieren würde...« Er winkte mit der Hand zu dem Trümmerhaufen hin. »Nicht so etwas.«

Worontsjew wendete sich ihm wieder zu.

»Diese Männer hier wurden *vernichtet*! Da hat jemand eine sehr professionelle Arbeit geleistet – zum Teil sogar an den

Frauen und Familien. Jede bekam eine Bombe. Haben Sie denn nicht irgendeine *Vorstellung*?«

Serischew zuckte mit den Schultern. »Nein.« Er gab es nicht gerade gern zu, aber es ist sicherer als schwindeln, jedenfalls jetzt, dachte er.

Worontsjew starrte auf die Trümmer, als wolle er sich jede Einzelheit einprägen. Dann sagte er: »Sonst nichts?«

»Seit Monaten nicht.«

Stille. Dann rief Worontsjew: »Blinn! Haben Sie schon etwas gefunden?«

Der gebückt dastehende Gerichtsbeamte blickte auf, und das blinkende Rotlicht auf dem Wagen erhellte in kurzen Abständen sein Gesicht. Man sah ihm an, daß er fror und gereizt war.

»Fragen Sie doch nicht so dumm, Worontsjew! Was erwarten Sie denn? Ich bin hier immer noch dabei, die Leichen zusammenzusetzen.«

»Dann mal los!« Und wieder wallte der Ärger in ihm auf und erstickte ihn fast mit Ekel, ohne daß er sich dagegen wehren konnte. »Lassen Sie doch die Leichen! Ich will wissen, wie sie umgekommen sind, und durch wen!«

Blinn machte einen Schritt auf ihn zu und schob ein Stück verkohlten Teppich zur Seite. Etwas Verschrumpftes, Schwarzes kam zum Vorschein, als er es zurückrollte. Worontsjew sah lieber nicht näher hin.

»Sie sind schon ein Aas, Worontsjew! Hier sind immerhin *Menschen* umgekommen, haben Sie das noch nicht gemerkt?«

Worontsjew fing jetzt an zu schreien, gegen den Wind und gegen Blinn. Dieser schien sogar noch bestürzter über die Greueltat als er selbst. Es war, als sei die massive Sicherheit seiner Organisation und seiner Stellung von ihm abgefallen, wie Kleidungsstücke, die nicht mehr paßten.

Die beiden Männer starrten sich über die Trümmer und verkohlten Balken hinweg an. Blinns gespanntes, dünnes Gesicht wurde ebenso von dem Rotlicht erhellt wie der Schneeregen, den der Wind in Böen vor sich hertrieb.

»Ich will die Schweine finden, die das hier getan haben! Und ich hab' vielleicht nicht mehr viel Zeit dazu. Geht das in Ihren dicken Schädel rein?«

Blinns Nasenlöcher weiteten sich. Worontsjew sah, wie der Ärger in seinem Gesicht einer Verlegenheit wich. Er hatte wohl den Mund zu voll genommen.

»Was, zum Teufel, hat das denn mit Zeit zu tun? Hier sind alle Uhren stehengeblieben!«

»Ich – es tut mir leid«, sagte Worontsjew. »Verstehen Sie doch, es könnte dringend werden«, fügte er hinzu und trat einen Schritt weg von Serischew. »Dringend. Also setzen Sie jemand ausschließlich auf den Sprengstoff an, und einen für jedes der gesprengten Häuser. Ich will wissen, um welche Art, Menge usw. es sich handelt – einfach alles.« Blinn hatte begonnen, bei jeder dieser Forderungen zu nicken. »Ich will wissen, wieviel davon verwendet wurde, dann können wir vielleicht herausfinden, wo es herkam.«

»Gut, gut, ich verstehe.« Er sah Worontsjew an. »Ich frage mich nur, warum man Sie hierher geschickt hat.« Dann drehte er sich wieder um.

Worontsjew schaute noch einmal zu dem Trümmerhaufen.

Wo kam der Sprengstoff her? Ossipow, du Aas, dachte er, hier kannst du nicht einfach mit dem Schwanz wackeln wie in der Kinotoilette... Wieder dieser unsinnige Ärger. Wenn du das hier gewesen bist, ich würd' dich kaltmachen.

Nicht einmal hier auf der Straße, trotz des Schneeregens, der Eiseskälte und des nachlassenden Verkehrs auf dem Platz hinter ihm, klang es unglaubhaft.

General Ossipow hatte einen jungen Mann in Zivil bei sich zu Gast; in seiner Stadtwohnung, einer Suite aus mehreren Räumen im obersten Stockwerk des Dalni-Wostok-Hotels in der Karl-Marx-Straße. Der junge Mann stand vor ihm, fast in militärischer Haltung, und starrte in einen Spiegel oberhalb des Kamins – ein vergoldeter Spiegel, in dem er Ossipows grauen Hinterkopf und manchmal sein Gesicht von der Seite sah, wenn dieser sprach. Der junge Mann war wütend über die aus Moskau erhaltenen Befehle, aber auch ängstlich über deren Auswirkung auf Ossipow.

Der General hatte zuviel getrunken, das war klar. Seine Krawatte hatte sich verschoben, und sein grauer Anzug war zerknittert – der Kragen war bis zum Haaransatz hochgerutscht. Der junge Mann fühlte sich sehr unwohl dabei, den General kräftig anschnauzen zu sollen und dabei *Kutusows* Ärger nachzuahmen, den er erlebt hatte, als dieser ihn gestern abend darauf vorbereitete. Er war sich nicht sicher, ob der General in dem halbbetrunkenen Zustand seine Rolle als Kurier ernst nehmen würde.

»Sie wagen es, mir zu sagen, daß ich voreilig gehandelt habe – daß ich mich geirrt habe?« schimpfte der General mit durch den Alkohol getrübten Emotionen. Der junge Mann zuckte unter der Anschuldigung zusammen, mit der er jetzt selbst belastet wurde.

»Genosse«, sagte er noch einmal, »ich wiederhole nur, was man mir aufgetragen hat. Sie wissen, daß das meine Aufgabe ist. Auf meine Meinung kommt es nicht an.«

»Du arroganter junger Scheißer!« entfuhr es Ossipow, und der junge Mann sah in den Spiegel, wie dessen Kopf hochzuckte, und vermied es, dem General in die Augen zu blikken.

»Nein, Genosse«, erwiderte er.

»Du sagst mir, daß *Kutusow* mich für einen Dummkopf hält, der sich wie eine mittelalterliche Jungfer aufgeführt hat, wenn ein Mann sie anschaut? Mein Gott, ich hab' mich dieser stinkenden KGB-Gruppe in einer Nacht entledigt! Und die Separatisten müssen dafür geradestehen!« Der General lachte auf, aber der junge Mann nahm es nicht ernst.

»Mir wurde gesagt, ich solle Sie davon in Kenntnis setzen, daß der SID einen Mann eingesetzt hat – einen Major. Und daß *Kutusow* dies als ein Anzeichen dafür hält, daß der – *Feind* – den starken Verdacht hegt, es sei nicht alles so, wie es den Anschein hat.«

»Als ein Anzeichen dafür? Quatsch!« Ossipow goß sich noch einen Wodka ein, wobei Flasche und Glas ziemlich geräuschvoll aneinanderstießen. »Wir haben ganze fünf Tage, wenn dieser verdammte fantastische Plan klappt! Was ist da, bitt' schön, zu befürchten?«

»Sie sind Gegenstand eines Verdachts geworden, Herr General«, fuhr der junge Mann fort. »Eine Einheit vom SID war auf Sie angesetzt – Sie haben sich Ihres Doppelgängers mit

Wrubels Hilfe entledigt. Und jetzt haben Sie diese Aufmerksamkeit auf den Fernost-Distrikt gelenkt, nur wenige Tage danach.«

Ossipow drehte sich auf seinem Sessel herum – der junge Mann sah die rasche Wendung des Kopfes, dann, wie sich der ganze Körper aus dem Sessel hob. Um eine gute Handbreit kleiner kam sein Kopf jetzt ins Blickfeld am Rande des Spiegels, während der junge Mann sich anstrengte, weiter in den neutralen Spiegel zu starren.

»Aufmerksamkeit? Ich habe aufmerksam gemacht? Was, zum Teufel, soll das heißen?«

Der junge Mann schluckte einmal und sagte dann: »Es bedeutet – *Kutusow* meint, daß die Übungen unterbrochen werden sollten, solange der SID-Major sich hier aufhält.«

Stille folgte. Als wäre er selbst betrunken, lenkte der junge Mann seinen Blick über den sich spiegelnden Raum; über die verzierten Möbel, von denen die meisten Ossipow gehörten, über die dicken, gemusterten Teppiche – um dann, widerwillig, zum Rücken des Generals zurückzukehren, zu den eckigen Schultern und dem bulligen Nacken.

»Nein«, sagte Ossipow, sich mit Mühe zurückhaltend, wobei das Glas gegen sein Gebiß schlug, bevor er antwortete. »*Kutusow* hätte mich fragen sollen, ob ich *in der Lage sei,* die Tests zu unterbrechen, und mir nicht einen Befehl geben, wenn er Tausende von Kilometern entfernt ist. Wegen eines einzigen Mannes werde ich nicht die ganze Operation in Frage stellen. Das ›Unternehmen Spiegel‹ muß weiterlaufen. Es gibt da noch Probleme mit dem chemischen Angriff, der dem Panzerangriff vorausgeht. Das muß in den nächsten zwei Tagen geklärt werden!«

Ossipow kehrte auf seinen Sitz zurück, sah für einen Augenblick in sein gefülltes Glas und fuhr dann fort: »Ich arbeite *ohne* fachliche Unterstützung – ich muß das, weil ich den Wissenschaftlern nicht trauen kann, die mir sonst zur Verfügung stünden.« Der Kurier stand geduldig still und starrte in den verzierten Spiegel. Es war wohl eine seiner lästigsten Pflichten, diesen alten Männern zuzuhören, wenn sie sich in ihrem Suff und ihrer Vergangenheit ergingen, ihrer Gegenwart und ihrer Zukunft. »Wenn wir die chemischen Vorrichtungen testen wollen, dann müssen wir die Fiktion der ganzen Übung durchziehen, um die amerikanischen Satelliten zu täuschen.«

Er sah kurz auf, aber der junge Mann blickte nicht in seine Augen, und so schaute er wieder auf den Teppich und ließ den Kopf auf seiner Brust ruhen. »Sie müssen weiter den Eindruck haben, daß wir die Invasion von China üben – und *nicht* die Invasion von Norwegen. Sag das *Kutusow,* wenn du nach Moskau zurückkehrst...« Der General schien in sich selbst eine Gewißheit aufgrund einer Rationalität entwickelt zu haben, auch aufgrund vernünftiger Argumente, und war daher bereit, diese Tirade mit einer stillen Herausforderung ausklingen zu lassen. »Sag ihm, daß ich um seinetwillen, um unser aller willen, jetzt nicht aufhören werde.« Er hielt inne, dann sagte er knapp und zuversichtlich: »Los, geh jetzt!«

8. *Zwischenfall an der Grenze*

Der MIL-Hubschrauber folgte der schmalen, von Murmansk zur finnischen Grenze führenden Straße und hielt sich kaum mehr als fünfhundert Fuß über der weißen Linie, die sich durch die tiefdunklen Bäume schlängelte, und dem schwach glitzernden Streifen des Lotta-Flusses.

Ilja fand dieses Land unter ihm schon jetzt langweilig. Ihr Flug nach Leningrad, dann das Transportflugzeug, eine alte Iljuschin, die sie zu dem Militärflughafen von Murmansk gebracht hatte, das hatte ihn ermüdet. Er schlief nie gut im Flugzeug, im Unterschied zu Maxim, der in dem Sitz hinter ihm eingedöst war, in seinen schweren Mantel gehüllt, und jetzt sanft schnarchte. Er dagegen hatte auf dem langen Flug Whisky getrunken, und noch einmal in der unbequemen, kahlen Wartehalle in Murmansk, bis der Hubschrauber in der Lage war, dank des besseren Wetters noch vor der Morgendämmerung mit ihnen weiterzufliegen.

Er hatte keine genauen Vorstellungen davon, wie er die Untersuchung durchführen sollte. Major Worontsjew hatte ihnen wiederholt eingeschärft, sie sollten vorsichtig sein und jeden davon überzeugen, daß es sich um den klaren Fall eines Vermißten handle – nur daß der Vermißte eben ein KGB-Mann war und man aus diesem Grund den SID eingeschaltet hatte. Er wußte allerdings, daß sie auf diese Weise recht wenig herausfinden würden.

Was gab es überhaupt herauszufinden?

Unter ihm flogen die dunklen Bäume, die schneebedeckten Hügel dieses eintönigen Geländes wie Wellen vorbei.

Finnland-Station. Das war alles.

Er klopfte dem Piloten auf den Arm. Der junge Mann drehte sich zu ihm um und hob einen Kopfhörer von seinem Ohr.

»Was gibt's?«

Maxim bewegte sich träge in dem Sitz hinter ihm, und Ilja fühlte sich irritiert. Wie konnte er nur so gut schlafen, wenn die Drehflügel ständig über ihnen schlugen und bei dieser Unsicherheit, über einem so unwirtlichen Gelände.

»Wo sind die Panzer?« fragte er mit einem dummen Grinsen. Der Pilot lächelte.

»Noch nicht«, sagte er. »Die Divisionen werden hier bis fast an die Grenze herangeführt. Ich zeig' dir einige, wenn wir dort hinkommen.« Er schob den Kopfhörer wieder über die Ohrmuschel und wendete sich von Ilja ab. Wenige Minuten später klopfte dieser ihm wieder auf den Arm. Der Pilot zeigte auf einen zweiten Satz Kopfhörer, die an dem Steuergerät des Kopiloten hingen. Ilja setzte sie sich auf, so unbequem sie auch für ihn waren, und die Stimme des Piloten knatterte in seinem Kopfhörer.

»Was ist denn los, Mensch?« Aber er lachte trotzdem.

»Warst du in dem Stab von Wrubel – in seinem Grenzabschnitt?«

»Ja«, sagte der Pilot. »Aber ich gehöre zur Armee, nicht zum KGB.«

»Wieso?«

»Eure Leute sind nicht gerade sehr scharf darauf, hier am Ende der Welt mit Hubschraubern rumzufliegen«, antwortete der Pilot. Ilja runzelte die Stirn, und der Pilot fuhr fort: »Sei nicht gleich beleidigt. Es ist hier ziemlich ungemütlich. Wenn du mir 'nen ruhigen Posten in Moskau besorgen kannst...« Er lachte. Einen Augenblick lang hatte Ilja das Gefühl, daß hier eine Weltläufigkeit anklang, die er dem jungen Mann mit seiner Umgänglichkeit nicht zugetraut hatte.

Dann sagte er: »Wir erfassen mehr als Moskau.«

»Sicher. Aber der SID?«

»Also gut – eins zu null für dich. Mir ist Moskau lieber, oder Leningrad – ich flieg' nicht gern, und ich versuche ein bißchen Konversation zu machen!« Er zuckte mit den Schultern.

»Toll! Also, was willst du wissen?«

»Erzähl mir was von diesem Hauptmann. Was war das für ein Offizier?«

»Einer der besten«, antwortete der Pilot. »Selbst wenn er vom KGB gewesen wäre – Entschuldigung, nein, er gehörte echt zur Armee. So wie man eben ein echter Polizist ist. Gut zu seinen Leuten, konsequent, klarer Kopf, auch wenn er was getrunken hatte... Ein echter Verlust – wenn er tot ist.«

Das Bedauern schien nicht tief zu reichen.

Ilja sagte: »Tut es dir also leid, wenn er tot ist? Wenn es stimmt...«

»Natürlich. Ein toller Kerl.« Und nach einer Pause fügte der Pilot hinzu: »Er *ist* also tot?«

»Wer weiß?«

»Du hast es angedeutet – ebenso euer Büro in Murmansk, als sie mich gerufen haben.«

»Ich nehme es an«, sagte Ilja zweifelnd, und dann: »Warum soll er denn tot sein? Oder: warum sollte er verschwinden?«

Ilja sah aus dem Fenster, als interessiere ihn die Antwort nicht, und die vorbeihuschende Landschaft erschien ihm noch feindseliger. Er wußte nicht, warum. Machte diese Landschaft das Gespräch so unheimlich, oder nahm er etwas wahr, wodurch seine Stellung, fünfhundert Fuß über dem da draußen, unsicherer wurde als je zuvor?

»Ich weiß es nicht«, sagte der Pilot nach einer Weile, immer noch mit gerunzelter Stirn. »Es muß irgend etwas mit Moskau zu tun haben, nicht hier. Hier gibt es gar nichts – außer uns.«

»Keine Eifersüchte – oder so? Nichts im Dienstbereich?«

»Hier draußen? Hier hat man nichts davon gehört, daß die Russen auf dem Mond gelandet sind! So ist das, hier unten.« Und er zeigte mit dem Daumen zur Erde. »Hier gibt es nur Bäume, Panzer und Menschen. Die Männer betrinken sich, spielen Karten, lesen Schweinereien, kriegen sich in die Wolle aus purer Langeweile, ... aber ein Mord wird nicht daraus. Ach, Wrubel hat natürlich auch ein gerütteltes Maß an Strafarbeiten verhängt, aber das kann es nicht gewesen sein.«

»Und wenn er einfach verschwunden ist?«

»Warum sollte er? Aus Langeweile?« Der Pilot glaubte es einfach nicht. »Er weiß doch, daß ihr sofort hinterher seid. Und wenn schon, dann warum nicht gerade hier, einfach über die Grenze. Das wäre doch das Einfachste!«

»Das Einfachste?«

»Nun – sagen wir: fast.« Der Pilot schob den Steuerknüppel nach vorn und der MIL kippte, so daß die Bäume und der Fluß und das weißere Band der Straße sich plötzlich zu verbünden schienen, zu Ilja heraufreichten. Er starrte den Piloten an, der nach vorn zeigte. »Dort unten!« sagte er. »Du kannst sie sicher erkennen – drei Panzerregimenter auf Dauerposten.«

»Finnland-Station«, sagte Ilja, dankbar für diese Gelegenheit, und genoß die gespielte Gleichgültigkeit, mit der er die Worte aussprach.

»Was war das?«

»Ich hab' gerade einen Witz gemacht«, sagte Ilja und sah geradeaus. »Dafür sind sie doch da – Finnland. Also sind sie eine Finnland-Station.« Er lachte übertrieben und war damit nicht unzufrieden.

Der Hubschrauber flog auf die Bäume zu, und Ilja konzentrierte sich jetzt, wie man es ihm aufgetragen hatte. Es war nichts zu sehen. Nur eine einzige Lichtung und zwei Gestalten in schweren Mänteln und Pelzkappen – vielleicht auch mit Netzen.

Als sie wieder abhoben, sagte der Pilot: »Finnland-Station? Das ist gut! Meinst du, Genosse Lenin hätte auch darüber gelacht?« Jetzt lächelte er selbst. Der Humor schien in die Kabine zurückgekehrt zu sein.

»Das bezweifle ich«, sagte Ilja und entspannte sich, als der Hubschrauber wieder die Höhe hielt. »Kein Sinn für Humor!« lachte er.

Und du, du Blödmann, grinst dir eins, dachte Ilja. Hast du das schon mal gehört – *Finnland-Station?* Ich wüßte gern, was das für dich bedeutet.

Sie hatten den Boden so klar wie möglich gekennzeichnet; mit Bändern und dünnen Pfählen, ein verrücktes Muster von Standplätzen, auf denen sie die Spuren von Fahrzeugen gefunden hatten. Oder wo vorübergehend Holzhütten errichtet oder Zelte aufgebaut worden waren. Und sie hatten ihre Beweise zusammengetragen – sorgsam etikettiert und in Plastikbeuteln verstaut – Kippen, ölbefleckter Schnee – letzteren in einer Kühlbox in dem Jeep – Holzsplitter, leere Zigarettenpackungen.

Und die Fotografien – einen Film nach dem anderen.

Wenn sie dann Aubrey Bericht erstatten würden, würde er einen einzigen Aufklärungsflug mit einem Tiefflieger über diesem Gebiet anordnen, und dann würden die knallharten Beweise der Regierung von Finnland, der NATO, den Vereinigten Staaten und der Sowjetunion vorgelegt werden.

Davenhill war noch erschöpft, als er aufwachte, und freute sich durchaus nicht, von Waterford geweckt zu werden, obwohl es schon heller Vormittag war. Nach ihrem Frühstück machten sie sich daran, die letzten Kilometer bis nach Rontaluumi und zur Grenze zu fahren.

Am frühen Nachmittag kamen sie zu einer Anhöhe oberhalb des Dorfes, von wo aus man die Hinterseite der wenigen Häuser erkennen konnte, die sich an der Hauptstraße um den Dorfplatz scharten. Seit zwei Stunden sahen sie hinüber, ohne etwas zu entdecken.

Nachdem das Fernglas mehrmals zwischen ihnen hin und her gegangen war und Waterford die Flasche wieder Davenhill gegeben hatte, sagte dieser: »Offenbar verlassen, nehme ich an.«

»Könnte voll von Vampiren sein«, meinte Waterford. »Schlafen bei Tag und leben von besonderer Nahrung.«

»Wen suchen sie sich als Opfer aus?« fragte Davenhill, froh

darüber, daß die monotone Stimmung ein Ende hatte. Er legte sich auf den Rücken, trank den Brandy und gab Waterford das Fernglas zurück.

»Wie wär's mit einem Panzerregiment der Roten Armee?«

»Großartige Lösung unseres Problems. Ist es wirklich verlassen?«

»Weiß der Himmel. Aber es sieht ganz danach aus.« Waterford untersuchte das schweigende Dorf noch einmal mit dem Fernglas, dann legte er es zur Seite und streckte sich. »Wir werden es abklären müssen. Hast du Lust?« Es klang kein Hohn mehr durch, und Davenhill fühlte sich nicht angegriffen. Ihre Beziehung war durch die Arbeit unempfindlich geworden; beide hatten denselben Auftrag, und das war beiden genug. Jetzt waren sie voneinander abhängig. Davenhill nickte.

»Dann komm. Ich möchte nicht gern dort unten sein, wenn's dunkel wird. Wir gehen am besten gleich.« Davenhill lächelte noch, als Waterfords Stimme tiefer wurde und er hinzufügte: »Sachte, sachte, Alex. Bleib dicht bei mir und entsichere das Gewehr, und laß deine Augen alles sehen, aber auch wirklich alles. Klar?«

»Okay. Du bist hier der Fachmann. Was erwartest du?«

»Daß die Toten auf ihren Betten liegen, die Hände auf der Brust gekreuzt«, sagte Waterford. »Oder ganz einfach, daß alles leer ist. Ich weiß es nicht. Was ich *nicht* erwarte, sind russische Soldaten, aber – ich will mich nicht überraschen lassen.« Er hob den Kopf, sah noch einmal durch den Feldstecher und sagte dann: »Das große Haus dort – das gehört wohl dem Dorfältesten. Da wollen wir mal hin. Komm mit.« Er sah Davenhill an, und dieser bemerkte, wie seine Gesichtszüge sich spannten und die Augen einen lauernden Ausdruck bekamen. Es war, als sehe er eine scharfe Schwarzweißaufnahme des Mannes, ohne Schatten und ohne Glanzlichter. Wie geätzt, aber flach.

»Paß auf dich auf«, sagte Waterford leise. »Kein Heldentum und keine Panik. Wenn dort unten jemand tückisch wird, dann geht's darum, in der anormalen Situation normal zu bleiben. Und darum geht es überhaupt, mein Sohn – ruhig zu bleiben, wenn die Welt verrücktspielt.«

»Ich werd's versuchen.«

Waterford nickte, anscheinend zufrieden; doch Davenhill meinte ein Zucken seiner Lippen bemerkt zu haben, das wie Mitleid oder Enttäuschung aussah. Dann stand der größere der beiden auf und stäubte sich den Schnee von den wasserdichten Hosen.

»Fertig?«

»Fertig.«

Davenhill folgte ihm den Abhang hinunter und hielt sich in einer Bodensenke, als sei sie ein Weg. Er hielt seinen Körper zum Abhang geneigt und blieb mit den Augen auf dem Weg, den Waterford durch den tiefen Schnee suchte. Er wußte, daß Waterford das Dorf nicht aus den Augen ließ, während sie immer tiefer stiegen, wobei es so aussah, als käme das Haus schwankend und stetig auf sie zu.

Vor ihnen lag ein gartenähnliches oder doch zu dem Haus gehöriges Land. Fußstapfen waren in dem Schnee nicht zu sehen, aber es hatte in der vergangenen Nacht geschneit, und Davenhill tat die Erleichterung ab, die in ihm aufsteigen wollte. Er spürte die Spannung, während er begann, sich auf sich selbst zurückzuziehen, und nur noch darauf achtete, nicht mit Waterford zusammenzustoßen, wenn dieser plötzlich stehenblieb. Eine Welt voll Angst, die Alex Davenhill hieß.

Ruhig bleiben.

Er verstand, was Waterford meinte. So ruhig, wie wenn man den Klubraum betritt oder eine neue Bar.

Nein, nicht einmal so. Wie beim Geschirrwaschen. Oder beim Rasenmähen.

Mein Gott, dachte er, wie macht er das bloß, so ruhig zu bleiben, wenn ihn jeden Augenblick eine Kugel treffen könnte?

Davenhill versuchte tief und regelmäßig zu atmen.

»Mach deine Übungen später«, flüsterte Waterford ihm zu. Sie waren fast an der Hintertür des Hauses angelangt, und Davenhill sah, worauf Waterford deutete: wie sich Tür und Rahmen gegen das Weiß der Schneefläche abhoben; dann, daß kein Schloß daran war. Er sagte aber nichts und ging zu dem Fenster hinüber, links von der Tür. Er rieb die Schneekruste weg und spähte hinein.

»Nun?« fragte Davenhill, nachdem scheinbar Minuten vergangen waren, in denen Waterford den Hals gestreckt und den Kopf hin- und hergewendet hatte.

»Sehr sauber«, sagte Waterford. »Sehr aufgeräumt da drinnen. Und gar nicht das, was man von jemandem erwartet, der Hals über Kopf sein Haus verlassen muß.« Er ging zur Tür zurück, wie in Gedanken, und Davenhill spürte mehr denn je, was hier vor sich ging. Hier war etwas vorgefallen, das sie nur noch in der Nachbildung, wie auf einem Film, erkennen konnten.

Mit der behandschuhten Hand berührte er den Türgriff und hatte dann plötzlich die Parabellum in der anderen, während Davenhill in seiner Tasche nach der Walther griff. Instinktiv, aber ungeschickt. Seit Jahren hatte er keine Pistole mehr abgefeuert, und niemals aus Wut. Er mußte fast lachen, wenn er daran dachte, und haßte es, daß er fast hysterisch wurde. Nach einer Minute fühlte er die Spannung drastisch ansteigen.

Die Tür öffnete sich geräuschlos. Waterford blickte ihn an, zuckte mit den Schultern und hielt den Revolverlauf an die Lippen, um Schweigen anzudeuten. Dann öffnete er die Tür plötzlich weit und schlich gebückt hinein. Davenhill wartete einen Augenblick, als fehle ihm ein Stichwort, und kam sich albern vor. Dann ging auch er durch die Tür.

Waterford war in dem großen Mittelraum, in dem schon Folley gesessen hatte. Leer, aufgeräumt und sauber. Waterford fuhr mit dem Finger über einen Spiegel, dann die Kante eines Tisches entlang. Es lag kein Staub darauf. Sein Gesicht hatte sich zu einem dramatischen, geistesabwesenden Ausdruck zusammengezogen.

»Es ist wirklich niemand hier«, sagte Davenhill, und seine Stimme klang sehr laut.

»Möglich. Aber die Evakuierung hat erst vor kurzem stattgefunden und ist vielleicht nur vorübergehend. Ich frage mich...?«

Mit raschen Schritten sah er in die Schlafräume, die sich alle auf demselben Stockwerk befanden. Dann hielt er vor der Kellertür inne.

»Ist das der Keller?« fragte Davenhill. »Was – was erwartest du?« Eine unheimliche Vorstellung überfiel ihn plötzlich, die zwar albern war, ihm aber erneut den überspannten Zustand seiner Nerven vor Augen führte.

»Keine Leichen – hoffe ich.« Waterford drückte die Tür auf, wobei sie knarrte, und griff nach der Lampe. Es war nur die übliche etwas dumpfe Kellerluft und der Geruch von eingelagertem Tierfutter. Er stieg die Stufen hinab. Davenhill wartete, diesmal weniger aus Abneigung, sondern aus Unfähigkeit. In diesem Wasser konnte er nicht schwimmen, und er wußte es, noch bevor er den Fuß auf die erste Stufe setzte.

Am Treppenfuß erreichte er Waterford.

»Siehst du?« sagte Waterford, indem er eine Kalaschnikow hochhielt; die übrigen drei Gewehre standen sauber aufgereiht an der Wand. Als er sie ansah, bemerkte Davenhill die Uniformen, die von frischen Dübeln herabhingen, die Stiefel – und dann, neben dem Heuhaufen, ein Feldbett.

»Sind das wirklich russische Uniformen?« fragte er.

»Sicher nicht von der lappländischen Feuerwehr.«

»Was kann das bedeuten?«

Waterford war geduldig, wohl weil er sich keine unmittelbare Gefahr vorstellen konnte.

»Eine Spezialabteilung, die zur Bewachung des Dorfes zurückgelassen wurde.«

»Und – wo sind die Dorfbewohner?«

»Vielleicht anderswo untergebracht.«

»Ja, aber – wo?« drängte Davenhill weiter, offenbar entschlossen, mit seinen Fragen nicht weiterzugehen, als Waterford ihm Antworten anbot.

»Irgendwo da draußen – suchen nach uns, oder nach Leuten wie wir.«

»Was?«

»Folley muß hier gewesen sein, oder man hat ihn hergebracht. Sie haben ihn gefunden und rechnen damit, daß wieder jemand kommt. Daher hängen die Uniformen hier. Und ich wette, daß sie finnisch sprechen.«

Was sie dann hörten, war keine Stimme, sondern Schritte auf dem Holzboden über ihnen. Waterford sah Davenhills Augen, wie sie sich in ihren Höhlen verdrehten, und mußte sich das Lachen verbeißen, als er merkte, daß der junge

Mann noch gar nicht angefangen hatte, richtig zu spüren. Jetzt war er ein Klotz am Bein, und er tat ihm gleichzeitig leid.

»Was sollen wir...?« Davenhills Geflüster klang quietschend.

Waterford hielt sich wieder den Pistolenlauf an die Lippen und lauschte. Eine Stimme rief etwas auf finnisch, und Waterford lächelte. Er gab Davenhill ein Zeichen, die Pistole wegzustecken, und schob seine Parabellum in das Schulterhalfter. Die Stimme rief noch etwas, und dann hörten sie Schritte auf der Treppe, und sahen erst hohe Stiefel, dann zwei Beine herabkommen. Die Schritte klangen fest und zuversichtlich.

Waterford rief: »Sagen Sie – können Sie uns helfen?«

Er ging rasch zum Fuß der Treppe und sah zu dem Gesicht des jungen Mannes hinauf, so daß dieser die Treppe nicht ganz herunterkommen konnte. Der Mann war dunkelhaarig und hatte ein schmales Gesicht, er lächelte breit und schien doch erstaunt zu sein. »Sprechen Sie englisch, junger Mann?«

Davenhill blieb, wo er war, verwirrt und stumm. Er war sich nicht sicher, wer der Mann auf den Stufen dort war, und zwang sich zu der Vorstellung, daß es wohl ein Russe sei. Und eine Stimme schrie in ihm auf, daß Waterford sie jetzt verraten hatte, indem er den Mann auf englisch ansprach.

»Ein bißchen«, sagte der junge Mann, und sein Akzent klang nicht mehr skandinavisch.

»Da haben wir aber Glück gehabt, was, Alex?« Er drehte sich kurz zu Davenhill um. »Wir sind Inspekteure von einem Stromversorgungsunternehmen in England – unser Jeep hatte eine Panne, einen guten Kilometer von hier entfernt. Meinen Sie, daß Ihre Leute ihn wieder flottmachen können?«

Das ist doch lächerlich, dachte Davenhill. Dann sagte der junge Mann etwas holprig: »Ich sah Sie – herkommen. Warum Sie sind in dem Keller?«

»Wir konnten niemanden finden, Alter. Und dachten, daß vielleicht jemand hier unten wäre. Ist sicher nicht Ihr Keller, was? Tut mir sehr leid.«

»Nein – ich leben – anderes Haus. Sie jetzt heraufkommen?« Es lag nichts Bedrohliches in der Stimme, höchstens die Sorge, ob sie auch rasch mitkämen.

Auf dem Steinboden des Kellers, neben den Uniformen und den angelehnten Gewehren, waren Fußspuren zu sehen. Es war dumm, vorzugeben, sie seien unschuldige Reisende. Davenhill spürte, wie etwas in ihm zusammenbrach. Sein Atem hing wie eine Rauchwolke um ihn.

Der junge Mann war auf den Stufen zur Seite getreten, um sie vorbeizulassen. Waterford passierte ihn mit einem geradezu charmanten Lächeln.

Er drehte sich um und sagte: »Komm, Alex – unser Freund hier wird uns mit dem Jeep helfen!«

Er stieg die restlichen Stufen rasch hinauf, und Davenhill, dem es schien, als stapfe er durch ein noch klebrigeres Element als den tiefen Schnee hinter dem Haus, folgte ihm.

Oben angekommen, wartete Waterford entspannt und lächelnd auf sie. Seine Hände steckten in den Taschen seines dicken Anoraks. So unglaublich es schien, es gab nichts zu befürchten. Es war zum Lachen.

Der junge Mann war auf der Hut – Davenhill sah die Anspannung in seinem Gesicht, dann stand er zwischen Waterford und dem Russen, der immer noch vorgab, Lappländer zu sein.

»Warum sind Sie hier?« fragte der junge Mann.

Waterford lächelte entwaffnend. »Ach, wissen Sie – Wasserkraftwerke.« Seine Hände hoben sich zu einem mimischen Ausdruck, seine Stimme bekam einen pedantischen Klang, wobei sich sein Kopf zu jedem betonten Wort bewegte. »Wasser – Dämme, die Nutzung der Wasserkraft – wir *untersuchen* das für die britische Stromerzeugungsindustrie...« Dann eine Pause, bis die Fachausdrücke bei seinem Gesprächspartner ankamen. Davenhill war es zum Lachen und zum Bewundern. »Was können wir lernen von Ihrem Land? Sie verstehen?«

»Ivalo?« sagte der junge Mann.

»Ja. Wir fahren ein bißchen herum – Touristen? – auf eigene Faust.« Waterford hatte sich von dem jungen Mann entfernt und sah zum Fenster hinaus. Davenhill sah, wie schlank der Russe gebaut war, wie fit mußte er unter dieser Zivilkleidung erst sein. Er blieb in dessen Nähe, um seinen guten Willen zu zeigen, oder als Ausdruck seiner Friedfertigkeit.

»Wo ist Ihr Jeep?« fragte der junge Mann und bewegte sich jetzt auch.

»Gerade außerhalb des Dorfes«, sagte Waterford, scheinbar unbeeindruckt, und sah die Hauptstraße hinauf. Der junge Russe ging auf ihn zu. Davenhill konnte die Bedrohlichkeit erkennen, die in seiner Bewegung lag, war sich ihrer aber nicht objektiv sicher – er haßte dabei die Ohnmacht, die ihn zu einem Beobachter dieser kurzen Vorfälle machte, und konzentrierte sich, als befürchte er, es entginge ihm etwas – aber Waterford schien auf nichts zu achten.

Als er sich vom Fenster zurückwendete, hatte er ein Messer in der Hand, blickte kurz zu Davenhill, und der Rücken des jungen Mannes bog sich ruckartig, als er seinen Bauch vor der Messerspitze einzog.

»Eine Bewegung, Kleiner, und ich mach' dich kalt, nur eine Bewegung oder ein Geräusch – verstanden?« Davenhill verstand genügend Russisch, um mitzukriegen, was Waterford gesagt hatte.

Dann trat der ältere Mann näher auf den Russen zu und drehte ihn mit scheinbarer Leichtigkeit herum, wobei er das Messer jetzt an den gestreckten weißen Hals oberhalb des Hemdes und des Mantelkragens hielt.

»Bring ihn nicht um...!« platzte Davenhill heraus, wie verwirrt durch Vorgänge auf einer Leinwand, die unerwartet echt wurden.

»Halt die Klappe!« schnauzte Waterford ihn an, und Davenhill erkannte kaum seine Stimme wieder, als hätte ein Bauchredner gesprochen.

Dann ließ Waterford den Mann über sein gestelltes Bein stolpern und, als dieser hinfiel, trat er ihm auf den Schenkel, in die Leistengegend, hob ihn wieder auf die Füße, entriß ihm die Pistole mit der rechten Hand und schlug ihm mit dem Lauf über den Backenknochen.

Davenhill bemerkte, daß er seine langen Finger an die zitternden Lippen hielt und eine fremde Stimme sagen hörte:

»Mein Gott, was machst du da mit ihm?« Die Stimme war seine eigene, und das war schon schrecklich genug.

»Schau nicht so blöd!« fuhr ihn Waterford an. »Hol einen Eimer Wasser – schnell!« Davenhill spürte keinen Widerstand. Er drehte sich um und ging in die Küche.

Er hörte, wie Stoff zerrissen wurde, und dann Klapse, und er beeilte sich, als habe er Angst, abgekanzelt zu werden, und füllte den Plastikeimer mit eiskaltem Wasser. Er trug ihn über den langen Flur in den Raum zurück, wo Waterford ihn ihm aus der Hand riß und den Inhalt über den daliegenden, blutenden Russen in dem Armsessel goß, in den er ihn gehoben hatte. Der Mann war bis auf seine Stiefel und langen Strümpfe nackt. Seine zerrissene Hose war bis auf die Knöchel heruntergezogen. Das karierte Hemd lag neben dem Sessel.

Der Körper zuckte wie unter einem Stromstoß zusammen, als das Wasser sich über ihn ergoß; er gab einen erstickten Schrei von sich, und dann war Waterford auch schon über ihm, das Knie auf seiner Brust, die Pistole unter dem Kinn, drückte den Kopf mit dem wirren schwarzen Haar nach oben und zwang ihn, ihm in die flachen blauen Augen zu sehen.

»Wo sind die anderen?« bellte er, fast schreiend, wobei er die Pistole so nach oben drückte, daß der Russe mit den Zähnen knirschte und sein Kopf auf- und abschwang. Marionette, dachte Davenhill, mit fasziniertem Entsetzen.

Der Russe gab keinen Laut von sich.

»Wo ist der Engländer? Wo ist er?« Wieder der Druck mit der Pistole, dann sah er, wie Waterford sich zurücklehnte und die Parabellum explodierte. Davenhill fühlte seine Hände am Gesicht, die Finger an seinen Lippen, sich die Ohren zuhalten wollend. Aber er konnte nichts tun; der Russe war tot. Weit entfernt hörte er Waterfords Stimme: »Wo ist der Engländer?« Aber warum fragt er einen Toten? »Wo ist er – du bist noch nicht taub!« Die Kommandostimme klang furchtbar.

Und dann sah Davenhill den Kopf sich aufrichten, als sei er lebendig, und Waterford sagte wieder: »Wo ist er? Habt ihr Schweinehunde ihn ermordet? *Antworte!*«

Ein ersticktes Geräusch folgte, als würde der junge Mann noch immer das Wasser schlucken, das über ihm ausgegossen worden war, und sein Kopf bewegte sich wieder, und über Waterfords gebückte Schulter sah er, wie die Augen in dem Kopf hin- und herrollten, so daß man mehr das Weiße als die Pupillen sah, und wieder ein Stöhnen.

Erst jetzt wurde ihm klar, daß Waterford den Russen nicht getötet hatte.

»Sprich! Jetzt! Wann habt ihr ihn getötet? Wann?«

Stille folgte, dann:

»Nein – nicht getötet ...«, die Stimme klang schrecklich, als sei sie längst tot und versuche nun, aus ungeheurer Ferne wieder zurückzukommen. »Er – wurde zurückgeholt.«

»Das glaube ich dir nicht, du kleiner russischer Scheißer! Er ist tot!«

»Nein, nein!«

»Ja!«

»Bitte ...«, hörte Davenhill und schlang die flatternden Arme unsicher um seine Brust.

»Ihr habt ihn umgebracht!« Jede Silbe einzeln, jede Silbe gewichtig, jede Silbe drohend.

»Nein! Sie haben ihn über die Grenze mitgenommen!«

»Wer!«

Die Stimme tat sich jetzt etwas leichter, wie getragen von einer noch undeutlichen Lebenshoffnung.

»Das Panzerregiment – als sie zurückfuhren.«

»Wann?«

»Zwei – Tage.«

»Was tun die hier?«

»Ich weiß nicht. *Invasion!*« Das letzte Wort wurde herausgeschrien, als der Revolverlauf vom Kinn weggezogen und gegen die Schläfe gedrückt wurde. Davenhill sah, wie sich die schreckerfüllten Augen drehten, der Pistole folgten, er sah nur das Weiße.

Waterford, als sei er ein Hexer, der einen Zauber löst, trat jetzt zurück und schob die Pistole ins Halfter. Dann, mit dem Rücken zu dem Russen, zog er seine Handschuhe an.

»Gut«, sagte er. »Wollen wir diesen jungen Mann nach draußen zu dem Jeep bringen, Alex?«

Davenhill war zu schockiert, zu verwirrt, um zu antworten.

»Los, Alex«, hörte er Waterford sagen, wobei er sich bei seinem Herannahen fast duckte. Aber die Stimme klang freundlich. »Wir haben keine Zeit zu verlieren. Zieh ihn an.«

Unvermittelt verließ er den Raum, mit einer Selbstsicherheit, die ihm im Vorzimmer eines Ministers oder in der Offizierskantine besser gestanden hätte als in ihrer jetzigen Situation.

Nun erst fiel Davenhill auf, daß das seltsame Geräusch ein unkontrolliertes Zähneklappern des Russen war. Der junge Mann kauerte sich in den Armsessel, hielt die Arme um die Brust geschlungen und stöhnte, während seine Zähne aufeinanderschlugen. Er ging zu ihm und half ihm langsam auf die Füße. Der junge Mann machte sich von ihm los, und sein Körper begann zu zittern, sobald er die Kuhle im Sessel verlassen hatte. Seine Augen lagen noch immer tief in ihren Höhlen.

Seine Nacktheit wirkte fast abstoßend, demütigend. Davenhill bückte sich und zog ihm die Hose bis zur Hüfte hoch. Das Koppelschloß fehlte, und der Hosenbund war eingerissen. Vorsichtig führte er die Hand des jungen Mannes, bis er die Hose festhielt. Dann nahm er das Hemd, ließ es aber wegen seines Zustands wieder fallen und zog ihm statt dessen den Anorak über die Schultern. Das klappernde Geräusch war nicht mehr zu hören, nur noch ein unregelmäßiges, tiefes Schluchzen.

Waterford kam in den Raum zurück.

»Zum Hinterausgang«, sagte er. »Mach ihm Beine.« Knapper Ton, präzise, wie im Armeemanöver. Seine Stimme brachte Davenhill in Weißglut.

»Verdammtes Schwein! Der friert zu Tode, bevor wir zurück sind!«

»Im Jeep sind Decken und Felle. Der erfriert schon nicht – wenn er schnell genug läuft!« Er blickte den Russen bedeutungsvoll an, der seinen Kopf senkte, wobei sich der Mund öffnete und schloß wie bei einem Fisch.

Davenhill starrte Waterford eine Ewigkeit an und kapitulierte. Der Mann hatte recht – immer verdammt recht. Und der Russe hatte geredet. Folley lebte, irgendwo in Rußland.

Und, das fiel ihm jetzt ein, sie hatten einen Zeugen.

Er packte den jungen Mann vor sich und zog ihn aus dem Raum, den Flur entlang, durch die Küche. Es war schon spät am Nachmittag, die schwache Sonne hing niedrig über dem Horizont, triefäugig. Waterford ging raschen Schrittes voraus, und Davenhill hatte wieder die Pistole in der Hand und drückte sie dem Russen in den Rücken. Davenhill herrschte ihn auf russisch an: »Mach, daß du vorwärtskommst!« und schauderte, als habe er sich infiziert.

Sie stießen fast mit Waterford zusammen, weil dieser plötzlich stehenblieb.

Eine Viererpatrouille kehrte gerade zurück, nur zwanzig Meter von ihnen entfernt. Die Kalaschnikow übergehängt, die Haltung entspannt, mit hängenden Schultern, die Entsatz und Müdigkeit signalisierten.

Davenhill hatte den Eindruck, als flögen die Köpfe hoch, den Eindruck linkischer Bewegungen, dann krachte die Parabellum durch die Stille. Der Schuß hallte von dem Gebäude hinter ihnen zurück und schien selbst von dem niedrigen Himmel als Echo zurückzukehren.

Dann feuerten die Russen, selbst als sie die Gruppe teilten; zwei von ihnen liefen in getrennten Richtungen und schossen gebückt, aus der Hüfte. Zwei andere lagen regungslos im Schnee, häßlich anzusehen, wie sich ausbreitende dunkle Flecken.

Dann kam wieder dieses übertriebene Bellen von Waterfords Pistole – er stand geduckt und hielt mit beiden Händen und gestreckten Armen die Waffe fest. Er drehte sich ständig um die eigene Achse, einmal hierher, einmal dahin, und feuerte abwechselnd auf den einen und auf den anderen. Davenhill sah einen Feuerstoß von einem der Russen kommen, der sich die Zeit genommen hatte, im Schnee niederzuknien – und der junge Mann vor ihm, der die Szene regungslos beobachtet hatte, ohne sie zu verstehen, fiel rücklings gegen ihn. Davenhill umklammerte den mageren Körper, als sich der Anorak löste, stolperte dann und fiel in den Schnee mit dem toten Russen über sich, ein widerwärtiges Gewicht, während seine Walther mit dem Griff nach oben außerhalb seiner Reichweite im Schnee steckenblieb.

Ein einzelner Schuß folgte, dann trat Stille ein. Davenhill lag schluchzend da, als sich ein Schrei drohend durch seine Kehle drängte. Er glaubte den Verstand zu verlieren, im Schnee unter einer bis zur Hüfte nackten Leiche liegend, deren Geschlechtsteile aus der offenen Hose hingen...

Mit einer gewaltigen Anstrengung befreite er sich von dem Gewicht des toten Russen und kam schließlich wieder auf die Füße. Waterford untersuchte die Toten. Davenhill zog seine Pistole aus dem Schnee und wischte sie sehr sorgfältig trokken. Dann stand Waterford neben ihm und legte ihm die Hand auf die Schulter.

»Sei nicht mißmutig«, sagte er, aber in seiner Stimme lag weder Groll noch Sarkasmus. »Tut mir leid, daß sich das Blatt gewendet hat.«

Davenhill wurde von einem Gefühl der Erleichterung durchschüttelt. Waterford hielt ihn fest an der Schulter. Davenhill sah ihn an und erkannte den großen Unterschied zwischen ihrer Erfahrung und Veranlagung, aber auch Bedauern lag in seinem Gesicht.

Im nächsten Augenblick war der Eindruck vorüber. Waterford sagte: »Wahrscheinlich haben wir die Toten aufgeweckt. Wir müssen hier weg, schnell. Wir müssen noch bis nach Ivalo!« Er blickte zu dem toten Mann hinunter, dessen zerrissene Hose jetzt das Hinterteil freigab, während er mit dem Gesicht im Schnee lag. »Schade, daß sie den armen Kerl erschossen haben. Was hätte der für einen Zeugen abgegeben.«

Abrupt ging er weg, zu der nahen Anhöhe. Davenhill sah zu dem weißen Hintern und der sich langsam ausbreitenden roten Lache unterhalb der Hüfte. Er fühlte sich elend.

»Komm schnell – da sind noch mehr Patrouillen unterwegs, Alex. Wir *müssen* weg!«

Und Davenhill begann, in Waterfords tiefen Fußstapfen die Anhöhe hinaufzugehen.

Die Aktivität hatte erheblich zugenommen. Ilja merkte dies inzwischen ganz deutlich. Während Maxim einen Obersergeanten vom KGB-Grenzschutz, Wrubels ranghöchsten Unteroffizier, interviewte, stand er am Fenster der Holzbaracke, die den beiden SID-Leuten zur Durchführung ihrer Nachforschungen zur Verfügung gestellt worden war. Später Nachmittag. Iljas Kopf brummte von dem Zigarettenrauch und den sinnlosen Befragungen. Maxim schien die bessere Konstitution zu haben, wenn es um die letzten Feinheiten in ihrem Beruf ging.

Von draußen waren Schritte auf dem festgetretenen Schnee zu hören, immer mehr Leute traten jetzt aus den Türen der anderen Baracken des Hauptquartiers der Grenzschutzstation 78 ins Freie. Einige Männer trugen dicke Jacken – da vorn konnte er eine pelzgefütterte Fliegerjacke ausmachen –, und das Geräusch der schweren Stiefel auf dem Schnee war sogar durch die Doppelverglasung zu hören.

Er warf einen Blick auf den Obersergeanten, ein schwerer Mann mit einem eckigen, leidenschaftslosen Gesicht, der wahrscheinlich ein Dutzend Jahre älter aussah, als er war – steifes graues Haar auf dem Kopf, mit vielen Falten auf der niedrigen Stirn. Der Mann versuchte, über Maxims Schulter zu sehen. Als sich sein Blick mit Iljas traf, sah er schnell wieder zu Maxim.

»Danke, Sergeant, das war alles«, sagte er, einem Impuls nachgebend. Er sah Maxims Schulter, die sich erst vorbeugte und dann entspannte. Er würde so weitermachen.

»Sie waren uns eine große Hilfe«, sagte Maxim.

Der Sergeant schien mißtrauisch, nickte dann aber und stand auf. Der Stuhl knarrte auf dem Holzboden.

Nachdem er gegangen war, sagte Ilja: »Komm mal her ans Fenster und sag mir, was du siehst.«

Maxim kam zu ihm, mehr amüsiert als neugierig. Für ein paar Augenblicke waren sie still, dann sagte Maxim mit einem seltsamen Ton in der Stimme:

»Die Grenze, die Genosse Lenin von Coca Cola trennt – ist es das, was du sehen willst?«

»Nein, du Idiot. Noch naheliegender.« Auch Ilja sah über die sechs- oder siebenhundert Meter baumloses, planiertes Gelände, das sie von dem Grenzzaun und den beiden sichtbaren Wachttürmen trennte.

»Ah. Mhm ...« Er rieb sich das Kinn, um Nachdenken vorzutäuschen. »Da, ein laufender Grenzsoldat, meinst du das?«

»Ja!«

»Ungewöhnlich, zugegeben. Sollen wir es melden? Vielleicht ist er ein Trotzkist?«

»Warum läuft er denn?«

»Vielleicht wurde er bei irgend etwas ertappt?«

»Viele Leute unterwegs?«

»Einige.«

»Mehr als vorher? Siehst du dort den Mann in der Fliegerjacke? Das ist schon der zweite, den ich in ein paar Minuten sehe.«

»Nein, so was!« rief Maxim mit einem gewollt hysterischen Ton in der Stimme. »Es geht los! Finnland überfällt uns!«

»Im Ernst...«

Beide hörten das schnellere Schlagen von Hubschrauberflügeln, und über den Schnee hinweg ergoß sich ein roter Schein.

»Wohin geht's jetzt los?« fragte Maxim.

»Ich weiß nicht. Wir fragen mal.«

Rasch ging er zur Tür, griff sich den pelzbesetzten Mantel vom Haken und drückte sich die Pelzmütze auf den Kopf. Der rasche Wechsel aus der dumpfen Wärme des Raumes war für beide wie ein Schlag – die frische kalte Luft nach dieser Ofenheizung.

Sie gingen in der Mitte des freien Platzes vor ihrer Baracke. Plötzlich begann Maxim zu laufen und prallte nach etwa sechs Schritten mit einem Soldaten zusammen, der sein Gleichgewicht verlor und hinfiel. Maxim richtete ihn wieder auf, klopfte ihm den Schnee vom Mantel und fragte:

»Was ist denn da vorne los, zum Teufel?«

»Ein Zwischenfall an der Grenze, Mann! Die ganze Hölle ist los deswegen!« Dann machte er die Augen richtig auf, sah die Zivilistenmäntel, die beiden fremden Gesichter, und wich zurück. Maxim folgte ihm, aber Ilja hielt ihn am Arm. Der Soldat verhedderte sich mit seinem Gewehrriemen.

Dann blickten alle drei unwillkürlich nach oben, als ein Hubschrauber mit roten Kennleuchten an Rumpf und Heck über die Baracken flog, wobei die nächststehenden Bäume wie dunkle Wellen von dem Abwind auseinandergebogen wurden. Der Soldat begriff, daß er frei war und machte sich davon – von Zeit zu Zeit blickte er über die Schulter zurück, bis er hinter einer der Kasernen verschwunden war.

Der Hubschrauber flog zur Seite, gewann etwas an Höhe und nahm dann Kurs auf die Grenze und überflog sie.

»Was zum Teufel...?« fragte Maxim atemlos und schaute hinterher.

»Los, komm!« fuhr es Ilja heraus. »Das ist es!« Er drehte Maxim von dem sich entfernenden Hubschrauber weg, der nur noch als dunkler Fleck mit einem roten Blinklicht sichtbar war.

»Was zum Teufel ist *es?*« fragte er, indem er wieder zu ihrem Humor zurückfand.

»Das ganze verdammte Kriegsspiel!« Er sah sich um, als er merkte, daß seine Stimme unnatürlich laut geklungen hatte. *»Finnland-Station!«* Er hatte es heiser geflüstert, nur hörbar bei dem sich entfernenden Geräusch des Hubschraubers.

Kurze Zeit war es auf dem Gelände des Hauptquartiers ruhig, dann hörte man wieder einen Hubschrauber, jetzt rechts von ihnen, wo ihr eigener in einer Lichtung gelandet war, und blinkende Lichter.

»Finnland-Station?«

»Ja, du dicker Dummkopf!« Ilja schüttelte seinen Arm, als er nach vorn zeigte. »Der Hubschrauber ist *über* die Grenze geflogen, ist in Finnland. Warum? Frag dich selber, warum! Das muß des Rätsels Lösung sein!«

»Ach du...!« Maxims Gesicht wurde ausdruckslos, dann kehrte er wieder in die Gegenwart zurück. »Was machen wir jetzt?«

»Wo ist unser Pilot?«

»Kantine?«

»Liegt auf dem Rücken und liest was Lockeres! Wo zum Teufel ruhen die sich aus, wo sind sie untergebracht?«

Die beiden jungen Männer sahen sich wie besessen um, sie spürten jetzt das Rätsel, das ihnen das Hauptquartier aufgab.

»In der Richtung ist er abgehauen«, sagte Maxim und zeigte nach links.

»Stimmt. Da unten ist eine Baracke.«

Sie begannen zu rennen, wobei ihre Füße bei jedem Schritt in dem Schnee ein wenig abrutschten. Sie schienen die einzigen auf dem Gelände zu sein, die sich so schnell bewegten.

»Wo ist denn der verdammte Soldat?« schrie Maxim atemlos.

»Wenn er so bekloppt ist wie die meisten von ihnen, braucht er eine Stunde, bis er merkt, was er versäumt hat!«

Sie rannten weiter. Einige drehten den Kopf nach ihnen um, aber mit der üblichen mangelnden Neugier.

»Aber wenn er nicht...«

»Dann wissen sie, was wir wissen.«

»Was ist da drüben bloß los?«

»Was weiß ich? Verdammt! *Unsere* Leute?« Ilja schlidderte und blieb stehen, stieg die zwei Stufen zu dem Vorbau hinauf und klinkte die Tür auf. Maxim drängte zusammen mit ihm durch die Türöffnung, und Ilja fühlte den harten Lauf einer automatischen Makarow in seinem Rücken.

»Vorsicht!« konnte er sich nicht verkneifen. »Ich bin noch Jungfrau.«

Ihr Pilot, der junge selbstsichere Mann, der auf dem Flug von Murmansk so sorglos gewirkt hatte, lag auf seinem Feldbett am Ende des kleinen Baus. Er war allein. Der Raum war geheizt, und von einem Plattenspieler neben seinem Bett tönte dünn ein Mozart herüber. Er hob den Kopf vom Kissen und seinem Unterarm, lächelte – dann erblickte er die beiden gezogenen Revolver.

»Aufstehen!« bellte Ilja, und dann: »Eine Bewegung und ich schieß' dir die Hand ab! Du fliegst nie wieder!«

Der Pilot unterließ es, nach seiner Pistole in dem Halfter zu fassen, das zusammen mit seiner Fliegerjacke an einem Haken über dem Bett hing. Er hob die Hände, dann begann er, die beiden wiederzuerkennen, ein schwaches Lächeln erschien auf seinem Gesicht.

»Ja – wir wissen es«, sagte Maxim. Der Pilot nickte zustimmend. »Steh auf.«

»Blöd«, meinte der Pilot.

In Iljas Kopf begann sich verzweifelt ein Vorhaben abzuzeichnen, wie eine Folge schlecht konstruierter Episoden in einem schlecht inszenierten Film, so daß er sagte: »Eine einzige Chance. Nur eine – aber da ist sie. Mit deiner Hilfe.«

Der Pilot blieb sitzen. »Hilfe?«

»Keine Verzögerungstaktik jetzt! Steh auf und zieh die Jacke da an. Du wirst jetzt mitkommen und uns die Aussicht zeigen!« Er grinste. Zu Maxim gewendet sagte er: »Warst du schon mal in Finnland, Maxim?«

»Nein. Aber das wollte ich schon immer mal.«

»Toll. Also gönnen wir uns eine kleine Urlaubsreise.« Er ging zu dem Piloten hinüber, wobei er sorgfältig darauf achtete, daß Maxim freier Raum zum Schießen blieb, und half ihm unsanft auf die Füße. Der junge Mann merkte, daß sich hier eine extreme Absicht auf unangenehme Weise gegen ihn durchgesetzt hatte, und bot keinen Widerstand. Statt dessen zog er die Jacke an, die Ilja ihm hinhielt, steckte Zigaretten und Feuerzeug ein und ging langsam zur Tür, die Hände in den Taschen.

An der Tür fragte er mit einem albernen Grinsen: »Und was tun wir nun?«

»Wir gehen jetzt direkt zu dem Hubschrauber und fliegen hoch, dann nach Westen über die Grenze«, sagte Ilja. »Übrigens – was ist da drüben eigentlich los?«

Der Pilot zuckte mit den Schultern. »Routine-Patrouillen. Das ist hier ständig, so weit weg von Moskau.«

»Quatsch! Keiner, der bis drei zählen kann, fliegt Routine-Patrouillen in diesen Dingern. Das sind MIL-24er, *Kampfhubschrauber!*«

»Schlauer Mann.«

»Nur ein junger Sowjetmensch, der ein gesundes Interesse an den Streitkräften unseres ruhmreichen Landes hat. Los jetzt.«

Sie überquerten den festgetretenen Schnee in engem Abstand, wobei Maxim neben dem Piloten ging und ihn mit viel Gelächter in ein lebhaftes Gespräch verwickelte, während Ilja, mit der Pistole in der Manteltasche, ihnen unmittelbar folgte.

Der Transporthubschrauber, in dem sie gekommen waren, wurde genauso in ständiger Bereitschaft gehalten wie die MIL-24er, die vor wenigen Minuten abgehoben hatten. Er stand auf einer gefegten, weiß-gelb gestreiften Betonfläche, in einer kleinen Lichtung, die gerade ausreichte, um ihn starten und landen zu lassen. Die jetzt weggezogenen Tarnnetze verdeckten ihn vor der Luftaufklärung, und eine provisorische Schutzhalle stand bereit, um ihn bei schlechter Witterung aufzunehmen. In diesem Augenblick war die Wellblechkonstruktion unter die Bäume zurückgefahren.

Der Pilot nickte den beiden Männern der Bodenbesatzung zu, die jetzt Dienst hatten, und sie stellten keine Fragen, als er einstieg. Maxim folgte ihm, und dann Ilja, beide recht unbeholfen, mit Hilfe der Handgriffe, am Rumpf hinauf. Dann saßen sie in den Segeltuchsitzen, die mit einem Metallrahmen versehen waren, hinter dem Piloten.

»Frag niemanden nichts!« befahl Ilja und verspürte eine fast wilde Freude an dem, was jetzt für ihn ein waghalsiges Unternehmen zu werden versprach – eine Eskapade. »Flieg einfach los und folge den anderen da vorn.«

»Und mach keine Mätzchen mit der Maschine, hörst du?« fügte Maxim hinzu, ohne den geringsten Humor in der gleichmäßigen Stimme. »Wir sind hier vielleicht unwissende Laien, aber wenn das Ding sich nicht so verhält, wie es bei Hubschraubern üblich ist, dann kannst du sicher sein, daß du es nicht überleben wirst, um hinterher mit der Geschichte anzugeben!«

»Alles klar, Genossen. Ganz wie's im Fliegerhandbuch steht. Schnallt euch bitte an.« Er setzte seinen Helm auf, rückte in seinem Sitz zurecht und merkte dabei, wie Ilja ihm scharf über die Schulter sah, und begann mit den Kontrollen, wobei er sich so sehr wie möglich beeilte.

Nachdem er sich dazu bereit erklärt hatte, wurde er sich der Gefahr weniger bewußt. Sein Magen beruhigte sich, und die Routinehandgriffe, mit denen er vertraut war, nahmen ihn in Anspruch.

Er schaltete die computergesteuerte Treibstoffversorgung ein, und die Turbinen begannen sich zu drehen. Ilja bemerkte mit einem wohltuenden Gefühl, wie sie allmählich ihre Betriebsdrehzahl erreichten. Dann lief der Heckrotor an, und der Hubschrauber neigte sich etwas zur Seite. Als der Hauptrotor genügend Leistung hatte, löste der Pilot die Bremse, tippte auf einen Schalter und schob den Kupplungshebel zurück, um den Antrieb mit dem Hauptrotor zu verbinden.

Als Ilja die Einfachheit und Schnelligkeit sah, mit der der Pilot seine Handgriffe ausführte, verließ er sich darauf, daß der Pilot nichts im Hinterhalt führen würde. Dieser wußte, auch wenn er den Pistolenlauf an seinem rechten Ohr spürte, daß er ein Dutzend Sachen machen könnte, die Ilja nie bemerkt hätte, bevor es zu spät gewesen wäre.

Er war einverstanden, sie zu fliegen. Er kannte das Ausmaß ihrer möglichen Entdeckungen. Er hatte aber nicht – das wurde ihm plötzlich klar – den Nerv dazu.

Er hielt sich das ganze Problem vom Leib.

Wenn sie dann zurückkommen würden, dann würde es auch noch reichen. Dann würde man sich um sie kümmern.

Durch das Verdeck hindurch konnte Ilja sehen, wie die Rotorflügel sich zu drehen begannen, als die Kupplung griff, und er hörte das schwingende Schlagen. Ganz normal. Als sie ihre Betriebsdrehzahl erreichten, war nur noch ein schimmernder horizontaler Teller zu sehen.

Der Pilot bewegte langsam einen Hebel nach links, und die Rotorblätter veränderten ihren Winkel. Das Motorengeräusch nahm zu, als sich die Rotoren schneller zu drehen begannen. Der Hubschrauber verließ seine Hemmklötze, die Räder hatten gerade noch Berührung mit dem Boden. Langsam drückte der Pilot den Fußhebel des Seitenruders, um jeder Drehung des Rumpfes entgegenzuwirken, prüfte noch einmal seine Instrumente und schob dann den linken Hebel leicht nach oben. Der MIL hob sich von der Betonfläche ab, und es wurde plötzlich heller, als sie sich über die Bäume erhoben. Die Dunkelheit war noch nicht hereingebrochen.

Der Pilot prüfte den Windabtrieb, und dann schwenkte der Hubschrauber herum und nahm Kurs auf die Grenze.

»Du kennst die Richtung, nicht wahr?« sagte Ilja. Es war nicht als Frage gemeint. Dem Piloten wurde plötzlich ihre Gegenwart wieder bewußt – und Ilja drückte gerade in diesem Augenblick seine Makarow an seinen Kiefer –, und er nickte bloß. Er bewegte den Steuerhebel, veränderte den Winkel der Rotorscheibe, und der MIL flog über die Holzbaracken hinweg zu dem offenen schneebedeckten Gelände und dem hochgespannten Draht.

Sie überflogen den Draht in weniger als einhundertfünfzig

Fuß Höhe, erreichten den rennbahnartigen Streifen freies Gelände und dann den niedrigeren, unbewachten Zaun auf der finnischen Seite; es folgte ein schmalerer baumloser Streifen und auf diesen der dichte Wald, der die Grenze hier auf beiden Seiten begleitete. Die Gefahr, abgefangen zu werden, war gering. Für die Radarsysteme flogen sie zu niedrig, und die Finnen besaßen nur wenige Wachttürme. Sie verließen sich statt dessen auf regelmäßig durchgeführte Hubschrauber-Patrouillen – so pünktlich und regelmäßig, daß man die Uhr danach stellen konnte. Es war ein Ausdruck ihrer Unabhängigkeit, denn man wollte die Sowjetunion nicht reizen und auch nicht den geringsten Anlaß zu einem Grenzzwischenfall geben.

Sie sahen die sich windende weiße Linie der einzigen Straße zwischen den Bäumen, und weiter hinten das eisige Glitzern des Flusses im Süden. Maxim tippte auf Iljas Schulter und lehnte sich dann zurück.

»Was wollen wir tun?« flüsterte Maxim. Ilja achtete auf den Piloten und hielt ihm die Pistole so hin, daß die Mündung gegen seinen Nacken drückte, gerade dort, wo das Haar den Kragen der Fliegerjacke berührte.

»Komm nicht auf komische Gedanken«, sagte er. »Tut mir leid, wenn es dich nervös macht!«

»Hör mal, Ilja – du benimmst dich wie ein Kind. Was wollen wir denn tun, *nachher*, meine ich?«

Ilja sah ihn an und zog die Stirn kraus. Das nur in groben Umrissen ausgedachte Vorhaben, das er zunächst im Griff zu haben schien, hatte sich schon halb verflüchtigt. Mehr als ein paar Vorfälle waren es ohnehin nicht, und sein Ziel war im wesentlichen schon erreicht, als der Hubschrauber abhob.

Er sagte: »Wir können nicht dorthin zurückkehren.« Wieder warf er einen Blick auf den Hinterkopf des Piloten.

Maxim nickte. »Nur zu wahr, mein Lieber.«

»Sieh mal – wenn wir . . .?« Er dachte nach, schüttelte dann aber den Kopf. »Mit dem Ding könnten wir doch nach Murmansk zurückfliegen!« Seine Stimme war nur ein flüsternder Hauch.

»Meinst du wirklich? Du willst den andern davonfliegen, hinter denen wir jetzt her sind?« Maxim sah weg, nach vorn, an dem Piloten vorbei. Der dunkler werdende Himmel war leer, kein Licht war zu sehen.

Ilja war still, erst nach einer Weile sagte er: »Ich denk' mir was aus.«

»Tu das. Inzwischen frag ihn mal, was tatsächlich los ist.«

Ilja verstärkte den Druck der Pistole gegen den Nacken des Piloten, genug, um diesen in Alarmstimmung zu versetzen. Er sah ein leichtes Zusammenzucken der Schultern und wie sich der Nacken zusammenzog, als wolle er sich von einer Spannung befreien. Der Mann hatte Angst.

»Was tun wir jetzt eigentlich hier?«

Schweigen. Das stetige Geräusch der Rotoren über ihren Köpfen, das dunkle Dahinfließen des Waldes unter ihnen, dazwischen weiße Stellen, dann die helle Straße, die den Wald wie einen Scheitel teilte. Vor ihnen jetzt blinkende rote Lichter, das eine über ihnen und rechts, das andere links, etwa in gleicher Höhe. Sie überholten gerade die beiden Kampfhubschrauber.

»Was machen die da?« fragte Maxim.

»Beobachten«, meinte der Pilot.

»In Finnland? Was wollen sie denn – einen Wolfskopf für die Kantinenwand?«

»Nein.«

»Klär uns doch auf.«

Ein Zittern lief durch den Körper des Piloten, als versuche er, eine tiefliegende, traumatische Hemmung zu überwinden. Er hatte Angst vor ihnen, aber vor etwas anderem vielleicht noch mehr. Als Ilja und Maxim sich ansahen, war ihnen beiden die Bedeutung dessen bewußt, was der Pilot wissen mußte.

Dann kam das Dorf, dessen Namen sie nicht kannten.

»Runter jetzt!« befahl Ilja, und der Pilot drückte den Steuerknüppel nach vorn, und die Nase des Hubschraubers neigte sich. Gestalten bewegten sich, Lichtschein schwappte über den Schnee, von schwankenden Taschenlampen und Laternen – aus einem Hausflur ergoß sich heller Lichtschein.

Und hinter dem Haus schwarze, reglose Flecken – nur zu bekannt, um etwas anderes zu sein als Tote.

»Was zum Teufel ist hier los?« rief Maxim aufgeregt und packte den Arm des Piloten. Der MIL schwankte, kippte zur Seite, und als Maxim den Arm losließ und der Hubschrauber wieder aufgerichtet war, brüllte der Pilot mit hoher Stimme:

»Faß mich nicht an! Willst du dich umbringen, du blöder Hund?«

Dann schnarrte der Sprechfunk in seinen Ohren. Die Kabinensprechanlage war noch eingeschaltet, und so konnten die beiden Passagiere den Piloten eines der MIL-24 hören:

»Nordstern 92 an nicht identifizierten Hubschrauber – identifizieren Sie sich und teilen Sie Ihren Auftrag mit.«

»Nordstern 86 an Nordstern 92 – Auftrag lautet, Nachforschung zu unterstützen«, antwortete ihr Pilot, während ihm die Pistole schmerzhaft in den Nacken gebohrt wurde.

»Nordstern 86 bestätigt. Warum zum Teufel haben sie euch hergeschickt?«

»Ich habe Truppen an Bord – für den Notfall. Habt ihr schon etwas gesichtet?«

»Nein. Bodenstation behauptet, daß fünf unserer Leute tot sind. Das muß 'ne große Clique gewesen sein, aber bis jetzt ist nichts zu sehen. Ende.«

Ilja ließ mit dem Druck des Pistolenlaufs nach und klopfte dem Piloten anerkennend auf die Schulter:

»Gut gemacht«, sagte er. »Nicht schlecht, das mit den Truppen. Also – was ist da unten los?«

»Ausländische Agenten, nehme ich an. Ein Feuergefecht, wohl noch nicht lange her, so wie es aussieht. Sie suchen jetzt die Agenten.«

»Aber das ist doch in Finnland, verdammt, nicht in Rußland«, brach Ilja heraus.

Der Pilot dreht sich nach ihm um. Ilja konnte das Lächeln um seine Mundwinkel sehen, die Verachtung um seine Nasenflügel spielen, um seine Augen. Iljas Ignoranz flößte ihm offensichtlich Mitleid ein.

Er setzte sich zurück und nahm die Pistole vom Hinterkopf des Piloten. Es war – irgendwie konnte er das Verhalten des Piloten nicht recht erklären: ein Mann, der Angst hatte, aber so sprach, als würden sie über Rußland fliegen und nicht über einem neutralen Nachbarland.

Dann sah er vor ihnen die roten Lichter eines der MIL-24, der jetzt nach unten ging.

»Ihm nach!« sagte Ilja scharf und drückte wieder die Pistole an den Nacken, der sich instinktiv zusammenzog. Die Kabine schien plötzlich einen anderen Winkel einzunehmen, und der Boden kam ihnen entgegen. Die Straße wirkte jetzt wie eine Geisterbahn, und weiter vorn fuhr ein offenes Fahrzeug mit etwa achtzig Kilometern in der Stunde und eingeschaltetem Fernlicht – geradezu selbstmörderisch.

»Was zum Teufel ist das?«

»Das müssen sie sein!« rief der Pilot, vor Aufregung alle Vorsicht fallen lassend.

»Wer?«

»Die feindlichen Agenten – die Schweinehunde!« Es war, als seien sie nicht länger bei ihm, noch er ihr Gefangener.

Ilja hielt nicht für möglich, was er im nächsten Augenblick erlebte. Der MIL-24, der inzwischen Kurs auf den Jeep dort unten genommen hatte, schoß zwei der kleinen Raketen ab, die unter seinen Stummelflügeln hingen, und flog dann dem Jeep voraus.

Feuergarben unter den Flügeln, dann das helle Aufleuchten von Flammen, aufspritzender Schnee und Erde vor dem Jeep – alles fast im gleichen Augenblick. Es war unvorstellbar; sein Kopf weigerte sich aufzunehmen, was er sah. Er beobachtete den Jeep.

Dieser kurvte wild hin und her, kam dann von der Straße ab, indem er wie ein wildgewordenes Pferd über den Graben setzte, und verschwand unter den Bäumen. Die Scheinwerfer erloschen. Gerade bevor er unter die Bäume geriet und als sich ihr Hubschrauber über ihm befand, sah Ilja ein helles Gesicht nach oben sehen, das dann durch etwas Dunkles verdeckt wurde – und ihm war, als habe einer der Insassen des Jeeps sie fotografiert, so seltsam das auch sein mochte.

Der MIL-24 wendete jetzt weiter vorn, um erneut Kurs auf die Straße zu nehmen. Dann begann die Sprechanlage in der Kabine zu schnarren.

»Sie müssen Ihre Truppen absetzen und ihnen den Weg abschneiden«, sagte der Pilot, ohne sich um weitere Angaben zu kümmern. In seiner Stimme klang eine gefährliche Begeisterung mit, aber auch eine zunehmende Anspannung. »Folgen Sie mir!« Der MIL-24 verließ sie und flog jetzt etwa zweihundert Meter voraus, in einer Höhe von weniger als fünfzig Fuß über den Bäumen. Es war ein dunkles Ungetüm mit blinkenden Lichtern, während der dunkle Baumteppich unter ihnen keine Spur des Jeeps und seiner beiden Insassen wiedergab.

Ein Lichtstrahl von dem MIL-24 vor ihnen tauchte die Baumwipfel in gleißendes Licht. Sie glitzerten vor Eis und Schnee. Es war ein eindrucksvolles Bild, leuchtend und harmlos. Ilja machte sich frei davon.

»Was passiert, wenn sie herausbekommen, daß wir gar keine Truppen an Bord haben, um sie abzusetzen?« fragte Maxim.

»Wir werden abhauen, was sonst!« Er drückte den Pistolenlauf wieder in den Nacken. »Höchste Zeit!« knurrte er. »Es dauert noch lange, bis einer von uns heut nacht zum Schlafen kommt.«

»Wo?«

»Murmansk, mein Lieber! Und zwar direkt, ohne Zwischenlandung!«

»Was?«

»Ich wiederhol' mich nicht. Schließlich«, fügte er an Maxim gewendet hinzu, »haben wir einen erstklassigen Zeugen bei uns, oder? Nach dem, was wir gerade gesehen haben, und dem, was sie in der Zentrale noch aus ihm herausholen werden...« Er lachte. »Wir haben unser Schäfchen im Trockenen, was?« Jetzt lachte er noch lauter, mit der gleichen Erregung, die er vor wenigen Augenblicken in der Stimme des Piloten gehört hatte. Das Erfolgspendel schwang jetzt in ihre Richtung.

»Und was läuft jetzt wirklich?«

»Ist mir gleich«, sagte Ilja lustlos. »Irgend jemand wird das schon herausfinden. Ich glaub' nicht, daß es sich lohnt, darüber nachzudenken – du?«

»Ich auch nicht.«

»Gut. Jetzt Kurswechsel, Genosse Pilot! Flieg uns ein bißchen südlich von deinem Hauptquartier – und sehr, sehr niedrig! Verstanden?«

Der Pilot nickte. Der Hubschrauber wendete dicht über den Bäumen und flog in seiner neuen Richtung davon.

Als sie auf Kurs waren, sagte Maxim: »Und was machen wir, um sicherzugehen, daß wir von den Kampfhubschraubern nicht verfolgt und eingeholt werden – oder von den beiden anderen, die ich im Hauptquartier gesehen habe? Schließlich ist das kein Feuerwerk, was sie da unter den Flügeln hängen haben.«

»Wir werden eine Landung vortäuschen müssen – unsere Position angeben und dann verschwinden, während sie sich auf die Suche machen müssen!« Ilja flüsterte laut, während sein Gesicht vor Freude leuchtete. Er tippte mit dem linken Zeigefinger gegen die Stirn.

»Mhm. Da bin ich sehr einverstanden, weißt du?« sagte Maxim, wobei ein seltenes Lächeln auf seinem Gesicht erschien. Er war nicht etwa humorlos, nur schien er oft nicht die zum Lächeln oder Lachen nötigen Gesichtsmuskeln zu haben.

»Ich wußte, daß ich mich auf dich verlassen kann, mein Alter«, sagte Ilja.

Sie flogen jetzt genau südlich von dem Dorf und passierten die Grenze an einer unbemannten Stelle. Sie erreichten die ersten Bäume auf russischer Seite, wobei der MIL nur knappe zwanzig Meter vor ihnen herflog. Sie flogen schnell, vielleicht mehr als hundertsechzig Stundenkilometer.

Er sagte: »Und jetzt, Genosse, werden wir hier 'ne kleine Störung haben. Gib eine *überzeugend klingende* Störung durch, wegen der wir gezwungen sind, notzulanden. Und gib eine Position durch...« Er langte mit der Hand nach vorn und griff die Karte des Piloten, die sich auf einer schmalen Ablage neben ihm befand. Nach einem Blick darauf sagte er: »... eine Position auf der *anderen* Seite der Grenze. Verstanden? Sei sehr vorsichtig mit dem, was du sagst.«

Der Pilot nickte, stellte die Verbindung her und sagte: »Nordstern 86 – Nordstern 86 an Bodenstation. Turbinendefekt. Ich muß sofort landen. Wiederhole – Turbinendefekt, muß notlanden. Meine Position ist...« Der Pistolenlauf grub sich wieder in seinen Nacken. Er gab die Position durch und wiederholte sie schnell. Ilja bemühte sich, die Koordinaten auf der Karte nachzuprüfen, gab es dann aber auf und nickte Maxim zu, als habe er die Position nachgeprüft. Keiner von beiden wußte, daß der Pilot, der vor Erleichterung zu schwitzen begonnen hatte, ihre jetzige Position durchgegeben hatte.

»Nach unten jetzt!« befahl Ilja und zeigte auf einen kleinen weißen Flecken in der Dunkelheit.

»Warum denn, Mann?« fragte Maxim. »wir haben sie doch auf den verkehrten Weg geschickt. Laß uns doch abhauen!«

»Nein! Nur für den Fall, daß man gesehen hat, daß wir in der falschen Richtung fliegen. Wir werden für kurze Zeit ganz stillsitzen, und dann nichts wie weg!« Als Maxim eine zweifelnde Miene aufsetzte, rief Ilja: »Wir können es uns jetzt nicht leisten, zu verschwinden! Schließlich haben die anderen ein Feuerwerk unter den Flügeln, wie du sagst. Wir können es uns nicht *leisten,* gesehen zu werden, weder vom Boden aus, noch aus der Luft!«

Maxim sah hinab. Der Hubschrauber umflog gerade die winzige Lichtung, und sein Landelicht war eingeschaltet. Der Schnee unter ihnen schien zerfurcht wie eine Mondlandschaft.

»Alles klar. Wir bewegen uns nicht von der Stelle, bis sie uns auf der anderen Seite suchen.«

»Runter jetzt!«

Der Hubschrauber senkte sich langsam, die Nase etwas höher. Schnee wurde aufgewirbelt, die Fontänen erreichten die Kabinenfenster. Langsam schien der MIL zu Boden zu kommen. Fünfzehn Fuß, zwölf, zehn...

Plötzlich bewegte der Pilot den Knüppel, und der Schwanz des Hubschraubers sackte nach unten. Er schlug auf die Schneefläche auf, und ein reißendes Geräusch entstand, ein Krachen und Bersten, als der ganze Schwanz bei dem Aufprall wegbrach.

Das alles ereignete sich so schnell, daß Ilja und Maxim die allein Betroffenen waren. Sie waren nicht Beobachter, sondern die Opfer. Der Pilot hatte die Situation ausgenützt und den Hubschrauber sabotiert.

Der Rumpf begann sofort stark nach beiden Seiten zu schwanken, nachdem die ausgleichende Wirkung des Heckrotors ausgefallen war, und schlug schräg auf den Boden auf.

Die Landevorrichtung wurde eingedrückt, und die Kabine neigte sich. Dann schlug der Rotor gegen den gefrorenen Schnee und die Erde.

Die Kabine wirkte wie ein Faß, das jede Sekunde einen Schlag erhielt. Die Rotorblätter schlugen dagegen und gegen den Boden und wirbelten Schnee und Erde auf, während sich die Kabine immer mehr zur Seite neigte. Dann brach erst ein Rotorblatt ab, kurz darauf das zweite und schließlich das dritte. Die Schwingungen waren unvorstellbar, sie schienen ihre Hirne in den Schädeln zu schütteln, sich ihres ganzen Körpers bemächtigt zu haben.

Maxim spürte, wie sein ganzes Rückgrat gegen den Metallrahmen des Sitzes gedrückt wurde. Dann lag die Kabine vollends auf der Seite, und es trat Stille ein. Die Schneeflocken fielen jetzt hörbar auf die Perspex-Scheibe.

Ilja saß benommen da, sein Kopf hing nach vorn zur Erde hin, und die Gurte hinderten ihn daran, gegen die Perspex-Scheibe zu fallen, die jetzt den Kabinenboden bildete. Sein Kopf war nur von dem einzigen Gedanken erfüllt, daß er noch am Leben war. Fast instinktiv bewegte er Finger, Arme, Beine. Alle ließen sich wie immer bewegen und strecken. Nur Schrammen waren zu spüren.

Er sah zu, wie der Pilot die Apparatur vor sich abschaltete, dann seinen Gurt öffnete und das Kabinendach aufschob. Er reichte hinauf und zog sich aus dem Fenster. Die kalte Luft drang ein, und Ilja fror. Einen Augenblick lang ließ der Pilot die Beine baumeln, und dann kroch er über die Perspex-Scheibe, wobei er herabgefallenen Schnee auf Iljas Kopf schmierte. Ilja hörte, wie er auf den Boden sprang.

Dann, erst dann, begann Ilja sich zu bewegen, als sei er durch einen elektrischen Schlag gelähmt gewesen. Er kletterte über die Lehne des Pilotensitzes und steckte den Kopf aus der Kabine. Der Pilot stand da, nur knappe zehn Meter entfernt, und sah zurück. Er schien keine Eile zu haben, oder er war ebenso benommen wie Ilja. Nun sahen sie einander.

Die Makarow saß in Iljas Faust, als hätte sie der Aufschlag da hineingedrückt. Er nahm sie jetzt in beide Hände und stützte die Ellbogen auf der Perspex-Scheibe ab.

»Zurück und rein mit dir«, sagte er. Unter sich hörte er Maxim stöhnen. »Herein, du schlauer Hund! Das hast du mit Absicht gemacht!« Sein Finger krümmte sich um den Abzug. Seine nächsten Worte klangen hoch und schrill. »Komm zurück in diese verdammte Todesfalle, bevor ich dich abknalle!«

Der Pilot zögerte erst, dann drehte er sich um und begann durch den tiefen Schnee zu laufen, wobei er über die gefrorene Oberfläche stolperte und in niedrige Verwehungen fiel, wenn das Eis nachgab.

Ilja fühlte sich sehr müde. Er konnte da nicht hindurchlaufen und war immer noch benommen. Es tat ihm leid, daß der Pilot solche Schwierigkeiten hatte, zu entkommen.

Zweimal feuerte er, während Maxims erneutes Stöhnen seine Wut verstärkte und er den Piloten zu hassen begann.

Er beobachtete die hingestürzte Gestalt für ein oder zwei Augenblicke, und als sie sich nicht mehr bewegte, kletterte er unbeholfen in die Kabine des MIL zurück und schloß das Fenster über sich.

Maxims Gesicht war blaß vor Anspannung. In seinen Augen stand der Schrecken vor vermuteten Verletzungen, und sie schlossen sich bei zwei Schmerzanfällen, selbst solange Ilja zusah. Ilja konnte sehen, wie er nach jeder Welle schwächer und angstvoller wurde, wobei seine Augen zur einen und anderen Seite schossen, als suchten sie ein Entkommen vor dem nächsten Überfall.

»Was ist mit dir?« fragte er sanft.

»Ich kann meine Beine nicht mehr fühlen. Überhaupt nicht mehr. Ich fühle nichts mehr von den Hüften nach unten. Kann nichts bewegen...« Eine neue Schmerzwelle überkam ihn, und sein Gesicht zog sich dabei zusammen wie ein zerknülltes Papier. Er stöhnte mit zusammengebissenen Zähnen. Als es vorbei war, öffnete er die Augen, um zu sehen, wie sehr Ilja davon beeindruckt war. Er mochte nicht wahrnehmen, was das Gesicht über ihm eigentlich sagen wollte, und versuchte zu lächeln. »Sag mir, ist mein Schwengel abgefallen?« Während er darüber lachte, kam der Schmerz wieder über ihn, und er schloß stöhnend die Augen.

Ilja zuckte zusammen. Maxims Rückgrat war verletzt. Er berührte den Gurt; er war nicht allzufest angeschnallt gewesen, und der Unterteil des Rückgrats mußte wohl gegen den Metallrahmen an der Rückseite des Sitzes geschlagen sein. Er konnte ihn nicht bewegen.

Während ihm die Übelkeit spürbar in den Hals stieg, sagte Ilja: »Ich fand ihn auf dem Boden neben deinem Sitz. Ich hab' ihn weggeworfen.«

»Auch gut«, murmelte Maxim durch die zusammengebissenen Zähne. »Das verdammte Ding hat mir nur Schwierigkeiten gebracht.« Bei der nächsten Schmerzwelle verlor er fast das Bewußtsein. »Kinderkriegen ist nichts dagegen!« stöhnte er, als es vorbei war.

Ilja holte den Verbandskasten, der trotz des Aufpralls an der Wand hinter ihnen befestigt geblieben war. Er fand die Wodkaflasche und nahm den Stöpsel ab.

Indem er sich über Maxim kniete, ließ er die Flüssigkeit über dessen Lippen fließen, die sich dankbar öffneten, und er schluckte es hinunter. Einmal hustete er, dann gab er ein Zeichen, um auf den Boden der Kabine gesetzt zu werden. Bis Ilja ihn auf dem gewölbten Boden der Perspex-Scheibe endlich ausgestreckt hatte, merkte er, daß Maxim ohnmächtig geworden war.

»Tut mir so leid«, murmelte er, »so sehr leid ...«

Als Maxim wieder zu sich kam, sagte er: »Warum bist du nicht gegangen?«

»Wohin?«

»Irgendwohin! Sie kommen doch, oder?«

»Ich nehme es an. Ich kann nicht so gut Kartenlesen. Ich glaube, der Pilot hat unsere jetzige Position angegeben.«

»Dann – dann mußt du jetzt gehen!« Maxim bewegte schwerfällig einen Arm und packte Iljas Ärmel. Ilja schüttelte den Kopf.

»Nicht sehr wahrscheinlich! Ich kann ebensogut hier mit dir erfrieren als dort draußen alleine!« Und er schickte ein kurzes Gebet zum Himmel, daß sie bald kommen und Maxim ins Krankenhaus bringen sollten.

»Los, geh! Du mußt doch Bericht erstatten, dem Major, oder jemand anderem!«

»Scheiß Major! Scheiß jemand anderem!« Er tröpfelte Wodka auf Maxims Lippen, und dieser schluckte mit dem Instinkt eines Säuglings. »Ich hab' dich doch in diese Sache reingezogen, so lange, bis sie nicht mehr lief! Also – wer zum Teufel schert sich drum? Wenn sie uns finden, dann werd' ich mir schon überlegen, wie ich da rauskomme...« Er lachte. »Außerdem: ich brauche ein Fahrzeug – sie haben welche!«

Sie unterhielten sich noch, vielleicht eine Stunde oder länger, während Maxim immer wieder das Bewußtsein verlor und seine klaren Momente immer seltener wurden. Ilja verfiel in einen eintönigen Monolog, wobei er krampfhaft nach allem suchte, was Maxim von den Schmerzen ablenken könnte, die er ihm zugefügt hatte. An dem dumpfen Abschußknall einer 122-mm-Kanone, die auf einem T-62-Panzer montiert war, bemerkte er zum erstenmal, daß andere eingetroffen waren. Sein Infrarotgerät hatte die beiden Gestalten hinter der jetzt klaren Perspex-Scheibe ausgemacht. Sobald festgestellt war, daß sich die zwei SID-Männer in dem Hubschrauber befanden, traf der Befehl des Regimentskommandeurs auf Anordnung aus Murmansk ein, das Feuer zu eröffnen.

Einen Augenblick, nachdem sich sein Kopf bei dem Geräusch des Geschosses erhoben hatte, explodierte Iljas Welt. Die zweite und dritte Salve hörte er nicht mehr.

Als der Hubschrauber nur noch ein rauchender Schrotthaufen war, zog sich der T-62 wieder in den Wald zurück.

9. Sichere Rückkehr

»Charles – mir geht es nur darum: wenn ich nachweisen, konkret nachweisen kann, daß ein sowjetischer Einfall in Finnland stattgefunden hat, was werden Sie dann mit dieser Information tun?«

Aubrey und Buckholz, Stellvertretender Direktor des CIA, waren in dem Büro im zweiten Stock des Amerikanischen Konsulats in Helsinki fast zwei Stunden länger geblieben, als der Amerikaner geplant hatte, während Aubrey ihm diese Operation erklärte, die unter dem Namen *Schneefalke* lief.

Buckholz, mit dem Rücken zum Fenster, saß tief in seinem Armsessel hinter dem großen Tisch, hatte wenig gesagt und nur manchmal an dem weißen Haar gerieben, das er immer noch kurz geschnitten trug, auch wenn jetzt rosa Haut durchschimmerte. Aubrey hatte den Eindruck, eigentlich schon von Anfang an, daß er verwirrt war, sogar nur halb überzeugt – daß aber seine Betroffenheit mehr seinen Respekt vor dem Erzähler betraf als die Möglichkeiten dessen, was dieser ihm zu sagen hatte.

In der Stille, mit der Aubrey schon gerechnet hatte, als er diese Frage stellte, wirkte Buckholz noch genauso unbehaglich, unruhig, ja in Verlegenheit gebracht.

»Kenneth, da ist – meine Stellung. Das ist das Problem. Ich werde noch in diesem Jahr den Hut nehmen. Der Admiral hat keinen Zweifel daran gelassen.« Aubrey nickte schweigend. »Ich bin ein kalter Krieger, der der Gesellschaft lästig ist. Weißt du, daß sich drei Senatoren bei dem Präsidenten dafür eingesetzt haben, daß ich meinen Abschied nehme?« In Buckholz' Stimme lag etwas Verletztes, aber auch Amüsiertes. »Sicher – drei liberale Demokraten, die noch an den Kennedy-Mythos glauben, die alle schmutzigen Tricks vergessen haben, die wir damals anwendeten.« Er schüttelte den Kopf – für Aubrey schien es nur eine Nachahmung der Weisheit des Resignierens zu sein; ein enttäuschter Falke.

»Auch ich habe meine Verleumder, Charles«, bemerkte Aubrey leise. »Aber die Arthritis wird mich vielleicht eher fertigmachen als die.«

Buckholz lachte, ein stierhaftes Brüllen, das nicht nach echtem Vergnügen klang, aber Aubrey wußte, daß es aufrichtig war.

»Okay. Wir haben beide unsere Probleme. Ich bin hier, um zu gewährleisten, daß das Abkommen unterzeichnet wird. Vielleicht gehört auch das dazu, vielleicht nicht.«

»Ich habe zwei Männer verloren...«

»Zwei *gute* Männer?«

»Ja.«

»Ihre Regierung – hat die irgend etwas damit zu tun?«

Aubrey schüttelte den Kopf, und Buckholz zuckte mit den Schultern, als habe er etwas sagen wollen, blieb aber still.

»Ich muß Beweise haben. Aber unterstützen Sie denn die Hypothese?«

»Immerhin ist es möglich – wenn auch unwahrscheinlich, vor allem unter den gegenwärtigen Bedingungen.«

»Genau das habe ich mir auch gedacht.«

»Sehen Sie, Kenneth – dieses Abkommen ist gewissermaßen die Fahrkarte, die der Mann für eine weitere Amtszeit braucht. Ein ausgeglichenes Budget, *echte* Senkungen – sein ganzes Sozialprogramm kann losgehen, sobald die Tinte auf dem Papier getrocknet ist. Engere Zusammenarbeit zwischen der Sowjetunion und dem Westen. Mann, das ist doch genau das, was die in Washington auch wollen! Und meinen Sie, daß ich ihm jetzt sagen möchte, daß die ganze Sache danebengehen kann? Verdammt, ich hab' einfach keine Lust dazu – ich nehm' lieber meinen Hut.« Er starrte Aubrey mit funkelnden Augen an. »Aber ich werde ihm sagen, was es zu sagen gibt.«

Aubrey atmete hörbar auf. »Danke, Charles.«

»Und was machen Sie, wenn Ihre Leute mit etwas zurückkommen – das aber nicht ausreicht?«

»Einen Überflug mit einem Harrier anordnen, unter dem Radarnetz.«

»Das könnten Sie?«

»Ich bin sicher, daß es geht.«

Buckholz nickte. Dann streckte er sich in seinem Sessel aus.

»Es wird schon gut sein, das Weiße Haus zu überzeugen. Frau Wainwright hat gerade zwei neue Pelzmäntel gekauft, genau richtig für den Winterbesuch in Finnland.« Er lachte. »Warum ist Chamowkin zu einem Staatsbesuch hier, wenn er plant, die ganze Fahrt in einem Panzer zu machen?«

»Ich habe keine Antwort parat – aber vielleicht weiß er gar nichts davon.«

»Hm. Ja zum Teufel!« Buckholz schlug mit der flachen Hand auf den Tisch. »Alles, was Joe Wainwright will, ist doch, die Stadtwüsten umzubauen, den Schwarzen und Puertorikanern eine entsprechende Ausbildung und Arbeit zu geben, die Energiekrise zu lösen, und da soll ich kommen und ihm sagen...«

»Vielleicht will Parteisekretär Chamowkin die sowjetische Landwirtschaft verbessern und Sibirien ein bißchen mehr erschließen. Nur eins ist sicher – wenigstens für mich –, irgend jemand will nicht, daß die Welt so weiterläuft wie bisher.« Aubrey rieb sich die Backen. »Wollen Sie mir beim Auffinden dieses mysteriösen Ersatzmannes helfen?«

»Hauptmann Ozeroff?«

»Vergessen Sie nicht, daß Ozeroff tot ist. Mich interessiert der neue Hauptmann Ozeroff.«

»Ich tu', was ich kann. Sie haben recht – er muß ja irgendwoher kommen, und irgend jemand muß ihn kennen. Wir werden es herausfinden.«

»Danke Ihnen – wenn wir nämlich wissen, wer es ist, wissen wir auch warum.«

Buckholz stand auf. »Einen Drink?«

Aubrey sah auf die Uhr. »Nur ein kleiner Scotch – ohne Eis.« Auf seinem Weg zu dem Serviertisch blieb Buckholz kurz stehen und sah zu Aubrey hinab, der sitzen geblieben war.

»Verdammt, sehnen Sie sich eigentlich nicht danach, endlich Sie selbst sein zu dürfen, Kenneth? Nur ein einziges Mal die Augen vor dem verschließen, was passieren könnte?«

»Ja, meine Ungesetzlichkeit – wie ich es nennen würde – belastet mich seit einiger Zeit«, antwortete Aubrey mit einem Lächeln. »Man kennt oder befürchtet, sie zu kennen, diese vielen, einfach *widerwärtigen* Dinge!«

»Um Gottes willen, Alex – trink das!«

Davenhill fühlte die Flasche gegen seine Lippen gedrückt. Sobald er seine zusammengebissenen Zähne lockerte, begannen sie, unkontrolliert zu klappern, und der Brandy floß über sein Kinn und seine Brust. Wenn er zu Waterford aufsah, hatte er Angst, dem Mann Fragen zu stellen. Er würgte das bißchen Alkohol hinunter, das er zu sich genommen hatte, und sank dann auf den Sitz des Jeeps zurück. Waterfords Gesicht verschwand über und neben ihm – die Luft wurde für einen Augenblick lang kälter, soweit das überhaupt noch möglich war, und dann schlug die Tür zu, während er in einen schmerzerfüllten Traum fiel, in dem ein großer dunkler Vogel – ob Vogel oder Drache, das konnte er nicht ausmachen, aber er spie Feuer und verbrannte seinen Arm – über ihm schwebte, während er hilflos auf einem großen weißen Blatt Papier lag.

Waterford wählte die Nummer des Hotels in Ivalo. Er war auf die Hauptstraße gefahren, am Rande der Siedlung – das erstemal, daß er den Jeep stoppte, seit er unter den Bäumen gehalten hatte, um Davenhills Arm zu verbinden. Der war vom Ellbogen bis zur Schulter durch einen Splitter einer der Raketen aufgeschlitzt worden, gerade als er in voller Fahrt von der Straße ab und in Deckung gefahren war. Während er auf die Beantwortung seines Anrufs wartete, trommelte er wie wild auf dem Münzkasten herum, indes der Rest seines Körpers – als sei seine ganze Energie plötzlich in die kantigen Finger geströmt – sich erschlafft gegen die Wand des Telefonhäuschens lehnte. Er starrte an die Decke, beobachtete, wie sein Atem die Glasscheibe beschlug, und spürte wohl zum erstenmal die Kälte dieser Nacht. Er fror.

»Philipson?«

»Ja?« Die Stimme kam von sehr weit her. Er schüttelte den Kopf, dann den Hörer. »Wer ist da?« Die Stimme wurde nicht lauter.

»Wo bist du, in der verdammten Bar oder im Restaurant?«

»Rufzeichen, bitte.« Jetzt begriff er – Philipson flüsterte vertraulich in den Apparat. Er lachte. »Was...«

»Zum Teufel mit dem Code, Mensch! Wir haben's geschafft! Und wir haben genug Beweise, um die Sowjets hinter Schloß und Riegel zu setzen, verstehst du?«

»Wo seid ihr?«

»Das ist jetzt egal. Davenhill ist verletzt. Sieh zu, daß du den Piloten aus dem Bett holst, und zwar schnell. Wir erwarten euch am Flugplatz.«

»Wenn er aber verletzt ist, dann...«

»Mann, vergiß es! Die verdammten Kerle sind hinter uns her! Ich hab' keine Zeit zu verlieren. Also?!«

»Aber bis zum Start brauch' ich mehr als eine Stunde...«

»Das muß schneller gehen. Los, mach schon!«

Er knallte den Hörer auf die Gabel und verließ das Häuschen. Instinktiv sah er auf der Straße zurück, von wo sie gekommen waren. Sie war leer, und die Leere isolierte ihn, ließ ihn frösteln. Er zog den Kopf ein, als wäre der Hubschrauber wieder über ihm, oder als hätte er die gleichen Träume wie Davenhill. Er lief zu dem Jeep zurück.

Davenhill kam zu sich, als der Wagen anfuhr, und starrte Waterford mit einem Auge an.

»Geht schlecht, was?« fragte Waterford, während er gleichzeitig dort vorn die Lichter von Ivalo als blassen Schein an dem tiefen Himmel erkennen konnte. Sie fuhren rechts an einem Holzhaus vorbei, durch dessen geschlossene Läden ein schwacher Lichtschein schimmerte. Der Flugplatz lag im Südwesten der Ortschaft, und er hielt Ausschau nach einer Abzweigung nach links.

»Oh, verdammter Mist...«, stöhnte Davenhill mit aufeinandergepreßten Zähnen. Waterford war nicht sicher, ob das ihm galt oder dem Schmerz in seinem Arm, oder etwas anderem.

»Halt es aus, mein Lieber, es dauert nicht mehr lange. Philipson wird am Flughafen sein.«

Jetzt kam die Straßengabelung. Auf einem Schild waren die Umrisse eines Flugzeugs sichtbar. Der Jeep bog scharf nach links ab, und Davenhill wurde gegen Waterford gedrückt. Als dieser ihn ansah, bemerkte er den Groll, ja Haß auf Davenhills Gesicht, und spürte dessen fast verzweifelten Versuch, sich aufzurichten, um den Körperkontakt zu vermeiden. Waterford schaute bedrückt geradeaus.

»Du – Schwein...«, hörte er Davenhill murmeln.

»Laß gut sein. Dir wird bloß kalt, wenn du hier redest und schimpfst. Reiß dich lieber zusammen.«

»Deine Welt...«, fing Davenhill an, wobei er das Dach aus Segeltuch anstarrte und sein Kopf hin- und herschwankte. »Deine Welt...«

»Ja, und so ist sie meistens, mein Lieber«, sagte Waterford ärgerlich. »Kein Gedöns mit Konferenzen, großen Plänen und Papierkrieg. Jetzt zeigt sie dir die Zähne, aber solange du dich in der Scheiße wälzt, kommst du damit nicht klar.« Waterford beobachtete sich selbst mit einer gewissen Heiterkeit: ein Teil von ihm ärgerte sich ewig über Leute wie Davenhill, ein anderer hätte ihn gern von seinen Schmerzen abgelenkt.

»Eigentlich müßtest du einen riesigen Haß auf mich haben, weil ich dich da reingeritten habe...«

Davenhill murmelte irgend etwas und nickte dann, wie unter einem Zwang, mit dem Kopf, als betone er etwas, was er nicht aussprach. Langsam begann er, sich nicht mehr wahrzunehmen, nicht mehr zu hören, zu fühlen, da zu sein.

Ein neuer beschneiter Wegweiser erschien, und Waterford fuhr wieder nach links, wobei die schwachen Lichter von Ivalo, die sie bisher auf der Seite begleitet hatten, zurückblieben. Vor ihnen lag jetzt ein blasserer, aber weißer Schein, der Flugplatz. Er hoffte, Philipson sei schon auf dem Weg. Er fuhr jetzt langsamer, wobei sich die Schneeketten in den lokkeren Schnee tiefer eingruben.

Davenhill hatte die Augen geschlossen, seine Gesichtszüge waren entspannt. Waterford atmete erleichtert auf und warf dann den Kopf zurück, als habe er wertvolle Zeit vertan. Der von dem Schneepflug an den Straßenrand geschobene Schnee war so hoch aufgetürmt, daß sie wie durch eine hohle Gasse fuhren, deren Wände manchmal bedrohlich nah zusammenrückten. Die Lichter von dem Flugplatz wurden jetzt heller. Waterford fühlte sich müde, nicht wegen ihrer Flucht, noch wegen des Fahrens. Er sah zu Davenhill hinüber und murmelte, mehr zu sich selbst als zu ihm: »Du dummer Kerl.«

»Für die Formalitäten bleibt jetzt keine Zeit!«

»Wir *müssen* aber! *Kutusow* muß sofort unterrichtet werden.«

»Das wird er schon – wenn's an der Zeit ist. General Pnin wird ihn über die Flucht dieser Agenten informieren. Bis dahin will *Kutusow* von *diesem* Büro aus hören, daß die Agenten nichts ausgeplaudert haben, daß sie eliminiert wurden.«

»Da bin ich nicht so sicher. Wir geben zu, von der Sache zu wissen, allein schon durch unser übereiltes Handeln hier in Helsinki. Sind Sie sicher, daß Sie nicht einfach in Panik geraten sind wegen dem, was vorgefallen ist? Denken Sie doch bloß an die Auswirkungen...«

»Auswirkungen? Das Ganze wird zu einem Alptraum, und es ist unsere Sache, die Dinge wieder einigermaßen ins Lot zu bringen. Sie wissen doch, daß wir alles versuchen müssen, um zu vermeiden, daß ein Bericht erstattet wird. Sie haben Agenten von einem MIL aus angegriffen! Das ist doch eine Bloßstellung, meinen Sie nicht?«

»Da bin ich nicht so sicher...«

»Aber ich! Fahren Sie am besten gleich – entweder zum Flugplatz, oder, bevor sie sie erreichen, zu einem der beiden Konsulate. Und wenn Sie können, schalten Sie auch diesen Aubrey aus!«

»Wird er sterben?« fragte Philipson, indem er sich über Waterford lehnte und auf Davenhills teigiges Gesicht starrte, das unter dem abgedunkelten Deckenlicht der Kabine in der Cessna gespenstisch rot gefleckt war. Davenhill lag auf zwei Sitzen ausgestreckt, und Waterford richtete ihm gerade den verletzten Arm.

»Sei nicht so verdammt weich, Philipson«, antwortete Waterford, ohne sein Augenmerk zu verändern. »Das war nur ein Kratzer. Vielleicht wird er nicht mehr Tennis spielen können, aber von Sterben ist keine Rede.«

»Na, Gott sei Dank.«

»Ich glaube, er merkt ziemlich wenig davon – mach dir keine Sorgen. Mir wäre lieber, du würdest dich darum kümmern, daß der Pilot die Nachricht durchgibt. Ich möchte nämlich lieber von unseren eigenen Leuten am Flughafen abgeholt werden!«

Philipson zögerte erst, ging dann aber zum Cockpit. Waterford warf den Kopf zurück und machte den Verband fertig, wobei ihn der nach Brandy riechende Atem Davenhills in der Nase kitzelte, als dieser begann, in Schlaf zu sinken.

Aubrey sah zu, wie die Cessna aus dem niedrigen Himmel herabsank; es war kurz nach der Morgendämmerung. Das Flugzeug setzte scheinbar widerstrebend auf und rollte dann die schmale Piste entlang bis zu ihnen. Der private Flugplatz von Malmi war fast ausgestorben, aber Aubrey war doch mit bewaffneten Leuten gekommen, die aus dem vom SIS und CIA für Wainwrights Staatsbesuch einberufenen Sicherheitsstab stammten. Auch jetzt wurde der Flugplatz und seine nähere Umgebung sorgfältig bewacht.

Einen einzigen Augenblick lang, als er das Flugzeug zum ersten Mal zwischen den Wolken auftauchen sah, hatte er allerdings eher an Terroristen gedacht als an einen feindlichen Sicherheitsdienst, und der Panzerabwehrgranatwerfer RPG-7 war ihm eingefallen – vielleicht hätte sogar ein Dragunow-Scharfschützengewehr ausgereicht. Ein paar Schüsse hätten genügt. Die Vorstellung, dies müsse sich jetzt, in diesem Augenblick, ereignen, war so lebendig, daß er sich nicht davon lösen konnte, aber auch nicht den Gedanken aufgab, daß der Feind hier seine beste Chance vertat.

Die Cessna hielt weniger als hundert Meter von ihm entfernt. Er nickte dem Fahrer des Konsulatswagens kurz zu und setzte sich auf den Rücksitz. Der große Daimler fuhr leise auf eine Höhe mit dem Flugzeug, und Aubrey konnte sehen, wie der Pilot die Leiter an der Tür herunterstieß, so daß sie am Ende der Rollbahn in dem Schneematsch aufschlug. Rasch verließ Aubrey den Wagen, und die Kälte des leichten Windes machte ihm seine eigene Wärme bewußt, vor allem aber seine Anspannung. Erst als er jetzt am Fuße der Leiter stand, ließ er die Befürchtung zu, Davenhill könnte doch erheblich verletzt sein.

Waterford erschein im Türrahmen der Cessna. Sein Gesicht sah müde aus, überanstrengt, aber wachsam.

»Alles klar, bis jetzt«, rief ihm Aubrey zu.

Waterford nickte und verschwand dann wieder. Als er zusammen mit Philipson erneut auftauchte, hatten sie Davenhill zwischen sich, der noch kaum bei Bewußtsein war. Aubrey erschrak beim Anblick des bleichen, hängenden Gesichts des jungen Mannes. Auf Philipson achtete er kaum. »Helfen Sie ihnen herunter!« rief er dem Fahrer zu. Dieser nahm Davenhill um die Hüfte, und Waterford hielt dessen Oberkörper, und so stiegen sie langsam die steile Gangway Stufe um Stufe herab. Als Aubrey sah, daß Waterford seine letzten Reserven einsetzte, fühlte er sich seltsam ungeschützt und angreifbar auf der Rollbahn stehen – einfach wehrlos.

»Los, kommen Sie«, befahl Waterford mit müder Stimme. »In den Wagen mit ihm.«

Sie schoben Davenhill auf den Rücksitz. Aubrey sah, wie

der blutige Verband den Sitz und das Fenster verschmierte, als sie versuchten, ihn so bequem wie möglich unterzubringen. Der kalte Wind zwang sie zur Eile.

»Ihr habt also etwas?«

Waterford schaute Aubrey fragend an und sagte dann: »Ach so, ja, – Sie werden keine Schwierigkeiten haben, die anderen zu überzeugen.« Er schob das Päckchen mit der Kamera und den Filmen auf den Rücksitz. »Wir sollten machen, daß wir wegkommen.«

Aubrey nahm neben dem Fahrer Platz, während Waterford Davenhill gegen sich lehnte und hart an der kalten Scheibe des Fensters saß. Er wollte nichts anderes als schlafen, und nur von Ferne hörte er, wie Aubrey über den Sprechfunk Anweisungen an das Begleitkommando gab.

»Wagen Nummer Eins – fahren Sie bis zum Tor und geben Sie uns das Zeichen. Wagen Nummer Zwei: bleiben Sie hinter uns, wenn wir wegfahren.« Waterford kümmerte sich nicht mehr darum, daß der erste der beiden Volvos vor dem kleinen Flugplatzgebäude wegfuhr, das sich weiß von dem grauen Himmel abhob.

»Sie verlassen jetzt den Flugplatz.«

»Welche Formation?«

»Wie üblich – Leitwagen, dann der Daimler, dann ein zweiter Volvo.«

»Also gut. Minimale Beschattung, dann weitergeben.«

»Jawohl.«

»Etwas Neues, Wagen Eins?«

Das Radio schnarrte mit Hintergrundgeräuschen, dann: »Bis jetzt nicht.« Die Stimme klang walisisch – wer war denn das? Aubrey hielt es für bedeutungslos.

»Halten Sie die Augen offen. Sie werden es auf jeden Fall versuchen – davon bin ich überzeugt. Sie haben *zwingende* Gründe, um uns anzuhalten.«

»Jawohl.«

»Wagen Zwei: schließen Sie auf.«

»Jawohl. Hinter uns ist niemand – Moment!«

»Was ist?«

»Ein Volvo-Lastwagen – okay, er bleibt hinten. Sie können sich entspannen.«

Aubrey ärgerte sich über die momentane Laxheit der Besatzung, aber dann beruhigte er seine Nerven. Er sah aus dem Fenster und hielt das Mikrofon immer noch in der Hand. Waterfords Atemzüge waren deutlich zu hören – aber er schlief nicht. Aubrey hatte das Gefühl, diese Situation schon einmal erlebt zu haben – aber wo? Der schwarze Tennisspieler, in Wimbledon? Ja, das war's. Konzentrierte Entspannung, das eingerollte Tier, aber wach.

Harmlose Vorstadt – kleine Häuschen in leuchtenden Farben, saubere Gärten, weiße Zäune, alles seltsam unwirklich unter dem grauen Himmel. Sie fuhren auf einer langen, sorgfältig ausgesuchten Straße, von der sie jederzeit auf die Hauptstraße abbiegen konnten, die sie in die Innenstadt führte, wenn sie aus irgendeinem Grund dazu gezwungen würden. Die meisten Häuser waren zu niedrig, um von einem Heckenschützen benutzt zu werden.

Aubrey verwarf den Gedanken. *Ein Heckenschütze würde versuchen, auf einer Höhe mit den Fenstern eines geschlossenen Wagens zu sein*. Die Scheiben waren zwar verstärkt, würden aber nicht einer Kalaschnikow und schon gar nicht einer Dragunow standhalten. Würden sie ihn töten? Es war kaum jemand zu sehen – sicher kein Problem, die Leiche wegzuschaffen – ein Zwischenfall, nun ja. Die Gründe blieben unbekannt, wenn sie alle tot wären. Ja, sie würden es wohl tun.

»Wagen Eins – was Neues?« Er konnte den Wagen sehen, wie er um die Ecke bog. »Wagen Eins – weiterfahren.«

Das Radio gab nur Hintergrundgeräusche her.

»Wir holen jetzt auf, Zwölf.«

»Haben sie schon eingeholt.«

»Los jetzt!«

Aubrey hatte nichts gehört. Waterfords Atem, Davenhills halbes Schnarchen, die summende Wagenheizung, die Hintergrundgeräusche aus dem Radio – war das alles zu laut gewesen?«

Der vorausfahrende Volvo brannte bereits, und einige

Leute gingen vorsichtig auf ihn zu, während andere sich auf der Straße aufstellten, in die der Volvo eingebogen war. Trotz seiner Schreckreaktion erkannte Aubrey, daß sie Helsinki besser kannten als er selbst, daß diese Straße in eine andere Gegend führte, mit kleinen Industriegebäuden, alten Läden und von Gras überwucherten, unbebauten Grundstücken.

»Weg von hier – weg!« schrie er, obwohl der Fahrer das Lenkrad wie wild herumgerissen und den Rückwärtsgang eingeschaltet hatte. Aubrey sah die ersten beiden Einschläge im linken Kotflügel des Wagens. Waterford hinter ihm sagte: »Nur weg von hier – sie machen keine Gefangenen!«

Aubrey spürte den kalten Luftzug, als Waterford die Fensterscheibe herunterließ.

»So, jetzt!« Waterford drückte die Parabellum dreimal ab, und dreimal verfehlt, dachte Aubrey, als er hinsah und fast gleichzeitig den Kopf einzog, wobei sich alles um ihn drehte, als der Wagen den herannahenden Männern das Heck zuwandte. Nein, einer lag am Boden, neben dem Volvo – einer der Seinen, oder von der Gegenseite?

Er schlug mit dem Kopf schmerzhaft gegen das Armaturenbrett, als der Wagen nach vorne schoß, und hörte das dumpfe Einschlagen von Kugeln in den Kofferraum und in die Verstärkung hinter der Rückenlehne.

»Alles klar?«

»Um Himmels willen, ich will kein zweites Gurkensandwich!« schrie Waterford. Aubrey spürte das Aufatmen in der Stimme, die *Lebhaftigkeit.* »*Sie* sollen uns Deckung geben, schnell!«

Sie fuhren an dem zweiten Volvo vorbei, der auf der breiten Straße langsam wendete. Aubrey sah ein Gesicht und sagte ins Mikrofon: »Gebt uns Deckung – aber haut ab, so schnell ihr könnt.«

Er sah, wie das Fenster des Volvo heruntergelassen wurde und seine Insassen vorn und hinten die Köpfe herausstreckten.

»Nehmen Sie die Hauptstraße – beeilen Sie sich!« befahl er dem Fahrer, der fast sofort wendete und die Straße, auf der er gekommen war, wieder zurückfuhr.

»Nein!« Ein Schlag, und Eiseskälte in dem Wagen, nachdem Waterford das Heckfenster herausgeschlagen hatte. »Sie müssen einen Beobachter haben – das war nicht einfach Glück.« Dann Stille, während der Wagen weiterfuhr und ihnen klar war, daß es zwischen ihnen und der Stadtmitte von Helsinki noch einen Hinterhalt geben mußte. »Ja. Ein Hubschrauber. Verdammte Scheiße! Kennen Sie Helsinki?«

»Ja«, sagte der Fahrer.

»Dann fahren Sie schon hin – hören Sie nicht auf uns.«

»Arme Kerle«, hörte Aubrey hinter sich sagen. Als er sich auf seinem Sitz herumdrehte, sah er den zweiten Volvo, der sich aus dem Hinterhalt getroffen um die eigene Achse drehte, wie betrunken hin- und herschwankte und dann gegen einen Laternenpfahl prallte.

Der Daimler bog nach rechts ab, dann nach einigen Sekunden wieder nach links. Trotz der Anspannung tat es Aubrey gut, daß der Fahrer sich plötzlich unabhängig gemacht hatte. Jetzt dachte er an Davenhill; was mußte der junge Mann durchgemacht haben, wenn ihm selbst schon das Herz klopfte und die Handflächen in den Handschuhen feucht waren. Er schaute Waterford an, der aus dem zerbrochenen Rückfenster starrte, während der Fahrtwind an seinen grauen Haaren zerrte, und sagte: »Sie haben wohl eine Schwäche für extreme Situationen, Herr Major.«

»Sie etwa nicht?«

»Wie weit sind wir?«

»Noch ein paar Kilometer – wie der Hubschrauber fliegt.«

Aubrey spürte den gefährlichen Reiz der Bedrohung, von Hinterhalt und Flucht, und war bedrückt. Sein eigenes Adrenalin schien sich mit dem Alter verflüchtigt zu haben.

»In Ihrer Richtung, Sieben.«

»Jawohl.«

»Zwölf, Sie hätten den Volvo verschonen sollen.«

»Sie haben einen von uns entdeckt – wir mußten's tun.«

»Räumt alles auf. Gab es Zeugen?«

»Keinen auf der Straße – die Reste haben wir versorgt.«

»Dann weg mit euch.«

»Jawohl.«

»Wo sind sie jetzt?«

»Dort hinten – sehen Sie?«

»Ja. Wer ist am nächsten dran? Moment – Vier, jetzt sind sie an der Reihe. Moment, Neun. Neun?«

»Ja bitte?«

»Nehmen Sie die Verfolgung auf. Sie werden euch in einer Minute auf der Hauptstraße überholen. Verdammt!«

»Bitte?«

»Schon gut! Drei – drei – Stellung Omega einnehmen, für alle Fälle. Vier, sie kommen jetzt.«

»Werden sie uns inzwischen eingeholt haben?«

»Wahrscheinlich. Sie sind zwar da, aber offenbar verwirrt. Ich kann mir denken, was sie jetzt tun werden.«

»Was?«

»Sie werden so nah ans Konsulat heranfahren, wie sie es sich zutrauen. Vielleicht rechnen sie auch damit, daß wir ins Krankenhaus fahren – wie weit noch?«

»Zehn Minuten, Sir – wenn ich geradeaus fahren darf.«

»Mhm. Sie werden uns jetzt eingekreist haben. Kein Platz mehr für einen Hinterhalt. Wagen gegen Wagen – Hauptstraße?«

»Dort rechts sehen Sie die Türme von dem Stadion, Sir. Das ist der Eläintarha – geradeaus zur Mannerheimintie.«

»Gut – fahren Sie.«

»Jetzt rasen sie los.«

»Ich sehe. Also gut – an alle: Zusammenziehen auf Position Omega. Jetzt kommt die Endspiel-Situation. Bitte keinen Pfusch! Alle Einheiten auf Omega – Endlösung.«

Das Schwedische Theater, breite Fassade. Normaler Verkehr, als sie von der Mannerheimintie in die Etala-Esplanaadikatu einbogen. Plötzlich war der Daimler hinter einer Straßenbahn eingekeilt, und Aubrey, der darauf gefaßt war, daß sein Puls wieder hochjagen würde, erkannte, daß die Limonadenreklame an der Rückseite der Straßenbahn und die eingemummten Fahrgäste in ihr ein Gefühl der Geborgenheit bei ihm auslösten. Er war froh, daß ihn der Verkehr in der City von dem Geschehen ablenkte.

»Auf alles achten, was sich bewegt!« befahl Waterford dem Fahrer, der gerade eine langbeinige junge Frau in hohen Stiefeln beobachtete, die die Straßenbahn bestieg. »Wenn sie weiterfährt, die Wagen beobachten, und die Fußgänger!«

»Sicher werden Sie...«

»Mr. Aubrey, wann waren Sie zum letztenmal im Einsatz?«

»Was wollen Sie damit...«

»Sie machen jetzt das letzte Aufgebot – das müssen sie. Wenn nichts passieren soll, fahren Sie am besten zur Sowjetischen Botschaft.«

Die Bahn fuhr los, und der Fahrer fädelte den Daimler in den Verkehrsfluß ein, der sich die Esplanade entlangbewegte. Diese breite Straße, elegante Gebäude, die Bäume auf den Verkehrsinseln – Aubrey fühlte einen Widerstand gegen Waterfords Anspielungen, als seien sie hinterhältig und zerstörerisch. Nur ein paar hundert Meter noch, und überall waren doch Leute.

»Die Schuld können sie den Terroristen geben – den Provokateuren, der Roten Armee Fraktion, es kommt gar nicht darauf an. Wir werden tot sein, und sie haben die Leckstelle abgedichtet – da!!«

Der Volvo Daf sah harmlos aus, ebenso der fensterlose Lieferwagen, der angeblich einer Zentralheizungsfirma gehörte. Wie eine sich schließende Zange fuhren sie von verschiedenen Seiten in den Daimler. Der Fahrer beschleunigte noch, nachdem er einen Herzschlag lang gezögert hatte, aber zu spät. Der Daf prallte von dem zerbeulten linken Kotflügel zwar wieder ab, aber der Lieferwagen drückte die Front der Limousine ein und schob sie in den Volvo zurück. Der Fahrer versuchte Gas zu geben, aber nach kurzem Tuckern verstummte der Motor.

»Raus! Raus!« schrie Waterford.

»Das wollen sie doch bloß!«

»Nein, Schrecksekunde – los, los!«

Noch war niemand aus dem Daf und dem Lieferwagen gestiegen. Waterford hatte absichtlich so kurz gezögert und sprang jetzt aus dem Daimler, die Parabellum in Höhe der Windschutzscheibe des Daf – er schoß, und das Gesicht dahinter verschwand – versteckt oder tot, es war ihm gleich.

»Holen Sie Davenhill raus – und über die Straße!«

Gleichzeitig drehte er sich zu dem Lieferwagen – während das Rufen der Leute, das Anfahren von Autos, die sich von der Unfallstelle wegbewegten, das ferne Aufheulen einer Sirene – alles fern war, als er wieder den Abzug betätigte. Fern war ihm sogar der Einschlag der ersten Kugel, als würde seine dicke Kleidung ausreichen, um das 9-mm-Geschoß aufzuhalten. Er lehnte sich nur gegen den Daimler, als sei er müde. Aber dann hielt er die Pistole mit ausgestreckten Arm und erschoß die beiden Männer, als sie gerade ausstiegen, um ihn zu erledigen.

Schreie – alles Unnötige ausmerzen – Sirene – *ausmerzen* – schau dich um, wo sind die anderen – Fahrer und Aubrey wanken über die Straße, Davenhill zwischen sich, Körper schlaff – alles übrige nur noch undeutlich, Zeitlupentempo wie im Film.

Da kam ein Mann, schneller jetzt, quer über die Straße – Konzentration, Kontrolle, Zielen, Schuß – der Mann war nur wenige Meter von Aubrey entfernt, als er zu stolpern schien und auf sein Gesicht fiel. Niemand sonst bewegte sich auf sie zu – doch, noch einer, gerade als sie die weiß bereiften Bäume verließen – ein Mann in Arbeitskleidung, wohl hinten aus dem Lieferwagen – schwierig, konzentrier dich, *konzentrieren* – zielen, ruhig bleiben, noch mal zielen, Schuß. Der Mann stürzte zu Boden und rutschte gegen einen der Bäume.

Unnötiges ausmerzen – Einschuß? Etwas Feuchtes lief an seinem Bein entlang – hab' ich gepinkelt? Er lachte kurz. Er sah auf seinen Bauch und hörte einen Schrei, nicht den eigenen, aber er galt ihm, und er meinte, Mitleid herauszuhören, das er diesmal nicht zurückwies.

Wie weit noch?

Er mußte sich an der Wagentür festhalten – die Sirene war schon nah – und sah, daß der Daf rasch wegfuhr. Weiter hinten fuhr ein anderer Wagen, während die ganze Umgebung wie eingefroren schien.

Wie weit?

Er konnte die graue Mauer sehen, hinter der sich das Konsulat befand – glaubte, drei Gestalten zu erkennen – konzentrieren, *konzentrieren*, er schrie auf, weil seine Unfähigkeit unerträglich war – ein Bündel, drei Gestalten, sie erreichten die Tür, öffneten sie –?

Er wollte sagen, daß er nicht taub sei, daß sie aufhören sollten mit dem Schreien, als er seinen Kopf hängen ließ. Die Sirenentöne wurden tiefer, als der Polizeiwagen auf wenige Meter heranfuhr. Er sah etwas Weißes – vielleicht waren es Mäntel – sich zur Tür des Lieferwagens hinbewegen, und er schoß mitten hinein in diese weiße Masse, die ja auch Schnee sein konnte, aber er war eben zu ausgefuchst, um so einfach hinters Licht geführt zu werden...

Waterford fiel über die offenstehende Tür des Daimlers, die Pistole noch immer in der festen Umklammerung seiner herabhängenden Hand, als der Polizist ihn erreichte.

Die Mitteltür des Konsulats schloß sich hinter Aubrey, Davenhill und dem Fahrer, noch bevor der Polizist die Parabellum aus Waterfords toter Hand lösen konnte.

»Lassen Sie das bitte entwickeln«, sagte Aubrey mit müder Stimme und zeigte auf die Filmrollen und Kameras auf dem Tisch in dem Dienstraum. Henderson, der leitende SIS-Mann im Konsulat, zögerte noch, während Aubrey seine Aufmerksamkeit der Tasse zuwendete, die er in seinen blutbefleckten Händen hielt.

Nach kurzer Stille richtete Aubrey einen verschwommenen Blick aus seinen blauen Augen auf Hendersons Gesicht.

»Nun?«

»Der Konsul möchte Sie gern jetzt gleich sprechen, Mr. Aubrey. Er hat zwei Männer von der Polizei bei sich, die langsam ungeduldig werden.«

Die blauen Augen blickten wieder scharf und das Gesicht begann sich zu sammeln und Ausdruck anzunehmen, die Hautfalten verschwanden und die Lippen wurden schmaler.

»Henderson, es tut mir leid, daß ein Parkverbot auf der Esplanade übertreten wurde und daß eine gewisse Menge *Abfall* auf der Fahrbahn liegenblieb – aber ich bin weder in der Stimmung, noch habe ich Zeit, um mit dem Konsul oder der

Polizei zu sprechen. Also seien Sie so nett und lassen Sie diese Filme hier entwickeln, ja?«

Terroristen, dachte er, und nickte überzeugt. Und als habe die Entscheidung ihm neue Gedanken zugeführt, goß er sich einen großen Whisky aus der Flasche ein, die auf dem Teewagen stand. Zunehmend erleichtert trank er ihn in großen Schlucken aus, mußte husten, und dann überlegte er. Waterford war natürlich ein Beauftragter der Regierung. Aber auf finnischem Boden hatte er nichts zu suchen gehabt. Offensichtlich hatte man es auf ihn abgesehen...

Das würde reichen, bis HMG vertraulich mit dem finnischen Kabinett gesprochen hätte, und er mit Buckholz, und dieser mit Washington. Die Filme brauchten eigentlich gar nicht entwickelt zu werden – irgend jemand war verwegen genug gewesen, zu versuchen, Agenten mitten in Helsinki umzulegen. Aubrey seufzte.

Waterford war tot – jetzt würde er selbst Davenhill ausfragen müssen, der sich in dem kleinen Krankenraum des Konsulats im Keller des Gebäudes ausruhte. Er hätte es gern verschoben, obwohl er selbst nicht recht wußte, warum. Also gut...

Er wählte die Nummer des amerikanischen Konsulats und gab sich nach dem *Dickens Code* zu erkennen, immer noch nichts Besseres als Pecksniff, dachte er, dann hatte er schon im nächsten Augenblick Buckholz in der Leitung, der sich dem *Cooper Code* gemäß als Natty Bumpo vorstellte. Buckholz hatte den Codenamen als stellvertretender Direktor des CIA zusammen mit dem Job übernommen; Aubrey war seit Anfang der sechziger Jahre bei Pecksniff geblieben.

»Sicher?«

»Sicher, Kenneth. Was war? Man hat mir berichtet...«

»Ja, gewöhnliche Schlägerei. Einer meiner Leute ist tot, der andere ist noch betäubt und verwundet. Aber – dieser Angriff ist doch wohl Beweis genug, denke ich...?«

»Moskauer Zentrale?«

»Eher von hier, hängen aber mit denen zusammen, glaub' ich.«

»Mein Gott...«

»Hubschraubereinsatz, Scharfschützen, und meine beiden

Wagenbesetzungen sind tot. Zwei von Ihren Leuten, fürchte ich.«

»Verdammt – okay, Kenneth. Nicht Ihre Schuld. Der Beweis reicht. Hören Sie, lassen Sie mich das direkt mit Langley besprechen. Ich ruf' Sie gleich zurück.«

Aubrey starrte lange auf das Telefon, bevor er den Hörer auflegte. Und als er es tat, war er in Gedanken bei Waterford. Dann, als fiele ihm plötzlich etwas anderes ein, dachte er an Chamowkin, der in diesem Augenblick eine Papierfabrik besichtigte, bevor er am Nachmittag desselben Tages eine Hafenrundfahrt unternehmen würde. Und dann schoß ihm Ozeroffs Ersatzmann durch den Kopf.

»Kenneth?«

»Klar. Schießen Sie los, Charles.« Aubrey war zum Verzweifeln müde. Davenhill hatte begonnen zu sagen, was er wußte, und die Filme waren entwickelt worden. Viel kam dabei nicht heraus, sie ergänzten aber Davenhills lückenhaften Bericht. Als eindeutige Beweise reichte es gerade, um *vergangene* Ereignisse überzeugend zu erklären. Die Vorfälle des heutigen Tages mußten ausreichen, um einen Verdacht in der Gegenwart – und in der *Zukunft* – zu wecken.

»Den ganzen Vormittag über gab es codierten Funkverkehr – ich habe mit Langley konferiert und mit dem Pentagon, und der Präsident hat sich eingeschaltet, gerade als wir auf Satellitenverkehr um...«

Aubrey fühlte sich zu müde, um sich eine Aufzählung amerikanischer technischer Leistungen anzuhören; irrational gereizt.

»Das Ergebnis, Charles?«

Buckholz blieb ungerührt. »SAMOS wird gerade umprogrammiert. Im allgemeinen machen wir den Bericht nicht hier, und weder der Präsident noch das Pentagon wird aktiv, nur weil ich ein Gerücht verbreite.«

»Aber was wird der Präsident *unternehmen*, Charles?«

»Ich habe ihm gesagt, er soll zu Hause bleiben«, lachte Buckholz. »Er bereitet sich auf einen Dialog über das Rote Telefon heute abend vor, mit Finnlands derzeit vornehmstem Gast. Der Generalsekretär wird beim Frühstück über den Anruf unterrichtet. Er wird ihn in der Botschaft hier entgegennehmen müssen.«

»Ich verstehe.«

»Was ist mit Ihren Leuten, Kenneth?«

»Ich bin sicher, daß sie es eher nicht glauben werden – nichts davon. Aber ich nehme an, daß sie sich Sorgen machen.« Seine Frustration brach plötzlich in Gereiztheit aus. »Charles, sind wir die einzigen zwei vernünftigen Leute auf dieser Welt oder die einzigen zwei Verrückten?«

»Nur ruhig, Kenneth. Da geschieht eine ganze Menge hinter den Kulissen in Washington – Sitzungen, Gespräche, Zufallstreffen, Kriegsspiele. Die Flinte ins Korn werfen, das gilt jetzt nicht. Auf jeden Fall wird Alarm geschlagen. Wir sind in ständigem Kontakt mit Brüssel, und ich glaube, daß wir inzwischen Alarmstufe Zwei erreicht haben.«

Das klang schon etwas beruhigender. Buckholz hatte keine Zeit verloren und konnte die Stimmung in Washington vielleicht doch besser erraten als andere CIA-Beamte, die Aubrey kennengelernt hatte. Aubrey beschloß, versöhnlich zu sein.

»Also gut, Charles. Dann werden wir eben die weitere Entwicklung abzuwarten haben. Dann noch etwas – diese Nachforschung Ihrer Leute für mich...«

»Sie machen sich darüber Gedanken – jetzt?«

»Ich meine, das sei jetzt wichtiger als je zuvor.«

»Okay – ich werde es nicht abblasen.«

»Ich wäre Ihnen wirklich dankbar dafür. Meine Leute in Moskau haben bis jetzt nichts zu Tage gefördert. Ich stehe in Verbindung mit Afrika, über Satelliten, und jetzt mit dem Fernen Osten, und langsam wird es dringend.«

»Warum?«

»Haben Sie Wainwright etwas vom Vierundzwanzigsten gesagt?«

»Er lachte – ein bißchen. Aber er ist auch nicht dumm. Ich komme noch vor heute abend zu Ihnen.«

»Gut. Ich muß hier einige Leute auf den mysteriösen Hauptmann Ozeroff abstellen – oder wer immer das ist.«

10. Der Beweis

Was ihn so ermüdete, war die Beschleunigung der Ereignisse. Nachdem er zehn Jahre lang gewartet hatte, war ihm, als habe er sich ein schläfriges, verborgenes Tempo angewöhnt, das zu einer Lethargie führte, die er jetzt nicht mehr abschütteln konnte. Im Diplomatenwarteraum in Scheremetjewo, wo in Kürze ein Kurier eintreffen sollte, sah er sich dieser fast schon altertümlichen Kommunikationsmethode gegenüber, die er selbst sorgfältig und insgeheim aufgebaut hatte. Dabei wußte er, daß er in den nächsten zwölf Stunden den Befehl geben mußte, auf Funkverkehr überzugehen.

Kutusow haßte das Altwerden – und doch konnte er dem Eindruck, den ihm sein altgewordener Körper aufzwang, die bleiernen Adern, durch die seine Gedanken nur noch laufen wollten, nicht mehr entkommen noch sich verstellen. Folley, der englische Soldat – der verzweifelte Hinterhalt in Helsinki nach dem Grenzzwischenfall –, der Unfall auf der Straße außerhalb Oxfords, wo Ozeroffs Leiche in die Hände des SIS geraten war – Ossipows voreilige Zerstörung des KGB-Büros in Chabarowsk...

Er rieb sich die Wangen, die sich ledern anfühlten. Ein System geheim operierender Kuriere, die mündliche Befehle und Anweisungen weiterleiteten, legte ihn lahm – wie zusammengebrochene Nerven, denen es nicht mehr gelang, rechtzeitig das Hirn zu erreichen, so daß man sich die Hände verbrannte, sich verletzte, mit den Füßen anstieß. Der Körper der *Gruppe 1917* begann um sich zu schlagen wie ein Roboter.

Der Schwung des Unternehmens nahm in geradezu erschreckender Weise zu. Er mußte nach Leningrad, um Praporowitsch zu sprechen, sogar Folley, um festzustellen, welcher Verdacht oder welches Halbwissen für drei verschiedene Vorstöße ausgereicht hatte, um Einzelheiten über die *Finnland-Station Sechs* zu erfahren.

Er konnte es ihnen nicht einmal übelnehmen – sie waren von Annahmen ausgegangen und hatten aus der gleichen voreiligen Zuversicht heraus gehandelt, die er selbst noch vor wenigen Tagen gespürt hatte –, es war *so nah,* daß er es schmecken konnte, daß er es fühlte wie einen anderen Körper, der sich gegen ihn lehnte: das Gefühl zu siegen. Die Armee löste bei allen ein übermäßiges Vertrauen aus, aber auch diese Art des Vorgehens, wie es jetzt zwar in seinem Namen, aber ohne seine Anweisung stattfand.

Wenn man alles genau betrachtete, galt schließlich nur noch die Stimme eines alten Mannes am Telefon.

Ihn fröstelte, und er fühlte sich alt und gefangen in dem schwachen, dürren, verhaßten Körper. *War es denn wirklich so?*

Ja, gab er zu und fragte sich, ob irgend jemand in dem Warteraum, vor allem die Sicherheitsbeamten, gesehen hatten, wie er bei dieser Zustimmung genickt hatte – die Altersschwäche machte sich eben bemerkbar...

Am 24. hatte er den Befehl zu geben. Walenkow von der Moskauer Garnison bestand darauf. Das sei ein Teil des Gesamtunternehmens, hatte er gesagt, ein Teil des Ganzen. Praporowitsch würde dann die Befehle an die Angriffstruppen in Kirkenes und entlang der finnischen Grenze geben. Dolochow würde seiner Flotte Anweisung erteilen. Und dann noch etwa ein Dutzend Generäle, die diese Befehle an die jeweiligen Regimentskommandeure, an die Regimentsabschnitte, die Kompanien und Züge weitergaben – an jeden Panzer, jedes Gewehr und jeden Gaswagen.

Seine Gedanken setzten ihm zu wie stechende Insekten, und doch leuchteten in dem Dunkel kleine Lichter auf, die Basis, auf die er sein Unternehmen gegründet hatte, und dies zu sehen tat ihm gut. Alle diese Lichter waren miteinander verbunden und voneinander abhängig, und er selbst war die Sicherung, die sie am Erlöschen hinderte.

Praporowitsch, Dolochow, Walenkow in Moskau – er selbst. Millionen von Menschen, *Millionen* – und nichts würde sich ereignen, wenn nicht er und jene anderen ihre Befehle am 24. gaben, um 6 Uhr morgens, um ganz genau zu sein.

Während er auf seinem Sessel hin- und herrutschte und versuchte, ein Buch zu lesen, beobachtete er die Sicherheitsbeamten – in Scheremetjewo gab es jetzt mehr von ihnen. Nein, es waren *genug* von ihnen im Einsatz, wenn sie nur ihre

Ziele kannten, um ›Nackenschlag‹ und einen Umsturz des Regimes zu verhindern. Im Grunde lächerlich, aber so war es eben.

Er sah auf seine Uhr, legte das Buch weg und verließ den Wartesaal, wobei er seinem persönlichen Sicherheitsbeamten zuwinkte, sich nicht weiter zu bemühen. Er ging die Stufen hinunter, um mit dem Kurier zusammenzutreffen.

Einfach, *einfach*, sagte er sich. Sie wissen nichts, und es bleiben noch sechsundfünfzig Stunden. Nur sechsundfünfzig Stunden. Und niemand weiß etwas davon. Walenkow und die Moskauer Garnison würden binnen acht Stunden, bis zum Morgen des 24., von der Außenwelt abgeschnitten. Praporowitsch und Dolochow brauchten keine Risiken einzugehen und konnten dafür sorgen, daß sie unerreichbar blieben.

Und in achtundvierzig Stunden würde er selbst verschwinden. Einfach, einfach, *einfach* – die ständige Wiederholung beruhigte ihn.

Er traf den Kurier in der Hauptabflughalle – noch in Uniform, und sie setzten sich etwas abseits auf eine mit Kunststoff bezogene Bank unter ein Panoramafenster, das den Blick auf die lichtüberflutete Rollbahn freigab, wo ein silberglänzendes Flugzeug im Scheinwerferlicht stand. Der Kurier las die *Prawda*, und er selbst rauchte so lässig wie möglich eine Zigarette und trank schlecht schmeckenden Kaffee dazu.

Als der Kurier seinen kurzen Bericht geendet hatte, sagte *Kutusow*: »Ossipow kann nicht dafür entschuldigt werden, daß er die Aufmerksamkeit auf den Fernost-Distrikt gelenkt hat, auch wenn er seinen Fehler nicht zu erkennen vermag. Aber wenn ich noch mal darüber nachdenke, dann muß er mit der ›Spiegel-Übung‹ weitermachen, jedenfalls was die Gasangriffe betrifft – ja...« Seine Stimme schwand. Gas war das Wichtigste. Der chemische Angriff mußte stimmen, und er mußte ohne die planende und praktische Mithilfe wissenschaftlicher Beratung und Kenntnisse ablaufen. Sie waren Soldaten, keine Forscher und Wissenschaftler, und die Gase, die sie in den SHGN in ausreichenden Mengen zur Verfügung hatten, waren unzuverlässig, ja in ihrer Wirkung unvorhersehbar. Es *mußte* aber klappen! Ossipow war zu wichtig, als daß man Abneigungen gegen ihn zulassen durfte, und seine Aufgabe zu wichtig, um verschoben oder gar gestrichen zu werden. Nur Ärger hatte *Kutusow* dazu verführt, einen Befehl zu geben, den Ossipow zu recht ignoriert hatte – auch wenn dem Kurier das nicht in den Kopf ging.

»Also gut«, fuhr er fort. »Sie müssen noch eine Reise machen, zurück nach Chabarowsk. Sagen Sie Ossipow, er soll seinen Schlußbericht über Funk direkt an Praporowitsch durchgeben – und Sie werden ihm sagen, daß SID-Major Worontsjew *nicht* eliminiert werden soll. Er soll verhaftet und in Gewahrsam gehalten werden, bis – Sie verstehen?«

»Jawohl.«

»Gut.« Er blickte auf die Uhr. »Mein Flug wird gleich aufgerufen.« Er erhob sich und ging sofort weg, der Zigarettenstummel im Aschenbecher glühte noch.

»Auf Wiedersehen«, sagte der junge Mann hinter seinem Rücken und las dann weiter in seiner Zeitung.

Über den ganzen Weg zurück in die Diplomatenwartehalle fragte sich *Kutusow*, was dieser Engländer, Aubrey, wohl machte. Dann nahm er wieder die Litanei auf, die noch fehlenden Stunden vor sich hinzusagen. Sechsundfünfzig Stunden, sechsundfünfzig Stunden, *sechsundfünfzig Stunden*. Es schien seinen Magen zu beruhigen und seine Gedanken zu reinigen und zu besänftigen.

Chamowkin saß am Tisch des Botschafters in einem geräumigen Zimmer im dritten Stockwerk der Botschaft in Tehtaankatu. Bei ihm waren der sowjetische Botschafter in Finnland, Außenminister Gromyko und der Leiter der Sicherungsgruppe, Hauptmann Ozeroff. Ozeroff stand in einer gewissen Entfernung von dem Tisch, und das rote Telefon befand sich näher bei dem Generalsekretär als die Batterie schwarzer Telefone, wie in Hinblick auf den zu erwartenden Anruf, während Gromyko und der Botschafter in Hörnähe des an den ›heißen Draht‹ angeschlossenen Verstärkers saßen.

Chamowkin sah auf die Uhr. Elf Uhr dreißig. In Washington also vier Uhr dreißig nachmittags. Präsident Joseph Wainwright konnte ihn jeden Augenblick anrufen. Chamowkin war nervös. Wainwright wollte Antworten hören, wollte Sicherheitserklärungen, die er nicht abgeben konnte. Und er sah keine Möglichkeit, überzeugend zu bluffen.

Die vier Männer in dem Raum hörten genau, wie die Vermittlung in der Botschaft die Verbindung herstellte, ein leichtes Knacken in der Leitung, und dann Wainwrights Stimme, als er Anweisung erhielt, zu sprechen. Eine kurze, durch die Satellitenübertragung verursachte Verzögerung, und dann die Illusion, der Präsident der Vereinigten Staaten sitze im Nebenzimmer, oder doch in einer benachbarten Stadt.

»Herr Generalsekretär – guten Abend.«

Chamowkin schluckte kurz, bevor er antwortete.

»Herr Präsident – guten Tag.«

Dann war alles still. Die Zeit verging. Chamowkin spürte schon jetzt einen Schweißtropfen auf seiner dichten Augenbraue, und seine Handflächen waren feucht, als er die Hände in seinem Schoß zu Fäusten ballte. Wie ein Kind, bevor es von einem Erwachsenen getadelt wird.

»Herr Generalsekretär...« In der Stimme klang jetzt eine eisige Überheblichkeit mit, ja, sogar etwas wie *Rechtschaffenheit*. Wainwright sprach aus einem Gefühl der Stärke heraus. Aber was jetzt folgte, erstaunte Chamowkin durch die Schlauheit, ja Hinterlist, mit der es geäußert wurde. »Ich möchte Ihnen einen Vorschlag machen, der nach meiner Überzeugung im Interesse von uns beiden und der ganzen Welt ist.« Chamowkin schauderte bei diesen hochtrabenden Worten, die dem amerikanischen Präsidenten so leicht von den Lippen gingen. Er konnte Wainwright sehen, gewandt, sympathisch, in mittleren Jahren, leicht vornübergebeugt an seinem Tisch im ›Oval Office‹ sitzend, um jedes seiner Worte präzis und unmißverständlich auszusprechen.

»Ja, Herr Präsident?«

»Ich schlage vor, als Vorarbeit zu der Unterzeichnung unseres Abkommens in drei Tagen, und als ein Zeichen guten Willens, das die Welt nicht mißverstehen wird...« Diese Pause, dachte Chamowkin, dient wohl zur stärkeren Betonung, zum eindeutigen Verständnis, für den größeren Eindruck. Gleichzeitig ärgerte er sich über diese Gedanken, als sei er ein Theaterkritiker, der die Leistung eines Schauspielers begutachtet. »...daß wir unverzüglich erhebliche und eindeutige Truppenrückzüge an allen Grenzabschnitten anordnen.« Die Klarheit, mit der diese Situation offenbar in Washington verstanden wurde, kühlte Chamowkin ab, doch kehrte seine Wärme sofort zurück. Wainwright gab ihm allerdings keine Zeit zum Nachdenken. »Ich werde meinerseits anordnen, daß die amerikanischen Truppen in der Bundesrepublik ihre Frontstellungen verlassen. Ich werde unverzüglich dafür sorgen, daß die Angriffsstaffeln im Vereinigten Königreich außer Alarm gesetzt werden, und ich werde die 6. US-Flotte anweisen, in den Zustand bedingter Bereitschaft zurückzukehren – was Ihre Satelliten und Abhörschiffe übrigens innerhalb weniger Stunden nachprüfen können.«

Die Stille, die jetzt folgte, lastete zunehmend auf den vier Männern. Nur der schwere Atem des Botschafters und des Außenministers war zu hören. Er sah zu Gromyko hinüber, dessen Gesicht teilnahmslos wirkte, ohne Anzeichen eines Vorschlags oder einer Unterstützung.

»Herr Präsident, über diese Geste bin ich sehr erfreut, aber ich brauche Zeit, um das alles zu berücksichtigen.« Stümperhaft, einfach stümperhaft!

»Was gibt es da zu berücksichtigen, Herr Generalsekretär. Vor mir liegen Satellitenaufnahmen...« Eine Pause, als sei er durch einen Adjutanten gewarnt worden. »Ich habe Beweise, die darauf hindeuten, daß Einheiten der Roten Flotte nach Murmansk zurückbeordert wurden. Das war doch sicher schon eine Geste Ihrerseits! Machen Sie doch so weiter. Ziehen Sie Fronttruppen in der DDR, vielleicht auch an der norwegischen oder der finnischen Grenze zurück – oder am besten vielleicht überall. Bevor wir uns dann in Helsinki sehen.«

Satellitenaufnahmen – Truppen zurückziehen – Rote Flotte – Chamowkin war entsetzt, die Verlegenheit ließ ihn verstummen. Jetzt erfuhr er durch den Präsidenten der Vereinigten Staaten, was die Rote Armee vorhatte. Den Einfall in Skandinavien? Unmöglich. Die *Finnland-Station.* Nicht unmöglich.

»Ich – muß dies mit dem Oberkommando der Sowjet-Armee besprechen, Herr Präsident. Für eine so einseitige Entscheidung habe ich keinen Spielraum.«

»Sie sind abgeneigt, Herr Generalsekretär – zu dieser späten Stunde?«

Die Herausforderung war unmittelbar. Er konnte sich den Rest der Unterhaltung fast schon vorstellen.

»Nein, nein, natürlich nicht. Aber wenn Sie ein sofortiges Handeln erwarten, Herr Präsident...«

»Meine Anweisungen sind inzwischen nach Brüssel abgegangen, Herr Generalsekretär. Sie bedürfen nur noch der Bestätigung. Also – wollten Sie etwa dahinterbleiben?«

Er saß in der Falle – er konnte sich nicht einmal mit Gromyko besprechen. Da stand das rote Telefon, und der Verstärker – wie Kröten hockten sie da und hörten mit, was er dachte.

»Ich – ich muß das noch besprechen. Das Ganze braucht etwas Zeit – aber es wäre natürlich sehr willkommen...«

»Das denke ich auch.« Diese Ironie! »Die Fronteinheiten in Ihrem nördlichen Bereich, im Zusammenhang mit Ihrer Geste, die Nordmeerflotte in den Hafen zurückzuholen. Können wir uns darauf einigen?«

»Ich – grundsätzlich, ja, natürlich...«

»Bis morgen?«

»Aber – ich bin nicht sicher, ob das so schnell geht...«

»Herr Generalsekretär: wenn diese Einheiten nicht ebenfalls um fünfzig Meilen von der norwegischen und finnischen Grenze zurückgezogen werden – und zwar bis zum Tagesanbruch des 24., werde ich Anweisung geben, daß die AMF-Einheiten die aufgehobene NATO-Übung ›Schneefront-Expreß‹ durchführen. Habe ich mich verständlich gemacht, Herr Generalsekretär? Nach Konsultation mit unseren Verbündeten in der NATO werde ich außerdem unsere Streitkräfte in Alarmbereitschaft von 24 Stunden versetzen, sofern ich nicht von Ihnen erfahre, daß die Rückzüge eingeleitet wurden. Dies wird um Mitternacht der Fall sein, also am 23., um sieben Uhr morgens, nach Ihrer Zeit.« Eine weitere Pause folgte, dann hörte er: »Das war es, was ich Ihnen sagen wollte, Herr Generalsekretär. Ich wünsche Ihnen noch einen guten Abend.«

Eine Zeitlang war er wie versteinert, bis plötzlich seine Hand hochzuckte und die Verbindung unterbrach. Erst dann sah er zu den anderen Männern in dem Raum auf.

»Meine Herren, man hat uns offenbar ein Ultimatum gestellt.«

»Ein vernünftiger Vorschlag...« begann der Botschafter, schlug dann die Augen nieder und verstummte; er sah den Blick in Chamowkins Augen. Gromyko schwieg.

»Es muß geschehen – er hat nichts davon gesagt, nach Helsinki zu kommen, haben Sie das gemerkt? Nichts!« Wut, dachte er, Wut aus Enttäuschung. Zeig's ihnen. »Vernünftig, Herr Botschafter – natürlich ist es vernünftig. Aber gefordert – als bestehe ein Recht darauf, jetzt zu dieser Stunde! Was ist das eigentlich für eine Einstellung? Warum muß das jetzt sein, in diesem Augenblick? Er redet daher wie ein Schulmeister, wie ein Träumer!«

Er sah zu Ozeroff hinüber, der neben der Tür stramm stand, als wolle er es vermeiden, die Blicke auf sich zu lenken. Innerlich bebte Chamowkin. Andropow hatte doch recht – der 24. Die Amerikaner wußten etwas, etwas über den Zeitplan der *Gruppe 1917*. Und jetzt hatten sie ihn auf die Probe gestellt und wußten nun, daß er ohnmächtig war, machtlos. Und dann hatten sie ihn herausgefordert: bring dein Haus in Ordnung, sonst beginnt in drei Tagen der nächste Krieg!

Er drehte ihnen den Rücken zu und schaute auf das Gemälde von Lenin über dem Sessel, in dem er gesessen hatte. Auch der immer noch strammstehende Ozeroff hatte seinen Blick darauf gelenkt. Mit wenig mehr als hundert Männern hatte Lenin es vollbracht, hatte Kerenskij die Macht entwunden und ebenso den Zauderern. Und der *Gruppe 1917* stand die ganze Armee zur Verfügung, um das zu erreichen!

Wie war doch sein Code-Name? Für diese gesichtslosen Männer, gegen die er nicht ausholen konnte – wie war sein Code-Name? *Genosse Romanow?* Die Vorstellung war geradezu lachhaft, der Titel dagegen angemessen.

Wirf sie raus, *wirf sie raus,* sagte er sich. Er mußte nach Lahti zurück, mußte mit Andropow in Moskau reden. Ja, das mußte er. Alles zerbrach ihm unter seinen großen, ungeschickten Händen – hatte er nicht vor ein paar Nächten geträumt, daß riesige Hände zarte Porzellanschalen und Untertassen ergriffen und sie dann durch schiere Ungeschicklichkeit zerbrochen hatten? Als er an sich heruntersah, erkannte er seinen eigenen Körper aus dem Traum wieder, und diese großen Schaufeln, die seine Hände waren, wie sie aus den Ärmeln ragten.

Ein Schweißausbruch beim Erwachen – fast schreiend, und dann die klare Erkenntnis.

Er mußte Andropow sprechen. Es mußte da einfach etwas geben, einen Hinweis, ein Merkmal des Anführers, seines Feindes. Es mußte einfach.

»Hauptmann Ozeroff, ordnen Sie Abflugbereitschaft für den Hubschrauber an. Wir fliegen sofort nach Lahtilinna zurück!«

»Jawohl.«

Galachkow schmunzelte, als er die Tür des Dienstraumes des Botschafters hinter sich schloß. Morgen früh würde er einen Kurier mit einer Mitteilung an *Kutusow* auf den Weg schicken. Die Amerikaner hatten Verdacht geschöpft, sie waren gewarnt worden. Nur Chamowkin wußte nichts, befürchtete auch nichts. Als diensttuender Offizier würde er sogar erfahren, was zwischen Andropow und dem Generalsekretär gesprochen wurde. Der amerikanische Verdacht würde nichts ändern. Wainwright bluffte – schließlich wußte das ganze Oberkommando, daß er nicht wegen Norwegen oder Finnland Krieg führen würde – das war ein strategisches Axiom.

Er freute sich über Chamowkins Angst, während er die Treppe hinunterging, um den Wagen und den Hubschrauber für die Fahrt vorzubereiten.

»Da haben Sie's, Kenneth – Chamowkin steht hinter gar nichts. Genau in diesem Augenblick hat er nicht mehr zu sagen als Tante Anna!«

Buckholz schien wütend zu sein, aber Aubrey sah einen Glanz in seinen Augen, den vorgeschobenen Kiefer, und bewunderte die Leichtigkeit, mit der dieser Mann durch die Art beeindruckt war, in der sein Präsident das Gespräch mit Chamowkin geführt hatte.

»Ich akzeptiere Ihre Argumente, und ich sehe, daß Sie mit dem Schauspiel, das Ihr Präsident in Szene gesetzt hat, zufrieden sind...« Buckholz drehte sich zu Aubrey um, machte eine Grimasse und schickte dann ein rasches Lächeln auf die Lippen, wobei er die Hände hob, als bitte er um Gnade. »Aber ich bin mir doch nicht sicher...«

»Nicht sicher?«

»Wie wirkungsvoll es ausfallen wird. Wir kommen dadurch selbst in eine ohnmächtige Situation, die der von Chamowkin nicht unähnlich ist. Wir können nämlich gar nichts anderes tun als dazusitzen und zu warten.«

»Morgen fahren wir hin und besuchen Chamowkin...«

»Charles, was hilft uns das denn? Der Mann weiß doch nichts! Sonst wäre diese *Gruppe 1917* schon längst verschwunden, im Gulag oder im Untergrund oder der Irrenanstalt. Chamowkin weiß nicht, wer sie sind, verdammt! Es hat sich nichts herausgestellt. Wir können nicht erwarten, daß er etwas gegen das Oberkommando unternimmt, auch wenn wir dazu beigetragen haben, ihn auf glühende Kohlen zu setzen.«

»Das machen Sie mir nicht weis, Kenneth. Gerade in diesem Augenblick sitzt Chamowkin in seinem Hubschrauber und fliegt so schnell er kann auf sein Schloß, um mit dem Vorsitzenden des KGB zu sprechen!«

Buckholz ging um seinen Tisch herum, um sich dann vor Aubrey zu stellen. Das runde Gesicht eines alten, schlauen Kindes sah ihm in die Augen. Buckholz schüttelte den Kopf und ging zu dem Teewagen.

»Es ist ja nicht so, daß ich mich weigere, optimistisch zu sein«, sagte Aubrey, etwas versöhnlicher gestimmt. »Es geht doch einfach darum, den Tatsachen ins Auge zu blicken, ohne dabei auf den Status zu schielen, den mir die Vertretung einer Supermacht verleiht. Ich kann das, ich wurde in die Endrunde des britischen Imperiums hineingeboren, dessen Sonne mit Sicherheit gesunken ist...« Aubrey lächelte, als Buckholz ihm das Glas mit Whisky reichte. »Auf Ihre Gesundheit. Nein, es ist einfach so, daß wir jetzt auf die erfolgreichen Leistungen des KGB angewiesen sind, *um zu überleben* – so einfach ist das.«

»Es kommt nicht zum Krieg – sie werden nachgeben.«

»Chamowkin wird sicher Purzelbäume schlagen – da stimme ich Ihnen zu. Aber was ist mit der Roten Armee? Wird sie sich bedroht fühlen, oder einfach zu einem Kampf aufrufen – und die Herausforderung dann annehmen?«

»Soweit wird's nicht kommen, Kenneth.«

»In der Zeit, die uns bleibt, werde ich alles tun, um das Geheimnis um Hauptmann Ozeroff zu lüften – schließlich könnte er doch etwas Nützliches wissen. Meine Überwachung beginnt mit Tagesanbruch. *Und* ich weiß einen Weg, wie wir ihn fassen können – wollen Sie ihn hören?«

Buckholz nickte.

»Also gut, aber bringen Sie erst die Flasche her. Dann werde ich Ihnen sagen, was wir morgen von Chamowkin haben wollen.« Als sei er von einer ernüchternden Erkenntnis überrascht, fügte er hinzu: »Ich hätte gern gewußt, wen der KGB für diese Untersuchung eingesetzt hat. Hoffentlich einen erstklassigen Mann – das wünsche ich mir wirklich!«

Worontsjew drehte sich in dem großen Bett, streckte den Arm aus und fand Natalja neben sich. Sie bewegte sich nicht, schlief wohl noch, und er berührte sie nur leicht am Arm, ohne sie wecken zu wollen.

Als er selber wach geworden war, spürte er in der Magengrube Angst und eine gewisse Dringlichkeit, durch die ihm das Bett kälter und seine Frau noch weiter entfernt erschien. Seit sechsunddreißig Stunden war er nun hier in Chabarowsk, und nichts hatte sich ergeben. Nichts, außer daß sie ihm überallhin gefolgt waren und sich wahrscheinlich eins gelacht hatten, daß er nichts gefunden und nichts in Erfahrung gebracht hatte.

Er war wie gelähmt. Es ging einfach darum, aus dem Bett zu kommen, auf die kalten Fliesen im Badezimmer zu treten – nur mochte er, weder im eigentlichen noch im übertragenen Sinn, dieses warme Bett verlassen.

Er sah wieder zu seiner Frau hinüber. Gestern abend hatten sie früh miteinander gegessen und vielleicht etwas mehr getrunken, als ihnen gut tat. Später hatten sie sich dann zum ersten Mal seit Monaten geliebt; es war ein ganz natürlicher

Abschluß dieses Abends gewesen, und vielleicht hatte er seine unruhigen Gedanken in dem flüchtigen Schoß der körperlichen Liebe begraben wollen. Es war, als machten sie Urlaub miteinander, und ihr Umgang hatte einen häuslichen Anstrich, doch mit der Pikanterie des fremden Bettes in einem fremden Ort.

Daher sein Widerwille, sich als Polizist zu fühlen. Mit einem Nachforschungsauftrag.

Ein Neubeginn?

Er bemühte sich, nicht so zu denken. Dennoch, nachdem er wieder so gestimmt war, fühlte er eine tiefe Zufriedenheit über diese wenigen Minuten nach dem Erwachen. Er hatte es genossen, wieder mit ihr essen zu gehen, und auch den klugen Humor, der sie beide gleichzeitig zum Sprechen brachte. Und wie sie das erste Mal miteinander geschlafen hatten, auch wenn es überstürzt gewesen war. Damals war er ihr nahe gewesen, für einige Augenblicke – hatte sich in ihr verloren.

Als er sie dann später in der Nacht geweckt hatte, das war dann wohl – erotischer gewesen, aber doch nicht so, wie er es sich gewünscht hätte. Die Spur eines Schamgefühls, einer Unsauberkeit, rann durch seine Adern; er wußte, daß er diesen puritanischen Zug von seinem Vater hatte, und in Goroschenkos Haus hatte sich das noch verstärkt.

Als sie ihren Höhepunkt erreichten, hatte er sie gebeten, ihn zu beruhigen, und sie hatte es getan, indem sie ihm wieder und wieder sagte, er sei besser als ihre anderen Liebhaber, daß niemand so sei wie er.

Alexej, Alexej, ja, ja...

Die Reizgefühle der Erektion wirkten noch in der Erinnerung nach, ebenso die kleine Scham, beides tiefer als die Verlegenheit, die jetzt mit der erinnerten Intimität einherging.

Er hatte sich gewünscht, daß sie den aktiven Teil übernehmen würde, auf ihm sitzen, die Brüste wie reife Früchte knapp vor seinem Mund – ja, so hatte er es sich gewünscht, und sie hatte wirklich mitgemacht.

Mit sich selbst war er nicht so ganz zufrieden.

Aber sie war zu ihm zurückgekommen. Und jetzt, während sie noch schlief und die Perfektion durch nichts in Frage gestellt werden konnte, was immer seine Frau oder sie beide sagen oder tun würden, war er zufrieden. Als er spürte, wie nah sie ihm wieder war, füllten sich seine Augen mit Tränen.

Leise verließ er das Bett und ging zum Fenster hinüber. Er hob den schweren Vorhang etwas hoch: der Tag war klar, windig, mit hohen Wolken. Für sein Vorhaben genau das richtige.

Er sah zu seiner schlafenden Frau zurück, ihr entblößter Arm lag auf der Decke, die schwarzen Haare bedeckten fast das ganze Kissen und versteckten das kleine Gesicht. Er verließ diese Szene, weil sie ihm völlige Befriedigung vermittelte. So würde er sie in seiner Erinnerung behalten, um sie sich jederzeit vor Augen führen zu können. Wenn er dieses Bild länger zugelassen hätte, wäre die höchste Reife womöglich vergangen. Und sich selbst gegenüber gab er zu, Angst davor zu haben, Angst vor dem Glück, wie er Angst vor dem Alleinsein, vor der Enttäuschung hatte.

Also zurück zu seiner Arbeit. Er sah wieder aus dem Fenster.

Die Polizei hatte ein paar verdächtige Separatisten aufgegriffen, und er hatte versucht, immerhin ein höfliches Interesse dafür zu zeigen, obwohl er natürlich wußte, daß diese verängstigten kleinen Leute niemals geplant haben konnten, das ganze KGB-Büro in Chabarowsk auszuheben. Sie waren kaum zu anderem fähig als Parolen an die Wände zu schmieren und bei Versammlungen im Schutz der Menge als Buh-Rufer aufzutreten.

So blieb nur noch die Iwanow-Chartergesellschaft, die einen Teil der Flugzeughalle des Flughafens Chabarowsk, neun Kilometer außerhalb der Stadt, gemietet hatte. Iwanow, oder wer sonst die Gesellschaft leitete, besaß zwei alte Antonow-Eindecker und einen Hubschrauber. Einen kleinen MIL. Dieser wurde vom KGB in Chabarowsk bezahlt und war für ihn reserviert. Offenbar war es wirtschaftlicher so – der Amtsschimmel im Fernen Osten der Sowjetzunion.

Iwanow war sicher ein örtlicher Unternehmer; die Chartergesellschaft gehörte nicht dem Staat, wie viele andere der kleinen Gesellschaften und Unternehmen in diesem Teil der Sowjetunion; es war wohl rationeller, kleinen Unternehmern zu erlauben, solche Geschäfte zu finanzieren und aufzubauen. Iwanow lieferte die Post in entfernt gelegene Dörfer, übernahm Flüge für Ärzte und Krankenhäuser, versorgte staatliche Läden in der Umgebung mit Kolonialwaren. Und: er half dem KGB mit einem Hubschrauber aus.

Worontsjew war durch Zufall an diese Information gekommen. Ein Polizist hatte ganz nebenbei gesagt, der alte Iwanow könne von Glück reden, daß er nicht auch in die Luft gejagt wurde, zusammen mit seinem kostbaren Hubschrauber. Als Worontsjew erfuhr, worum es sich handelte, zitterte er vor Aufregung. Ein nicht militärisches Flugzeug, das war ja das einzige Mittel, um im Militärdistrikt herumzuschnüffeln, noch dazu aus der Luft.

»Hast du eine Zigarette für mich, Alexej?« hörte er Natalja fragen. Sie saß aufrecht im Bett, streckte die Arme aus und strich sich jetzt die dichten schwarzen Haare aus der Stirn. Ihre Brüste waren straff, einladend. Er war sich ziemlich sicher, daß sie sich der Bewegung nicht bewußt war. Ihn überkam etwas von dem Gefühl des gestrigen Abends, ein erotischer Schauer, vermischt mit einer gewissen Sehnsucht. Er konnte sich der einladenden Vorstellung nicht ganz entziehen, ebensowenig der seltsamen Unschuld und Wärme, die um ihre Lippen spielten.

Er griff nach dem Päckchen mit amerikanischen Zigaretten, das auf dem Anziehtisch lag, und warf es ihr zu. Dann auch das Feuerzeug. Sie hielt es einen Augenblick abwägend in der Hand und sagte dann:

»Wir haben es doch wirklich gut, hm, Alexej?« Sie lächelte noch. »Du und ich.«

Er nickte: »Wir sollten in der Lage sein, ein einigermaßen vernünftiges und glückliches Leben zu führen.« Er war vorsichtig genug, einen neutralen Ton anzuschlagen. Und doch forderte er sie dadurch auf, noch mehr aus sich herauszugehen. Sie zog an der Zigarette, lehnte sich gegen das Kopfstück des Bettes und beobachtete ihn. Er war sich plötzlich seiner Nacktheit bewußt, und daß sie ihn nur einfach ansah, störte ihn.

»Ja – das sollten wir«, gab sie zu. Dann drückte sie die Zigarette aus und sagte leise: »Komm wieder ins Bett.«

Er warf einen kurzen Blick auf die Uhr, die auf dem Toilettentisch stand, und mußte lächeln, er war ein wenig enttäuscht, als sei ihre Einladung ein Ersatz. Als habe er ein beeindruckendes Buch gelesen und dann erfahren, daß es oberflächlich und unwirklich sei, oder sich mit einem komplizierten Rätsel befaßt, um dann zu hören, daß die Lösung kinderleicht und den Aufwand nicht wert gewesen sei.

Dies war der Grund, warum er für einen Augenblick am Bett stehenblieb und sie einfach ansah. Sie streckte die Arme nach ihm aus, auch ihre Brüste, aber in ihrer so offenen Bereitschaft sah er etwas Rohes, Unsauberes. Er wünschte sie sich anders, auch wenn er jetzt Verlangen nach ihr hatte. Sie lächelte, als sie seine Erektion bemerkte, bei der sie sich für einen kurzen Augenblick auf eine verhaßte Weise hilflos vorkam.

Dann schob er die ganze Komplexität seiner Antworten beiseite und schlüpfte zu ihr ins Bett.

Es lief schnell ab, hungrig, abrupt. Es war ihm sogar gleich, ob sie kam oder nicht, wahrscheinlich nicht, dachte er. Er befriedigte sich einfach selbst. Wie um sich für die letzten Monate schadlos zu halten – oder um zu versuchen, sich die eigene Unabhängigkeit zu beweisen.

Wenn Natalja enttäuscht war, so zeigte sie es nicht. Sie saß neben ihm und rauchte noch eine Zigarette, während er die Chartergesellschaft Innokenti Iwanow in Chabarowsk anrief.

»Möchtest du frühstücken?« fragte er sie, als er noch auf die Verbindung mit Iwanow wartete. Sie hielt die Augen geschlossen und das Gesicht zur Decke gerichtet, während ihr Kopf sich gegen das Kopfstück des Bettes lehnte.

Sie nickte. »Wird das auf's Zimmer serviert?«

»Ich denke, ja – hallo, Iwanow-Charter?«

Die Stimme in der Leitung gehörte einer Frau, mürrisch und maskulin. »Ja – was wünschen Sie?«

»Ich möchte den Hubschrauber überprüfen, den Sie dem hiesigen KGB zur Verfügung stellen. Und mit dem Piloten sprechen – ihn zur Verfügung haben.«

»Wer sind Sie, Genosse?« fragte die Stimme, mißtrauisch, aber von dem autoritären Ton unbeeindruckt.

»*Major* Alexej Worontsjew, SID Moskau. Genügt Ihnen das?«

»Kann sein. Bringen Sie Ihren Ausweis mit, sonst bekommen Sie den Hubschrauber nicht mal von weitem zu sehen.« Die Dame mußte Frau Iwanow sein.

»Selbstverständlich«, sagte er, leicht amüsiert.

»Wann kommen Sie also?«

»Sagen wir – zehn Uhr?«

»Wie Sie wollen. Wir erwarten Sie, Herr Major.«

Es klickte in der Leitung. Worontsjew starrte eine Weile auf den schnurrenden Apparat vor ihm und brach dann in Gelächter aus. Er lachte immer noch, als er die Hotelvermittlung anrief und Frühstück für zwei bestellte.

Der MIL-Hubschrauber war alt, eine enge Kabine mit Segeltuchsitzen vorne und einem dunklen Stauraum hinten, wenn er von Iwanow selbst benutzt wurde, was, wie Worontsjew annahm, oft der Fall war. Und er war sich fast ebenso sicher, daß der KGB nicht nur für die Wartung und Ersatzteile aufkam, sondern auch für die Treibstoffkosten der meisten privaten Flüge.

Der Pilot war noch jung – Iwanows Neffe, der während seines Militärdienstes Fliegen gelernt hatte. Seitdem arbeitete er für seinen Onkel, dem er nicht grün war, dessen Leidenschaft für Geschäft und Geld er gleichwohl teilte, wobei er offensichtlich auf das baldige Ableben seines tatkräftigen Verwandten wartete, um die Führung des Geschäfts zu übernehmen.

Worontsjew war von Frau Iwanow entsetzt, als er sie in dem engen, verstaubten Büro aufgesucht hatte. Sie entsprach genau dem Bild, das er sich von ihr am Telefon gemacht hatte – groß, schlecht angezogen und zurechtgemacht, roh, aber schlau. Ihr Mann war mit einem der Flugzeuge nach Wladiwostok unterwegs, um Fracht zu holen, wie sie ihm mürrisch mitteilte, da einer der beiden Piloten krank war.

Nach einer oberflächlichen Besichtigung des Hubschraubers und einem Gespräch mit dem Neffen über Flüge, die vor kurzem vom KGB unternommen worden waren, sagte Worontsjew: »Also gut, Sie können mich mal auf einen kleinen Flug mitnehmen.«

»Ich wußte gar nicht, daß Sie fliegen wollten.«

»Nein?« Worontsjew lächelte. Das wußte auch niemand, der seine Telefongespräche vom Hotel mitgehört hatte, und ebensowenig die Besatzung des Wagens, die ihm bis zum Flughafen gefolgt war und in diesem Augenblick in der Nähe des Eingangs parkte. »Nein, aber es wäre doch eine gute Idee, um so mehr als er ja uns gehört und sonst niemand damit fliegen will.«

Der Neffe zuckte mit den Schultern. »In Ordnung. Ich mache ihn startklar – warten Sie hier.«

Es dauerte eine halbe Stunde, bis der MIL von der Piste abhob, und Chabarowsk lag zu ihren Füßen und erstreckte sich nach Süden. In dem blassen Sonnenschein glänzten die beiden Flüsse, an deren Zusammentreffen die Stadt lag, wie poliertes Silber, während sie selbst mehr und mehr ihren strengen, schachbrettartigen Grundriß enthüllte, wie so viele geplanten Städte in Sibierien, die nichts Menschliches, nichts Gewachsenes an sich haben.

Wie in Amerika, dachte Worontsjew, obwohl er nie eine amerikanische Stadt gesehen hatte, mit Ausnahme von Fotos, die KGB-Leute von einem Aufenthalt in Washington oder kurzen Reisen nach Amerika mitgebracht hatten.

Grüne Flecken, kurz darauf ein dunstiges Industriegebiet zum Amur hin – mit Werften, Ölraffinerien, dann weiße Blöcke, wohl für Büros, Schulen, und am Rand Bodenkulturen, die, so schien es, sich eher in die Stadt zurückschoben, als aus ihr verdrängt zu werden.

»Nun?« fragte der Pilot. »Wohin soll ich Sie fliegen, Herr Major?«

Worontsjew drehte sich auf seinem Sitz um und sah geradeaus. Sie schienen leicht nach Norden abzutreiben, zu hellblauen, im fernen Dunst noch formlosen Hügeln und dunklen Wäldern.

»Ich möchte gern einen Blick auf das Armee-Hauptquartier werfen, aber nur *beiläufig*...« Er mußte diesem Mann vertrauen. Zeit war kostbar, was immer nach Ossipows Schlag gegen den KGB auch vorgefallen sein mochte. »Kennen Sie deren Übungsbereiche?« Der Pilot nickte. »Gut, überfliegen wir einige davon und kommen dann übers Hauptquartier zurück, einverstanden?«

Worontsjew lehnte sich in seinem Sitz zurück, als der Hubschrauber sich nun schneller auf die fernen Hügel zubewegte. Seine Aufmerksamkeit wurde jetzt ganz von der Erinnerung gefangengenommen, was er in den letzten zwölf Stunden erlebt hatte. Seine Frau – das bebende Glücksgefühl, vor dem er sich fürchtete, die ungeschminktere Erotik, die sich jetzt zwischen ihnen auftat. Dieser Flug schien mit einer sinnvollen Untersuchung immer weniger zu tun zu haben. Er fragte sich, ob der Militärdistrikt Fernost überhaupt in der Lage war, seine Geheimnisse einem schwirrenden Etwas am Himmel zu offenbaren.

Kurz bevor er das Hotel verlassen hatte, war er vom Polizei-Hauptquartier angerufen worden. Über den Fernschreiber war aus Moskau ein unbestätigter Bericht eingetroffen, daß Ilja und Maxim vermißt wurden. Ihr Hubschrauber hatte einen Notruf gesendet, kurz bevor jeder Kontakt mit ihm abgebrochen war. Suchkolonnen hatten nirgends Wrackteile entdecken können.

Er hatte nicht gewußt, was er mit dem Bericht anfangen sollte. Dieser war von Kapustin angeordnet worden, doch war Worontsjew sich nicht sicher, ob es sich dabei um eine Warnung handelte. Er konnte sich nicht vorstellen, daß die beiden Männer tot waren, und versuchte daher, diese Möglichkeit zu ignorieren. Der Bericht blieb an ihm hängen wie ein Fleck, störend und unangenehm.

Die Hügel lagen nun unter ihnen, daneben stiegen die noch in Nebelschwaden gehüllten Berge an. Die Stimme des Piloten schnarrte in dem Kopfhörer.

»Wollen Sie hier oben gesehen werden, oder lieber nicht?«

»Wieso?«

»Wir kommen gleich zu dem Übungsplatz, da ist ganz schöner Flugverkehr. Man wird uns fragen, was wir da zu suchen haben.«

»Also – lieber nicht.«

»Gut, dann halte ich mich so niedrig wie möglich.«

Die Nase des MIL kippte auf einen mit Wald bestandenen

Felsvorsprung zu und blieb dann in Höhe der Baumwipfel, die jetzt unter ihnen auf- und niedertanzten. Worontsjew reckte den Hals, um hinunterzusehen.

»Wie oft werden hier Übungen abgehalten?«

»Immer. Ständige Bereitschaft. Ich hab' meinen Dienst an der mandschurischen Grenze absolviert. Die gelbe Gefahr, Herr Major!« Er lachte. »Nur kommt die Gefahr wohl eher aus den Freudenhäusern da unten!«

Worontsjew lachte zurück, setzte sich in seinem Sitz zurecht und sah abwechselnd nach rechts und nach links, und wieder nach vorne. Sie überflogen kleine Lichtungen und dann einen Felsen, der sich dem kleinen Hubschrauber drohend entgegenreckte. Nebelschwaden verdeckten eine tiefe Schlucht, wie Rauch aus einem abgründigen Feuer.

Der MIL überquerte den messerscharfen Kamm eines Gebirges, und die letzten Wolkenfetzen verschwanden. Worontsjew sah in ein tiefes Tal hinab, durch das sich der Ussuri, ein Nebenfluß des Amur, als schmales, glitzerndes Band schlängelte. Jetzt konnte man den Schnee auf seinen Ufern erkennen. Der MIL flog den Bergabhang entlang hinab bis unter die Baumgrenze. Worontsjew sah es genau: eine Pioniereinheit hatte eine Brücke über den Ussuri geschlagen und ZSU-Kanonen auf Selbstfahrlafetten überquerten sie gerade – dunkelgrüne Raupenfahrzeuge. Sie flogen über sie hinweg. Stromabwärts schob sich ein Amphibienfahrzeug, ein BTR-50, durch die Eisschollen, wobei es eine Furche zog wie ein grüner Keil.

»Was tun die da?« fragte Worontsjew, indem er nach unten und hinten zeigte.

»Sie testen die Ausrüstung. Irgendwelche Übungen für einen taktischen Aufmarsch, denke ich. Um auch im Winter über diese Flüsse zu kommen, oder so etwas.«

Der MIL folgte dem Ussuri durch das tiefe, öde Tal; dann zog der Pilot, als sie eine gerade, leere Flußstrecke vor sich sahen, den Hubschrauber hoch, über die Baumgrenze hinweg, an den kahlen Felsen vorbei, zu einem anderen faltigen Gebirgszug hin, der auf der westlichen Flanke weniger steil abfiel. Tiefe Schatten standen hier, obwohl es schon elf Uhr morgens war. Sie überflogen Waldgebiete, dann offeneres

Land, das sich bis zu den Ufern eines blauen Sees hinzog.

Weit hinten eine sich windende Straße, randvoll mit grünen Fahrzeugen. Worontsjew sah sie durch den Feldstecher, den ihm der Pilot gereicht hatte. Die Schlange der hintereinander fahrenden Panzer sah fast kompakt aus. An der Spitze fuhren die leichteren T-34-Panzer und dann, wie Hunde, die eine Herde in Schach hielten, gepanzerte Mannschaftswagen und T-34-Panzer zu beiden Seiten, die tiefe Spuren durch das hohe Gras zogen und den Schnee mit ihren Ketten hoch aufspritzen ließen. Weiter hinten folgten die schwereren T-62er und T-64er. Ein Panzerverband also, der, wie er durch das Glas sehr gut erkennen konnte, sich mit höchster Geschwindigkeit auf das blaue Wasser und die dahinterliegenden leicht abfallenden Wälder zubewegte.

»Wollen Sie sich das näher ansehen?« fragte der Pilot. Sie flogen jetzt niedriger als die Baumspitzen und schwebten über dem offenen Land.

»Nein«, sagte Worontsjew. »Was machen sie denn?«

»Übungen nach Zeit. Wie schnell sie von A nach B kommen, oder wieviel in gegebener Zeit in Bewegung gesetzt werden kann.«

»Zu welchem Zweck?« fragte Worontsjew.

»Schon mal was von ›Blitzkrieg‹ gehört? Was die verdammten Faschisten im Krieg gemacht haben? Sie können jedenfalls nicht behaupten, daß die Rote Armee nichts gelernt hat. Das ist eine von unseren Intensiv-Übungen.« Er wies mit dem Kopf zu den dunkelgrünen Fahrzeugen, von denen man jetzt nur die Kanonenrohre und Drehtürme über den Grasspitzen sah.

»Üben sie das ständig?«

»Natürlich, Herr Major!« Der Pilot lachte in sein Mikrofon, und Worontsjew war von dem harten Schall in seinen Kopfhörern für Augenblicke fast taub. »Denn die gelbe Gefahr kommt, dort über den Ussuri. Also heißt es: üben, üben. Nie aufhören. Manchmal denke ich, wir machen das Ganze nur, um die amerikanischen Satelliten hinters Licht zu führen – und wenn wir dann wirklich loslegen, dann meinen sie, daß es auch nur wieder eine Übung ist.«

»Schön. Finden Sie noch was anderes«, sagte Worontsjew und löste sich endlich von dem faszinierenden Anblick der dahinrasenden Panzer. Der MIL schien über die Bäume zu springen und sich von dem Gesehenen wegzuschleichen wie ein Kind, das sich versteckt, um die Erwachsenen bei ihren Spielen zu beobachten.

»Warum üben sie eigentlich gerade hier?« wollte Worontsjew wissen, als sie die Baumwipfel verließen und den Abhang hinaufflogen, zu dem Gebirgskamm hin.

»Wieso?«

»Das hier ist doch kein Gelände wie in Norddeutschland – kein gutes Panzergelände. Warum diese Betonung der Panzerverbände? Ich dachte, hier geht es nur um Infanterie und Artillerie. Das hier sieht doch vielmehr nach...« Er fühlte sich im Begriff, eine Entdeckung zu machen, und dieses Gefühl übermannte ihn geradezu, ließ sein Herz schneller schlagen. Nur langsam, sagte er sich, nur langsam, während er sich wieder die Landschaft ansah. Wie, wie... Aber sie flogen über die endlosen Bäume dahin und sein Gefühl verlor sich wieder, gab wieder den Blick für die Wirklichkeit frei.

»Was ist das?« rief Worontsjew und zeigte nach vorn. Ein gelblicher Dunst, der sich nicht auflöste. Künstlich, dachte er.

»Nebel.«

»Überfliegen sie ihn.«

Der Hubschrauber stieg höher, und Worontsjew mußte den Hals recken, um den gelb angestrichenen TMS-65 zu erkennen, der wie ein Öltanker mit Anhänger aussah – umschwärmt von maskierten Männern, die Sprühdüsen in der Hand hielten. Sie bewegten sich unter einer Baumreihe.

»Um Gottes willen – weg hier, schnell weg!« schrie Worontsjew.

Der MIL drehte ab, wobei er durch den plötzlichen Kurswechsel ins Schwanken geriet.

»Dieses Scheiß-Gas!« rief der Pilot. »Was zum Teufel machen sie denn damit – wollen sie die verdammten Bäume umlegen?«

Wie zur Antwort überflogen sie ein gähnendes Loch in dem Wald. Schwarze, nackte Zweige reckten sich ihnen wie in einer Wüste entgegen. Als der MIL der entlaubten Linie folgte, ließ sich eine Straße erkennen.

»Das ist doch nicht neu«, sagte Worontsjew. Er blickte über die Schulter und mußte über seine eigene Dummheit grinsen. »Ja, natürlich! Der TMS da hinten macht die Entgiftung, stimmt's?«

Der Pilot ging in die Kurve und vor ihnen stieg wieder die gelbliche Wolke auf.

»Ja.«

»Aber – diese Baumschäden, woher kommen die?«

»Beschuß.«

»Womit?«

»Gas.«

Die Wolke stieg höher, winzige Tröpfchen glitzerten im Sonnenlicht, sie dampfte aus den Baumspitzen wie eine Ausdünstung.

»Was ist das genau?«

»Ein Alkalinebel – mehr weiß ich nicht. Man hat uns nur eine allgemeine Einführung in die chemische Kriegführung gegeben – wie man Anzug und Maske anlegt, und welche Unmengen die Amerikaner von dem Zeug gelagert haben. Sie kennen ja den Quatsch.«

»Was *glauben* Sie denn, was die da tun?«

Der Hubschrauber legte sich scharf in die Kurve. Maskierte Männer folgten ihnen mit ihren Blicken – Männer, die die Auswirkungen des Nebels beobachteten, maßen, während er breit zwischen die Bäume gesprüht wurde. Der MIL flog wieder zu der ausgelichteten Stelle zurück und folgte der schmalen Straße, die sich hindurchwand.

»Glauben?« sagte der Pilot nach einer Weile. »Vielleicht – Zeitversuche. Mag sein. Das Teufelszeug wird in einen begrenzten Bereich geschossen, VX oder was sie sonst noch dazu einsetzen, dann werden die Leute in Spezialanzügen eingeschleust und es wird festgestellt, wie schnell sie damit fertig werden.«

Der MIL verließ die entlaubten, toten Bäume und flog zu den nackten, kantigen Flächen eines Felsvorsprungs. Hart und abweisend, aber natürlich.

»Warum?«

»Sie fragen vielleicht 'ne Menge! Warum? Weil die Armee meint, daß sie einen Krieg mit chemischen Angriffen beginnen wird, und da heißt es eben üben und noch mal üben!«

Als der MIL sich der Sonne entgegenbewegte und sich die Landschaft weit unter ihnen ausbreitete, mit vereinzelten Seen, Bergen, tiefen, schmalen Tälern, dem Fluß, da wußte er plötzlich die Antwort.

Ihre ungeheure Bedeutung ließ ihn schaudern. Ja, ja... Er hielt den Gedanken fest, der erst unterbrochen, dann durch die gelbe Wolke bestätigt worden war. Es *mußte* – es *mußte so sein*!

Es *gab* einen Zusammenhang zwischen Ossipow und Wrubel, zwischen dem Fernen Osten und der Grenze zu Finnland. Dieses bergige, dicht bewaldete Land hier unter ihm war das Bindeglied. Fast ein Spiegelbild.

Ossipow und seine Armeen *übten* hier die Invasion von Skandinavien – damit im Ernstfall alles glatt ging.

Ein chemischer Angriff, dann die Panzerspitzen.

Ilja und Maxim waren tot. Sie mußten etwas herausgefunden haben, und deshalb hatte man sie beseitigt.

Er war wütend.

»Sehen Sie jetzt nicht hinaus, Herr Major – wir haben Gesellschaft bekommen!« hörte er den Piloten aus großer Entfernung sagen.

Wie aus einem Hinterhalt erschienen plötzlich vier MIL-24-Kampfhubschrauber in Tarnfarben mit strahlendem Rotstern auf ihren Rümpfen aus der Deckung des Gebirgskamms und hielten sich links, in geschlossener Formation.

Wenn der kleine Hubschrauber jetzt nur verschwinden könnte...

TEIL DREI

WORONTSJEW

22. bis 23. … 19…

»Wir bewegen uns aus dem Bereich der Geschichte in den Bereich des Heutigen und zum Teil in den Bereich des Zukünftigen.«

LENIN

11. Die Grenzen der Diplomatie

Es erfolgte kein Rufzeichen, sondern schlicht:

»Dieser Luftraum ist Sperrgebiet über militärischem Übungsgelände. Ihr Flug wurde nicht angeordnet, und Sie haben sich einer Übertretung schuldig gemacht. Folgen Sie uns zum Hauptquartier des Militärdistrikts. Bestätigen Sie.«

Nachdem der Pilot die Bestätigung automatisch durchgegeben hatte, sah er zu Worontsjew hinüber. Draußen nahmen die vier Kampfhubschrauber ihre Stellungen ein: einer rechts, einer links, der eine etwas über ihnen und der vierte etwas darunter. Er konnte den Helm des Militärpiloten erkennen, ebenso den Bordschützen, als er durch die Perspex-Scheibe zur Kabine des links von ihnen fliegenden Hubschraubers blickte.

Während er den Kopf zur anderen Seite wendete, sagte der Pilot: »Sie sind hinter uns, einer drüber und der andere drunter. Wir müssen jetzt mit.« Er machte sich keine Gedanken, denn einen Major vom SID bei sich zu haben, reichte ihm aus, um nichts befürchten zu müssen. Er hatte lediglich Befehle des Komitees für Staatssicherheit ausgeführt.

»Müssen wir wirklich?« fragte Worontsjew leise, das Gesicht vor Anspannung fast verzerrt.

»Was dachten Sie?«

Er sah zu dem Piloten hin und wollte etwas antworten, als einer der Hubschrauber vorausflog und etwa hundert Meter vor ihnen Stellung bezog, genau in gleicher Flughöhe. Dann war wieder die Stimme zu hören.

»Es wird keine Kursrichtung angegeben. Folgen Sie einfach dem Hubschrauber vor Ihnen. Bestätigen.«

»Meldung bestätigt. Ich folge.«

Der vorausfliegende Hubschrauber drehte nach links ab und flog an einer grauen Felswand entlang, wobei er allmählich an Höhe verlor. Der kleine MIL folgte ihm.

»Hören Sie!« entfuhr es Worontsjew. »Wie weit ist es noch bis zum Hauptquartier?«

»Von hier aus?« Er warf einen Blick auf die Karte auf seinen Knien. »Zehn Minuten Flugzeit – von hier.« Er machte ein finsteres Gesicht, die Selbstsicherheit war verflogen.

»Wie können Sie mich absetzen?«

»Wie bitte?«

»Setzen Sie mich ab! Hören Sie – wenn die mich erwischen...« Er mußte dem Piloten jetzt die Wahrheit sagen, aber so, daß dieser Angst bekommen mußte. »Und Sie sind mit dabei«, fuhr er fort, »dann wird man uns beide erledigen!« Er dachte an Ilja und Maxim. Vermißt. Jetzt war ihm klar, daß sie tot waren. »Wir müssen einen Unfall vortäuschen.«

Die Augen des Piloten weiteten sich vor Angst. Diese Situation war für ihn nicht faßbar, noch dazu ausgelöst durch einen Offizier der elitärsten Abteilung des KGB. Er konnte keinen Sinn darin erkennen.

Er sagte: »Herr Major, wenn Sie sich einen Spaß mit mir erlauben wollen – niemand erledigt Leute vom KGB so mir nichts dir nichts!« Seine Augen weiteten sich noch mehr, und Worontsjew wußte, daß er an die Separatistenbewegung dachte. Dann wurden die Augen wieder schmal vor Mißtrauen. »Sie *machen* doch einen Spaß, oder?«

»Nein, mein Lieber. Die Armee bringt mich um, wenn sie mich zu fassen kriegt, wenn sie erst einmal herausgefunden hat, daß ich es bin, und was ich weiß und gesehen haben könnte. Sie – Sie läßt man vielleicht laufen, ich weiß nicht...« Er zuckte mit den Schultern. »Aber wenn wir zusammen sind, dann ist Ihr Leben keinen Rubelschein mehr wert!«

Sie flogen eine dicht mit Fichten bestandene Talsenke entlang.

»Hier kann ich Sie unmöglich absetzen!« sagte der Pilot fast vorwurfsvoll.

»Dann suchen Sie etwas, wo es geht!«

Sie flogen wenig mehr als sechzig Fuß über den Baumkronen. Das Tal öffnete sich jetzt. Wiesen tauchten auf, mit Schnee durchsetzt, vereinzelte Häuser, dann wieder Waldgebiete.

»Schon besser«, murmelte der Pilot. Er drehte sich zu Worontsjew um. »Hören Sie, wenn ich wie ein Stein absacke, dann können Sie raus, bevor die anderen unten angekommen sind. Aber dann kommen Sie nicht weit – ich auch nicht. Es muß eine ganz kleine Lichtung sein – die allerkleinste, so daß sie nur an einer Strickleiter runtersteigen können. Dann haben Sie Zeit, um wegzulaufen.« Er schien Worontsjew um seine Zustimmung innerlich anzuflehen. Dieser nickte. »Und dann, Herr Major, vergessen Sie nicht: Sie haben mich dazu gezwungen, mit der Pistole im Rücken!«

»Alles klar, ich kann dazu stehen!«

Worontsjew sah zur Erde hinunter.

»Sie werden eine Karte brauchen – da ist eine in der Tasche an der Tür, neben Ihnen.«

Worontsjew schob seine Hand hinein. Er fühlte Krumen oder Staub zwischen den Fingernägeln, dann ergriff er eine alte, schmierige Karte. Offenbar von der Gegend hier, großer Maßstab.

Er sagte: »Wie weit sind wir von Chabarowsk entfernt?«

»Höchstens dreißig Kilometer.«

»Gut. Also dann die erste, die nah genug und klein genug ist – und runter!«

Der Pilot versuchte zu grinsen. »In Ordnung, Herr Major.« Sein Grinsen wurde breiter. »Sie sind vielleicht ein Aas! Mich so reinzulegen mit diesem Flug, wenn Sie so ein gefährlicher Bursche sind! Ich werd' wohl 'nen Intelligenztest machen müssen.«

»Nur die Augen auf, mein Lieber. Und – danke schön.«

»Ich wünsch' Ihnen verdammtes Glück!«

Das flache Tal, das sie entlangflogen, gabelte sich jetzt, und die Abhänge zu beiden Seiten wurden wieder steiler. Worontsjew sah auf die Karte. Dörfer lagen da, wenige Kilometer von dem Tal entfernt, das er hier wiedererkannte. Ja, da war ihre Position, und Chabarowsk lag etwa südöstlich, mehr als dreißig Kilometer, schätzte er. Er würde einen Wagen brauchen, irgendein Fortbewegungsmittel.

Er dachte nicht daran, was er nach seiner Ankunft in Chabarowsk tun würde, aber er machte sich keine Illusionen. Wenn sie den Piloten erst ausgefragt haben, dann werden sie wissen, daß ich genug gesehen habe, um mit meiner Vermutung recht zu haben. Dann werden sie mich erledigen. Und die ganze Armee Ossipows wird gegen mich aufstehen.

Sie würden nicht aufgeben, selbst wenn er Chabarowsk erreichen könnte, sondern ihn erledigen, selbst wenn sie damit rechnen mußten, daß er eine Nachricht nach Moskau durchgegeben hatte. Dann würden sie ihn erst recht erledigen, aus Rache, aus Wut über das verratene Geheimnis.

Er dachte kurz daran, den Piloten nach der Landung umzubringen. Er war unschlüssig. Vielleicht schaffte er das gar nicht, auch wenn es die Situation womöglich forderte. Er entschloß sich zu einem Kompromiß, selbst als der Pilot sagte: »Da drüben.«

Sie überflogen einen dichten Fichtenwald in einem engen Tal, das nach vorn enger wurde, in dem man ihn einkesseln konnte. Trotzdem. Steile Abhänge, aber nicht hoch. Sie überquerten jetzt die Stelle, einen kleinen Kahlschlag, dessen Bäume wohl nur für den Eigenbedarf gefällt worden waren.

»Was...?« begann Worontsjew. Der Pilot schob ihm etwas in die Hand. Einen Taschenkompaß.

»Den werden Sie brauchen. Jetzt geht's runter!«

Der Hubschrauber stand fast still, als sei er gegen eine massive Luftwand geprallt. Worontsjew wurde fast aus dem Sitz geschleudert. Im selben Augenblick schossen die beiden Hubschrauber auf beiden Seiten an ihnen vorbei, und der sie überfliegende hing drohend über ihnen.

Der Hubschrauber schwang hin und her und ging gleichzeitig schnell nach unten, als die Stimme im Kopfhörer schnarrte: »Halten Sie Position!«

Mit kurzem Druck auf den Schalter war Worontsjew in der Leitung und konnte von dem Anführer gehört werden. »Sofort runter jetzt, verdammt, oder ich mach dich kalt!«

Der Pilot glich die Flughöhe aus, und die Zweige rutschten an den Fenstern entlang, bevor sie schließlich aufsetzten. Die Lichtung war nur wenige Meter breit und viel zu klein, um außer ihnen noch einen der größeren Kampfhubschrauber aufzunehmen. Der MIL schaukelte leicht, als die Räder den Boden berührten, und Worontsjew schob sofort die Tür auf. Er sah zu dem Piloten hinüber, dem die Angst im Gesicht stand.

»Tut mir leid«, sagte Worontsjew und schlug ihm mit dem Griff der Makarow gegen die Schläfe. Der Pilot fiel vornüber.

Worontsjew sprang aus der Tür, wobei ihm die Knie einknickten, als er auf dem hartgefrorenen Boden aufschlug. Er duckte sich unter den Rotorblättern und war mit zehn Schritten unter den Bäumen. Das Geräusch der über ihm fliegenden Hubschrauber war ohrenbetäubend, als wollten die Piloten ihre Wut zum Ausdruck bringen.

Ihm blieben nur wenige Minuten. Er peilte kurz mit dem Kompaß und begann dann, rasch in den Wald hineinzulaufen.

Chamowkin war außer sich wegen seiner Machtlosigkeit. Er war nicht länger in der Lage, seine Worte abzuwägen, sich zu beobachten, wie in einer Vorstellung. Es war ihm gleich, daß der Offizier vom Dienst, wieder dieser Ozeroff, ihn hören oder seinen Genossen erzählen konnte, was er gehört hatte. Er machte sich lächerlich – in zwei Tagen eine Null, kaum noch erinnerlich. Ausgelöscht.

»Ich will keine Ausflüchte, Juri – ich will *Taten*!« brüllte er in das Mikrofon. Während des ersten Gesprächs mit Andropow, nach seinem Rückflug aus Helsinki, hatte er die Codiervorschriften verletzt – die Ungeduld saß ihm im Nacken wie ein schwarzes Tier, das ihm die Krallen in den Rücken schlug, während er auf das Ver- und Entschlüsseln wartete, um seine Gefühle loszuwerden.

»Ich kann dir nur eine Hoffnung anbieten, Fjodor. Unsere Gegner geraten langsam in Panik – sie haben angefangen, wegen des kleinsten Vorwands zu töten. Wenn, ich sage *wenn* wir nicht durchdrehen, dann gäbe es jetzt eine Chance.«

»Immer dieses Gequatsche der Politiker – dieses Gefurze im Sturm! Du hast eine halbe Million Leute zur Verfügung, was tun die denn? Sitzen in den warmen Restaurants herum, die du ihnen bietest?«

»Meine Leute tun ihr Bestes, Fjodor; daß *ich* überlebe und *sie* überleben, hängt vom Erfolg ab.«

»Dann sorge für den Erfolg, Mann! Wir wissen doch, wer es sein könnte – die müssen alle erledigt werden! Wenn du hart genug zuschlägst, dann wird es schon die treffen, die wir meinen...«

»Nein! Das werde ich nicht tun – nicht solange kein eindeutigerer Hinweis vorliegt. Übrigens antwortet die Moskauer Garnison nicht auf unsere Signale.«

»Was? Was hast du gesagt?« Chamowkin spürte, wie sein Atem von weither kam, wie er nicht ausreichte, um seine Lungen zu füllen, um ihn am Leben zu erhalten.

»Ich sagte: heute früh um sechs Uhr hat die Moskauer Garnison den gesamten Kontakt mit der Zentrale offensichtlich abgebrochen, überhaupt mit jedem. Ich ließ dort unter allen möglichen Vorwänden anrufen, aber ohne Erfolg. Der Pilot eines Hubschraubers, den ich die Garnison überfliegen ließ, berichtete, dort unten herrsche Grabesstille.« Andropows Stimme schien von immer weiter her zu kommen, als würde die Übertragung immer schwächer. Chamowkin schaltete auf Sprechen um.

»Dann fängt's jetzt an, wir sind zu spät dran.«

»Noch nicht. Jedenfalls passiert momentan noch nichts. Das Datum ist der Vierundzwanzigste, Fjodor, bitte erinnere dich. Man muß durchkommen, ihnen zuvorkommen, aber das ist nur ein Teil der Aktion. Wir müssen sie fassen.«

»Tu das – tu das!«

»Das werden wir auch...« Andropow unterbrach den Anschluß so plötzlich, daß Chamowkin zuerst dachte, die Übertragung habe ausgesetzt, dann, daß sich jemand eingeschaltet habe, und schließlich begriff er, daß Andropow genug von seinen Zuständen hatte. Er spürte Ozeroffs Anwesenheit, wie er hinter ihm stand und leicht nach Rasierwasser duftete, und wurde sich der albernen, angsterfüllten Rolle bewußt, die er da gespielt hatte. Und er verfluchte sich.

»Wollen Sie jetzt den Engländer und den Amerikaner sprechen?« fragte Ozeroff mit höflicher Stimme.

»Wenn ich mich rasiert habe!« fuhr ihn Chamowkin an.

Andropow öffnete das große Fenster, trat jedoch nicht auf den Balkon hinaus. Die kühle Morgenluft ließ ihn kurz frösteln, aber er blieb in dem leichten Zugwind stehen und ließ sich erfrischen, als würde die Kühle seine Haut reinigen und sein von Emotionen erhitztes Gesicht beruhigen. Er haßte Chamowkin, soweit er zu einem solchen Gefühl überhaupt fähig war. Ein in Panik geratenes Kind, ein Schwachsinniger, ein Feigling. Und er mußte der Erwachsene sein, mußte die ganze Last alleine tragen.

Zwei Minuten vergingen so, dann fror ihn, er schloß das Fenster mit schon fast steifen Händen und kehrte an seinen Schreibtisch zurück. Er setzte sich aber nicht, sondern ging hinüber zu einem der Armsessel.

Los, ja. Alle erledigen. Sowjetische Heeresgruppe Nord – Praporowitsch, und Dolochow. Sie ausschalten und die Invasion von Skandinavien stoppen – ganz einfach, wenn man sichergehen konnte, sie im Freien zu treffen, in den Rücken, als leichte Ziele. Wenn man wüßte, daß dies das Ende wäre, daß nur sie es waren, die Befehle erteilten, und daß alle übrigen, die dahinterstanden, sowieso nicht in der Lage wären, die Invasion anzuführen...

Oder das ganze Politbüro verhaften – oder, je nachdem, das Zentralkomittee, und das Parteisekretariat ebenfalls. Nur ein paar hundert, vielleicht tausend Verhaftungen, um ganz sicherzugehen.

Und man könnte sich sagen, daß Praporowitsch und Dolochow nichts in die Wege leiten würden.

Den Anführer finden und alles stoppen...

Solange man gewiß sein konnte, daß die Moskauer Garnison alles im Alleingang macht.

Er wünschte sich, nackte Gewalt anwenden zu können, ja, gab sich selbst gegenüber zu, Fjodors Argumente hatten weniger mit Vernunft zu tun als mit der Panik eines bedrohten Tieres – weil er selbst so ein bedrohtes Tier war.

Aber er mußte – was Chamowkin in seinem Wutanfall nicht konnte – der harten, brutalen Tatsache ins Gesicht sehen, daß nackte Gewalt nicht ausreichte. Daß es das einfach nicht gab: eine vollständige, zufriedenstellende Lösung, keinen Weg, um alles auszulöschen, zu *vernichten*. Eine Tyrannei – ja, so nannten die Zeitungsschreiber dort draußen seinen Machtbereich, die Unzufriedenen, die Dissidenten, selbst einige der Gauner, die dazugehörten –, eine Tyrannei war machtlos, war unfähig, sich selbst zu schützen.

Eine Tyrannei allein genügt nicht...

Er wollte auflachen, aber sogar jetzt hatte er dazu nicht genügend Abstand zu sich selbst.

Chamowkin hatte sich umgekleidet – rasiert und gewaschen, dann ein sauberes Hemd angezogen, eine Krawatte, einen anderen Anzug; einen Augenblick lang hatte er überlegt, das Schlafzimmer war noch durch Fensterläden und Vorhänge abgedunkelt, seine lange Unterwäsche zu wechseln. Aber er ertrug nicht die Vorstellung einer so wörtlichen Nacktheit noch den Anblick seines fröstelnden alten Körpers in dem hohen Spiegel. Als er den großen Raum betrat und die beiden auf ihn wartenden Sicherheitsbeamten sah, deren Gesichter mehr von dem Holzfeuer im Kamin als von den Lampen oder dem Licht aus dem fernen Fenster angestrahlt wurden, schreckte er zurück, als sei er der König ohne Kleider.

Aubrey gewann den Eindruck eines Kriegsherrn in grauem Anzug, der wohl ein Opfer seiner Zweifel und offenbar nicht allzu selbstsicher war. Diese greifbare Unsicherheit wurde durch eine zuversichtliche Haltung allerdings nur schlecht kaschiert. Buckholz sah in ihm eine viel einfachere Gestalt – den Vertreter eines fremdländischen Systems, dem es um einen angemessenen Auftritt ging, und ein Mann, dem sein Präsident – dessen Stellvertreter Buckholz war – Ultimaten gestellt hatte.

»Mr. Aubrey – Mr. Buckholz«, sagte Chamowkin, wobei er ihnen winkte, wieder in ihren Sesseln bei dem Kamin Platz zu nehmen. Niemand sonst war in dem hohen Raum; Chamowkin sprach besser Englisch als die meisten seiner Vorgänger, und er hätte einen Mangel an Vertrauen nicht dadurch zum Ausdruck gebracht, daß er einen Sicherheitsbeamten im Raum gelassen hätte.

»Herr Generalsekretär, wir danken Ihnen, daß Sie uns so bald empfangen konnten«, murmelte Aubrey ehrerbietig, während Chamowkin mit dem Rücken zu dem Kaminfeuer stand, um sich zu wärmen. Ein Kriegsherr, dachte Aubrey, und sah zu dem nicht identifizierbaren Ritterwappen über dem Kamin hinauf. Doch war nichts Ritterliches in seinem Gesicht noch in seiner Haltung.

»Natürlich. Sie sind also jetzt beglaubigte Vertreter Ihrer Regierungen. Sie sind – legitimiert worden, hm?« Chamowkin lachte.

Aubrey nickte kurz. »So ist es, Sir.«

»Dieser Morgen steht mir für meine – Geschäfte zur Verfügung. Bitte fahren Sie mit Ihrer Beratung fort, meine Herren.« Um die vertrauliche Atmosphäre noch etwas zu verstärken, winkte er ihnen mit beiden Händen zu und setzte sich dann ihnen gegenüber auf die andere Seite des Kamins. Die Helligkeit des Feuers betonte seine eckigen Gesichtszüge mit Schatten und Lichtflecken, und Aubrey fand, daß diese Wirkung absichtlich herbeigeführt worden war, wie auf einer Bühne.

»Herr Generalsekretär...«, begann Buckholz, wobei er sich über die erzwungenen Formalitäten insgeheim ärgerte. »Dieser Besuch ist eigentlich ein Folgetreffen, wenn Sie verstehen, was ich damit meine. Der Präsident möchte, daß ich Fragen, die für unsere beiden Länder von Bedeutung sind, ausführlicher bespreche...« Er schwieg plötzlich, als habe er sich in einem diplomatischen Netz verfangen. Dann fügte er hinzu: »Sie wissen ja, warum wir hier sind, Sir.«

»Natürlich weiß ich das.« Aubrey fing sein Zögern auf, er merkte, daß Chamowkin vor dem Thema zurückschreckte.

»Okay, Sir. Dann verstehen wir einander. Ich muß Ihnen gegenüber klarstellen, Sir, daß mein Land Krieg *führen* wird, wenn es sich dazu gezwungen sieht. Der Präsident und seine Alliierten in der NATO machen sich erhebliche Sorgen über die Entwicklungen innerhalb der Sowjetunion, insbesondere wegen Truppenkonzentrationen im nordeuropäischen Bereich so kurz vor dem Datum der Unterzeichnung des Abkommens...« Buckholz hatte das Konzept verloren, die Rede mit dem Schluß begonnen und das Ultimatum als Eingangsthema verschenkt.

Aubrey sprang ein. »Herr Generalsekretär, unsere gemeinsam arbeitende Abwehr ist im Besitz von Informationen, die den starken Verdacht zulassen, daß das Sowjetische Oberkommando plant, Truppen in Finnland und Norwegen eindringen zu lassen, vielleicht um Sie und die legitime, *gewählte* Regierung der UdSSR in dem Augenblick zu bedrohen, wenn Sie und Präsident Wainwright das Abrüstungsabkommen von Helsinki unterzeichnen – in zwei Tage also.« Er machte eine Pause, während Buckholz mit zusammengepreßten Kiefern und in den Sessel zurückgelehnt ihm das Sprechen überließ. Chamowkin schwieg, aber Aubrey war sich der Anspannung bewußt, die daraus entstehen mußte, wie der Russe seine Worte aufnahm.

Er fuhr im selben Tone fort: »Was Mr. Buckholz in seiner Stellung als Vertreter seiner Regierung, und ich selbst, von Ihnen wünschen, ist Ihre Zusicherung, daß Ihnen diese Dinge nicht fremd sind und daß Sie bisher und auch in Zukunft erfolgreich damit umzugehen wissen.«

Aubrey wartete. Er hatte dem Parteisekretär eine goldene Brücke gebaut, die es ihm erlaubte, sein Gesicht zu wahren. Chamowkin richtete sich in seinem Sessel auf und sagte: »Also gut, Mr. Aubrey. Sie waren sehr freundlich zu mir, und ich werde es auch sein.« Er erhob sich und stellte sich, mit dem Rücken zu dem Feuer, an den Kamin.

»Die Unzufriedenheit der Armee gegenüber unserem für beide Seiten nützlichen Abkommen kennen Sie genausogut wie wir. Ich will Ihnen nicht verheimlichen, daß wir seit langem den Verdacht haben, daß gewisse Elemente in der Roten Armee versuchen könnten, eine undiplomatische, un*demokratische* Aktion gerade zu dem Zeitpunkt zu starten, zu dem das Abkommen unterzeichnet und ratifiziert wird. Der Sicherheitsdienst der Sowjetunion hat eingehende Untersuchungen in allen Teilen der Sowjetunion und in den Gebieten unserer Alliierten im Warschauer Pakt vorgenommen, um mögliche Zentren einer Unzufriedenheit und Subversion festzustellen...« Er sah die beiden Männer abwechselnd an. Aubrey kam es für einen Moment so vor, als stünde er vor einem Tapezierer bei seiner Arbeit, war sich aber des Grundes für diese Respektlosigkeit, selbst in einem so entscheidenden Augenblick wie diesem, nicht bewußt.

»Wir müssen sehr vorsichtig vorgehen, und das werden gerade Sie, meine Herren, sicher verstehen. Wir wollen nämlich nicht das, was wir gerade verhindern wollen, vorzeitig auslösen.« Er lächelte – es wirkte wie eine Übung der Gesichtsmuskeln. »Wir sind aber jetzt – und ich habe soeben von dem KGB-Vorsitzenden Andropow die Bestätigung hierfür erhalten – soweit, daß die Anführer dieser Verschwörung gegen den Frieden eindeutig identifiziert worden sind, daß uns ihre Pläne bekannt sind – und daß ihre *Verhaftung* unmittelbar bevorsteht!« Sein Arm beschrieb eine ausladende Geste, wie bei einem Schauspieler, und die dabei geöffnete Hand schloß sich zu einer Faust, um das Gesagte wirkungsvoll zu unterstreichen.

»Wir sind Ihnen für diese Zusicherung sehr dankbar, Sir«, sagte Aubrey mit sanfter Stimme. »Wir verstehen, daß Sie nicht den Rückzug Ihrer Truppen anordnen können – was Sie offensichtlich gern tun würden –, solange diese Dissidenten nicht hinter Schloß und Riegel gebracht wurden. Ich bin überzeugt, daß mein Kollege – und seine Regierung – beruhigt sein können, ebenso wie die Regierung des Britischen Königreichs.« Er neigte den Kopf mit einer theatralischen Geste. Chamowkin beobachtete Buckholz sorgfältig.

»Ich danke Ihnen, Herr Generalsekretär«, begann der Amerikaner, »für Ihre offenherzigen Äußerungen. Ich werde Ihre Aussagen dem Präsidenten mitteilen. Trotzdem möchte ich Sie wissen lassen, daß Sie seiner Wertschätzung gewiß sein können – und daß er bei Tagesanbruch des Vierundzwanzigsten Truppen in den Nordabschnitt senden wird! Es sei denn, Sie hätten bis dahin selbst für Ordnung gesorgt.«

Ein leichter Schauer durchlief Chamowkin, doch kam es Aubrey wie unterdrückte Wut vor.

»Ich nehme den Hinweis Ihres Präsidenten zur Kenntnis, Mr. Buckholz. Doch wird die Situation, die Sie mit einer solchen – Ruhe – angehen, nicht entstehen. Wie ich Ihnen schon sagte, werden die Anführer der Verschwörung innerhalb der nächsten vierundzwanzig Stunden verhaftet werden!« Seine Stimme war leicht außer Kontrolle geraten, aber nicht um des Effektes willen. Chamowkin hat die Grenzen der Diplomatie erreicht, dachte Aubrey und wußte, daß es keine Hoffnung mehr gab. Er hielt einfach keine Trümpfe mehr in seiner Hand. Er wollte das Unmögliche.

Aubrey sprang in die Gesprächspause ein und sagte: »Da ist noch etwas, Herr Generalsekretär. Im Interesse Ihrer *persönlichen Sicherheit*, Sir, schlagen wir vor, daß für Lahtilinna ein neues Sicherheitsteam zusammengestellt wird, aus *unseren* Abwehrdiensten.«

Chamowkin war sichtlich verwirrt. »Aber warum denn, meine Herren? Meine Sicherheitsbeamten sind von dem KGB-Vorsitzenden selbst ausgesucht worden.« Die Spur einer Angst war herauszuhören, die eigene Stellung, ganz persönliche Angst. Auch Verwunderung. Ärger.

»Sir, wir haben einen Verdacht – wenn auch nicht mehr –, daß Ihre persönliche Sicherheit bedroht ist, solange Sie in Finnland sind. Dieser Gedanke muß eigentlich auch Ihnen schon gekommen sein. Wenn man sich die möglichen Folgen der Verschwörung gegen Ihre Regierung überlegt, dann ist es nicht ganz ausgeschlossen, daß man gegen Sie vorgehen könnte...«

»Dann wäre ich Ihr Gefangener?«

»Unser Schützling, Sir. Nicht mehr als das.«

Stille folgte. Chamowkin war unentschlossen, ob er sich hinsetzen oder lieber stehen bleiben sollte. Das Feuer knisterte und knackte.

»Wir würden die Gruppe gern ab heute abend einsetzen, Sir.« Buckholz freute sich schon im voraus auf den kleinen Sieg. »Aber Sie müssen sich das Ganze natürlich überlegen. Jedenfalls haben wir unsere Leute bereits ausgewählt. Mit ihnen werden Sie *sicher* sein.« Das Angebot war bestechend.

»Ich werde diesen – Schritt bedenken«, sagte Chamowkin langsam. »Natürlich mit meinen Beratern.« Eine ausgreifende Armbewegung folgte. »Und jetzt bitte ich Sie, mich zu entschuldigen, meine Herren. Ich habe noch viel zu tun.«

»Selbstverständlich, Sir«, sagte Aubrey, indem er aufstand und sich leicht verbeugte. »Wir danken Ihnen, daß Sie uns empfangen haben.«

»Ja – vielen Dank«, fügte Buckholz hinzu, als habe ihn jemand an seine guten Manieren erinnert.

Nachdem sie gegangen waren, starrte Chamowkin lange in das Feuer, und ihm war, als sehe er in einen Tunnel – die Flammen bemerkte er kaum, er sah nur den rußgeschwärzten Hintergrund des Kamins. In diesen Tunnel lief er hinein, und ein riesiger Zug, die Sowjetunion, kam donnernd und polternd hinter ihm hergefahren, und kam immer näher, immer näher.

Als die beiden Männer die Stufen der Schloßtreppe hinunterstiegen, sagte Aubrey: »Das ist gut gelaufen, Charles. Wir hätten schon öfters zusammenarbeiten sollen.«

Buckholz grinste. »Warum glaubt Ihr Briten bloß immer, daß die göttliche Vorsehung euch allein mit den Künsten der Diplomatie gesegnet hat, und wir Provinzler immer die Strohmänner sein müssen? Das nächste Mal bin ich derjenige, verlaß dich drauf, dann spielst du aber die Nebenrolle!«

»Klar, Charles. Aber diesmal kam's gar nicht so sehr darauf an. Chamowkin verläßt sich auf ein Wunder – und deshalb bleibt auch uns nichts anderes übrig.«

»Verdammt, ja. Ich möchte nur wissen, welche Rolle der KGB hier spielt. Wenn sie schon mal 'nen großen Fisch haben, reißt ihnen bestimmt die Angelschnur!«

»Mach dir nichts draus, Charles. Ich glaube, wir sollten uns jetzt lieber um die Sicherheit dieses einen Mannes kümmern. Und um die Identität von diesem Ozeroff. Damit haben wir bis zum Vierundzwanzigsten noch genug zu tun.«

Der Engländer stand kurz vor dem Zusammenbruch – innerlich war er vielleicht schon gebrochen. Die Intensität, mit der er versuchte, *Kutusow* wahrzunehmen, war eigentlich schon ein Anzeichen für die Auflösung seines Selbst, für den nachlassenden Bezug zu seiner eigenen Realität und seiner wahren Situation. Nowetlin stand zurückhaltend und schweigsam neben *Kutusow.* Ein fauliger Geruch war in der engen Zelle, die von einem schmalen, vergitterten Fenster hoch oben nur schwach erhellt war. Es war Folleys Geruch, als verfaule etwas unter der verschmutzten Kleidung, etwas in diesem Menschen.

»Also, Herr Oberst?«

»Ja?«

»Werden wir etwas Wichtiges erfahren, oder nicht?«

Folley blinzelte und erhob sich etwas von dem schmutzigen Lager, als bemühe er sich, zu verstehen, oder sich ganz einfach wachzuhalten. Kraftlos sank der Körper wieder nach unten. *Kutusow* war von dem Anblick zwar irgendwie bewegt, empfand aber kein besonderes Gefühl dabei.

»Vielleicht. Was er weiß, wieviel er weiß – das ist eben die Frage.« Nowetlins Stimme klang so, als habe er den Engländer schon abgeschrieben, als gebe er nichts mehr darauf. *Kutusow* ärgerte sich über diese Einstellung.

»Dann bin ich also umsonst aus Leningrad gekommen.«

»Wenn Sie seinetwegen hier sind, vielleicht ja.«

Natürlich war Nowetlin der Grenzzwischenfall zu Ohren gekommen, ebenso die Flucht eines der Agenten in Helsinki. Vielleicht war das der Grund für seine Gleichgültigkeit. Nur brachte ein gleichgültiger Vernehmungsoffizier eben nichts Wichtiges in Erfahrung.

»Was wissen die anderen?«

»Als sie ihn losschickten, wußten sie weniger als jetzt.«

Kutusow hatte plötzlich genug von dem Gestank und der Enge.

»Gut, lassen wir's. Der Marschall wird inzwischen eingetroffen sein.«

»Und was ist mit dem?«

Folleys Körper lag da, als bitte er um etwas, nur seine Augen starrten ausdruckslos wie die eines Irren. Die Körperhaltung konnte zufällig sein, kraftlos, fast schon leblos.

»Lassen Sie ihn zunächst noch hier. Vielleicht wird er später noch ganz nützlich sein – in einem Schauprozeß, oder so etwas.« *Kutusow* schien mit diesem Ausweg ganz zufrieden, als erkläre das die leichte Abneigung, die er Folley gegenüber gespürt hatte. »Das wäre möglich. Als Agent der westlichen Imperialisten – ein Kurier auf dem Weg zu der Chamowkin-Clique. Ja. Halten Sie ihn am Leben.«

Eine Treppe höher erwartete ihn Praporowitsch in Zivilkleidung in dem Wohnzimmer des alten Hauses. Als *Kutusow* hereinkam, umarmten sie sich und küßten sich auf die Wange. *Kutusow* hielt sich den Marschall für einen Moment auf Armeslänge, sah ihn an und lächelte.

»Sie sehen müde aus, Grigorij Iljitsch.«

Praporowitsch winkte ab. »Der Vierundzwanzigste wird auch das in Ordnung bringen!« Beide lachten. »Man ist mir nicht gefolgt«, fügte Praporowitsch hinzu.

»Trotzdem, das ist das letzte Mal, daß Sie das Hauptquartier verlassen dürfen, bevor die Dinge angelaufen sind.«

»Ja, vielleicht. Ich werde jetzt aufpassen.«

»Ich weiß.«

»Und Ossipow...?«

»Er hat Anweisung, Ihnen sämtliche Instruktionen, Zeitpläne, überhaupt alles über Funk mitzuteilen.«

»Wir brauchen mindestens vierundzwanzig Stunden für Anmarsch und Transport.«

»Ossipow weiß das.«

»Schade, daß es schon so spät ist – es ist einfach wichtig!«

Kutusow setzte sich in seinen Sessel und sah Praporowitsch an. Zu Diskussionen verspürte er jetzt keine Lust.

»Wir konnten es nicht dem Zufall überlassen – die Übungen für chemische Kriegführung finden *jährlich* statt. Im letzten Jahr haben wir es verpaßt und mußten warten. Auch Soldaten halten nicht den Mund, Grigorij Iljitsch – aber in diesem Fall muß nun einmal geschwiegen werden. Ossipows Leute glauben, daß sie nur eine ganz normale Übung machen...« Praporowitsch hob die Hand.

»Alles in Ordnung, mein Lieber. Wir wollen doch nicht miteinander streiten. Solange die Säuberung auf die Minute genau eingehalten wird, mache ich mir keine Sorgen.«

»Das wird sie. Von jetzt ab erfolgt Funkverkehr für *alles*, bei stündlicher Änderung des Codes. Sagen Sie das Dolochow.«

Praporowitsch nickte. »Und was ist Ihr Anteil daran?«

»Walenkow ist in den Untergrund gegangen. Der KGB weiß das, kann aber nichts dagegen unternehmen. Walenkow wird um 6 Uhr früh bereit sein, wenn ich die Anweisung gebe, um mit seinen Panzern ins Zentrum von Moskau vorzustoßen. Sie werden Stellungen im Kreml und darum herum einnehmen, ebenso in der Dscherschinskij-Straße – eine Kraftentfaltung. Andropow wird von einem Sonderkommando zu Hause *abgeholt*. Dasselbe geschieht mit den Mitgliedern des Politbüros. Was den Verräter Fjodor betrifft – um den wird man sich kümmern.«

»Er muß zurückkommen, vor Gericht gestellt...«

»Ohnehin. Dafür ist schon gesorgt.«

Praporowitsch nickte widerwillig. »Die SHGD meckert immer noch darüber, daß sie nicht beteiligt wird«, bemerkte er.

»Sie werden doch nicht loslegen?«

»Nein. Marschall Bezenkow wird die Finger davon lassen. Die Operation ›1812‹ kommt um 6 Uhr früh zum völligen Stillstand, wie Sie befohlen haben.«

»Gut.«

Kutusow stand auf, ging zu dem Schrank mit Flaschen in einer Ecke des Zimmers, goß zwei Gläser mit Wodka ein, um dann mit Praporowitsch anzustoßen. Er hob sein Glas und genoß die Geste sichtlich.

»Auf Ihre Gesundheit, alter Freund.«

»Auf die Ihre.« Sie tranken die Gläser aus, und *Kutusow* hielt die Hand des Marschalls für einen Augenblick lang fest.

»Ich muß am Leben bleiben, weil Walenkow ohne mich niemals seine Garnisonsregimenter auf die Straßen von Moskau schicken wird. *Sie* müssen am Leben bleiben, weil die Armee ohne Sie keinen Führer im Norden haben wird. Denken Sie daran, wenn Sie heute oder morgen in Versuchung kommen, auf die Straße zu gehen, alter Freund.«

Praporowitsch nickte. Dann warfen sie gemeinsam ihre leeren Gläser in den Kamin. Praporowitsch lachte schallend, es war das Lachen eines jungen Mannes. Nach einem Moment begann auch *Kutusow* zu lachen.

Der Detektiv in Helsinki war schweigsam und zurückhaltend, als versuche er bewußt, weder Davenhill noch dessen in der Schlinge getragenen verletzten Arm wiederzuerkennen. Er hatte natürlich seine Anweisungen – und wenn er sich dabei schon nicht wohl fühlte, so war es ihm wenigstens eine Genugtuung, daß auch dieser blasse Engländer sich in der kühlen Leichenhalle nicht allzu gern aufhielt. Diplomatie, Abwehrdienste, das Recht verdrehen wie man gern will – diese Gedanken bewegten sich in seinem Hinterkopf.

»Wenn Sie wollen, lasse ich Sie jetzt allein, Mr. Davenhill«, sagte er, indem er eine riesige Schublade aus einem Metallschrank aufzog, die für gigantische Akten bestimmt schien. Obwohl Davinhill wußte, was auf ihn zukam, erschrak er, als er das weiße Laken sah, dessen verborgene Umrisse ihn plötzlich abstießen.

»Wollen Sie denn nicht meinen Ausweis sehen?« entfuhr es ihm.

»Natürlich, nachher dann...«

»Ich...«

Der Detektiv zog das Laken weg wie ein Zauberkünstler. Waterfords Gesicht starrte sie an. Davenhill konnte sich die Augen unter diesen geschlossenen Lidern vorstellen, wie sie unzufrieden über die *Gewöhnlichkeit*, die Langeweile des Totseins, glühten. Davenhill nickte. Dann erinnerte er sich an seinen Auftrag.

»Ja, das ist Mr. Alan Waterford vom Britischen Diplomatischen Dienst.« Es war unglaublich, im Grunde eine Beleidigung. Der Detektiv akzeptierte diese krasse Lüge, die vereinbarte Version der Identität.

»Danke, Mr. Davenhill.«

Davenhill starrte in die Schrankschublade. Er hörte nicht, wie der Detektiv nach draußen ging, um dort auf ihn zu warten.

Staatsbeamter – Großer Gott! dachte er. Endlich ist es ihnen gelungen, Waterford in eine Kategorie einzuordnen, aus der er sie nicht mehr bedroht, der er nicht mehr entkommen kann. Waterford, der Killer, der Planer, der verzweifelt Kämpfende – ein *Beamter*.

Davenhill fühlte nur noch die Ironie seiner Worte, seiner Identifizierung. Er fühlte nicht, daß Waterford ihm das Leben gerettet hatte, und das mehr als einmal. Er konnte nicht die Person wahrnehmen, die Waterford einmal gewesen war. Betroffen war er vielmehr von einem Gefühl der Einsamkeit, das nichts mit dem weißen Raum, den etikettierten Schubladen, dem Tisch mit dem Abfluß in der Mitte des gefliesten Bodens, den an der Tür hängenden weißen Kittel zu tun hatte. Es war eine Einsamkeit, die nichts mit ihm zu tun hatte, sondern mit Waterford. Mit dem lebendigen Waterford, nicht mit dem toten.

Alberne Tränen brannten in seinen Augen, und um sie loszuwerden, knallte er die schwere Schublade wieder zu. Das Geräusch hallte wider von den weißen Wänden und von den hellen Bodenfliesen.

Worontsjew saß zusammengepfercht in einem engen Wassergraben und starrte auf die automatische 9-mm-Makarow in seinen Händen. Hände, die so dicke Handschuhe trugen, daß er die Pistole gerade noch entsichern konnte. Acht Schuß im Magazin, und drei Patronenrahmen in den Taschen. Das bedeutete zweiunddreißig Kugeln zu je 244 Milligramm zwischen ihm und den gesamten Streitkräften von Ossipows Militärdistrikt Fernost. Er brachte es nicht fertig, sich vorzustellen, wie viele Divisionen an diesem Ende der Sowjetunion aufgestellt waren.

Lachhaft.

Sein Atem war jetzt weniger scharf, und sei Herz schlug ihm nicht mehr in den Ohren. Er mußte stundenlang gelaufen sein.

Hier saß er jetzt seit fast einer Stunde. Es war Viertel nach zwölf, der Zweiundzwanzigste. In Moskau, acht Stunden entfernt mit dem Düsenflugzeug, war es jetzt – ja, was? Mitternacht.

Mit einer Kopfbewegung verwarf er den Gedanken. Es war unwichtig. Viel wichtiger war, daß er sich jetzt die größere 9-mm-Stechkin wünschte, mit einem 20-Schuß-Magazin, größerer Reichweite, besserer Automatik, als die eher ungünstige Makarow.

Er mußte laut lachen, wenn er sich die Wirkungslosigkeit einer dieser Waffen gegen einen T-54 oder selbst gegen einen Zug Soldaten vorstellte, die jetzt aus einem gepanzerten Mannschaftswagen springen könnten.

Er suchte ungeschickt nach der Landkarte in seiner Tasche, dann faltete er sie so lange zurecht, bis er seinen Standort gefunden hatte. Er verglich ihn mit dem Sonnenstand, nahm dann den Kompaß, prüfte die Bodenerhebungen im Gelände – genau hier, an dem Rand des langen Waldvorsprungs, der dem enger werdenden Tal folgte, in südlicher Richtung.

Er war etwa fünfundzwanzig Kilometer vom Stadtrand von Chabarowsk entfernt.

Instinktiv duckte er sich, als er das Geräusch eines Hubschraubers hörte, der das enge Tal von Süden her heraufkam. Er lag genau unter den Bäumen, in einem olivgrünen Anorak und braunen Hosen, eingezwängt in ein schmales, trockenes Bachbett. Das Geräusch wurde jetzt lauter, und unwillkürlich bedeckte er seinen Kopf und sein blondes Haar mit den Armen. Jetzt war der Hubschrauber direkt über ihm, und er konnte den leichten Abwind spüren, der Schmutz aufwirbelte. Die Baumwipfel schwankten in dem künstlich erzeugten Wind hin und her.

Dann ebbte das Geräusch nach Norden ab. Der Pilot und der Beobachter hatten wohl gehofft, daß der Wind die Bäume ähnlich wie das Rote Meer teilen würde, gerade lange genug, um einen fliehenden Mann zu erkennen. Er wartete, in sich zusammengekauert, weil er jetzt wußte, nach welchem Plan sie vorgehen würden.

Zwei Minuten später erschien der zweite Hubschrauber. Sie konnten aber nicht ernsthaft annehmen, daß er in dieser kurzen Zeit so weit gekommen war – wahrscheinlich waren es die Hubschrauber, die zunächst den Begleitflug mitgemacht und ihn dann verloren hatten.

Er stand auf und klopfte sich den Schmutz von der Hose, dann stieg er aus dem Graben. Auf dieser Seite des Tals lag kein Schnee, sie war der Sonne zugekehrt. Das Wetter war fast frühlingshaft mild. Er hatte sogar das Summen von Insekten in dieser unglaublichen Stille gehört.

Ein unbestimmter Plan war in ihm entstanden – in Zusammenhang mit einem gewissen ehrgeizigen Wunsch, der wohl mit seiner Kindheit zusammenhing. Sicher kein eindeutiger Aktionsplan. Aber mehr war für ihn im Augenblick nicht drin. Er wollte Chabarowsk erreichen, wenigstens den Stadtrand, und sich erst nach Einbruch der Dunkelheit auf den Weg machen.

Es war ihm zwar klar, daß er nach Chabarowsk nicht hineinkam und auch nicht in sein Hotel zurückkehren konnte. Ebensowenig konnte er sich auf Blinn und die übrigen Gerichtsbeamten verlassen, noch auf die Ersatz-Offiziere vom KGB, die aus Moskau eingeflogen waren. Eine kleine, machtlose Gruppe. Auch der Versuch, in Chabarowsk ein Flugzeug zu nehmen, war hinfällig – der Flugplatz lag zwar außerhalb der Stadt, wurde aber mit Sicherheit inzwischen stärker bewacht, oder würde es in Kürze sein. Man würde ihn aus einem fadenscheinigen Grund verhaften, und zwar durch eine GRU-Abteilung, und dann ins Hauptquartier des Militärdistrikts bringen.

Und dann, dachte er, geht das Licht endgültig aus.

Jenseits der Bäume öffnete sich das Tal. Er sah auf die Karte. Hinter dem Tal lag eine kleine Ortschaft – Nikolejew –, wo die Berge und Wälder unvermittelt den Raum freigaben für Weiden und Grasland. Dann schwang das Land wieder auf, teilte sich in mehrere Täler, um am Fuße einer langgestreckten Hügelkette in die Niederung abzufallen, in der Chabarowsk lag.

Einmal dort angelangt, würde er einen Wagen brauchen. Ob er ihn sich widerrechtlich beschaffte oder nicht, war gleichgültig. Wahrscheinlich befanden sich schon Truppen in der Stadt. Auch das spielte keine Rolle. Er mußte hinkommen, und er brauchte einen Wagen. Nur mit einem Fahrzeug konnte er hoffen, das Treffen einzuhalten, das in seinem Denken immer vorrangiger wurde.

Auf einem kleinen Hügel sah er eine Art Hütte, einen guten Kilometer von seinem Standort entfernt. Kein Haus, vielleicht eher ein Schober für Wintervorrat.

Vorsichtig löste er sich von den Bäumen, als erwarte er im nächsten Augenblick, daß ein Hubschrauber über den Baumwipfeln auftauchen würde. Seine Augen tasteten den Himmel ab, wobei er sich auf den Fersen drehte, bis ihm schwindlig wurde. Nichts. Er begann zu rennen.

Der Boden war mit Grasbüscheln bewachsen, dazwischen lag mit scharfkantigen Steinen übersäte nackte Erde, was ihm das Vorwärtskommen erschwerte. Er lief so vorsichtig wie möglich, den Blick unmittelbar auf die vor ihm liegende Strecke gerichtet, während er sich im stillen unaufhörlich anschrie, daß es heller Wahnsinn sei, sich derart zu exponieren und so idiotisch langsam über diesen knappen Kilometer Gras und Steine zu laufen.

Sein Atem wurde schwerer, die Schritte automatischer, und sie kosteten ihn größere Anstrengung. Er überlegte sich die Nutzlosigkeit, hier in schnellem Lauf einen Kilometer zurückzulegen, wenn ihn Tausende von Kilometern von den Menschen trennten, die ihm helfen konnten, mehr noch: ihn schützen konnten. Sein Atem klang jetzt, als würde Stoff zerrissen, irgend etwas in ihm, das noch menschlich gewesen war, zerriß langsam zu einem Putzlumpen.

Er zwang seine Beine, sein Körper beugte sich stärker zur Erde, er stolperte jetzt öfter und bemühte sich, sein Gewicht stets so zu verlagern, daß er sich nicht einen Fuß verstauchte. Er konnte die Körperwärme fühlen, wie er jetzt in Schweiß ausbrach. Die Hütte schien kaum näher zu sein als das letzte Mal, als er nach ihr Ausschau gehalten hatte. Vielleicht noch hundert Schritte, nein, sicher zweihundert, mindestens.

Dann hörte er das Geräusch eines Hubschraubers hinter sich. Es wirkte wie ein zermürbendes Gas, so daß die Beine nachgaben, als hätte er schon aufgehört zu laufen.

Taumelnd drehte er sich um. Der kleine Aufklärungshubschrauber, ähnlich wie der zivile, mit dem er gekommen war, flog etwa fünfzig Meter hoch und kam über das Gras hinweg gerade auf ihn zu – ein schwarzes Insekt, das er knapp über den Baumspitzen ausmachen konnte.

Er nahm wieder seine Richtung auf, stolperte erneut, und es war ihm, als bewege er sich jetzt durch ein hinderliches Element. Das Geräusch hinter ihm wurde lauter: er stolperte vorwärts, ohne sich um Grasbüschel und Steine zu kümmern, und wartete nur noch auf den Schatten des Hubschraubers, auf das Wehen des Grases unter dem Abwind.

Die Hütte auf dem Hügel begann zu schwanken, als er zu ihr hinsah, oder täuschten ihn nur die Sinne? Sein Atem ging noch rissiger als vorhin, und sein Herz schlug wie wild. Und bei alldem das Erkennen der Nutzlosigkeit, dieses stupide Davonrennen in blinder Panik, bloß um zu rennen, um Tausende von Kilometern fern von aller Sicherheit.

Dreck spritzte neben ihm auf, kleine Steine, Gras, jetzt auch vor ihm. Gewehrfeuer. Das Geräusch der Drehflügel überdröhnte die Schüsse. Es war kein Kampfhubschrauber, hatte aber einen Schützen an Bord. Wieder spritzte die Erde auf, er sah, wie sie gegen seine Stiefel flog, wie aufgewirbelter Sand.

Dann blieb ihm die Luft plötzlich weg, und seine Schulter schmerzte grausam, als er an der Hütte anlangte und wie blind dagegen stieß. Er sah auf und der Schatten des Hubschraubers zog über ihn hinweg. Weißes trockenes Holz splitterte direkt vor seinem Gesicht, als der Schütze mit der AK-47 eine ganze Salve abschoß, bevor er hinter der Hütte verschwand.

Er japste laut nach Luft – nur ein einziger tiefer Atemzug würde ihm reichen, während das Blut in seinen Ohren hämmerte – und warf sich gegen die Tür. Erneut splitterte Holz – er hörte es gut, obwohl der Hubschrauber jetzt wieder lauter wurde –, und dann fiel er ins Dunkle, das nach gelagertem Futter roch, und taumelte gegen aufgeschichtete Heubündel.

Eine Reihe aufgerissener Löcher ging durch eine der Wände, durch die jetzt die Sonne schien, als sei der Boden mit gelben Blutflecken besät. Ganze Salven prasselten jetzt gegen die Hüttenwände. Er begrub seinen Kopf unter den Armen und versuchte sich zum Schutz zwischen die sperrigen Heuballen zu zwängen. Kugeln schlugen in den festgetretenen Boden neben ihm und wurden von dem Heu weich aufgefangen. Mit den Händen hielt er sich die Ohren zu.

Jetzt kam das Dröhnen des Hubschrauber so nah, daß es ihn und die ganze Hütte zu verschlingen drohte.

Wie lange es dauerte, wußte er nicht, nur daß das Geräusch langsam nachließ, langsamer wurde, schließlich wegblieb. Dann Stimmen, eine Stimme, eine Durchsage über Sprechfunk, offenbar von anderen Einheiten, die ihm ebenfalls auf der Spur waren. Er war gelähmt vor Angst, schwach, unfähig, sich zu bewegen.

Die Tür der Hütte stand halb offen. Er mußte hinaus. Er riß sich hoch und stolperte mit steifen Gliedern zum Ausgang, indem er die Pistole fest in der Hand hielt, ein lächerliches Ding gegen die AK-47, die draußen auf ihn wartete.

Er drückte sich gegen die Wand und sah vorsichtig durch den Türrahmen. Der Soldat, in olivgrünem Kampfanzug, kam langsam auf die Tür zu, die Maschinenpistole im Anschlag. Der kleine MIL stand hinter ihm, die Drehflügel kaum noch in Bewegung. Der Pilot saß über seine Geräte gebeugt und hatte sein Gesicht dem Schützen zugewendet.

Worontsjew ging in die Hockstellung, hielt die Pistole mit beiden Händen, Arme ausgestreckt, und feuerte dreimal, alle ins Zentrum der Zielscheibe, die der Soldat jetzt für ihn geworden war. Der Mann sprang zur Seite, aber nicht mit

Absicht, es war mehr ein Taumeln, als ihn zwei Kugeln in den Magen und die dritte in den Oberarm trafen und er zur Seite fiel. Die AK-47 flog durch die Luft, wobei der kurze Lauf und das gebogene Magazin in der Sonne aufblitzten. Der Pilot wollte gerade die Kabinentür schließen, als Worontsjew, noch in derselben Stellung, jetzt zwei Schritte außerhalb der Tür, auf ihn schoß. Ein roter Fleck auf der Schläfe, dann fiel der Kopf zurück, wobei sein Körper eine seltsam verrenkte Stellung einnahm.

Er ging zu dem Soldaten und drehte ihn mit dem Stiefel um, bückte sich dann, um die Ak-47 aufzuheben, und durchsuchte schließlich die Taschen seines Kampfanzugs nach weiteren Magazinen. Sie waren aber zu sperrig und unhandlich für seine Kleidung; ärgerlich darüber warf er eines weg und stopfte das andere tief in die Tasche seines Anoraks. Dann ging er zu dem Hubschrauber, schubste den Körper des Piloten leicht an und merkte erst jetzt, als er aus dem halbautomatischen Vorgehen wieder zu sich kam, daß er ihn getötet hatte, aber mit dem MIL nicht wegfliegen konnte.

Seine Knie gaben nach und er fühlte Tränen aufsteigen, als er sich das ganze Ausmaß dieser Situation vor Augen führte.

Währenddessen schnarrte es unaufhörlich in dem Funkgerät, aufgeregte Stimmen, die nach der Position verlangten, nach Identifikationen, Truppenbewegungen angaben, über Truppenstärken informierten – in seinem Kopf begann sich alles zu drehen.

Er sah sich um. Im Westen dunkle Flecken am Himmel, jetzt über dem Hügel dort. Größere Hubschrauber. Dort im Osten, in der Bodensenke, knappe zwei Kilometer von hier, bewegten sich dunkle Gestalten und lösten sich aus der Dekkung der Bäume. Die Verfolger waren also schon abgesetzt. Nördlich von ihnen eine Straße, dort entdeckte er herankommende olivgrüne Mannschaftswagen.

Er konnte beobachten, wie sie ihn einkreisten.

Im Süden war bis jetzt noch nichts, Richtung Nikolejew, das Dorf, das er nicht sehen konnte, weil es sich in einer Bodensenke verbarg. Das Gelände war nicht so flach, wie er es von der Karte her vermutet hatte. Um so besser. Baumgruppen standen dort. Er begann zu laufen, wobei ihm die ungewohnte AK-47 jedesmal gegen den Oberschenkel schlug. Die Grasbüschel standen hier dichter, das Gras schien auf dieser Seite des allmählich abfallenden Geländes länger zu sein, und es kam ihm vor, als liefe er gegen Hindernisse, immer waren seine Schritte zu groß, immer kam er aus dem Gleichgewicht.

Während er geduckt weiterlief, prüfte er den Himmel. Nur die Luft war für ihn gefährlich, was sich auf der Erde bewegte, war noch zu weit von ihm entfernt.

Es sei denn, sie würden auch Truppen in Nikolejew absetzen. Wenn sie es nicht schon getan hatten.

Und doch war etwas mit ihm geschehen, wahrscheinlich aufgrund der Todesschüsse, die er abgegeben hatte, durch die er eine eindeutige Überlegenheit gegenüber den zwei toten Feinden gewonnen hatte. Er dachte nur noch auf wenige Minuten im voraus. Das Gefühl für Entfernungen war ihm abhanden gekommen, er kannte nur noch die kurze Distanz zu dem Dorf und die fünfundzwanzig Kilometer bis Chabarowsk. Keine Erwartungen mehr, keine Hoffnungen, kein Luxus des Weiterdenkens. Nur vorwärts, vorwärts.

Er verhielt hinter einem Felsen in einer Talsenke unterhalb der Hütte. Weiter bergab verlief die Straße zu dem Dorf, er konnte die vereisten Pfützen erkennen, die im Schatten der Bäume standen. Einen Augenblick noch blieb er stehen, um wenigstens ein paar normale Atemzüge zu machen, und sprang dann den Abhang hinunter auf die Straße. Der harte Aufschlag ließ ihn vor Schmerz in den Beinen und im Rückgrat aufstöhnen, doch war seine Angst, sich zu verletzen, noch größer als der empfundene Schmerz.

Er überquerte die Straße, die mit dunklen Bäumen bestanden war, und lief jetzt langsamer, in ihrem Schatten, auf Nikolejew zu. Hinter sich hörte er den dumpfen Knall einer Explosion. Er wußte, was es war, und ein Schauder überlief ihn. Einer der Kampfhubschrauber hatte die Hütte mit Raketenfeuer zerstört. Wahrscheinlich nur wegen des getöteten Piloten und wegen des olivgrünen Körpers, der da am Boden lag. Wut, die in Feuerkraft umgesetzt wurde, bevor sich die Vernunft einschalten konnte. Es gelang ihm, seinen noch zitternden Körper zu beruhigen.

Die Straße führte nach einer Windung in das Dorf – verstreute Häuser, eher baufällige Bauernkaten, einstöckig, aus Holz. Er biß sich in den Handschuh, als er sich mit der Hand das Gesicht abwischte. Ein Wagen – *hier etwa?* Das Ganze sah eher aus wie eine vergilbte Fotografie aus einem verstaubten Album; wie Goroschenkos Bilder aus seiner bäuerlichen Herkunft, aus der Steppe. Hühner gackerten auf der Straße, und drüben graste eine Kuh zwischen zwei Häusern. Ein paar Gärten, kaum bepflanzt, mit dunklerer Erde, die sich gegen die hellere der einzigen Dorfstraße abhob.

Er suchte nach einem Laden.

Ja.

Er holfte tief Luft, als hätte er einen kleinen Sieg errungen. Einen Lieferwagen oder so etwas mußte es doch geben. Wenn sie nicht noch alles mit dem Pferdewagen machten.

Er wartete, war bereit, seine Beine drängten ihn nach Bewegung, aber er mußte sich vergewissern, ob nicht schon Verfolger da waren. Je mehr Zeit aber verging, desto wahrscheinlicher würden sie kommen.

Als er endlich aufstand, erschien ein olivgrüner Mannschaftswagen auf dem Hügel am gegenüberliegenden Ende des Dorfes. Stöhnend sank er wieder in den Schatten einer Fichte. Verdammt! Er hatte zu lange gewartet!

12. Der Zug

Der gepanzerte Mannschaftswagen kam an einer Stelle zum Stehen, wo sein Fahrer wohl den Mittelpunkt des kleinen Dorfes vermutete. Die widerwillige Art, in der das Fahrzeug ausrollte und schließlich anhielt, wirkte geradezu verächtlich. Es war ein BTR-152 der Standardbauart, ohne Panzerverdeck. Worontsjew konnte die Köpfe der Soldaten erkennen, zwei Reihen flacher Rotarmistenhelme, die wie Pilze aussahen, oder grün angestrichene chinesische Strohhüte.

Nach dem Stillstand begann das vorn herausragende Kanonenrohr drohend hin- und herzuschwenken. Kein Mensch war zu sehen. Nur der Offizier stand auf, eine automatische Stechkin in der Hand. Er bewegte sich langsam, selbstsicher. Entweder hatte er nichts von den zwei getöteten Soldaten gehört, oder er hatte sich dem schläfrigen Zustand seiner Umgebung angepaßt. Hier konnte einfach nichts passieren, in diesem Mittelpunkt des Nichts und Nirgends.

Schließlich bellte er einen Befehl, und die Soldaten begannen, aus dem Heck des Mannschaftswagens zu steigen. Worontsjew umklammerte die AK-47 fester, als sei sie sein Talisman.

Es waren zwölf Männer. Aus den niedrigen Holzhäusern erschienen jetzt einige Frauen und ein oder zwei alte Männer. Der Offizier sprach eine der Frauen an, die von dem Ton seiner Stimme ungerührt schien. Sie war großgewachsen, mit großem Busen und aufgesteckten Haaren, und trocknete sich gerade die Hände an ihrer karierten Schürze ab. Worontsjew beobachtete die Szene, deren langsamer Fortgang ihn etwas beruhigt hatte, die Gleichgültigkeit der jetzt ausschwärmenden Männer und den schon eine Zigarette rauchenden Unteroffizier. Er konnte sich den finsteren Blick der Frau nur zu gut vorstellen.

Der Offizier ging schließlich weg und befragte einen älteren Mann aus dem Dorf; der zuckte mehrmals mit den Schultern und schien etwas einfältig zu sein. Der Offizier wirkte frustriert, als er zu seinen Untergebenen ging. Er gab seinen Befehl mit vielen ausladenden Armbewegungen, und von da an begann alles etwas rascher abzulaufen. Die Männer gingen jetzt von Haus zu Haus und führten ihren Auftrag mit viel Geschrei und Getöse aus. Offizier und Unteroffizier standen neben dem Mannschaftswagen, zusammen mit dem Fahrer, der ebenfalls rauchte. Der Offizier sonderte sich dann etwas von ihnen ab, als sei dies Herumstehen unter seiner Würde, und beobachtete die Suche.

Sie dauerte kaum mehr als zehn Minuten. Schließlich, auf einen Befehl des Unteroffiziers hin, kehrten die Männer zu dem Mannschaftswagen zurück. Einen kurzen Augenblick lang glaubte Worontsjew unwahrscheinliches Glück zu haben: sie würden Nikolejew verlassen.

Aber dann erkannte er, daß sie zum Ausschwärmen eingeteilt wurden, mit Ausnahme von zwei Posten, die sich an beiden Enden des Dorfes auf der Straße aufstellten. Jetzt konnte er überhaupt nichts mehr unternehmen, das stand fest, zumal der Offizier ständig in allen Richtungen umherspähte, als suche er dringend einen Stuhl, oder etwas zu trinken, dachte Worontsjew.

Trotzdem mußte er weg, denn die Männer würden bald in den Laden kommen, um sich etwas zu essen oder zu trinken zu kaufen. Der Offizier würde unter dem schläfrigen Eindruck, den das Dorf machte, den Dienst sicher etwas lockern. Offensichtlich hatten sie den Auftrag, in dem Dorf zu bleiben, und bis zum Eintreffen neuer Befehle wurden sie an der Verfolgung nicht beteiligt.

Er sah sich die Gegend in unmittelbarer Nähe des Dorfes genauer an. Wenn er vorsichtig genug war, konnte er an Holzstößen entlang und kleinen Stallhütten vorbei zum südlichen Dorfrand gelangen. Nur wenn ihn einer der Dorfbewohner sehen würde, wäre er in Gefahr.

Er stand auf, entspannte seine verkrampften Beine und ging dann nach rechts durch die schmale Baumreihe, bis er von einer leichten Erhebung aus einen Holzstoß jenseits des äußersten der kleinen Holzhäuser sehen konnte. Dieses Häuschen schien nicht bewohnt zu sein, eine Fensterscheibe war zerbrochen und aus dem Schornstein stieg kein Rauch. Vorsichtig bewegte er sich weg von den Bäumen und rutschte halb den Abhang hinunter, wobei er nur innehielt, wenn er sich von einem Holzstoß gedeckt wußte.

Nach ein paar Augenblicken hob er vorsichtig den Kopf. Von hier aus konnte er weder den Mannschaftswagen noch die Soldaten sehen. Er kramte die Karte heraus und studierte sie sorgfältig. Das nächste Dorf war etwa fünf Kilometer entfernt, noch dazu in der falschen Richtung. Er sah auf die Uhr und rechnete sich aus, daß ihm keine Zeit blieb, wenn er sich nicht irgendein Fahrzeug in Nikolejew verschaffte.

An den Mannschaftswagen war natürlich nicht zu denken. Er konnte nicht zwölf Männer, einen Fahrer, einen Unteroffizier und einen Offizier überwältigen, nicht einmal überraschend und mit einer AK-47. Aber bei dem Laden mußte es irgendeine Art von Lieferwagen geben.

Er sah sich die Landstraßen auf der Karte an, in der sogar die Feldwege eingezeichnet waren. Es schien ihm möglich, einen Weg zu finden, ohne sich einer Straße nähern zu müssen, auf der Soldaten fuhren, oder die gesperrt sein würde. Er könnte irgendwie sicher sein, nur eben nicht aus der Luft, wobei immer noch offen blieb, ob die sich die Mühe machen würden, ein ziviles Fahrzeug zu untersuchen.

Aber, der Mannschaftswagen dort...

Hätte er doch dem toten Soldaten die Handgranaten abgenommen!

Wie sollte er von hier fortkommen, ohne verfolgt und verhaftet zu werden? Es war unmöglich, so unmöglich, daß sein Körper erneut wie gelähmt war und er wieder unsicher wurde. Er saß mit dem Rücken gegen die Baumstämme, deren rauhe Rinde ihn schmerzhaft drückte, hielt das Gewehr aufrecht zwischen den Beinen und umklammerte es mit beiden Händen.

Dumm, einfach dumm.

Der Soldat, der auf einmal hinter dem Holzstoß auftauchte, um zu pinkeln, war über Worontsjew ebenso erstaunt wie dieser.

Ein lächerlicher Augenblick. Der Soldat hatte die Hände im Hosenschlitz und sein Gewehr hing ihm über die Schulter. Er war hiflos und sein Mund schnappte auf und zu wie der eines Fisches. Er machte den Eindruck, jeden Moment laut loszubrüllen, aber es war nichts zu hören. Worontsjew selbst bewegte sich so langsam, als müsse er gegen einen Druck oder große unsichtbare Netze angehen. Er hielt das Gewehr in Hüfthöhe, drehte seinen Körper ganz langsam, zielte und drückte ab. Der Soldat sprang zurück, sein Penis hing heraus, dann lag er still und reglos auf dem Rücken.

Ein einziger lauter Schuß.

Diesmal durchsuchte Worontsjew fieberhaft den Kampfanzug des Toten und machte die beiden Splittergranaten los, die dieser bei sich trug. Aus der Ferne konnte er Befehle rufen hören, vielleicht rief man den Toten. Er duckte sich hinter den Holzstoß, packte dann die Stiefel des Soldaten und zog ihn unbeholfen zu sich her, außer Sicht.

Zwölf Männer.

Lächerlich.

Sie kamen angelaufen, planlos und unvorbereitet, weil sie

sich womöglich doch geirrt hatten und der Offizier nur einfach in Panik geraten war und sie ihre Zigaretten wegwerfen mußten.

Worontsjew hob den Arm, holte weit aus und warf dann die Granate mitten unter sie. Dann die zweite. Die Granaten sahen eher wie dicke Konservenbüchsen aus und hatten einen wirksamen Splitterradius von fünfundzwanzig Metern. Die erste explodierte, und er hörte einen dumpfen Einschlag in die Baumstämme auf der anderen Seite. Dann folgte die zweite. Ein dünner Schrei, dann war er auf den Beinen, hob Kopf und Schultern über den Holzstoß und schoß sofort auf die beiden sich noch bewegenden Männer, obwohl sie schon stolperten. Er verfehlte sie nicht.

Einen der Verwundeten konnte er hinter sich hören, wie er irgend etwas Unzusammenhängendes und Schreckliches von seinen Eingeweiden schrie, und dann drückte er sich gegen die Wand eines Hauses, zwanzig Meter weiter, sich vorsichtig um die Ecke versichernd, die Wange gegen das rauhe Holz gepreßt – und sah den Mannschaftswagen, vor dem der ratlose Offizier und der leichenblaß gewordene Unteroffizier standen, etwa fünfzig Meter entfernt.

Der Offizier begann, konfuse Befehle zu schreien, als habe er noch nicht erkannt, daß er nur noch über die halbe Mannschaft verfügte und seinen Auftrag so nicht mehr ausführen konnte.

Worontsjew grinste. Tod, gewalttätiger Tod, und dann siegen, wenn auch nur vorübergehend, erfüllte ihn mit neuer Energie. Später würde er sie verachten, wenn er am Leben bliebe, aber nicht jetzt.

Ein Soldat kam leichtsinnig auf ihn zugelaufen, weil der Offizier ihn zusammenschrie, zwischen zwei größeren Häusern hindurch. Seine Stiefel schlugen auf die frostharte Erde auf, das einzige Geräusch weit und breit. Worontsjew wartete, bis er nahe genug heran war, und schoß. Kein Gedanke mehr an heimliches Umlegen, nein, der Krach gehörte dazu, trug bei zu dem Gefühl, das ihn jetzt elektrisierte. Der Mann überschlug sich, als habe er einen Stoß in den Rücken bekommen – die Arme weit von sich gestreckt, die Beine ebenfalls, das Gesicht vornüber, in einem Hühnerhof. Worontsjew wollte auflachen, weil ihm auch das eine Quelle für Energie war, für eine destruktive Selbstsicherheit – zu sehen, wie sie starben. *Der eine vergrub sein Gesicht im Hühnerdreck, der andere holte im Sterben seinen Pisser raus*, es mußte einfach *Spaß machen*, daß es so war.

Jetzt rannte er den Weg zwischen den Bäumen hinauf, dem Offizier entgegen, der sich ihm in den Weg stellen wollte, während der Unteroffizier im Begriff war, dorthin zu gehen, wo die Granate explodiert war. Sonst war niemand zu sehen – ein Gesicht hinter einem kleinen Fenster, kaum zu erkennen, als er vorbeirannte; dann begann er mit der AK-47 mit Halbautomatik zu feuern, vierzig Salven in der Minute, schneller als einzelne, gezielte Schüsse. Gemeine, ziellose Zerstörung.

Der Offizier rutschte an der Wand des Mannschaftswagens entlang auf den Boden, im gleichen Augenblick, wie der getroffene Unteroffizier in den harten Schmutz der Straße fiel. Beide tot. Er feuerte weiter, bis er sicher war, daß beide mehrmals getroffen waren. Zehn Schritt war er nur von ihnen entfernt, immer noch auf dem Weg zwischen den Bäumen. Acht Tote, und der Fahrer, der inzwischen wieder auf den Sitz des Mannschaftswagens geklettert war, vielleicht um zu versuchen, ihn wegzufahren, hielt sich verzweifelt das durchschossene Bein, während die Knöchel seiner Hand, mit der er den Griff noch immer hielt, weiß wurden vor Schmerz und der Anstrengung, sich immer noch an dem Griff zu halten, um nicht auf das verletzte Bein zu sinken.

Worontsjew spürte, wie seine Energie plötzlich gefährlich nachließ. Er hatte diesen Zustand schon einmal erlebt, bei einem kurzen Feuergefecht der KGB-Leute mit einer Gruppe von Erpressern, die man in einem Warenhaus aufgestöbert hatte. Zwei von ihnen hatte er umgebracht und eine Beförderung erhalten. Das hatte ihm den Wechsel zum SID erleichtert. Jetzt war er erschöpft, als müsse er gleich in einen Schlaf oder ein Koma fallen. Es blieb ihm kaum noch Zeit, als würde eine eingenommene Droge ihre Wirkung verlieren.

Er rannte zu dem Mannschaftswagen und schob den Fahrer aus dem Weg. Der Mann schrie, als er auf sein verletztes Bein fiel, und Worontsjew sah Blut an seiner Hand. Dann richtete sich der Fahrer etwas auf und stolperte in den Raum hinter dem Fahrersitz, wobei er mit den Rippen gegen die harten Kanten knallte.

Kugeln schlugen in die Seitenwand des Mannschaftswagens ein. Aber Worontsjew war jetzt im Schutz der Panzerung. Als er vorsichtig den Kopf hob, sah er, wie ein Soldat hinter einer Holzwand hervorspähte, gab vier Salven ab und hörte noch den Schrei, als die Kugeln die beiden Wände des Gebäudes durchbohrten, an deren Ecke sich der Soldat versteckte. Schließlich klickte sein Gewehr zweimal.

Er riß das Magazin ab und versuchte krampfhaft, das andere aus der Tasche zu bekommen, und als er es einsetzen wollte, klemmte es. Dann endlich schnappte es ein, und er hob wieder den Kopf.

Die Straße war leer.

Er war verzweifelt müde.

Mit dem Rücken gegen die Panzerwand des Wagens gelehnt, hob er den Kopf und rief in die Stille der Straße hinein:

»Alle anderen sind tot! Wie viele von euch sind noch da – vier, fünf? Ihr kommt nicht nah genug heran, um eine Granate zu werfen! Gebt es auf. Überlaßt die Verfolgung einem anderen!«

Er lauschte. Lange Zeit rührte sich nichts.

»Du Schwein!« hörte er jetzt jemanden rufen, weiter links von dem Mannschaftswagen. »Du hast alle unsere Kameraden umgebracht, du verdammter Terrorist!«

Ihm war zum Lachen. Sie starben hier, und waren zum Sterben bereit, und zwar für die gleiche Fiktion, die dem KGB-Team in Chabarowsk zum Verhängnis geworden war – die Separatisten. Und deshalb haßte er Ossipow. Nicht die Männer hier draußen. Sondern Ossipow.

Er versuchte beim Nachdenken Ruhe zu bewahren, denn das mit der Granate hatte er mit Absicht gesagt. Für nüchterne Logik blieben ihm nur ein paar Momente, danach würde das Denken wieder zäh und ungenau.

Er rief: »Gebt es auf, Ihr Scheißkerle! Sonst lege ich euch alle um!« Dann erhob er wieder den Kopf. Ein rechter Arm streckte sich, dann folgte ein halber Rumpf, die Hand hielt eine Granate. Der Soldat trat einen Schritt zurück, um besser auszuholen, und in diesem Augenblick feuerte Worontsjew. Der Arm verschwand, und die Granate fiel zu Boden und explodierte dann. Er hörte einen Schrei.

Mit den Granaten hätten sie ohnehin geworfen. Er hatte versucht, ihnen seine Bedingungen zu diktieren, aber jetzt... Er wußte nicht, wie viele er getötet oder verstümmelt hatte. Wahrscheinlich zwei.

»Kommt raus, Ihr Scheißkerle!« wiederholte er. »Gebt auf!«

Sie mußten es jetzt tun, in den nächsten paar Sekunden, solange ihr Kopf noch benommen war von der Anzahl der Toten, von ihrer dahinschwindenden Sicherheit. Sie mußten einfach.

Auf einer Straßenseite erschienen jetzt zwei Soldaten. Und jenseits des Mannschaftswagens ein anderer. Einer von ihnen hielt einen blutigen, zerrissenen Ärmel hoch. Er mußte hinter den anderen gestanden haben, als die Granate losging. Sie ließen ostentativ ihre Gewehre fallen. Der verwundete Fahrer krümmte sich auf dem Boden.

Worontsjew stand auf, die Müdigkeit raubte ihm fast die Besinnung. Er machte eine Bewegung mit dem Gewehr.

»Los!« schnauzte er sie an. »Rein mit euch! Los, oder ich leg' euch um!« Das hätte er wohl tun sollen, aber er hatte Angst vor dem Blutbad. Es war kein berauschendes Gefühl mehr, sondern drückte auf seinen Magen. Ekel stieg in ihm hoch. Den Mannschaftswagen hatte er nun, aber wie sollte es weitergehen? Immer noch war er fünfundzwanzig Kilometer von Chabarowsk und Tausende Kilometer von jeder Sicherheit entfernt. Er hielt die Gewehrmündung diesen jungen Bauern vors Gesicht. Zum Militärdienst eingezogene Männer, weder besonders kultiviert noch besonders intelligent. Zu Tode erschrockene Automaten, die plötzlich aus ihrem normalen, mechanischen Tun geworfen waren, und ihr Anführer war tot.

»Rein mit euch!« schrie er wieder. »Einer von euch fährt!«

Sie schienen sich wortlos zu besprechen, dann stieg einer hinter das Lenkrad.

»Nimm ihn mit!« rief er und zeigte auf die verletzte Gestalt auf dem Boden. Sie hoben ihn auf und legten ihn vorsichtig in den Mannschaftswagen, dann schlossen sie die Doppeltür. Einer von ihnen untersuchte die Wunde, zog Verbandszeug hervor und umwickelte die verletzte Wade. »Los jetzt!« rief Worontsjew, der neben dem Fahrer auf dem sonst von dem Offizier eingenommenen Platz saß und sich so drehte, daß er die beiden Männer und den Fahrer sowie den Verletzten auf einem der Sitze im Auge behalten konnte.

»Wohin?« fragte der Fahrer und umklammerte das Lenkrad, um seine Angst loszuwerden.

»Zurück – wo ihr hergekommen seid. Ich gebe die Richtung an!«

Der Motor heulte auf, dann wendeten sie auf der Straße und fuhren schnell davon, als wollten sie das Gemetzel so rasch wie möglich hinter sich lassen. Worontsjew spürte, wie seine Müdigkeit nachließ, wie er sich schon dadurch stärker fühlte, daß ihm diese Männer ausgeliefert waren, die ihn nicht einmal zu hassen schienen, weil sie überhaupt nichts empfanden.

Der Wagen ließ das Dorf hinter sich. Noch war niemand aus den Häusern gekommen, als sie den Hügel hinauffuhren und dahinter verschwanden. Nach einigen hundert Metern bellte Worontsjew: »Genau hier!« Sie bogen von der Straße auf einen schmalen Feldweg ab. Der Fahrer schien sich zu wundern. Aber unter dem Druck der Gewehrmündung gegen seinen Arm schaltete er herunter. Der Weg war von Schlaglöchern übersät, die meisten mit einer Eiskruste überzogen.

Worontsjew suchte den Himmel ab, und dann den Weg vor ihnen. Es würde noch einige Zeit vergehen, bis die Männer wieder gefährlich würden, bis sie wieder genügend Haß auf ihn empfanden. Aber bis dahin hätte er sie ausgebootet, und den Fahrer dazu. Zum Töten sah er keinen Anlaß, nein, er würde sie ganz einfach aussetzen, hier, im Niemandsland, zu Fuß.

Während des kurzen Nachmittags, als sie langsam, geradezu methodisch die schmalen Feldwege und Landstraßen entlangfuhren, oft durch hohe Hecken und Mauern verdeckt, sich immer nach Osten haltend, begann der Himmel rasch dunkler zu werden und sich mit schweren Wolken zu beziehen. Ein Wind sprang auf. Das Wetter war schon am

Morgen trügerisch gewesen. Und als es dann zu schneien anfing, mit großen, nassen Flocken, da wußte er, daß ihm das Glück geschenkt worden war, das er jetzt brauchte. Bald wurde der Schnee so dicht, daß er nur noch nach Karte und Kompaß arbeiten konnte.

Kein Luftverkehr.

Schließlich beschloß er, die Soldaten ihrem Schicksal zu überlassen. Im Augenblick mochten sie ihn wohl noch fürchten, aber ihr Haß würde bald in Rücksichtslosigkeit umschlagen. Sie begannen ihm gefährlich zu werden. Widerwillig kletterten sie aus dem Mannschaftswagen, hievten den Verwundeten nicht gerade liebevoll heraus und stellten sich dann unter die Bäume, im Schutz gegen das Wetter. Verkniffene Gesichter, wie Meuterer. Er gab seinen Plan fast schon auf, sich die Uniform von einem anzuziehen, der seiner Statur am nächsten kam, wußte aber doch, daß er sich entsprechend verkleiden mußte, wenn er mit dem Wagen sein Ziel erreichen wollte.

Der Mann tat, was ihm befohlen wurde, und schüttelte sich vor Kälte und Wut, als er sich bis auf sein Unterzeug auszog und von Worontsjew dessen Pullover, Anorak und Hose übernahm. Die warme Kleidung war ihm unangenehm, aber es blieb ihm nichts anderes übrig, als sie schnell anzuziehen. Worontsjew ballte die Uniform zusammen und warf sie ins Fahrerhaus, sprang zitternd vor Kälte hinein und fuhr los. Er fuhr, bis der Wind und die Kälte ihm das Halten des Lenkrads und des Kupplungshebels unmöglich machten – dann stoppte er, zog sich die eiskalte Uniform an und nahm ein paar Schlucke aus der Wodkaflasche, die er im Verbandskasten gefunden hatte.

Nach und nach wurde ihm wieder warm. Er hatte die Männer mindestens fünf Kilometer von der nächsten Behausung ausgesetzt. Sie würden sicher nicht umkommen, aber es würde eine ganze Weile dauern, bis sie jemandem beschreiben konnten, was vorgefallen war.

Er fuhr weiter, jetzt nur noch fünfzehn Kilometer von Chabarowsk entfernt, nachdem er auf den Feldwegen und Landstraßen gut fünfundzwanzig Kilometer zurückgelegt hatte. Es wurde Abend.

Seine Scheinwerfer erfaßten den ersten Häuserblock dicht vor ihm. Er hatte Chabarowsk so gut es ging umfahren, aber schließlich, nach drei Stunden, mußte er sich auf eine der Hauptstraßen begeben, auf der er durch die Vorstädte zur Flußbrücke kam. Er wollte in den Südosten von Chabarowsk, und die Zeit wurde allmählich knapp.

Die Straßensperre war vor der Brücke aufgebaut, ein rotweiß gestrichener Balken, dann Pfähle zur Verengung des Verkehrsflusses auf eine einzige Fahrbahn, bewaffnete Soldaten. Er hielt hinter der Wagenkolonne. Rote Bremslichter leuchteten auf. Schneeregen. Die Zigarette machte er aus, zog die Uniform zurecht, um einen ordentlichen Eindruck zu machen, und wartete auf das Weiterschleichen, oder daß jemand kam. Er versuchte, die Betäubung dieser Fahrt von sich abzuschütteln. Überlegt hatte er sich allerdings nichts, hatte keine Pläne, die über das Erreichen seines Ziels hinausgingen – selbst als er zu rennen begonnen hatte, war alles Flucht vor etwas gewesen, eher wie ein Traum in der Kindheit als ein fester Plan. Aber irgendwie hatte es sich dann doch ergeben, und er hatte keine bewußte Anstrengung unternommen, um etwas anderes zu erreichen.

Als der Soldat an der kurzen Reihe wartender Wagen vorbeikam, merkte Worontsjew, daß er einen Fehler gemacht hatte. Der Schneeregen wurde für einen Augenblick dünner, und er konnte auf einer anderen Fahrbahn, weiter vorn, einen Armeelastwagen erkennen. Er hatte das Schild übersehen, das hundert Meter zurück den Vorzugsverkehr umleitete, also alle Militärfahrzeuge. Rasch kurbelte er das Fenster herunter.

Kälte strömte herein, der Schneeregen spritzte ihm ins Gesicht. Der Soldat sah zu ihm empor. In diesem Augenblick dachte er, hatten sie ihn erkannt – auch wenn die Chance, daß die Soldaten etwa ein Telefon erreicht hatten, fast gleich Null war. Aber es hätte sein können. Eine andere Einheit könnte sie gefunden haben...

»Was zum Teufel ist denn mit Ihnen los?« fragte der Soldat, ein altes flaches Gesicht mit Helm. »Könnt ihr Blödköppe denn nicht lesen?«

»Tut mir leid...«, murmelte Worontsjew und versuchte,

seinen Moskauer Akzent zu verbergen, merkte aber gleichzeitig, daß ihm das nicht gelang; seine geringe Selbstsicherheit noch betonend, machte er sich dümmlich und ungebildet. »Bin fast eingeschlafen – fahr' das verdammte Ding schon den ganzen Tag.«

»Papiere?« Der Soldat hob träge die Hand. Er hatte keine Lust, sich das Lamentieren anderer Leute anzuhören, hatte selber die Schnauze voll von diesem Dienst, den eiskalten Füßen und dem schmerzenden Rücken.

Worontsjew gab ihm die Papiere so gleichgültig wie möglich; er merkte, daß sich etwas zusammenbraute, als sie in der behandschuhten Hand verschwanden, dann im Schein einer Taschenlampe aufleuchteten. Vielleicht war es auch das Klikken der Stiefel des Offiziers, der jetzt zu ihnen herankam, oder das Weiterfahren des Wagens vor ihnen, nachdem dessen Kofferraumdeckel nach einer flüchtigen Durchsuchung zugeknallt worden war.

»Wo ist Ihr verdammtes Foto, he?« Der Soldat schüttelte die Ausweispapiere. »Und Ihr Transportbefehl – wo haben Sie den?«

»Das Foto ist rausgefallen«, sagte Worontsjew undeutlich, mit blödem Gesicht.

»Wohl deiner Kleinen geschickt, was?«

Noch war nichts passiert, gar nichts...

»Was ist los, Boris?« fragte der Offizier, und Worontsjew sah, wie der Soldat zusammenzuckte, als ihn der jüngere Offizier beim Vornamen anredete.

»Nichts Besonderes, Herr Hauptmann. Ein Blödmann – entschuldigen Sie, Herr Hauptmann – hat sich hier falsch eingereiht – und hat das Foto aus seinem Ausweis verloren.«

»Verloren? He, Sie, wo ist Ihr Foto? Haben Sie das Ihrem Offizier gemeldet?«

»Ja doch – aber er hat gesagt, er hätte sich um Wichtigeres zu kümmern.«

»So. Sie sind aus Moskau, was?«

»Jawohl.«

»Alle bekloppt, Herr Hauptmann, Sie wissen doch«, versuchte Boris etwas einzulenken, indem er sich in Anwesenheit des Offiziers mit Worontsjew zu verbünden schien.

»Hier steht, Sie sind aus Tallinn.«

»Ich lebe seit Jahren in Moskau, Herr Hauptmann. Meine Mutter ist aus Tallinn...«

»Warum sind Sie hier allein unterwegs? Wo ist Ihr Offizier und der Rest der Mannschaft?« schnauzte ihn der Offizier an und ging dann um den Wagen herum. Als Worontsjew sich aus dem Fenster lehnte, um zu antworten, zwinkerte ihm Boris zu. Der Offizier blickte vom Heck des Wagens in den Innenraum.

Das Blut – jetzt sieht er das Blut –

Ein Wagen hupte hinter ihnen. Worontsjew bemerkte, wie sich der junge Offizier aufrichtete und den ungeduldigen Fahrer ansah.

»Da schau her«, murmelte Boris grinsend. Worontsjew konnte den Kautabak in seinem Atem riechen. »Jetzt wird aber was fällig. Machen Sie sich keine Sorgen, Alter – der hält Sie nicht mehr lange auf.«

Der Fahrer des Wagens hinter ihnen hatte das Fenster heruntergekurbelt. Der Offizier steckte den Kopf hinein und sie hörten, wie er ihn energisch zurechtwies, mit entschiedenem Ton. Dann erschien er wieder, und der Wagen fuhr lammfromm zur Seite. Der Offizier ging langsam zum Fahrerhaus des Mannschaftswagens zurück, Worontsjews Papiere in der Hand.

»Sie – warum fahren Sie allein?« fuhr er ihn an, sein Gesicht war rot angelaufen vor Wut und Kälte.

»Herr Hauptmann, den muß ich ins Depot fahren, zur Reparatur. Da soll ein neues Getriebe eingebaut werden. Ich bin eben dazu abkommandiert worden.«

»Dann sind Sie also nicht...?« Der Offizier war verwirrt.

»Was nicht, Herr Hauptmann?«

»Ach, lassen wir's. Los, fahren Sie weiter. Boris, kommen Sie mit!«

Als Worontsjew wieder das Fenster hochkurbelte, zwinkerte ihm Boris noch einmal zu und folgte dann rasch dem Offizier zu dem glücklosen Fahrer, der seiner Ungeduld Luft gemacht hatte.

Worontsjew fühlte sich schwach, aber auch dankbar dafür, die letzten Minuten gut überstanden zu haben. Es kostete ihn

Anstrengung, die Kupplung durchzutreten, den Gang einzulegen und bis zu dem Schlagbaum vorzufahren. Dieser ging hoch, verschwand, und er war auf der Brücke, die den Amur überspannte. Er wagte nicht, in den Rückspiegel zu sehen, auch nicht in den Seitenspiegel. Er saß da und fuhr, als gebe es niemanden hinter ihm, nur den Schneematsch auf der Brücke. Als er das andere Ufer erreicht hatte, setzte er sich tiefer in seinen Sitz und versuchte sich zu entspannen, sich einzureden, daß seine Schwäche, seine zitternden Arme und Beine, nur Ausdruck seiner Müdigkeit waren, nicht seiner Angst.

Vor ihm lagen die Gleise und glänzten eisig in dem Mondlicht. Dahinter erstreckten sich weite, schneebedeckte Flächen bis dorthin, wo die Gleise verschwanden. Es war zehn Uhr. Der Schneesturm hatte bis vor einer Stunde angehalten, dann war Wind aufgekommen, der die letzten Wolken zerriß und forttrieb und das Land zwischen den östlichen Hügeln und Chabarowsk wieder freigab.

Worontsjew lag im Schutz eines Felsvorsprungs oberhalb der Eisenbahnlinie zwischen Chabarowsk und Wladiwostok. Sie war schon den ganzen Tag sein Ziel gewesen, auf jeden Fall schon seit dem Blutbad in Nikolejew.

Den Mannschaftswagen hatte er in einem steilen Graben stehengelassen, unter dunklen Bäumen. Er war in eine Schneeverwehung gefahren, bis die Räder durchdrehten, dann war der Wagen zur Seite gekippt wie ein verendendes Tier, und der Motor war weggeblieben. Danach Stille.

Das war vor etwa zehn Kilometern und drei Stunden gewesen. Er hatte sich durchs offene Gelände gekämpft, wobei der Schnee an den Hecken und Mauern tiefer war, und er war dem schütteren Baumbestand gefolgt, so gut er konnte. Von Straßen und von jedem Verkehr hatte er sich ferngehalten. Die Wodkaflasche aus dem Mannschaftswagen war fast leer.

Er fror bis auf die Knochen, sogar die Drillich-Uniform war jetzt einfach zu dünn und wertlos. Meine Füße, dachte er, müssen schon halb erfroren sein, und auch die Hände waren fast gefühllos. Soweit er sein Gesicht nicht mit der Kapuze abdecken konnte, hatte er es regelmäßig gerieben, aber dabei gemerkt, daß die Windeskälte jedes Gefühl darin abtötete, ob er weiterging oder sich ausruhte.

Linkisch schraubte er den Stöpsel von der Flasche und goß sich den restlichen Wodka in den Hals. Es brannte wie Feuer. Er verfolgte den Weg der Flüssigkeit, die sich wie schmelzendes Metall den Weg zu seinem Magen bahnte. Dann, als ginge ein Licht aus, verschwand die wärmende Wirkung. Er fröstelte. Wenn der Zug nicht bald kam, würde er hier einschlafen und nicht wieder aufwachen.

Er hielt sich verzweifelt wach, indem er seine Gedanken auf zwei Punkte konzentrierte: auf Ossipow und auf seine Frau. Damit entstand neues Leben zwischen so gegensätzlichen Polen seiner Erfahrung. Es war ihm gleich, ob er dabei einen oder beide in seiner Vorstellung verfälschte. Sie wurden für ihn zum Teufel und zum Engel, und die Dynamik ihrer jeweiligen Antworten und Einwände hielt seinen Geist wach und versagten seinem Körper den Wunsch, der Kälte nachzugeben.

Chabarowsk war für ihn ein Minenfeld, das war ihm von Angang an klar gewesen. Er mußte nach Wladiwostok, zu dem dortigen KGB-Geschäftsträger. Er mußte Verbindung mit Moskau aufnehmen, denn was er über Ossipow wußte und über den Umstand seiner Flucht, bis jetzt, bedeutete, daß alles, was in die Wege geleitet war – und das war die Invasion von Finnland –, auch ins Rollen kam. Auch der Putsch, wenn ein solcher geplant war, mußte zeitlich mit der Invasion übereinstimmen.

Er begann zu verzweifeln – nicht wegen seiner Flucht, sondern darüber, was sie auslösen könnte. Dort in Moskau hatten sie ja keine Ahnung, wer dazugehörte, wer vom Oberkommando, wenn nicht überhaupt alle, und wer vom Politbüro und dem Zentralkomitee und dem Parteisekretariat.

Wie konnten sie nur Ossipow oder einen seiner höheren Offiziere in ein KGB-Büro holen und zum Sprechen bringen? Einfach unmöglich.

Er ließ es nicht zu, sich über das Ausmaß Gedanken zu machen. Sein Überleben hing von der Wichtigkeit dessen ab, was er entdeckt hatte, nicht von dessen Grenzen. Er *mußte* überleben, nach Wladiwostok gehen, und dann wohl noch nach Moskau. Was er wußte, hatte überhaupt keinen Preis.

Dann dachte er an seine Frau. Er mußte sie anrufen, wenn er in Wladiwostok war. Ihr sagen, daß er wohlauf war.

Der tiefe Ton des Zugsignals erreichte ihn durch Gedanken, die allmählich trüber geworden waren, und er rappelte sich hoch. Haß war gefragt, nicht Liebe. Beim Denken an seine Frau war er fast eingeschlafen. Er versuchte zu stehen, lehnte sich gegen den Felsen und begann mit den Fäusten seine Beine zu bearbeiten, aber obwohl er wie wahnsinig drauflosschlug, kam es ihm nur plump und wirkungslos vor. Er brach fast in Tränen aus bei der Vorstellung, nicht mehr den Zug erreichen zu können.

Er humpelte aus der Felsenspalte, doch der eisige Wind drückte ihn wieder zurück. Er hob die Arme, als müsse er Schläge abwehren, und zwang sich, immer ein steifes Bein vor das andere zu setzen, wobei er sich duckte, als müsse er sich gegen einen Angreifer verteidigen.

Wieder ertönte das Signal, lauter jetzt, immer lauter. Ein paar Kilometer weiter zweigte die Linie nach Süden zu den Chatchsir-Bergen ab. Dort würde der Zug langsamer fahren, aber es war einfach unmöglich, so weit zu kommen.

Er kletterte den Abhang hinunter, wobei seine gefühllosen Füße wie Bremsen wirkten, die ihn nicht mehr halten konnten. Er setzte den Ellbogen ein, rutschte ein Stück durch den hohen Schnee und war dann an den Gleisen, unmittelbar neben ihnen, während der gegenüberliegende Abhang ebenso steil hinaufführte. Er hörte den Zug schnaufend herankommen und sah auf die Gleise. Hohe Dampfwolken stiegen in den schwarzen Himmel. Er drückte sich gegen den winzigen Felsvorsprung und holte tief Luft. Dann begann er zu laufen, zwang seine Beine, als verfolgte ihn der Zug.

Bald hatte er den Einschnitt hinter sich und keuchte jetzt den Damm hinauf, ein paar hundert Meter vor dem Zug, dessen Geräusch jetzt sogar den Wind übertönte. Er stieg von dem Damm wieder herunter und legte sich flach hin, niedriger als die Gleise. Die schwere Lok stampfte fauchend an ihm vorüber, die Steigung hinauf, und er war sicher, daß man ihn nicht gesehen hatte. Er stand auf und begann neben dem Zug herzulaufen. Wieder mußte er seine Füße zwingen mitzumachen, stolperte immer wieder, während die erleuchteten Wagen einer nach dem anderen an ihm vorbeifuhren, schneller als er. Jedes Fenster erleuchtet, vorbei, erleuchtet, vorbei – wie viele wohl in jedem Waggon? Zu schnell! Und wie viele Waggons noch?

Dann, plötzlich, mußte er lachen. Ein Traum aus seiner Kindheit kam ihm ins Bewußtsein, wie er sich vorgestellt hatte, beim Ansehen der Bilderbücher, neben dem Trans-Sibirien-Expreß herzulaufen, als gelte es sein Leben, und zu versuchen, aufzuspringen...

Jetzt kam also die Erfüllung. Weiterlaufen. Jetzt zählte er die Augenblicke, die jeder Waggon brauchte, um vorbeizufahren, und schaute dann kurz zurück, um zu sehen, wie viele noch fehlten. Der letzte war der Gepäckwagen mit dem Schaffner, einer Plattform, zumindest einem Handgeländer. Er mußte unbedingt mit!

Der letzte Wagen kam trotzdem überraschend schnell, er sah ihn mehr aus dem Augenwinkel – und hätte schwören können, Mond und schneebedeckte Fläche *hinter* dem Zug gesehen zu haben –, dann packte er kurz entschlossen das Geländer. Die Arme wurden ihm fast aus den Gelenken gerissen, und seine riesigen Schritte wirkten wie Sprünge auf der Mondoberfläche.

Schließlich war er mit einem Fuß auf der Stufe, und dann auch mit dem anderen.

Er hing jetzt außen am Trans-Sibirien-Expreß wie jemand in einem Film und wollte wieder lachen, weil es ihm so vorkam, als sei irgendwo dort vorn sein Kind-Ich gestanden und habe zugeschaut und vor Freude über seinen geglückten Sprung in die Hände geklatscht und es dem Mann gern nachgemacht, der er nun geworden war.

Er kletterte auf die schmale Plattform, und erst jetzt fiel ihm ein, daß der Trans-Sibirien-Expreß nicht länger mit Dampfloks betrieben wurde, und daß der letzte Wagen kein Packwagen, sondern ein Aussichtswaggon war. Also war er gar nicht auf dem Trans-Sibirien-Expreß. Er lachte laut, fast hysterisch. Er hatte sein Leben wegen einer Einbildung gerettet. Die Realität war eine andere. Das hier war nur ein

Nahverkehrszug. Nicht einmal der Fahrplan, den er sich so genau eingeprägt hatte, stimmte mehr. Daher hatte der Zug auch Verspätung. Es war der falsche Zug.

Er wurde wieder nüchtern, als ihm klar wurde, wie nah er in der letzten Stunde dem Erfrierungstod gewesen war.

Er packte den Türgriff, wobei ihm die Pistole fast aus dem Schulterhalfter rutschte. Das Gewehr hatte er während des Laufens zum Zug weggeworfen. Aber welcher Zug war es eigentlich? Er öffnete die Tür, trat ein und schloß sie hinter sich mit einem Knall.

Der Schaffner war klein, etwa sechzig, mit grauem Haar, das quer über seine Glatze gelegt war. Seine Uniformjacke hatte er aufgeknöpft, der kleine Raum war stickig und warm. Er hielt gerade einen Becher mit Tee an die Lippen. Als er Worontsjew sah und die Makarow, weiteten sich seine Augen in einem hilflosen Ausdruck, und der Becher begann zu zittern. Etwas von dem dunklen Tee schwappte auf den unsauberen Holztisch.

»Wohin fährt der Zug?« fragte Worontsjew. Das schien in diesem Moment die wichtigste Frage zu sein, um das seltsame Gefühl von Enttäuschung zu befriedigen, das er auf einmal verspürte, als erwache er aus einem angenehmen Traum. Er schüttelte den Kopf, als müsse er ihn freibekommen.

Der Mann öffnete den Mund, tonlos erst, dann sagte er: »Nachtzug nach Nachodka.«

»Wladiwostok?« Er kam drohend näher, die Pistole auf das Gesicht des Mannes gerichtet. »Fährt er nach Wladiwostok?« Irgendwie *mußte* er einfach dorthin fahren. Der kleine Mann nickte und setzte seinen Becher vorsichtig hin, als befürchte er, ihn fallenzulassen. Worontsjew atmete auf und wäre vor Erleichterung fast gegen die Wand gefallen. Er merkte, wie der Zug wieder schneller wurde, nachdem er die Steigung überwunden hatte. »Wann?« fragte er etwas freundlicher, er war sehr müde. »Wann kommen wir dort an?«

»Um vier Uhr früh.« Mit solchen Fragen wurde der kleine Mann schon eher fertig.

»Gut.« Worontsjew setzte sich auf einen harten Stuhl auf der anderen Seite des rohen Holztisches. Er zog die Brieftasche heraus, klappte seinen Dienstausweis auf und reichte ihn dem Mann. In der Wärme kehrte langsam das Gefühl wieder in seine Füße und in sein Gesicht zurück, die jetzt anfingen, wie Feuer zu brennen.

Der Schaffner sah sich den Ausweis an und blickte dann auf. Alles war damit erklärt, er war zufrieden. Ein KGB-Offizier war in seinen Zug gestiegen. Fragen durften nicht gestellt werden, weder nach dem Warum noch nach der Art, wie er auf den Zug gekommen war. Noch danach, warum er eine Armeeuniform trug. Sein Gesicht glättete sich, um Beflissenheit zu signalisieren. Er sagte: »Was kann ich für Sie tun, Herr Major?«

»Ist noch ein KGB-Mann in diesem Zug?«

»Ja, Herr Major. Einer der Kellner. Levin. Soll ich ihn kommen lassen?«

»Noch einen Augenblick.« Seine Hände und Füße brannten jetzt. Er steckte die Pistole weg. »Wurde dieser Zug in Chabarowsk durchsucht?« fragte er.

»Ja, Herr Major. Von einem Ende zum anderen. Das ist der Grund für die Verspätung.«

Worontsjew scherte sich jetzt nicht um dieses zusätzliche Glück, das er gehabt hatte. »Wer hat die Durchsuchung geleitet?« fragte er.

Der kleine Mann zuckte mit den Schultern, als meine er Worontsjew, und als dieser den Kopf schüttelte, sagte er: »Dann müssen es die von der Armee gewesen sein, Herr Major. Einige waren in Uniform.«

»Sie haben – mich gesucht«, sagte Worontsjew. »Sind hier einige im Zug – ein paar *verspätete* Passagiere?«

Der Schaffner sah ihn verwirrt an, schien erschrocken. Er warf einen Blick auf den KGB-Ausweis, schluckte einmal und sagte dann: »Ein paar schon – alles Männer.«

»Gut. Sie tun, was *ich* sage. Sie wissen doch, was die SID ist?« Der Schaffner nickte. »Dann brauche ich Ihnen nicht mehr zu sagen, Genosse. Die Leute, die den Zug durchsucht haben, sind – *Verräter*. Natürlich.« Er sah, wie der Schaffner den Blick über seine unordentliche Kleidung und dann wieder zu dem KGB-Ausweis gleiten ließ. Dann nickte der kleine Mann.

»Möchten Sie etwas Tee, Herr Major?«

»Ja. Und dann lassen Sie diesen Levin kommen, ich habe Anweisungen für ihn.«

Seine Augen wurden ihm schwer. Der Mann beeilte sich, einen Becher mit einem wollenen Tuch auszuwischen, goß Tee ein, gab reichlich Zucker dazu und stellte ihn vor Worontsjew hin. Dieser nickte zum Dank.

Als der kleine Mann an der Tür war, um seinen Auftrag auszuführen, fragte Worontsjew: »Wann fährt eigentlich der Trans-Sibirien-Expreß diese Strecke?«

Der Schaffner schien erstaunt. Er sagte: »Alle zwei Tage, Herr Major.«

Als er die Tür hinter sich schloß, mußte Worontsjew hilflos lachen.

Ein großer, schmutzigbrauner, fensterloser Lieferwagen kam statt des üblichen Postautos an den Zug in Wladiwostok. Er fuhr bis an den Bahnsteig, und seine offenen Türen versteckten Worontsjews Übergang aus dem Schaffnerabteil des Zuges in den leeren Wagen. In diesem saßen Swobodnij, der Geschäftsträger des KGB, und zwei weitere bewaffnete KGB-Männer, einer von ihnen neben dem Fahrer, sowie ein Arzt. Obwohl der Wagen mit hoher Geschwindigkeit aus dem Bahnhof fuhr, kümmerte sich der Arzt doch gleich um Worontsjews erfrorene Finger und Fußzehen.

Worontsjew fühlte sich zerschlagen und ausgepumpt – im Zug hatte er ein paar Stunden unruhig geschlafen, ohne daß es ihn erfrischt hätte. Er fühlte sich unfähig, über das Schicksal seiner Finger und Zehen nachzudenken. Es war wohl auch unwichtig, vor allem, als ihn der Geschäftsträger ohne einen Ausdruck in seinem flachen Mongolengesicht fragte: »Was zum Teufel ist eigentlich los, Major Worontsjew? Ich muß Sie vom letzten Waggon eines Zuges abholen, nachdem ich einen Blauen Anruf aus der Moskauer Zentrale erhalten habe!«

»Was haben Sie bekommen?« Worontsjew hatte sich gerade nach einer sicheren Leitung nach Moskau und nach Aeroflot-Flügen erkundigen wollen. Mit einem schmerzhaften Gefühl in der Magengegend, das immerhin auch Hunger sein konnte, merkte er, daß seine Fragen nicht mehr wichtig waren.

»Ja – einen Blauen Anruf. Das bedeutet, alle Unterlagen zu vernichten und sich auf eigene Faust durchzuschlagen. Ich glaube, das hat es *innerhalb* der Sowjetunion noch nie gegeben, oder?« Swodbodnij war entsetzt und verwirrt. Er war persönlich gekommen, um Worontsjew abzuholen, in der Hoffnung, Antworten zu erhalten und Ängste loszuwerden. Aber auf Worontsjews Gesicht war nur Unwissenheit und Schock zu lesen.

»Ich weiß, was es bedeutet«, murmelte Worontsjew. Dann fragte er, sehr langsam: »Welche Zeitangabe wurde in der Mitteilung gemacht?«

Botschaften mit Priorität aus der Moskauer Zentrale wurden stets mit einer codierten Zeitangabe versehen. Bei dem schon sagenhaften Blauen Anruf, der unter normalen Umständen benutzt wurde, um Zellen, Einheiten oder Stützpunkte außerhalb der Sowjetunion zu warnen, wurde eine Zeitangabe durchgegeben, die es dem Empfänger ermöglichte, die letzte Frist des Anrufs zu verstehen – die Stunde höchster Gefahr.

»6.00 Uhr, am 24. – morgen.«

Worontsjew sprang von seinem Sitz hoch, mit einer so eindeutigen Reaktion, daß der Arzt von seinen Füßen hochsah und nach seinem Puls griff. Doch Worontsjew schob seine Hand beiseite.

»Ich bin zu spät dran – verdammt!«

»Was ist denn los?« fragte Swobodnij besorgt, aber doch gleichgültig, nachdem er gemerkt hatte, daß Worontsjew ihm keine Antworten auf seine eigenen Ängste liefern konnte. »Wir können alle miteinander zu spät dran sein, Herr Major!«

»Ich kann nicht rechtzeitig in Moskau sein – ich *weiß*, was sie vorhaben!«

»Wer?«

»Die verdammte Armee – sie werden in Finnland und Norwegen einfallen – ich weiß es, und es ist einfach zu spät, um es den anderen zu sagen!«

»Wovon zum Teufel reden Sie eigentlich, Herr Major?«

»Augenblick – wie spät ist es in Moskau, jetzt?«

Swobodnij sah unendlich lange auf seine Uhr; Worontsjew konnte fast schon sehen, wie sich die Zahnräder darin drehten, und ebenso wohl auch in Swobodnijs Kopf. Es schien dem Mann nicht wichtig zu sein, oder es war zu anstrengend für ihn.

»Vier Uhr nachmittags – gestern.«

»Am 22.?«

»Ja.«

»Acht Stunden Flug – wann geht das erste Flugzeug?«

»Um sieben.«

»Sie werden mir nirgends hinfliegen, Herr Major«, sagte der Arzt, während er Worontsjews linke Hand untersuchte.

»Müssen Sie da etwas amputieren?« Der Arzt schüttelte den Kopf.

»Sie brauchen Ruhe.«

»Ausruhen können wir, wenn wir tot sind – sieben, sieben – acht Stunden, zurückgerechnet. Dann käme ich in Moskau an, bevor ich abgeflogen bin, stimmt's?« Swobodnij nickte. »Drei Uhr nachmittags hier, drei Uhr morgens dort. Es geht – es geht!« Er bewegte seinen bandagierten Fuß und stöhnte auf. Der Arzt sah ihn an, als sei er von Sinnen.

»Das sind etwas mehr als vierundzwanzig Stunden vor der letzten Frist. Was wollen Sie mit dieser Zeit anfangen?«

»Der Blaue Anruf betrifft einen Putschversuch...«

»Wie bitte?«

»Hören Sie zu! Durch die Armee – aber ich weiß, wer dahintersteckt. Sonnenklar – dieselben Leute, die hinter der Invasion stecken – die Heeresgruppe Nord. Praporowitsch. Marschall Praporowitsch. Wir müssen ihn fassen!«

»Ja, natürlich«, bemerkte Swobodnij. »Einfach so – Hände hoch, Rote Armee!«

Worontsjew überhörte die ironische Anspielung. Er war dabei, seine Finger zu biegen, seine Zehen zu bewegen, als bereite er sich auf eine extreme körperliche Übung vor. Ein einziger Gedanke hielt ihn fest – daß er die Antwort wußte, immerhin *eine* Antwort, die besser war als Unkenntnis, und er mußte sie Andropow persönlich mitteilen.

»Nehmen Sie doch das Funkgerät und bleiben Sie hier«,

sagte Swobodnij. »Das ist hier zwar nicht Moskau, aber es geht einfach um die Zeit.«

»Die Zwischenzeit, meinen Sie? Nein – Ihr Funkgerät wird abgehört, da bin ich sicher. Sprechen *Sie* mit ihnen, und sagen Sie nur das, was möglich ist, ohne das Ganze zu verraten. Unauffällig. Nehmen Sie einen üblichen Code und verständigen Sie sie, daß ich komme, aber ohne Einzelheiten.« Swobodnij nickte.

Der Motor des Wagens wurde ausgeschaltet.

»Wir sind da, Chef«, rief der Fahrer über die Schulter.

»Ist uns jemand gefolgt?«

»Nein.«

»Gut.« Swobodnij sah Worontsjew an. »Die Welt geht also aus den Fugen – ich besorg' Ihnen einen Flugschein und werde das Funkgerät einschalten.«

Als er aus dem Postwagen und über den Hof hinter dem KGB-Gebäude humpelte, dachte Worontsjew – sie glauben jetzt bestimmt, daß ich inzwischen erfroren bin. Sie müssen denken, daß ich tot bin.

Um halb sieben war er am Flughafen Wladiwostok und sah über die windige Rollbahn zu der Tupolew Tu-154 hinüber, die ihn nach Moskau mitnehmen sollte. Er trug einen dunklen Wollanzug, den er sich von einem KGB-Kollegen geliehen hatte, und einen schweren Mantel, außerdem eine Aktentasche. Etwas Gepäck war schon vorausgeschickt worden, um seine Deckung als Beamter für das Industrie- und Bauamt glaubhafter zu machen. Er hieß jetzt Tallinn. In Scheremetjewo würde er von einer bewaffneten Eskorte abgeholt und direkt in Andropows Büro gebracht werden.

Falls Kapustin den simplen Code verstand.

Er war immer zuversichtlicher geworden, daß Ossipow und seine Leute ihn einfach für tot halten mußten. Niemand außerhalb des KGB wußte etwas anderes. Levin und der Schaffner waren in Wladiwostok vom Zug entfernt worden – und niemand konnte ihnen Fragen stellen. Bevor der Fehler aufgedeckt sein würde, wäre er in Moskau.

Er wußte, daß es nicht richtig war, seine Frau jetzt anzurufen.

Er ging langsam, wobei er sich allmählich an den Stock gewöhnte, während seine Füße weh taten und seine Hände schmerzten und stachen, bis zu den Telefonkabinen. Noch acht Stunden und er konnte sie von Moskau aus anrufen. Acht Stunden, und Swobodnij konnte es ihr sagen.

Er verstand kaum, warum er meinte, daß sich dadurch die Gefahr verringern würde. Es hatte wohl damit zu tun, daß er beim Warten auf den Zug fast erfroren wäre, und mit der Reduzierung auf ein nur noch sich vorgestelltes Leben, mit der Zwangsvorstellung während dieser Stunden. Aber auch mit der Last des Wissens, die er mit sich trug, und dem Gefühl der Isolierung, das dadurch in ihm entstand. Er mußte einfach mit ihr sprechen. Wie auch immer – sie mußte *jetzt* erfahren, daß er noch am Leben war.

Vielleicht brauchte er aber auch nur ihre Zuwendung, weil er sie damals nicht gehabt hatte. Er wählte mit einem Stift, den er mit dem Handschuh festhielt, und fragte nach der Nummer des Hotels in Chabarowsk. Sicher war sie da. Das Verlangen danach, ihre Stimme zu hören, schob alle noch bestehenden Vorbehalte hinweg, während es in der Leitung summte und krachte, dann ertönte das Rufzeichen – die Verbindung war hergestellt.

»Bitte Frau Worontsjewna«, sagte er. »Zimmer 246.«

Er wartete. Die Telefonistin kehrte zurück.

»Tut mir leid, Frau Worontsjewna ist nicht auf ihrem Zimmer. Ich lasse Sie ausrufen, wenn Sie warten wollen?«

»Ja, bitte.«

Erst als die Telefonistin wieder gegangen war und er aus der Ferne die leisen Geräusche am Klappenschrank hören konnte, ein Murmeln, dann das Ausrufen ihres Namens, machte er sich klar, wie lange es dauerte. Eine Minute, um ihr Zimmer zu bekommen – und jetzt, wie lange, um sie überhaupt zu finden?

Er sollte einhängen – dann hörte er ihre Stimme.

»Alexej! Alexej! Gott sei Dank bist du da! Wo bist du?«

Sie schien außer Atem, aber er war sich nicht sicher. Dann hörte er auf, sich darüber Gedanken zu machen.

»Keine Sorge, mir geht's gut. Ich ruf' nur an, um dir zu sagen, daß es mir gut geht.«

»Und ob ich mir Sorgen gemacht habe!« sagte sie mit stark emotionaler Stimme. Es tat ihm gut. Aber er sah doch auf die Uhr. Sechs Uhr siebenundvierzig. In wenigen Minuten würden sie seinen Flug aufrufen. Wahrscheinlich konnte sie hören, daß er am Flughafen war – hör auf, hör auf! redete er sich selber zu.

»Alles in Ordnung, Liebste. Hör zu, ich rufe dich wieder an. Mach dir keine Gedanken – jetzt ist alles gut.«

»Alexej – wo bist du denn, *Liebster? Wo bist du?*«

Aber der Befehlston in dieser Stimme war nicht zu überhören. Jemand hinter ihr hatte mit dem Kopf geschüttelt. Sie hatten noch nicht die ganze Spur entdeckt, obwohl sie sicher über das Amt Wladiwostok weiterfahnden würden. Sie wurde durch das Winken einer Hand und ein bittendes Gesicht ermutigt, das Gespräch fortzusetzen. Er wußte das. Es war ihm gleichgültig, warum oder wieso – er wußte es einfach. Genauso wie er einfach wußte, daß sie jedem aus freien Stücken helfen würde. Unter Zwang stand sie nicht.

Als letzte Chance sagte er: »Kannst du frei sprechen?« Und er betete, sie möge die richtige Antwort sagen.

Sie sagte: »Aber natürlich, Liebster. Was ist denn los mit dir? Wo bist du denn, Alexej? Ich komme gleich zu dir!«

Jetzt mußte er seine Stimme beherrschen, unbedingt.

»Tut mir leid, Liebste – muß jetzt fort. Du hörst bald wieder von mir!«

Er warf den Hörer auf die Gabel. Als er seine Hand wegnahm, zitterte sie. Schweiß stand ihm auf der Stirn, und er wischte ihn ärgerlich und mißmutig weg.

Sie wußten, daß er von Wladiwostok aus gesprochen hatte. Aber sie hatten die Spur nicht bis zum Schluß verfolgt. Er sah wieder auf die Uhr. Sechs Uhr fünfzig. Jetzt rufen sie den Flug auf, dachte er. Er schob sich die Aktentasche unter den Arm, griff nach dem Stock und begann zu gehen.

Er zwang sich, sich nicht vorzustellen, daß seine Frau für Ossipow arbeitete und für die Leute, die versucht hatten, ihn zu töten. Doch hinter dieser Tatsache lauerte eine andere schreckliche Möglichkeit, die er immerhin leichter verdrängen konnte – einfach weil er keine Lust hatte, sich damit abzugeben.

Aber – ein Flugzeug besteigen? dachte er, während er langsam über die eisige Rollbahn ging. *Nur damit der Geheimdienst vierundzwanzig Stunden Zeit hat, um in der Armee eine Razzia zu veranstalten?* Die Untreue seiner Frau nagte an seinem Plan, versuchte alles, um sein Vorhaben herabzusetzen und ins Lächerliche zu ziehen, sagte ihm, er solle umkehren, aufgeben, oder zusammen mit Swobodnij und seinen Leuten Schluß machen. Dumm war das alles, sehr dumm –

Dem Steward an der Tür der Tupolew fiel auf, wie blaß und erregt Herr Tallinn aussah, als er das Flugzeug nach Moskau bestieg. Seine Augen waren sehr feucht, eigentlich zu feucht für jemanden, der nur im Wind über die Rollbahn gegangen war.

13. Die Kuriere

Die Passagiere für den Flug nach Moskau wurden auf ihrem Transfer vom Flughafengebäude zu der Tupolew von einem Militärlastwagen begleitet. Darin saßen vier Soldaten, die ihre Kalaschnikows aufrecht zwischen die Knie gestellt hielten, und drei Offiziere mit Pelzmützen und Übermänteln. Aus der Entfernung konnte Worontsjew die olivgrünen und schmutzigbraunen Fahrzeuge erkennen sowie die Soldaten, die die militärische Präsenz auf dem Flughafen Chabarowsk darstellten. Zwischen Wladiwostok und Moskau gab es eine Zwischenlandung in Chabarowsk, die auf zwanzig Minuten angesetzt war. Diese Rückkehr ins Zentrum seiner Verfolgung hatte Worontsjew nicht vermeiden können.

Während die Anspannung in ihm zunahm, fingerte er unwillkürlich in den Papieren in seiner Tasche herum, die ihn als Tallinn auswiesen, als Mitglied des Parteisekretariats. Die Papiere waren verläßlich, immerhin waren sie vom KGB, nur das Paßfoto auf dem Identitätsvisum – das er für den Inlandflug benötigte – war etwas zu flüchtig geraten. Und es schien auch ziemlich flüchtig an seiner Kennkarte befestigt worden zu sein. Die übrigen Papiere würden jeder Prüfung standhalten.

Er fragte sich, wen unter den wenigen, frierenden Passagieren, die jetzt die Fahrtreppe hinaufkamen, Ossipow wohl dazu ausersehen hatte, hier mitzufliegen – oder hatte sich Ossipow vielleicht nur für eine Durchsuchung entschieden? Er hoffte es.

Worontsjew flog Erster Klasse, wie es einem Beamten zukam, der in Staatsangelegenheiten den Fernen Osten aufsuchte. Nur wenige Passagiere waren an Bord, darunter ein KGB-Offizier aus Wladiwostok – ein zäh und kompetent aussehender Bursche, O-beinig und stämmig –, den Swobodnij ihm zum Schutz mitgegeben hatte. Der Mann war getrennt von ihm eingestiegen, ohne Anzeichen einer Zugehörigkeit zu Worontsjew.

Worontsjew drehte sich um. Der Mann sah zum Fenster hinaus und beobachtete die eintreffenden Passagiere. Im Grunde brauchte er sich nur um jemanden zu kümmern, der ebenfalls Erster Klasse flog.

Dann schob der mit einem Übermantel bekleidete Offizier, ein Oberst, den Vorhang zur Zweiten Klasse zur Seite, nickte den Passagieren zu, die wie auf Befehl in sein Gesicht blickten, und sagte: »Bitte entschuldigen Sie die Verzögerung, Genossen. Die Papiere müssen überprüft werden. Wenn ich bitten darf.«

Er war großgewachsen, sein schmales Gesicht vom Wind gerötet. Die Augen grau, wachsam. Er erwartete, daß man ihm gehorchte.

Langsam ging er den schmalen Mittelgang hindurch und prüfte die Papiere jedes einzelnen. Er ging methodisch vor und sah sich vor allem die Fotos genau an, verglich sie mit den Gesichtern. Ein- oder zweimal hielt er Papiere gegen das Licht, um ihre Echtheit an dem Wasserzeichen zu prüfen. Worontsjew beobachtete ihn so zurückhaltend wie möglich, sah aber nicht, daß er irgendwann Vergleiche mit einem Foto machte, das er bei sich hatte. Natalja – ihre Treulosigkeit gab ihm einen Stich in den Magen – hatte keine Aufnahme von ihm. Vielleicht gab es nur eine mündliche Beschreibung.

Seine Haare waren an den Schläfen silbrig gefärbt, und seine Backen auf dem Foto waren etwas feist geraten, so wirkte er insgesamt etwas dicker und älter. Viel Mühe hatte man sich allerdings nicht damit gegeben – Swobodnij hatte sich recht mißbilligend darüber geäußert, ts, ts –, aber er wirkte doch nicht mehr so jung, wie seine Frau ihn beschrieben haben mochte.

Der Oberst stand neben ihm und streckte die Hand aus. Worontsjew reichte ihm das kleine Päckchen seiner Papiere mit gewollter Selbstsicherheit. Aus dem Abteil der Zweiten Klasse war unterdrücktes Gemurmel, eine Diskussion, zu hören. Eine Regelwidrigkeit. Aus irgendeinem Grund beruhigte es Worontsjew. Der Oberst sah über die Schulter, für einen Moment lang abgelenkt.

Eine Ewigkeit verging, bis er die Papiere zurückgab. Er hob die Hand an die Mütze und knallte mit den Hacken.

»Danke sehr, Genosse Tallinn. Einen guten Flug.«

Worontsjew war der letzte Passagier in der Ersten Klasse, dessen Papiere überprüft worden waren. Der Soldat machte kehrt und verschwand hinter dem Vorhang. Worontsjew holte tief Luft und wendete seine Aufmerksamkeit dem Fenster zu. Nach wenigen Minuten sah er, wie die Soldaten wieder in den Lastwagen stiegen, der das Flugzeug verließ, und danach, wie sich die Gangway und dann der Bus von dem Flugzeug entfernten.

Niemand war in das Erste-Klasse-Abteil gekommen. Worontsjew konnte sein Glück kaum glauben. Der Hinweis ›Nicht rauchen‹ leuchtete am Ende des Abteils auf, und die Stimme des Stewards erinnerte ihn daran, den Sicherheitsgurt anzulegen. Als er es tat, wunderte er sich, daß seine Hände immer noch zitterten. Jetzt war alles vorüber. Er lehnte sich in seinem Sitz zurück, als die Tupolew langsam auf die Startbahn zurollte.

Der Steward betrat das Abteil nur wenige Minuten, nachdem die Tupolew ihre Reisehöhe und -geschwindigkeit erreicht hatte, um Bestellungen für Getränke und Frühstück entgegenzunehmen. Worontsjew hatte sich erst entschieden, nichts zu trinken, gab dann aber nach und bestellte sich Whisky statt Wodka, aber nichts zu essen. Er konnte keinen Hunger verspüren, auch wenn der Steward ihm nicht von der Seite wich, bis er wenigstens etwas zu trinken bestellt hatte. Wieder war er der aushöhlenden Vorstellung von Nataljas Verrat erlegen.

Der Steward ging. Worontsjew, um sich etwas abzulenken, sah zu dem KGB-Mann hinüber. Er schlief offenbar, den Kopf hatte er leicht zur Seite gelegt, auf die Schulter eines gutaussehenden Mädchens, das darüber nicht erfreut schien und dem es wohl widerstrebte, den Kopf mit den fettig-grauen Haaren wegzuschieben, als wisse sie über seinen Auftrag Bescheid. Wahrscheinlich hatte sie seinen Ausweis gesehen.

Natalja. Der Verrat drang ihm in die Nieren, in seinen Kopf, bis in die Fingerspitzen, jetzt kalt und abstoßend. Er war unglücklich und verfluchte diese fieberhafte Vorstellung, die sie immer von sich bei ihm ausgelöst hatte, wenn er an sie dachte. Es war jetzt aber nicht die Zeit, um zu Bruch zu gehen, um wie ein Schneemann auf seinem Sitz dahinzuschmelzen. Ich muß stark sein, sagte er sich, und die Tränen brannten in seinen Augen, und seine Nase schien zu laufen. Er schnupfte wie ein Kind.

Er konnte nicht glauben, daß sie sie dazu gezwungen hatten. Das war das Problem. Er wußte wohl, daß sie einverstanden gewesen war, daß sie ihn nur begleitet hatte, um ihn zu bewachen, ihn abzulenken oder durcheinanderzubringen. Er konnte sie sehen, ihre Nacktheit, lebendig, selbst wenn er die Augen öffnete und versuchte, sich auf den Sonnenglanz zu konzentrieren. Wie sie ihre Arme nach ihm ausstreckte.

Und dann haßte er den Gedanken, daß es außer ihr jemanden gab, der ihn gut genug kannte, um seine Schwächen auszunutzen, sein dummes, bittendes, kindliches Verlangen nach ihr. Das war es wohl, zumal ohnehin alles auf ihn selbst zurückzufallen schien, mehr noch als alles andere: daß man ihn *kannte*. Daß seine Schwächen immerhin so gut bekannt waren, daß ein anderer ihn als sein Werkzeug, sein Pfand für eigene Interessen ausnutzen konnte.

Er hustete, die bittere Wut schien ihn zu ersticken. Mehr als alles andere war es die *Ohnmacht* – das Geheimnis seines tiefsten Selbst hatte man gelüftet.

Der Steward brachte den Whisky auf einem Tablett – Soda in einer kleinen Flasche. Worontsjew sah erstaunt auf, kam dann wieder zu sich und nickte. Er wollte jetzt trinken. Der Steward lächelte und wartete auf sein Geld. Worontsjew zog seine Brieftasche heraus und setzte ungeschickt das Glas in den Halter an seinem Sitz. Dann nahm er die Flasche aus einer Hand in die andere und versuchte gleichzeitig, seine Brieftasche auf seinem Schoß zu öffnen. Er suchte nach Geld, als sei er noch schlaftrunken, und sah dabei, wie sein SID-Ausweis offen dalag und ihn anzustarren schien. Er sah zu dem Steward auf und schloß rasch die Brieftasche, dann gab er ihm mit der noch freien Hand einen Zehnrubel-Schein.

Der Steward hatte nichts gemerkt. Verdächtig war eigentlich nur, daß er dadurch in keiner Weise ehrerbietiger geworden war. Nur die gleichbleibend freundliche Haltung eines jungen Mannes, der nichts gesehen hat. Worontsjew gab ihm das Geld und hob das Glas an die Lippen. Dann lief alles recht verwirrend ab, und sein einziger Eindruck war, daß der Steward zur Seite geschubst wurde und er sich den Whisky auf die Beine schüttete, die jetzt naß wurden. Er beugte sich in seinem Sitz vor. Auf dem Boden lag der Steward, und ein schwerer Körper stand breitbeinig über ihm, eine große Stechkin auf dessen Schläfe gerichtet.

»Was ist los?« fragte Worontsjew und stand auf, wobei er sich die Hose abzuwischen versuchte.

»Dieser kleine Scheißer hat Ihnen etwas in Ihren Whisky gemischt, Genosse. Ich wollte Sie warnen, nachdem er gegangen war, aber Sie konnten es offenbar nicht erwarten!« In der Stimme des KGB-Mannes klang etwas wie Verachtung mit, aber auch Stolz auf die eigene Heldentat.

»In den Drink?« fragte Worontsjew ungläubig. Er sah sich nach den anderen Passagieren um, die im Begriff waren, statt ihres momentanen Schrecks eine Haltung betonter Gleichgültigkeit einzunehmen. Das Mädchen allerdings ausgenommen. Sie schien erleichtert, daß der KGB-Mann seinen Sitz neben ihr verlassen hatte. Mit einer feinen, aber doch ärgerlichen Handbewegung wischte sie sich über die Schulter, auf der der Kopf des Mannes geruht hatte. Worontsjew wendete seine Aufmerksamkeit wieder der Szene im Mittelgang zu.

Der KGB-Mann hatte sich selbst und den Steward aufgerichtet – dann schob er die schmale Gestalt in der weißen Uniformjacke auf einen leeren Sitz. Wieder drückte er die Stechkin an seine Schläfe. Als Worontsjew den Steward jetzt zum erstenmal genauer ansah, bemerkte er dessen offensichtliche Angst, daneben aber etwas, was ihm wie Zuversicht vorkam. Als hätte er selbst die Pistole in der Hand, oder als stünde er unter dem Schutz und der Organisation, die doch der KGB-Mann auf seiner Seite hatte. Seltsam.

»Was war es?« fragte ihn der KGB-Mann mit harter Stimme. Der Steward schwieg. Der KGB-Mann schlug ihm mit der Hand über das Gesicht und drückte ihm mit dem Pistolenlauf den Kopf zurück, dann durchsuchte er seine Taschen. Der Steward bot keinen Widerstand und zeigte nicht einmal Angst, als der KGB-Mann eine kleine leere Ampulle in seiner großen Hand hochhielt. »Was ist das?«

Der Steward antwortete nicht.

»Wissen Sie, wer ich bin?« sagte Worontsjew leise, und die fehlende Ehrerbietung wurde automatisch wieder bei dem anderen KGB-Mann sichtbar. Der Steward sah ihn an, ohne zu blinzeln.

»Antworten Sie dem Major!« fuhr ihn der KGB-Mann an. Stille.

»Wer sind Sie eigentlich?« fragte Worontsjew.

»Boris Wassiljew – Steward, wie Sie sehen.« Irgend etwas war mit dem Steward geschehen. Die Ehrerbietung, die wohl zu seiner Aufgabe gehörte, hatte einem Erstaunen darüber Platz gemacht, daß man ihn überfallen und entdeckt hatte. Aber sonst war dem Gesicht nichts anzumerken, angesichts der Pistole und der Drohungen. Jetzt nahm das Gesicht wieder gewöhnliche Züge an, so daß die starke Ausstrahlung daraus verschwand.

»Wer hat Sie angewiesen, mir etwas in den Drink zu mischen? Es war doch tödlich, nehme ich an?« Worontsjew war auf einmal fasziniert. Er fühlte keine Reaktion auf den Anschlag auf sein Leben – weder Schreck noch Haß noch Wut. Nur die geweckte, herausgeforderte Neugier. »Wer hat Ihnen den Befehl gegeben? Ist deshalb kein anderer hier eingestiegen, weil Sie schon drin waren?«

»Antworten Sie dem Major!« Die Pistolenmündung

drückte gegen den Unterkiefer. Das Gesicht war verzerrt, aber nur wegen des Drucks. Von echter Angst konnte keine Rede sein.

Durch Worontsjews Kopf purzelten Ideen. Er mußte sie nur ordnen, damit sie ein plausibles Bild ergaben.

»Paß auf ihn auf«, sagte er. »Ich brauche ihn – noch.« Dann ging er nach vorn zur Bordküche und der Tür zum Cockpit.

Als er die Tür öffnete, sah der Bordingenieur, der hinter den beiden Piloten seitlich zu ihm saß, auf und sagte: »Kehren Sie sofort auf Ihren Platz zurück.«

Worontsjew zeigte ihm den Ausweis. Der Bordingenieur prüfte ihn mißtrauisch und sprach dann in sein Mikrofon.

»Kap'tän – Major Worontsjew, vom SID, wünscht Sie zu sprechen...« Worontsjew nickte. »Jetzt, glaube ich.«

»Übernehmen Sie, Pawel«, sagte der Flugkapitän zu seinem zweiten Offizier und ließ den Steuerknüppel los, um sich Worontsjew zuzuwenden. Worontsjew wunderte sich über dessen jugendliches Aussehen, schätzte ihn auf etwa fünfzig. Stämmig, breitschultrig.

Als sie einander gegenüberstanden, sagte Worontsjew: »Herr Kapitän, was wissen Sie über Ihren Steward, Wassiljew?«

Der Kapitän wunderte sich augenblicklich. Sein Mund öffnete sich, und selbst der Bordingenieur, als er zu ihnen aufblickte wie ein staunendes Kind, lächelte bei dieser Frage.

»Was ich weiß?« fragte der Kapitän. »Der Kleine – das ist doch einer von euch, vom KGB!« Er schien unwillig, fast trotzig, kaum in der Lage, sein Mißfallen über Worontsjew zu verbergen.

»Das stimmt nicht«, sagte Worontsjew. »Das hätte ich gewußt. Auch der Offizier aus Wladiwostok, der mit mir zusammen reist, würde es mit Sicherheit wissen. Warum glauben Sie das?«

»Er hat die entsprechende Ermächtigung, Herr Major«, sagte der Kapitän steif, als sei man ihm zu nahe getreten. »Ich bin schon viele Male mit Wassiljew geflogen, und er hat sich mir stets als Flugwache vom KGB vorgestellt.«

Worontsjew nickte. »Danke, Herr Kapitän. Sie können die

Sache mir überlassen. Wann können wir frühestens in direkten Kontakt mit Moskau treten?«

Der Pilot schien überrascht.

»Noch ein paar Stunden, denke ich. Aber was Sie durchgeben wollen, kann natürlich vorausvermittelt werden...«

»Danke für Ihre Hilfe. Sagen Sie, Wassiljew ist also schon oft mit Ihnen geflogen. Dann ist er also Ihr fester Steward?«

»Eigentlich nicht. Die Sache läuft etwas anders, weil wir aus einer Art Sammelstelle jeweils verfügbarer Stewards und Stewardessen versorgt werden, wenn es um Inlandflüge geht. Sie wechseln ständig Flüge miteinander ab – eigentlich schon so ein kleines kapitalistisches Unternehmen, Herr Major.« In den blauen Augen und um den Mund lag jetzt ein Lächeln. »Sie richten es sich ganz schön ein – vor allem die von Ihrer Organisation. Sie fliegen, wohin sie wollen und wann sie wollen.«

»Ich verstehe. Aber Wassiljew fliegt gerade auf dieser Route regelmäßig?«

»Ziemlich oft, ja. Wenn ich an Bord komme, rechne ich nicht damit, dieselben Gesichter wiederzusehen. Aber er – ist recht oft dabei.«

»Und Sie haben ihn immer für einen der Unseren gehalten?«

»Ja – wegen seiner Arroganz.« Der Pilot war kühl geworden, schon fast amüsiert. Worontsjew lächelte und holte sich das Gesicht des jungen Stewards ins Gedächtnis zurück. Ja, zum KGB konnte er gehören. Wie ein Steward wirkte er durchaus nicht.

Im Dienste von Ossipow – unterwegs in der ganzen Sowjetunion. Ohne Angst vor dem KGB, weil er sich selbst als KGB-Mann ausgab. Mit immer neuen Zielen – die vielleicht erst im letzten Augenblick geändert wurden...

Worontsjew zitterte innerlich vor Erregung. Er wußte jetzt, auf was er gestoßen war.

»Herr Kapitän, überlassen Sie diese Angelegenheit mir.« Er mußte ihn unbedingt zum Sprechen bringen – unbedingt! »Und noch etwas: Ich muß Sie auffordern, auf eine Höhe herunterzugehen, bei der die Druckkabine unnötig ist.«

»Ich denke nicht daran!«

»Das ist ein Befehl! Verweigerung kann Ihnen als Verrat ausgelegt werden!« Worontsjew war nicht zum Scherzen aufgelegt, auch nicht zum Verhandeln oder Überzeugen. Sein Gesicht sah fest und entschlossen aus. Er brauchte gar nicht zu der Pistole im Halfter zu greifen. Die Macht des SID war ihm bekannt, selbst gegenüber Leuten wie diesem erfahrenen Piloten.

Es dauerte nur einen Augenblick. Dann sagte der Pilot, mißlaunig und machtlos, mit wütender Verachtung in den Augen: »Also gut. Was wollen Sie denn tun? Den Kerl rauswerfen?«

»Damit drohen. Verstehen Sie mich, Herr Kapitän. Dieses Flugzeug befindet sich ab sofort unter dem Befehl eines Offiziers vom SID. In Ihren Flugplan oder Ihre Autorität werde ich mich nach Möglichkeit nicht einmischen. Aber ich *muß* mit Ihrer vollen Unterstützung rechnen!«

»Also gut«, antwortete dieser mürrisch. »Also gut, Major Worontsjew.« Dann beugte er sich vor und sprach in das Mikrofon des Bordingenieurs. »Pawel, geh langsam auf Flughöhe sieben-null. Aber niemandem sagen.« Dann richtete er sich auf. »Reicht Ihnen das? Siebentausend Fuß. Es wird verdammt kalt sein, also lassen Sie die Tür nicht zu lange auf!«

»Danke, Herr Kapitän. Und halten Sie das Flugzeug gerade. Ich habe keine Lust, irgendwo über Sibirien rauszufallen!«

Er schloß die Tür hinter sich, während ihn innerlich der Jubel über seine letzten Worte, über seine Entdeckung erfüllte. Jetzt hatte er die Antwort, das fehlende Puzzlestück, jetzt ergab sich ein Bild für ihn.

Ein Kurier.

Das fehlende Glied war: *das Nachrichtennetz.*

Das Netz der inländischen Aeroflot-Fluglinien bot die Möglichkeit, Nachrichten zu übermitteln – von Moskau in den Fernen Osten und wer weiß wohin noch –, und das mit Düsenflugzeugen. Durch Stewards, die vor jedem Eingriff praktisch sicher waren, weil sie sich als Mitglieder des KGB ausgaben. Das mußte ja klappen. Er stand da und sah für einen Augenblick in die Erste Klasse, während sich seine Gedanken wieder ordneten. Er konnte fühlen, wie das Flugzeug langsam sank, nicht schnell, um bei den Passagieren keinen Verdacht zu erregen, aber es sank.

Die Kuriere wußten, wen sie anzusprechen hatten – sie würden sogar den Mann oder die Männer kennen, die hinter der *Gruppe 1917* und der *Finnland-Station* standen. Er verspürte ein fast körperliches Bedürfnis danach, die Informationen aus dem Steward herauszuschütteln, der jetzt aufrecht dasaß, den KGB-Mann neben sich, die Pistole offensichtlich zwischen ihnen. Die übrigen Passagiere sahen betont weg.

Nachrichten, die innerhalb weniger Stunden mündlich weitergegeben wurden. Einfach und wirkungsvoll. Wenn ein KGB-Mann mitflog, würde Wassiljew – ebenso wie die anderen, denn es mußte ja noch andere geben: zwanzig, dreißig, mehr? – seine angeblichen Befugnisse einfach nicht verraten. Und solange er das nicht tat, war er, und in den Augen der jeweiligen Flugzeugbesatzung ohnehin, stets ein KGB-Mann. Wer käme schon auf den Gedanken, das nachzuprüfen?

»Bring ihn her!« schnauzte er.

Der KGB-Mann zerrte Wassiljew aus seinem Sitz und schob ihn vor sich her auf dem Mittelgang, bis sie alle drei in der engen Bordküche zusammengepfercht standen. Worontsjew stieg übler Schweißgeruch in die Nase. Es war der KGB-Mann, nicht Wassiljew. Er blickte wütend in das zuversichtliche junge Gesicht – nein, jetzt lag graue Blässe auf den Backen, weil sie so nahe beieinander standen oder weil er ihm so nahe gekommen war.

»Hören Sie mir zu, Boris Wassiljew. Ich weiß, wer Sie sind.« Der Steward schien immer noch zuversichtlich. »Ich kenne die *Gruppe 1917* und die *Finnland-Station.* Deswegen hatten Sie mich töten sollen. Aber ich weiß, wer Sie sind, und ich werde auch herauskriegen, was Sie wissen. Sie sind ein *Kurier* von den Top-Leuten...« Die Augen wurden jetzt größer, als suchten sie einen Fluchtweg. Der KGB-Mann, wie auf ein Stichwort von Worontsjew, drückte Wassiljew die Pistole in den Rücken. Der Steward keuchte.

»Sie sehen also, ich bin im Bilde. Und ich will wissen, was Sie wissen. Alles. Sie haben sicher bemerkt, daß das Flugzeug zu sinken begonnen hat. Wenn es seine neue Höhe erreicht hat, werde ich die Tür hier vor uns öffnen...« Er sah, wie die Augen des Stewards unwillkürlich zu der verriegelten Tür hinsahen. »Und wenn Sie mir nicht alles sagen, was ich wissen will – dann werfe ich Sie da hinaus!«

In dem sparsam möblierten Raum war es eiskalt, selbst jetzt am frühen Nachmittag. Er hatte nur einen Handschuh ausgezogen, um die Nummer sicher und fehlerlos wählen zu können. Das Telefon war von ›Wanzen‹ befreit worden; es war die erste seiner Sicherheitsleitungen, die in einer Wohnung eingerichtet worden war, in dieser Arbeitervorstadt im Norden, einem grauen Betonklotz mit kleinen schmalen Fenstern.

Sein Atem dampfte in dem Zimmer. Er saß an einem wackligen Tisch, der mit Spuren von Teller- und Tassenrändern übersät war und auf dem Zuckerreste knirschten, auf einem der beiden geraden Stühle, die das übrige Mobiliar ausmachten. Es war ein zwar offiziell bewohntes Apartment, das aber schon einige Wochen leerstand, und der für die Wohnungen zuständige Hausmeister hatte es auf seine Anweisung hin so belassen.

Kutusow war hier, um einen einzigen Telefonanruf zu machen. Er war mit der U-Bahn gekommen, in dem selbstgefälligen Gefühl, daß er nicht einmal jetzt, als Andropow und der KGB so verzweifelt und in Zeitnot waren, beschattet wurde. Natürlich hatte er damit gerechnet; aber das Gefühl der Erleichterung war trotzdem groß, und dieser Erfolg – ein Omen für den noch größeren Erfolg – wärmte ihn, als er die U-Bahn verließ.

Seine Finger fühlten sich eisig an. Er wählte die Nummer – sie war nur ihm bekannt. Die zentrale Vermittlung im Hauptquartier des Moskauer Militärdistrikts außerhalb der Stadt würde die Nummer speichern und den Anruf an Walenkow, den Regimentskommandeur der Moskauer Garnison, umleiten. Die Moskauer Garnison war von der Außenwelt abgeschnitten – aber sein Anruf kam durch.

Gefühllose Finger – er versuchte unbeholfen, den Handschuh wieder über seine dicke Hand zu streifen, während er den Hörer zwischen Backe und Schulter eingeklemmt hielt. Er wollte Taten sehen, rasche und eindeutige *Entscheidungen*, und wartete nun auf die Verbindung, während es in der Leitung schnarrte und knackte. Mit Walenkow muß ich vorsichtig umgehen, sagte er sich. Vorsichtig...

»Guten Tag, Genosse.« Es war Walenkow selbst, zwanzig Jahre jünger und wissend, mit wem er sprach.

»Dmitri. Guten Tag. Ich bin noch hier, wie Sie hören.« Er hielt den Atem an, versuchte, die Stimmung des jungen Mannes sozusagen telepathisch zu ergründen. Der plumpe Witz hing immer noch in der Leitung, als sei er zu unverdaulich, um geschluckt zu werden.

»Ja, Genosse.« Nichts weiter. Nichts Verbindliches.

»Ich muß ein bißchen aufgeheitert werden, Dmitri«, machte er einen neuen Anlauf. »Deshalb rufe ich Sie an.«

»Jawohl, Genosse.«

Er ärgerte sich. Walenkow benahm sich wie ein sturer, schwachsinniger Korporal. Mit dem Anruf mußte er doch gerechnet haben, da es zu seinem Abkommen mit Walenkow gehörte, daß er sich von Zeit zu Zeit melden würde, daß er wohlauf sei, vor dem endgültigen Anruf um sechs Uhr früh am Vierundzwanzigsten.

Damit Walenkow weiß, daß ich noch am Leben bin, dachte er voll Verachtung.

»Sagen Sie mir bitte noch einmal Ihre letzte Entscheidung.«

»Luftüberfall auf den Kreml um null-sechs-null-null. Panzerangriff auf die Dscherschinskij-Straße, Sondereinheiten zur Umzingelung der Sonderziele.« Walenkow klang, als sage er eine auswendig gelernte Lektion auf – eine, die ihn langweilte.

»Ausgezeichnet, ausgezeichnet!« freute sich *Kutusow*, indem er zusah, wie sein Atem in kleinen Wolken zur Decke stieg, an der sich, um die Lampe herum, ein Rauchring gebildet hatte; an den Fenstern entstanden Eisblumen. »Und in welcher Zeit kann die ganze Aktion ablaufen, Dmitri?«

»Vierzig Minuten.«

»Ausgezeichnet. Dmitri?«

»Ja, Genosse?«

»Wenn es vorbei ist, versprechen Sie mir dann etwas?«

»Was – kann das sein?«

»Daß Sie *lachen*! Ein bißchen Freude über unser großes Unternehmen zeigen.«

Er wartete auf die Antwort, konnte direkt zuhören, wie der Mann mit seinem Gewissen rang, sein Stöhnen wahrnehmen, als er es solange bearbeitete, bis eine Form entstand, die er sich zu verraten traute; und alles für mich, für *Kutusow*, sagte er sich. *Er* war der Talisman, die Ikone.

»Wenn Sie mir *persönlich* den Auftrag erteilen, übermorgen gegen den Kreml vorzugehen – dann werde ich lachen, Genosse. Wie ich Ihnen schon sagte, werde ich nichts gegen das Politbüro oder den KGB unternehmen, ohne zu wissen, daß Sie in Sicherheit sind und nach der Aktion den Befehl übernehmen.«

»Gut, gut, Dmitri...!« kam es ärgerlich aus ihm heraus. Dann beruhigte er sich und sagte: »Also gut. Sie werden von mir hören. Auf Wiedersehen, Dmitri.«

Seine Hand zitterte, als er den Hörer auflegte. Das Versprechen, das er Dmitri eben gegeben hatte, lastete schwer auf ihm. Es war, als habe er versprochen, weit und schnell zu laufen, oder noch einmal jung zu sein.

Er schlug mit den Händen auf die Oberschenkel und erinnerte sich an die langen Unterhosen unter dem guten Anzug, er sah auf die langschäftigen Stiefel, an die zu tragen er sich gewöhnt hatte, nachdem er im letzten Winter im Ministerium auf Glatteis gestürzt war und sich einen Knöchel gebrochen hatte. Er haßte sie.

Er konnte hören, wie seine Zähne knirschten, hier im Zimmer und auch in seinem Kopf, in dieser leeren Stille. Jenseits der schmutzigen Fenster war Frost, die Eisblumen bedeckten die Scheiben. Er war wie ein Monarch in der Verbannung, der vergessene Held, der sich anschickte, heimzukehren.

Der Vergleich stimmte, er tat ihm wohl. Seine Umgebung war nicht gerade erhebend, dafür war es aber sein Ziel. Und obwohl dieses Ziel über ein Stück Draht mit einem furchtsamen Soldaten verbunden war, konnte er allein mit seiner Stimme die Welt verändern. Walenkow würde *gehorchen*, wenn der richtige Moment da war.

Er nestelte an einem losen Knopf seines Mantels und sah, wie dieser sich über seinem Bauch wölbte. Sein Körper war früher einmal durchtrainiert und hart gewesen. Hart war jetzt nur noch sein Vorsatz, sein unbeirrtes Festhalten an dem Ziel, dem Ideal.

Lenins Tod kam ihm wieder in den Sinn – das Leiden junger Männlichkeit. Der große Führer hatte sich von dem Attentatsversuch durch Churchills Agenten nie mehr ganz erholt. Dann kamen die Jahre mit Stalin, dem Schwein, Trotzkijs Tod in der Verbannung, ermordet vom NKWD, damals in den Händen des Oberschlächters Berija. Der Sozialismus in diesem Land, der Schmutz, der mit den Säuberungen kam – als der Höhepunkt der Konterrevolution erreicht war –, und dann die faschistische Invasion, die Stalin davor bewahrte, in die Hand des Volkes zu fallen, das ihm seinen verdienten Lohn erteilt hätte. Stalin, das Schwein, hatte die Größe des russischen Volkes benutzt, ausgenutzt, um sich selbst zu retten, während das Volk verblutete, um das Land zu retten.

Und seitdem war die Macht nur noch gesunken, der Wille zusammengebrochen. Das Feilschen mit den Kapitalisten um Flitterkram, um wertloses Zeug – die Sowjetunion, eine Hure.

Die Bilder und Gedanken quollen jetzt in ihm hoch wie aus einem Vulkan, begannen zu brodeln, ihn zu bedrücken wie Gase einer schlechten Verdauung, lösten Wut bei ihm aus, während seine eigene Geschichte, die Geschichte seines Landes und die seiner Ideologie an seinem Bewußtsein vorüberzogen.

Da – seine Hände zitterten. Er ballte sie zusammen und schlug sich mit den Fäusten auf die Schenkel, als wären sie Zeugen seines Alterns, seiner zunehmenden Schwäche. Er mußte tief Luft holen, immer wieder, und das Ausatmen brauste in seinen Ohren in der Stille des Raums.

Niemand konnte sie aufhalten – was auch schiefgegangen sein mochte, was auch durchgesickert sein mochte – nichts konnte es mehr aufhalten.

Worontsjew.

Der *war* gefährlich – obwohl er nichts wußte, gar nichts.

Und doch. Es war entmutigend. Denn in den letzten Tagen hatte sich alles auf ein paar alte Männer konzentriert – Ossipow, Praporowitsch, Dolochow, Pnin und die anderen Generäle. Und einem jungen Mann, nein, *zwei*, verbesserte er sich. Der eine in Helsinki, der andere auf dem Rückflug aus dem Fernen Osten.

Er war froh, daß Worontsjew nichts über ihn wußte und ihm in keiner Weise bedrohlich werden konnte. Er wußte von Ossipows Truppenübungen und ahnte wohl etwas von der Invasion. Aber er wußte nichts von dem Putsch und schon gar nichts über *Kutusow.*

Er war dankbar dafür. Jetzt war er ja nur ein alter Mann in einem schmutzigen, kahlen Zimmer, aber weil er sich so alt fühlte, bestand seine einzige Angst darin, daß ihn der jüngere Mann finden könnte.

Aus diesem Grund hatte Wassiljew ihn in dem Flugzeug zu töten.

Auf einmal schienen ihm neununddreißig Stunden eine schrecklich lange Zeit, um zu warten – und sich zu verstekken.

»Wie hoch fliegen wir jetzt, Boris?« fragte ihn eine sanfte, drängende Stimme. »Was zeigt der Höhenmesser an? Sind wir wohl tief genug, damit du den Fall überlebst?« Die Stimme gluckste in seinen Ohren, trocken, erbarmungslos. Boris konnte sogar wahrnehmen, wie sehr das Drohende in der Stimme zugenommen hatte in der letzten – wie lange eigentlich? Und im Grunde war es gar nicht die Stimme, die so klang, sondern seine Angst.

Er lag zusammengekrümmt auf dem kalten Boden des Gepäckabteils. Sein Hintern war schon gefühllos, und die Kälte war bis zu seinem Magen hochgekrochen, zu seinen Genitalien. Er fühlte einen wahnsinnigen Drang zu urinieren. Der SID-Offizier hatte ihn gegenüber der Bordküche an der verriegelten Tür stehen lassen, in der Ersten Klasse, bis es ihn vor Angst schüttelte – dann hatten sie ihm die Augen verbunden. Den Mittelgang hinunter, der Vorhangstoff schlug ihm gegen das Gesicht, durch die Zweite Klasse. Das Klicken von Türschlössern und das Schließen der Tür hinter sich. Ihre scharfen Atemzüge – und seine eigenen, die er kaum unter Kontrolle hatte.

Dann hatten sie ihn gezwungen, sich hinzusetzen, ihm die Arme unter die Knie geschoben, Handschellen klickten, schmerzten. Schließlich wurden ihm die Füße an den Knöcheln zusammengebunden. Sie hatten ihn getragen – jetzt saß er dicht am Rumpf des Flugzeugs. Er stellte sich vor – konnte gar nicht anders –, daß er sich jetzt neben der Gepäckluke befand.

Wenn sie entriegelt und zurückgeschoben wurde – dann genügte ein kleiner Schubs, um ihn hinausfallen zu lassen, über den Jablonowni-Bergen oder dem Baikal-See. Ein Schauder überlief ihn.

Er hatte im stillen wiederholt, was er überhaupt wußte, in den ersten Minuten – oder etwa Stunden? –, bevor ihn das Gefühl der Isoliertheit bedrückte. Jetzt war nur die leise knackende Stille des Gepäckraums zu hören, sonst nichts, während einer endlosen Zeit, bevor die Stimme wieder begann, ihn anzusprechen. Die Handschellen schmerzten ihn. Seine Hände konnte er schon nicht mehr fühlen. Vielleicht waren sie an den Handgelenken schon ganz abgestorben, sogar schon abgefallen. Sein Magen zuckte bei dieser Vorstellung, und er haßte diese Schwäche, die ihm so absurde Vorstellungen einflößte.

Einiges wußte er ja, aber nicht alles. Was durfte er ihnen sagen, was nicht? Und wenn er es ihnen sagte, würde das *ihnen* helfen oder ihm selbst?

Es war natürlich die Augenbinde und die alles abtötende Kälte. Verlust der Wahrnehmung – so einfach also. Er hatte die Fähigkeit verloren, seine Umgebung wahrzunehmen, und der ihn umgebende Raum schien sich auszudehnen und zu schrumpfen wie etwas Geschmeidiges. Er konnte nicht mehr mit seiner Umgebung umgehen. Wenn dieses Gefühl zunahm, dann war es für ihn, als falle er schon aus dem Flugzeug.

Töten würden sie nicht, töten würden sie ihn nicht.

»Sie sind so tapfer, Boris. Viele hätten inzwischen aufgegeben. Sie nicht.« Er hielt sich an der Stimme fest, die etwas geradezu Pathetisches an sich hatte. Sie sagte ihm, daß er nicht alleine war, daß er sich immer noch in dem Gepäckraum befand. Dann bewegte jemand etwas Schweres durch den Raum, langziehendes Knirschen. Er zuckte zusammen, als sei die Tür jetzt geöffnet worden, als strömte die kalte Luft herein. »Also ich glaube nicht, daß Sie mir noch sagen werden, was ich wissen will.« Er war stolz. »Deshalb raus mit Ihnen. Ich brauche Sie nicht mehr.«

Stille folgte.

Er wollte herausschreien, aber sie hatten ihm mit einem übel riechenden Wollschal den Mund verbunden, der Duft von billigem Haaröl stieg ihm in die Nase. Er hatte schreien wollen – merkte aber, daß es zu spät dazu war. Er schüttelte den Kopf, nickte dann wie eine Puppe und versuchte sich die eingeschlafenen Beinen zu reiben. Um ihnen zu zeigen, daß er noch am Leben sei.

Er konnte ihnen doch nichts sagen, wenn sie ihm nicht den Schal wegnahmen!

Verzweifelt kaute er an dem Knebel, bis sein Mund voller Wollfusseln war. Er konnte den breiten Schal nicht mit den Zähnen erfassen – das hätte ihm ja schon genügt! Er versuchte, die Arme hochzukriegen, aber sie hatten ihn so gefesselt, daß er sie nicht bewegen konnte...

Seine einzige Chance war, den Schal loszuwerden. Sie konnten nicht seine Augen sehen, er konnte nicht seine Arme bewegen. So konnte er ihnen ja gar nicht zeigen, wie sehr er reden – und nicht sterben wollte.

Jemand lachte, weit weg. Er hatte so sehr die Orientierung verloren, daß es ihm schien, er habe selbst gelacht. Er stöhnte auf, konnte aber nicht einmal das Geräusch hören, das er selber verursachte.

Die kalte Luft – er hätte es beschwören mögen. Ein Schloß klickte – er krümmte sich, dem Geräusch entgegen, nur um etwas wahrzunehmen. Er merkte, wie ihn Arme packten und ihn so drehten, daß er an der Schottwand saß. Er war so froh darüber, daß er seinen Kopf gegen diesen Widerstand preßte, nur um ihn zu spüren. Dann wurde die Tür zurückgeschoben. *Er hatte sich gegen die Tür gelehnt!*

Die Luft war eisig. Der Wind schrecklich. Er schrie und schrie. Er fiel, er wußte, daß er fiel...

In diesem Augenblick fühlte er etwas an seinem Hinterkopf. Die Augenbinde löste sich! Er verlor das Bewußtsein, dankbar. Er wollte nicht die steilen Berge und Schluchten sehen, den endlosen See, in den er nun fiel.

Worontsjew lehnte sich gegen das Gepäck, das sicher verstaut war, mit Ausnahme der einen Kiste, die sie verschoben hatten, um das Geräusch zu verursachen, kurz bevor sie die Tür öffneten. Er rauchte eine Zigarette, und das Gefühl kehrte gerade wieder in seine Hände und Füße und in sein Gesicht zurück, obwohl er Handschuhe trug und sich einen Schal um die Backen gewickelt hatte, bevor sie die Luke zurückschoben. Der stürmische Wind hatte ihn doch erschreckt, und er konnte sich vorstellen, was Wassiljew empfunden haben mochte. Mitleid brachte er nicht für ihn auf. Er hatte seinen Widerstand brechen müssen, und zwar schnell. Möglicherweise hatten sie schon die halbe Strecke bis Moskau zurückgelegt und mußten in Nowosibirsk zwischenlanden, um aufzutanken. Sehr lange würde es bis dahin nicht mehr dauern, und Wassiljew hatte vielleicht damit gerechnet, noch so lange auszuhalten.

Aber abgesehen davon war sich Worontsjew durchaus bewußt, daß er sich an dem Steward, der ja auch ein Kurier war, wegen eines selbst erlittenen Treuebruchs rächte. Dem geschah es ganz recht. Haben sie nicht meine eigene Frau gegen mich eingesetzt?

Während er genüßlich rauchte, sah er dem KGB-Mann – Tichon – zu, wie er Wassiljew wiederbelebte. Der Trick bestand jetzt darin, freundlich aufzutreten, versöhnlich. Der schwere Mantel war nun lose um Wassiljew gebunden, und die Handschellen und der Schal waren verschwunden. Es gab eine Flasche mit Wodka. Tichon schüttete etwas davon über Wassiljews blaue Lippen. Der Mann hustete, und seine Augenlider machten die Bewegung mit.

Dann starrte er auf Worontsjew, der ihn anlächelte, sein Zigarettenetui herausholte und Wassiljew eine Zigarette anbot. Sie hatten den Steward auf ein verzurrtes Gepäckstück gesetzt, Tichon hielt ihn fast im Arm und drückte ihm die Wodkaflasche an die Lippen. Es schien, als seien zwei andere Leute erschienen und hätten Wassiljew gerettet.

»Also, Boris?« sagte Worontsjew und setzte sich neben ihn, so daß sie alle drei wie Kinder auf einer Mauer saßen, mit baumelnden Beinen. Wassiljew hustete den Zigarettenrauch aus. »Sagen Sie's mir.« Es war jetzt wichtig, ihn nicht an das zu erinnern, was er gerade durchgemacht hatte, oder anzudeuten, daß es sich wiederholen könnte. Er wußte es noch gut genug.

»Ich – ich wollte, wollte nicht...« stotterte Wassiljew, wobei ihm die Augen im Kopf rollten.

»Ich weiß, ich weiß. Aber das ist jetzt vorbei. Erzählen Sie mir ganz einfach. Oder soll ich Fragen stellen? Wäre das einfacher für Sie?«

Wassiljew starrte schweigend die geschlossene Ladeluke an und vergewisserte sich minutenlang, daß die Riegel auch wirklich geschlossen waren. Er zog an der Zigarette – plötzlich wurde ihm übel und er hielt sich den Magen, würgte und schluckte, während ihm die scharfe Kante einer Kiste in den Rücken stach. Als Tichon ihm Wodka anbot, nahm er ein paar Schlucke aus der Flasche, und der Alkohol brannte ihm bis hinunter in den Magen.

Aber es schien ihm zu helfen. Er setzte sich aufrechter hin und nickte: »Ja. Fragen Sie mich.«

Worontsjew wußte, daß diese Bereitschaft nicht lange anhalten würde. Nach dem, was Wassiljew mitgemacht hatte, würde er nach und nach in mißmutiges Schweigen verfallen. Und dann würde der eigene Wille zurückkehren und ausreichen, um ein paar Lügen und Ausflüchte vorzubringen. Die Wahrheit bekäme er nur am Anfang zu hören.

»Wer ist Ihr Vorgesetzter? Wer hat Sie eingesetzt? Wer steckt hinter der *Gruppe 1917*?«

Wassiljew schien enttäuscht darüber, daß er die Fragen nicht beantworten konnte. Er sagte: »Ich – weiß nicht...«

»Haben Sie ihn nie getroffen?«

»Nur ein paar Mal – um ihm direkt zu berichten.«

»Und?«

»Es war immer nachts. Er hielt sein Gesicht im Schatten. Nur ein alter Mann mit seinem Hund.«

»Wo fanden diese Treffen statt?«

»Meistens im ›Jungfrauenfeld‹, bei dem Tolstoi-Denkmal. Kennen Sie es?«

Worontsjew nickte. Die Information war unerheblich. »Wie war sein Code-Name?«

»Kutosow«, antwortete Wassiljew, der immer noch eifrig erscheinen wollte.

Worontsjew lächelte. »Eine Vorliebe für Helden«, meinte er. »Und Sie wohl auch, was? Wie viele gibt es denn von so Leuten wie Sie?«

»Dreißig vielleicht – mehr sicher nicht.«

»Wenn wir mit dem Gespräch fertig sind, werden Sie uns alle Namen aufschreiben, die Sie kennen. Also – Ossipow probt die Invasion im Hintergrund, stimmt's?« Wassiljew nickte. Worontsjew unterdrückte ein erleichtertes Aufatmen. »Wer kommandiert die Invasion?«

»Praporowitsch selbst.«

Natürlich wußte das Worontsjew. Es mußte ja der Befehlshaber der Sowjetischen Heeresgruppe Nord sein. Trotzdem traf ihn diese Nachricht wie ein Schlag gegen die Brust. Er schwieg einen Augenblick, dann sagte er: »Ist sein gesamter Stab daran beteiligt?« Wassiljew nickte. Worontsjew beherrschte sich, um sie nicht als Verräter abzustempeln. »Was *wissen* die von seinem Stab?«

»Einige sind vollständig informiert, aber die meisten glauben, daß das Ganze vom Kreml – sanktioniert wurde.« Es klang verächtlich. »Dolochow gehört auch dazu«, vertraute er Worontsjew an.

»Ja, das muß er wohl.«

Er zündete sich eine weitere Zigarette an und sagte: »Wann soll es losgehen?«

Wassiljew schwieg. Worontsjew fragte sich, ob er sich wohl schon eines Besseren besonnen habe, ob jetzt Ausflüchte und Lügen dran wären. Dann hörte er: »Ich wurde von meinem Auftrag als Kurier entbunden. Wahrscheinlich bald.«

»Wie verständigen sie sich untereinander?«

»Abgesicherte Telefone.«

»Ist *Kutusow* in Moskau?«

»Ich nehme an, ja.«

»Und was ist mit dem Putsch?« Es fiel ihm schwer, seine Erregung nicht mit der Stimme zu verraten.

»Der soll mit der Invasion von Finnland und Norwegen zusammenfallen. Zeitlich genau.«

»*Wer* ist daran beteiligt? *Wann* soll er stattfinden?«

Die kalte Stille in dem Gepäckraum schien nicht mehr aufzuhören, sie legte sich drückend auf alle. Dann sagte Wassiljew: »Ich weiß es nicht. Da ist die Wahrheit. Ich habe Nachrichten wegen der *Finnland-Station* überbracht, aber nicht für den Putsch. Ich weiß weder wie, noch wann.«

Es hatte zwar etwas zurückhaltend geklungen, aber Worontsjew hatte nicht den Eindruck, daß er log. Mit einer geradezu widerwärtigen Gewißheit war ihm klar, daß Andropow schon soviel wußte, wie er ihm hätte sagen können – der 24. Es mußte so sein. Er zwang sich, jetzt nur an das Verhör zu denken. Um die Atmosphäre möglichst zu entspannen und zu entlasten, damit Wassiljew noch ein paar Informationen freiwillig hergab, sagte Worontsjew: »Ich glaube, die Reisegeschwindigkeit und Flughöhe sind wieder normal – wenn wir nicht schon Nowosibirsk für die Zwischenlandung anfliegen.«

Es war die Bemerkung eines vielgereisten Passagiers, nicht mehr, doch Wassiljew fühlte sich davon besonders angesprochen. Eine unerklärliche Dankbarkeit für diesen Mann, der ihn hier vernommen hatte, schlug in ihm hoch. »Da ist ein Engländer, in Leningrad. In Verwahrung. Man hat ihn in Finnland aufgegriffen.«

Das hatte Worontsjew nicht erwartet; auch nichts Ähnliches. Er zog an seiner Zigarette, dann sagte er: »Was würde der nützen?«

»Er wurde von *Kutusow* verhört, hat man mir gesagt.«

Worontsjew drückte seine Zigarette auf dem Metallboden aus und stand auf. Er sah zu Wassiljew, dann wendete er sich zu Tichon und sagte: »Wenn er Ihnen alle Namen angegeben hat – jeden, den er kennt, dann bringen Sie ihn zurück in die Erste Klasse.« Tichon nickte. Wassiljew machte ein dankbares Gesicht, wie ein Hund. Nur seine Augen blickten starr, schienen ermüdet. Viel würde er nicht mehr bringen. Tichon hatte schon ein Notizbuch herausgezogen und hielt es mit einem Stift Wassiljew entgegen. Die gefühllosen Hände, die von den geschwollenen Gelenken herabhingen, waren scheinbar nutzlos.

»Er wird für Sie schreiben«, sagte Worontsjew freundlich und ging hinaus. Er schloß die Tür hinter sich.

Als er in die Kabine zurückkehrte, sah sich der Kapitän nach ihm um und runzelte die Stirn. Nur seine Augen funkelten. Es schien ihn wenig zu kümmern, was mit Wassiljew geschehen war, aber seine Abneigung gegen Worontsjew war nicht zu übersehen.

Er sagte: »Es schneit in Moskau. Wir werden in Nowosibirsk auftanken und dann nach Swerdlowsk weiterfliegen. Dort warten wir, bis es sich aufklärt.« Es wußte natürlich, daß sich Worontsjew über diese Nachricht ärgern würde.

»Sie bleiben in Nowosibirsk, bis ich mit Moskau gesprochen habe!« sagte er kurz angebunden. »Funken Sie voraus, daß ich mit dem KGB-Mann im Tower sprechen möchte. Ich brauche eine sichere Leitung zur Moskauer Zentrale.«

Der Schnee draußen vor den Fenstern des Restaurants fiel dichter. *Kutusow* beobachtete das, während er aß. Als er seinen Kaffee und ein Glas ukrainischen Wodka mit Paprika getrunken hatte, ging er zur Telefonzelle – deren Abhörsicherheit noch an diesem Nachmittag von jemandem geprüft worden war, der sich als Fernmeldeingenieur vom KGB ausgegeben hatte – und wählte die Nummer von Walenkow. Als dieser abhob, sagte *Kutusow*: »Und was ist, wenn es am 24. morgens schneit, Dmitri?«

Walenkow schien erstaunt, fast beleidigt, durch diese Frage. Mit gereizter Stimme sagte er: »Wir sind auf diese Eventualität vorbereitet, Genosse. Eine Sondereinheit der Luftlandetruppen wird dann mit Panzerwagen zum Kreml fahren. Was mir übrigens auch mehr zusagt – nur daß Sie sich für den Blitzkrieg aus der Luft entschieden hatten.«

Der Vorwurf stimmte. *Kutusow* lachte und sagte: »Entschuldige, Dmitri. Ich verlasse mich auf dich. Wiedersehen.«

Zitternd vor Wut über sich kam er aus der Zelle. So ein blöder alter Kerl! Das war alles, was er von sich sagen konnte.

Dabei hatte ihm der fallende Schnee die ganze Zeit, während er aß, auf den Magen gedrückt.

Er ging an seinen Tisch zurück. Einer der GRU-Leute in dem Restaurant, sein persönlicher Leibwächter, lehnte sich in seinem Stuhl zurück, als *Kutusow* noch einen ukrainischen Wodka kommen ließ. Ihn fror jetzt. Keine Nachricht aus Nowosibirsk über Worontsjew, der inzwischen tot sein dürfte. Wenn keine Meldung eintraf, würde er später über Sicherheitsleitung Vier einen Anruf machen müssen.

Mit kurzen Schlucken würgte er an seinem Paprika-Wodka.

Worontsjew starrte auf den Stadtplan von Nowosibirsk, während Kapustin am anderen Ende der Funkverbindung noch dabei war, den ersten Teil seiner Mitteilung zu verdauen. Er befand sich im Dienstraum des KGB am Flughafen. Er war nie zuvor in Nowosibirsk gewesen, der drittgrößten Stadt der Sowjetunion, einem riesigen Industriekomplex, den man auf das Zehnfache seiner Kapazität aufgebläht hatte, nachdem die Industrie aus dem europäischen Rußland nach Sibirien verlagert worden war, als die Faschisten ins Land gedrungen waren.

Heute lebten mehr als eine Million Menschen hier. Worontsjew war jeder einzelne von ihnen gleichgültig. Mit der Wirklichkeit schien dieser Plan der Stadt, die sich südlich des Flughafens und zu beiden Seiten des Ob ausdehnte, wenig zu tun zu haben. Jedenfalls entdeckte Worontsjew darauf nichts von dem Lichtermeer, das ihm beim Anflug unter der Tragfläche aufgefallen war.

Die Temperatur außerhalb des Flugzeugs lag bei minus fünf Grad Celsius. Mild für diese Jahreszeit, milder als in Moskau in diesem Augenblick. Er hatte schon gehört, daß sich das Wetter von Kapustins Büro aus gesehen verschlechtern würde, wo dieser und Andropow auf die dünne, fremdwirkende Stimme lauschten, die ihnen apokalyptische Mitteilungen machte. Worontsjew wußte, wie unwahrscheinlich es war, noch an diesem Tag oder in dieser Nacht in Scheremetjewo oder einem anderen Moskauer Flughafen anzukommen.

Er fühlte sich ohnmächtig und enttäuscht.

»Wie werden diese Leute ausgesucht, Worontsjew?« Wieder die Stimme von Kapustin.

Worontsjew spürte eine unsinnige Wut, als würde sein Vorgesetzter an unwichtigen Teilen der Maschine herumbasteln, statt ihr den Motor herauszureißen, um sie stillzulegen.

»Meinem Assistenten erzählte Wassiljew, daß er von der Armee ausgemustert wurde – obwohl man damals, als er sich für einen Auftrag bewarb, keine Gründe angegeben hatte. Nach einer Weile hat man ihn dann angesprochen. Er meint, sie seien alle auf diese Weise rekrutiert worden – ausgemusterte erstklassige Offiziersanwärter, die dann für diese *Sonderdienste* herangeholt wurden...«

Er wurde durch Andropows trockenen Ton unterbrochen und war überrascht, daß ihn die ganze ätzende Überheblichkeit dieser Stimme voll erreichte, sogar auf diese Entfernung über Satellitenfunk.

Andropow sagte: »Lesen Sie mir die ganze Namensliste noch einmal vor.« Worontsjew tat es, buchstabierte viele von ihnen. Insgesamt waren es siebzehn. Als er fertig war, sagte er: »Was werden Sie jetzt tun?«

»Aeroflot wird informiert. KGB-Leute werden sofortige Verhaftungen vornehmen – die übrigen werden in den Zielflughäfen verhaftet. Aus ihnen werden wir dann das ganze Bild zusammensetzen.«

Worontsjew drängte: »Aber Herr Vorsitzender, Sie scheinen die Dringlichkeit zu verkennen...«

»Ich verstehe schon, Worontsjew. Was erwarten Sie von mir – soll ich den KGB-Geschäftsträger in Wladiwostok damit beauftragen, Ossipow zu verhaften?«

»Nein, ich meinte – einfach...«

»Was wollten Sie uns sonst noch mitteilen, Worontsjew?«

»Da ist ein Engländer in dem Geheimhaus, das sie in Leningrad benutzen. Er kann *Kutusow* identifizieren – zumindest kann man davon ausgehen, daß er ihn gesehen hat!«

»Ein Engländer?«

»Ein Soldat – man hat ihn nach Finnland geschickt, um ein

paar Infrarot-Aufnahmen nachzuprüfen. Er ist offenbar noch am Leben.«

»Dann werden wir ihn holen.« Schweigen folgte, als hätte sich Andropow weggewendet und würde zum Fenster hinaussehen. Dann: »Können wir uns auf irgend jemanden vom KGB Leningrad verlassen? Die Adresse des Geheimhauses wird vom KGB als Adresse verwendet. Was ist Ihre Meinung?«

»Ich weiß nicht, Herr Vorsitzender. Das sind im wesentlichen Leute vom Militärischen Geheimdienst, vom GRU – Wassiljew hat sich da nicht so genau ausgedrückt. Er weiß davon nicht allzuviel.«

Wieder Schweigen, dann: »Wir können da keine Gruppe von außen einfliegen, jedenfalls nicht von hier aus. Sie werden das von dort aus tun. Verstanden? Ich werde mit dem Geschäftsträger in Nowosibirsk sprechen und Sie damit beauftragen. Meinen Sie, wir könnten ihnen trauen?«

»Wirklich, Herr Vorsitzender, ich weiß es nicht – aber wir müssen dieses Risiko eingehen...«

»Einverstanden. Wählen Sie sich Leute aus und weisen Sie diese an, das Geheimhaus zu nehmen. Dann fliegen Sie mit der ersten erreichbaren Maschine nach Leningrad. Das Wetter soll gut sein dort, nehme ich an.« Worontsjew spürte die Ironie selbst Tausende von Kilometern von diesem grauen Gesicht, den schmalen Lippen entfernt, die sich beim Aussprechen dieser Worte wohl leicht gekräuselt hatten. Jemand hatte Andropow einen dämonischen Bankangestellten genannt; Worontsjew wußte nicht mehr genau, ob ein berüchtigter Dissident oder einer vom SID.

Er schüttelte leicht den Kopf und sagte: »Herr Vorsitzender, geht es darum, den Engländer zu holen, oder jeden, den wir kriegen?«

»Jeden – aber der Engländer ist am wichtigsten.«

»Was ist mit Praporowitsch, Herr Vorsitzender?« Es machte ihn nervös, Andropow an alles erinnern zu müssen, aber er fühlte sich dazu verpflichtet. Das ganze Gespräch verlief in einer sterilen Unverbindlichkeit, als ginge es nur um eine formale Übung.

»Ja. Es gibt einen Mann in Leningrad, dem wir absolut vertrauen können.« Worontsjew wußte, daß es der von der Abteilung ›V‹ Beauftragte war, ein Mann, der mit der offiziellen Hierarchie des Geschäftsträgers und seiner Leute nichts zu tun hatte, der einen Beruf, eine Familie hatte und ein ganz normales bürgerliches Leben führte. Der KGB-Mörder in Leningrad. »Dieser Mann wird angewiesen, sich bei Ihnen zu melden, bevor Sie das Geheimhaus einnehmen – nachdem der *Unfall* stattgefunden hat.«

»Ja, Herr Vorsitzender.« Worontsjew dachte nach und sagte dann: »Wie wird sie aufgehalten, Herr Vorsitzender? Die Invasion, meine ich?«

Schweigen folgte, als sei er zu weit gegangen und habe sich zu sehr in Angelegenheiten eingelassen, die ihn schon nichts mehr angingen. Dann aber, als würde ihm das Recht doch zugestanden, mehr darüber zu wissen, als Lohn für das beispiellose Vertrauen des Mannes, der Wassiljew zum Sprechen gebracht hatte, sagte Andropow: »Ich weiß es nicht. Dolochow in Murmansk ist etwas anderes. An den kommt man nicht so leicht heran. Trotzdem muß dort in der gleichen Art vorgegangen werden wie hier. Ich werde noch einmal darauf zurückkommen, Worontsjew. Inzwischen...«, Andropow fuhr fort, als spreche er nur noch zu sich selbst, »...brauchen wir Zeit, Worontsjew, Zeit, um Loyalitäten sicherzustellen. Die Zeit drängt!«

»Nein, Herr Vorsitzender. Meinen Sie denn nicht – ich glaube, es wird die Moskauer Garnison sein! Wenn der Putsch wirklich klappen soll...«

»Einverstanden. Was schlagen Sie vor?« Wieder diese Spur von Ironie, so deutlich wahrzunehmen wie Tabakgeruch. »Die ganze Garnison verhaften?«

»Das nicht...«

»Nein. Ihr Auftrag ist es, vor morgen früh mit einem Team nach Leningrad zu fliegen, den Engländer zu fassen und *Kutusow* zu identifizieren. Wenn wir ihn haben und Praporowitsch und Dolochow tot sind – dann wird es keinen Befehl für die Invasion geben, und auch keinen für den Putsch. Verstehen Sie mich?« Andropow war jetzt weder liebenswürdig noch verbindlich. Nur noch effizient. »*Kutusow* ist der Schlüssel. Wir müssen ihn haben.«

Nachdem Worontsjew die Funkverbindung beendet hatte, saß er noch eine Weile in dem Drehsessel vor dem Gerät. In seiner Vorstellung sah er deutlich einen alten Mann, der in dem Park, dem sogenannten ›Jungfrauenfeld‹, einen Hund spazieren führte. Nur in einer Hinsicht unterschied sich dieses Bild von allem, was Wassiljews Information bei ihm ausgelöst hatte. In Worontsjews Vorstellung waren der alte Mann und der Hund von einem Kind begleitet.

14. Indiskutabel

»Gerade noch rechtzeitig, bevor die Post schließt«, bemerkte Philipson zu dem Fahrer, der von der Kälte so abgestumpft war, daß er nicht antwortete. Der Beobachtungswagen parkte noch keine Viertelstunde gegenüber der Hauptpost am Bahnhofsplatz, aber Philipson mußte schon die Windschutzscheibe von dem anfrierenden Beschlag reinigen – jetzt rieb er mit seinem dicken Handschuh darüber hinweg, bis er durch einen schmalen durchsichtigen Schlitz erkennen konnte, daß Hauptmann Ozeroff gerade durch die Glastür in das Postgebäude hineinging.

»An alle«, sagte Philipson in das Funkgerät des Wagens, nachdem er jetzt ganz sicher war. »Der Betreffende hat soeben das Postgebäude betreten. Niemand folgt ihm – ich gehe selbst. Er hat mich nicht gesehen.« Er sah zu Greaves, dem Fahrer, hinüber. »Los, komm, alter Junge, wir wollen mal sehen, wer unserem Freund geschrieben hat.«

Der Fahrer stöhnte nur. Draußen blies ein schneidender Wind, und der Schnee drang durch seine pelzgefütterten Stiefel. Philipson fragte sich, ob er durch das zentralbeheizte Büro so verweichlicht worden sei, dann schob er die Hände in die Taschen und überquerte die Mannerheimintie vor dem Bahnhof, vorsichtig, dem nachlassenden Berufsverkehr ausweichend, der in die nördlichen Vorstädte unterwegs war.

Er ging die Stufen hinauf, wobei ihm plötzlich die ungewohnte Pistole auffiel, die da in seinem Hosenbund steckte, als sei ihr Griff auf einmal merklich abgekühlt. Er wich einer

Dame in einem riesigen Pelzmantel aus und ging dann durch die Drehtür in die Wärme des hohen, mit Deckenleuchten ausgestatteten Raumes. Es war wirklich wärmer – wo war er eigentlich?

Philipson hatte nur eine ungefähre Vorstellung davon, warum Aubrey an Hauptmann Ozeroff von der sowjetischen Sicherheitsgruppe in Lahtilinna interessiert war. Aber im Zuge dieser ganzen Beschattungsmaßnahmen hatte er, seiner eigenen Meinung nach, ganz gute Arbeit geleistet, vor allem seit Ozeroff auf Urlaub war und sich den größten Teil des Tages in Helsinki aufhielt, und die Beschattung einer sich nur langsam bewegenden, nicht abgelenkten Person schwieriger und auch ermüdender war. Ozeroff war in der Athenäum-Kunstgalerie gewesen, im Parlamentsgebäude, im Landes- und im Städtischen Museum, und drunten am Hafen mit einem Taxi – viel freies Gelände, aber auch viele geschlossene Räume. Trotzdem hatte er wohl keinen Verdacht geschöpft.

Philipson hatte seine Leute herumschicken und alles überwachen müssen, sich an dem reibungslosen Ablauf delektiert und nach endlosen Stunden Tränen der Langeweile in den Augen gehabt.

Ozeroff stand an dem Schalter für postlagernde Sendungen und sprach mit einem grauhaarigen Angestellten, wobei er mit freundlichen Worten und unsicherem Finnisch – wie aus dem beiderseitigen Lächeln zu entnehmen war – erklärte, was er wollte. Philipson spürte einen kleinen Stich der Aufregung in seinem Bauch – ein Hinweis? Oder auch nichts. Greaves hatte sich als Beobachter hinter ihn gestellt und füllte irgendein Formular aus, endlos – wohl für einen finnischen Führerschein. Ozeroff war etwa fünfzehn Meter von ihnen entfernt. Philipson, mit selbstzufriedener Miene, ging mit sicheren Schritten dorthin und stellte sich hinter Ozeroff an, als sei er der erste in einer Schlange, die sich jetzt hinter dem Schalter bilden würde. Er versuchte gelangweilt dreinzuschauen, indem er sich an die windigen Sandwiches erinnerte, die er sich irgendwo im Stehen einverleibt hatte, und es bereitete ihm keine Schwierigkeit, an dem Gespräch völlig uninteressiert zu erscheinen.

»Ihre Tante – natürlich. Komischer Name, noch dazu aus

Karelien«, murmelte der alte Mann hinter dem Schalter, mehr zu sich selbst. »Jedenfalls haben Sie ja den kleinen Beleg, also gibt's keine Probleme.« Er drehte sich zur Seite und suchte die alphabetisch bezeichneten kleinen Fächer durch. Philipson konnte Ozeroffs Unterkiefer von der Seite sehen, fest und angespannt, während seine Hand auf dem Schalterbrett hüpfte, wie ein Vogel – aus Anspannung, Mißtrauen? Alter Knacker, dachte Philipson, als der alte Mann ein Bündel Luftpostbriefe herausnahm und sie sorgfältig nacheinander durchsah, bevor er sie wieder einsteckte.

»Aber Sie sind nicht aus Karelien, oder?« fragte ihn der alte Mann, ohne sich umzudrehen.

»Aus dem russischen Teil – wir mußten Russisch in der Schule lernen.« Ozeroff antwortete widerwillig. Philipson gefiel der Schwindel irgendwie, aber er freute sich viel mehr darüber, daß Ozeroff hier vor ihm stand und vorgab, ein anderer zu sein. Erst konzentrierte er sich darauf, sich überhaupt nicht zu bewegen, dann aber ließ er die aufgestaute Spannung ganz in seine Füße fließen, mit denen er scharrte, als sei er ungeduldig. Ozeroff drehte sich nicht um.

Der alte Mann kam von seinen Fächern zurück und hielt Ozeroff einen Brief hin – Philipson beobachtete, wie seine Hand erst langsam kam, den Brief nahm und ihn dann rasch wegsteckte.

»Vielen Dank«, sagte Ozeroff. »Sie wird sich freuen, mal wieder von ihrer Schwester zu hören.«

»Keine Ursache«, antwortete der alte Mann, indem er auf die Brusttasche starrte, in der der Brief jetzt steckte, als sei er darauf neidisch, oder auf die russischen Briefmarken. Philipson machte Platz, als Ozeroff sich wegdrehte und zur Tür ging. Der alte Mann schob sich die Brille zurecht, legte den Kopf etwas zur Seite und wollte Philipson gerade fragen, was er für ihn tun könne.

»An wen war der Brief gerichtet?« fragte Philipson. Der alte Mann zuckte vor Schreck zusammen. »Schnell.« Philipson zeigte ihm den Ausweis der Kriminalpolizei von Helsinki, der ihn als Polizeiinspektor bezeichnete, so daß der alte Mann wieder seine Brille zurechtrückte, das Foto mit dem Gesicht vor ihm verglich, ein paarmal nickte und sich dann räusperte, als wolle er sich zu einer heiligen Handlung oder einem Gebet anschicken.

»Ah, Herr Inspektor – ein Brief von der Tante des jungen Mannes. Ich glaube, das war ein Russe, aber der kommt doch nicht aus Karelien, oder? Vom russischen Teil. In der letzten Zeit sind so viele Leute über die Grenze gekommen...«

»Er hat gar keine Tante in Karelien. Also – an wen war der Brief?« Philipson versuchte, einen neutralen Ton beizubehalten, weil sich der Alte nicht so leicht an ihn erinnern sollte, aus welchem Grund auch immer – zumal er ihn jetzt sehr genau ansah, als gefiele ihm seine Beteiligung an einer Art Verschwörung.

»Ein seltener Name – wahrscheinlich jüdisch, hm?«

»Wie kann ich das wissen – Sie haben ihn mir ja noch nicht gesagt.«

»Ach so, entschuldigen Sie bitte, Herr Inspektor. Aber ich höre mir manchmal nur selber zu, ich lebe ja alleine. Und dann meine ich, ich hab' etwas gesagt, dabei stimmt's gar nicht. Fanny Kaplan, so hieß sie. Komischer Name, nicht? Fanny Kaplan.«

»Danke. Und behalten Sie das für sich, ja?« Hoffen konnte er es nicht, aber es mußte gesagt werden.

»Natürlich, natürlich...«

Der alte Mann sah zu, wie Philipson zu dem Mann ging, der das Formular ausfüllte, und wie beide dann durch die Drehtür verschwanden, und konnte nicht aufhören, den Kopf zu schütteln vor Verwunderung.

Draußen zeigte Greaves auf Ozeroffs Rücken, der sich von ihnen entfernte.

»Wahrscheinlich sucht er jetzt einen Ort, wo er den Brief lesen kann, wenn er nicht schon weiß, was drin steht«, sagte Philipson. »Gehen wir.«

Während er vorsichtig die vereisten Stufen hinunterstieg, machte er sich noch einmal Gedanken über den Namen auf dem Brief mit den russischen Briefmarken. Irgend etwas kam ihm bekannt vor bei dem Namen, nur konnte er sich nicht erinnern, was es war. Und mit Spionage hatte es nichts zu tun – vielmehr kam ihm die alberne Vorstellung von Geschichtsstunden in der 6. Klasse. Wirklich albern.

»Fanny Kaplan...«

»Bitte?« sagte Greaves, sich neben ihm haltend, etwa hundert Meter hinter Ozeroff.

»Ich werde das mal über Funk durchgeben. Aubrey wird es vielleicht auf Anhieb wissen. Folgen Sie ruhig unserem Freund; ich hol' Sie dann mit dem Wagen ab.«

»Machen Sie's aber nicht zu lang«, war alles, was Greaves als Antwort dazu einfiel.

Als er die Mannerheimintie überquerte, versuchte Philipson sich zu erinnern, wo er den Namen schon einmal gehört hatte – aber ihm kam nur, wie er sich in seinem letzten Schuljahr nach einem Rugby-Sieg ziemlich betrunken hatte, ja richtig, gegen die früheren Absolventen, und der Geschichtslehrer hatte als Außenstürmer mitgespielt. Fanny Kaplan – er konnte fast hören, wie der Lehrer den Namen jetzt zu ihm sagte.

Praporowitsch starrte von der Tribüne aus auf den riesigen Kartentisch. Er hatte den verglasten Aufsichtsraum verlassen, in dem die Bediener ständig Stellungsberichte und Instruktionen in die Computer eingaben, weil ihm die Atmosphäre dort zu unwirklich erschien. Er hatte sich darin wie in einem geräuschlosen Aquarium gefühlt, und wenn er dann auf den Kartentisch sah, fand er keine Beziehung zu dem, was sich dort unten zu ereignen schien. Draußen auf der Tribüne war es zwar auch nicht laut. Jeder der Stabsoffiziere, die an dem großen Tisch standen, trug Kopfhörer und ein Kehlkopfmikrofon, und was sie murmelten, klang undeutlich und zusammenhanglos. Es war aber echter – die Lampen leuchteten heller hier draußen, und er konnte sich die Panzer und Kanonen und Schiffe vorstellen, die sie symbolisierten.

Pnin befand sich jenseits der Grenze und bezog getarnte Stellungen vor seinem Angriff auf Ivalo und der Einnahme des Flughafens. Er dachte noch einmal an Pnin wegen der Pannen bei seinen Probeübungen – jetzt waren auch die übrigen Finnland-Stationen in Stellung gegangen. Angriffseinheit Eins befand sich massiert auf der Straße nach Kirkenes, hart an der norwegischen Grenze. Dolochows Rote Flotte stach aus dem eisfreien Murmansk in See – Truppentransporter mit ihrem Begleitschutz von U-Booten und Zerstörern. Und die U-Boote – die großen – waren an den Eingängen zu den wichtigsten Fjorden bis hinunter nach Tromsø postiert. Weiter östlich auf der Karte und weit innerhalb der Sowjetunion wurden SHGN-Luftlandetruppen in Frontstellungen gebracht. Sie hatten weniger als eine Stunde Verspätung und hielten sich damit noch durchaus innerhalb der selbst gesetzten Fristen.

Das *Ausmaß* des Ganzen – die *Realität* – durchzuckte ihn wie ein elektrischer Schlag. Er konnte es nicht verhindern, daß sein Gesicht den Ausdruck eines grimmigen Lächelns annahm.

Schiffe, Panzer, Truppen – die chemischen Einheiten, weil Ossipow noch rechtzeitig fertig geworden war und der Computer das VX-Gas auf jedes Ziel eingesetzt hatte und die entsprechenden Programme an das Hauptquartier der SHGN übermittelt worden waren. Schiffe, Panzer, Kanonen, Männer; Regimente, Bataillone, Divisionen, Armeen; Begriffe, Worte, kleine Bilder aus früheren Truppenübungen zogen an seinem Geist vorbei wie in einem Traum.

Morgen...

»Also gut – Kapustin, ordnen Sie an, daß die Männer ausgeschaltet werden! Sie haben ja die Liste!«

Andropow sah seinem Mitarbeiter nach, bis dieser die Tür hinter sich schloß. Dann schien er seine eigenen Züge zu prüfen, obwohl kein Spiegel vor ihm stand und er sich auch nicht in der blanken Fläche seines Schreibtisches sehen konnte. Etwas geschah mit seinem Gesicht, und er konnte es deutlich wahrnehmen, als wäre jedes Zucken, jede Bewegung seiner Muskeln wie ein Pinselstrich auf der Wand vor ihm. Sein Gesicht begann ein Spiegelbild der Angst zu werden.

Es war wie ein Alptraum. Er hob die Hand, um die Brille abzunehmen, weil er um die Augen herum schwitzte, nahm sie aber rasch wieder weg, da er die so entstehende Nacktheit nicht ertragen hätte. Er dachte an seinen Trick, das Licht mit den Brillengläsern so einzufangen, daß sie spiegelten und seine Augen unsichtbar wurden, aber niemand war da, um zuzusehen, und so ließ er es bleiben. Aber seine Hand...

Sie zitterte. Er nahm sie weg, setzte sich darauf, und konnte doch durch den Oberschenkel das Zittern spüren.

Juri Andropow, Vorsitzender des KGB, saß auf seinen Händen, den Körper im Stuhl vornüber gebeugt, als sei er vom Lehrer geschlagen worden und würde sich jetzt das Schluchzen verbeißen. Juri Andropows Gesicht war außer Kontrolle geraten, es nahm den Ausdruck des Schreckens über das an, was er soeben angeordnet hatte, mit all seinen Konsequenzen. Er hatte soeben den Tod von zwölf Menschen angeordnet. Juri Andropow haßte sich.

Denn auch wenn diese Männer tot waren, würde die Invasion nicht aufgehalten. Sie würde trotzdem beginnen. Er hatte sich der einzigen Waffe bedient, die ihm zur Verfügung stand, Mord, und sie reichte nicht aus. Genauso wie sein Gesicht nicht über eine ausreichende Muskelkontrolle verfügte, um einen anderen Ausdruck als den des Schreckens anzunehmen, den er jetzt spürte.

Der Putsch würde weitergehen – sie wußten nichts, gar nichts.

Worontsjew – Major Worontsjew. Eine Handvoll Männer, die ein Haus in Leningrad stürmten. Wie konnte wohl dadurch etwas angehalten werden? Wenn nicht einmal er als Vorsitzender etwas dadurch anhalten konnte, daß er den Tod von Praporowitsch und Dolochow und einem Dutzend Generälen anordnete ...

Es hätte ohnehin nicht mehr geklappt. Sie hatten es zu lang hinausgezögert. Zu spät. Während sein Körper sich beruhigte und die anhaltende Vorstellung seiner zusammenfallenden Gesichtszüge verschwand, nannte er sich einen Fatalisten. Sie hatten gespielt und verloren. Furcht, mangelhafte Ermittlungsverfahren, zu großes Selbstvertrauen – es ging nicht um den Grund. Sie hatten verloren.

Im Annehmen dieser Tatsache, sagte er sich, liegt eine gewisse Kraft. Sicher, er jedenfalls fühlte sich ruhiger und stärker.

»Herr Admiral – eine Nachricht von Ihrer Tochter.«

»Was – jetzt?«

»Jawohl, Herr Admiral.«

»Also gut, was gibt's?« Dolochow konnte eine gewisse Freude nicht unterdrücken, selbst als er im Begriff war, zu Praporowitschs Hauptquartier zu gehen. Seine eigene Arbeit war getan – die Flotteneinheiten waren auf See –, und jetzt, ja, jetzt hatte er Zeit, um von seinem einzigen Kind gefragt zu werden, was er sich zum Geburtstag wünsche, oder von ihr zu hören, daß sie zum Abendessen dableiben würde, und was sie ihm kochen dürfe.

Es würde ihm leid tun, ihr sagen zu müssen, daß er in den nächsten achtundvierzig Stunden nicht nach Hause kommen würde.

»Es ist Ihre Gattin, Herr Admiral. Offenbar ist sie im Krankenhaus.«

»Was? Wieso?«

»Ihre Tochter hat sie in der Küche gefunden, Herr Admiral. Sie ist zusammengebrochen...«

»Mann, wie geht's ihr?«

»Ihre Tochter sagt, es sei alles in Ordnung, Sie sollten sich keine Sorgen machen.«

»Sorgen? Wieso keine Sorgen? Verdammt – welches Krankenhaus?«

»Herr Admiral – sie fühlt sich ja schon viel besser, es war nur eine Ohnmacht...«

»Welches Krankenhaus? Ich muß hin und sie sehen.«

Aubrey stand an dem hohen Fenster des Arbeitszimmers, in dem Chamowkin ihn und Buckholz empfangen hatte. Das große Feuer hinter ihm strahlte keine Wärme aus, vielmehr spürte er förmlich die Kälte, die durch die angefrorenen Scheiben kroch. Er fragte sich, warum er überhaupt den Platz am Kamin verlassen hatte, aber er wollte ja nur das Aufleuchten einer Zigarette dort unten sehen, das Aufblitzen einer Taschenlampe der Sicherheitsgruppe auf ihrem Rundgang. Eigentlich dumm. Aber die Nachrichten waren alles andere als ermunternd. Er drehte sich wieder zu Anders um, dem Hauptadjutanten von Buckholz.

»Sind Sie von dieser Identifizierung überzeugt, Anders?«

Der schlanke Amerikaner war kaum mehr als ein Schatten auf der gegenüberliegenden Seite des Kamins.

»Ja, Sir. Wir sind uns sicher.« Die Stimme schien aus dem Schatten des Kamins zu kommen, den das Feuer warf, und Aubrey mußte sich zwingen, sich auf die reinen Worte zu beziehen und nicht auf die Umgebung, in der sie gesprochen wurden.

»Und Hauptmann Ozeroff, sagen Sie, ist nirgends zu finden?«

»Sir, Mr. Buckholz hat jeden einzelnen der Russen selbst überprüft. Unser Mann war nicht darunter – er ist ganz einfach untergetaucht, Mr. Aubrey.«

»Verdammt!« Er wandte sich Anders zu, doch, als sei sein Rücken plötzlich vom Fenster bedroht, drehte er sich wieder zu diesem hin. »Ilarion Wikentitsch Galachkow, Leutnant, GRU. Ehemaliger Abwehrberater in Kuba – sind Sie sich des Verdachts seiner Beziehung zur kubanischen Abwehr sicher?«

»Einer unserer führenden Lateinamerika-Analytiker befand sich auf der falschen Seite dieser Beziehung, Sir«, antwortete Anders ausdruckslos. »Auftrag gekürzt – und sein Nachfolger ist im Einsatz.«

Aubrey sah auf die Nachricht in seiner Hand. Sie war in einfachem Code über Funk nach Lahtilinna gemeldet und von einem Mann aus Kopenhagen dechiffriert worden, der am Morgen zur Ersatz-Sicherheitsgruppe abgeordnet worden war. Die in einer klaren, schnellen Handschrift aufs Papier geworfene Mitteilung stammte von Philipson und war schon vor einigen Stunden aufgegeben worden. Bis er sie in Händen hatte, war es schon zu spät, um Ozeroffs Ersatzmann festzunehmen. Sein Verschwinden war wohl durch den Brief mit den russischen Marken ausgelöst worden.

»Fanny Kaplan«, murmelte er.

»Verzeihung, Sir?« murmelte Anders ehrerbietig.

»Kennen Sie sich in neuerer Geschichte aus, Anders, vor allem, was unmittelbar nach der russischen Revolution geschah?«

»In etwa.«

»Können Sie sich an Fanny Kaplan erinnern?« Er hoffte, Anders könnte sich nicht erinnern, weil seine eigenen Folgerungen dann unwirklicher für ihn wären. Ozeroff hatte sich von seinem Urlaubstag in Lahtilinna zurückgemeldet, war weniger als eine Stunde lang in seinem Zimmer geblieben, bevor die offizielle Übergabe der Sicherungspflichten es erforderte, sich bei Buckholz zu melden – jetzt aber in aller Ruhe verschwunden. So vollständig, daß er bei wiederholten Suchaktionen weder im Schloß noch auf dem Gelände entdeckt wurde.

Anders schwieg eine Zeitlang, so lange, daß Aubrey meinte, die Frage habe ihn verwirrt.

»Ja«, sagte er schließlich.

»Ich frage Sie noch mal – sind Sie sicher hinsichtlich Galachkows Rolle in Lateinamerika und seiner eigentlichen Funktion, während er als Berater für die kubanische Abwehr tätig war?«

»Ja.«

»Dann war dieser Brief ein Auslöser – wahrscheinlich war nur ein unbeschriebener Bogen drin, vielleicht sogar ein schwarzer Fleck, was?« Anders schien nicht zu verstehen. »Es bedeutete ganz einfach – tauch unter, führe deinen Auftrag aus. Ist das nicht die letzte Mitteilung bei einem Unternehmen der ›V‹-Abteilung?«

»Oft, Sir.«

»Fanny Kaplan! Sie hat Lenin getötet – ihn so angeschossen, daß er sich nie mehr davon erholte. Mein Gott, diese Leute der *Gruppe 1917* haben wirklich eine Schwäche für Geschichte!« Jetzt sah er Anders an. »Ich muß zu Chamowkin – dem ganzen Zauber ein Ende machen. Er muß erkennen, daß er selbst das Ziel für Fanny Kaplan ist...« Seine Worte verstummten plötzlich, als ihm eine Idee kam. »Ich glaube, es war eine Riesendummheit von uns, Sicherheitsbeamte hergeholt zu haben, Anders.«

»Wieso das, Sir?«

»Denn wenn Chamowkin *jetzt* etwas zustößt, dann wird es uns zur Last gelegt. Und damit hätten unsere Freunde von der *Gruppe 1917* den besten Vorwand, um den Mördern des Sowjetischen Generalsekretärs den Krieg zu erklären!«

»Herr Generalsekretär«, sprudelte Buckholz heraus und verlor dabei endgültig seine Geduld. »Von irgendeiner *Vorstel-*

lung sind wir weit entfernt! Sie können zwar im Begriff sein, die sogenannten Rädelsführer zu Hause festzusetzen – auch wenn ich das noch bezweifle –, aber uns geht es um Ihr Leben!«

»Also gut, Mr. Buckholz!« Aubrey sah, daß Chamowkin von dem Ausbruch betroffen war, den er irgendwie pariert hatte, als könne er ihn verdauen. »Also gut. Ihre Leute haben die Übernahme ja jetzt abgeschlossen. Einer von ihnen wird vor jeder Tür stehen, hinter der ich mich befinde, bis Sie neue Anweisungen geben. Was kann ich noch tun oder sagen, um Ihnen zu gefallen?« Die kantigen Gesichtszüge blickten herausfordernd, die buschigen Augenbrauen schienen sich zu sträuben, der Unterkiefer schob sich wie ein Schiffsbug vor.

»Sie sind hier ein Gefangener, Sir – das muß ich Ihnen ganz deutlich sagen, und Sie müssen Ihrem Volk und der Welt klarmachen, daß Sie unpäßlich sind. Dies ist der Grund, warum Sie Ihre Rede bei der morgigen Konferenz absagen mußten.«

»Und was ist mit Präsident Wainwright? Ist er auch krank?«

»Schlechtes Wetter. Washington ist eingeschneit.«

»Sein Glück.«

»Er hätte auch noch andere Gründe gefunden.«

»Also gut – ich muß ein Communiqué für die Konferenz aufsetzen, und für den finnischen Präsidenten.«

»Ich habe es schon hier«, sagte Aubrey leise und hielt es ihm hin. Chamowkin nahm die Blätter und las sie durch. Dann setzte er die Brille ab, nickte den beiden zu und verließ das Zimmer.

»Mein Gott«, seufzte Buckholz und ließ sich in den Sessel fallen, der Aubrey gegenüber stand. »Was ist bloß los mit dem Kerl? Der Dritte Weltkrieg kann jeden Augenblick losgehen, sein Leben ist in Gefahr – und er verbringt die Zeit damit, mit uns zu trinken und Konversation zu machen.«

»Er kann sich seine Lage nicht vorstellen, Charles. Er kann den Gedanken daran nicht aushalten. Und dieser Zustand wird noch schlimmer.«

»Verdammt. Will er uns auf den Arm nehmen, wenn er

sagt, daß die Rädelsführer jetzt verhaftet werden – sagt Andropow das?«

»Das nehme ich an. Vielleicht getötet, eher als verhaftet. *Wenn* die Leute von Andropow sie noch rechtzeitig erwischen können.«

»Rechtzeitig wofür? Sie können doch die ganze Sache ins Rollen bringen!«

»Das ist mir klar, Charles. Ich habe gerade versucht, nicht daran zu denken. Genau wie der Parteisekretär. Mein Eindruck ist, daß der ganze Plan ein Nachdenken nicht mehr verträgt.«

Buckholz sah erst auf seine Uhr und dann in das Feuer.

»Die ersten Einheiten der Alliierten Einsatzverbände dürften um diese Zeit in Bardufoss landen, Kenneth.«

»Laß mich in Ruhe damit.«

Ilarion Wikentitsch Galachkow sah zu dem Fenster des Arbeitszimmers im ersten Stock hinauf. Ein dünner Lichtstreifen war zu sehen, wo der Vorhang nicht vollständig geschlossen war. Wahrscheinlich berieten die beiden Sicherheitsbeamten, Aubrey und Buckholz, noch über sein Verschwinden.

Er fluchte über *Kutusow* wegen dessen romantischer Idee des Briefes aus Moskau. Schon die ganze Zeit, seit dem Beginn der Operation, hatte er gegen jede Art eines letzten Signals an Helsinki argumentiert. Aber der Alte war eisern geblieben. Mit einer Eventualität, einem Zufall mußte gerechnet werden. Rückzug – Abbruch – Weitermachen. Eine Reihe von Signalen, die durch eine bestimmte Anordnung und Wertangabe der Briefmarken auf Briefen an ›Ozeroff‹, postlagernd, übermittelt wurden, oder das endgültige Signal, ›töten‹, das durch den Empfänger – Fanny Kaplan – mitgeteilt wurde. Für den Mann, der zu sein er vorgab, war nichts gekommen, aber an diesem Nachmittag kam ein Brief an Frau Fanny Kaplan. Eine alberne Spielerei – er hätte Chamowkin ohnehin umgebracht.

Galachkow richtete das Gewehr auf der Schulter zurecht und schlug sich mit den Handflächen an die Seiten, da die

Nacht kalt war. Er hörte Schritte hinter sich und roch Zigarettenrauch in der eisigen Luft.

»Was los?« fragte ihn der Amerikaner.

»Nichts«, antwortete er auf englisch. Von seinem Akzent her könnte er Norweger sein. »Still wie ein Grab.«

»So lange es nicht Ihr Grab ist – oder *seins*«, meinte der Amerikaner, wobei er mit dem Kopf zu dem erleuchteten Fenster über ihnen wies.

»Der ist jetzt sicher«, sagte Galachkow leichthin.

»Hoffen wir's. Wenn ihm irgend etwas zustößt, steckt der Buckholz meinen Arsch ins Feuer!«

Galachkow lachte, der Amerikaner blies eine Rauchwolke in den Nachthimmel mit den glitzernden Sternen und ging weiter, wobei seine durch den harschen Schnee stapfenden Stiefel ein Geräusch verursachten, wie wenn ein Kind auf harten Keksen kaut. »Halt ja die Augen offen!« rief er zurück.

»Klar«, antwortete Galachkow.

Als der Amerikaner weg war, grinste er sich eins. So einfach war das alles. Ein Kinderspiel. Norweger werden, mit den Jägern losziehen. Ein Fuchs in einem rosa Pelz, auf einem Pferd sitzend, dachte er. Das Bild machte ihm Spaß.

Fanny Kaplan stand auf dem Umschlag. *Fanny Kaplan*. Chamowkin war ein toter Mann. Das einzige Problem war, selber mit dem Leben davonzukommen. Danach.

Die Spitze des riesigen Galaxy-Transportflugzeugs der amerikanischen Luftwaffe öffnete sich, als das verebbende Geräusch seiner Motoren im Gegenschub gerade noch hörbar war. Die Rampe des Laderaums rummste auf die Rollbahn von Bardufoss in Nordnorwegen, und fast unmittelbar danach rollte ein getarnter Lastwagen auf die Rampe, dann noch einer und noch einer, hinaus in die Landschaft, die in ein gespenstisch silbriges Mondlicht getaucht war. Weiße Auspuffwolken bildeten sich hinter ihnen, als sie das hell erleuchtete Innere des Flugzeugs verließen und zu ihrer Sammelstelle fuhren.

Zwei Harrier der RAF dröhnten über den Flugplatz, gefolgt von einer ohrenbetäubenden Schallwelle, der eine schwächere Welle folgte, die gegen die niedrigen Hügel weit hinten schlug, während eine Staffel Wessex-Hubschrauber den Landeplatz umkreiste. Wieder setzte eine Galaxy auf, diesmal mit Feldartillerie, dann folgte eine Transall der Luftwaffe mit Panzern und eine RAF-Hercules mit britischen Marineeinheiten, in jeweils kurzen Abständen und entluden ihren Inhalt auf dem eisenharten Landestreifen.

Aus dem Tower verfolgte eine Gruppe von NATO-Offizieren das Eintreffen der ersten Einheiten der Alliierten Einsatzverbände, die die Vorhut jeder NATO-Erstverteidigung zu Lande gegen einen Überraschungsangriff darstellten.

Unter den Offiziern befand sich auch Generalmajor Jolfusson, Befehlshaber der Alliierten Streitkräfte in Nordnorwegen. Als die Transportflugzeuge wie riesige Wale in rascher Folge eintrafen und ihre Landungen an Menschen und Kriegsmaterial ausspieen, war ihm der Anblick äußerst zuwider. Das hier war keine NATO-Übung – vielmehr fand dasselbe heute nacht in ganz Nordnorwegen statt – oder würde morgen früh und nachmittag stattfinden. Vor allem bei Kirkenes, wo der Hauptangriff der Sowjets erwartet wurde. Jolfusson sollte noch vor Mittag erst in Kirkenes, dann in Tromsø eintreffen.

Generalmajor Jolfusson hatte nie damit gerechnet, diesen Tag zu erleben. Niemals. Das Undenkbare traf jetzt ein. Auf beiden Seiten der Grenze seines Landes begann die Welt aufzumarschieren, um den nächsten Krieg zu beginnen. Und es war jetzt zu spät, um die erste Konfrontation zu verhindern. Seine Befehle gaben die Uhrzeit null-sechs-null-null an, für morgen, den Vierundzwanzigsten. An diesem Tag sollte die Invasion beginnen.

Und es *war* zu spät. Er sah auf seine Uhr. Es war bereits vier Uhr früh, am Dreiundzwanzigsten.

TEIL VIER

KUTUSOW

06.00 Uhr am 23. bis 06.00 Uhr am 24.

»Ehrwürdige Männer sind von mir nicht gern gesehen, ... denn ihnen folgen, in ihren Fußstapfen, wie scharfe, kleine Drachenzähne, jene dunklen Gestalten mit unsicherem Schicksal und persönlichen Leidenschaften, – und diese Schicksale und Leidenschaften können für gewaltsame Ziele verfälscht und eingesetzt werden.«

PAUL SCOTT
A Division of the Spoils

15. *Das Treffen der Beiden*

So schnell, wie es die Vorsicht ihm erlaubte, stieg Admiral Dolochow die Stufen zum Zentralkrankenhaus in Murmansk hinauf. Die ganze Zeit achtete er auf die vereisten Treppenstufen. Er hielt den Kopf gesenkt, weil er sich Sorgen machte und verwirrt war, sich klein und verletzbar fühlte, wegen seiner Frau Angst hatte und nicht wollte, daß irgend jemand sein Gesicht sah.

Nur einmal blickte er hoch, als er auf der obersten Stufe angelangt war. Die Glastüren zum Haupteingang für Besucher waren unmittelbar vor ihm, und er konnte gerade sehen, wie eine weiß uniformierte Schwester durch den hell erleuchteten Empfangsraum ging. Ein Mann lief ihm in die Arme, er bemerkte ihn zu spät und zog die Hände aus den Taschen, um das Gleichgewicht zu behalten. Er sah überhaupt nicht sein Gesicht, sondern spürte den leichten Geruch des Gases, das aus irgendeiner Flasche kam, die der Mann im Auftrag der Abteilung ›V‹ bei sich trug, bevor ihm die Atemluft wegblieb, wie durch einen Windstoß, so daß er vor Überraschung keuchte, dann aber vor Angst, vor Schreck, daß sein Atem nicht mehr kommen würde.

Der Agent war schon zu weit weg, als Dolochow versuchte, nach ihm zu greifen, um sich an ihm festzuhalten, und so lehnte er sich wie betrunken zurück. Er sah noch den erleuchteten Flur hinter dem Empfangsraum, die imponierende Fassade des Krankenhauses, die nach seiner Vorstellung eher für ein Museum paßte, den sternenübersäten Himmel, eine Straßenlampe – stand sie hinter ihm? – und dann taumelte er die vereisten Stufen hinunter, wobei seine Schuhe mit einem kläglichen, unregelmäßigen Geräusch aufschlugen.

Die Frau, zu deren Füßen er rollte und unten auf dem Pflaster liegenblieb, ließ ihre kleine Obsttüte fallen und umklammerte den Kragen ihres Pelzmantels an ihrem Hals, bevor sie anfing zu schreien.

Armee-General Sadunow, Befehlshaber der Angriffseinheit Eins in deren vorläufigem Hauptquartier bei Pecenga, fast an der norwegischen Grenze und weniger als fünfzig Kilometer von Kirkenes entfernt, klagte über schlechte Verdauung, gerade als seine höheren Stabsoffiziere, mit denen er zu Abend gegessen hatte, den guten ukrainischen Wodka herumgehen ließen.

Er hatte zwar keine Lust, der Trinkrunde fernzubleiben – zumal ihm seine Offiziere das kaum nachgesehen hätten –, entschied sich aber doch für einen kurzen Spaziergang, von dem er sich Erleichterung erhoffte. Er witzelte und lachte mit seinem Stab, während ihm in den grauen Wintermantel geholfen wurde und er sich die Pelzmütze aufsetzte.

Die Nacht draußen war schön, mit funkelnden Sternen am Himmel, und kalt. Er fühlte sich sofort besser, jedenfalls für ein paar Augenblicke, während er die kalte Luft einatmete und auf die Geräusche seiner Armee lauschte – das Summen der Generatoren, das Anlaufen der Hubschraubermotoren, das klickende Prüfen der Artillerie, als würden eiserne Zweige zerbrochen.

Er dachte, er hätte wohl lieber auf die *bliny* nach dem Stroganoff verzichten sollen, vor allem aber nach der *krasnaja ikra*, als ihn plötzlich ein stechender Schmerz durchfuhr, von der Magengrube ausstrahlend bis in seine Brust, wie eine feurige Hand, die ihre Finger spreizte, während sie nach oben griff. Er wandte sich noch halb um, als wolle er in das Holzhaus zurück, aus dem er gekommen war, bevor er taumelte und in den Schnee fiel. Er wälzte sich auf sein Gesicht, als könne er das rasende Feuer in seinem Magen durch den kalten Schnee austilgen, und lag dann still.

Sie waren angetreten, um ihn beim Besteigen des Hubschraubers zu verabschieden. General Pnin, der die Finnland-Station Sechs befehligte, die sich bereits südöstlich von Ivalo, jenseits der finnischen Grenze, in Stellung befand, war von dem Anblick dankbar berührt. Jedem seiner Stabsoffiziere, die erst nach der Einnahme und Sicherung von Ivalo zu ihm stoßen würden und jetzt nacheinander zackig in Habacht-Stellung gingen – wie aufgezogen, dachte er, verwarf dann aber die Unfreundlichkeit –, schüttelte er die Hand. Gut waren sie.

Er ging gebückt unter den Drehflügeln durch, nachdem der letzte Mann salutiert hatte, und bestieg den MIL-Hubschrauber. Sein Adjutant begrüßte ihn und legte ihm den Gurt auf dem Rücksitz der Fluggastkabine an. Dann nickte Pnin, und der Adjutant sagte etwas ins Mikrofon.

Das Geräusch der Rotoren verstärkte sich sofort, und als Pnin den Kopf reckte, um aus dem kleinen Fenster zu schauen, sah er, wie sein Stab aus dem unmittelbaren Abwind zurücktrat. Er hob noch einmal die Hand zum Gruß. Das Rotorengeräusch wurde noch lauter, und dann kam dieser kurze unsichere Augenblick, als der Hubschrauber den Boden verließ und zu schwanken begann, schließlich aber langsam stieg; seine Lampen – er konnte ihren Widerschein durchs Feuer erkennen – warfen rotes Licht auf den Schnee neben der Startfläche. Er konnte noch die Gesichter seiner Leute sehen, nach oben gerichtet, von dem zuckenden Lichtstrahl beschienen, wie sie die Pelzmützen festhielten.

Dann schien sein Sitz sich plötzlich schneller zu heben als die ganze Maschine, aber ganz sicher war er sich nicht, denn in dem MIL wechselte jetzt das schattige Dunkelgrau in Orange und dann in Weiß, und er konnte nichts mehr sehen. Nur fühlen konnte er noch, für einen Augenblick. Wie er zerrissen wurde und verbrannt, geblendet, taub.

Die Offiziere dort unten beobachteten, wie der MIL in der Luft verhielt und plötzlich wie eine Blechbüchse auseinanderbrach, wie Flammen herausschlugen und geschmolzenes Metall und Bruchstücke der Rotoren fortflogen – und sie rannten davon, um sich vor den Trümmern zu retten, die jetzt auf sie herabfielen.

Marschall Praporowitsch hatte seine eigene Warnung mißachtet, auch die von *Kutusow*. Und dies zu wissen, hatte ihn eher amüsiert als verwirrt. Zudem kitzelte ihn die Vorstellung, daß, während er mit der jungen Frau schlief, die er in ihrem Apartment besucht hatte, zwei seiner Offiziere vor der Tür Wache hielten – und zwei weitere an den Außeneingängen zu dem Wohnblock postiert waren.

Im Grunde etwas lächerlich, das Ganze – aber eine gewisse Selbstgefälligkeit wollte er sich wegen dieser Leistung doch zugestehen. Impotent war er zwar nicht gewesen – nein, noch nie. Aber – desinteressiert, ohne Begeisterung. Und er konnte sich nicht erklären, warum die Arbeit am Kartentisch, der Umgang mit den zahllosen Berichten über Truppenbewegungen und Anordnungen, das Lächeln und die Vertraulichkeit seiner Stabsoffiziere – warum all das ihn gerade bei seinem genitalen Höhepunkt überfiel und derart vulgäre Bilder und Vorstellungen bei ihm erweckte, daß er darüber erstaunt, dann aber auch befriedigt war.

Und der Anruf dieses Mädchens – der war gerade im rechten Augenblick gekommen. Er hatte es nicht seltsam gefunden, eher bequem – und auf ganz besondere Weise passend. Lachend hatte er seine kleine Gruppe von Leibwächtern zusammengerufen, und, als wären sie alle noch Suworow-Kadetten, eine Flasche Wodka herumgehen lassen, noch im Wagen, sie hatten Witze gemacht über diese besondere Gelegenheit, Anzüglichkeiten, Gemeinsames – das er sich mit Vergnügen anhörte, so sehr war er mit sich zufrieden.

Er sah sich jetzt in dem langen Spiegel im Schlafzimmer, salutierte spöttisch, indem er die Hand mit Handschuh an die Pelzmütze hob, blickte zu dem schlafenden Mädchen in dem runden Bett mit dem Spiegel an der Decke – eine Neuerung, an die er sich erst gewöhnen mußte, und die ihm dann Spaß machte – dann machte er kehrt und ging durch den Wohnraum, in dem die leeren Gläser neben der halbleeren Sektflasche standen, und verließ das Apartment. Den offensichtlich interessiert schauenden beiden Adjutanten neben der Tür nickte er flüchtig zu und ging zum Aufzug, während ihm die beiden mit unverhohlenem Lächeln auf den Lippen folgten.

Das Haus befand sich auf der Krestowski-Ostrow-Insel zwischen der Groß- und der Mittel-Newa, und zwar in einer baumbestandenen Vorstadt jenseits des Morskoj-Prospekts unter alten und geräumigen Häusern. Der nahegelegene Sieges-Park und das Kirow-Stadium verschwanden hinter Bäumen, die jetzt in der Vordämmerung des kalten Morgens noch dunkel und drohend erschienen, während Worontsjew auf dem Gehweg neben seiner Wolga-Limousine auf und ab ging, in der er die meiste Zeit der Nacht gesessen hatte.

Das Haus war mindestens ein Jahrhundert alt, großzügig gebaut, vielleicht als Ruhesitz eines vermögenden Geschäftsmanns oder Grundbesitzers. Es war vom Leningrader KGB als Nebenstelle und Vernehmungszentrum übernommen worden, ebenso wie zahlreiche andere dieser großen Häuser aus der Zeit vor der Revolution in diesen ruhigen Straßen zu Kliniken, Kindergärten und Bürogebäuden wurden.

Worontsjew drückte die Zigarette mit seinem Fuß aus und sah auf die Uhr. Fünf Minuten vor sechs. Der Himmel war noch dunkel, aber die Sterne verschwanden langsam. Er fror nach diesen langen Stunden des Wartens. Der Reif glänzte auf den Gehwegen und der Straße, im Licht der wenigen Straßenlampen sah es wie Silber aus. Zwei weitere Wagen parkten in der ruhigen Straße – mit dem Team, das er aus dem Personalbestand des Büros in Nowosibirsk ausgesucht und vorbereitet hatte. Die Männer langweilten sich, waren aber dennoch mit Eifer dabei. Sie hatten die Paßkontrolle am Leningrader Flughafen um Mitternacht passiert, als Gruppe, aber nicht in Verbindung mit Worontsjew, der etwas weiter vorn in der Schlange gestanden hatte. Sie waren laut und schienen betrunken, und der KGB-Mann, der sie kontrollierte, wünschte ihnen noch einen durstigen Urlaub in der Stadt.

Die Wagen hatte Intourist gestellt – über eine bissige Frau, die aus dem Schlaf in ihrer Wohnung über dem Büro geweckt worden war und durch das Vorzeigen seines KGB-Ausweises sofort, fast schmeichlerisch, still war. Wenn es eine Beziehung gab zwischen dem Leningrader KGB und der Verrätergruppe – und er hielt jetzt konsequent an dieser Bezeichnung fest –, dann war es unwahrscheinlich, daß die Frau von Intourist einen so starken Verdacht gegen den SID hegte, daß sie den anderen mitteilte, ein fremder KGB-Apparat befinde sich in der Stadt.

Er hatte eine ziemlich klare, wenn auch nicht detaillierte Vorstellung vom Inneren des Hauses. Wenn es so gebaut war wie die meisten dieser Art – drei Stockwerke, zurückgesetzt, mit Zimmern nach hinten –, dann müßte sich der Engländer im Keller befinden. Der Keller war dann wohl zu Vernehmungsräumen und Zellen umgebaut worden.

Er war immer noch hundemüde, gab er sich gähnend zu. Während des fünfstündigen Fluges mit der Aeroflot-Tupolew von Nowosibirsk über Swerdlowsk, Perm, Kirow und Wologda hatte er zwar tief geschlafen, war aber doch jedesmal aus dem Schlaf gerissen worden, wenn das Flugzeug landete.

Mit seinen eigenen Leuten hätte er sich wohler gefühlt – er erinnerte sich, daß Ilja und Maxim tot waren –, empfand aber keine besondere Furcht vor diesen Fremden. Versagen würden sie nicht. Er hatte junge Leute augesucht, die ihn an sein eigenes Team erinnerten. Die meisten von ihnen waren Hochschulabsolventen, einige kamen von KGB-Ausbildungszentren, und alle waren ehrgeizig. Er hatte sie zum Teil wegen dieses Ehrgeizes ausgewählt. Das Arbeiten für den SID galt als Privileg und würde zur Förderung ihrer Karriere dienen. So schwächten sie das Gefühl ab, das sie haben mußten, wenn sie gegen die eigenen Kollegen vorgingen. Das hoffte Worontsjew jedenfalls.

Er kehrte zum Wagen zurück, streckte die Hand aus, und der Fahrer, der mit triefenden Augen und blassen Wangen versuchte, hellwach zu wirken, gab ihm das Sprechfunk-Mikrofon. Sie hatten eine zentrale Stelle für den Funk- oder Telefonverkehr eingerichtet, der sie von Moskau aus erreichen würde, in einem anderen Geheimhaus des KGB – es sollte in Kürze renoviert werden und stand daher gerade leer. Einer aus ihrer Gruppe war dort als Verbindungsmann zurückgelassen worden.

»›Vater‹ an ›Sohn‹ – können Sie mich verstehen? Ende.«

Die Stimme klang schwach, müde und gelangweilt. »Verstehe Sie, ›Vater‹ – Ende.«

»Etwas Neues aus Moskau?«

»Drei Berichte an Sie, ›Vater‹, aus der Zentrale. Prioritätsstufe Eins.«

»Gut. Geben Sie sie durch, aber kurz – Ende.« Der junge Fahrer starrte Worontsjew mit großen Augen an. Die höchste Prioritätsstufe im Funkverkehr des KGB für einen jungen Major im SID. Er war beeindruckt.

»›Seemann‹ ist tot.« Admiral Dolochow. »›Soldat Beta‹ ebenfalls tot.« Sadunow, dachte er, der Armee-General, der Einheiten der Roten Armee im Abschnitt Kola der SHGN befehligte – einem Bestandteil jeder Invasion, ihr wichtigster. »›Apostel Vier‹, ebenfalls tot.« Vier, vier, wer war das denn in Andropows kleinem Code? Ach so, Pnin, einer von den Finnland-Stationen. Worontsjew unterdrückte das undeutliche Bild eines rasenden, verletzten Tieres, das blindwütig und blutrünstig um sich schlug. Es muß sein, sagte er sich, es muß einfach sein. Kein Ausweg.

»Noch etwas?«

»Anforderung einer Nachricht über ›Soldat Alpha‹, baldmöglichst. Und viel Glück, und Anweisung, möglichst alle lebendig zu fassen.« ›Soldat Alpha‹, das war Praporowitsch selbst. Der Henkersknecht von Abteilung ›V‹ würde sich bei Worontsjew melden und dessen Bericht dann an das Zentrum weitergeleitet.

»Alles klar. Ende.«

Er gab das Mikrofon zurück. Der Fahrer klemmte es unter dem Armaturenbrett fest und sagte dann: »Warten wir jetzt noch auf den Leichenbestatter, Chef, oder gehen wir gleich rein?«

Fünf nach sechs. Worontsjew überlegte, rieb sich am Kinn. Er brauchte müde Menschen, die sich nicht wehrten. Es waren wohl nicht mehr als ein Dutzend Leute in dem Haus, vielleicht auch nur drei oder vier. Aber sie mußten alle lebendig gefaßt werden, und sie alle konnten sofort schießen. Er wußte, daß Andropow auf die Nachricht über Praporowitsch wartete.

Der Mann war klein. Es war fast sechs Uhr vierzig, als er endlich kam. Der Himmel war jetzt merklich heller geworden. Es war noch kein Verkehr auf der Straße, und nur in wenigen Häusern brannte Licht, da sie nicht alle bewohnt waren. Er kam zu Fuß, in einem Monteuranzug, als kehre er von einer Nachtschicht zurück, das büschelige Haar unter den Rand der Pelzmütze geschoben, mit einem Schal, der den größten Teil seines Gesichts verdeckte, und einem schmutzigen, vorn offenen Mantel. Ein völlig anonymer Mann.

Er machte ein verkniffenes, unwirsches Gesicht, was zudem von irgendeiner Mechanikerarbeit verschmiert war. Er lächelte kurz zu Worontsjew hinüber und zeigte dabei die wenigen Zähne, die ihm noch verblieben waren. Worontsjew fragte sich, wie alt er wohl sei. Der Mann sagte nur: »Ich hab' mich um Ihr kleines Problem gekümmert, Herr Major, und geh' jetzt nach Hause. Die Frau wird schon das Frühstück für mich fertig haben.« Dann setzte er seinen Weg fort, vielleicht zur U-Bahn, mit der er wohl auch hergekommen war.

»Wie...?« war alles, was Worontsjew angesichts dieses völlig unerwarteten Verhaltens einfiel.

»Wie?« Der kleine Mann rieb sich das Kinn. »Ein Autounfall. Der Marschall war aus dem Apartment einer jungen Dame gekommen. Ziemlich dumme Sache, übrigens, er ist praktisch impotent. Ein Wagen fuhr den Gehweg hinauf, wohl ins Rutschen gekommen bei dem Glatteis, und fuhr voll auf ihn drauf. Dabei hatte er nur noch hundert Meter bis zu seinem Dienstwagen zu gehen, der auf ihn wartete. Zwei von seinen jüngeren Offizieren sind auch verletzt, einer ist wohl tot, hatte ich den Eindruck.«

»Ich – verstehe.«

»Also, Herr Major, ich muß jetzt weg.« Er hob die Hand zu einem Gruß, drehte sich um und ging die Straße hinunter. Worontsjew sah ihm eine Weile nach, dann beugte er sich zu dem Fahrer hinunter.

»Haben Sie das mitgekriegt?«.

»Ja, Herr Major.« Der Fahrer machte runde Augen, es sah komisch aus.

»Also geben Sie's durch. ›Alpha‹ hatte einen Unfall. Dann gehen wir rein.«

Der Fahrer sprach ins Mikrofon und hielt dann den Hörer ans Ohr, während Worontsjew eine Taschenlampe vom Rücksitz holte und den beiden weiter unten am Straßenrand parkenden Wagen ein Lichtsignal gab. Die Türen öffneten sich, und Gestalten in Mänteln stiegen aus und kamen ihm entgegen. Der Fahrer sagte: »Herr Major – noch eine Durchsage: ›Apostel Eins, Zwei und Sieben sind ausgeschaltet.‹«

»Verdammt – ist denn das nur der Traum von ein paar alten Männern – ist das alles, worum wir uns jetzt kümmern müssen?« Er schlug mit der flachen Hand auf das Fenstersims des Wagens. So einfach konnte das doch nicht sein – einfach ein paar alte Männer umlegen und damit einen Krieg verhindern?

Er dachte an *Kutușow*. Das unbekannte Gesicht, der geheimnisvolle Mann. Wenn der nicht gestoppt wurde, lief die ganze Kreml-Regierung, vielleicht sogar das ganze Politbüro Gefahr, abgesetzt zu werden.

Ein einziger alter Mann, der seinen Traum verwirklichen wollte. Wenn man ihn nicht fand, dann würde er sein Ziel erreichen. Wieder schlug er mit der Faust gegen den Wagen.

»Los jetzt«, sagte er.

Die anderen vier Männer überquerten die verharschte Straße und kamen auf sie zu. Vier dunkle, unheimliche Gestalten. Der Fahrer schloß leise die Tür. Worontsjew blickte sie an. Die Müdigkeit der durchwachten Nacht zeichnete Schatten unter ihre Augen. Ihre Gesichter waren angespannt.

»Gut. Ihr wißt, was ihr zu tun habt«, sagte Worontsjew. »Ihr beiden geht zu dem Hoffenster, das ihr ja schon gesehen habt – schlagt es ein, wenn es nicht in zehn Sekunden nachgibt. Verstanden?« Sie nickten. »Die anderen beiden kommen mit mir zur Vorderseite. Wir müssen einbrechen, und zwar schnell. Ihr beiden nehmt euch den ersten Stock, Sie das Erdgeschoß...« damit meinte er den Fahrer. »Aber Vorsicht. Ich weiß nicht, wer oder was da drin ist – ihr könnt nur sicher sein, daß es einen verdammten Alarm in dem Augenblick gibt, in dem wir einbrechen.« Einer der Männer grinste. »Aber wir können uns denken, was auf uns zukommt. Es geht ums *Fassen*, nicht ums Töten.« Er schwieg einen Augenblick, dann sagte er: »Aber lieber töten als getötet werden. Klar?«

Er sah jedem einzelnen ins Gesicht. Jeder nickte. Dann ging er energisch auf das Haus zu, von den anderen gefolgt. Ihre Schritte knirschten hinter ihm auf dem vereisten Gehweg. Er beobachtete die verhängten, blinden Fenster so genau wie möglich.

Niemand in dem Haus schien auf zu sein oder sich darin zu bewegen. Eine Wache gab es anscheinend auch nicht. Das würde die Annahme bestätigen, daß das Haus nur gelegentlich vom KGB benutzt wurde. Und vielleicht, dachte er, bestätigt das auch den Zeitplan der *Gruppe 1917* und der *Finnland-Station*. Wenn deren Vorhaben schon morgen in die Tat umgesetzt wurden, war es kaum noch nötig, ein Haus wie dieses unter besonderen Schutz zu stellen.

Er fragte sich plötzlich, ob der Engländer wohl noch am Leben sei. Das Interesse an ihm und seine Bedeutung mußten doch inzwischen geschwunden sein.

Das Haus war von einer hohen, dunklen Hecke umgeben, hinter der sich ein kurzer Kiesfahrweg hinzog. Sie liefen auf den Rasenstreifen neben dem Weg, wobei ihre Schuhe in dem steifgefrorenen Gras knirschten und die Hosenränder feucht wurden. Das Haus schien immer noch leer, wie ausgestorben. Worontsjew zog die Stechkin aus dem Halfter – er hatte die Makarow gegen die schwerere Waffe mit dem größeren Patronenrahmen in Nowosibirsk vertauscht.

Am Ende des Rasens hielten sie, wie auf Kommando. Der Kiesweg umgab das Haus wie ein steinerner Burggraben. Worontsjew schickte die beiden für den Hintereingang des Hauses eingeteilten Männer auf ihren Posten. Hochbeinig wie Störche stiegen sie über den Kies, bis sie hinter dem Haus verschwanden. Worontsjew prüfte nochmals die Fenster an der Hausfront, wie er es schon einmal in dieser Nacht getan hatte. Die Tür sah stabil aus, aber die ebenerdigen Fenster waren nicht vergittert. Das Leningrader Büro hatte offenbar beschlossen, nicht durch derartige Maßnahmen erhöhter Sicherheit die Aufmerksamkeit auf sich zu ziehen. Glücklicherweise.

Sie überquerten den raschelnden Kies und versammelten sich unter einem weit vorstehenden Fenstersims, das sich gerade in Kopfhöhe befand.

Worontsjew sagte: »Büroraum, oder Schlafraum, oder Diele?«

»Wahrscheinlich eine Diele oder ein Aufenthaltsraum, Herr Major«, erwiderte einer von ihnen – der Fahrer.

»Sicher. Also mal rauf und sehen, wie's da drin aussieht.« Die anderen halfen ihm hinauf, während Worontsjew den Fensterrahmen prüfte. Nicht mehr das Original, sondern ein üblicher Holzrahmen; Fenstersprossen. »Also?« sagte er und blickte hinauf.

»Ist gesichert, Herr Major.«

»Können Sie's schnell öffnen, wenn Sie die Scheibe einschlagen?«

»Ja, Herr Major.«

Worontsjew sah auf seine Uhr. Sie hatten dreißig Sekunden, um zu dem Hoffenster zu kommen, das sie ausgesucht hatten, und dann noch zehn Sekunden. »Einschlagen!«

Der Fahrer schlug mit der behandschuhten Faust genau oberhalb des Riegels durch die Scheibe. Es klirrte laut in der kalten Luft. Dann sagte er: »Auf und weg, Jungs!« Zwei von ihnen, Worontsjew und ein anderer, hoben das Fenster, es ließ sich widerwillig aufschieben. Der Fahrer sprang in den Raum, die Pistole in der Hand, und zog einen Vorhang zurück.

Worontsjew kletterte über das Fenstersims und drehte sich dann um, um dem letzten Mann hineinzuhelfen. Es war hell genug, um die Tür dort hinten an der Wand zu erkennen. Erst jetzt, als sie schon alle drin waren, bemerkte Worontsjew das Alarmklingeln irgendwo, weit weg in dem Haus. Es trieb ihn an.

»Los jetzt!«

Er rannte durch das Zimmer, wobei sich ein zerbrechlich wirkender Stuhl in seinem Mantel verfing und fast umgerissen wurde. Er öffnete die Tür und spähte hinaus. Es war eine hohe, weiträumige Eingangshalle, an deren Ende breite Treppenstufen ins Dunkel führten. Ein Lichtschein war zu erkennen, der offenbar unter einer Tür im ersten Stock durchdrang. Er schob die beiden Männer vor, und sie rannten die Treppe hinauf. Das Licht wurde heller, als habe sich eine Tür geöffnet, und eine Stimme rief etwas.

Worontsjew hörte nur ein »Für dich, mein Lieber!«, mehr nicht. Kein Schuß, bis jetzt. Der Befehl: »Paß auf ihn auf!«, dann Schritte.

Inzwischen war der Fahrer über den Fliesenboden der Halle zu einer anderen Tür gegangen und hatte sie geöffnet. Lauernd schob sich sein Kopf um die Tür, dann kam er zurück.

»Niemand hier«, rief er und ging zur Hinterseite des Hauses.

Ein Schuß ertönte, offenbar vom zweiten Stock, ging aber auf den Hof, oder auf die Hintertreppe, und bedeutete wohl, daß die beiden Männer dort eingebrochen waren und den zweiten Stock erreicht hatten.

Wo aber war die Kellertür? Einen Augenblick lang überwältigte ihn die Größe des Hauses. Dann wurde ihm klar, daß er sie nur auf der Hofseite finden konnte, wo die Dienstboten hereinkamen, denn nur sie brauchten ja den Keller zu betreten, und die Tür mußte sich in der Küche befinden. Hier oben waren rechts und links die Empfangsräume, also hatte sich der Fahrer schon richtig orientiert, und er folgte ihm.

Der Tote schlug dumpf auf den untersten Stufen auf und rollte dann langsam auf die Bodenfliesen. Dunkler Mantel, blondes Haar, das Gesicht versteckt, zerstört. Es war einer der beiden Männer, die er in den zweiten Stock geschickt hatte. Jemand hatte ihn hinuntergeworfen. Er hörte gedämpfte Schüsse und einen entfernten Schrei.

Er begann seinen Schwung zu verlieren. Wieviel Sekunden waren schon vergangen? Am Ende der Treppe riß er die Tür auf und stolperte noch drei Stufen hinunter in die düstere riesige Küche. Eine Tür am Ende der Küche stand offen. Die Küche diente wohl auch als Eßzimmer, es lagen Essensreste auf dem Tisch, Geschirr stand im Waschbecken, schmutzige Teller. Keine Spur von dem Fahrer.

Er öffnete zwei Schränke, bis er die Kellertür fand. Er hätte das Licht unter der Tür sehen sollen. Es war eingeschaltet und ließ die Holzstufen erkennen, die hinunterführten. Er zögerte erst, dann betrat er die oberste Stufe.

Rasche Schritte, ein Stimmengemurmel, knappe Kommandos. Schnell stieg er die Treppe hinunter, die über Eck verlief. Ein Mann in Zivilkleidung, aber mit einem Gewehr bewaffnet, stand vor einer geöffneten Tür und sah ihn an. Hinter ihm war ein schmaler Korridor und eine Reihe von Metalltüren. Das Ganze wirkte wie ein Gefängnis, wo früher einmal Regale gestanden und Weinfässer gelagert hatten.

Er schoß, bevor der Mann das Gewehr in Anschlag gebracht hatte. Dann sah er den anderen, der einen dicken

Schlafrock trug, mit einer Kordel zugebunden, und mit grauen, vom Schlafen verwirrten Haaren. Er machte gerade eine der Türen auf und hielt einen Revolver in der Hand.

»Halt, oder ich schieße!« platzte Worontsjew heraus, und der Mann riß den Kopf hoch, als hätte er den Schuß nicht gehört, der den Wachmann getötet hatte.

Irgendwo in dem Haus ertönten zwei weitere Schüsse. Sie schienen den Mann im Morgenrock genauso aufzuschrecken wie Worontsjews Befehl. Er trug einen schweren Schlüsselbund in der Hand, mit dem er die Tür aufgeschlossen hatte, und in der linken hielt er reichlich ungeschickt den Revolver. Worontsjew behielt die Waffe im Auge. Dann drehte die rechte Hand den Schlüssel im Schloß und der Mann begann, in der Zelle wieder zu verschwinden, die er gerade geöffnet hatte. Worontsjew feuerte zweimal, verfehlte ihn aber.

Er rannte los. Plötzlich kehrte der Schmerz in seinen Zehen zurück. Er hatte nicht mehr an die Erfrierungen gedacht, nicht einmal vorhin, als er die Straße auf und ab gegangen war. Den undeutlichen Schmerz hatte er nicht weiter beachtet. Jetzt aber schmerzten ihn schon diese wenigen Schritte. Er löste sich von der Wand gegenüber der offenen Zellentür und sah erst dann den Mann an die Wand gelehnt daliegen und den Revolver unsicher auf etwas richten, das sich innerhalb der Zelle befand.

Worontsjew gab ihm einen Fußtritt gegen das Handgelenk, so daß die Waffe weit weg flog. Der Mann sah ihn an, jetzt voller Angst, die aber rasch in Schmerz überging. Ein dunkler Fleck auf seiner Schulter ließ erkennen, daß ihn offenbar ein Querschläger getroffen hatte.

Worontsjew zog an dem Kragen des Mantels, und der Mann stöhnte auf vor Schmerz. Nachdem es Nowetlin nicht gelungen war, Folley zu töten, und er sich klarmachte, daß es sich hier nur um einen Einbruch handeln konnte, um Folley zu befreien – immerhin wußte die Zentrale über Folley Bescheid –, war Nowetlin jetzt verzweifelt, ohnmächtig zu werden. Seine Schulter schmerzte ihn wahnsinig, mehr als irgendeine Wunde das eigentlich durfte, und er stöhnte laut auf, als er rücklings aus der Zelle gezogen wurde. Und als der Mann, der auf ihn geschossen hatte, ihn jetzt hochriß, um ihn auf die Beine zu stellen, verlor Nowetlin das Bewußtsein.

Worontsjew ließ den Körper auf den Boden fallen. Dieser Mann war ihm nicht mehr gefährlich, er würde es auch gar nicht versuchen. Worontsjew kannte diesen Blick. Und Wunden dieser Art. Dann stieg er über den formlosen Körper in das Innere der Zelle.

Obwohl die Zellentür länger als eine Minute offengestanden hatte, packte ihn der Gestank nach Urin und Schmutz fast greifbar. In einer Ecke, vielleicht drei Meter von der Tür entfernt, lag etwas Zusammengekauertes auf einem schmalen Feldbett, in eine Decke eingehüllt. Worontsjew konnte das Zähneklappern hören. Vor Kälte oder aus Angst – vielleicht auch beides.

Er spürte so etwas wie Mitleid, oder Enttäuschung. Der Mann auf dem Feldbett war offensichtlich erledigt. Schon diese Gestalt verriet es – erbärmlich anzusehen, als sei er körperlich auseinandergebrochen und schlecht wieder zusammengesetzt worden. Worontsjew hatte Männer, auch Frauen, so daliegen sehen in der Lubjanka – bevor er zum SID gekommen war. Seitdem war er nie wieder in dem Gefängnis hinter der Zentrale in der Dscherschinskij-Straße gewesen.

»Wer ist da – wer ist da?« Eine klagende Stimme, auf englisch. Ja, dieser Mann war gebrochen. Schutzlos. Nur die Bitte, nicht länger geschlagen oder verhört zu werden. Worontsjew ging hinüber zu dem Bett.

Das Hemd des Engländers starrte vor Schmutz. Mehr als einmal hatte er in die Hosen gemacht. Entsetzt hob Worontsjew das dünne Bettuch. Die Füße des Mannes waren nackt und weiß – soweit sie nicht schmutzig waren. Ein fahles Gesicht richtete den Blick eines Geistesgestörten auf ihn. Das blonde Haar war glanzlos. Eine Hand streckte sich Worontsjew entgegen, ob bittend oder um etwas Furchterregendes abzuwehren? Worontsjew schluckte, er konnte den Gestank kaum aushalten.

»Ich hab' Ihnen alles gesagt!« preßte die Stimme heraus, alt und quengelig. Der Kopf hing schon wieder herab, wie ein Zugeständnis, sich erneut ausfragen zu lassen.

»Ich bin gekommen, um Ihnen zu helfen«, sagte Worontsjew leise.

Der Kopf bewegte sich nicht, aber er hörte, wie der Engländer murmelte: »*Er* hat das gesagt.«

Worontsjew verstand auf einmal. Der Vernehmungsoffizier, vielleicht war das der Mann dort draußen. Er sagte: »Ich habe ihn erschossen. Hören Sie mich – ich habe ihn erschossen. Ich will Ihnen helfen.« Worontsjew sprach Englisch mit einem starken Akzent, über den er sich nun ärgerte, als sei dies jetzt die einzige Barriere zwischen ihnen. Folley sah hoch und versuchte, den Blick irgendwie zu konzentrieren.

»Nicht Engländer«, sagte er.

»Nein – ich bin Russe.« Folley zuckte zusammen. »Aber ich bin gekommen, um Ihnen zu helfen.« Seine Stimme klang ernst. Er kam einen Schritt auf Folley zu, und dieser drückte sich an die Wand und hielt die Decke mit beiden Händen unter sein Kinn, als müsse er seine Nacktheit verbergen, oder sich trösten, wie ein Kind.

Worontsjew war bewußt, daß er sich wie jemand von der Polizei verhielt. Er durfte aber nicht einfach menschlich, mitmenschlich zu diesem Manne sein, weil er Informationen von ihm brauchte. Er setzte sich auf die Kante des Lagers, steckte die Pistole weg und atmete flach durch die Nase – der Gestank war entsetzlich. Dann berührte er das Bein des Mannes. Das Fleisch schien sich dabei zusammenzuziehen.

Der Engländer versuchte sich so klein wie möglich zu machen, vor jeder Berührung zurückschreckend. Worontsjew überlegte, daß jetzt der richtige Augenblick da war, und sagte: »Ich bin gekommen, um Sie in Sicherheit zu bringen. Ich werde Sie wohl zum amerikanischen Konsulat bringen, weil Ihre Regierung hier keine Vertretung unterhält. Und auch keine SIS-Einheit, soviel ich weiß.« Er sagte das in einem leichten Gesprächston, und die ganze Zeit tätschelte seine Hand das Bein des Engländers, streichelte es, wie bei einem Hund oder einer Katze, damit er die Angst verlor.

Der Engländer war kaum besser als ein Tier – nicht einmal das, da er sich nicht sauberhalten konnte. Worontsjew konnte sehen, daß man ihn nicht geschlagen hatte, und wenn, dann vor langer Zeit, nein, dieser Mann war durch die

Isolierung gebrochen, die Vereinsamung, die er erlitten hatte. Worontsjew hatte so etwas schon früher gesehen. Der Wille brach zusammen wie ausgetrockneter Teig unter leichtem Fingerdruck. Denn die Finger, die ihn hielten, waren allmächtig und allgegenwärtig – und keine Hilfe in Sicht. So machte man das.

Nur um herauszufinden, was der Westen über die *Finnland-Station* wußte. Der Engländer tat sich schwer mit dem, was er gerade gehört hatte. Worontsjew wiederholte noch einmal, was er gesagt hatte, wobei er sich bemühte, seine Stimme so sanft wie möglich klingen zu lassen.

»Das amerikanische Konsulat – ich bringe Sie dorthin, sobald Sie dazu fähig sind.«

Der Engländer machte eine kleine Bewegung, und der Gestank verstärkte sich noch. Hatte er wirklich begriffen, daß er jetzt in Sicherheit war?

»Sie – Sie ... warum?« Das Sprechen machte Folley Schwierigkeiten, als sei seine Stimme eingerostet, oder weil er sie nicht benutzen wollte wegen der Dinge, die er gesagt, gestanden, gebeichtet hatte. Er versuchte den Russen anzusehen, aus dem hellen Spiegel seines Gesichts das herauszulesen, was an Gedanken dahinter war. Es ging nicht – kein Vertrauen mehr ...

Worontsjew sah das Mißtrauen, das sich tief in dieses Gesicht eingefurcht hatte. Dann aber schien so etwas wie Hoffnung aufzusteigen, ein Zucken der Lippen, das nicht von der Kälte kam. Ob Folley wollte oder nicht, es war Hoffnung da.

Wer immer ihn verhört hatte, Hoffnung hatte er ihm nie angeboten. Nur Verzweiflung. Deshalb war seine Waffe jetzt Hoffnung.

»Ja, mein Freund. Offen gesagt, Sie sind meiner Regierung unbequem. Sie wurden auf neutralem Boden gefangengenommen, aber Ihre Regierung *weiß*, daß Sie am Leben sind.« Ungläubigkeit wurde weggespült durch Dankbarkeit. Worontsjew atmete auf. Auch wenn ihn der Engländer nicht als Verbündeten anzusehen vermochte – konnte er dennoch an ihn glauben, weil Worontsjew von anderen gesprochen hatte, die davon wußten, von seiner Regierung, den Leuten, die ihn ausgeschickt hatten. Man hatte ihn trotz allem nicht verlassen.

Worontsjew hatte keine Ahnung, ob die Briten wußten, daß dieser Mann noch lebte, aber es war gleichgültig. Er sagte: »Ich werde Sie direkt zum amerikanischen Konsulat fahren. Mein Wagen steht draußen. Sie machen sich jetzt fertig, um mitzukommen, sobald Sie mir ein bißchen geholfen haben.«

Die Angst war augenblicklich wieder da, wie ein Fleck, den man nicht sachgemäß entfernt hatte, das frühere Ich tauchte erneut auf, aus den Anfängen seiner Verhöre. Nachdem Folley jetzt wußte, daß sich seine Freunde für seine Befreiung einsetzten, brauchte er nur noch durchzuhalten. Er hatte nichts gesagt. Und er würde auch jetzt nichts sagen.

Worontsjew sprach auf ihn ein. »Ich weiß, daß Sie ihnen nichts gesagt haben. Was *ich* aber wissen will ist, wer sie waren. Das ist alles. Nichts über Sie. Nur das: wer hierherkam. Sie waren nämlich Verräter, verstehen Sie? Verstehen Sie – *Verräter!* Deshalb hat man Sie so behandelt.«

Er streichelte noch immer das Bein des Mannes, tröstend und beruhigend. Dann gab er einem Impuls nach und hielt Folley die Hand hin. Ein langer Augenblick verging, und dann nahm Folley diese Hand, drückte sie an sein Gesicht und senkte den Kopf, um dies zu tun. Worontsjew spürte die Bartstoppeln und das schmutzige Haar an seinem Handrükken und zwang sich, vor Ekel nicht zu schaudern.

Dann sah Folley auf. »Verräter?« sagte er mißtrauisch, als habe man ihn beschuldigt.

»Natürlich! Warum sonst waren sie in Finnland? Meine Regierung wünscht jetzt keinen Krieg. Es war eine – Verschwörung in der Armee. Deshalb wurden Sie von Armeeoffizieren verhört – verstehen Sie jetzt?« Folley nickte. »Wie heißen Sie – aber sagen Sie Ihren Namen nicht, wenn Sie nicht wollen!«

»Allan«, sagte Folley nach einer Weile. Die Hand war immer noch an seiner Backe. Nie hatte ihn jemand berührt, nicht seit sie ihn geschlagen hatten. Vielleicht hatten sogar die Wachmänner jede körperliche Berührung vermieden. Berührungsentzug. Es war eine bewährte Methode, eines der Mittel zur Entfremdung. Vielleicht hatte dieser Mann, Allan, überhaupt schon daran gezweifelt, eine körperliche Form zu haben, und begonnen, sich im Dunkeln abzutasten, um sicherzugehen. Hatte dann seinen Schmutz gespürt und war noch mehr verzweifelt.

»Allan. Ich heiße Alexej.« Er ergriff Folleys schwache Hand und hielt sie fester. Auf dem Handrücken wurde es feucht. Folley weinte still vor sich hin. Worontsjew unterdrückte seine Ungeduld und seinen Widerwillen und strich Folley mit der anderen Hand über das glanzlose, fettige Haar. Folley stöhnte auf wie ein Verliebter und lehnte sich gegen Worontsjew.

Der Fahrer erschien plötzlich an der Tür und blieb mit offenem Mund stehen, als er in dem schwachen Licht, das durch das Gitter oben in der Wand hereinkam, Worontsjew und den Gefangenen einander umarmend dasitzen sah. Worontsjew schickte ihn mit einer Handbewegung fort, aber der Fahrer ging erst, nachdem er kurz gemeldet hatte, daß das Haus in ihrer Hand war. Folley schien ihn nicht bemerkt zu haben.

»Sagen Sie's mir, Allan«, sagte Worontsjew, indem er sich hin und her wiegte wie ein Kind. »Erzählen Sie mir von den Leuten, die Sie verhört haben – alles über sie. Dann können wir sie fassen. Fangen Sie mit dem an, den ich da vor der Tür erschossen habe...«

Es war, als habe er bei dem Engländer einen Hahn aufgedreht. Erst ein paar Tropfen rostiges Wasser, dann ein zunehmender Strahl. Geduldig wartete er, wartete auf etwas Bestimmtes, das aber nicht kam. Und wenn nicht, dann mußte er danach fragen.

Folley war immer noch in seinen Armen und ließ sich das Haar streicheln und die zitternde Schulter, als er schließlich fertig zu sein schien mit seiner Selbstreinigung und Rechtfertigung.

Dann, in die plötzliche und ungewohnte Stille hinein, sagte Worontsjew: »Gab es da nicht noch etwas, Allan? Vielleicht kam er nur einmal, deshalb haben Sie ihn vergessen. Ich weiß zwar nicht, wann es war – aber ich weiß, daß er Sie einmal besucht hat. Ein – *älterer Mann*...?«

Folley schwieg wie ein Kind, das in den Armen eines Vaters über etwas nachdenkt. Nach einer ganzen Weile sagte er: »Aber er hat mich – nicht verhört.«

»Nein«, sagte Worontsjew. »Das macht er nicht.« So sieht er auch nicht aus, sagte er zu sich selbst. »Sagen Sie mir, wie sah er aus?«

»Ist er auch ein Verräter?« Die Frage klang so direkt und unverstellt wie die eines Kindes. Durchdringend.

»Ja – das ist er«, antwortete Worontsjew leise.

Und dann hörte er zu. Er war sicher, daß er nicht einmal Luft holte, bis der Engländer geendet hatte.

Er konnte die Gesichtszüge sehen, die ihm beschrieben wurden, und die Kleidung vervollständigte das Bild. Es war, als würde ein Umriß, den er absichtlich verwischt hatte, nachgezogen und mit Farben und Schatten versehen.

Michail Petrowitsch Goroschenko, Stellvertretender Außenminister der Sowjetunion und sein eigener Adoptivvater – das war *Kutusow.* Was er schon gemutmaßt hatte, als Natalja versuchte, ihn in Chabarowsk zu betrügen – der Mann hatte sie ja mit ihm zusammen in den Fernen Osten geschickt –, und was er vor seinem geistigen Auge gesehen hatte, als Wassiljew ausgesagt hatte, das wurde nun bestätigt. Es konnte keinen Irrtum über das Gesicht geben, das mit diesen beiden Worten beschrieben wurde. Goroschenko war *Kutusow.*

Verzweiflung darüber stieg in ihm hoch, er konnte die Tränen nicht zurückhalten, obwohl sie jetzt nur langsam kamen, als würden die Gefühle schon wieder vom Denken verdrängt.

Er spürte, daß sich Folley ein wenig von ihm wegbewegte, aber er kümmerte sich nicht darum. In diesem Augenblick – als ihn der Gedanke durchfuhr, Folley zu töten, ihn zum Schweigen zu bringen – wußte er nur eins: daß niemand hören durfte, was er soeben gehört hatte. Gleichgültig, aus welchem Grund er in den Keller gekommen war, welche Bestätigung er sich auch gesucht hatte – jetzt mußte er handeln. Er mußte die Wahrheit für sich behalten und Michail Petrowitsch finden.

Folley töten? Nein. Er würde sein Versprechen halten und ihn zum amerikanischen Konsulat am Grodnenskij-Platz bringen. Sie würden ihn dort aufnehmen und in Sicherheit bringen.

Er fuhr Folley an: »Sind Sie bereit, jetzt mitzukommen?« Der Engländer schien verwirrt, fast widerspenstig. Er starrte Worontsjew mit stumpfem Blick an. »Stehen Sie auf! Wo sind Ihre Schuhe?«

Folley beugte sich über den Rand des Feldbetts und sah darunter. Wenn es Worontsjew nicht plötzlich so dringend gewesen wäre, dann würde das Ganze jetzt albern, ja komisch wirken.

»Schnell!« schnauzte er ihn an. Folley zuckte mit den Schultern. Da waren keine Schuhe. »Kommen Sie mit!«

Er packte Folley am Arm und verließ mit ihm rasch die Zelle. Jemand hatte den Mann in dem Morgenmantel von dem Türeingang weggezogen. Er schob Folley vor sich her, die Kellertreppe hinauf.

Die kleine Gruppe erschöpfter Männer hatte sich in der Küche versammelt. Es waren drei, zum Teil nur knapp bekleidet, sie standen an der Wand. Nur der Mann in dem Morgenmantel schien verwundet. Sein Gesicht war grau vor Schwäche und Schmerzen, und er lag am Boden. An dem Tisch saßen der Fahrer, einer der Männer, die über die Hinterseite eingedrungen waren, und die beiden anderen, die den ersten Stock durchsucht hatten. Einer von ihnen war verwundet, nur einer war tot. Worontsjew nickte ihnen zu.

»Was machen wir jetzt, Herr Major?« fragte der Fahrer und starrte Folley an, der sich hinter Worontsjew verkroch.

»Hm? Jetzt?« Worontsjew war im Aufbruch, was sollte jetzt diese Verzögerung? Er sagte kurz: »Geben Sie über Funk durch – dann halten Sie diese Leute im Haus, bis Sie wieder von mir hören.«

»Und was ist mit dem da? Soll ich ihn melden?« Der Fahrer machte eine Kopfbewegung zu Folley hin.

»Was? Ja. Stehen die Wagen am Eingang?«

»Ja, Herr Major.«

»Gut. Ich muß weg. Lassen Sie keinen entwischen!«

Sie alle hatten Fragen, natürlich, aber er wehrte ab, fühlte sich schuldbewußt dabei, aber es mußte sein. Der Fahrer sagte noch: »Sind Sie denn nicht...?«

»Stellen Sie keine Fragen!« schnauzte er zurück. »Melden Sie sich, wenn alles in Sicherheit ist!«

Sie saßen steif auf ihren Stühlen, als er ihnen den Rücken zuwandte. Er hatte ihnen nicht einmal gratuliert, nicht einmal gedankt für ihren Einsatz, den Erfolg. Sie hatten sich gut geschlagen – aber es war unwichtig, schon Vergangenheit. Er mußte den Engländer loswerden und dann den ersten Flug nach Moskau nehmen.

Wieviel Zeit blieb ihm noch?

Er hatte keine Vorstellung, vielleicht nur noch Stunden.

Der Gedanke daran bedrückte ihn, nahm ihm fast den Atem. Er öffnete die Haustür und schob Folley die Treppenstufen hinunter. Einer der Wolgas parkte gerade vor dem Eingang.

»Rein mit Ihnen!« sagte er kurz. Folley starrte ihn fassungslos an, als erschrecke er vor dieser neuen Situation und müsse fliehen. »Los!«

Worontsjew schlug die Tür zu, schob den Zündschlüssel ein und sah dann auf die Uhr. Sechs Uhr neunundfünfzig. Neunzehn Minuten also. War das alles?

Geistesabwesend sah er einen Augenblick auf das Armaturenbrett und gab dann Gas. Die Reifen quietschten auf dem bereiften Kies, als er von dem Eingang auf die noch immer leere Straße hinausfuhr. Wieder sah er auf die Uhr. Sieben.

Zwanzig Minuten, um zum Konsulat zu kommen, an die Tür klopfen, bis einer der Soldaten öffnet, vielleicht auch der Portier im Schlafanzug – dann weitere vierzig Minuten bis zum Flughafen und zum Passieren der Kontrollen. Wann ist der erste Morgenflug nach Moskau? Um acht? Neun?

Acht Uhr dreißig.

Gegen zehn wäre er in Moskau. Und um diese Zeit würde Andropow nach ihm Ausschau halten, genau wie er selbst nach Goroschenko fahnden würde.

»Weg – wie meinen Sie das, weg?« Andropows Gesicht lief dunkel an, und er hielt den Hörer von seiner frisch rasierten Backe argwöhnisch weg. Er hatte sich zunächst recht wohl gefühlt, war mit dem ersten Bericht aus Leningrad ganz zufrieden, nachdem er sich rasiert und gewaschen hatte, um die schlaflose Nacht und die Panik des Vorabends zu vergessen. Und jetzt das. Worontsjew stand nicht zur Verfügung. »Wo ist denn nun der Engländer – doch nicht etwa tot?«

»Genosse Vorsitzender«, antwortete die Stimme mit betonter Höflichkeit, »wir nahmen an, daß ein Befehl von Ihnen vorlag. Major Worontsjew ging noch vor uns, zusammen mit dem Engländer.«

»Hat er ihn vernommen?«

Kurze Pause, dann: »Er war mindestens zehn Minuten lang mit ihm allein, Genosse Vorsitzender.«

»Und er war in Eile?«

»Sehr – Genosse Vorsitzender.«

Andropow schwieg einen Augenblick und dachte nach, dann fiel ihm ein, daß er auf die Höflichkeit immerhin eingehen müsse, und sagte: »Sehr gut. Gut gemacht. Ich werde Ihnen Leute schicken, um Sie abzulösen. Sie werden alle für Ihren Einsatz belobigt, und das Lob in Ihre Akten eingetragen. Das ist alles.«

»Vielen Dank, Genosse...« Er legte den Hörer rasch auf. Seine erste Handlung war, auf die Uhr zu sehen. Neun Uhr fünfundzwanzig. Der frühe Flug aus Leningrad mußte schon gelandet sein.

Warum war ihm das passiert?

Oder genauer gefragt: Warum war Worontsjew verschwunden, und wo war er jetzt?

Ein logischer Gedanke genügte für die Antwort, er wußte sie bereits. Worontsjew war verschwunden, weil er die Identität des Anführers herausgefunden hatte. *Kutusow.* Er hatte herausgefunden, wer *Kutusow* in Wirklichkeit war.

Andropow sah seiner Hand auf dem Tisch zu, wie sie sich langsam öffnete und wieder schloß, wie ein kleines, unabhängiges Greiftier. Und dann überkam ihn die Erregung des Wissens.

Worontsjew würde das nur tun, weil...

Nur für ein einziges Politbüro-Mitglied. Ein bisher unverdächtiges, fast schon seniles Mitglied des Politbüros.

Andropow genoß es, den Namen in Gedanken nicht auszusprechen, nicht einmal die Art, wie er sich jetzt die Gestalt des alten Mannes vorstellen könnte. Statt dessen nahm er den Hörer von einem der vielen Telefone vor ihm und wählte die Nummer des Aufsichtsraums im Erdgeschoß der Zentrale.

»Andropow. Alarmieren Sie die Sicherungsgruppe in Scheremetjewo. Wenn Major Alexej Worontsjew landet, ist er festzunehmen und zu mir zu bringen.« Er unterbrach die Verbindung und setzte seine Brille genauer auf. Dann wählte er eine andere Nummer. »Aktenraum? Bitte bringen Sie mir die Akte Major Alexej Worontsjew, sofort. Und dann noch die Akte von Michail Petrowitsch Goroschenko – ja, dem Stellvertretenden Außenminister.«

Er legte den Hörer auf und sah auf die Uhr. Worontsjew dürfte schon die Visumkontrolle passiert haben. Wenn ja, wohin würde er jetzt gehen?

Vielleicht ergab sich das aus den eben angeforderten Akten.

Angst durchzuckte ihn. Das fatalistische Gefühl der letzten Nacht war weniger mit dem Morgengrauen als durch dieses plötzliche Wissen verflogen, und die Gefahr, die das Verschwinden Worontjews auslösen konnte.

Gewußt haben konnten sie es nicht, natürlich nicht. Er nahm sich die Zeit, um dies ganz klar und präzis zu Ende zu denken. Selbst jetzt, nachdem er es wußte, fiel es ihm schwer, in diesem torkelnden, diesem gewesenen Goroschenko einen Erz-Verschwörer, einen Umstürzler zu sehen, der sich doch immer hatte gleichschalten lassen, sich wem auch immer unterworfen. Die Armee, natürlich – die hatte sich das zunutze gemacht, aber das war während des Krieges gewesen, und danach war er stracks in die Regierung zurückgekehrt. Ein guter Mann mit einwandfreier Führung, sehr geduldig in den Ausschüssen, sehr brauchbar für Gromyko. Nie Ärger, nie Schwierigkeiten...

Als sich Andropow noch einmal die offensichtliche Unschädlichkeit des Stellvertretenden Außenministers der Sowjetunion vor Augen hielt, wurde die Gewißheit, daß der KGB geradezu unvermeidbar und zu Recht betrogen und getäuscht worden war, zum hohlen Gelächter des Betrügers. Er konnte Goroschenko fast schon darüber lachen hören, wie sie seit dreißig Jahren betrogen und getäuscht wurden – von einer Karikatur des drittklassigen Parteimannes!

Er schloß seine Hände zu Fäusten, die eine in der anderen, und die Knöchel wurden weiß, als er sie zusammendrückte. *Gerade seine Makellosigkeit, seine reine Weste, war doch schon Beweis genug!*

Er lockerte die Spannung in seinen Händen und rieb sie, als würde er sie waschen.

Auf Goroschenko konzentrieren. Denken, *denken* – Worontsjew vergessen, auf Goroschenko konzentrieren. Ihn finden – den Putsch verhindern. Er griff nach dem Telefon. Später war immer noch Zeit, Chamowkin in Lahtilinna aufzuklären, nachdem er seine Anweisungen gegeben hatte. Vielleicht blieben ihnen noch ganze zwanzig Stunden...

Eine Tyrannei ist genug, dachte er. Er gehört bereits uns.

Kutusow saß in seinem Arbeitszimmer. Er konzentrierte sich auf jedes Möbelstück, jedes Gemälde und jede Fotografie, selbst auf die alte Uhr, die ihm anzeigte, daß es gleich halb zehn war, als wolle sie ihm Lebewohl sagen. Er war sehr müde. Geschlafen hatte er nicht in dieser Nacht – wer hätte das in seiner Lage schon gekonnt?

Noch zwanzig Stunden. Nur noch zwanzig.

Er starrte auf das Telefon. Praporowitsch war tot, Dolochow war tot, Pnin und noch andere Generäle – alle tot. Er stützte den Kopf in die Hände, zuckte dann mit den Achseln und setzte sich aufrecht. Er war wütend, und er wollte auch nicht für einen Augenblick die Vorstellung einer Haltung akzeptieren, die so eindeutig nach einer Niederlage aussah. Eine ärgerliche Handbewegung, als wolle er etwas Störendes zur Seite wischen, ließ die Tasse auf dem zierlichen kleinen Tisch neben ihm klappern, und mit einer entschlossenen Bewegung stellte er die Tasse wieder an ihren Platz.

Er war ein Willensmensch, ein starker Mann. Das hatte er schon immer gewußt. Und diese Willenskraft hatte er gebraucht, als er sich den Bericht aus Leningrad anhörte. Und auch dann, als er erfuhr, daß Worontsjew mit dem Engländer gesprochen und anschließend verschwunden war.

Er stand auf. Hier fiel ihm dieses Aufstehen nicht schwer, es verriet keine Reaktion auf die Nachrichten, die ihn erreicht hatten. Es war, als bilde er sich ein, ein Publikum zu haben.

Er lachte auf bei dieser Vorstellung, es klang bedrohlich. Ja, es stimmte: er hatte sich wie vor einem Publikum verhalten, eigentlich meistens. Jetzt war er sein eigenes Publikum. Früher war es einmal Kyril Worontsjew gewesen, Alexejs Vater. Dann Alexej selbst. Seine Frau schon weniger. Obwohl er sie manchmal geliebt, hin und wieder auch gebraucht hatte, hatte sie ihn so ertragen, wie er wirklich war, ungeschminkt und ohne Schauspielrolle.

Ja, Alexej wußte es wohl inzwischen – hatte wohl inzwischen mit dem Engländer gesprochen, nachdem Wassiljew ihm gesagt hatte, worauf er zu achten hätte. Und er wußte auch wohl alles über Natalja, dieses Aas, und wie man sie gegen ihn eingesetzt hatte. Einen Augenblick lang bewunderte er seinen Adoptivsohn. Er war schlau und tapfer, und hartnäckig.

Und jetzt war er zweifellos hinter ihm her. Selbst wenn er es Andropow nicht gesagt hätte – vielleicht hatte er es wirklich nicht gesagt –, hätte Andropow es sich denken können.

Er ging zu seinem Schreibtisch hinüber, zog eine Schublade auf und nahm die automatische Makarow heraus. Er prüfte und schob einen vollen Patronenrahmen hinein. Dann steckte er zwei weitere Patronenrahmen in seine Tasche und schloß die Schublade.

Die Invasion, die hätte man aufhalten können, aber der Putsch, der mußte weitergehen. Ja, ja, weitergehen. Seine Hand schnitt mit rascher Bewegung durch die Luft. Und *Fanny Kaplan*. Die Kreml-Bande und ihre Geheimpolizei würden hinweggefegt werden. Solange er in der Lage war, morgen früh um sechs den Anruf zu machen, würde auch Walenkow ihm gehorchen.

Die Revolutionsverräter würden von den Machtstellungen hinweggefegt, ausgetilgt aus diesem Leben. Andropow und seine Bande von Strolchen und Blutsaugern. Der KGB – Berijas Hinterlassenschaft, sein Geschenk an Rußland, der Abkömmling des MWD, des NKWD und der GPU, der Tscheka – die Tscheka allein hätte vollauf genügt. Alles übrige waren Geschwüre im Fell des Bären.

Er ging, um einen Mantel zu holen und eine kleine Tasche, die er schon gepackt hatte. Wiederkommen würde er erst, wenn alles vorüber war. Einen Augenblick lang blieb er vor einem Foto an der Wand stehen, das einen jungen Mann darstellte, und das er mit schwarzem Krepp versehen hatte. Er schüttelte den Kopf, dann verließ er das Zimmer. Er konnte sich in Moskau verstecken, und dafür blieben ihm nicht mehr als zwanzig Stunden.

»Alexej!« rief er unwillkürlich und schämte sich im gleichen Augenblick darüber. Er zog sich den Mantel mit energischen, kurzen Bewegungen an, nahm seine Tasche, hörte noch, wie der Hund an der geschlossenen Küchentür schnüffelte, und ging dann hinaus in die eiskalte Luft auf die Kropotkin-Straße. Am Tor blieb er kurz stehen und sah noch einmal zurück zu dem renovierten Haus. Dann ging er, aufrecht, während sein Stock regelmäßig auf dem vereisten Gehweg aufschlug.

Galachkow blickte zu dem Fenster von Chamowkins Schlafraum hinauf, als prüfe er ein Ziel oder versuche, ein Hindernis aus dem Weg zu räumen. Er sollte jetzt abgelöst werden. Bis zur kommenden Nacht würde er verschwinden, und dann war die Gelegenheit für ihn gekommen, Chamowkin zu töten.

Ihn töten – wozu eigentlich? Eine Seite in ihm, die er nicht recht wahrhaben wollte, stellte diese Frage mit präziser, kühler Stimme. Ihn töten, nachdem sie *wußten*, wer *Kutusow* war? Und nachdem die Generäle alle *tot* waren?

Die Nacht war lang gewesen, nachdem er sich den aus Moskau eintreffenden Funkverkehr angehört hatte – und der Morgen noch länger nach dieser Botschaft von Andropow, die sie übrigens direkt nach London und Washington weitergeleitet hatten – daß der Rädelsführer, Tarnname *Kutusow,* identifiziert worden sei und seine Verhaftung in Moskau unmittelbar bevorstehe. Der Betreffende wurde identifiziert als Michail Petrowitsch Goroschenko, Stellvertretender Außenminister der Sowjetunion. *Der Betreffende wurde identifiziert!*

Chamowkin töten, der Gerüchten zufolge lauthals gelacht haben soll, als er davon erfuhr? Ein amerikanischer CIA-Agent hatte es Galachkow erzählt, hatte erleichtert geklungen, und dann in den Schnee gespuckt und alle Russen als Arschlöcher bezeichnet.

Die Sicherheitsvorkehrungen waren gelockert worden – nur machte man sich immer noch Gedanken darüber, wo dieser ›Hauptmann Ozeroff‹ war. Er *könnte* töten – aber weshalb?

Von drüben kam jetzt der Wachmann, der ihn ablösen sollte.

Ihn töten, aus Rache – das Schlimmste anrichten. Ihn töten, weil es nicht geklappt hat, sagte er sich.

16. Anna Dostojewna

Worontsjew öffnete das leere Haus mit dem Schlüssel, den er an seinem sechzehnten Geburtstag bekommen hatte – endlich! hatte er damals gedacht, als Michail Petrowitsch Goroschenko ihn von diesem Tage an kommen und gehen ließ, wann er wollte. Den Schlüssel hatte er immer behalten, und so konnte er jetzt leise durch die Vordertür eintreten.

Der Hund bellte hinten, als er hörte, wie sich die Tür knarrend öffnete. Worontsjew wußte, daß das Haus leer war und daß Goroschenko den Hund dagelassen hatte. Worontsjew lachte – natürlich hatte er den Hund zurückgelassen. Er hatte ja vor, wiederzukommen – am nächsten Tag schon, oder am übernächsten.

Er schob die Küchentür auf, und das große zottige Tier sprang gegen seine Brust, die rosa Zunge streckte sich hechelnd und geifernd zu seinem Gesicht. Er senkte den Kopf und ließ sich lecken, grub seine Hände in das dichte Fell, während Bilder aus der Erinnerung auf ihn einstürmten und ihn die jetzige Situation in neuem Licht erkennen ließen.

»Runter, mein Kleiner«, sagte er mit weicher Stimme und schob den Hund weg. Die großen Pfoten fielen auf den Boden, und der Hund strich zwischen den Tischfüßen hindurch und legte sich wieder in seinen großen Korb, der ihm auch jetzt zu klein war. Braune Augen sahen zu Worontsjew herauf, die Zunge hing schlapp aus dem Maul, der Atem ging deutlich hörbar. Es fiel immer wieder schwer, sich vorzustellen, daß der Hund schon alt war.

Wie Goroschenko.

Er sah ins Abwaschbecken. Eine mit Wasser gefüllte Tasse, eine einzige Untertasse und ein Teller. Der leichte Geruch des bereiteten Frühstücks hing noch in der Luft. Goroschenko war noch nicht lange weg, und er schien es nicht besonders eilig gehabt zu haben.

Er schloß die Küchentür und sah sich rasch in der übrigen Wohnung um. Er umging das Zimmer, das er damals bewohnt hatte, ebenso wie dasjenige, in dem seine Adoptivmutter in den Monaten bis zu ihrem Tode gelegen hatte. Es war klar, daß noch niemand das Haus bisher durchsucht hatte, und er wurde bedrückt und mußte immer wieder die lähmende Erinnerung an frühere Zeiten abschütteln, um seinen Plan ausführen zu können, bevor er überrascht wurde.

Er stellte fest, daß die Pistole nicht mehr in der Schublade des Schreibtischs lag. Und daß sie auch sonst nirgends in dem Haus zu finden war. Eine Vorahnung stieg in ihm auf. Er hatte sich bis jetzt von der Gewißheit leiten lassen, Goroschenko irgendwann an diesem Tage oder in dieser Nacht zu treffen, und machte sich jetzt Sorgen, daß er eine Pistole bei sich hatte. Abgesehen von dieser fehlte eigentlich nichts in dem Haus. Der Hund hatte zu Fressen bekommen und hatte es zur Hälfte stehengelassen.

Es war also klar. Vierundzwanzig Stunden. Mehr nicht. Der Alte hatte womöglich ein einziges sauberes Hemd bei sich, sein Rasierzeug, seinen Wintermantel, Überschuhe. Alles in der kleinen Tasche, die er seit dem Krieg benutzte. Diese Tasche hatte Kyril Worontsjew gehört. Das hatte man ihm erzählt, als er zum erstenmal Goroschenko fragte, warum ein so bedeutender Mann eine so schäbige alte Tasche trug. Für das Gepäck eines Soldaten, hatte man ihm mit ernster Miene erwidert.

Waren das am Ende Talismane, um ihn abzulenken – die alte Tasche, der alte Hund?

Er hatte sich noch nicht gefragt, was er eigentlich tun wolle, wenn er Goroschenko gegenübertreten würde – weder im Flugzeug, in jener schlaflosen Stunde, noch als er seine Papiere in Scheremetjewo vorzeigte, mit schwitzenden Händen und heißer Stirn, als er darauf wartete, von ihnen verhaftet zu werden. Er war eben zu schnell gewesen, ein bißchen zu schnell, und der Haftbefehl war eben offenbar noch nicht ausgesprochen worden.

Was würde er tun?

Die Antwort war natürlich einfach. Warum denn sonst ging er auf eigene Faust vor, warum hatte er beschlossen, Folley am Konsulat abzuliefern und den ersten Flug nach Moskau zu nehmen, noch bevor er sich die Sache gründlich überlegt hatte? Er wollte Goroschenko *selber* finden. Den geharnischten Ritter spielen? Nein – sondern eine Vorstellung, die ihm von der Vergangenheit auferlegt war, die er weder ignorieren noch übergehen konnte. Wenn er Goroschenko finden würde, könnte er den Putsch verhindern – und das hielt er für seine Pflicht.

Such Goroschenko. Such ihn und finde ihn, wie ein Jagdhund. Finden, aber nicht töten!

Goroschenko durfte nicht vor Gericht gestellt und hingerichtet werden, auch wenn er Natalja gegen ihn eingesetzt hatte, Ossipow angewiesen hatte, ihn umzubringen, den Tod von Ilja und Maxim befohlen hatte, versucht hatte, ihn mit der Bombenfalle an der Leiche in der Datscha zu töten. Er durfte nicht verhaftet werden...

Plötzlich klingelte das Telefon neben ihm, während er unschlüssig in dem Schreibzimmer stand, und er sprang erschrocken auf. Seine Hand zuckte von dem Löscher auf dem Tisch, als sei er elektrisch geworden. Noch bevor er denken konnte, hatte er schon den Hörer ergriffen und abgehoben.

»Ja?« fragte er, während ihm die Vorsicht die Kehle zuschnürte.

»Bei Goroschenko? Wer spricht da, bitte?« Eine verstellte, amtliche Stimme.

Er knallte den Hörer auf die Gabel. Dann sah er sich in dem Zimmer um und spürte, wie es ihn mit tausend Verpflichtungen bedrückte. Er ging zur Tür und bemerkte dabei zum erstenmal das Bild seines Vaters, in Uniform, aufgenommen im letzten Kriegsjahr, vielleicht kurz nach dem Einmarsch der Vaterländischen Armee nach Deutschland. Es war das Bild seines Vaters, das er als Kind am meisten geliebt hatte: schlank, jugendlich, lachend, hinter ihm ein Panzer und seine Mannschaft. Das Bild war sorgfältig mit schwarzem Krepp umrahmt.

Worontsjew lief es kalt den Rücken hinunter, aber er wußte nicht, weswegen. Sein Vater – vor sechs Monaten war der Jahrestag seines Todes gewesen. Vorsichtig berührte er den schwarzen Krepp, als traue er nicht ganz seinem Gefühl, dann schüttelte er den Kopf.

Er vergaß den Hund in der Küche und verließ das Haus. Einige Wagen parkten am Straßenrand, aber keiner schien verdächtig besetzt zu sein. Er schloß das Tor hinter sich und hörte in der Ferne das schwache Gebell des Hundes. Es klang anklagend. Ein Schauder überlief ihn, als fröstle er, und dann ging er eilig weg von dem Haus, in dem er früher einmal gelebt hatte.

Etwas widerwillig begann Aubrey sich an die Konversation mit Chamowkin zu gewöhnen. Nachdem der Sowjetische Parteisekretär nur noch ein Sicherheitsproblem darstellte, hatte Aubrey einen erheblichen Teil seines Interesses an der Operation *Schneefalke* verloren, wie er sie immer noch nannte – und das bedeutete, daß sie ihm lästig sein mußte. Daß das aber nicht der Fall war, war nur ein Anzeichen dafür, daß er alt wurde.

Sie gingen auf einer der Terrassen des Lahtilinna-Schlosses spazieren, von wo aus man die schiefergraue Fläche des Sees überblicken konnte. Der Himmel war blaßblau, mit wenigen Wolken, eigentlich Frühlingswetter, wenn nicht die Kälte wäre. Buckholz ging auf der einen Seite des Parteisekretärs, Aubrey auf der anderen. Sie gingen langsam, wie Staatsmänner – oder Rentner.

Chamowkin war erleichtert, das war ihm anzusehen, und vertraute Andropows Sicherheitsmaschinerie. Auf Aubrey machte er den Eindruck eines übertrieben zuversichtlichen Mannes, der einen bisher pannenfreien Wagen fährt. Ein plötzliches Klopfen im Motor, das konnte doch nichts Schlimmes bedeuten, zumal der Wagen stets einwandfrei gefahren war. Ängste waren für ihn nur persönlicher Art, bezogen sich auf seine Sicherheit und überkamen ihn von Zeit zu Zeit für kurze Momente. Und diese Ängste waren immerhin kleiner und angenehmer als die Emotionen, die durch einen möglichen Umsturz hervorgerufen wurden, den der Parteisekretär jetzt für unmöglich hielt.

»Ich meine, Sie sollten sich so wenig wie möglich im Freien aufhalten«, sagte Aubrey streng und ärgerte sich gleichzeitig, daß er wie eine Gouvernante klang.

Chamowkins Augen blitzten. »Ihre Sorge um mich ist wirklich rührend, Mr. Aubrey.« Er freute sich, daß Aubreys Lippen sich kräuselten. »Sie erinnern mich sehr an unsere eigenen Sicherheitsbeamten.« Aubreys Gesicht gefror plötzlich zu einer kreidebleichen Maske, und Chamowkin merkte, daß sein Witz eine gewisse Loyalität oder Rechtschaffenheit berührt haben mußte, die der kleine Mann neben ihm zum Ausdruck bringen wollte.

Sie erreichten das Ende der Terrasse, und Buckholz stellte einen Fuß auf die niedrige Brüstung und stützte einen Ellbogen auf sein Knie. »Sagen Sie uns etwas über diesen Goroschenko, Herr Generalsekretär. Unsere Unterlagen scheinen da mindestens so unergiebig zu sein wie die Ihrigen.«

»Er eignet sich perfekt zum Anführer eines Militärputsches«, sagte Chamowkin, rieb seine Hände und nickte. »Ja, ein Kriegsheld, ungeheuer loyal während der ganzen Stalinzeit – jedenfalls machte er diesen Eindruck auf Berija und Stalin. Man mußte eben loyal sein, wenn man die periodischen – *Veränderungen?* – in dem damaligen Politbüro überleben wollte. Und noch loyaler, um in der Armee zu überleben. Aber er schaffte es. Er muß also ziemlich clever sein.« Chamowkin sprach jetzt zu beiden, oder zu keinem von ihnen, während er auf den See hinaussah, aber eine innere Landschaft erblickte. Dann stieg ihm Wut ins Gesicht und verfärbte es trotz der Kälte. »Ich hätte ihn besser überwachen sollen!« Es war die Wut eines Mannes, der von einem schlaueren Kopf übertrumpft worden war. »Er hat den halbsenilen Bock nur allzugut gespielt!«

Aubrey grinste. »Es scheint so. Immerhin sind Sie jetzt sehr zuversichtlich, daß seine Verhaftung unmittelbar bevorsteht.«

»Ja – jetzt entkommt er nicht mehr.«

»Und wir brauchen uns keine Sorgen mehr zu machen?«

Chamowkin sah ihn scharf an, als wisse der Engländer unvermutet, daß die Moskauer Garnison nicht mehr beeinflußbar war und den Auftrag hatte, den Putsch zu beginnen. Aber das konnte er doch nicht wissen.

»Nein, das brauchen wir nicht. Der Vorsitzende Andropow wird den Chef des Generalstabs und den Verteidigungsminister anweisen, die an der Grenze zusammengezogenen Einheiten noch heute nachmittag zurückzuziehen. Sie werden die Bestätigung bekommen, sobald dies durchgeführt worden ist.«

»Sobald unsere Satelliten erkennen, daß dies geschieht«, bemerkte Buckholz trocken.

»Wie Sie meinen«, antwortete Chamowkin frostig, wobei er merkte, daß die Trümpfe jetzt eindeutig in der Hand der beiden Fremden waren.

»Sofern man Sie nicht umbringt«, sagte Aubrey. »Denn wenn das geschieht, kann alles wieder eskalieren...« Er hob die Hände, als wollte er eine Explosion darstellen. »Ich meine, daß wir schon aus diesem Grund unseren Spaziergang nicht länger ausdehnen sollten. Gehen wir hinein?«

»Ja, gut.«

Galachkow lag auf dem schmalen Feldbett und rauchte eine Zigarette. Auf dem Tischchen neben dem Bett stand ein Teller mit ein paar Brotkrumen und einem Rest Butter. Es war einfach gewesen, sich aus der Küche ein verspätetes Frühstück zu holen und es in eines der unbesetzten Schlafräume der Sicherungsgruppe im Ostflügel des Schlosses zu bringen. Er war nicht ganz so mutig gewesen, in den Raum zu gehen, der ihm als Ozeroff zugewiesen worden war, aber es lag auf demselben Stockwerk und Flur. Das finnische Küchenpersonal hatte sich kaum um ihn gekümmert, auch nicht die wenigen dienstfreien Engländer und Amerikaner, die noch am Tisch saßen. Es war wenig wahrscheinlich, daß ihn jemand vor Einbruch der Nacht störte, wenn er wieder vorgeben würde, in Dienst zu sein.

Es war lächerlich, und zugleich lächerlich einfach. Jeder

nahm an, daß er anwesend war. Wie bei Ozeroff hatte die Einberufung einer Sicherungsgruppe, deren Mitglieder einander fremd waren, einen Pferdefuß: wer wußte denn schon, wer *nicht* anwesend war? Er hatte sein Haar heller gefärbt und es anders gekämmt – noch dazu hatte er während der gesamten Dienstzeit die Haube seines Parkas aufgehabt – hatte Haftschalen eingesetzt, die seine Augenfarbe veränderten, hatte seine Backen etwas ausgestopft und sorgte für einen schlurfenden Gang. Er war überzeugt, daß er unerkannt hinter jemand hergehen könnte, wenn das Licht nicht allzuhell war, der ein Foto von ihm in der Hand hielt, sogar dasjenige von seiner Verkleidung in Heathrow, das er als Paßfoto bei sich hatte.

Er blies einen verächtlichen Rauchring gegen die hohe, hellgelb gestrichene Decke. Wenn sie ihn suchen würden, würde er schlafen, oder lesen. Er war einer von ihnen, und sie würden nicht gerade viel Aufhebens von ihm machen.

Er drückte den Zigarettenstummel aus und öffnete die Tür des Schrankes neben dem Bett. Dann nahm er eine Lageskizze heraus, die er anhand seiner eigenen Beobachtungen auf dem Schloß gemacht hatte, sowie eine Karte in großem Maßstab der Umgebung von Lathilinna. Die Frage, wie seine Flucht aussehen müsse, beschäftigte ihn in zunehmendem Maße auf eine bedrückende, drängende Art, so daß, wenn er daran dachte, was immer häufiger geschah, seine Handflächen feucht wurden und sein ganzer Körper in einer so geringfügigen, aber eben doch spürbaren Weise außer Kontrolle geriet.

Anhand der Lageskizze begann er wieder von neuem die Reihenfolge seiner Bewegungen aufzusagen, an deren Ende die Ermordung Chamowkins stand.

Allein schon die Anwesenheit von Verteidigungsminister Druschinin und Generalstabschef Pawoletskij in seinem geräumigen Amtsraum vermittelte Juri Andropow wieder ein Gefühl von Autorität und Befehlsgewalt. Er spürte, daß seine schlimmsten Augenblicke während der vergangenen Tage kamen, wenn er alleine war – ohne die Herausforderung durch mögliche Feinde oder den befriedigenden Gehorsam

Untergebener. Die beiden vor ihm stehenden Männer, beide grauhaarig und in Uniform, konnten zwar Feinde sein – obwohl er sie nicht dafür hielt –, aber da sie greifbar und anwesend waren, flößten sie keine größere Bedrohung ein als ihre Körperlichkeit, oder ihre Orden und Gesichtszüge.

Sie sahen alt aus und ziemlich gewöhnlich, mit faltiger Haut über den Kragen ihrer grünen Uniformen, über ihren vielen Auszeichnungen und Medaillen und eingerahmt von den schweren, eckigen Achselklappen. Goldene Rangabzeichen, grüne Uniform und das Bronze und Gold der Orden. Da sind sie jetzt also, dachte er, und seine Reaktion war nicht ohne Verachtung – die alten Geschichten –, beide trugen sie die Medaille zur Feier des dreißigsten Jahrestages der Sowjet-Armee, beide die Medaille für Heldentum während des Großen Vaterländischen Krieges, beide den Orden der Befreiung von Berlin. Pawoletskij mit der Verdienstmedaille und dem Orden für die Verteidigung von Leningrad, und Druschinin mit der Tapferkeitsmedaille und dem Orden für die Verteidigung des Kaukasus.

Paradeuniformen, Paradegedanken, Paradeverhalten. Alte Soldaten. Er wog seine Worte sorgsam ab.

»Es ist zum gegenwärtigen Zeitpunkt notwendig, gewisse Einheiten der Grenztruppen abtreten zu lassen, vor allem diejenigen, die während der letzten Woche *unbefugte* Bewegungen und Maßnahmen durchgeführt haben.« Er beobachtete ihre Gesichter, genauso wie Kapustin, der etwas hinter den beiden Soldaten stand, ihn beobachtete. Andropow war bereits dabei, Loyalitäten für die Zukunft herauszufinden. Seine Bemerkungen hatten die beiden Besucher gezwungen, Standpunkte einzunehmen und sich zu exponieren.

Pawoletskij sprach als erster. Er räusperte sich, als steckten ihm die Worte im Hals.

»Ich möchte für mich allein sprechen, Genosse Vorsitzender«, begann er mit einem Seitenblick auf seinen Begleiter, »wenn ich sage, daß ich mit Staunen, ja mit Entsetzen die Beschuldigungen gehört habe, die Sie gegen gewisse höhere Offiziere der Sowjet-Armee ausgesprochen haben...«

»Und ich«, unterbrach ihn Druschinin wie auf ein gefallenes Stichwort, »bin bestürzt über die – *Unfälle?* –, denen dieselben Offiziere zum Opfer fielen, die vom Sicherheitsdienst verdächtigt wurden!«

Dann folgte Stille. Andropow fühlte unerwartete Wut in sich aufsteigen und preßte seine Handflächen gegen seine Schenkel, um die Emotion zurückzuhalten. Aber er konnte den Ausbruch nicht mehr verhindern. Die Wut ließ sein Gesicht schmal werden.

»Er ist einer von Ihnen! Goroschenko ist einer von Ihnen – ein *Mann der Armee*! Geben Sie das doch zu!« Er sah, wie sich Kapustins Gesicht warnend zusammenzog.

»Sie haben keinen *Beweis* dafür, daß der Stellvertretende Außenminister in eine Verschwörung gegen den Staat verwickelt ist, zu der angeblich Mitglieder der Streitkräfte gehören«, bemerkte Druschinin in gleichmäßigem Ton, und sein Blick schien Andropows Gedanken lesen zu können.

»Beweis?« fragte Andropow höhnisch. »Wir haben genug Beweise, um ihn zu verhaften und zu verhören...« Jeder der beiden Soldaten zuckte voller Verachtung mit den Schultern. »Ich frage Sie noch einmal: Werden Sie die notwendigen Befehle an die Sowjetische Heeresgruppe Nord und an die Nordmeerflotte weiterleiten?«

Nach einem endlosen Schweigen sagte Druschinin: »Ich werde Marschall Pawoletskij ersuchen, neue Richtlinien für diejenigen Einheiten zu erteilen, die möglicherweise *provokatorische* Grenzstellungen eingenommen haben.«

»Und die Moskauer Garnison? Da muß etwas getan werden.«

Pawoletskijs Augen glänzten, und Andropow merkte, daß die Unterredung vorher geprobt worden war, und daß er bis jetzt eher geführt worden war als selbst zu führen.

»Wenn Sie den Stellvertretenden Außenminister Goroschenko in Schutzhaft genommen haben, dann werde ich das Abtreten der Garnison und die Verhaftung von Walenkow anordnen.«

Plötzlich schien das schwere Mobiliar für Andropow unwirklich zu werden.

»Sie weigern sich?«

»Nein. Es gibt weder etwas anzunehmen noch etwas abzulehnen. Ich werde Ihrer Bitte entsprechen, wenn mir Beweise vorgelegt werden, daß die Moskauer Garnison zusammen mit Genosse Goroschenko in eine Verschwörung gegen den Staat verwickelt ist.«

»Wo ist eigentlich Major Worontsjew, der über solche Beweise verfügen soll, wie Sie sagen?« fragte Pawoletskij mit sanfter Stimme, nicht einmal darüber erstaunt, daß Andropow jetzt aufstand und sein Gewicht auf die Hände verlagerte, die er mit weißen Knöcheln an der Tischkante aufstützte.

»Gehen Sie! Gehen Sie!« war alles, was er zu sagen vermochte. Und die beiden Soldaten erhoben sich wie ein Mann, setzten ihre Mützen auf und salutierten wie in ihren jungen Tagen. Dann wendeten sie sich zur Tür und verließen, im gleichen Schritt, den Raum.

Kapustin sah Andropow einen Augenblick lang an. »Das haben Sie nicht gut gemacht«, sagte er.

»Hören Sie auf! Wer sind Sie denn, ein verdammter Theaterkritiker?« schrie Andropow. Kapustin machte einen Schritt auf den Tisch zu und blieb stehen, als Andropow von seiner Wut völlig übermannt wurde. »Die gehören alle dazu! Die beiden hier, die warten ab, um zu sehen, wer gewinnt! Die schauen zu, wie Sie und ich fortgeschwemmt werden, wie Dreck, einfach so, Spülung betätigt! Verstehen Sie denn nicht – die *wissen* doch, was gespielt wird! Und sie werden nichts dagegen tun, gar nichts!«

»Sie werden die Invasionstruppen anweisen, sich von den Grenzstellungen zurückzuziehen. Was erwarten Sie denn sonst noch?«

»Walenkow allein genügt, damit das Ganze klappt!«

»Das weiß ich. Wir müssen Goroschenko vor morgen finden. Und Worontsjew ebenfalls.«

»Dann finden Sie sie – finden Sie sie!« ereiferte sich Andropow, dem der Schweiß auf der Stirne glänzte, während das Licht von dem Fenster seine Brille zum Spiegeln brachte, so daß er für Augenblicke keine Augen mehr zu haben schien und hohl wirkte. »Finden Sie die doch!«

Worontsjew wählte die geheime Telefonnummer seines eigenen Apparates in dem Büro am Frunse-Kai. Die Glasscheibe des Telefonhäuschens am Gogol-Boulevard war leicht beschlagen, so daß er die Leute nicht mehr sehen konnte, die an der Spitze der Warteschlange für den Bus den Kopf zu dem öffentlichen Fernsehempfänger reckten. Das undurchsichtige Glas des Häuschens spiegelte gewissermaßen die Spannung wider, die sich seit dem Verlassen von Goroschenkos Haus Schritt für Schritt in ihm aufgebaut hatte. Bis jetzt war ihm niemand gefolgt.

Er lauschte auf das Freizeichen, während seine Hand ungeduldig an der Schnur des Hörers zupfte. Dann, endlich, war Alewtina am Apparat.

»Büro von Major Worontsjew.«

»Alewtina, können Sie frei sprechen? Ich bin es.« Die anonyme Selbstvorstellung klang unecht, zumal von einem Offizier des SID. Das Mädchen schluckte hörbar.

»Herr Major – sie sind hier gewesen«, stotterte sie. »Kapustin sucht persönlich nach Ihnen, und wir sollen melden, wenn...«

»Alewtina, können Sie mir helfen?« Es war mehr als eine Bitte. Seine Isolierung, seine Abhängigkeit von diesem besonderen Telefonanruf erschreckte ihn. Er fühlte sich nackt gegenüber dem, was ihn bedrohte, und nicht stark genug, um einen Befehl zu äußern oder sich in Positur zu werfen. Alewtina schwieg lange.

»Was kann ich tun, Herr Major?« Sie machte ihm nichts vor, machte auch keine Pause, um den anderen Zeit zu geben, ihn ausfindig zu machen. Worontsjew wußte, daß da noch etwas anderes mitspielte als Gehorsam gegenüber einem Vorgesetzten, und zum erstenmal war er froh über die romantischen Gefühle dieses Mädchens für ihn, die er bis jetzt betont ignoriert hatte. Er war auf einmal gierig nach Zuneigung.

»Ich brauche die Akte – meines Vaters.«

»Ihres – des Stellvertretenden Außenministers? Ich hab' gehört, daß da was los sei, und daß *er* daran beteiligt sei...«

»Er *ist* es sogar«, sagte Worontsjew langsam. »Hat man Ihnen das nicht gesagt? Er ist der Rädelsführer der *Gruppe 1917*.«

»Oh, mein Gott«, entfuhr es dem Mädchen wie ein Stoßseufzer. Worontsjew beneidete sie um diese einfache Reaktion.

»Ja. Und ich muß ihn finden, *ich* und niemand sonst. Verstehen Sie das, Alewtina? Ich brauche diese Akte. Ist sie noch da?«

»Wie bitte – ach ja, sicher. Der Stellvertretende Vorsitzende hat sich zwar eine Kopie machen lassen, aber Ihr Büroexemplar ist immer noch da.« Sie kehrte zu einem neutralen Büroton zurück.

»Also – ja. Meine Frühstückspause ist in ein paar Minuten. Wo?«

Vorsichtig sagte Worontsjew: »Das Café – wo wir sonst auf meine Frau nach ihren Proben warteten. Einverstanden?«

Nach einer Pause sagte sie: »Ja. In einer halben Stunde.«

Worontsjew legte den feuchten Hörer auf die Gabel und ging hinaus. Die eisige Luft schlug ihm ins Gesicht wie ein Eimer kaltes Wasser. Er mußte diese Akte haben. Daß ihm das Mädchen helfen wollte, zumindest insoweit, daß sie ihm die Akte brachte, ließ ein warmes Gefühl in seiner Brust entstehen.

Der Fernsehempfänger an der Bushaltestelle zeigte eine Wiederholung der Ansprache Chamowkins an das finnische Parlament. Worontsjew kümmerte sich nicht darum.

Das Café befand sich in einer schmalen Straße hinter dem Swerdlow-Platz, an dem das Bolschoi-Theater liegt, und hatte eine recht preiswerte georgische Küche. Worontsjew war schon längere Zeit nicht dort gewesen, und die meisten Kellner waren ihm fremd. Er saß in einer halbdunklen Ecke hinten im Café, weil er von hier aus notfalls schnell durch die Toilette zur Hintertür ins Freie flüchten konnte. Es war immerhin riskant, sich so offen im Stadtzentrum zu zeigen, denn der KGB konnte Goroschenko am schnellsten über ihn finden.

Er bekämpfte seine Müdigkeit mit schwarzem Kaffee und stillte seinen Hunger mit stark gewürzten Hühner-Satsiwi, zusammen mit gepökeltem Kohl und roten Pfefferschoten. Der übermäßig kräftige Geschmack des Essens ließ ihn wieder zur Normalität zurückfinden und gab ihm etwas von seinem Selbstbewußtsein zurück, so daß er keinen Erinnerungen mehr nachhing.

Während er noch mehr Kaffee trank, nach dem Essen, erschien das Mädchen in der hellen Türfüllung. Er hob die Hand und sie kam zu ihm.

»Ist man Ihnen gefolgt?«

»Ich glaube nicht. Ich hab' versucht, schlau zu sein ...« Der insgeheime Spaß an der Verschwörung war Alewtina anzusehen, aber auch eine gewisse Sorge um ihn stand in ihren grünen Augen. Sie machte sich Sorgen um ihn, sie wollte ihm helfen – und irgendwie schien sie seine Isolierung und Hilflosigkeit zu befriedigen. »Wenigstens hat niemand gesehen, daß ich das hier mitgenommen habe, Herr Major.«

Worontsjew nickte und schob seine Kaffeetasse zur Seite. Daraufhin nahm er die Unterlagen aus dem Umschlag und fingerte kurz durch die Seiten, unschlüssig, was sie ihm jetzt, wo er sie hatte, noch bedeuten könnten. Dann blickte er auf und schob sie in den Umschlag zurück.

»Ich muß jetzt gehen.« Er legte einen Zehnrubelschein auf den Tisch.

»Herr Major – kann ich noch etwas tun?« Worontsjew sah den eifrigen, tapferen Blick in ihren Augen und schüttelte den Kopf. Ihre Sorge um ihn tat ihm gut, aber in diesem Augenblick wollte er nicht mehr davon.

»Nein, Alewtina. Vielleicht geraten Sie schon jetzt in Schwierigkeiten. *Ich* muß meinen Vater finden. Wenn Ihnen jemand Fragen stellt, dann habe ich Sie dazu überredet ...« Das Mädchen schüttelte den Kopf.

»Machen Sie sich keine Gedanken um mich, Herr Major.«

Worontsjew nahm seinen Mantel von einem Stuhl und zog ihn an, dann Schal und Handschuhe.

»Gehen Sie bitte zuerst. Man kann nie wissen.«

»Ja, Herr Major. Und viel Glück, wie immer das aussehen mag.«

»Danke, Alewtina. Und: keine Sorgen um mich, ja?« Er wies mit der Hand zur Tür, aber sie sah ihn noch einmal genau an, als wolle sie sich seine Gesichtszüge einprägen, und ging dann hinaus, wendete sich nach links und verschwand. Worontsjew gab ihr noch ein paar Augenblicke Zeit und schlug dann den Mantelkragen hoch, da das Café jetzt voller war, mit Büroangestellten und Käufern, und er sich der Gesichter nicht sicher sein konnte, die sich da über ihr Essen beugten oder hinter Zeitung und Zigarettenqualm verschwanden.

Er stellte sich in die Türöffnung des Cafés und beobachtete die Straße und die wenigen dort parkenden Wagen, die Biegung zum Swerdlow-Platz. Dann ging er zur nächsten U-Bahn-Station.

Von dort aus, wo er stand und den Kaffee aus dem Plastikbecher schlürfte, den er sich aus der Thermosflasche eingegossen hatte, konnte Michail Petrowitsch Goroschenko die scheußlichen Umrisse der Basilius-Kathedrale sehen. Nach einer kleinen Bewegung hinter dem winzigen, verschmutzten Fenster erkannte er die Türme und Spitzen des Kremls. Wenn es ihm jetzt darum gegangen wäre, die Spannung in sich etwas abzubauen, dann könnte er sogar die Namen jedes einzelnen Turmes hersagen. Im Augenblick starrte er über die hohen Mauern und konnte dabei einige entfernte Teile des Gartens erkennen. Die kahlen Bäume, die unbepflanzten Beete, die tauenden Schneereste auf dem Gras und die schnurgeraden Wege.

Was hatte Iwan der Schreckliche mit den Architekten der Basilius-Kathedrale gemacht, fragte er sich, als er seinen Blick wandern ließ. Sie geblendet, damit sie nichts anderes mehr bauen konnten?

Ein paar Leute saßen auf den Bänken in dieser Ecke des Alexandergartens, auf die er von seinem hochgelegenen Fenster aus blickte.

Das Warten fing an, zugegeben, seinen Preis zu fordern. Seine Augen wanderten endlos über den Roten Platz, wie diejenigen eines Betrunkenen, der auf dem Rücken liegt und nicht zu lange in eine Richtung sehen will aus Angst, der Raum könne sich zu drehen beginnen. Ja, genau so. Es fiel ihm sogar schwer, zu lange über die Kreml-Mauern zu schauen, er konnte auch das Büro von Chamowkin nicht sehen, nicht von hier aus, trotz des Hasses, der heiß in ihm wühlte wie eine hochleckende Flamme.

Und doch mußte er immer weiter über den Platz schauen, hinunter zu den kleinen, emsigen Gestalten, die der Wind vor sich herzublasen schien, der durch die Ritzen des schmierigen Fensters pfiff. Und wenn er das nicht tat, dann überfiel ihn der Größenwahn – oder die Wut darüber, immer noch warten zu müssen auf die ferne Bedrohung aus der Dscherschinskij-Straße und seines Adoptivsohns.

Seltsam, dachte er, daß Größenwahn, eigentlich ein Fachbegriff in Geschichtsbüchern oder psychologischen Berichten, derart fühlbar ist. Ein zunehmendes Gefühl wie ein Schleimpfropfen hinten im Hals, oder wie zuviel Luft in den Lungen, so daß sich der Brustkasten ausdehnt, entspannte Hüften. Dabei schauen die Augen sozusagen hinter dem Kopf hervor und formen sich die Gestalt aus diesem Blickwinkel. Er mochte das Gefühl nicht. Er schämte sich vielmehr deswegen und fürchtete sich davor. Wenn schon dieses Gefühl der Größe, dann in der reineren Form, wie sie ein frommer Mensch unmittelbar empfinden konnte, der er aber nicht war. Die Reinheit seiner Motive hatte mit Ideologie, hatte mit Politik zu tun – sie hatten nichts Visionäres an sich wie ein religiöser Glaube, so verzweifelt er sich in den vielen Jahren auch daran geklammert hatte.

Aber der Größenwahn, die seltsamen Empfindungen, das Erfülltsein – nein, vielmehr das Anschwellen des Gehirns in seinem Schädel – überkam ihn nicht, wenn er zu den winzigen, unbedeutenden Menschen hinunterschaute, nicht einmal beim Anblick der Basilius-Kathedrale, nicht einmal des Kremls. Er überkam ihn, wenn er *nicht* dorthin sah. Wenn er nichts anderes vor sich sah als den kleinen, kahlen und verstaubten Raum mit den vielen ungeöffneten Kisten und einem kleinen Tisch, auf dem ein staubloses Telefon stand, dessen Anschlußkabel über die nackten Bodenbretter zu der besonders für ihn montierten Wanddose ging – wenn dies noch alles war, worüber er verfügte, dann war es eben nur das, nicht mehr, nicht größer als er selbst. Und indem er jetzt die Luft in einem tiefen Atemzug einsog und sich seine Brust dehnte und weitete, schien sich auch der Raum, in dem er stand, zu einer neuen Größe auszudehnen.

Die Menschen dort unten auf der Straße, die Gebäude, sie

gaben ihm einen Maßstab, sie veränderten seinen Blickwinkel. Und Maßstab brauchte er – andernfalls würde ihm das Gefühl für alles fehlen, was außerhalb seiner Person existierte, dann würde er nur noch seinen Ehrgeiz und seine Habgier spüren, und seinen Hang zur kalten Macht.

Er hatte sich nie vorstellen können, so zu sein, solche Eigenschaften zu haben. Oder doch, ein wenig. Immerhin hatte er versucht, sich als einen Diener, einen Mahner oder zumindest als einen Anhänger seiner eigenen Ideologie zu sehen, und damit auch Erfolg gehabt.

War ein solcher Größenwahn etwa noch gefährlicher, wenn er sich die Maske der Demut vorhielt? Also eine Art religiöser Größenwahn vielleicht? Der Wunsch, heilig zu sein, noch dazu gewollt. War er das etwa?

Ihn schauderte, und er konzentrierte seinen Blick wieder auf die Straße dort unten, auf einen alten Mann – oder war es eine Frau? Von hier oben ließ sich das nicht erkennen, nur vom Wind gezauste Kleider, Lumpen fast. Ein altes Wesen jedenfalls, das langsam und mühevoll gegen den zerrenden Wind anging. Er versuchte, so schwer es ihm auch fiel, ›für dich‹ zu sagen, für *dich*.

Aber es nützte nichts.

Dafür blickte er jetzt hinüber zu der langen Schlange vor den Bronzetoren – und mußte über die Sinnfälligkeit dieses Bildes lachen. Die Schlange der Gläubigen, die darauf warteten, Lenins einbalsamierte Gebeine zu sehen, die in dem Glassarg ruhten; zu grell beleuchtet, dachte er, auch jetzt noch. Hunderte warteten darauf, auch im Winter. Und das seit fast sechzig Jahren, stellvertretend für eine unübersehbare Menge.

Für euch, sagte er zu sich, *für euch*. Für all die vielen, die jetzt nicht zu sehen waren dort unten.

Für euch.

Es schien ihm die Enge in seiner Brust zu nehmen, er konnte wieder atmen. Aber die Luft, die er einsog, war trokken, warm und staubig, so daß er fast niesen mußte. Er schluckte den Rest des Kaffees hinunter und sah über seine Schulter zum Telefon. Der Wille wurde wieder stark in ihm, nachdem sich der zerstörerische Anteil seiner Motive aufgelöst und verflüchtigt hatte, wie ein Anfall von Übelkeit. Er fühlte sich jetzt stärker, nicht schwächer.

Ein Telefonanruf. Ein einziger Anruf genügte, morgen früh um sechs. Und Walenkow wäre am Apparat, der Freund von Kyril Worontsjew – und sein Waffenbruder als junger Offizier, von Stalingrad bis zu den Vorstädten Berlins –, und würde den Befehl entgegennehmen und seinerseits die Befehle an die Garnison weiterleiten...

Ein einziger Telefonanruf und – er sah hinüber zu den Kreml-Mauern – er würde wieder anfangen. *Es* würde wieder anfangen. Der neue Anfang.

Er schloß die Augen, zufrieden – und erschrak vor dem Bild, das plötzlich vor seinen geschlossenen Lidern erschien. Dem Bild von Alexej Worontsjew, noch ein Kind, wie er seine Hand hielt. Der Junge trug leuchtendrote Plastikstiefel und wirbelte den Schnee damit auf und lachte.

Er schüttelte den Kopf, um ihn wieder freizubekommen, und öffnete die Augen. Gehorsam verschwand das Bild.

Wo war er? Wo war Alexej jetzt?

Das Apartment befand sich in einem Wohnblock am Kutusowski-Prospekt in der Nähe des Ukraina-Hotels, ganz im Zuckerbäckerstil erbaut, und dem Comecon-Gebäude, dessen moderne graue Betonwände scharfkantig in den blaßblauen Himmel ragten. Die Apartments waren zur Zeit Stalins gebaut worden, als Anna Dostojewna Kultusministerin gewesen war und sich sehr mit dem Ausbau des neuen Stadtzentrums befaßt hatte. Sie hatte sich entschlossen, in einem dieser Apartments zu wohnen, weil deren Bau auf die Initiative ihres Ministeriums zurückging. Und als man ihr erlaubt hatte, ihr Amt sang- und klanglos abzugeben, nachdem sie Stalins Gunst verloren hatte, war sie in dem Apartment geblieben.

Worontsjew erinnerte sich aus seiner Kindheit an sie – eine große, mächtige Frau mit tiefer Stimme, vor der er sich fürchtete. Die er auch nicht mochte, weil sie einen Platz im Privatleben Michail Petrowitschs einnahm, der eigentlich Worontsjews Adoptivmutter zukam. Er spürte, ohne es genauer zu wissen, daß Anna Dostojewna nicht Goroschenkos Mätresse im üblichen Sinne war. Vielmehr war sie mit ihm auf ideologischer Ebene verbunden und teilte eine eher intellektuelle Seite mit ihm, aus der Goroschenkos Frau ausgeschlossen blieb.

Worontsjew hatte ihren Namen in den Akten gefunden und sich an die geistige Gemeinsamkeit erinnert, die die beiden einmal miteinander gepflegt hatten. Hier, hatte er gemeint, könne die Antwort auf seine Fragen liegen.

Er hatte den Inhalt der Akten, so gut er konnte, im Waschraum der Komsomolskaja-U-Bahnstation in sich aufgenommen, hinter der verriegelten Toilettentür, während draußen Schritte über den gefliesten Boden liefen und das Wasser plätscherte.

Nachdem er die Akte auf eine Liste möglicher Alternativen reduziert hatte, hatte er jedes Blatt in kleine Fetzen und die Aktendeckel in blaue Pappstücke zerrissen und das Ganze hinuntergespült. In gewisser Weise trennte er sich damit von Goroschenko, aber er entließ ihn nicht.

Den ganzen Nachmittag fuhr er mit der U-Bahn, von einer Station zur nächsten, und machte jedesmal einen, höchstens zwei Anrufe. Und jedesmal strich er einen Namen auf der Liste aus, bis alle Orte, wo sich Goroschenko hätte aufhalten können, ausgestrichen waren. Bis auf das Apartment am Kutusowski-Prospekt.

Weil es der letzte Name war und er sich hundemüde fühlte, von dem bedrückenden Gefühl der Erfolglosigkeit seines Unternehmens ganz zu schweigen, war er sicher, daß Goroschenko dort sein würde, auch wenn er wußte, daß er mit keinem von denjenigen zusammen wäre, die in der Akte unter ›Bekannte Gefolgsleute‹ aufgeführt waren. Aber jetzt war er das Opfer seiner rastlosen Suche geworden, die ihm bisher nur Fehlanzeigen eingebracht hatte, so daß er unfähig war, sich noch andere Möglichkeiten vorzustellen.

Ihm fiel ein, daß er sich nicht einmal mehr vorstellen konnte, wie Goroschenko wirklich aussah. Sein Bild von ihm war nicht mehr als eine Sammlung von Fakten und Beobachtungen, die aber zu nichts Konkretem führten. Sein Überwachungsregister war zwar einwandfrei, aber ohne zusätzliche Informationen und Angaben konnte er einfach nicht zu dem

Mann *Kutusow* werden. Früher, in den dreißiger und vierziger Jahren, war er gemeinsam mit Gromyko und Molotow ein Überlebender jenes Politbüros, das unter Stalins Psychosen regelmäßig gesäubert und dezimiert worden war. Aber wann hatte er sich geändert, wann hatte er sich diesen anderen, diesen radikalen Revolutionsgedanken angeeignet?

Worontsjew hatte den Versuch fallengelassen, Goroschenko zu verstehen.

Er drückte auf die Klingel an der Tür des Apartments. Würde sie ihm eine Erklärung für seinen Vater geben? Worontsjew begriff, daß die erste Frage drängender geworden war – daß ihn der Nachmittag von allem Nachforschungseifer entleert hatte. Er wollte nur noch eines: verstehen.

Damit aber, das spürte er, wurde ihm Goroschenko auf eine geradezu verhängnisvolle Weise sympathisch, was ihn sogar davon abhalten konnte, ihn überhaupt zu finden.

Sie sah kleiner aus, aber vielleicht hatte er sie noch aus seinen Kindertagen in Erinnerung, als er nach oben schauen mußte, um ihr Gesicht zu sehen. Etwa einssiebzig. Sie trug einen Pullover mit einer Strickjacke und einen gelbbraunen Rock aus derbem Wollstoff. Ihre Strümpfe waren dick und dunkel und die Schuhe fest. Sie wirkte wie eine Lehrerin. Ihre Augen hinter der dünngeränderten Brille funkelten vor Mißtrauen.

Er zeigte ihr seine Kennkarte, und sie trat unwillkürlich einen halben Schritt zurück; mit der Hand faßte sie die Türkante, so daß ihre Knöchel weiß wurden. Er sagte: »Genossin Dostojewna – kann ich Sie sprechen?« Sie traute nicht dieser so sorgfältig vorgetragenen Neutralität, die ihr die Möglichkeit zu geben schien, selbst zu entscheiden.

»Worum geht es, Genosse Major?« Eine Redensart aus früheren Zeiten, die sie sicher oft benutzt hatte in den Jahren, in denen Stalin ihr das anonyme Weiterleben zugestanden hatte. »Was wollen Sie?«

Unwillkürlich hatte sie die Tür ein wenig mehr geöffnet. Er trat vor, und sie wich schweigend zurück, rücklings, bis zu dem Wohnzimmer. Er schloß die Tür hinter sich, wobei er sie nicht aus den Augen ließ, als sehe er sich einen alten Film an.

Tscheka, NKWD, MWD, KGB – sie waren sich alle gleich, das erkannte er an ihrer Haltung.

Viel Möbel standen nicht in dem Zimmer, aber es war gemütlich. Sehr viele Bücher, ein oder zwei Möbelstücke aus früherer Zeit, die jedoch noch in gutem Zustand waren. Sie hatte nie geheiratet, das wußte er. Auf einem niedrigen Tisch neben dem durchgesessenen Sofa stand ein riesiger Aschenbecher, wie sie sonst oft in Lokalen stehen, voll von Stummeln und Asche. Und mit einer schwungvollen Bewegung ergriff sie eine noch brennende Zigarette, wie um sie vor seinem Zugriff zu retten, und steckte sie in den Mund.

»Was gibt's?« fragte sie, als sie vor einem vollen Bücherregal mit zerlesenen russischen Taschenbüchern stand. Es gab ihr den Anstrich einer gewissen Solidität, und er vermutete, daß sie das beabsichtigte. Einen starken Intellekt hatte sie ja schon immer gehabt, und so gaben ihr diese Bücher den Rückhalt ihrer Persönlichkeit und ihrer Vergangenheit. Wenn sie nervös war, dann war sie doch durch sein Schweigen etwas beruhigt.

»Kann ich mich setzen?« Sie winkte ihn zu einem Armsessel, der wohl erst vor kurzem mit einem mit braun-goldenem Blumenmuster bedruckten Stoff bezogen worden war. Er sagte: »Ich würde gern mit Ihnen über – meinen Vater sprechen...« Ihm blieb keine andere Möglichkeit, um ein gewisses Maß an Aufrichtigkeit zu zeigen, um das Dienstliche seines Ranges abzustreifen, das sie nur noch verschlossener machen würde. »Nicht Kyril – sondern Michail Petrowitsch.«

»Was – ist mit ihm?« Die Frage war eigennützig, das hörte er heraus. Mit den Händen wischte sie über ihren Körper, als ob sie sein Alter zugeben wolle, als würden nur Krankheit und Gebrechlichkeit rechtfertigen, daß sie über jemand sprach, den sie vor langer Zeit gekannt hatte.

»Er ist nicht krank«, sagte er. Sie schien verstimmt darüber und paffte an ihrer Zigarette. Er bemerkte, daß das Pappröhrchen der Zigarette ganz zusammengedrückt war. »Nein – ich muß ihn finden, Anna Iljewna.« Er erinnerte sich an ihren Vatersnamen aus den Akten. »Ich muß ihn dringend finden.«

»Hat das mit Ihrer Arbeit zu tun? Sie sind doch vom

SID.« Dann schien sie plötzlich zu verstehen. »Ihr eigener *Vater*?«

»Verstehen Sie bitte«, sagte er und merkte dabei, daß er unter Druck geriet, daß er das Gespräch nicht mehr beherrschte. »Nichts Amtliches. Nun ja, *sie* suchen nach ihm. Ich – will ihm helfen.« Er haßte diese Klischees, aber jetzt war sie erst recht mißtrauisch geworden.

»Helfen?« Sie war auf einmal jünger. Ein schon zur Gewohnheit gewordener Anflug von Wut kehrte auf ihr Gesicht und in ihre Stimme zurück.

»Ja!« platzte er heraus, sich ebenfalls jünger fühlend – zu jung. Ihm war plötzlich, als müsse er ihr etwas anvertrauen. »Sehen Sie, ich weiß nicht, wie oft Sie ihn treffen, oder ihn sprechen, aber er – steckt in einer ganz gefährlichen Sache. Und das wissen sie, und sie wollen ihn unbedingt haben! Meine Sache ist es, ihn zu finden, bevor sie es tun!« Ein klagender Ton war bei ihm herauszuhören, und er war sicher, daß seine übliche Identifizierung mit Goroschenko, die jetzt auf diese Weise so betont angeklungen war, seiner Begründung eher geschadet hatte. Für sie wäre es nicht mehr als eine fadenscheinige Täuschung.

Sie sah ihm ins Gesicht und hob dann ihr vorgeschobenes, knochiges Kinn mit einer geringschätzigen Geste. Wieder paffte sie an der Zigarette, und er bemerkte, wie feinfühlig sie diese jetzt zwischen den Fingern hielt.

»Er hat Sie immer gern gemocht«, sagte sie, mit den Augen zur Zimmerdecke. Dann schien ihr Gesicht wieder in seine harten Gesichtszüge zusammenzufallen, und die Augen wurden zu dunklen Punkten.

»Und ich ihn!« sagte er. »Das müssen Sie doch wissen.«

»Vielleicht.«

Er merkte, daß sie die Situation in der Hand hatte. Er dachte, daß sie ihm bis zu einem gewissen Grad glauben müsse, andernfalls hätte sie nicht die Kühnheit besessen, die Initiative an sich zu reißen.

»Wissen Sie, wo er ist?«

Sie ging schweigend auf dem abgenutzten Teppich auf und ab, als wolle sie den Raum und ihn selbst aus einem Hinterhalt angreifen. Er spürte ihren Willen, spürte, wie sie dachte, konnte etwas von der Anziehung ahnen, die sie in so ergänzender Weise auf Goroschenko ausgeübt haben mußte. Dann sah sie ihn an und unterstrich ihre Worte mit Bewegungen, als steche sie mit ihrer Zigarette zu.

»Ich habe Michail Petrowitsch seit zwei Jahren nicht mehr gesehen.« Sein Magen wurde ihm schwer, und seine Kehle war wie zugeschnürt. Er wußte, daß sie die Wahrheit sagte.

»Wissen Sie, was mit ihm geschehen ist?«

»In welcher Hinsicht?« Inquisitorisch. Scharf.

»Er – er hat einen Putsch organisiert!« Ihre Augen blitzten auf, sie funkelten, als wisse sie insgeheim darum. »Er ist im Begriff, alles zu gewinnen oder zu verlieren. Ich muß ihn finden, bevor – bevor...« Dann, mit schwacher Stimme: »Bevor sie es tun.«

»Können sie ihn denn finden?« Sie schien jetzt amüsiert und ganz auf Goroschenkos Seite. Vielleicht, so vermutete er, war sie sogar sein Mentor gewesen.

»Ja, das werden sie!«

»Das würde mich wundern.«

Er erkannte, wie sie sich verschloß, wie eine Handtasche, er hörte fast, wie das Metall zusammenklickte. Sie wich wieder von ihm zurück. Er war nur ein dummer Polizist, und er hätte jetzt gerne seinen Goroschenko. Das ganze Wirrwarr seiner eigenen Beweggründe, die sie wohl ganz gut verstanden haben mochte, rechtfertigte noch keine Antworten. Von ihr war keine Hilfe zu erwarten.

»Verstehen Sie denn nicht?« sagte er. »Ich muß ihm Einhalt bieten, ihn aufhalten.«

»Warum denn?« Die Herausforderung war elementar, fast schon sexuell, und in diesem Augenblick hätte sie ebensogut eine junge Frau sein können. Aber auch wenn er sie jetzt ansah, war sie alt und heruntergekommen und genoß nur noch die Stärke, die in ihrer Ohnmacht lag. Es gab also jemand, und sie kannte ihn, mit ihrer Erfahrung und in ihrem Alter – und nicht abgeschoben, so wie sie. Einen, dem die Dinge nicht gleichgültig waren. Der sich vorgenommen hatte, die Dinge zu *zerbrechen*.

»Weil es nicht mehr klappt. Weil jeder, der ihm half, ausgeschaltet wurde. Nur er ist noch übrig.«

»Nein. Sie würden sich keine Sorgen machen, wenn er allein wäre.«

Er senkte die Augen und gab ihr damit Recht.

»Ja.« Er fühlte sich dumm und ertappt, wie ein Kind. Nutzlos.

»Dann *wird* er es tun«, flüsterte sie.

»Sie – Sie haben ihn dazu überredet!« schrie er.

Sie sah ihn mit Verachtung an und trat einen Schritt vor, in seiner Richtung, und stand jetzt drohend über ihm.

»Ich habe gar nichts getan, Sie dummer Junge. Einmal habe ich mit ihm gestritten – die ganze Zeit habe ich gestritten, weil er Stalin und Berija und den NKWD und den ganzen Dreck zu akzeptieren schien, den sie verbreiteten!« Ihre Augen funkelten böse. Er sah Speichel in ihrem Mundwinkel.

»Aber er hat sie *nicht* akzeptiert!« Sie schlug sich mit den Händen an den schweren Busen wie ein junges Mädchen. »Die ganze Zeit – die ganze Zeit . . .« Sie schien auf einmal unfähig, Ordnung in ihre Gefühle zu bekommen.

»Aber Sie – Sie sind doch aus Stalins Gunst gefallen. Er nicht. Er war doch loyal gegenüber Stalin bis zu dessen Tod. Dann gegenüber Chruschtschow, und dann gegenüber Breschnew.« Er konnte überhaupt nichts mehr verstehen, sagte er sich. Er selbst war im KGB, Michail Petrowitsch hatte alles getan, um dies zu erreichen, hatte auch für seinen Übertritt in den SID gesorgt. Und jetzt behauptete diese alte Frau, Goroschenko sei ein Verräter an der Sowjetunion gewesen, und das schon immer.

»Es war immer ein Spiel«, sagte sie. »Es muß ein Spiel für ihn gewesen sein! Auf seine Chance zu warten.« Dann fügte sie mit Bedauern hinzu: »Ich hatte kaum etwas, oder gar nichts, damit zu tun.« Zum Schluß ein Schuldgefühl. »Ich habe ihm Speichelleckerei vorgeworfen, weil er seine Haut retten wolle. Das ist jetzt lange her. Ich hab' ihn damals wohl nicht ganz verstanden, glaube ich.«

Damit setzte sie sich und schien im Geiste noch einmal das Gesagte zu wiederholen, es sich anzusehen; ihr war zumute, als habe sie Körperübungen gemacht, die sie derart ermüdeten, daß sie sich jetzt sehr alt fühlte. Sie hatte noch etwas aus ihrer politischen Vergangenheit aufleben lassen, etwas von ihrer geistigen Leidenschaft, mit der sie Goroschenko geliebt hatte, und das war jetzt vorbei, und sie war leer.

»Sagen Sie mir, wo er ist?« fragte Worontsjew leise. Als sie zu ihm aufsah, war ihr Blick verstreut. Sie war zurückgewichen, als habe er sie verhören wollen. Wie ein bockiges Kind schüttelte sie den Kopf. Er wußte nicht, ob aus Ablehnung oder weil sie ihre Unwissenheit zugeben wollte. Plötzlich war er dieses Katz-und-Maus-Spiel mit der unsauberen Alten leid. Er fühlte sich zerschlagen vor Müdigkeit und am Ende seiner Geduld. »Sagen Sie mir, wo er ist!« befahl er, und ihre Augen klappten zu, um sich dann aufmerksam zu öffnen. Eine Stimme hatte gesprochen wie dreißig Jahre zuvor – die Stimme des Befehls und des Schreckens.

»Ich weiß nicht, wo er ist«, beteuerte sie ihm wimmernd.

»Aber Sie können es sich denken – Sie kennen ihn besser als ich. Wohin würde er gehen? An wen würde er sich wenden? Wo würde er sich verstecken?« Wieder mißtraute sie ihm. »Ich *muß* ihm helfen, ich muß *bei* ihm sein, verstehen Sie das denn nicht?« Jetzt war sie von den verschobenen Emotionen vollends verwirrt, von den scheinbaren Widersprüchen, als habe sich seine Persönlichkeit vervielfacht. »Ich möchte *bei* ihm sein, Anna. Ich bin doch sein *Sohn*.«

Er sah einen unerträglichen Druck in ihren Augen. Sie war einsam, sie fühlte sich Goroschenko gegenüber schuldig, wollte etwas für ihn tun, etwas wiedergutmachen nach den Jahren, in denen sie ihn verachtet hatte.

»Er will die Geschichte Rußlands ändern – genau wie Lenin«, sagte sie, indem sie sich wieder konzentrierte.

»Soll mir das jetzt etwas helfen?« fragte er und zwang sich ein Lächeln ab, um nicht zu ungeduldig zu wirken. Jetzt hatte er den Durchbruch geschafft, er mußte diese künstliche Beziehung nur noch durchhalten und sich nicht um die innere Stimme kümmern, die ihm die Vergeblichkeit seines Vorhabens bei dieser halbsenilen Alten vor Augen führte. »Wie wär's mit einem Anhaltspunkt, Anna?«

Sie hatte diese fast vorgeburtliche Stellung eingenommen, die Gefangene bei Verhören oft entdecken und benutzen. Ein Kind weiß nichts. Es war als ›Versteckspiel‹ bekannt. Jetzt wurde also auch mit ihm gespielt.

»Er würde es gern beobachten – was auch passiert, er würde da gern zusehen.« Sie starrte auf den Teppich vor ihren Füßen. Natürlich. So verdammt natürlich! Sie kannte ihren Goroschenko auch nicht besser als er selbst.

Roter – Platz – buchstabierte es in seinem Kopf.

»Meinen Sie wirklich?«

»O ja.«

Ein Zimmer mit dem Blick auf den Roten Platz. Worontsjew schloß die Augen, versuchte eine Kamera zu sein, die auf dem Dach montiert ist, um dann herauszubekommen, welche Stellung sie wohl am besten einnehmen müßte. Die beste Stellung? Dann hatte er es.

Das Historische Museum.

Er war im Historischen Museum!

»Um die Geschichte Rußlands zu verändern«, murmelte die alte Frau wieder. Worontsjew zitterte vor Aufregung. Goroschenko würde sich seinen Beobachtungspunkt klug auswählen, und mit der passenden Ironie. Ein Zimmer, ganz oben im Historischen Museum, von dem aus man beobachten konnte, wie Walenkows Panzer Geschichte machten.

Er hätte ihr fast die Hand geschüttelt, als müsse er sie aus einer Art hypnotischer Trance aufwecken. Er wollte gerade etwas zu ihr sagen, als die Türklingel das Schweigen unterbrach. Anna Dostojewnas Augen glänzten vor Unmittelbarkeit, dann erstarrte ihr Gesicht zu einem Blick, der sich vor dreißig Jahren darin eingegraben hatte. Angst. Sie blickte zu ihm, dann zu der Tür des Wohnzimmers, dann wieder zu ihm zurück, mit Augen, die von Schuld und Furcht weit aufgerissen waren.

»Es *sind* sie«, sagte er. »Verstecken Sie mich. Schnell!«

17. Junge und Alte

Es klingelte noch einmal, diesmal länger.

»Wo kann ich mich verstecken?« fragte er.

»Was?«

»Verstecken!«

»Im Schlafzimmer – aber bitte kein Geräusch. Ja, ich verstecke Sie...« Sie lief zum Schlafzimmer, eifrig, als würde sie den Leuten, die da vor ihrer Tür klingelten, einen Gefallen damit tun.

Er betrat den dunklen Raum und schlug beim dritten Schritt mit dem Schienbein gegen die Bettkante. Sie öffnete einen billigen Einbauschrank, eine schlecht gebeizte dünne Sperrholztür, wie er sehen konnte, als sie das Licht kurz einschaltete, gleich danach aber wieder löschte. Wieder klingelte es, die dritte Aufforderung zu öffnen.

»Schnell, schnell!«

Er schob sich in den Schrank, wobei sich ein altmodisches, nach Tabak riechendes Kostüm gegen sein Gesicht drückte und er den groben Stoff mehrerer Röcke in der Hand spürte. Dann schloß sich die Tür leise quietschend hinter ihm.

»Reißen Sie sich zusammen, sonst bring' ich uns beide um!« sagte er laut. Sie schluchzte auf vor Angst. Dann griff er in seine Tasche und holte die Stechkin heraus, lud durch und entsicherte.

Er hörte, wie sie die Tür öffnete, und dann die Stimme eines Mannes. An die dünne Sperrholzwand gelehnt, lauschte er, wie die Stimme näher kam, den Flur entlang, und dann undeutlich wurde, weil sie sich im Wohnzimmer befanden. Es war Kapustin selbst.

Sein Mund war trocken und er versuchte, ihn mit der Zunge zu befeuchten. Es war schwierig herauszuhören, was gesprochen wurde, aber die Stimmen ließen sich doch unterscheiden, er konnte sogar erkennen, wie sich die Klangfarbe veränderte.

Kapustin wurde von einem anderen Mann begleitet – aber das Gespräch wurde nur von zwei Personen geführt. Kapustin suchte nach Goroschenko. Von Worontsjew war zumindest zu Beginn nicht die Rede gewesen.

Seltsamerweise hatte er wenig Angst, außer wenn er sich vorstellte, das Licht könnte angehen, die Tür geöffnet werden, und ein bewaffneter Mann könnte ihn herauswinken – oder sprachlos vor Schreck auf Worontsjews eigene Pistole starren, die ihm im nächsten Augenblick ins Gesicht schießen würde. Vielleicht spürte er doch noch so etwas wie Loyalität, denn immerhin kannte er den Mann im Nebenzimmer und war ein vertrauenswürdiger Mitarbeiter. Es fiel ihm tatsächlich schwer, diese Beziehung als vergangen und abgeschlossen zu sehen. Noch war die Moskauer Zentrale sein Arbeitsplatz, und er war kein gewöhnlicher Sowjetbürger.

Er sah auf das Leuchtzifferblatt seiner Uhr. Fünf Minuten waren wohl schon vergangen. Dann bekam Kapustins Stimme einen fragenden Ton, der aber so neutral beantwortet wurde, daß der Frager zufrieden schien, und Worontsjew hoffte, es habe sich um ihn gehandelt.

Weitere zehn Minuten vergingen. An der linken Wade juckte es ihn plötzlich. Der Kleiderstoff umgab sein Gesicht und die Hände, ein leichter Geruch nach Mottenkugeln und kaltem Rauch stieg ihm in die Nase. Es war ihm immer widerwärtiger, in diesen Kleiderschrank einer alten Frau eingeschlossen zu sein, so als hätte er sie nackt gesehen oder mit ihr geschlafen, gegen seinen Willen, ohne sich ihrer Düfte und Gerüche erwehren zu können.

»Kommen Sie raus.«

Er hörte die Stimme der Frau in einem Flüsterton wie raschelndes Papier und glitt unvorsichtig aus dem Schrank. Sie hatte das Licht nicht eingeschaltet, und er fragte: »Sind sie weg?«

»Ja.«

»Was wollten sie?«

Als er mit ihr ins Wohnzimmer kam, sah er erst, wie fertig sie war, die Gesichtshaut gespannt wie trockenes Leder und aschfarben. Sie schien sich kaum auf den Füßen halten zu können, und er nahm sie am Arm und führte sie zu dem Sofa. Es gab nach, als sie sich hinsetzte, und er befürchtete, sie könnte jeden Augenblick zur Seite fallen wie ein kleines Kind.

»Danke«, sagte er. Sie sah erregt zu ihm auf.

»Lassen Sie mich allein!« stieß sie giftig hervor, wobei ihre Hand an ihrem Wollpullover zerrte. Sie hatte große Angst. Kapustin verstand sich darauf, mit sanfter Stimme zu drohen, und besaß genug Autorität, um jede Drohung wahrzumachen.

»Was hat er Ihnen gesagt?«

»Ich habe nichts erzählt!« schrie sie verzweifelt.

»Das weiß ich, Anna.« Aber ob Kapustin ihr nun geglaubt hatte oder nicht, mit Sicherheit hatte er irgendwo im Hauseingang oder draußen in einem Wagen einen Mann postiert.

Worontsjew stand auf und ging zur Tür. Dann sah er zu der alten Frau zurück. Sie schien jetzt ruhig und selbstbeherrscht. Nur die sich bewegenden Lippen ließen erkennen, wie sehr es noch in ihr arbeitete. Er sah auf die Uhr, es war kurz vor fünf. Das Museum schloß um halb sechs. Er mußte sich beeilen.

Vorsichtig öffnete er die Tür des Apartments und sah hinaus. Im Flur rührte sich nichts. Auf dem Boden der schmalen Vorhalle zu jedem Stockwerk lag kein Teppich, und das Linoleum quietschte leise unter seinen Schuhen, als er zu dem Fenster am näher gelegenen Ende des schlecht beleuchteten Flures ging.

Wie er vermutet hatte, verlief die Feuerleiter neben diesem Fenster, das er jetzt öffnete. Blitzschnell drehte er sich um, als habe ihn jemand gerufen, aber niemand war zu sehen.

Hinter einer Tür hustete ein Baby, und trotz der kalten Luft, die jetzt hereinzog, konnte er den Geruch von gekochtem Kohl wahrnehmen. Er schwang ein Bein über das Fenstersims und erreichte mit den Zehen die Plattform, die zu der Feuerleiter führte. Dann kroch er ganz durchs Fenster und schloß es wieder.

Er hielt einen Augenblick lang inne und sah nach unten. Ein oder zwei Wagen parkten, und auf dem Kutusowski-Prospekt rollte ein dichter Verkehr stadtauswärts, vorwiegend Omnibusse. Die Reifglätte auf der Fahrbahn glitzerte im Licht der Straßenlampen. Er konnte niemanden erkennen, der dort unten auf ihn wartete, und so stieg er den ersten Abschnitt der Leiter hinab. Noch drei Stockwerke bis zur Straße. Drei Minuten würde er zur U-Bahn brauchen, wenn er rannte. Seine Füße rutschten an den vereisten Sprossen ab, und er mußte sich festhalten, um nicht abzustürzen. Von unten kam der Verkehrslärm herauf, er beeilte sich, trieb sich an, als sei er auf der Flucht.

»Ihren Ausweis, bitte!« Der Befehl kam von unten – ein dunkler Schatten, Licht dahinter, mehr konnte er durch die

Gitterstäbe der Sprossen nicht erkennen. »Kommen Sie langsam herunter!«

Worontsjew konnte die Pistole zwar nicht sehen, aber er wußte, daß sie da war. So einfach kam er eben doch nicht davon. Kapustin hatte einen Mann im Hauseingang gelassen und den anderen an der Feuerleiter. Worontsjew hoffte, daß er ihn nicht kannte, daß es keiner von seinem Team war...

Er kniete und schoß durch die Lücke zwischen zwei Leitersprossen hindurch in die Mitte des dunklen Schattens. Der Schuß hallte laut durch die kalte Luft und schien den Verkehr aufzuhalten. Dann bewegte sich der Schatten, Worontsjew sah ein blutüberströmtes Gesicht im Schein der Straßenlampe, und der Körper fiel hinterrücks, etwas Metallisches rutschte klirrend über den vereisten Zementboden. Eilig stieg er die letzten Stufen hinab, wobei die Stechkin noch mehrmals losging, während er sie in der Hand hielt und sich mit der anderen an den Sprossen festhielt.

Um die daliegende Gestalt kümmerte er sich nicht, sondern rannte davon, überstürzt, hastig. Er schlich an der Seite des Hauses vorbei und stand dann mitten im Verkehrslärm und der Helligkeit des Kutusowski-Prospekts. Er glaubte von hinten angerufen worden zu sein, war sich aber nicht sicher. Die Pistole schob er so in die Tasche, daß er sie mit einem Griff schußbereit hatte, und schlängelte sich dann durch den Verkehr. Vor einem Bus, dessen Scheinwerfer ihm ins Gesicht leuchteten, mußte ein Wagen scharf bremsen – jetzt kam der Verkehr von der entgegengesetzten Seite; für einen Augenblick verlor er die Orientierung, dann stoppte alles; er konnte drei Fahrbahnen überqueren und war jetzt nur noch eine Minute von der Kiewskaja-U-Bahnstation entfernt.

Den Kopf etwas gesenkt, die Pelzmütze fest aufgesetzt, die Hände in den Taschen seines dicken Mantels war er auf seinem Weg nach Hause, ein ganz gewöhnlicher Bürger.

Was er soeben hinter sich gelassen hatte, den dunklen Mantel auf dem Zementboden und was er verbarg, hatte alles entschieden. Von jetzt ab war sein Weg unwiderruflich vorgezeichnet. Er war ein Gesetzloser geworden, ein Mörder. Allein schon diese Handlung wirkte wie ein leuchtender Scheinwerfer in die Verwirrung seiner Gedanken hinein.

Seine moralische Beurteilung der Tat war dabei völlig gleichgültig. Wie ein roter Faden zog sich die Forderung durch sein Denken, daß er jetzt Goroschenko finden mußte, um ihn aufzuhalten und ihm zur Flucht zu verhelfen.

Er passierte die Sperre, wo eine Leninbüste in einer kleinen Nische stand, und fuhr die Rolltreppe zu dem Bahnsteig hinunter. Der Bahnhof war mit heimfahrenden Arbeitern überfüllt, und er sah die beiden KGB-Männer, wie sie sich hoffnungslos anstrengten, um das Gesicht jedes einzelnen in diesem Gewühl zu erkennen. Sie dürften sich im klaren darüber sein, daß sie in den nächsten anderthalb Stunden nur sehr geringe Chancen hatten, gerade ihn zu sehen und zu erkennen.

Er drückte sich an die Wand am Bahnsteig, während die Menschenmenge an ihm vorbeizog, hin- und herwogte, oder sich wärmte, den Fahrplan studierte, Zeitung las, oder sich unterhielt. Staffage, Hintergrund, unwirklich. Real war nur er selbst.

Der Zug fuhr mit einem langen Seufzer ein, und nachdem die Wagen mit einem letzten Ruck zum Stehen gekommen waren, glitten die Türen auf. Worontsjew blickte kurz in beiden Richtungen über die Plattform, die KGB-Männer waren weit von ihm entfernt. Trotzdem könnten sie, bis er den Bahnhof am Platz der Revolution erreicht hatte, die Ausgänge versiegelt haben.

Zum Nachdenken blieb ihm aber keine Zeit. Die Türen schlossen sich hinter ihm.

Eine Frau, gegen die er beim Schwanken des Zuges gedrängt wurde, mußte wohl den Druck der Umrisse einer Pistole spüren und sah zu ihm auf. Er machte ein verschlossenes Gesicht und starrte geradeaus, weswegen sie annahm, er sei vom KGB. Sie sah ihn nicht mehr an, sondern versuchte sogar, in dem Gedränge etwas von ihm abzurücken.

Dunkel – die Arbatskaja – wieder dunkel.

Es gab kein Anzeichen für eine konzentrierte, besondere Aktivität. Sie waren langsam, viel zu langsam. Mit dem gewaltsamen Tod des Beobachtungspostens hatten sie nicht gerechnet. Anna Dostojewna war nur ein Name auf einer langen Liste, und dort hatten sie nach Goroschenko gesucht.

Statt dessen hatten sie ihn gefunden, und er hatte einen von ihnen umgebracht. Sie brauchten Befehle. Aber Kapustin war irgendwo in einem Wagen und erfuhr dabei, daß ein KGB-Mann bei den Wosstanija-Wohnungen getötet worden sei, zweifellos durch Worontsjew. Das bedeutete, daß Einheiten im ganzen Stadtzentrum in Alarmzustand versetzt werden mußten.

Er drückte die Knie durch, als wolle er den Zug dadurch beeinflussen, schneller zu fahren, und sein Körper war plötzlich von der Vorstellung besessen, daß sich das Netz um ihn langsam zuzog.

Ein heller Schein durchflutete das Abteil, und der Name des Bahnhofs glitt an dem Fenster entlang – Platz der Revolution. Er machte eine Grimasse, als er sich der besonderen Bedeutung dieses Namens bewußt wurde. Er schob sich zur Tür, Menschen keilten ihn ein, und er geriet kurz in Panik, weil er nicht die Hände aus den Manteltaschen bekam. Jemand sah sich nach ihm um, der den Druck der Stechkin gefühlt haben mußte, aber als er Worontsjews harte Augen sah, blickte er wieder geradeaus. Worontsjew stolperte auf den Bahnsteig und ließ sich aufsaugen von der Menge.

Zunächst folgte er der allgemeinen Richtung, aber als die meisten zu einem anderen Bahnsteig strömten, löste er sich und gesellte sich zu den wenigen, die wie unregelmäßige Perlen an einer Kette auf der langen Rolltreppe standen und nach oben fuhren. Er sah zuerst auf die Stufen vor sich und dann dorthin, wo die Treppe endete, zum Ausgang. Der kältere Wind von der Straße war schon zu spüren, und er hielt die Pistole fest in der Hand.

Er stieg etwa ein Dutzend Stufen weiter und stand jetzt hinter einem Mann mittleren Alters mit einer abgenutzten Aktentasche und wollenen Handschuhen und einer Frau in einem formlosen braunen Mantel. Dann hatten sie das obere Ende der Treppe erreicht. Langsam, so schien es ihm, folgte er dem Mann und der Frau zum Ausgang durch den schmalen Korridor zwischen den beiden Glashäuschen. Das Personal in den Häuschen trug die Uniform der U-Bahn-Angestellten. An den Treppen zur Straße standen keine Polizisten.

Vielleicht hatte er seine Verfolger dadurch getäuscht, daß

er sich in die Menge gestürzt hatte, während sie damit rechneten, er würde mit der U-Bahn in die Außenbezirke flüchten, weggeschleudert durch die Zentrifugalkraft seiner Tat.

Und dann, als er gerade seine Fahrkarte dem blicklosen Mann in dem Häuschen gab, sah er Alewtinas Gesicht vor sich, als sei das Mädchen hinter einem Vorhang verborgen gewesen. Bei ihr war ein anderer Mann vom Frunse-Kai, an dessen Namen Worontsjew sich nicht erinnern konnte. Ihr Mund öffnete sich wie zu einem Gruß, sah aber dann verzweifelt aus, als sie sich an ihren Auftrag erinnerte. Ihre Hand langte zur Hüfte, und Worontsjew sah den Halfter, sah, wie Alewtina zur Pistole griff. Jemand prallte von hinten gegen Worontsjew, und er drehte sich um, als würde er angegriffen, aber der Mann schob sich mit einem Fluch auf den Lippen an ihm vorbei und rieb sich dabei den Arm, der ihn von dem Aufprall schmerzte. Jetzt war es zu spät.

Alewtina hatte die Makarow aus dem Halfter gezogen, und der andere Mann machte einen Schritt zur Seite und zog seine automatische Pistole.

»Bitte, Herr Major!« sagte das Mädchen mit vor Verzweiflung weit aufgerissenen Augen. Noch wollte sie ihn verschonen. Worontsjew hatte die Pistole noch in der Tasche, sie verhakte sich irgendwie darin, und er warf sich gegen das Mädchen, so daß es das Gleichgewicht verlor. Im selben Augenblick bekam er die Pistole frei und schoß hinter Alewtina auf den Mann. Jemand schrie auf, als sich der Schuß löste, und schrie weiter, als er noch zweimal schoß. Der Mann wurde nach hinten geworfen, kippte über eine Barriere neben dem Glashäuschen und fiel dahinter zu einem formlosen, unsauberen Haufen zusammen.

Worontsjew hörte, wie Alewtina sagte: »Die Pistole weg – *die Pistole weg!*«, mit einer hohen Stimme, die entsetzt und geschockt klang. Er sah zu ihr hin, wie sie, halb vom Boden aufgerichtet, auf ihn zielte. Und er wußte, daß er sie töten konnte.

Statt dessen rannte er zum Ausgang und sprang die wenigen Treppenstufen hoch. Hinter sich hörte er überdeutlich den Knall des Pistolenschusses, viel lauter als die Schreie der Augenzeugen.

Dann gab sein Bein nach; er taumelte gegen das Geländer und hielt sich an dem offenstehenden Eisentor fest, das sich am Ausgang der U-Bahnstation befand. Er sah an sich herunter. Nichts zu sehen. Aber sein Strumpf fühlte sich feucht an, und er war sicher, daß es naß im Schuh war, als er aufzutreten versuchte. Dann schoß der Schmerz durch sein Bein, bis hinauf in den Schenkel. Alewtina hatte auf ihn geschossen. Er drehte sich taumelnd um, und ein Mann starrte ihn verständnislos an, als er weiterging. Sie stand am Fuß der Treppe.

Worontsjew schoß zweimal auf sie. Sie schien eher verwundert als verletzt zu sein. Und dann war sie eindeutig tot. Er wandte sich ab, unterdrückte das Schluchzen in seinem Hals, während er die Fußgänger mit der Pistole zur Seite winkte. Er hinkte stark, und die Wunde begann stark zu schmerzen. Seine Nerven schrien unter dem Gewicht auf, das jetzt auf seinem linken Bein lag.

Jenseits der Straße glänzten die Lichter des Moskwa-Hotels in den Abendhimmel. Er steckte die Pistole weg. Es war, als setze er eine Maske auf. Jetzt fiel er in der Menge nur noch durch seinen ungleichmäßigen Gang auf. Vierzig Meter vom Eingang zu der U-Bahnstation hatte er seine Anonymität wiedergewonnen.

Selbst als die Sirene des Polizeiwagens ihn anzuklagen schien, als sie an ihm vorbeiheulte auf dem Weg zu der Szene des Schußwechsels, fühlte er eine Leere in sich, als hätte er einen Schlag auf den Kopf bekommen und sein Bewußtsein würde sich langsam auflösen. Um so deutlicher spürbar war der Schmerz in seiner Wade und die eisige Nässe in seinem Schuh – mit dem seltsamen Gefühl, daß ihm die Hose naß ums Bein schlug – und um so dringender wurde ihm sein Ziel, das erleuchtete Historische Museum jenseits des Platzes.

Es war fünf Uhr zwanzig. Er war zu spät dran, sie dürften den Eingang schon geschlossen haben und die letzten Besucher gerade hinausschleusen, vielleicht noch fünf Minuten für einen ehrenwerten Historiker oder Akademiker zugeben. Aber keinen mehr einlassen.

Als er am Fußgängerübergang von der Ecke des Lenin-Museums zum Historischen Museum wartete, fühlte er sich schwach und unentschlossen. Da fiel ihm ein, daß es Mittwoch war, und daß das Museum mittwochs und freitags erst um sieben Uhr schloß. Er lehnte sich aufatmend gegen einen der wartenden Passanten, eine Frau, die sich nach ihm umsah, und er tippte mit der Hand an die Mütze, wie um sich zu entschuldigen, versuchte zu lächeln und merkte dabei, wie schlecht er aussehen mußte, als sei das Gesicht dieser Frau ein Spiegel gewesen, in den er geschaut hatte.

Ein grüner Umriß an der Fußgängerampel, den er nur undeutlich wahrnahm, und er trat vor, zusammen mit den anderen, als ein Polizeiwagen mit heulender Sirene hinter ihnen vorbei und auf den Platz der Revolution raste. Dann gingen die Fußgänger weiter, mit stumpfen Blicken auf den wartenden Verkehr.

Einen Augenblick lang lehnte er sich an die Wand des Museums, wie um Atem zu holen. Er sah sich seinen Fuß genauer an. Ein kleiner dunkler Fleck schien sich unter der Schuhsohle zu bilden, während er zusah, und er blickte auf den Gehsteig zurück, ob er etwa eine Spur hinterließ, konnte aber nichts erkennen. Er schüttelte den Kopf. Indem er das verletzte Bein mit beiden Händen bewegte, verrieb er den kleinen dunklen Fleck. Niemand konnte es sehen, wahrscheinlich hielt man ihn für betrunken oder krank.

Jetzt ging er schnell – jedenfalls kam der Schmerz nun in kürzeren Abständen und gab ihm das Gefühl, rascher gehen zu sollen – wodurch das Hinken übertrieben und eher komisch wirkte. Dann stand er vor dem pompösen Treppenaufgang, der zu dem Säuleneingang des Museums führte. Hier hatte ein englischer Architekt den russischen Baustil nachgeahmt. Der Anblick der Stufen flößte ihm eher Schmerz als Erleichterung ein. Er sah kaum jemanden auf der Treppe – an ihrem Fuß saßen ein oder zwei Gestalten, ein paar Studenten gingen durch die Türen, einige von ihnen in gebeugter Haltung, als erdrücke sie das Gewicht der Geschichte. Im Lampenschein aufblinkende Drehtüren aus Glas.

Langsam und vorsichtig, denn die Stufen konnten bei dem Frost immerhin glatt sein, stieg er hinauf, sich immer wieder umsehend. Nur hin und wieder blieb ein kleiner Blutfleck zurück. Der Schmerz in seinem Bein war ihm jetzt vertrauter, als sei es unterkühlt – nur durfte er es nicht mit seinem Körpergewicht belasten. Er hielt sich am Geländer und schwang das verletzte Bein mit einer leichten Drehung zur nächsten Stufe. Er konzentrierte sich jetzt ganz auf das, was er tat; dadurch hielt er sich die Gedanken an Alewtina fern, die jetzt so tot war wie Maxim und Ilja, nur daß sie von ihrem eigenen Vorgesetzten getötet worden war.

Das muß warten, sagte er sich, indem er die Zähne zusammenbiß – erst muß ich die verdammte Toilette finden und dieses scheißverfluchte Bein verbinden!

Die Kraftausdrücke, die ihm jetzt kamen, die simplen Anforderungen der Situation, halfen ihm, die Bedrückung zu überwinden, die sein Bewußtsein überschattete. Oben angekommen, richtete er sich auf und ging mit langsamen Schritten durch die Tür, um weniger aufzufallen. Er sah das Gesicht eines anderen, der gleichzeitig durch die Tür kam und ihm freundlich zunickte. Er kannte ihn nicht. So rasch wie möglich ging er durch das Drehkreuz und nahm sich kaum Zeit, seine Eintrittskarte für fünfundzwanzig Kopeken einzustecken. Die Herrentoilette befand sich in der Nähe des Eingangs, daran konnte er sich noch erinnern.

An der Toilettentür blieb er noch einmal stehen und blickte sich um. Die vereinzelten Blutflecken waren kaum zu sehen. Dann ging er hinein und schloß sich in einer der drei Toiletten ein.

Jetzt erst, als er einfach da saß und das Gefühl hatte, seine ganze Kraft verloren zu haben, kam ihm der Gedanke an Alewtina – daß er sie umgebracht hatte. Was ihn beschäftigte, war weniger die Vorstellung ihres am Boden liegenden leblosen Körpers mit weit ausgebreiteten Armen, sondern die moralische Situation, und diese Gedanken begannen jetzt pausenlos in seinem Gehirn zu kreisen. Er hatte Alewtina getötet, eine aus seinem Team.

Der Blutverlust nahm ihm fast die Sinne. Vorsichtig beugte er sich über das Bein und rollte das durchtränkte Hosenbein auf. Die Kugel aus der Makarow war durch den Wadenmuskel gedrungen, mit einem sauberen Loch auf der einen Seite und einer dunkleren, ausgeweiteten Wunde auf der anderen. Sein Strumpf war naß von Blut, und er beschloß, den Schuh nicht auszuziehen.

Unbeholfen zog er die kleine Wodkaflasche aus der Tasche, befeuchtete sein Taschentuch mit dem Alkohol und reinigte den Umkreis der Wunde, die offenbar zu bluten aufgehört hatte, seit er hier saß. Nun machte er das Taschentuch naß und drückte es gegen die Wunde.

Der plötzliche Schmerz ließ ihn fast aufschreien, aber er biß die Zähne zusammen, bis er nachließ. Dann zog er sein Hemd aus und riß einen Streifen davon ab, den er um das Bein wickelte. Gespannt beobachtete er den Verband, doch wurde der sich darauf abzeichnende Blutfleck nicht größer. Aufatmend lehnte er sich zurück und schloß die Augen.

Sofort begannen sich Fragen in seinem Kopf einzustellen – wo war Goroschenko? War es nicht doch ein Fehler, herzukommen? Wenn er im Museum eingeschlossen wurde und den alten Mann nicht fand, hatte er dann nicht die letzte Nacht vor dem Putsch vertan? Wo sollte er sich verstecken, bis das Museum geschlossen würde?

Und dann die Vergangenheit – die tote Alewtina, der andere Mann, ihr Begleiter, den er nicht kannte und einfach über den Haufen geschossen hatte, seine Flucht aus der U-Bahnstation.

Und sein eigener Tod, der jetzt unausweichlich auf ihn zukam, die Vorstellungen und Ideen umflatterten ihn wie lichtscheues, graues Getier. Denn jetzt hatte er sich unwiderruflich festgelegt, jetzt war er gezeichnet. Nicht in den Augen der anderen, nicht für die Organisation, die er nun verraten hatte, sondern in seinen eigenen Augen. Alewtinas Tod zerstörte auch seine letzten Hoffnungen auf ein gemildertes Urteil.

Nun galt es, hart zu sein, stark – er sah auf die Handschuhe, in denen seine Hände steckten, und sie zitterten –, wenn er sein Vorhaben zu Ende bringen wollte. Auch ohne sich eine klare Vorstellung über die letzte Begegnung zu machen, spürte er doch, daß sie stattfinden müsse. Er sehnte sich nach einer sicheren Umgebung, so dunkel wie möglich, nach Bewußtlosigkeit, wie er sich sonst nach Schlaf gesehnt hatte vor einer schwierigen Aufgabe.

Er stellte sich auf das Bein, nachdem er die Hose wieder heruntergerollt hatte, um sein Gewicht zu prüfen. Der Schmerz schoß ihm durch den Schenkel und in die Seite. Wieder biß er die Zähne aufeinander und schloß die Tür auf, hinkte zu dem Waschbecken und wusch die Hände.

Draußen ging er so langsam und unverdächtig wie möglich zu der Treppe ins Untergeschoß, wo er den Heizungsraum vermutete, in dem er sich verstecken wollte. Wie viele wohl zur Nachtwache gehören würden, zwei, oder drei? Bewaffnet? Wahrscheinlich nicht, dachte er. Aber sie würden eine direkte Verbindung zur nächsten Polizeistation haben, vielleicht sogar zu der nahegelegenen Zentrale in der Dscherschinskij-Straße.

Er brauchte einen Plan des Gebäudes, oder einen Führer.

Langsam stieg er die Treppe hinunter und hoffte, daß der Heizungsmann nicht mehr Dienst hatte. Er wollte ihn nicht töten müssen.

Allmählich wurde es ruhiger in ihm, als würde die Notwendigkeit, die augenblickliche Situation zu bestehen, alles andere in den Hintergrund treten lassen. Er war froh darüber.

Dann fand er Rohrleitungen, ging ihnen nach und kam zu einer Tür. Er nahm die Pistole in die rechte Hand und drückte mit der Linken vorsichtig auf den Türgriff. Unverschlossen. Vorsichtig öffnete er die schwere Tür, der Heizungsraum lag im Dunkeln. Er knipste kurz das Licht an, sah sich rasch in dem niedrigen, unsauberen Raum mit den riesigen Rohren und altertümlichen Heizkesseln um und schaltete es wieder aus.

Dann trat er ganz ein und schloß die Tür hinter sich. Es schien ihm unwahrscheinlich, daß der Raum über Nacht abgeschlossen würde, viel eher würde das Personal sich hier aufwärmen wollen, da das Museum sicher nicht durchgehend geheizt wurde.

Nun suchte er sich eine warme Stelle, auf der er sich wie ein Invalide ausstreckte. Die Stechkin lag griffbereit. Das Leuchtzifferblatt seiner Uhr zeigte auf fünf Minuten vor sechs. Also noch eine Stunde, oder etwas länger.

Aber was machte er ohne Plan? Das Museum hatte siebenundvierzig Ausstellungsräume und wer weiß wie viele Lagerräume, Keller, Abstellplätze. Goroschenko konnte sich irgendwo aufhalten. Die trockene, staubige Wärme schien darauf zu bestehen, daß er ihn finden müsse. Hin und wieder gurgelte es in den Rohren und summte es dumpf in den Kesseln. Sonst war alles still.

Er würde Goroschenko finden. Er wußte es. Dann begann er einzunicken, die Müdigkeit legte sich warm auf seine Glieder, und er brauchte nun wirklich nicht vor acht oder neun Uhr aufzustehen, sagte er sich, und der KGB würde ihn nicht gerade hier suchen. Er war müde und ausgepumpt.

Er schlief ein.

Kenneth Aubrey saß immer noch an seinem Tisch und blätterte die Berichte durch, die von den Sicherungsleuten nach ihren Rundgängen gemacht und an ihn geleitet wurden. Die Berichte waren lässig geschrieben, es hatte sich ja auch nichts Außergewöhnliches ereignet, aber er ärgerte sich trotzdem. Auf dem See hatte man etwa fünf Kilometer von dem Schloß entfernt ein Boot entdeckt, das offenbar jemand zu verstekken versucht hatte. Im nächsten Bericht war das Boot immer noch da, jedoch von dem Berichterstatter unbrauchbar gemacht worden. Auch ein dritter Bericht erwähnte das Boot, aber niemand stellte Überlegungen an, was es damit auf sich haben könnte, niemand folgerte etwas daraus. Und mit diesem Aufgebot, dieser Mauer aus Menschen wollte er verhindern, daß Chamowkin von einer Kugel getroffen würde. Lächerlich. Er ging die Namenlisten der Sicherungsgruppe durch, gleich dreifach lagen sie vor ihm, mit den Ersatzleuten aus einem halben Dutzend Ländern und den verschiedenen Sicherheitsdiensten, die sich untereinander kaum oder gar nicht kannten – so viele Namen, so viele Personen, aber welcher Name gehörte zu wem?

Er sah auf die Uhr. Es war drei Uhr, drei Uhr morgens. Und es war der Vierundzwanzigste.

Er nahm den Hörer ab und wählte Anders' Nummer. Die Stimme klang schläfrig, aber gelassen.

»Ja?«

»Hier ist Aubrey.«

»Sir – liegt was vor?«

»Ich bin nicht sicher – ich habe mich da an die Berichte Ihrer Leute gemacht und...«

»... und?« Die Stimme wurde dienstlich und schien mit etwas Unangenehmem zu rechnen.

»Nichts Schlimmes, mein Lieber – nur ist mir da was aufgestoßen.«

»Stimmt etwas nicht?«

»Kann sein. Sagen Sie mal – wie viele Namen können Sie so auf Anhieb hersagen?«

Stille folgte, dann sagte Anders: »So etwa siebzehn, achtzehn – warum?«

»Also mir sind diese Namen von Shelley aus London oder hier von Philipson geliefert worden, aber ging es uns nicht darum, genügend *Personen* hier zu haben? Und da fiel mir ein, daß unser kleiner Freund, dieser ›Hauptmann Ozeroff-Houdini‹, sich doch in der gleichen Lage wie wir befunden hat, oder?«

»Er hatte Papiere bei sich, und Unterlagen sind offenbar geändert worden...«

»Ja, mein Lieber, aber sie wußten nicht, wie er aussah. Solange sie das Gesicht erwarteten, das dann auftauchte, würde ihn doch niemand als einen anderen erkennen, nicht wahr? Also wenn Sie da noch einen Schritt weitergehen...?«

Anders verarbeitete die Idee in einem Augenblick.

»Ich werde am besten Mr. Buckholz wecken!«

»Am besten werden Sie alle wecken – und dann machen wir eine Gegenüberstellung von allen, die sich in diesem Augenblick innerhalb von Lathilinna befinden – und dann können die von draußen hereinkommen und erkannt werden!«

Galachkow sah auf seine Uhr – drei Uhr und zwei Minuten. Er stand in der unbeleuchteten Küche des Schlosses, während das Mondlicht durch die schmalen Fenster schien. Er hatte sich sogar Kaffee gemacht, bei eingeschaltetem Licht. Aber als ihn das Gefühl einer nahenden Krise überfiel, hatte er das Licht wieder ausgeschaltet, sobald er den Kaffee auf seinen Lippen spürte. Seine Patrouille auf dem Gelände des Schlosses hatte er hinter sich, hatte hin und wieder andere

Wachleute getroffen, ein oder zwei Worte mit ihnen gewechselt und sie darüber amüsiert weitergehen lassen, während er über die Einfachheit erleichtert war, mit der er hier in Lahtilinna bleiben konnte, während man die Suche nach ihm fortsetzte.

Er trank den Kaffee aus und stellte die Tasse in das große Abwaschbecken zurück. Einen Augenblick lang blieb er stehen, wobei ein schmaler Streifen des Mondlichts auf sein junges Gesicht fiel und es geisterhaft beleuchtete, und stellte sich noch einmal den Weg vor, der ihn zu Chamowkins Zimmer führen würde. Sachte, sachte, sagte er sich, mit einem Lächeln auf den Lippen. Hinein, und wieder hinaus, und zur Patrouille zurück, und dann weg, wenn ich allein bin. Alles so einfach.

Er verließ die Küchenräume und ging zu der Treppe, die zur Haupthalle führte. Von der hintersten Stelle des Flures konnte er erkennen, daß Licht in der Halle war – standen da ein paar am Billardtisch? Sehr unwahrscheinlich, daß sie sich das finnische Fernsehen anschauten – vor allem um diese Zeit? Vorsichtig ging er zu dem Türbogen, der zur Halle führte.

Etwa ein Dutzend Männer waren schon versammelt, und er konnte sehen, wie weitere die Treppen herunter oder von den oberen Stockwerken kamen. Die meisten waren in Morgenmäntel gehüllt, einige hatten sich einen Mantel über den Schlafanzug gezogen. Er entdeckte Aubrey in Hemdsärmeln und Buckholz in Schlafanzug und Morgenmantel, Pelzstiefel an den Füßen. Anders war angezogen und sah überaus wach und leistungsfähig aus. Galachkow hörte seiner Einführung zu und dann kam ihm reflexartig wieder der Grundriß von Lathilinna in den Sinn. Während Anders davon sprach, man wolle eine vollständige Personenzählung vornehmen und jeder solle bis zur erfolgten Zählung an seinem Platz bleiben, hatte Galachkow längst verstanden, worauf sie hinauswollten und überlegte sich einen Alternativweg zu Chamowkins Schlafzimmer.

Anders Stimme wurde leiser, als Galachkow auf dem Flur zurückging, an dessen Ende sich ein Treppenaufgang für das Personal befand. Er lauschte, aber außer einem fernen, gedämpften Gelächter war nichts zu hören. Jetzt schien ihm Eile geboten, und er lief die Treppe hinauf, so schnell er konnte.

Auf dem Podest verhielt er und merkte, wie ihm die Zeit davonlief. Nun durfte es keinen Aufenthalt mehr geben – die Aufgabe selbst war dagegen eine Kleinigkeit, dazu brauchte er nicht mehr als eine Minute. Er sah die nächste Treppe hinauf. Alles war dunkel, aber aus dem Flur weiter vorn, links, drang ein Lichtschein.

Er war fast oben auf der Treppe, als er mit einem verschlafenen Mann mit wirren Haaren und weichen Pantoffeln zusammenprallte, der sich augenblicklich beim Berühren des kalten Parkas und des Gewehrs zurückzog.

»Entschuldigung«, murmelte er.

»Was ist denn da unten los?« wollte der Mann wissen und rieb sich den Arm, mit dem er gegen das Gewehr gestoßen war. Er gähnte. Galachkow hätte ihm den Gewehrkolben ins Gesicht schlagen können, aber damit nur wertvolle Zeit verloren.

»Eine Identitätskontrolle, oder so was.«

»Was? Mein Gott – und dafür soll ich meinen Schlaf hergeben?«

Er warf den Kopf zurück und strich sich die Haare zurecht, dann stieg er langsam die Treppe hinab. Nach einigen Stufen blieb er stehen, drehte sich fragend nach Galachkow um und betrachtete sich dessen Anzug und Gewehr genauer, auch wohl das Gesicht, das er noch nie gesehen hatte. Galachkow verfluchte sich, daß er den Mann nicht umgelegt hatte, und jetzt war er zu weit weg, und einen Schuß wollte er nicht abfeuern. Der andere schien befriedigt, nickte und schlurfte weiter die Treppe hinunter.

Galachkow rannte den Flur entlang, mit dumpf hallenden Schritten auf dem Teppich. Dann noch eine Treppe und unmittelbar nach dieser in einen anderen, diesmal gut beleuchteten Flur – vor Chamowkins Zimmer stand ein Wachmann!

Er blickte zu ihm hin. Der Wachmann saß auf einem Stuhl, präsent, aber bequem. Dann nahm Galachkow die letzte Stufe, machte zwei Sätze bis zur Mitte des Flurs – auf fünfzehn Meter Entferung schoß er zweimal, und der Wachmann, der erst jetzt zu dem Eindringling aufsah und kaum die Hand zu dem Gewehr bewegt hatte, das da auf seinen Knien lag, wurde vom Stuhl gerissen, rutschte über den Flur und schlug mit dem Körper gegen einen zerbrechlichen Tisch, auf dem eine Vase gestanden hatte, die jetzt mit schrecklichem Getöse herunterfiel und zerbrach.

Die fünfzehn Meter bis zu Chamowkins Tür hatte er in wenigen Augenblicken überwunden. Er schoß zweimal auf das Türschloß und trat dann die Tür ein. Das Schlafzimmer lag im Dunkeln, aber Chamowkin hatte eine Lampe im Aufenthaltsraum brennen lassen. Galachkow sah, wie sein Opfer kraftlos und dümmlich im gestreiften Schlafanzug in der Schlafzimmertür stand, und richtete den Gewehrlauf auf die Mitte dieser Gestalt. Chamowkin war vor Schreck wie gelähmt.

Und Galachkow fluchte. Schüsse waren gefallen. Der Wachmann war mit lautem Krach umgelegt worden, und jetzt würde er Chamowkin mit noch mehr Krach umlegen. Nur weil er so einem verschlafenen, triefäugigen Engländer auf der Treppe begegnet war, weil er plötzlich Angst bekommen hatte, keine Zeit mehr zu haben und sich deshalb bis hierher durchgekämpft hatte. Er lauschte.

Nichts, Stille, aber in seinen Ohren dröhnten immer noch die Schüsse aus seinem Gewehr.

»Anziehen – los! Sonst bring' ich Sie um!«

Chamowkin zuckte zusammen, als habe ihn der Ton dieser Stimme ins Gesicht geschlagen, und ging ins Schlafzimmer zurück. Galachkow kehrte zur Tür zurück, als Chamowkin das Licht einschaltete, um sich anzuziehen. Er öffnete die Tür ganz weit, während seine Augen von dem sich anziehenden Mann ständig zu dem Flur hinblickten, in dem bis jetzt noch keine Schatten aufgetaucht waren.

»Schneller – schneller!« Wieder spürte er diesen Adrenalinstoß, der Panik in seinem Denken auslöste. Er beschloß, Chamowkin jetzt nicht zu töten, sondern ihn als Geisel zu benutzen, um sich abzusetzen. Irgend etwas in ihm hatte das beschlossen – das gleiche dumme Tier in ihm, das geschossen hatte, weil die Zeit knapp zu werden schien. »Los jetzt!«

Chamowkin blickte auf, und Galachkow sah in dessen Augen das Funkeln einer Hoffnung. Dann zog er sich die Jacke über.

»Das reicht!«

»Aber meine Jacke – mein Mantel. Oder wollen Sie, daß Ihre Geisel erfriert?« Er wendete sich zum Schrank und holte seinen Mantel heraus.

Was war das – Geräusche auf der Treppe? Also hat es doch jemand gehört! Dann kam Chamowkin, nachdem er den Kragen seines Wintermantels zurechtgerückt und seinen Pelzhut aufgesetzt hatte, als ginge er zu einer Verabredung nach Helsinki, und stellte sich neben ihn – mit einem amüsierten Ausdruck in den Augen. Galachkow drückte ihm die Gewehrmündung zwischen die Rippen, so daß der alte Mann stöhnend ausatmete. Aber der Ausdruck in seinen Augen gab nicht diese verdammte Überlegenheit auf, es schien ihm immer noch Vergnügen zu machen.

»Zur Tür jetzt«, befahl Galachkow. Chamowkin gehorchte und wartete, wie auf ein Stichwort, um die Bühne zu betreten – auf den Auftritt des Staatsmannes. Galachkow hielt das Gewehr an das Rückgrat des alten Mannes, dann rief er:

»Natürlich sind Sie da – Mr. Aubrey und Mr. Buckholz?«

Schweigen.

»Galachkow?« Dann kannten sie also seinen wirklichen Namen. »Herr Generalsekretär, sind Sie unverletzt?« Es war Aubrey, der Engländer.

»Ja, Mr. Aubrey. Ich fürchte, daß – wer, sagten Sie? Genosse Galachkow? – daß ich sozusagen seine Geisel bin.«

»Scheiße!« Buckholz oder Anders.

»Ich werde *jetzt* mit ihm herauskommen! Wenn Sie genau hinhören, merken Sie, daß ich auf Automatik umschalte. Wenn Sie mich töten, ist er noch schneller dran.«

»Ich weiß, wie ein Gewehr funktioniert, Galachkow!« hörte er Buckholz sagen.

»Also lassen Sie's nicht drauf ankommen.« Er stieß Chamowkin die Gewehrmündung in den Rücken. »Er kommt zuerst raus – und er hat das Gewehr am Rückgrat. Machen Sie den Weg frei für uns. Los jetzt – vorwärts!«

18. *Der Vierundzwanzigste*

Worontsjew wachte ruckartig auf, wobei sein Kopf nach oben gegen die Wand schlug. Er hatte zwar die Augen geöffnet, aber es war finster in dem Raum, noch dunkler als seiner Erinnerung nach. Aufgeregt versuchte er, den Ärmel seines Mantels von der Armbanduhr wegzuschieben. Es war zwanzig nach drei, nein, fünfundzwanzig. Er hatte also ungestört neun Stunden lang geschlafen.

Sein Rücken tat ihm weh und sein Genick war noch steif. Er bewegte sein linkes Bein und der Schmerz durchfuhr ihn, rüttelte ihn auf, so daß er wieder klar denken konnte.

Er beugte sich vor und griff nach der Pistole, dann stand er auf und bewegte sich vorsichtig tastend zwischen den Rohren hindurch die Wand entlang, bis er den Türgriff fand. Trotz der noch warmen Luft fror ihn. Draußen war es dunkel, da die Straßenlampen am Roten Platz erloschen waren.

Noch eine Tür, auch die war unverschlossen, dann stand er vor der Treppe, die er am Abend hinabgekommen war und deren Stufen er in dem schwachen Mondlicht kaum erkennen konnte. Aber nun schwang er sein linkes Bein vor und erklomm so die erste Stufe, und weiter, bis er oben angelangt war.

So leise es ging, durchquerte er die Halle zu zwei Türen an der entgegengesetzten Wand, neben der zum ersten Stock führenden Treppe. Unter einer der Türen drang ein gelblicher Lichtschein heraus. Er drückte sich mit dem ganzen Körper gegen die Tür und drehte dann langsam und vorsichtig den Griff herum.

Fast wäre er in den Raum gefallen und hielt sich immer noch an dem Griff fest. Ein kleines Zimmer, sehr warm, mit einer elektrischen Heizung und einem Samowar. Beißender Tabakqualm, durch den ihn zwei Gesichter ansahen, vor denen dampfende Becher standen. Zwei Männer, beide wohl Ende fünfzig oder sechzig. Beide etwa gleich groß, beide mit grauem Haar, dünn, wie zwei Ansichten von ein und derselben Persönlichkeit. Sie glichen sich wie Zwillinge, sie waren einfach, und sie hatten keine Waffen. Er sagte, weil in dieser Situation einfach etwas gesagt werden mußte: »Wo ist er?«

Sie schwiegen. Er meinte zu träumen, sich zu irren. Dann sagte der eine, mit dem etwas breiteren Gesicht und dem volleren Haarwuchs, mit leiser Stimme: »Er sagte – wenn Sie kämen, sollten wir Sie zu ihm bringen.«

Worontsjew sank gegen die Tür und ließ die Pistole sinken. Zum Lachen. Er brauchte also nur um ein Gespräch mit seinem Vater zu bitten. Verrückt. Und sie hatten da auf ihn gewartet. Ohne darüber nachzudenken, steckte er die Pistole in den Halfter. Einer der Männer nickte.

»Wo ist er?« fragte Worontsjew mit belegter Stimme, sich immer noch an der Tür festhaltend.

Jetzt antwortete der andere, der kleinere der beiden: »Über uns. Er ist in Sicherheit.« Dann sah er das Hosenbein und den braunroten Schmierer am Schuhabsatz. »Sie sind verletzt«, bemerkte er ohne Mitgefühl. Er sprach wie ein Polizist. Worontsjew hörte nicht darauf, ihm ging es nur noch um die letzte Konfrontation.

Der Mann, der ihm zuerst geantwortet hatte, stand jetzt auf. Zu Worontsjew Erstaunen war dieser noch größer als er selbst.

»Kommen Sie mit.« Dann sagte er zu seinem Zwilling: »Sieh nach, ob er keine Spuren hinterlassen hat – für alle Fälle.« Und zu Worontsjew gewendet: »Wo sind Sie gewesen, in dem Museum?« Es klang beiläufig und war doch genau gemeint.

»Auf der Toilette...« Der sitzende Mann nickte.

»Hab' ich dir doch gesagt«, meinte er. Also hatten sie ihn erwartet. Der Hinweis auf seine Verletzung war eine Bestätigung ihrer Annahme.

»Und im Heizungsraum.«

»Wir haben absichtlich nicht gesucht«, sagte der größere der beiden, der jetzt neben Worontsjew stand und dessen Atem nach einer scharfen Wurst roch. »Warum haben Sie so lange gebraucht?«

»Ich – bin eingeschlafen.«

»Gehen wir jetzt?« fragte der Mann. Worontsjew nickte und machte den Weg zur Tür frei. Sie gingen hinaus.

»Mit dem Aufzug?« fragte Worontsjew, der Mühe hatte, mit dem anderen Schritt zu halten.

»Ist abgeschaltet – nachts.« Worontsjew glaubte ihm zwar nicht, fühlte sich aber außerstande, noch einmal zu fragen. Er sollte also die schmerzhaften Treppenstufen hinaufsteigen, und es kam ihm vor wie eine Art Buße – ob für sein leichtsinniges Schlafen in dem Heizungsraum oder für den Tod Alewtinas.

Der Wachmann, der übrigens Goroschenkos Leibwächter war, obwohl er keine Waffe bei sich trug, war ihm immer ein Stück voraus, wie ein Zuchtmeister, der ihm den Schmerz des Steigens in einem ganz bestimmten Tempo auferlegte.

So ging es ein Stockwerk um das andere nach oben, schweigend, der Wachmann stets um eine halbe Treppenlänge voraus, nicht mehr, nicht weniger.

Bis sie an der letzten Halle vorbeikamen, der unvermeidlichen: 1917. Waffen, Fahnen, Kleidungsstücke, Uniformen. Und in den gläsernen Schreinen Schriften von Lenin und anderen – so wie seine Leiche unter Glas aufbewahrt wurde, in dem Mausoleum.

Goroschenko hatte ihn oft hierher mitgenommen, als er noch ein Knabe war. Und in seinem Gedächtnis schloß sich ein Kreis, ein Bild vervollständigte sich. Goroschenko war jedenfalls konsequent, war sein Leben lang glaubhaft geblieben – und er bewegte sich in keiner ihm fremden Umgebung. Dies war schon immer das Heiligtum gewesen.

Er seufzte leise, wobei er wußte, daß der Wachmann dies als Ausdruck seines schmerzenden Beines verstehen würde.

Der Wachmann schloß eine kleine Tür auf – sie befanden sich am Ende der letzten Halle, und schaltete das Licht ein. Eine noch schmalere Treppe kam, und er winkte Worontsjew heran und hielt ihm den Arm zur Unterstützung hin. Eng nebeneinander stiegen sie die Stufen zu einem schmalen hölzernen Flur hinauf, auf dem kein Teppich lag. Dann klopfte der Mann an eine der vielen Türen, die auf den langen, schwach beleuchteten und dumpf nach Moder riechenden Korridor gingen. Worontsjew hörte die Stimme und wich unwillkürlich zurück, als führe die Tür zum Arbeitszimmer eines gefürchteten Lehrers.

»Herein.«

Chamowkin erschien im Türeingang und schritt dann kühn auf den Flur hinaus. Aubrey hörte hinter sich, wie jemand ein Gewehr anlegte. Spitzer Winkel, dachte er, und wollte schon seine Hand warnend erheben – da war aber auch schon Galachkow und drückte dem Sowjetführer das Gewehr in den Rücken. Aubrey stand von der Treppenstufe auf, wo er mit Buckholz gesessen hatte, und ging langsam auf den Flur. Galachkow sah einen alten Mann mit zerzausten Haaren und steifem, aufgeknöpftem Kragen. Aubrey schaute wie ein gerupfter Vogel aus, nur seine Augen waren klar und lebendig und suchten nach einer günstigen Gelegenheit.

»Zurück!« befahl Galachkow und ließ Chamowkin unwillkürlich zusammenzucken, als er ihm das Gewehr gegen die Rippen stieß.

Aubrey hob unschuldig die Hände. »Gut, gut, Genosse Galachkow. Ich kenne Ihre Leistungsfähigkeit als Mörder, das war kurz vor Oxford, Sie erinnern sich...« Galachkow war etwas verwirrt, wußte aber doch, was Aubrey mit seinen gelassen und bewußt, gerade hypnotisch ausgesprochenen Worten im Sinn hatte. Zeit gewinnen.

»Ich will jetzt nichts hören. Machen Sie die Treppe frei. Mein Gast und ich, wir gehen jetzt.«

»Tut mir leid, Mr. Aubrey«, sagte Chamowkin. »Ich hoffe, wir sehen uns ein anderes Mal wieder...«

»Vorwärts!«

Aubrey stand an der Wand und Buckholz verließ den Treppenabsatz. Galachkow merkte, daß er jetzt keine Zeit mehr verlieren durfte. Er mußte das Tempo forcieren, mußte die Vorkehrungen und Maßnahmen der anderen über den Haufen werfen. Denn sie fingen an, alles zu verzögern. Er verfluchte noch einmal, daß ihn der Alte auf der Treppe so lange aufgehalten hatte.

»Darf ich bemerken, daß Sie hier nicht herauskommen?« sagte Aubrey neben ihm.

»Mir steht die ganze Welt offen«, antwortete Galachkow und sah, wie Aubrey niedergeschlagen schien. »Sie da«, wendete er sich an Buckholz, »können Sie fahren?« Buckholz schwieg. Die Gewehrmündung grub sich in Chamowkins

Rücken. Aubrey spürte plötzlich, wie die Temperatur anstieg, bis sie alle vier wie in einem Treibhaus standen – vier Spieler, umgeben von schweigenden Komparsen, oder einem Publikum. »Können – Sie – fahren?« wiederholte Galachkow, und drückte das Gewehr mit jedem Wort in Chamowkins Rücken.

»Ja«, antwortete Buckholz mürrisch.

»Gut. Dann werden Sie uns hier wegfahren.« Galachkow sah von dem Gesicht des Amerikaners zu Aubrey hin, der jetzt teilnahmslos dreinschaute. Galachkow fragte sich, ob er nicht einen Fehler gemacht hatte, den intelligenteren und erbarmungsloseren der beiden Männer dazulassen, um sich Gegenmaßnahmen auszudenken und sie einzuleiten. Aber es blieb ihm keine Zeit mehr für diese Gedanken. Er hatte sich entschieden, den Amerikaner kaltzustellen, indem er ihn zum Fahren zwang. »Los jetzt!«

Er schob Chamowkin die oberste Treppenstufe hinunter, und die weiter unten stehenden Männer machten den Weg frei. Dann erreichten sie den Treppenpodest, gingen weiter hinunter, dann durch den langen Flur, den Galachkow entlanggerannt war – vielleicht hatte er hierbei die Nerven verloren. Jetzt standen die Sicherungsleute da, harmlos trotz ihrer Gewehre, mit dümmlichen Gesichtern, in ihren Schlafanzügen und Morgenmänteln, einer sogar in Unterhose und Unterhemd, ungefährlich. Buckholz folgte zwei Schritte hinter ihm, aber er wußte nicht, wo Aubrey jetzt war. Es war unwichtig. Jedes Gesicht, an dem er vorbeikam, war verstört, wütend und frustriert. Er hatte sie überrumpelt und behielt die Oberhand.

Wieder kamen Treppen, dann der Flur, der zu der Halle führte. Und jeder Schritt schweigend, zielbewußt; dann sagte Buckholz: »Ich brauch' aber einen Mantel.«

Sie blieben stehen, wie Spielzeug, dessen aufgezogene Feder abgelaufen ist. Galachkow drehte sich halb zur Seite und sagte kurz: »Irgend jemand – geben Sie ihm einen Mantel.« Sogleich schob er Chamowkin weiter vor, durch die Küche und in die kalte Nacht hinaus. Die Männer folgten ihnen nur bis zur Tür, gerade so, als würden sie späte Partygäste verabschieden. Ihre Schritte klangen laut nach der Stille, die fast auf dem ganzen Weg von Chamowkins Schlafzimmer geherrscht hatte. Galachkow ließ Buckholz jetzt vorausgehen, so daß er nun zwei Ziele für sein Gewehr hatte, bis sie die Garagen erreichten.

»Aber einen, der was leistet«, sagte Galachkow, als Buckholz die schweren Türen aufzog. Er spähte ins Dunkle. Buckholz schaltete das Licht ein, und Galachkow war geblendet, als leuchte ihm jemand mit einer Taschenlampe ins Gesicht.

Was machte er hier eigentlich? Wo sollten sie jetzt hinfahren? Plötzlich verspürte er den Wunsch, Aubrey herzurufen und ihm zu sagen, daß sie ein Flugzeug bereitstellen sollten, in Helsinki – aber wohin? Irgendwo – irgendwohin, mit einer solchen Geisel...

Aber sein Mut sank. Nirgends, *nirgendwohin*. Sobald er Chamowkin losließ, war er ein toter Mann. Wenn er am Leben bleiben wollte, mußte er sein Gewehr an Chamowkins Rückgrat drücken, solange er lebte. Aber irgendwo, ob in New York, London, Moskau, Kairo, Tunis, Rom oder Rio, würde ihn ein anderer mit einem Schuß ausschalten, sobald eine Lücke zwischen ihm und dem Parteiführer entstand – sie hingen aneinander wie siamesische Zwillinge.

»Einsteigen, los!«

Buckholz schien über den Ton seiner Stimme erstaunt und grinste dann zufrieden. »Jetzt kommt dir wohl was, Kleiner?«

»Los, rein mit Ihnen!« Das Gewehr richtete sich auf Buckholz.

»Okay, Sie sind ja hier der Chef.« Die Ironie war wie ein Schlag in Galachkows Gesicht.

Galachkow schob Chamowkin vor sich her auf den Rücksitz, ließ ihn hinüberrutschen und setzte sich dann neben ihn. Buckholz wendete sich um.

»Wohin geht's, Kleiner?« Er schien sogar zu lachen!

»Nach Norden – den See entlang, los!« Galachkow versuchte, mürrisch zu sein, aber die Worte klangen eher wie von jemandem, der nicht wußte, wo es hinging. Buckholz sah wieder nach vorn und schaltete die Zündung ein.

Der Führer öffnete die Tür und machte dann Platz. Goroschenko saß an einem grobgezimmerten Tisch, er trug seine Pelzmütze und den Mantel und Handschuhe an den Händen. Er lächelte zur Begrüßung. Worontsjew taumelte in das Zimmer, wie betäubt von seiner Mattigkeit, und der alte Mann erhob sich besorgt von seinem Stuhl, wobei ein Anflug von Schmerz über seine festen Züge huschte. Aber der Führer hatte Worontsjew schon aufgefangen und half ihm auf einen Stuhl. Er sah, wie Goroschenko den Kopf schüttelte, schloß die Tür und ließ sie beide allein in dem kleinen Raum mit dem abgedunkelten Fenster und der niedrigen Schirmlampe.

Die Stille schien nicht mehr aufzuhören. Worontsjew starrte auf die Tischkante und fühlte, wie der Schmerz in seinem Bein langsam zu einer unangenehmen Empfindung wurde. Er bewegte das Bein nicht. Sein Strumpf war steif von geronnenem Blut. Die ganze Zeit war ihm, als beobachte Goroschenko ihn genau.

Dann sagte der alte Mann: »Du bist verletzt, Junge. Soll sich nicht jemand darum kümmern?« Worontsjew winkte ab, mit einer leichten, ungeduldigen Bewegung seiner Hand auf dem Tisch. Er blickte hoch, seine Augen brannten.

»Du hast mich verraten!« Es sollte Haß ausdrücken, sollte beschuldigen. Statt dessen klang es anklagend, verzweifelt, obwohl er kaum mehr als geflüstert hatte.

»Das hab' ich nie getan«, antwortete Goroschenko.

»Natalja – Ossipow in Chabarowsk – der tote Mann mit dem Draht zu der Bombe – Wassiljew im Flugzeug – jedesmal hast du versucht, mich umzubringen!« Worontsjew, der erst wenige Minuten bei dem alten Mann saß, konnte gar nicht anders reagieren. Er wußte auch nicht mehr, warum er hier war, was ihn hierher getrieben hatte.

»Ich – ich habe *keine* Anweisungen dazu gegeben, Alexej.« Sehr weich klang die Stimme nicht, sie schien sich auch nicht zu verteidigen. Aber der Wunsch war herauszuhören, für unschuldig befunden zu werden. »Deine Frau ist eine Hure, ich gebe zu, daß ich sie benutzt habe.« Er äußerte diese Ansicht wie etwas Selbstverständliches, nicht von oben herab. Worontsjew knirschte mit den Zähnen. »Sie sollte dich überwachen und mir dann berichten. Ich habe – sie erpreßt...«

Das ihm eigene Autoritätsgefühl wurde in dem neutralen Ton deutlich, in dem er sich jetzt anvertraute. »Ich hätte ihre Karriere zerstört, sie sogar verhaften lassen, wenn sie nicht mitgegangen wäre und mir über Ossipow berichtet hätte. Ossipow war es, der sie ausgenutzt hat.«

»Nein, das warst du. Und du hast auch Ilja und Maxim getötet. Sie sind tot, beide.« Wut und Verachtung erfüllten bleiern den Raum, und Worontsjew spürte, wie jedes Gefühl von Mitmenschlichkeit in ihm abstarb. Es waren nur noch Stimmen, die über fernliegende Anlässe miteinander sprachen.

»Ja, sie sind tot. Aber – du hast sie zur *Finnland-Station* geschickt. Was sie dort gesehen haben, ließ meinen – Kollegen keine andere Wahl.« Dann brach etwas in dem Mann los, als sei ihm plötzlich eine Ader durchgeschnitten worden, eine Emotion schoß in ihm hoch. »Sie waren vom KGB! Was glaubst du, hätten die mit mir gemacht, wenn der Bericht durchgegangen wäre?«

Die jetzt in der Stimme anklingende Verachtung wirkte auf Worontsjew, als würde plötzlich eine schattenspendende Hand weggezogen, und versetzte ihm einen Stich. Aber noch bevor er darauf antworten konnte, schien sich der dumpfe Druck dieses Raumes wieder lähmend auf ihn zu legen. Schließlich sagte er fast mürrisch: »Sie waren immer nur ein Pfand in deinem Spiel. Wertlos. Wie Wrubel.«

»Das stimmt nicht. Aber Wrubel wollte dich loswerden. Er konnte sich nicht vorstellen, vor einem eifersüchtigen Ehemann vom SID sicher zu sein ...« Goroschenko lächelte dünn. »Er hat den Ersatzmann umgelegt – ein Schauspieler, übrigens – und versuchte dann, dich zu töten.«

Unerbittlich. Worontsjew hatte so etwas schon früher erlebt, aber damals hatte er noch die Autorität des Vaters fraglos anerkannt. Jetzt verfügte dieser über das Leben anderer in ganz ähnlicher Weise wie er ihn früher wegen schlechter Schulnoten zurechtgewiesen hatte.

»Sehr schmeichelhaft – Vater«, sagte Worontsjew und freute sich, wie der alte Mann sein Gesicht verzog, als habe er in eine Zitrone gebissen, wie er plötzlich hohlwangig aussah. »Ich kann dafür nur dankbar sein.«

»Ganz natürlich für einen Sohn«, bemerkte Goroschenko kalt. Dann begann etwas in seinen Augen schwächer zu werden, an Glanz zu verlieren. Er schien sich nicht allzu wohl zu fühlen und sagte jetzt mit weicherer Stimme: »Ich habe immer gewußt, daß du mich finden würdest. Wenn es jemand tun würde, dann du.«

»Du hast mich in den SID versetzen lassen – was hast du erwartet?«

»Sei nicht undankbar, Alexej. Ich gebe aber zu, daß ich mir damit meine eigene Nemesis geschaffen habe.« Die breiten, kräftigen Schultern beugten sich vor, der Kopf streckte sich wie zur Betonung zu ihm hin. »Das hab' ich getan, um dich zu *schützen*.«

»Mich schützen? Wie denn?« Die Luft in dem Raum schien leichter zu werden, aber vielleicht wirkte Michail Petrowitsch nicht mehr so bedrückend.

»Der sicherste Platz in diesem unserem Polizeistaat ist – die Polizei. Vor allem im SID. Wie sonst könnte ich *sicher* sein, daß dir das Leiden erspart bleibt?«

»Warum? Was hätte ich denn gelitten?«

Ein Schmerzgefühl zuckte über Goroschenkos Gesicht, und er sagte: »Das ist nicht mehr wichtig. Ich wollte dich schützen, und deshalb hab' ich mich dafür entschieden.«

»Aber warum hast du all die anderen Sachen gemacht?« wollte Worontsjew wissen, wobei er auf eine Art Beziehung einging, die sich zwischen ihnen wiederhergestellt zu haben schien. »Warum? Ausgerechnet *du*?«

Goroschenko war sichtlich am Ende seiner Beherrschung. Auch die Gesichtsmuskeln schienen ihm nicht mehr zu gehorchen. Sein Mund arbeitete schweigend. Und während eine Gesichtshälfte wie nach einem Schlag reglos blieb, zuckte es nervös unter seinem rechten Auge. Seine kräftigen, dickadrigen Hände griffen immer wieder ineinander, und als er schließlich sprach, brach die ganze aufgestaute Wut seines Lebens heraus:

»Ich? Warum *ich*? Ja, Mensch, bist du ein Schwachkopf! Wer sonst soll das denn tun, wenn nicht *ich*?« Er sprang auf und ging erregt auf und ab. »Wie oft habe ich dich hierhergebracht – wie oft! Hast du denn nie zugehört, was ich dir gesagt habe?« Jetzt war er der Pädagoge, und Worontsjew kam sich auf einmal klein und geschrumpft vor. Goroschenko war auch früher schon so wütend gewesen, hatte nie Verständnis für Schwäche, für geistige Fehlleistungen aufgebracht. »*1917*! Das war alles umsonst! Stalin – der war doch reinstes Mittelalter, mit diesem Höllenhund, den er von der Kette nahm, Berija. Jetzt noch kann ich diesen Mann riechen und das, was er getan hat, hängt wie ein Gestank in meiner Nase! Weißt du das überhaupt, he? Ein *Gestank*! Alles hörte auf. Ein einziges Gefängnis, vom einen Ende der Sowjetunion bis zum anderen. Ein verdammtes, dunkles, verseuchtes Gefängnis!«

Er schwieg. Worontsjew sah, daß er seinem Ärger in einer Weise Luft machte wie nie zuvor. All die Jahre des Schweigens, der Kompromisse, des Akzeptierens kochten jetzt über.

»Ich bin aber ein Polizist!« sagte Worontsjew. »Du wolltest, daß ich zu etwas gehöre, das du derart haßt. Warum eigentlich?«

Goroschenko hatte sich etwas beruhigt, er schien in diesem Augenblick vom Feuer zum Eis zu kommen.

»Das hab' ich dir doch schon erklärt. Hast du denn nicht verstanden? Ich habe nie politische Abgeklärtheit von dir gefordert, Alexej. Aber Dummheit habe ich nie erwartet.« Der Ton war scharfkantig, geschliffen, wie eine Messerklinge. Schon das Ausdrücken von Verachtung schien Goroschenko zu beruhigen. Worontsjew erkannte, warum er Goroschenko schon immer gefürchtet hatte, vielleicht wegen der unnahbaren Kälte seines Ichs, die ihn schließlich zu *Kutusow* werden ließ.

»Macht nichts. Darauf kommt's mir jetzt nicht an. Sondern daß du einen *Krieg* anfangen wolltest!«

»Zugegeben«, sagte Goroschenko frostig.

»Und das Recht war – natürlich – auf deiner Seite.«

»Selbstverständlich.« Worontsjew forschte in dem Gesicht nach einer noch tieferliegenden Zustimmung. Und unter diesem harten Blick wurde es auf einmal weich, die sonst so tiefen Falten um den Mund herum verloren ihren ironischen Zug.

»Jetzt hör mir mal zu, Alexej.« Seine Hände lagen flach auf dem Tisch. »Ich – bin *Kutusow* geworden. Und all die Jahre, in denen ich dafür gearbeitet habe, mein Ansehen bei der Armee dafür eingesetzt habe, bei Freunden, die einflußreiche Positionen hatten – wußte ich, wie hoch einmal der Preis sein würde.« Und wieder diese verletzende Sicherheit. »Ich war auch bereit, den Preis mit einem – Wechsel in der Führungsspitze zu bezahlen. Ich wußte, daß die Armee einen begrenzten Krieg in Europa wollte, ja *brauchte*. Skandinavien war ihr Preis, um mich zu unterstützen.«

»Und damit sollte der Krieg zu Ende sein?«

Goroschenko schüttelte den Kopf.

»Natürlich nicht! Das sollte er auch gar nicht. Stalin war derjenige, der bestimmt hatte, die Revolution an Rußlands Grenzen aufhören zu lassen!« Wieder diese Verachtung gegenüber politischer Unwissenheit oder Unsicherheit.

»Wieso bin ich eigentlich hier und *diskutiere* mit dir?«

»Weil du wissen mußt, *warum* ich der Mann bin, den du gesucht hast, warum ich all das getan habe.«

»Und das ist alles?«

»Natürlich. Und du wirst mich nicht aufhalten.«

»Ich – muß es...« Worontsjew ließ es zu, daß seine Hand vom Tisch glitt, als fühle er sich bedroht.

Goroschenko lächelte. »Nein, das wirst du nicht, Alexej.« Seine Augen bekamen einen harten Ausdruck. »Sieh dich doch an. In den letzten zehn Jahren hast du dich in einer Organisation hochgearbeitet, deren Wesen du weitgehend ignoriert hast. Und abgesehen davon hast du dich auf Kosten einer Dirne emotional verschwendet. Du kannst mich nicht aufhalten – einfach weil du keine Ziele hast, die über mich hinausreichen. Du bist gekommen, um mich zu *retten*. Gib's doch zu. Vielleicht vor meiner eigenen Dummheit, oder vor eurer Organisation. Es geht dir doch nur darum, daß ich weiterlebe...«

So war das also, wenn man von einem geliebten Menschen hört, daß man gemein sei, wenn man Verachtung erfährt, wo man Liebe vermutete.

Er zuckte davor zurück. Zurück zum Thema, zur Diskussion. Er sagte: »Du bist doch am Ende, Michail Petrowitsch.

Praporowitsch und Dolochow wurden inzwischen ausgeschaltet. Wie willst du denn noch irgend etwas tun?«

Goroschenko sah zum Telefon hin, dem einzigen Gegenstand auf diesem Tisch, außer seinen wuchtigen Händen. Er sagte: »Das ist die ganze Macht, die ich brauche. Ein Anruf – und die Führungsspitze wechselt heute noch. Die Eroberung von Skandinavien ist dann nur noch eine Frage der Zeit.«

»Du willst also wirklich weitermachen?« Worontsjew war entsetzt, obwohl er genau wußte, daß Goroschenko unnachgiebig und entschlossen war.

»Natürlich. Ich sagte es schon – ein einziger Anruf genügt.«

»Ich werde ihn nicht zulassen!«

»Wie willst du mich denn aufhalten, Alexej? Du hast weder eine moralische noch eine politische Begründung dafür. Oder? Was wäre das? Loyalität gegenüber dem Staat? Gegenüber dem KGB?«

»Vielleicht.«

»Unsinn. Du kannst gar nicht loyal sein. Deine Arbeit hat nur eine schmerzstillende Bedeutung, sie ist nur eine Flucht aus deinem Privatleben. Du bist nicht mehr als ein Bürokrat, der sich als Polizist ausgibt. Ein – Handlungsgehilfe.«

»Bist du da so sicher?« Sein Ton klang bittend. Goroschenko verachtete ihn, und er konnte es nicht aushalten.

»Ja, Alexej. Ich liebe dich, und du bist mein Sohn. Aber du bist nicht ein Mann mit Weitblick oder Glauben an etwas. Deshalb kannst du mich auch nicht aufhalten. Du besitzt nichts, um deine Liebe zu mir aufzuwiegen, das, was du mir schuldest. Und das sage ich nicht verächtlich, sondern voller Verständnis.« Er reichte ihm die Hand über den Tisch hinweg, aber Worontsjew entzog ihm die seine wie ein trotziges Kind und schüttelte dabei den Kopf. Er war den Tränen nah und haßte die Wahrheit, die er gerade erfahren hatte, die Hohlheit, die sein Vater gerade aufgezeigt hatte. Er haßte die Art, wie sein Ich überfallen worden war und auch die Überlegenheit, die sein Vater zur Schau gestellt hatte. Er konnte all das Gehörte nicht anerkennen, nein, das konnte er einfach nicht.

»Warum tust du das alles – warum?« Es war eine Ablenkung, und er merkte, daß Goroschenko es wußte.

»Ich *glaube*! Verstehst du das? Ich glaube an den alten Traum der Revolution. Deshalb.«

»Du willst die Macht, das ist alles. Du bist ganz einfach hungrig nach der Macht, die dir niemand gegeben hat.«

»Blödsinn«, murmelte Goroschenko, aber zwei Farbflecke erschienen auf seinen Wangen. »Du weißt nicht, wovon ich rede. In den zwanziger Jahren zu leben und mit anzusehen, wie das ganze Land von Stalin und Berija und dem NKWD zu einem Scheißhaufen gemacht wird! Terror als tägliche Erfahrung von Millionen! Siehst du denn nichts davon, Alexej?« Er erhob sich kurz und ließ sich dann wieder auf den Stuhl fallen. »Ich hab' mir geschworen, jedesmal, wenn ich bei einer Sitzung des Politbüros wieder einen leeren Stuhl sah, jedesmal, wenn ich von einer neuen Säuberung erfuhr, jedesmal, wenn ich ein neues unterwürfiges Gesicht in einem Ausschuß oder im Sekretariat zu sehen bekam – *ich habe mir geschworen*, daß ich überleben würde, und daß ich tun würde, was ich könnte, und wann ich es könnte. Ich habe sehr lang gewartet. Aber jetzt wird es getan, und zwar für alle diejenigen, die zugrunde gegangen sind.« Er ballte die Faust. »Das Volk wollte ihm an den Hals, als die Faschisten in Rußland einfielen! Im Grunde war er geliefert!« Seine Stimme brach, dann sagte er etwas ruhiger: »Ich habe noch dreißig Jahre warten müssen. Eine lange Zeit.«

»Stalin ist vor dreißig Jahren gestorben.«

»Aber was er getan hat, um die Sowjetunion zu schwächen, das ist nicht gestorben, Alexej. Und jetzt haben wir diese ›Entspannung‹, eine andere Art, um langsam zu sterben.«

Worontsjew war entsetzt. Er fühlte sich unfähig, die geradezu besessene Entschlossenheit seines Vaters aufzufangen oder zu begreifen, die sich mit jedem Satz tiefer in ihn hineinzubohren schien, bis sie seinen Lebensnerv erreichte.

»Du bist verrückt«, sagte er. Goroschenko lächelte, und Worontsjew kochte innerlich bei der ungebrochenen Überheblichkeit, die in diesem Lächeln zum Ausdruck kam. Er zog seine Pistole und legte sie auf den Rand des Tisches. Goroschenko ließ sich nicht davon beeindrucken. »Ich werde dich daran hindern. Ich verhafte dich.« Und dann, wütend wie ein gereiztes Kind: »Du bist gar nicht mein Vater!«

Goroschenko rieb sich die Backe, als habe er eine Ohrfeige erhalten. Er sah auf seine Uhr.

»Mir bleibt nicht mehr viel Zeit. Und du wirst mich nicht verhaften.« Er schien sich dermaßen *sicher* zu sein.

»Ich tu's! Ich tu's! Du bist ein Verräter! Mein Vater – mein *richtiger* Vater – würde dich hassen deswegen!«

Goroschenko stöhnte auf und wischte sich mit einer Hand über das Gesicht. Aber er schien sich eher vor etwas in ihm selbst zu fürchten als vor Worontsjews Zurückweisung.

»Nein, das würde er nicht, Alexej.«

»Doch, das würde er, das würde er!« Worontsjew war sich nicht mehr bewußt, wie sehr sich seine Stimme und sein Verhalten in grotesker Weise demjenigen eines Kindes ähnlich wurde. Er schrie: »Mein Vater war ein Held! Er hätte dich verachtet für das, was du getan hast. Du bist ein Verräter!« Das Wiederholen dieser Klischeevorstellungen gab ihm eine gewisse Sicherheit und schützte ihn vor Goroschenkos Worten.

»Alexej!« Es war ein Befehl. Worontsjew sah ihn beschämt an. Goroschenko schien einen inneren Kampf auszufechten und sich dann einer Entscheidung zu beugen. »Also gut«, sagte er, »also gut. Ich habe mir zwar geschworen – vielleicht mit einem ebenso heiligen Eid, wie ich ihn an jedem Tag der Stalinzeit geschworen habe –, daß ich dir das nie erzählen werde. Aber jetzt tue ich es.«

»Was denn? Noch mehr Schreckgespenster?«

»Wie du willst.« Das Gesicht des Mannes war auf einmal alt und strahlte eine bittere Weisheit aus. Er griff in eine Brusttasche – Worontsjew beobachtete die Hand genau – und holte einen Brief heraus, einen alten, fleckigen Brief mit Staubflusen in den scharfen Falten.

»Lies das«, sagte Goroschenko behutsam, »er ist von deinem Vater.«

»Wo sind sie jetzt?« Aubrey legte den Schalter des Sprechfunkgeräts um und hörte das knarrende Funkgeräusch aus dem Aufklärungs-Hubschrauber.

»Ein paar Meilen von Heinola entfernt, und immer noch ganz schön schnell.«

»Haben Sie Schwierigkeiten, ihn zu verfolgen?«

»Überhaupt nicht, Sir.« Philipson flog in dem Hubschrauber der finnischen Polizei, aus dem er den flüchtenden Volvo wenige Minuten zuvor etwa fünfzehn Kilometer nordöstlich von Lahti gesichtet hatte. Der Hubschrauber hatte in Lahte bereitgestanden – Aubreys voraussehende Planung hatte sich gelohnt, und er war froh darüber. Er sah auf seine Karte.

»Wohin kann er fahren, wenn er dort ankommt?«

»Wieder nördlich.«

»Sehr gut. Alarmieren Sie die Bodeneinheiten – sprechen Sie direkt mit dem Polizeichef über deren Kanal.«

Aubrey schaltete auf Empfang und drehte sich dann zu Anders herum, der ein Gesicht machte wie ein verlassenes Kind oder ein sorgenvoller Vater. Offensichtlich machte er sich Sorgen wegen Buckholz.

»Wollen Sie wieder mit Moskau sprechen, Sir?« fragte Anders.

»Nach dem letzten Anpfiff lieber nicht, danke, Anders. Wenn Andropow nicht zu sprechen ist, dann bleibt er's wohl auch. Er wird es uns schon früh genug wissen lassen, wenn er Goroschenko gefunden hat.«

»Das hat er also noch nicht.«

»Nein, Anders – ich fürchte, nein. Wir können nur hoffen, daß sich der Putsch im Sande verläuft – oder er hat Druschinin oder sonst jemanden dazu gebracht, andere Einheiten zurückzuziehen, auch wenn's unwahrscheinlich ist.«

»Aber warum geht's dann noch um Chamowkin?«

»Er ist immerhin der *gewählte* Regierungschef der UdSSR«, sagte Aubrey ohne einen ironischen Anflug. »Er muß am Leben bleiben. Wir können es uns einfach nicht leisten, daß er getötet wird. Das hat Ihr Präsident mehr als einmal klargemacht.« Er sah auf die Uhr. Es war vier Uhr vierzig.

»Je länger der Kerl fährt, desto eher wird ihm klarwerden, daß er nirgends hinfahren kann«, bemerkte Anders.

»Das weiß ich, Anders«, sagte Aubrey kurz. Er studierte die Landkarte. »Wo kann er jetzt hin? Mein Fahrer soll kommen.«

Das Grinsen des Fahrers war zwar unpassend, aber Aubrey verstand, daß es kein Ausdruck einer amüsierten Stimmung und auch keine Selbstüberheblichkeit war, sondern mit der Erfahrung zusammenhing, die sie beide beim Entkommen aus dem Hinterhalt in Helsinki hatten – als Waterford getötet worden war.

»Schnell, Fisher – sagen Sie mir, wohin sie fahren könnten. Jetzt sind sie gerade hier.«

Fisher beugte sich über die Karte, sah sie kurz an und sagte dann: »Wenn Sie ihn über Heinola hinausfahren lassen, dorthin...«, und sein Finger kennzeichnete eine kleinere Straße, »dann muß er sich an dieser Kreuzung wieder entscheiden – wenn Sie ihn nach rechts oder links fahren lassen, kommt er tiefer in den Wald, und da könnten Sie seine Spur verlieren.«

»Sind Sie sicher?«

»Ich hab' mal da oben Urlaub gemacht, gefischt und gewandert. Sehr abgeschiedene Gegend.« Fisher lächelte, in Erinnerungen versunken. »Es kann Stunden, vielleicht sogar Tage dauern, bis Sie ihn da rausholen. Aber wer wird dann noch am Leben sein von denen?«

»Ja, vielen Dank, Fisher. Noch etwas – kann Philipson einigermaßen schießen?«

»Mit der Pistole nicht schlecht. Er wird aber nie aus Wut abgedrückt haben, das glaub' ich nicht. Aber Gewehr...?« Aubrey nickte. »Nirgends so richtig gut, Sir.«

Als Fisher gegangen war, sah Aubrey zu Anders hin und hielt die Hand hoch, um dem Polizei-Hubschrauber zu signalisieren.

»Ich habe da praktisch keine Wahl.«

»Das kann ich mir denken, Sir. Ich hoffe noch, daß in dem Hubschrauber ein Scharfschütze sitzt.«

Aubrey schaltete auf Senden.

»Er hält vielleicht in Heinola. Wir müssen hoffen, daß er es tut.« Dann beugte er sich über das Mikrofon. »Philipson, bitte kommen, Philipson.«

»Ja, Sir.« Die Stimme schien weit weg zu sein und klang unwirklich. Es wurde wieder heiß in dem Funkraum, wie schon zuvor auf dem Flur. Nur heiße Wallungen, dachte er.

»Gibt es bei der Hubschrauberbesatzung einen geübten Scharfschützen?«

»Wie bitte?«

»Ob Sie einen ausgebildeten Scharfschützen an Bord haben?«

Lange Stille, dann hörte Aubrey: »Ja, Sir. Einen haben wir, aber er hat lange nicht mehr geschossen.«

Aubrey sah auf die Landkarte, maß die Entfernungen mit Daumen und Zeigefinger und schüttelte den Kopf.

»Da kann sich kein Wagen mehr davorsetzen – wissen wir, wie's da oben aussieht, Anders?« Er stieß mit dem Zeigefinger auf das Gebiet nördlich von Heinola.

»Ein paar Wagen, bleiben aber außer Sichtweite – örtliche Polizei von Heinola. Jedenfalls haben wir dort nichts mit dem Hubschrauber abgesetzt.«

»Dann müssen wir es jetzt tun«, bemerkte Aubrey und stieß mit der Spitze des Zeigefingers ein paarmal auf die Landkarte. Dann sagte er in das Sprechfunkgerät: »Fliegen Sie dem Wagen voraus. Warnen Sie die örtlichen Einheiten in Heinola, damit sie auf Abstand bleiben, das Ganze aber im Auge behalten. Und finden Sie einen guten Standort für den Schützen. Dann landen Sie.«

»Was – soll er tun, Sir?«

»Na, das Übliche – Motor, Reifen...« Er sah Anders an. »Und der Wagen muß zum Stillstand gebracht werden – verstanden? Stellen Sie Polizei in der Nähe der Straße auf, und zwar so, daß sie den Wagen erreicht, *bevor* irgendeine Vergeltungsmaßnahme erfolgen kann. Klar?«

»Mein Gott«, stöhnte Anders.

»Ich brauche Ihnen nicht zu sagen, daß der Fahrer nicht, ich wiederhole: *nicht* getötet werden darf, verstanden?« Anders schien erleichtert. »Sie benutzen Methode D, Beschlagnahme, Philipson – verstanden?«

»Aber...«

»Verstanden, Philipson?«

»Ja, Sir.«

»Halten Sie diesen Kanal von jetzt ab frei.«

»Ja, Sir.«

Aubrey sah Anders an und lächelte. Methode D bedeutete,

den Fahrer zu verletzen – getötet würde er nur, wenn der Schütze schlecht schoß – wenn ein flüchtendes Auto gestoppt wurde. Aber Anders, der sich natürlich nicht in dem Handbuch des SIS für Scharfschützen auskannte, konnte das nicht wissen.

»Hoffen wir mal, daß dieser Polizist eine Menge Zeit mit Jagen verbringt.«

Es war ganz einfach ein alter Brief. Keine getrockneten Blutflecken hingen daran, und die Flecken schienen eher durch die lange Zeit als durch Tränen oder durch Verzweiflung entstanden zu sein. Er fiel fast auseinander, das konnte Worontsjew sehen, und er sagte sich immer wieder, es sei ja nur ein Brief.

Dann begann Goroschenko zu sprechen, und er hörte zu, während er den Brief in seinen Fingern hielt. Er hörte jedes Wort, ob er wollte oder nicht.

»Dein Vater war ein Held im Krieg gegen die Faschisten. Er wurde vom NKWD knapp zwanzig Kilometer vor Berlin verhaftet, als er zu Schukows Armeegruppe gehörte. Wegen Briefen, die er an deine Mutter nach Hause geschrieben hatte und in denen er seine Sympathie für die Flüchtlinge ausdrückte, die er Tag für Tag sah. Und die Art kritisierte, wie Moskau den Krieg führte.«

Worontsjew sah kurz von dem Brief auf, mit weit geöffneten Augen, brachte aber kein Wort über die Lippen. »Er kam vor Gericht und wurde zu Zwangsarbeit verurteilt. Man steckte ihn zunächst in eines der Lager in der Nähe von Moskau. Später wurde er nach Sibirien verlegt, in die Kolyma-Gegend im Nordosten. Als er verhaftet wurde, war deine Mutter schwanger mit dir. Sie brachte dich zur Welt, entwöhnte dich und nahm sich dann das Leben, weil sie wußte, daß sie deinen Vater nie wieder zu sehen bekommen würde. Damals wußte sie schon, daß er nicht einmal die Freiheit von ihnen annehmen würde. Ich sollte dich beschützen, dein Adoptivvater sein.«

Es ging ihm nicht darum, dies alles zu leugnen, obgleich ihm die Ablehnung heiß in den Hals stieg. Er wußte, daß Goroschenko die Wahrheit gesagt hatte. Er blieb stumm, obwohl es sich in seinem Kopf wie wild drehte und er spürte, wie er langsam den Verstand verlor.

»Nicht, daß sie nicht für dich gesorgt hätte«, sagte Goroschenko sanft, »sondern seine Verhaftung und Gefangenschaft haben sie fertiggemacht. Sie hatte für ihn gelebt. Und nachdem er erfuhr, daß sie nicht mehr lebte, ging er noch rücksichtsloser mit seinem eigenen Leben um. Er schmuggelte Berichte über das Lagerleben hinaus – den Schmutz, die Kälte, die Todesrationen, die Schläge, alles. Wenn sie ihn erwischten, wurde er bestraft und seine Haft verlängert. 1952 starb er dann, ein Jahr vor der Bestie – immer noch im Kampf gegen sie.« Er schaute Worontsjew an, sah die ausdruckslosen Augen und merkte, wie sich dessen Geist hinter eine undurchlässige Mauer zurückzog. »Verstehst du denn nicht?« schnauzte er ihn an. »Dein Vater ist nicht im Krieg gefallen, er lebte, bis du acht Jahre alt warst – er war ein Bewohner des Gulag! Stalin hat ihn nur deswegen verhaftet, weil er anders dachte und fühlte und sprach!« Er ergriff Worontsjews Hand über dem Tisch und drückte sie, als wolle er die Wahrheit durch die Poren dieses jungen Mannes pressen. »Ich *liebte* deinen Vater – ich liebte ihn! Aber sie haben ihn umgebracht – der NKWD, der MWD, der KGB. Das ist doch alles ein und dasselbe – Dreck! Abschaum! Schweine, die in dem Dreck wühlen, zu dem sie das Leben gemacht haben! Siehst du das denn nicht? Ich habe versucht, dich davor zu schützen, indem ich dich *in* dieser Organisation versteckt habe!« Er hielt inne und drückte Worontsjews Hände, während sich sein Gesicht vor Schmerz verzerrte. Aber Worontsjew fand zu keiner Antwort. Goroschenko wünschte sich nichts anderes, als ihn um seinen Vater weinen zu sehen, er war in diesem Augenblick frei von aller Berechnung. Er sagte: »Glaub mir. Es ist Millionen so gegangen, und es geht immer noch weiter. Ich will deinen Vater rächen, Kyril Michailowitsch Worontsjew, und all die vielen anderen, die tot sind oder getötet werden. *Das* ist es, was ich möchte.«

Worontsjew blickte ihn an, und was Goroschenko jetzt sah, machte ihm angst. Für einen Augenblick lag etwas wie Haß in seinen Augen, die aber gleich wieder leer und kalt wurden. Goroschenko spürte, daß er auf unerklärliche Weise gescheitert sein mußte. Er hatte Worontsjew nicht überreden können, ihn nicht einmal zum Innehalten gebracht, und zog jetzt das Telefon zu sich her, während er die ganze Zeit Worontsjews Pistole im Auge behielt.

»Nein«, sagte Worontsjew und sah ihn an.

Goroschenko nahm den Hörer ab und begann die Nummer zu wählen. Er war zu früh dran, aber Walenkow würde trotzdem handeln. Er *mußte* einfach handeln, so wie Goroschenko jetzt, in den nächsten paar Minuten, telefonieren mußte, bevor Worontsjew...

Er wählte die dritte Ziffer von Walenkows Nummer.

»Nein«, sagte Worontsjew noch einmal.

»Das ist doch hirnverbrannt! Ein einziger finnischer Polizist mit einem Gewehr – und da drin sitzt der Generalsekretär der Sowjetunion und der Stellvertretende Direktor des CIA! Sie glauben doch nicht im Ernst, daß das gutgeht!«

»Nur ruhig, Anders!« Aubrey drehte dem Amerikaner den Rücken zu und sprach ins Mikrofon. »Hat Ihr Mann freies Schußfeld, Philipson?«

»Ja, Sir. Wir stehen hinter Bäumen auf einer leichten Anhöhe. Er sieht den Wagen auf gut hundert Meter Entfernung herankommen und dann noch weitere hundertfünfzig Meter. Die beste Position, die wir finden konnten.«

»Gibt jemand eine Vorwarnung?«

»Knapp fünfhundert Meter voraus steht jemand mit Sprechfunk.«

»Wo sind die anderen?«

»Dreißig – vierzig, fünfzig Meter weiter von hier.«

»Holen Sie zwei noch näher heran.«

»Ja, Sir.« Philipsons Stimme klang schwach in dem Funkgerät. Dabei spürte Aubrey förmlich, wie Anders ihm auf den Rücken starrte. Er war sich klar darüber, daß er Figuren auf einem Spielbrett hin- und herschob, im Grunde aber machtlos war. Er mußte sich auf einen einzigen Polizisten verlassen, dessen Namen er nicht wußte, und das auf einer mondbeschienenen Landstraße fünfzig Kilometer von ihm entfernt. An das, was seine Anordnungen auslösen konnten, und zwar in der ganzen politischen Welt, wagte er nicht zu denken.

Anders saß hinter ihm wie sein Gewissen, oder wie ein Polizist, im Begriff, ihn zu verhaften.

»Stellungen eingenommen, Sir. Wir sind bereit.« Philipsons Stimme klang alles andere als zuversichtlich.

»Wieviel Zeit bleibt uns?«

»Sir, er kommt. Gerade eben meldet ihn der Beobachter.«

»Geben Sie alles durch, was passiert, Philipson – Sie haben keine Anweisungen zu geben. Sagen Sie es mir.«

»Ja, Sir. Am Beobachter eben vorbeigefahren – *jetzt*, fährt mit etwa achtzig Stundenkilometern – Beobachter sieht ihn in der Kurve – jetzt.« Philipsons Stimme stieg wie die Quecksilbersäule eines Thermometers. Das Endspiel trat in seine kritische Phase. »Jetzt sehen wir ihn selbst, Sir – da kommt er...«

Aubrey sah zu Anders hinüber, der nun näher an den Empfänger herangerückt war. Aubrey konnte die geballte weiße Faust sehen, als er sich wieder dem Mikrofon zuwandte. Aber sagen konnte er nichts mehr. Er war nur noch Zuschauer – hörte den Berichterstatter, als sei er bei einem Pferderennen.

»Jetzt ist er da – jetzt!« Aubrey spannte seine Kinnmuskeln an – er hörte ein Geräusch, Anders rieb sich mit der Hand die Bartstoppeln am Kinn, versuchte dann, Schüsse auszumachen – es knackte zweimal, dreimal, viermal dünn in der Leitung – nur Geräusche in der Leitung, oder doch Schüsse?

»Was ist los, verdammt?«

»Wir haben ihn gestoppt. Zwei Schüsse in den Motor, brennt aber nicht – Wagen ist geschleudert...«

»Der Fahrer?« bellte Anders.

»Die Mitfahrer – wo sind Ihre Polizisten, Philipson?«

»Noch zwei Schüsse, Sir, in den Wagen...«

»Gott im Himmel, geh doch *hin*, verdammter Blödmann!« schrie Anders und schaltete auf Senden. Aubrey nahm ihm das Mikrofon aus der weißen Hand.

»Stellen Sie fest, was passiert ist, Philipson, und berichten Sie uns.«

Er schaltete auf Empfang, aber es war nur das Leitungsgeräusch zu hören. Mehr nicht. Nur das gleichförmige Scharren und Kratzen, das sie lähmte, immer kleiner werden ließ, bis Aubrey sich leer und ausgehöhlt vorkam und nur noch schlafen wollte. Das Geräusch hörte nicht mehr auf.

»Du Scheißkerl – Mensch, Kenneth, du bist ein Scheißkerl!«

Es war Buckholz.

»Chamowkin?« fuhr Aubrey hoch, als käme er aus einem Tiefschlaf. Dann erinnerte er sich, schaltete um und wiederholte: »Chamowkin?«

»Der *lebt* – hast du ein Schwein! Zittert wie Espenlaub, aber er lebt.«

»Galachkow?«

»Der hat seinen Teil von den Polizisten abbekommen, die den Wagen stürmten. Ist gegen die Kopfstütze hinter mir geknallt, dann hat Chamowkin versucht, ihm das Gewehr zu entwinden, und irgend jemand hat ihm den Rest gegeben. Chamowkin wird 'ne Rechnung schicken für einen neuen Mantel und ein Bad. Er ist ganz von Galachkows Hirn besudelt.«

Aubrey schüttelte sich, was wohl auch beabsichtigt war. »Und Sie, verletzt?«

»Natürlich. Das können Sie sich doch denken – anders geht's doch gar nicht! Nur der Arm – Ihr Mann hat ja so weit weg von mir gezielt wie möglich, aufs Lenkrad, glaub' ich.« Er schwieg einen Augenblick und sagte dann: »Kenneth, du Scheißkerl, du Arschloch!« Und dann: »Danke.«

Aubrey hielt Anders das Mikrofon hin und sah, wie seine Hand zitterte. Aber auch Anders' Hand zitterte, obwohl sie viel größer war und Anders viel jünger als er. Viel jünger.

Goroschenko hörte auf zu wählen. Ein seltsamer Glanz lag in Worontsjews Augen, der ihm angst machte. Es sah wie Wahnsinn aus, und er verfluchte sich schweigend wegen seines Fehlers. Die Arroganz, oder Verzweiflung – vielleicht sogar die Wut hatte ihm die klare Sicht genommen. Hatte er Alexej erst zerbrechen und dann wieder neu aufbauen wollen? Hatte er ihn überfordert, ihn unter den *Wahrheiten* begraben?

Wie würde Alexej da herausfinden? Er wählte rasch noch

zwei Ziffern, und seine Augen blickten kurz zu der Pistole, nur einmal, bevor er die letzte Ziffer wählte.

Worontsjew sah, wie der alte Mann weiterwählte, und verstand nur noch eines: daß auch die Wahrheit über seinen Vater nur eine Hinterlist war – wie Natalja, wie Wrubel, wie Ossipow. Goroschenko hatte alles aingesetzt – alles, was *heilig* war – gegen ihn. Vor allem seinen Vater. Er hatte das Andenken seines Vaters benutzt, um ihn aufzuhalten.

Er hob die Pistole und hörte, wie Goroschenko sagte: »Bleib ruhig, Alexej.« Die Wählscheibe des Telefons kehrte leise schnarrend zurück. Er konzentrierte seinen Blick auf Goroschenkos freie Hand – wie sie auf die Tischkante klopfte, wobei der Handschuh das Geräusch dämpfte, wie klar sich die Angst in der Bewegung ausdrückte. Er sah dessen Gesicht. Es schien trotz seines lebendigen Ausdrucks welk und geschrumpft. Die listigen Augen starrten wie gebannt auf den Pistolenlauf. Es war ein arrogantes Gesicht, er haßte es.

»Leg den Hörer hin«, sagte Worontsjew und zielte mit der Pistole auf Goroschenkos Stirn. »Leg ihn hin. Du bist verhaftet.«

Goroschenko schien erstaunt. Dann sagte er in die Sprechmuschel hinein: »Walenkow? Wo ist er – holen Sie ihn mir sofort an den Apparat!«

Der Hörer war nur wenig von Goroschenkos Ohr entfernt, und Worontsjew konnte eine ferne, dünne Stimme hören, die den Anrufer als *Kutusow* bezeichnete. Der Befehl wurde also erfüllt. Und doch, dieser Name –

Der Verräter, der Mann, der versucht hatte, ihn zu töten. *Kutusow*, der Verschwörer.

Lange war es still, während Goroschenko sich voll auf das Telefon zu konzentrieren schien. Bis er zu der Pistole aufblickte und in Worontsjews Gesicht, und was er dort sah, jagte ihm einen zuckenden Schreck über das Gesicht. Worontsjew fühlte sich wie in einem Traum und tat ganz einfach seine Pflicht. Er konzentrierte sich auf die Hand, auf das Telefon, die Form dieses Kinns, den schwarzen Mantel. Nur auf Körperliches.

Seinen Stiefvater umbringen, das konnte er nicht – aber er

würde ihn stoppen. Er fürchtete, daß Walenkow antworten würde, er sah im Geist einen Adjutanten durch lange Flure laufen, Verbindungen herstellen – genau wie Goroschenko, das sah er jetzt, zu befürchten begann, Walenkow könne den Anruf ignorieren.

Worontsjew hatte seinen entsetzlichen Schmerz für einen Augenblick verdrängt und sah jetzt ganz klar.

Für Goroschenko schien dieser Moment endlos zu sein. Er starrte seinen Sohn lange an, dann hörte er endlich, wie der Hörer von einem Tisch aufgehoben wurde. Er drückte die Sprechmuschel ganz nah an seinen Mund, als wolle er jetzt sprechen.

Noch bevor er einen Ton herausbrachte, tat Worontsjew seine Pflicht. Es blieb keine Zeit für Gedanken oder Erinnerungen oder ein starkes Gefühl. Er schoß Goroschenko in den Kopf, zweimal, ganz sauber. Der Körper flog unter dem Aufprall der schweren 9-mm-Kugeln rückwärts vom Stuhl, und das Telefon fiel klappernd auf den Boden, mit einem dünnen Pfeifton.

Als er jetzt so dasaß, die Pistole lag auf dem Tisch, sah er sich allein in dem Raum. Und so blieb er sitzen, ohne seinen Kopf zu bewegen.

Er hatte seine Pflicht getan.

Mehr war ihm nicht übriggeblieben. Goroschenko hatte ihm alles übrige genommen, nur nicht seine Pflicht, seine Loyalität gegenüber dem Staat.

Das Heldenhafte der Situation wurde ihm plötzlich bewußt. Er hatte den Putsch vereitelt. Dann löste er sich von diesen Gedanken und fiel in eine traumähnliche Leere. Vielleicht würde er nachher aufstehen und nach dem Toten sehen. Aber jetzt noch nicht. In diesem Augenblick genügte es vollauf, in der Stille des staubigen, kalten kleinen Raumes dazusitzen. Das Telefon gab immer noch den leisen Pfeifton von sich, es klang wie ein fernes Insekt. Alles andere war still.

Es war vier Uhr sechsundvierzig, der *Vierundzwanzigste.*